外国文学名著丛书

〔英〕威廉·莎士比亚 / 著

莎士比亚喜剧五种

方 平 / 译

"外国文学名著丛书"编委会

人民文学出版社

William Shakespeare
FIVE COMEDIES OF SHAKESPEARE

图书在版编目(CIP)数据

莎士比亚喜剧五种/(英)威廉·莎士比亚著;方平译.— 北京:人民文学出版社,2020(2022.11重印)
(外国文学名著丛书)
ISBN 978-7-02-015823-2

Ⅰ.①莎… Ⅱ.①威… ②方… Ⅲ.①喜剧—剧本—作品集—英国—中世纪 Ⅳ.①I561.33

中国版本图书馆 CIP 数据核字(2019)第 254049 号

责任编辑　张海香
装帧设计　刘　静
责任印制　王重艺

出版发行　人民文学出版社
社　　址　北京市朝内大街166号
邮政编码　100705

印　　刷　河北新华第一印刷有限责任公司
经　　销　全国新华书店等

字　　数　341千字
开　　本　850毫米×1168毫米　1/32
印　　张　21.5　插页3
印　　数　7001—10000
版　　次　2020年8月北京第1版
印　　次　2022年11月第3次印刷

书　　号　978-7-02-015823-2
定　　价　78.00元

如有印装质量问题,请与本社图书销售中心调换。电话:010-65233595

威廉·莎士比亚

出版说明

人民文学出版社自一九五一年成立起,就承担起向中国读者介绍优秀外国文学作品的重任。一九五八年,中宣部指示中国科学院文学研究所筹组编委会,组织朱光潜、冯至、戈宝权、叶水夫等三十余位外国文学权威专家,编选三套丛书——"马克思主义文艺理论丛书""外国古典文艺理论丛书""外国古典文学名著丛书"。

人民文学出版社与中国科学院文学研究所,根据"一流的原著、一流的译本、一流的译者"的原则进行翻译和出版工作。一九六四年,中国社会科学院外国文学研究所成立,是中国外国文学的最高研究机构。一九七八年,"外国古典文学名著丛书"更名为"外国文学名著丛书",至二〇〇〇年完成。这是新中国第一套系统介绍外国文学作品的大型丛书,是外国文学名著翻译的奠基性工程,其作品之多、质量之精、跨度之大,至今仍是中国外国文学出版史上之最,体现了中国外国文学研究界、翻译界和出版界的最高水平。

历经半个多世纪,"外国文学名著丛书"在中国读者中依然以系统性、权威性与普及性著称,但由于时代久远,许多图书在市场上已难见踪影,甚至成为收藏对象,稀缺品种更是一书难求。在中国读者阅读力持续增强的二十一世纪,在世界文明交流互鉴空前频繁的新时代,为满足人民日益增长的美好生活的需要,人民文学出版社决定再度与中国社会科学院外国文学研究所合作,以"网罗经典,格高意远,本色传承"为出发点,优中选优,推陈出新,出版新版"外国文学名著丛书"。

值此新版"外国文学名著丛书"面世之际,人民文学出版社与中国社会科学院外国文学研究所谨向为本丛书做出卓越贡献的翻译家们和热爱外国文学名著的广大读者致以崇高敬意!

"外国文学名著丛书"编委会
二〇一九年三月

编委会名单
(以姓氏笔画为序)

1958—1966

卞之琳	戈宝权	叶水夫	包文棣	冯 至	田德望
朱光潜	孙家晋	孙绳武	陈占元	杨季康	杨周翰
杨宪益	李健吾	罗大冈	金克木	郑效洵	季羡林
闻家驷	钱学熙	钱锺书	楼适夷	蒯斯曛	蔡 仪

1978—2001

卞之琳	巴 金	戈宝权	叶水夫	包文棣	卢永福
冯 至	田德望	叶麟鎏	朱光潜	朱 虹	孙家晋
孙绳武	陈占元	张 羽	陈冰夷	杨季康	杨周翰
杨宪益	李健吾	陈 燊	罗大冈	金克木	郑效洵
季羡林	姚 见	骆兆添	闻家驷	赵家璧	秦顺新
钱锺书	绿 原	蒋 路	董衡巽	楼适夷	蒯斯曛
蔡 仪					

2019—

王焕生	刘文飞	任吉生	刘 建	许金龙	李永平
陈众议	肖丽媛	吴岳添	陆建德	赵白生	高 兴
秦顺新	聂震宁	臧永清			

目　次

译本序 …………………………………… 1

仲夏夜之梦 ……………………………… 1

威尼斯商人 ……………………………… 109

捕风捉影 ………………………………… 241

温莎的风流娘儿们 ……………………… 377

暴风雨 …………………………………… 517

译 本 序

一

英国文艺复兴时期的伟大的戏剧家莎士比亚一生辛勤创作,为后人留下了一份丰富的文学遗产。他所创造的一系列巨大的悲剧人物形象——像哈姆莱特、奥瑟罗、李尔王、麦克贝斯等——可说标志着欧洲文艺复兴时期所达到的一个文学艺术的高峰。

在喜剧方面,莎士比亚同样取得很高的成就。文艺复兴时期的人文主义者抱着美好的理想,深信人类的前途是无限光明的,这种乐观主义的精神是莎士比亚的喜剧创作的基调;而贯穿在他那些最优秀的喜剧中,两个相互联系着的主题思想是:清晰地表达出要求个性解放、热爱现实生活、歌颂真挚的爱情等人文主义思想;另一方面,拿笑声做武器,对于各种各样阻挠社会向前发展的封建保守势力,给以无情的讽刺。

诗人在赋予他的喜剧以鲜明的社会意义的同时,有意识地把专门偏重情节、充满"巧合""误会"的喜剧,逐渐转变成为一种在当时说来是新型的性格喜剧。这里就有值得我们向古典艺术大师借鉴、汲取创作经验的地方。我们看到,借重

"误会""巧合",以情节离奇曲折取胜的喜剧手法,在莎士比亚喜剧创作发展的过程中,逐渐退到次要的地位。譬如说吧,在《错中错喜剧》(1592)里,笑料的产生完全由于两对双生兄弟的面貌酷似造成了层出不穷的误会,至于老大和老二的性格,正像他们的面貌,很难说得出彼此之间有多大区别。

到了《温莎的风流娘儿们》(1598),尽管诙谐百出,使人捧腹大笑,展现在舞台上的画面,却是平淡朴素,无非英国小城镇中的日常生活而已;而剧中人物的性格却用讽刺画和对比的手法,刻画得淋漓尽致。

喜剧结构的重心转移了,人物形象占了首先引人注目的地位,不再是戏支配着人物,而是人物带来了戏——喜剧因素、戏剧冲突,开始建筑在人物性格的种种矛盾上。

这样,高大的悲剧人物形象出现在诗人的笔下之前,我们看到,他在喜剧的舞台上已经成功地创造了可鄙又可笑的福斯泰夫这样一个不朽的典型人物;已经塑造了个性化的犹太人高利贷者夏洛克的形象;当然,更可喜的是,已经描绘了像白特丽丝、波希霞这样一些朝气蓬勃、光彩照人的女性群像了。

欧洲文艺复兴时期也就是资本主义原始积累时期。这是一个透露现代文明曙光的伟大的变革的时代,它有推动历史向前发展的一面,也有给劳动人民带来深重灾难的一面。那是笑声掺和着血泪的时代。莎士比亚的喜剧和悲剧不仅用不同的艺术风格给人们提供了多方面的艺术享受,而且在某种意义上,可说是互为补充,或者互为表里地再现了那一个时代的精神面貌。

谈莎士比亚的喜剧，我们首先着眼的是它的反封建的思想意义，因此不能不接触到怎样看待在古典文学作品中表现爱情这一题材的问题。

我们知道，在阶级社会中，爱情和婚姻的问题总是和复杂的社会关系分不开的，总是具有鲜明的阶级性；爱情的纠葛、婚姻的冲突，往往渗透着阶级矛盾和阶级斗争的内容。优秀的古典文学作品，歌颂真挚的爱情，很多是带有叛逆的性质，处在黑暗势力的包围中，受到种种的阻挠和压力。青年男女的命运，他们的不平常的爱情和来之不易的胜利，通过感人的情节，显示了深刻的社会意义，让我们从一个侧面看到了当时的阶级斗争的一幅缩影——如果我们和欧洲中世纪这历史上的黑暗时期联系起来读文艺复兴时期的作品。

在欧洲中世纪，天主教会既是封建大庄园主，更是封建制度的精神支柱；不仅对广大劳动人民在经济上残酷剥削，而且实行最严密的精神统治。为了给陷于极端贫困的劳动人民套上沉重的精神枷锁，使他们丧失斗争的意志，永远甘心于被压迫的命运，天主教会利用一切宣传手段，唤起人们对于天堂的幸福的幻想；要人们相信人世是罪恶的深渊，人生的真谛就是忍饥挨饿，忏悔赎罪，死后好进入极乐世界。这就是把贫困、苦难神圣化了的、产生于黑暗的中世纪的禁欲主义。

根据禁欲主义编造的灵魂与肉体交战的一套谎言，最便于天主教会掩盖现实生活中尖锐的阶级矛盾，因此教会竭力宣扬所谓来自心灵的、受上帝点化的"神爱"，用"神爱"来压制人们正常的恋爱——教会称之为"肉欲"。于是禁欲主义有了它的特殊含义：肉欲，就是魔鬼的引诱，就是灵魂的堕落，就是可怕的地狱的烈火。

另一方面，在蒙受天主教会祝福的世俗封建贵族那里，他们的婚姻制度的确是从来排斥爱情的。嫁娶，对他们说来，仅仅是为了巩固豪门的权势，实现他们的政治野心的一笔政治交易而已，正像恩格斯所指出来的那样，对这种封建婚姻说来：

> 起决定作用的是家世的利益，而决不是个人的意愿。在这种条件下，关于婚姻问题的最后决定权怎能属于爱情呢？①

建筑在门第、权势和财富上，排斥爱情的封建婚姻，又向来由封建家长包办代替。文艺复兴时期的人文主义作家们，站在受压制的青年男女的一边，首先从爱情和婚姻的问题上冲击天主教会的禁欲主义，以及封建家长的权威，从而在上层建筑的领域内，对当时占统治地位的封建思想体系，展开斗争的序幕。

可以说：恋爱自由、婚姻自主，特别是婚姻必须建筑在爱情的基础上；爱情是一种纯洁的、值得珍惜的感情，决不是什么伤风败俗的淫欲邪念；这一些今天已为人们普遍接受的观念，是人文主义者在向封建主义思想作斗争中首先提出来的。我们也正是首先从这一历史上的进步意义，给予莎士比亚的《仲夏夜之梦》以及他的其他一些优秀喜剧以充分的评价。

二

《仲夏夜之梦》的故事假定发生在古希腊的英雄传说时

---

① 见《家庭、私有制和国家的起源》，引自《马克思恩格斯选集》第4卷第74页。

代,其实人物的思想感情、道德准则却完全是拿当时英国现实生活作根据的。喜剧刚开始,就是父与女、两代人之间的一场不可和解的冲突。做父亲的认定女儿隶属于家长,家长有权任意处置女儿,他来到雅典大公面前,要求根据自古以来的法律,女儿如果不当场接受父亲给她选定的亲事,就有权立即把她处死。

大公站在封建家长一边,开导那女儿道:

> 对于你,你的父亲应当是一尊神明;……
> 对于他,你只好算是一个蜡像,
> 从他的模子里印下;所以把这形象
> 保留,还是毁弃,全听凭他支配。
> 第米特律可是一位蛮好的大爷哪。

赫蜜雅一定还是个十分年轻的姑娘,她的全部热情都凝聚在那样一句羞怯的回话里:"莱珊德也不错啊。"

她的第二句回话更是充满着天真的稚气,她不懂得为什么在这件跟自己切身有关的大事上,不是别人依她、却要她去服从别人呢:——"但愿我父亲能用我的眼睛来看人。"

古代严酷的刑法维护封建家长的权威,但是赫蜜雅并没有被吓服,她宣布了捍卫婚姻自主的决心,在她的眼里,这一原则才是神圣的,不容许违反的:

> 我情愿这样开,这样谢,这样自生自灭,
> 殿下,也不能把我宝贵的贞操
> 奉献给什么主人——假使他的主权
> 我的灵魂怎么也不愿承认。①

---

① 这里及以上一段引文均见第一幕第一景(第7、8页)。

她终于跟着她的情人逃离了雅典,没有婚姻自由的国土,对于她,好比"人间地狱",再也不值得留恋了。

赫蜜雅在雅典大公前的呼吁、表白,在另一个喜剧《温莎的风流娘儿们》里得到了响应。另一个像赫蜜雅那样纯朴的少女安妮求她的母亲道:

> 唉!要我嫁给那个医生呀,
> 我宁愿让你们把我活埋了,杀了!①

父亲一心要把她嫁给有田有地,但是痴愚的小乡绅,母亲一定要她嫁给性格暴躁,但是有钱有面子的法国大夫。安妮拿定主意,不能让别人来支配自己终身的命运,态度十分坚决。

最后,安妮阳奉阴违,瞒过爹娘,终于甩掉那两个讨厌的求婚者,和自己的情人秘密结了婚。当范通用这样一番话宣告他们的喜剧性的最后胜利时,对于她的父母,真像突然来了一个晴空霹雳:

> 你们的主意可就是要她嫁人,
> 不管她跟对方有多少的爱情——
> 像这样的嫁人真是羞煞人。……
> 她做了错事,可这错误是神圣的;
> 她骗了爹娘,这欺骗也说不上
> 奸诈,说不上忤逆不孝,说不上
> 违抗家长……②

这一段话,理直气壮,分明是一种坚定的信仰,是一种属

---

① 见第三幕第四景(第463页)。
② 这里及以下一段引文见第五幕第五景(第515、516页)。

于新的时代的新的道德观、新的伦理观;它鲜明地、相当完整地在爱情和婚姻的问题上表达了人文主义者的观点。可是安妮的爸爸还不能一下子完全醒悟过来,他习惯于婚姻应该由别人包办的旧思想,哪怕家长做主不行了,也总得要有一个什么东西替那些年轻人的"爱情"操心才好啊,所以他承认"生米煮成熟饭"之后,又这样自我解嘲道:

爱情这回事,自有上天来做主;
买田,要金钱;娶老婆,要靠命数。

三

在"木头的圆框子"(莎士比亚这样称呼他的剧场)内发出伊丽莎白时代的观众的一阵阵笑声,原来舞台上的《温莎的风流娘儿们》正上演到"求婚"那一幕趣剧。

乡绅老爷夏禄在怂恿他的外甥上前去向安妮求婚,不是看中这个姑娘人品好,而是看中她爷爷给她留下七百镑遗产。偏是那位外甥是个厌包,是个低能儿,舅父替他开了口:"安妮小姐,我那外甥儿很爱您呢。"他却说是:

对,是很爱她呢;我爱这儿葛乐斯德郡的随便哪一个娘儿也不过这样罢了!①

他把见一个爱一个,当作他能贡献给对方的最大的"爱"! 夏禄老爷倒抽一口冷气,只得避开了"爱"不谈,换题目道:"他会供养您,有吃有穿,让您做一个少奶奶。"于是他的外甥又

---

① 这一章节的引文均见第三幕第四景(第461、462页)。

接过来"帮腔"道:

> 对啊,让她做个少奶奶——不管上门来的是短尾巴、长尾巴,而且跟咱们乡绅人家还差一肩。

这个求婚者越说越不像话了。娶媳妇和收留一条上门来的狗,竟被他看成了一回事。夏禄老爷只得又避开人才不谈,只谈财物,想凭冷冰冰的金子去打动姑娘的心:"他愿意划给您一百五十镑,算是您名下的遗产。"

没想到他被安妮的一句冷峭的话堵住了嘴:

> 我的夏禄老太爷,他要求婚,让他自个儿来说吧。

夏禄老爷不但有口难开,而且存身不住,只得狼狈地退了下去。

台上只剩下安妮和史兰德两个面对着面。

姑娘用轻蔑、厌恶的眼光打量着这个为他父亲看中的有田有地的"女婿",心中不由得想起刚才她跟范通说过的话:

> 唉,只消一年有了三百镑进账,
> 怎么难看的丑八怪也变成了俏哥儿!

那位垂头丧气的"俏哥儿"一点不像被爱情鼓舞的求婚者,倒像在流着汗受考问的小学生。正在他手足无措的当儿,只听得安妮打破尴尬的冷场,问道:

> 您有什么意旨要吩咐吗?

史兰德听得出,话里有讥讽的口气,因此认为"意志"(意旨)一定是个非常坏、非常丢脸的词儿,他心里一急,差些儿哭出来似的辩白道:

我有"意志"！老天爷的心肝儿！这玩笑开得多妙,说真的！我出世以来可还不曾知道什么叫"意志"呢,我感谢上天;我才不是那种不懂好歹的家伙,我赞美上天。

安妮咬着嘴唇,又气又好笑,但又只能按捺着性子,陪他把这场活剧演到底:"我是说,史兰德少爷,您有什么事要跟我谈吗?"

她口音那样清楚,一字一顿,分明是弯下身子的大人在对一个还不懂事的小把戏说话呢。史兰德感到自己再也支撑不下去了。他只知道:他越早承认自己根本没有求婚的意思,也不在乎求得成求不成;是人家布置了圈套叫他钻罢了——就越能趁早脱身。其他一切再也顾不到了。于是他的"求婚"以告饶、招认、交白卷告终:

拆穿了说,本来,我自个儿跟你有什么好谈的——我跟你河水不犯井水嘛。都是叫你的爸爸、我那舅舅他们俩闹腾起来的。要是我运气好,那也罢了;不然的话,让别人去称心如意吧!……

这小子不仅在观众的大笑声里暴露了自己,同时也把建筑在金钱上的买卖婚姻、包办婚姻的荒谬可笑,可卑可耻的面目,通过夸张的喜剧手法,无情地揭露出来了。莎士比亚把这个角色、这场戏真是写绝了!

谁想正当史兰德要溜走的时候,安妮的父亲闯进来了,他对女儿的第一句话竟然是:"爱他吧,我的女儿!"这位家长嘴里的"爱",就像方才史兰德所表白的"爱"一样,对于封建包办婚姻正是最好的讽刺!

四

在《捕风捉影》中,莎士比亚批判了另一种建筑在金钱、门第上的封建婚姻,只是使用的艺术手法不同,较为含蓄罢了。

早在《捕风捉影》之前,意大利和欧洲各国已经流传着克劳第和喜萝的故事。克劳第本是属于骑士文学中的英雄人物,他和喜萝的终成眷属,该是英雄美人的风流韵事。但是来到莎士比亚的笔下,克劳第这位英雄人物身上的光彩就一层层剥落,最后终于显现了一个纨绔子弟的原形。

他还没上场,听使者那一番夸耀的介绍,仿佛当真是出类拔萃的骑士之花了。这个青年骑士上场后表示他情有所钟,但是莎士比亚顺手插上一个闲笔,用淡淡一句话,显示他首先关心的是女方的父亲"有没有儿子?"直到他确切知道喜萝是独养女儿,是梅西那总督的唯一的财产继承人之后,这才宣布他的"爱情"。他的求爱、求婚,道地按照着封建统治阶级的那一套方式进行,委托居间人包办。在这个喜剧里,显得更可笑的是,那居间人代第三者求爱时还戴上了一个隐瞒身份的假面具。于是结成了没有感情基础的亲事;经不起坏人三言两语的挑拨,他就信以为真,在举行婚礼的祭坛前,当众侮辱新娘。经过一番曲折,最后是大团圆。当新娘把面罩摘下时,他仅仅嚷了一声:"又是一个喜萝!"一句忏悔的话都没有。喜萝死而复活,他若无其事,心情是那样轻快,嬉皮笑脸地找班尼迪说他那低级趣味的笑话去了。

诗人不想重复英雄美人的滥调。他推陈出新,在英雄美人旁边另外树立了一对欢喜冤家的生动形象,用喜剧性的夸张手法,但是不乏细致的笔触,写出了这两人怎样从各不相让的斗智斗舌,转化为相互钦佩的爱慕,尽管《捕风捉影》还保留着英雄美人的故事结构,他们的好事多磨推动着戏剧情节的发展,但是使全剧有声有色、充满着喜剧气氛和时代气息的,却是白特丽丝和班尼迪两个。这真可说是喧宾夺主。原来的英雄美人只得靠边站些。流传下来的文献资料表明,当时观众也的确一开始就把注意力集中在诗人所匠心独创的男女主人公身上,因为他们认识到这里的一对才是属于他们那一个时代的新人:

> 只要白特丽丝和班尼迪一出场,
> 看哪,一眨眼
> 就挤满了正厅、楼座、包厢。①

喜剧结尾是两对新人同时举行婚礼,其中克劳第—喜萝那一对英雄美人已黯然失色,只是旧时代的回光返照而已;莎士比亚把人文主义者的理想的光彩集中在白特丽丝—班尼迪那一对身上。

他们俩的结合是建立在相互了解和感情的呼应上。更可喜的是,他们的陷入情网,意味着从各自的偏见中摆脱出来,性格得到成熟的发展。这也就是意味着,纯朴的爱情培养优美的情操,提炼思想意境。

十六世纪末期的英国已经走上了向资本主义发展的道路,宗教改革(英国和罗马天主教会割断关系)之后,没落的

---

① 狄格斯作,收入1640年版莎士比亚《诗集》。

封建阶级勾结着国内外的天主教反动势力曾经作过几次挣扎,却并没有能挽回他们失败的命运。当舞台上的班尼迪坚持摆出憎恨异性的姿态时,这样说道:

> 哪怕就是用火烧也烧不掉我这个想法。我宁可为了这个信念死在火刑柱上。①

台下的观众也许仿佛在听人偶然说起一个早已被遗忘了的可怕的噩梦——虽然这时候,在反动势力大本营的欧洲南部,天主教会还在实施残酷的宗教迫害;②虽然离《捕风捉影》首次上演不过四十年的光景,天主教的反动势力,集结在"血腥的玛利亚"周围,在英国曾经又一次反扑,燃起熊熊的火焰,公开烧死了三百个"异教徒"。

当然,封建道德就它的整体而言,远没有被彻底推翻;天主教会的种种教条也还继续盘踞在人们思想意识深处,通过各种各样的形式表现出来;然而单就禁欲主义这个中世纪的庞然大物而言,终究被打垮了,只是阴魂不散,还在那里继续作祟罢了。因此在这时期的人文主义作品里,就有可能把这一封建残余势力——伪装了的禁欲主义——揭露出来,作为嘲弄的对象,作为喜剧的绝妙题材,博取台下观众善意的笑声。

比起题材相仿的《爱的徒劳》来,在《捕风捉影》里,喜剧因素和现实生活有了更紧密的结合。这里出现了这样一对青

---

① 见第一幕第一景(第 255 页)。
② 例如在 1572 年,莎士比亚诞生后八年,法国巴黎发生了"巴托罗缪之夜"的惨剧,封建统治者一夜之间,杀死了两千多个新教徒(胡格诺教徒)。

年男女，他们到处拿独身主义作标榜，拿爱情和婚姻作为讥嘲的目标，两人一见面，就摆出痛恨异性的姿态，唇枪舌剑地斗了起来。人家批评他们骄傲、固执，仿佛这是"个性"问题，实际上这里主要还是封建意识形态（禁欲主义）的残余，通过个性，细微曲折的表现。

这一点，莎士比亚是分明给他的观众指出来的。当这一对儿摆出异性厌恶者的姿态、信口开河时，他们的思想总是不自觉地和一些宗教迷信观念混杂在一起。白特丽丝想象自己被圣彼得迎进了天堂，天堂里住的是不娶不嫁的天使，"日子过得好不痛快！"

班尼迪认为吃了白特丽丝的亏，对她进行攻击时，更是从最阴暗的迷信观念里取得了他的精神武器，他诅咒她是女妖魔："……容得她留在这世上捣乱，大家就会觉得那地狱简直清静得像一座圣殿，甚至为了想躲到地狱里去避难，会特意犯起罪来。……"

总之，这一种思想上的消极落后的东西和只有在历史上升时期才能充分表现出来的生气蓬勃的欢乐心情是不相容的——用他们自己的话来说："原来您是在跟自己的心儿作对！"

这里就构成了人物性格的喜剧性的矛盾。他们本是可爱的青年，富于时代的朝气，然而他们偏又太不自量力了，竟想凭他们那一份聪明，跟事物发展的自然规律作对起来——想做到天主教会专制统治所做不到的事。结果证明，被推翻的不是自然的规律，而是他们那站不住脚的谬论。他们是自己反对自己，自投罗网；一切假清高、假正经的姿态，一切聪明伶俐、能说会道，都不顶事。观众眼看这一对漂亮人物终于受到捉弄,彼此堕入情网,最后,落到这样狼狈不堪的境地,不得不当场撕下那一种自欺欺人的异性厌恶者的姿态,向爱情屈服了事,这里就有着叫满堂捧腹的笑料——台上和台下的笑声打成了一片。剧中的亲王设计捉弄他们两个时说道:

> 顶有趣的是,让他们彼此以为对方为自己害了相思;
> 其实根本没有这么一回事……①

仿佛这一对青年男女的结合完全是由于喜剧性的误会了,可是诗人却正是在这里再一次高举起人文主义者反禁欲主义的一面大旗:爱情。自然,在这场追击战里,胜利属于爱情这一边。

这个喜剧所揭露的基本矛盾该是人文主义的先进理想对封建意识形态(禁欲主义)的进一步深入的斗争,喜剧从这里获得了它的现实意义。剧中的主要人物自欺欺人,有情硬充无情,这里就有了喜剧性格,从而产生了喜剧因素;通过"误会",莎士比亚那一支妙笔又把它发挥得淋漓尽致;清新可喜的题材,圆熟的艺术手法,两者结合起来,成功了一部出色的喜剧作品。

五

在白特丽丝和班尼迪这一对新人中,更值得注意的是白特丽丝。她所标榜的独身主义往往有着内在的合理因素。在她那沾上宗教色彩的议论底下,我们几乎可以隐隐听到妇女

---

① 见第二幕第三景(第294页)。

不甘心于自己的屈辱的命运,而喊出了要求男女平等的呼声:

> 不,除非上帝给我定做一个男人,不拿泥土做材料才行。一个女人要认一块泥土做她的主人,还要服这块梆硬的泥土的管教,岂不伤心!①

就连她那最荒诞不经的说笑打趣,有时也有值得深思的地方。阿拉贡亲王跟她半开玩笑地说:"小姐,就嫁给我吧,你怎么说?"谁能想到她竟是"童言无忌"、像个天真烂漫的小儿女,这样回答道:

> 不行,殿下,除非让我平常日子里,另外再有一个丈夫;您是个大贵人,好比一件讲究的礼服,舍不得天天穿……

谁听说一个姑娘敢于把丈夫当作开玩笑的题材,把他比作一件可以随便替换——或者舍不得天天穿的衣服呢?但是在夫权社会里,男人却确然把妇女当作随时可以替换的玩物;白特丽丝只是把男人的不合理的特权,用同样荒唐的反话——妇女的不容许的特权——指出来罢了。

她那些精彩的俏皮话,不仅妙趣横生,招来满堂笑声而已,她那逗人的、富于感染力的笑声更成为她的一种特殊的批评的武器。你听,她是怎样"唆使"喜萝去对付封建包办婚姻的:只有当对象合乎自己的心意的时候,做女儿的才乐得按照向来的规矩,装得恭而敬之地答应道:"爸爸,由您做主吧";要不然的话,还是再行个礼,这样回禀道:

> 爸爸,这可得由我女儿做主啦!

---

① 这里及以下两段引文均见第二幕第一景(第268、279—280页)。

她最爱笑,发出一阵阵明朗的笑声,甚至在睡梦中都会把自己笑醒了。对于她,明朗的笑声已成为一个最突出的、富于社会意义的性格特征了。

爱笑、爱说笑话的白特丽丝是莎士比亚所创造的一系列优秀的女性群像中最鲜明地表明了的一个属于新时代的女性。

对于主张个性解放的人文主义者来说,妇女敢于从封建思想的桎梏下解放出来,形成自己的鲜明的个性,显示新的精神面貌,表现出可以跟男子们争一日之长的才华和机智,这才是最值得赞美的。个性解放,在莎士比亚笔下,首先从受压抑最深的妇女开始,而且在她们身上表现得最为鲜明、最富于光彩。《威尼斯商人》中的女主人公波希霞是又一个例子。

诗人用鲜艳细致的彩笔描绘出一个秀丽敏慧的贵族少女的形象,她优雅而热情,机智而富于幽默感,但是最使人难忘的是她的才华。第四幕"法庭"一场中,她带着她的侍女,假扮成青年律师和书记,以非凡的风度出席法庭,处理了一宗棘手的案件。可以这样说,当波希霞女扮男装,把自己的性别隐蔽起来的时候,一向被埋没着的妇女的才华,便令人目眩地显示出来了。莎士比亚在好些剧本中采用过女扮男装的情节,取得一种轻松愉快的喜剧效果,但是披着黑袍、登上了法官席、替束手无策的男子们解决难案的波希霞的形象特别富于社会意义。

六

在《威尼斯商人》中有两条并行发展的故事线索,"挑选彩盒"和"借债割肉"。这两条故事线索各有一个中心人物:波希霞和犹太人夏洛克。在描绘波希霞时,莎士比亚更多地采用了诗意的浪漫主义;而夏洛克的出现,则使得《威尼斯商人》成为莎士比亚的早期剧作中第一个以较显著的现实主义手法接触到当时社会阴暗面的喜剧。

这个高利贷者为了给自己不光彩的行业作辩护,在他的仇人安东尼面前唠唠叨叨地搬出了《旧约》上的一段故事,借犹太人奉为最神圣的经典来证明:投机取巧,由来已久,他们的老祖宗早就懂得这一套,早就有例可按地在这么干了。得出的结论是:

只要不是偷来的,积财就是积福。①

"积财就是积福",当夏洛克提出他这个人的信条,恬不知耻地为自己的重利盘剥找"合法"的根据时,实际上也就是替整个唯利是图的资产阶级把他们共同的信条,借宗教性的语言表达出来了。夏洛克另外还有一套"道德"教条,经常挂在他的口头,成了他的格言,那就是:

守财就是进财。②

这句话同样值得注意。它既是夏洛克这一个一钱如命的吝啬

---

① 见第一幕第三景(第131页)。
② 见第二幕第五景(第154页)。

鬼的性格化的自白，同时也是在资本主义原始积累时期一切以劳动人民的血汗喂肥自己的资本家，为了掩盖其残酷剥削的实质，而不断散布的一种论调——即所谓"勤俭起家"。夏洛克他们总是津津乐道、吹嘘他们的所谓勤俭起家的"创业史"；并且跟夏洛克一样，是以他们这种锱铢必较的吝啬性格作为"美德"来夸耀的。正是这种新兴资产阶级的"道德"观，使得那挥金如土的花花公子巴珊尼，在夏洛克的眼里，只能是个十足的败家精。他以毫不掩饰的轻蔑的口气提到了"这个挥霍的基督徒"，"靠借债来摆阔的大少爷"。他冷眼旁观，看着这个没落的封建贵族迟早会有吃尽用光、混不下去的一天。

很可以说，"积财就是积福"和"守财就是进财"，是资本主义经济势力开始在历史舞台上露头的时候，就构成了它的互为补充的两套道德教条。这是它借以不择手段、无所顾忌地进行残酷剥削的"精神武器"。夏洛克的这些性格化的语言是打上了清晰的阶级烙印的。

夏洛克费了不少唇舌，企图为自己的可耻的行业作辩护，想把它说成合乎天理人情的，却在安东尼面前碰了个大钉子；但他还不肯就此死心，仍然希望能和对方取得某种程度的谅解，因此又变换腔调，说出了另外一番叫人"心酸"的话来：

> 您，您曾经把唾沫吐在我的胡子上，
> 曾经用脚踢我，像踢开你门口的
> 一条野狗……

谁知得到的回答却是：

> 也许我以后还是要这样骂你，
> 还是要这样啐你、要这样踢你。

> 要是你愿意借这笔钱,别当作是
> 借给你的朋友……
> 就当作你是把钱借给你的仇敌吧。①

这是再一次宣布:正像黑白不能混淆,犹太人——尤其是一个高利贷者犹太人——和基督徒之间永远存在着一条不可跨越的鸿沟。"朋友""仇敌",这两个词儿用得多么有分量;"皇家巨商"和"高利贷者"之间,"基督徒"和"犹太人"之间,这条界限划得多么分明!

值得我们注意的是:夏洛克,在他这一边,一开头就表明他对安东尼怀恨在心,主要由于对方打击了他的生意买卖——"把咱们在威尼斯放债这一行的利息给压低了。"但是,随着戏剧冲突的逐步发展,我们可以看到,这个高利贷者夏洛克逐步让位给他的另一个身份:受侮辱的犹太人夏洛克。或者不如说得更确切些,他采取了另一种姿态:一个可怜的受侮辱的犹太人。经过了不少回合的交手,遭受了无数次的打击,他认识到,在敌人面前,只有这一手才是最有效的自卫手段,同时也最有效地揭露对方的骄横暴戾。这另一个身份——应该说,这另一种姿态——特别鲜明地表现在夏洛克失去女儿破了财,又受到二流子们(基督徒)的刻薄讥嘲,这当儿他所倾吐的一段话里:

> 犹太人就没有眼睛了吗?犹太人就缺了手,短少了五官,也没知觉、没骨肉之情、没血气了吗?犹太人不是同样吃饭的吗?……跟基督徒有什么不同的地方?②

---

① 这里及以上一段引文均见第一幕第三景(第132、133页)。
② 这里及以下一段引文见第三幕第一景(第173页)。

如果孤立地来看这一场戏,那么这一大段滚滚而下的台词,的确很雄辩,富于戏剧性的效果;声泪俱下,令人为之动容呢。但是不能忘记,这个犹太人不是一般的犹太人民,乃是和劳动人民处于对立地位的剥削者。想一想吧,假使在另一个情况下,当高利贷者夏洛克对付的是那些落在他手里的、贫苦无告的债户,要从他们身上榨干最后一滴血时,他会不会想到那些"眼看就要冲家"的可怜的人们,同样有知觉、有骨肉之情——同样是要吃饭的人呢?他绝对不会想到!这时候他跟你讲不讲"人情之常"了呢?不,他只讲他个人的"积财"和"积福"了。归根结底,不管说得多么雄辩、动听,犹太人夏洛克要求的,并不是广大人民的基本人权,而只是向上层的统治阶级要求他个人的特权——一个高利贷者的特权,如此而已。

尽管同样是不劳而获的剥削者,夏洛克和安东尼所处的社会地位却并不相同。这个犹太人高利贷者虽然拼命攒聚,手头掌握的钱财越来越多,但看来他并没因之而顺利地爬进威尼斯城邦的上流社会里,得到基督徒上层分子的认可,和他们平起平坐。这里该是犹太人实际上已经掌握了的经济权力,和他眼前还没有能享受到的政治权利间的矛盾。当他紧紧地沿着资本主义的道路往上爬的时候,他不由得痛苦地感觉到:"犹太人"这个民族身份对于他是一个太沉重的包袱了。

这一切,都是为的什么呀?我是一个犹太人。

十九世纪欧洲资产阶级民主主义者从这一句呼号里听到了一个受难的民族的不平之鸣,曾经为之惨然动容,为之热泪盈眶。但其实说穿了,夏洛克虽然把自己列为千百万犹太人中的一个,他要求的却决不是全体被压迫的犹太人民的解放。他感到痛苦,也并非由于他和千百万犹太弟兄共命运、同患难的缘故。完全不是那么一回事。他感到痛苦,只是在于:为什么那属于欧洲基督徒老爷们的上层社会,不能为了容纳他这一个犹太人而破例地开一扇方便之门?

夏洛克就带着这样一个被歧视、受迫害的犹太人的姿态踏上了威尼斯的法庭。他向来憎恨安东尼,首先因为这个大商人在生意买卖上打击了他;但那时候他还曾经怀着彼此妥协的打算。他现在仇恨安东尼,最主要的却因为这个基督徒挡住了他的去路,不许他抬起头来,不容他往上再爬一步,实现这样一个强烈的愿望:凭着他所拥有的金钱,挤进那由威尼斯统治集团所组成的上层社会。这样,在一个特定的场合中,那最直接的经济利益冲突的因素,倒似乎被掩盖起来了。因此看来竟好像违反了他贪婪的本性,夏洛克在法庭上斩钉截铁地拒绝和解,宣称:

> 就算你这六千两银子,每一两都可以
> 分做六份,每一份就是一两银子,
> 我也不接受。①

他出色地扮演了有冤报冤的"复仇者"的角色。

自从欧洲中世纪有了通俗的宗教剧以来,出现在舞台上的犹太人总是定型了的:他的灵魂理所当然是出卖给魔鬼的,他的所作所为必定是灭绝人性的。一句话,他的任务是为观众提供嘲笑、唾骂的活靶子。

现在,在《威尼斯商人》里,也有一个犹太人出场,他所扮

---

① 这里及第二十三页上引文均见第四幕第一景(第205、211页)。

演的仍然是大坏蛋的角色;但是这一个贪婪狠毒的犹太人高利贷者的形象,在一定程度上,究竟可以认为是拿当时的现实生活作底子的。因此他不再是魔鬼,而是生活在现实社会中的人物了。他开始具备了一个角色所应有的性格特征,而这种性格特征不仅和他的种族、宗教、职业是联系着的,而且还可以从他的阶级本性去找到说明。这应该说是莎士比亚的现实主义艺术手法胜过前辈(例如马洛,他写过《马尔他的犹太人》)的地方。

犹太民族问题本是欧洲长期存在着的、为封建教会所极力利用的一个尖锐复杂的少数民族的问题。可是这一题材,在历来的文艺作品中,很少正面接触过,因此,并没什么奇怪的,当这个被"人情化"了的夏洛克假借着全体犹太人的名义,声泪俱下地在台上发出呼吁、申诉不平时,他的确曾经赢得了台下一些观众——包括一些处于社会底层的犹太人——的强烈共鸣。在十九世纪欧洲资产阶级民族独立运动普遍高涨的时候,一些资产阶级民主主义的进步作家(像德国的海涅,英国的赫兹力特等),对遭到基督徒围攻、打击的犹太人夏洛克寄予同情、为他开脱,从他的立场出发,谴责对方的无耻。他们对夏洛克的个人遭遇赋予某种普遍的意义,仿佛在这个反面人物身上体现了几百年来的历史真相:当时流落在欧洲的犹太人民(一个长期被歧视的少数民族)所遭受的数不尽的屈辱和压迫。

我们一方面不能把口头挂着"友爱"的大商人安东尼当作什么"正义"的化身,为他唱赞美歌;另一方面,又不能把高利贷者夏洛克善意地当作什么民族复仇的英雄人物看待,或者把他和当时处在社会底层、身受着好几重压迫的千百万欧洲犹太人民混同起来。当夏洛克在法庭里亮出刀子,企图置对方于死地时,也许掺杂着由于受到民族歧视而进行个人复仇的动机在内,但这和反抗种族迫害的民族英雄是完全不相干的。

法庭诉讼一景,是整个喜剧的高潮。这一场戏,扣人心弦,气氛紧张,却仍然不失它的喜剧性。这喜剧性是双重的。从表面看,喜剧效果在于所谓善有善报、恶有恶报。"好人"逢凶化吉,安然脱险;坏蛋心存不良,结果打了一场赔本的官司,还要被迫跪在法庭上,当场改信基督教,落到可耻的下场,真是大快人心。

实际上,在罪恶的资本主义社会里,剥削阶级,就它的全体而论(绝不仅仅局限于某一个放高利贷的犹太人),一向利用操纵在他们手里,为本阶级利益服务的法律,把被剥削、被压迫的劳动人民,当作牲口般驱使、虐待,又企图当作牲口般宰割。血淋淋的一磅人肉,不应该拿来作为对于犹太异教徒的反宣传,作为对他们歧视、迫害的口实,因为这一切本是荒唐无稽、别有用心的谣言罢了。但是,无论如何,那以血淋淋的一磅人肉为内容的契约文书,又的确是最富于象征意义的;因为对于整个资产阶级的贪得无厌的本性,和敲骨吸髓的剥削手段,它的确是高度概括而又极其生动的一个写照。

革命导师马克思在《资本论》中曾经揭露当时的英国工厂主怎样善于利用那保护资产阶级利益的法律条文,肆无忌惮地对童工、女工实行"合法的"残酷剥削;并且指出,他们乃是搬出夏洛克在法庭上说过的话来对付人们的愤怒的抗议:

我自个儿做的事,我自个儿当!

> 我只要求法律解决,我定要执行
> 那借据上规定了的处罚的条文。
> ……
> 对了,"他的胸膛",借约上这么写着。①

在舞台底下,在现实生活中,他们一向拿高利贷者夏洛克所奉行的信条作为自己的信条,往往重复着夏洛克说过的话,来公然为自己的血腥的罪恶辩护;然而在喜剧中,在舞台上,他们却正因为犹太人夏洛克说了那样一些话,信奉了那样的信条,而咒骂他是"魔鬼",是"没有人性的豺狼";好叫人相信,他们这一伙本是和犹太人划清界限的正人君子。看穿了他们的伎俩,他们的阴谋,那么我们岂不会感到:对于一个"剥削有理"的资本主义世界说来,这里倒的确包含着极为深刻的喜剧性的讽刺意味呢。

七

莎士比亚在一系列喜剧中以深厚的功力刻画了两个著名的典型人物。一个是夏洛克,另一个是我们现在要谈到的福斯泰夫。

欧洲中世纪,封建制度正处于全盛时期,大封建主们豢养着一大批武装随从,拿自己的城堡做小山头,或者拦路打劫、扰乱地方治安,或者争权夺利,掀起一场封建领主间的连年不断的混战。他们所依靠的武装力量的骨干,主要是由福斯泰

---

① 请参阅《马克思、恩格斯论艺术》(二),人民文学出版社 1963 年版,第 151—152 页。

夫那样贵族出身的封建骑士构成的。这些刚狠好斗的封建骑士除了在马背上厮杀、决斗、打猎之外,平时大吃大喝,向贵妇人献媚邀宠,就是他们唯一的本领了。可是时势变了,随着封建割据的状态逐步被打破,一个中央集权的统一的王国,在新兴的资本主义势力的支持下,终于形成。大封建主为所欲为的黄金时代一去不返了,再不能像过去那样盘踞一方、耀武扬威了。那些附庸于日益没落的大封建主的封建骑士,终于落到"英雄无用武之地",开始从他们本阶级中游离出来,有些流落在社会上成为不务正业的游民、浪人;福斯泰夫就是其中有典型意义的一个。

在《温莎的风流娘儿们》里,这个既失去生活的理想、又失去经济来源的社会渣滓,已到了穷途末路、混不下去的地步了。今日有酒今日醉,就是他的全部人生哲学,什么封建骑士的荣誉、道德、侠义精神全都见鬼去吧!甚至连他的灵魂都随时可以出卖;他拿灵魂给他的做小偷的下手在人前做担保,只为了分得区区十五个便士的贼赃!所以当他听到傅德大娘和裴琪大娘这两个富裕的市民的妻子手里掌管着她们的丈夫的钱财,就垂涎欲滴地宣称:

> 她就是圭亚那的金山银山。我要去接收这两个娘儿的家产;她们俩就好比我的国库。这两个娘儿,一个是我的东印度,一个是我的西印度,这两笔生意买卖,我一笔也不放过呢。①

这真是不堪回首话当年!当初出入官廷,向贵妇人献花、献诗歌,以至献出生命的封建骑士,现在却只能躲在凄凉的小客店里,向他所绝对看不起的小市民的妻子写"情书"了。

---

① 见第一幕第三景(第399页)。

"爱情",对他说来,已堕落到只是一笔不要本钱的生意买卖罢了;而中世纪骑士文学中保护妇女、崇拜情人、以她的名义行侠四方的风流骑士,时至今日,一落千丈,堕落为诈骗妇女的拆白党了。他公然宣称:看中人是假,看中金钱是真:

> 他家里有大堆大堆的钱呢。我正是看中了他的这个,他那老婆才让我看中的。我要拿她当做一把钥匙,去打开这个王八奴才的金库银库!①

傅德大娘的丈夫听得风声,探到动静,恐慌起来,叫苦连天:——

> 我的银箱要给盗空了!

当然,连同银箱,他的老婆也要被人偷了,而对于这位殷实的市民来说,妻子就是家庭里的另一项重要财产。这样,偷"情"的福斯泰夫和捉奸的丈夫,实际上展开了一场争夺和保卫私有财产的白热战!

他们之间的尔虞我诈的"秘密协定"把他们这一场斗争的不义的性质充分暴露出来了:

> ——您不用愁钱不够用,约翰老爷;我不让您短少一文钱使用。
> ——您不用愁傅德大娘弄不上手,白罗克大爷;我不让您缺少一个傅德大娘玩弄。

福斯泰夫自以为人财两得是稳的了,踌躇满志,说话格外放肆,竟把"傅德大娘"和可以被计数、被随意支配的金钱完全等同看待!"一个傅德大娘",多么荒唐无耻,但又多么真实

---

① 这里及以下两段引文均见第二幕第二景(第432、433页)。

地表达了这个人物的肮脏思想!而当福斯泰夫这么恬不知耻地暴露自己时,他同时也代替他的对手,把那极其严重的夫权思想表达出来了。

妇女在当时还处于屈辱的社会地位,而属于市民阶层的妇女,社会身份更低微些。但是莎士比亚笔下的傅德大娘,表明了妇女有她坚定的意志,有她独立的人格,懂得怎样保卫自己的荣誉。那订立"秘密协定"的双方正在那儿钩心斗角,为了争夺她和她的银钥匙而全力以赴;可没想到却被傅德大娘把他们同时玩弄在掌股之中。

她真是富于应变的机智,从容自如,将计就计,在裴琪大娘的配合下,打了一个全胜的漂亮仗。社会上的坏人受到了应有的惩罚——被当作一筐肉屑、肉骨头般扔进泰晤士河里,还加上一顿痛打;轻视妇女的丈夫得到应有的教训,从此端正了对待妻子的态度。①

八

莎士比亚创作他最后一个诗剧《暴风雨》的时候,已饱经了一番人世沧桑。伊丽莎白时代表面繁荣的那层薄雾已经消散,危机四伏的社会阴暗面闯进了诗人的创作视野;在那阶级矛盾日益激化的年代里,他感受到山雨欲来风满楼的沉重气氛。透露在他早期喜剧中那种乐观的幻想消失了,但是还不能说,人文主义者所抱的理想也化作尘土,随风而去了。人类

---

① 关于这个喜剧的较详细的评述,请参阅拙著《谈〈温莎的风流娘儿们〉的生活气息和现实性》,载《文艺论丛》第六辑,上海文艺出版社出版。

的前途是光明美好的,始终是莎士比亚这位人文主义者坚持的信仰。我们听听蜜兰达的这一段情绪激荡、像一曲赞歌似的表白吧:

噢,奇妙哪!
瞧这儿,有那么多风度不凡的人儿!
人类是多么美好啊!这个新世界多棒呀,
有这样好的人物!①

中世纪天主教会以神性压抑人性,以天国否定人世。人文主义者敢于打破上帝和天国向来的垄断地位,把信仰捧回人间,交托给人类自己,这是具有历史上的进步意义。蜜兰达的那一曲赞歌不再是对神的礼拜,而是在歌颂人:"人类是多么美好啊!"

我认为这就是《暴风雨》的一个富于诗意的主题思想。这就是剧作家一心一意要向观众倾吐的肺腑之言。你也可以说,这就是杰出的人文主义者企图通过他最后一部作品,向遥远的后人传递的一个信息;这是诗人行将离开人间,在为人类的未来祝福。

如果从这一角度去理解,我们就能更清楚地看到《暴风雨》的整个戏剧构思了:为什么要在那汹涌的万顷波涛里浮现出那么一个虚无缥缈的海上仙岛?不错,这里该是有逃避现实的因素在内;但是,另外也还有剧作家的一番用心吧:可以让蜜兰达,这个从来没有机会和人类交往的姑娘,抬起眼来,忽然发现一个崭新的世界和那么多风度不凡的人儿展现在面前!这当儿还有什么可以和她的惊讶、她的喜悦、她的兴

---

① 见第五幕第一景(第629页)。

奋相比拟的呢？莎士比亚正是抓住了这最富于戏剧性的一刹那好让她不能抑制的激情不但给人一种强烈的真实感，而同时又用最清新的诗意表达出来。

"这个新世界多棒呀！"这一声惊叹直到今天听来，并没有失去那一股直扑心灵的力量。它那清新的诗意取得了一种高于现实的象征意义，使我们不过多地计较蜜兰达眼前的近景，其实只是些来自旧社会的人物；使我们的视野变得那样宽广，瞩目于一片美好的远景——我们和我们的子孙将为它的诞生而终生奋斗的一个光明灿烂的新世界。

当蜜兰达遥遥地望见海船在惊涛骇浪中翻滚，人们正在狂风暴雨中绝望地挣扎时，她忍不住痛苦地绞着双手，嚷道：

唉，看那些人受难，我跟着在受难！①

诗人用浪漫主义的手法塑造出了这一隔绝在人类社会之外，"闻足音跫跫然则喜"的蜜兰达的形象；她多么渴望处身于正在遭难的人们中间，和他们共呼吸、同命运啊。在蜜兰达的无限深情里，让我们仿佛听到了剧作家本人的心声。而一叶危舟在怒海中挣扎，在诗人的形象思维里，也许已和无数的人们在苦难的现实生活中颠扑翻滚的情景融合在一起了。

蜜兰达一上场和最后下场前的那两段充满激情、富于诗意的表白，我认为是《暴风雨》中最难使人忘怀的部分。也许我们很可以选取这首尾呼应的两段话当作铭文，镂刻在莎士比亚的纪念碑上吧。一个人文主义者热爱人世、歌颂人世的精神，充分体现在这里了。

---

① 见第一幕第二景（第525页）。

在莎士比亚早期的喜剧里,我们可以看到,人文主义者所极力宣扬的恋爱自由、婚姻自主,实质上是在本阶级范围内的恋爱自由和婚姻自主罢了。请读一下《仲夏夜之梦》吧。封建家长内定的女婿第米特律,和女儿自己看中的情人莱珊德,如果单从社会地位而言,是并不分高低上下的,他们两个都是雅典的贵族青年:

——第米特律可是一位蛮好的大爷哪。
——莱珊德也不错啊。①

门不当、户不对,就像包办婚姻那样,被喜剧中的这对情侣认为是真诚的爱情的"可恼"的阻碍。

十六世纪的英国,资本主义经济得到迅速发展,阶级关系发生了显著变化,但是在社会阶梯的顶端还是盘踞着英国皇室和大封建贵族,门阀世家还是受到习惯势力的崇拜和羡慕。这特别在婚姻问题上表现出来。在《李尔王》里,为人文主义思想鼓舞的法兰西国王可以毫不犹豫地娶没有陪嫁的公主为王后;在《威尼斯商人》里,贵族青年巴珊尼可以坦率地告诉波希霞:"我全部的家产流动在我的血管里。"(意即贵族血统就是他的全部家底了。)但是很难想象:法兰西国王会娶一个陪嫁丰厚,却没有身份的小家碧玉。巴珊尼的血管里如果不是流动着他自命为贵族的血液,那么纵有百万家产,在当时恐怕未必能得到波希霞的青睐吧。

恩格斯曾经指出:"只有在消灭了资本主义生产和它所造成的财产关系"之后,结婚的充分自由才能实现,那时候,

---

① 莱珊德也不错啊,意即莱珊德也是一位很不错的青年贵族啊(见第7页)。

男子"将永远不会用金钱或其他社会权力手段去买得妇女的献身;而妇女除了真正的爱情以外,也永远不会再出于其他某种考虑而委身于男子……"①

革命导师把个人婚姻的充分自由和阶级社会的最终消灭,联系到一起来认识,得出了这一精辟深刻的见解,那是绝不可能为十七世纪初的人们所掌握的。但莎士比亚在写出他晚年的最后几个喜剧时,这样一个问题似乎经常朦胧地出现在他的思考里:——

能不能设想真诚的爱情除了本人之值得被爱慕的品质外,再没有其他任何外加的先决条件呢?

在《善始善终》里,莎士比亚接触到这个问题,对于血统论提出了怀疑(第2幕第3景)。但是这一喜剧实际上写的并不是真诚的爱情,只是误用感情的少女的一片痴心罢了——一个平民姑娘爱上了并不值得爱的贵族青年。

更值得注意的是《冬天的故事》。王子爱上了牧羊女,为了她,向天宣誓道:

把我王嗣的名分一笔勾销了吧,父亲!
我是我爱情的继承人!②

最后发现,这位仪态万方的牧羊女原来就是流落在民间的公主,她一恢复金枝玉叶的身份,当然什么阻碍也没有了。有情人终于成了眷属。

---

① 见《家庭、私有制和国家的起源》,引自《马克思恩格斯选集》第4卷第78、79页。
② 见第四幕第四景。此外,《奥瑟罗》是值得注意的。男主人公只是轻描淡写地提到"我乃是王家的根苗"。

《暴风雨》中,蜜兰达和王子的相遇,实际上就是《冬天的故事》中的爱情主题的变奏。两个喜剧先后衔接,而主题与变奏又相互印证,这说明了这里有着莎士比亚一直在思考、探索,却始终不曾很好解决的一个问题。

具有民主思想萌芽的莎士比亚处理这个主题时是羞羞答答的,从没有能够用丰满的艺术形象清晰地表达这样一个见识:真诚的爱情必须和门第观念——封建贵族的阶级偏见——彻底决裂。总是保留着那"王子与公主"的外壳——仿佛这是一块少不了的"遮羞布"。莎士比亚的思想领域里似乎有一块始终没有能突破的禁区。或许呢,考虑到戏剧不同于诗歌小说,必须照顾到观众的欣赏习惯和演出效果,①可以这样说:这里是莎士比亚作为戏剧家所没有能最后跨越的一个思想高度。这半步之差说明了人类在历史的长河里所积累起来的点滴进步是来之不易,值得后人珍惜的。

《暴风雨》里的爱情,仍然是王子与公主的爱情,但他们又是在乌托邦式的仙岛上,失去了自己的社会身份的情况下,相遇而相爱的。门第观念被暂时搁置在一边了。一等到恋爱成功,剧作家把落难公主的身份交还给蜜兰达,她就成了不开口的哑角。于是门当户对,荣华富贵的婚姻结束了喜剧。

海上仙岛和这岛上的传奇故事原是向壁虚构,可是在蜜兰达身上却自有一些东西使人难以忘怀。她仿佛当真是在那清风明月的大自然怀抱中长大起来的少女,不仅没有沾染矫揉虚浮的宫廷习气,她那纯洁质朴的心灵仿佛还是没有经过

---

① 根据可以查考的资料,《暴风雨》于1611年11月1日,及1612—1613年间,两度在宫廷演出,第二次是为了庆贺王室的婚礼。为宫廷演出而写作,自然免不了使剧作家在创作过程中受到很大的限制。

人工穿凿的美玉:她几乎不曾感受到千百年来习惯势力所加于妇女身上的束缚,使她毫无拘束、不加掩饰地把内心深处最隐蔽的思想感情,向她第一个遇见的异性吐露出来,使用的语言又是那样单纯明净,口吻近于一个天真的孩子:

> 我从没见识过
> 跟我是姊妹的女性,在我的心灵中
> 也从没印进过一个女人的脸蛋——
> 除非我从镜子里看到了我自己;
> 我也从没见到过哪一个,我可以称他为
> 男人——除了您,好朋友,和我那亲爸爸。……
> 这世界上,除了您,我再不希望别人
> 来跟我做伴;也想象不出,除了您,
> 我还能另外喜欢什么样的形象。①

当然,蜜兰达并非真的一尘不染,在她幼小的心灵开始朦胧地意识到外界事物的时候,就被打上阶级的烙印了,她隐约记得起来:

> 我有没有四五个女人伺候过我?②

但是借着她的艺术形象,莎士比亚似乎想得很远,超越了贡札罗的那个白日梦里的乌托邦,而飞向遥远的未来。当一个新的时代来到的时候,新妇女将会具有怎样的风度和精神面貌呢?莎士比亚在揣摩着。我们呢,从蜜兰达的形象里不禁又一次想到了革命导师的启示,在消灭了资本主义生产和它所造成的财产关系之后,婚姻真正有了充分的自由,人们"除了

---

① 见第三幕第一景(第586页)。
② 见第一幕第二景(第528页)。

相互的爱慕以外,就再也不会有别的动机了"①。在那崭新的世界里,妇女在处理工作、家庭、生活的问题时,将全面地显示出怎样不凡的风度和精神面貌呢?

普洛士帕罗使人想到没落的过去,她的女儿却给人一双幻想的翅膀,飞向遥远而美好的未来。为了蜜兰达,我想,我们的子孙的子孙,也许将比我们更喜爱这个富于浪漫气息的传奇喜剧吧。

方　平

---

① 见《家庭、私有制和国家的起源》,引自《马克思恩格斯选集》第4卷第78页。

仲夏夜之梦

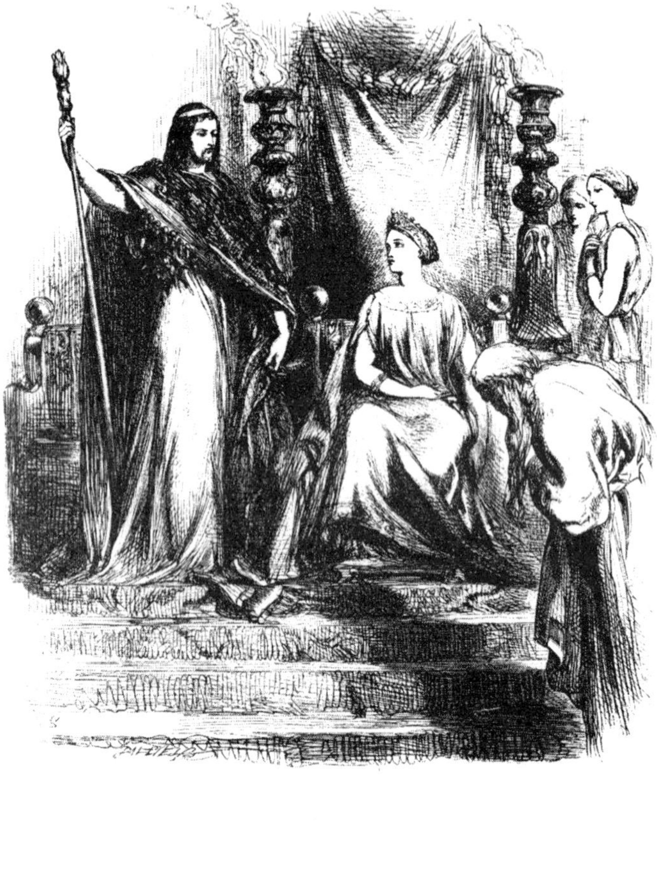

剧 中 人 物

希修斯——雅典大公
喜波丽妲——亚马孙女王,希修斯的未婚妻
伊吉斯——雅典贵族
赫蜜雅——伊吉斯的女儿,爱莱珊德
莱珊德 ⎱
第米特律 ⎰——青年,都爱赫蜜雅
菲罗特莱——大公的侍臣
海伦娜——少女,爱第米特律
希修斯和喜波丽妲的侍从

昆　斯——木匠
线团儿——织工
笛管儿——修风箱匠
喷嘴儿——补锅匠
瘦鬼儿——裁缝
合缝儿——细木工匠

奥伯朗——仙王
蒂妲尼霞——仙后
蒲克——又名"好人儿罗宾"

豆花 ⎫
蛛网 ⎬ 小精灵
飞蛾 ⎪
芥子 ⎭

其他侍奉仙王仙后的仙子们

场 景

雅典,及附近的森林

第一幕

第一景　雅典宫中

〔雅典大公希修斯与未婚妻喜波丽妲携手上。侍臣菲罗特莱及侍从等随上

希修斯　我说,美人儿喜波丽妲,我们的吉日
　　　　越来越近了。再过幸福的四天,
　　　　新月就从天边升起;但是,唉,
　　　　偏偏这一弯残月,消逝得好慢啊!
　　　　她耽误了我的好事,就像那后娘、
　　　　老寡妇,只管把年轻人应得的家产
　　　　消耗完了。

喜波丽妲　四个白昼很快就会
　　　　由四个黑夜来接替;四个黑夜
　　　　很快就会在梦中度过;那时候啊,
　　　　弯弯的新月,像一张银弓,从天上
　　　　照临我们新婚的初夜。

希修斯　菲罗特莱,
　　　　去吧,去叫雅典男男女女的青年,

高歌酣舞;一片欢腾,喜气洋洋。
那愁眉苦脸的,送葬去才是道理;
参加我们的典礼,就该满面红光。
〔菲罗特莱下
喜波丽姐,我当初用刀剑向你求爱,
博得你的芳心凭着对你的粗暴;
我如今和你成亲,要另换一幅光景——
一派豪华,欢声雷动,载歌载舞。
〔雅典贵族伊吉斯和女儿赫蜜雅上;后随莱珊德及第米特律两青年

伊吉斯　希修斯,威名远震的大公,福寿无疆!
希修斯　谢谢了,好伊吉斯,可有什么事情吗?
伊吉斯　我一肚子气恼,来控诉我的孩子——
　　　　我这女儿赫蜜雅。上前来,第米特律,
　　　　好主人,我把我女儿许配给这个人。
　　　　站出来,莱珊德。我的贤明的大公,
　　　　就是这个人骗去了我孩子的心。
　　　　你,你啊,莱珊德,编了小曲儿献给她,
　　　　和我那女儿交换爱情的纪念品;
　　　　在月光底下,她的窗前,你假声假气
　　　　唱着假情假意的情歌儿;真阴险,
　　　　让她从此心坎儿里有了你这个人,
　　　　你用头发编了一个个手镯送给她,
　　　　还送她什么戒指、小首饰、小玩意儿,
　　　　小纪念品、小东西,送她花、送她糖——
　　　　对情窦初开的少女,最好哄骗的东西。

　　　　　你用尽小手段偷走了我女儿的心；
　　　　　她就此不听我的话,忘了本分,
　　　　　变得犟头倔颈。我的好大公啊,
　　　　　如果她来到这里,当着您的面,
　　　　　不肯答应嫁给我的第米特律,
　　　　　我就要求雅典自古就有的特权——
　　　　　她是我女儿,就得听凭我发落；
　　　　　她不嫁给这位大爷,就得死——
　　　　　碰到这种情况,理当怎么办,
　　　　　我们的法律早就写得分明。
希修斯　　怎么说,赫蜜雅？多想想,美丽的姑娘。
　　　　　对于你,你的父亲应当是一尊神明；
　　　　　是他给了你这花容月貌；可不是,
　　　　　对于他,你只好算是一个蜡像,
　　　　　从他的模子里印下；所以把这形象
　　　　　保留,还是毁弃,全听凭他支配。
　　　　　第米特律可是一位蛮好的大爷哪。
赫蜜雅　　莱珊德也不错啊。
希修斯　　他本人倒是不错；
　　　　　可是,在这件事上,没有你父亲的赞同,
　　　　　另一位就势必比他强了。
赫蜜雅　　但愿我父亲能用我的眼睛来看人。
希修斯　　还是让你的眼睛根据他的判断来看人吧。
赫蜜雅　　我只能请求殿下原谅我。
　　　　　我不知有什么力量叫我壮起胆子；
　　　　　也顾不得贞静的少女该不该在这儿,

　　　　　当着这么多人,吐露自己的情意——
　　　　　可是,求殿下,能不能让我知道,
　　　　　落在我头上的最沉重的判决是什么——
　　　　　假如这一回我拒绝嫁给第米特律?
希修斯　　那就得死;要不然,一辈子再不许
　　　　　跟男人见一面。所以,美丽的赫蜜雅,
　　　　　问问你自个儿的欲望,想想你的青春,
　　　　　考虑考虑在你身子里奔流的热血吧。
　　　　　假使你不顺从父亲的挑选,你能不能
　　　　　披上修道女的黑袍,从此幽禁在
　　　　　凄清的修道院中,对着荒凉的寒月
　　　　　唱着沉闷的圣歌,终身做一个
　　　　　不育的童女?断绝了七情六欲,
　　　　　把童贞献给上天,当然是大大有福的;
　　　　　但是一朵被炼制成香精的玫瑰,
　　　　　比了那在带刺的枝头孤芳自赏、
　　　　　自开自谢、自生自灭的蔷薇,
　　　　　究竟享受着更多的人世的幸福。
赫蜜雅　　我情愿这样开、这样谢、这样自生自灭,
　　　　　殿下,也不能把我宝贵的贞操
　　　　　奉献给什么主人——假使他的主权
　　　　　我的灵魂怎么也不愿承认。
希修斯　　回去想一想吧;到新月初生的那天,
　　　　　也就是我和我的情人缔结良缘、
　　　　　成为白头偕老、终身伴侣的那天——
　　　　　到那天,你不是因为违抗父命,

　　　　　　准备一死，就得遵照他的意旨，
　　　　　　嫁给第米特律；再不然，就得跪在
　　　　　　黛安娜的祭坛前，宣誓刻苦修行，①
　　　　　　终身不嫁。
第米特律　别那么忍心吧，好赫蜜雅；
　　　　　　莱珊德，你算了吧，别拿你不合格的要求，
　　　　　　来跟我那名正言顺的权利抬杠吧。
莱珊德　　你获得了她父亲的爱，第米特律；
　　　　　　赫蜜雅的爱归我吧。你去跟他结婚好了。
伊吉斯　　狂妄的莱珊德！对了，我看中的是他；
　　　　　　我看中他，情愿把我的一切都给他；
　　　　　　她是属于我的，我把我对她的主权
　　　　　　全部都转移给第米特律。
莱珊德　　殿下，讲到出身，我跟他一样好，
　　　　　　我也很富裕；我的爱情比他多；
　　　　　　我的境况，各方面来说，不差一些儿——
　　　　　　即使比了第米特律并不更好一些儿。
　　　　　　胜过这一切，真正值得夸耀的是：
　　　　　　花容月貌的赫蜜雅，她爱的是我。
　　　　　　那为什么我不该坚持自己的权利？
　　　　　　第米特律——我当面揭穿他，曾经追求过
　　　　　　奈达的女儿海伦娜，把她迷住了；
　　　　　　她呢，可爱的姑娘，却捧出整个心儿，

---

① 黛安娜，希腊罗马神话中的月亮女神，是守贞的女神，也是少女的保护神。

	爱他,崇拜他,当作偶像般崇拜他——
	他这个无情无义的负心人。
希修斯	我得说,我的确听到过这样一些话,
	因此还打算想跟第米特律谈谈,
	但是因为手边的事情太繁,
	后来也就忘了。可是第米特律,来吧;
	你也来,伊吉斯。你们都跟我来,
	我有一番话要单独开导两位。
	你呢,美丽的赫蜜雅,好好准备着,
	让你的爱情顺从你父亲的意志吧;
	要不然,雅典的法律——那法律的条文
	不许我们通融办理——不是判你死,
	就是叫你宣誓:终身守着童贞。
	来吧,喜波丽妲。怎么样,我的爱?
	第米特律,伊吉斯,一起来吧。
	为了布置我们的婚礼,有些事
	要嘱托你们给办一下,还要商量
	跟你们二位切身有关的事。
伊吉斯	我们欣然从命。
	〔众下。留莱珊德与赫蜜雅
莱珊德	(端详扑在他怀里的情人)
	怎么啦,亲爱的?怎么脸色这样白啊——
	脸上那两朵鲜花一下子就凋谢了?
赫蜜雅	怕是缺少了滋润的雨露吧,那我可以
	让眼泪流成了河来灌溉那花朵。
莱珊德	唉!凡是我在书本上读到的,

或者从传说和故事中听来的,
那真诚的爱情,道路从来崎岖不平;
不是因为彼此门不当、户不对——

赫蜜雅　噢,可恼哪,尊贵怎能向卑贱拜倒!
莱珊德　就是为了双方的年龄不相称——
赫蜜雅　啊,可恨哪,妙龄怎能跟老朽做伴!
莱珊德　要不然,只因为取决于亲友们的挑选——
赫蜜雅　唉,作孽哪,挑选爱人要借别人的眼光!
莱珊德　要不然,即使彼此心心相印,
战争啊,死亡啊,疾病啊,就来摧残,
使得爱情像声音般一去不返,
像影子般无影无踪,幻梦般短暂,
像黑夜里电光一闪般瞬息即逝——
那电花才只照出了上天下地,
可还没让人来得及喊一声"瞧啊!"
马上,黑暗张开巨口、把光芒吞没;
美妙的东西,就这样,归于乌有。
赫蜜雅　既然真心的情人永远要受折磨,
可见那是注定的命运。那么让我们
学会把苦难忍受吧,因为受苦
就是向来如此的本分。爱情少不了它,
就像少不了"相思""梦幻""叹息"
"希望""眼泪"——可怜的"爱情"跟前的侍从。
莱珊德　这话说得好。那么听我吧,赫蜜雅。
我有一个姨妈,是寡妇,很有钱,
有大笔的收入,可并无一男半女。

11

　　　　　她的宅子离开雅典有六十多里；
　　　　　她把我当作她独养的儿子看待。
　　　　　好赫蜜雅，我就和你到那儿去结婚；
　　　　　到了那儿，那无情的雅典法律
　　　　　就管不到我们。如果你是爱我的，
　　　　　明天晚上，偷偷溜出你父亲的家；
　　　　　奔到郊外十来里地的森林里，
　　　　　就是当初我碰见你跟海伦娜
　　　　　在五月节的清晨采花唱歌的地方，①
　　　　　我在那儿等你。
赫蜜雅　　我的好莱珊德！
　　　　　我为你起誓，有丘比特的最硬的弓、②
　　　　　最出色的金头子的箭为证，我，
　　　　　凭着维纳丝的鸽子，纯洁的象征，③
　　　　　凭着那结合灵魂、增长爱情的忠贞；
　　　　　凭着迦太基女王举火自焚的烈焰，
　　　　　当她望见负心人的归帆消失在天边；④

---

① 5月节：英国民间节日，在5月1日。青年男女在这天清晨到野外采花唱歌，庆祝自己的节日。
② 丘比特，希腊罗马神话中的小爱神（维纳丝的儿子），手执弓箭。他的锐利、耀亮的金箭能促发爱情；他的迟钝的铅头箭，消灭爱情。（见奥维德《变形记》第1卷）
③ 维纳丝，希腊罗马神话中"爱"和"美"的女神。在后世的诗歌、绘画中，由一群飞翔的白鸽牵引她所乘的轻车。
④ 特洛伊的英雄伊尼斯在故国沦陷后，乘船逃亡欧洲，中途为暴风雨所驱，漂流到非洲海岸，遇见迦太基女王黛多，为女王所爱，招他留在宫里。后来伊尼斯逃出了她的王国，乘船到意大利；女王举火自焚。故事见维吉尔的史诗《伊尼德》。

　　　　　　凭着男人们说过就背弃的誓言,
　　　　　　那数目远超过女人所许下的心愿;
　　　　　　我起誓,就在你方才约定的地点,
　　　　　　明天,我言而有信,来跟你会面。
莱珊德　　可不能失约啊,心肝儿。瞧,海伦娜来了。
　　　　　〔少女海伦娜上
赫蜜雅　　上天祝福你,美丽的海伦娜!从哪儿来?
海伦娜　　你拿"美"称呼我?快把那个字收回。
　　　　　第米特律爱的是你的"美"。幸福的美人!
　　　　　你的眼睛,是星星;你一开口,那妙音
　　　　　胜过了小麦青青、山楂吐蕾的时节,
　　　　　那云雀送到牧羊人耳边的歌曲。
　　　　　病是要传染的;但愿啊,美貌也这样,
　　　　　好让我"染上"美丽的赫蜜雅的容光!
　　　　　我就用眼、用耳,吸收你的流盼和巧笑,
　　　　　用我的舌尖搬来你那动人的声调。
　　　　　整个世界我都不要,只要我能留下
　　　　　第米特律,只要我能化身为赫蜜雅。
　　　　　教教我吧,你怎样看人,用什么本领
　　　　　抓住了第米特律一颗跳动的心!
赫蜜雅　　我对他皱皱眉,他还是把我爱。
海伦娜　　请你的皱眉教我吧,怎样笑得妩媚。
赫蜜雅　　我咒骂他,他却拿爱情做回报。
海伦娜　　我的哀求也这样动人,那有多好!
赫蜜雅　　我越是恨他,他越要跟我亲近。
海伦娜　　我越是爱他,他越发把我憎恨。

赫蜜雅　是他痴心,海伦娜,不怪我犯了错。
海伦娜　只怪你长得美;但愿那错在我!
赫蜜雅　别难过,他从此再见不到我的面;
　　　　莱珊德和我,要双双逃开雅典。
　　　　方才,我和莱珊德见面的时光,
　　　　雅典城对于我,好比人间天堂;
　　　　奇妙啊,情哥哥讲了几句话语,
　　　　就叫那天堂变成人间的地狱!
莱珊德　海伦娜,我们把私下的打算对你说,
　　　　明天晚上,但等那皎洁的明月
　　　　对着粼粼清波,映照她的玉颜,
　　　　当点点露珠点缀着草叶的尖尖——
　　　　那时候,再没人会发觉爱人的情奔,
　　　　我们趁机就溜出雅典的城门。
赫蜜雅　在那片森林里,你跟我俩从前常常
　　　　躺在清香的樱草花的花坛上,
　　　　彼此说不尽温柔的心事和梦想
　　　　如今我和莱珊德就相约在这个地方。
　　　　在那儿见面,从那儿再不向雅典回头——
　　　　去新的地方另找伙伴和朋友。
　　　　再会吧,亲爱的游伴,为我们祈祷;
　　　　但愿你的爱情得到你情人的回报!
　　　　别失约啊,莱珊德,躲不掉的是相思,
　　　　挨到明儿深夜,才放下满腹的心事。
莱珊德　你放心吧,我的赫蜜雅。
　　　　〔赫蜜雅下

　　　　　海伦娜,再会。
　　　　　愿第米特律爱你,就像你对他的爱。
　　　　　〔下
海伦娜　人比人,有人就多么幸福、愉快!
　　　　全雅典都称赞我跟她长得一样美——
　　　　可是不相干,第米特律另有他的判断,
　　　　人人都看得分明,偏偏他视而不见。
　　　　他执迷不悟,痴恋赫蜜雅一双眼睛;
　　　　我也同样,只知道爱慕他的人品。
　　　　情人的好恶,该是另有一套标准,
　　　　明明又粗又劣,他却说:珠圆玉润!
　　　　情人不睁开眼,而是张开了心。
　　　　无怪画中的小爱神,被扎没了眼睛。
　　　　爱神的头脑常常把好坏颠倒,
　　　　有翅膀,没眼睛,象征鲁莽的急躁;
　　　　所以爱神只是个小娃娃——传说这样,
　　　　原来他挑选对象老是会上当。
　　　　正像那顽童把赌咒当作好玩,
　　　　小爱神也到处用誓言把人欺骗;
　　　　第米特律还没看见赫蜜雅的一双眼,
　　　　口口声声对我说:"我心中只有你!"
　　　　他向我发誓,就像落下一阵阵冰雹,
　　　　一接触到赫蜜雅,冰雹可全都融掉。
　　　　待我去告诉他:美丽的赫蜜雅要出奔;
　　　　明儿夜,他会赶到森林中去追寻。
　　　　为了这次通风报讯,果然能得到

他的感谢,我付出的代价可也不小。①
这样做,我无非在自己的苦上加痛,
为了要看他,去也跟从,来也跟从。

〔下

第二景　昆斯家中

〔木匠昆斯,细木工匠合缝儿,织工线团儿,修风箱匠笛管儿,补锅匠喷嘴儿及裁缝瘦鬼儿上

昆　斯　咱们全体人马都到齐了吗?

线团儿　你最好还是照着名单,一个儿一个儿、笼笼统统地②点一下名吧。

昆　斯　凡是在这张名单上有名字的人,都是全雅典城认为够得上在大公和大公娘娘结婚的那晚上,当着他们两位,串演我们的一出小戏。

线团儿　第一着,好彼得·昆斯,说一说这出戏演的是什么玩意儿;接下来,念一念角色的名单,这样也好摸得着个头脑。

昆　斯　好吧,咱们这出戏呀,叫做:《皮拉摩和瑟丝贝千古恨事——最苦的喜剧》。③

---

① 因为海伦娜将要帮助他去追赶她的情敌。(《耶鲁版》)
② 笼笼统统地,线团儿的本意该是要说"逐一地";下文还有一些类似的用错了词儿的地方,译文都加了密点,表示要从反面或侧面去了解它的意义。
③ 古代巴比伦的少女瑟丝贝违背父母意志,爱上邻家青年皮拉摩,故事见《变形记》第4卷第55—166行。雅典手艺工人的演出大致上是有所根据的。

线团儿　我敢说,那准是头等的货色;①而且,呃——现在,好彼得·昆斯,照着名单,把你的角儿叫出来吧。伙计们,大家都站开些。

昆　斯　我叫一个你们答应一个。尼克·线团儿,织布的。

线团儿　有。哪一个角色派我演呀?你说了再往下念。

昆　斯　你,尼克·线团儿,派你扮皮拉摩。

线团儿　皮拉摩是什么东西?是个情哥儿,还是个暴君?

昆　斯　一个情哥儿,为了爱情,真也亏他舍得,把自己的老命都干掉了。

线团儿　要是把戏演到家,那少不得要添上几滴眼泪儿吧。我在台上一认真起来,叫看客们留心可别把眼睛哭坏了!我要叫台下来个倾盆大雨;我要来它个痛快呢。接着再往下念吧——可是挺配我胃口的还是扮一个暴君。我扮起赫大王②来才是呱呱叫呢,扮一个大叫大闹的角色也还满不错,准叫大家吓破了胆:

山岳轰隆隆,

土地摇摇动,

锁链响叮咚,

　打开牢狱门;

太阳神驾着骏马,

光明照天下,

要唤来,要打发

━━━━━━━━━
① 那准是头等的货色,织工"线团儿"不像在评价戏剧,倒像在讲一匹布。(浮蒲兰克)
② 赫大王,该是指希腊神话中的大英雄赫克莱斯;当时英国舞台上常演出《赫克莱斯十二武功》这一类戏剧。

那糊涂的"命运"。

这真是了不起！现在把角色的名单再念下去吧。这是赫大王的派头儿,暴君的派头儿;扮演一个情哥儿,可还得带几分哭脸。

昆　　斯　弗朗西斯·笛管儿,修风箱的。

笛管儿　有,彼得·昆斯。

昆　　斯　笛管儿,你给我扮瑟丝贝。

笛管儿　瑟丝贝是什么家伙？一个走江湖的骑士吗？

昆　　斯　她就是让皮拉摩看中的那个姑娘。

笛管儿　哎哟,不行！别叫我扮一个娘儿吧。我的胡子都快钻出来了。

昆　　斯　反正是一回事:你得戴上假面具做戏;你把嗓子逼得尖尖的就行了。

线团儿　准知道我可以把我这脸儿遮起来,那么瑟丝贝让我来扮吧。我会用小得不能再小的小嗓子说话——"瑟丝妮！瑟丝妮！""啊,皮拉摩,我的情哥哥心肝儿;我就是你的心肝儿瑟丝贝呀,你的情妹妹呀！"

昆　　斯　不行,不行！你给我扮皮拉摩。笛管儿,你扮瑟丝贝。

线团儿　好吧,再往下念吧。

昆　　斯　罗宾·瘦鬼儿,当裁缝的。

瘦鬼儿　有,彼得·昆斯。

昆　　斯　罗宾·瘦鬼儿,你给我演瑟丝贝的娘。汤姆·喷嘴儿,补锅匠。

喷嘴儿　有,彼得·昆斯。

昆　　斯　你呢,扮皮拉摩的爹。我自个儿扮瑟丝贝的爹;合缝儿,细木工匠,你扮狮子这一角色。这样,我想这出戏也就搭配齐全了吧。

合缝儿　你把狮子的台词儿写下来了没有?写下来的话,请就给我吧,我背台词儿可真费劲哪。

昆　斯　不用你背什么台词,只消上场去吼几声就行。

线团儿　让我也来扮这头狮子吧。我真会吼,人家听见了,别提心里会有多么受用。我真会吼,大公听见了,会说:"叫他再来一个!叫他再来一个!"

昆　斯　给你穷凶极恶地一吼,只怕把大公娘娘和太太小姐们都给吓坏了,吓得她们直叫起来,那就够把咱们一起送去给吊死了。

众　人　那准要把咱们吊死——是他妈妈的儿子一个都逃不了。

线团儿　算你们说对了,朋友们;你要是把太太小姐们吓昏了头,她们再不管你对了还是错了,应该还是不应该,把咱们送去给绞死了再说。可是我会拉直了嗓门儿,你瞧着吧,直吼得就像吃奶的小鸽子那样温柔;吼得就好比夜莺在调嗓子。

昆　斯　不要你扮别的,只要你扮皮拉摩。你别看皮拉摩,他倒是个小白脸儿,是个体面的小后生,比他更强的,你一年里头还碰不到一个呢。他这个人才叫讨人喜爱,才算有大爷的气派——所以我说,非得让你扮皮拉摩不可。

线团儿　好吧,我就扮这个角色吧。我最好戴什么胡子上场呢?①

---

① 最好戴什么胡子,当时有把胡子染成种种颜色的风气。

昆　斯　呃,这个随你的便好了。

线团儿　等我上场的时候,也好让你们瞧瞧,我戴的是那"草黄"胡子,戴的是那"橘黄"胡子,戴的是那"紫红"胡子,再不然,我就戴那"黄澄澄"的法国金洋钱胡子给你们瞧。①

昆　斯　你那法国金洋钱上的人头,连一根毛也没有,②那么你还是给我扮一个光下巴吧。各位老师傅,这是你们各人的台词,我这里向大家打个招呼、提出个请求,还得来个要求,到明儿晚上,把台词都记熟了,咱们就借着月光,到离城外三里地的官家的树林里碰头。咱们就在那儿排练;在城里排练可不行,会有一批人跟着咱们,咱们的玩意儿就要给人家知道了。我还得把戏里要用的道具开一张单子呢。请大家可别失约啊。

线团儿　我们准在那儿碰头;在那儿排练,可以最见不得人,而且最没有顾忌。③费点儿心吧;把它演得没有话好说的。回头见吧。

昆　斯　咱们在"大公的橡树"下碰头。

线团儿　一言为定;谁不来,谁就一辈子抬不起头来。

〔同下

~~~~~~~~~~

① "草黄""橘黄""紫红"等都是染布用的各色染料的品名,织工线团儿说话三句不离本行。(《新莎士比亚版》)
② 昆斯从"法国金洋钱"扯到"法国病"上去(当时英国人把花柳病称做"法国病");据说得这种病的人,头上毛发尽脱。
③ 线团儿又因为卖弄词儿而弄巧成拙了。他大概是想说"最隐蔽""最没有拘束"吧。

第 二 幕

第一景 雅典附近的森林

〔一仙子从一边上,蒲克从另一边上

蒲　克　你好,精灵!你往哪儿飘游?

仙　子　飞过山,越过岭,

　　　　穿过荆棘和草莽;

　　　　飞过围场,越过园林,

　　　　穿过流水和火光;

　　　　我总是到东到西飘游,

　　　　就像东升西落的月球;

　　　　我侍奉在仙后身畔，
　　　　用露珠浇洒草坪一圈。①
　　　　高高的莲馨②是仙后的禁卫，
　　　　金袍子上点点的花纹真美——
　　　　那都是红玉，仙人的厚礼，
　　　　一缕缕香气都藏在这里。
　　　　我来到这里，要采集点点甘露，
　　　　给一朵朵莲馨，挂一串串珍珠。
　　　　再会吧，乡土气的精灵，我可要动身，
　　　　咱们的仙后，领着小仙子，就要驾临。
蒲　克　仙王今晚要来这儿宴饮开怀，
　　　　仙后要留心，可别跟他碰在一块。

---

① 浇洒草坪一圈，指"仙环"而言。在牧场或草原上常可发现方丈之内，茂草丛生，一片深绿，略呈圆形，俗称"仙环"，传说系仙子晚上来此，跳环舞形成。
② 莲馨是神仙所喜爱的花。（约翰逊）

　　　　奥伯朗满肚子都是气恼和烦忧,
　　　　为了仙后不答应他的一个要求。
　　　　她从印度国王那儿偷来一个儿童,
　　　　十分乖巧玲珑,做她的侍从。
　　　　奥伯朗看得眼红,一定要那孩子,
　　　　做他同出同游的跟班骑士;
　　　　她哪儿舍得把孩子轻易割爱——
　　　　给他戴上花冠,把他当做宝贝;
　　　　从此他们俩一见面,就要吵一架,
　　　　不管在林子里、清泉边,在星光底下;
　　　　可怜那些小精灵,吓得心惊胆战,
　　　　赶紧躲进橡子壳里,缩成一团。

仙　子　要不是我把你的模样错认,
　　　　你该是那个俏皮捣蛋的精灵——
　　　　人家把你叫做"好人儿罗宾",难道
　　　　不是你把村子里的姑娘吓跑;
　　　　把乳皮撇掉,让主妇累得气急喘喘,
　　　　半天搅不出奶油;有时叫磨子空转;
　　　　有时叫地窖里的麦酒不能发酵,
　　　　叫夜行人团团打转,你在暗中好笑。
　　　　谁把你叫做"好蒲克""好仙人",
　　　　你就帮他做工,算他走了运。
　　　　你不就是他?

蒲　克　仙子,你猜得对。
　　　　我在半夜里东游西荡,逍遥自在,
　　　　为了让奥伯朗高兴,逗他发笑,

我学着年轻的母马,声声喊叫,
故意逗那精壮的公马扑个空;
有时候,我躲在老婆子的酒杯中,
变成烤过的酸苹果,等到她正好①
举杯喝酒,我就啪的往外一跳,
弹中她的瘪嘴,还泼了她一身酒。
把我当做了三脚凳——这事也常有,
那老百晓婶娘,讲着故事,晃头点脑,
一屁股坐下,我趁机一溜,她仰天一跤。
"我的妈!"她尖声直叫,咳呛得够瞧,
大伙儿都捧着肚子,拍腿弯腰,
又是眼泪,又是鼻涕,笑个不了,
口口声声:这样好笑的事,哪儿去找!
可是让开些,仙子!奥伯朗驾到。

仙　子　我家娘娘也来了。他走开些才好!

〔仙王奥伯朗,仙后蒂妲尼霞,各率众仙子、精灵,自相对方向上

奥伯朗　偏偏在月光下又碰见你!骄傲的蒂妲尼霞。
蒂妲尼霞　什么!妒忌的奥伯朗?仙子们,快走吧。
　　　　我发了誓,不跟他同起同坐和同床。
奥伯朗　慢着,无礼的贱人!我不是你的老爷?
蒂妲尼霞　那我少不得做你的"娘娘"了。你别以为
　　　　我不知道你偷偷溜出了仙境,

---

① 英国人招待老年的亲友,常用麦酒作饮料,外加肉豆蔻、糖和烤过的野苹果。

　　　　　变成一个牧童,整天吹着麦笛,
　　　　　唱着情歌,向风流的牧羊女调情。
　　　　　此番你不远千里,从那印度高原
　　　　　赶了来,为的什么?嘿,无非为了
　　　　　你那高头大马的亚马森女人——
　　　　　穿高筒靴的情妇,使刀弄枪的相好——
　　　　　要嫁给希修斯了,你这才赶来
　　　　　祝贺他们的婚姻美满和幸福。

奥伯朗　　这种话亏你说得出口!蒂妲尼霞,
　　　　　我跟喜波丽妲,光明正大,你休得胡言。
　　　　　你自己知道,你跟希修斯的私情,
　　　　　瞒不了我——你不曾在月色朦胧之夜,
　　　　　引着他离开了被他污辱的佩丽琴妮,
　　　　　又使他背弃盟誓,抛下美丽的爱格丽,
　　　　　以及爱丽阿邓,还有安蒂奥芭?

蒂妲尼霞　这都是那爱妒忌的人在无中生有;
　　　　　自从初夏方过,仲夏才临,每逢我
　　　　　和仙子们在青山、幽谷、森林、草坪,
　　　　　在多草的溪畔,在碎石铺底的泉水边,
　　　　　或是在海滨的沙滩上,跟着沙沙的和风,
　　　　　跳我们的环舞;没有一回不是
　　　　　被你的争吵破坏了我们的游戏。
　　　　　那阵阵和风,白白向我们吹送音乐,
　　　　　可生了气,就从海里吸来一片
　　　　　白茫茫的毒雾,弥漫在陆地上,
　　　　　使得条条小河顿时汹涌起来,

向两岸泛滥。可怜田里的公牛,
白拖了犁,农夫空流了汗珠——
嫩绿的麦子,还没长出芒须,
却已经烂掉。只见空空的羊栏,
兀立在叫大水淹没的田野上。
瘟死的牲口都把乌鸦喂肥了;
本来跳"九人舞"的场地成了泥塘,
那九曲十八弯的"迷宫",再没人踩,
早已杂草乱生,无法追寻了。
人们在夏天穿上了冬季的大衣;
晚上再听不到那《颂歌》和《赞美诗》。
因此,那月亮,掌管潮汐的女神,
把脸都气白了,让空气中布满湿气,
于是这年头最流行的就是风湿病。
由于这种种反常,天时也不正了,
季节颠倒过来了:白发苍苍的寒霜
扑进了红颜的玫瑰花儿的怀抱;
年老的冬神,头上戴一顶冰冠,
却像是恶作剧,在那冰片上面,
放上了夏天的蓓蕾——芬芳的小花冠。
春天,夏天,丰收的秋天、咆哮的冬天,
都改换了素来的服装;惊惶的世界
看到那种景象,说不出如今究竟
到了什么季节。这一切灾祸,
都起因于你我的争吵,你我的冲突;
要寻根追源,少不得要找到我们。

奥伯朗　　那你就该补救；那就得看你了。
　　　　　蒂妲尼霞为什么要违拗她的奥伯朗？
　　　　　我只不过问你讨一个小小的"替身"①
　　　　　做我的侍童。
蒂妲尼霞　请你死了心吧；
　　　　　整个仙境也换不了我这个孩子。
　　　　　他的母亲是崇拜我的一个信徒；
　　　　　在那香烟缭绕的印度的黄昏，
　　　　　她常常在我的身边，陪我闲谈，
　　　　　跟随我，坐在海滨的黄沙滩上，
　　　　　眺望海面上那些来往的商船；
　　　　　我们一边笑，一边指着船上的帆，
　　　　　被轻狂的春风玩弄，怀了孕，
　　　　　鼓起了肚子。于是她跟着帆船学，
　　　　　踏着她那轻盈婀娜的步子——那时候
　　　　　她的肚子里正怀着我这个小宝贝——
　　　　　在陆岸上"飘荡"；为我在沙滩上采集
　　　　　奇异的小贝壳，等她回到我身边，
　　　　　就像满载财货的商船航行归来。
　　　　　可惜她是凡人，生下这孩子，就死了；
　　　　　为了他的母亲，我抚养了他，
　　　　　也正为了她，我不能跟这孩子分手。
奥伯朗　　你打算在这座森林里待多久？

---

① 传说仙人常于晚上把人间秀丽的儿童偷去，留下愚蠢的妖童做"替身"。这里把偷换来的儿童称做"替身"。

蒂妲尼霞	也许要到希修斯举行过婚礼之后。
	你能心平气和,跟我们一起跳环舞,
	看我们在月光下游戏,就跟我们走;
	要不,躲开我,我也不去你去的场所。
奥伯朗	把孩子交给我,我就和你一块儿走。
蒂妲尼霞	拿你的仙国来也不换。仙子们,快走!
	眼看又要吵一架,假使再在这儿逗留。

〔率众仙子下

奥伯朗	好,走你的吧,你要走出这座森林,
	先得为这一番无礼吃点儿苦头。
	我的好蒲克,过来。你记不记得
	有一回,我坐在海岬上,听见一阵阵
	婉转的歌声,原来有一个美人鱼①
	正坐在海豚背上唱歌,那美妙的嗓子
	叫汹涌的怒海顿时平静下来;
	有些星星,不顾一切,跳出了轨道,
	来听她演唱的音乐。
蒲 克	我记得。
奥伯朗	正在那时候,我望见——你却看不到,
	在凄清的月亮和地球之间,飞来了
	弯弓搭箭的丘比特;在西方宝座上
	端坐着一位面貌清秀的童贞女,②
	丘比特向她瞄准,猛地放出了一箭,

---

① 美人鱼,传说美人鱼善于以婉转的歌声惑人。
② 童贞女,许多编者认为暗指英国伊丽莎白女王;女王终身未嫁,故下文有"至尊的童女"之句。

　　　　　这爱情的利箭,原该刺透千万颗心;
　　　　　不料只见小爱神的那支火箭
　　　　　却熄灭在一汪清水般的月光中;
　　　　　而那位至尊的童女安然无恙,
　　　　　毫不动心,沉浸在纯洁的思念中。
　　　　　当时我曾留意那金箭落在哪儿——
　　　　　它落在西方的一朵小小花儿上,
　　　　　乳白的花瓣,受了爱情的创伤,
　　　　　变成了紫红。姑娘们管它叫"相思花"。①
　　　　　那朵花去给我采来——我指给你看过。
　　　　　谁睡熟了,把花汁滴在他的眼帘上,
　　　　　无论是男是女,就会疯狂地爱上了
　　　　　他醒来第一眼看见的生物。
　　　　　给我去采那朵花儿——大鲸还不曾
　　　　　游满十里路,你就得赶回来。
蒲　　克　叫我给地球围上一圈腰带,
　　　　　也只消四十分钟。
　　　　　〔下

奥伯朗　有了这花汁,
　　　　　我要守着蒂妲尼霞,等她睡熟了,
　　　　　就把那花汁滴在她的眼睛里。
　　　　　她一醒来,一睁开眼,不管看见的是
　　　　　狮子还是熊,狐狸、公牛,还是
　　　　　"百有份"的猴子,还是一刻不闲的猿,

---

① 相思花,即三色紫罗兰。

　　　　　她都要用狂热的爱去没命追求。
　　　　　我只消用另一种药草,就可以替她
　　　　　解除眼睛里的魔力;不过先得
　　　　　叫她把身边的侍童交出来。
　　　　　可是,谁来啦?我是肉眼看不见的,
　　　　　我且听听他们谈些什么。
　　　　　〔隐去
　　　　　〔第米特律上,海伦娜跟随不舍
第米特律　我不爱你,所以你别老盯着我。
　　　　　莱珊德和美人儿赫蜜雅在哪儿?——
　　　　　我要跟这个拼命;那一个要了我的命。
　　　　　你对我说,他们要逃进这座林子;
　　　　　我追来了,在树林子里成了个疯子——
　　　　　因为怎么找也找不到我的赫蜜雅。
　　　　　走开些,去你的吧,不许再盯着我!
海伦娜　　是你吸引我,硬心肠的吸铁石!只是
　　　　　给你吸住的不是铁——是我的一颗心,
　　　　　像钢一般纯。你别使出那一股吸引力;
　　　　　我自有力量:站住脚,不跟你走。
第米特律　我引诱了你?我向你说过了好话?
　　　　　我不是明明白白告诉过你:
　　　　　我不爱你——我就是没法爱你?
海伦娜　　正因为是这样,我加倍地爱你。
　　　　　我,是你的一条狗,第米特律啊,
　　　　　你只管打我,我对你还是摇尾乞怜;
　　　　　算我是你的一条狗吧,踢我、打我,

　　　　　　不睬我、扔开我,都好,只求你容许我
　　　　　　这个没有光彩的人儿跟随着你。
　　　　　　只把我当做一条狗,在你的爱情里
　　　　　　我还能乞求一个更低下的地位吗?
　　　　　　然而对于我,那是个了不起的位置了。
第米特律　别只管逗我吧,叫我恨不得要咒你;
　　　　　　我一看见你,头就直发涨。
海伦娜　　而我一不看见你,心里就直发慌。
第米特律　你太不顾女孩儿家的体面了,
　　　　　　这样跑出城外,把自己交托在
　　　　　　一个并不爱你的男人的手里;
　　　　　　也不顾黑夜里会闹出些什么事,
　　　　　　那荒僻冷落的场所,对于你的
　　　　　　最宝贵的贞操有多么危险。
海伦娜　　你的品德给了我这样做的特权。
　　　　　　一看见你的脸,我就再看不见黑夜,
　　　　　　所以并不觉得我是在黑夜里。
　　　　　　这座林子也并不比闹市冷落,
　　　　　　因为在我眼里,你就是那花花世界;
　　　　　　那么怎能说,我是孤零零的一个儿?——
　　　　　　眼前有整个花花世界在望着我。
第米特律　看我不丢下了你,直冲进树丛里,
　　　　　　听凭你让野兽来拖去,还是来吃掉。
海伦娜　　最凶猛的野兽也凶不过你这颗心。
　　　　　　你要逃就逃吧。古来的传说倒过来了。

　　　　　　阿波罗在前面逃,后面追赶着达芙妮。①
　　　　　　鸽子追逐大鹏鸟;好母鹿,连纵带跳,
　　　　　　把猛虎追捕;可是,白费劲儿！——
　　　　　　当软弱无能的在追赶,而雄壮的在飞逃。
第米特律　唠叨你的吧,我可不奉陪了。放我走！
　　　　　　要是你再盯着我,可别那么放心;
　　　　　　我不会在林子里做出对你不起的事。
海伦娜　　别说了,在神庙中,在市镇上,在野外,
　　　　　　你早对不起我了。啐,第米特律！
　　　　　　你欺侮我,糟蹋了我们女性的名声。
　　　　　　我们不比男人,可以为爱情而斗争;
　　　　　　只好让人追求,不好去追求别人。
　　　　　〔第米特律急下
　　　　　　我要跟着你,且把地狱当做天宫;
　　　　　　要死,就死在我所爱的人儿的手中。
　　　　　〔追下
奥伯朗　　（现身）
　　　　　　再会吧,好姑娘。不等他离开这森林,
　　　　　　你要在前面奔,他为了爱,在后面跟。
　　　　　〔蒲克上
　　　　　　你把花儿采来了吗？欢迎,小流浪汉。
蒲　克　　可不,花儿就在这儿。
奥伯朗　　请你给我。

---

① 希腊罗马神话,达芙妮是河神的女儿,山林中的仙子,太阳神阿波罗爱上了她,没命追逐;她在前面奔逃,筋疲力尽,眼看将要落到他手中,便向河神呼吁,顷刻化身为一株月桂树。(见奥维德:《变形记》第1卷)

我知道有一条河岸,茴香盛开,
　　　有莲香花,还有紫罗兰迎风摇摆;
　　　攀藤的金银花、野玫瑰阵阵透香,
　　　还有麝香蔷薇,像盖起了篷帐。
　　　花丛底下,蒂妲尼霞常当做她的闺房,
　　　让清歌妙舞把她送入睡乡。
　　　小花蛇在那里蜕下亮光光的外皮,
　　　正好给小仙子当做漂亮的外衣。
　　　在她的眼帘上我要洒几滴花浆,
　　　让她的眼里显现可厌恶的幻象。
　　　你也拿着些花浆,在树林里找寻
　　　一个可爱的雅典姑娘,她一片柔情
　　　碰上薄幸的情郎。就给他的眼帘
　　　涂点花浆;可注意,要他一睁开眼,
　　　看见的就是那位姑娘。你只消留心:
　　　他穿着雅典装束,便不会错认。
　　　用心办好这件差使,叫他回过头来,
　　　爱慕姑娘,胜过姑娘对他的爱;
　　　在第一遍鸡啼之前,就来见我。
蒲　克　放心吧,主人,你的仆人不会弄错。
　　　〔各下

第二景　森　林

　　〔仙后蒂妲尼霞率众仙子上
蒂妲尼霞　来吧,跳一圈环舞,唱一曲仙歌;

把一分钟分割为三:跳呀——唱呀——走散。
去几个仙子斩杀玫瑰花里的蛆虫,
去几个跟蝙蝠交战,猎取那皮翅膀,
好给我的小妖精添新衣;再去几个,
赶走那吵闹的猫头鹰,它夜夜啼叫,
看见我们的小精灵,奇怪得不得了。
现在,唱起歌儿来,催我入睡吧,
然后去办你们的公事。让我休息。
〔躺下
〔众仙子开始唱歌

一

伸着舌叉的小花蛇,
　　多刺的箭猪,都不许露面;
不许伤人,壁虎和水蛇,
　　你们别来到女王身边。
夜莺,快奏起音乐,
跟大家唱催眠曲,
　　睡啦,睡啦,安睡吧——
　　一切灾祸,
　　还有妖法、邪魔,
别来碰好娘娘,走开吧。
晚安啦,安睡吧,安睡吧……

二

　　　　织网的蜘蛛,你不许来,
　　　　　走开些,长脚的"纺织娘";
　　　　黑甲虫,这里不是你的所在,
　　　　　蚯蚓和蜗牛,不许莽撞。
　　　　夜莺,快奏起音乐,
　　　　跟大家唱催眠曲,
　　　　　睡啦,睡啦,安睡吧——
　　　　　一切灾祸,
　　　　　还有妖法,邪魔,
　　　　别来碰好娘娘,走开吧。
　　　　晚安啦,安睡吧,安睡吧……

　　〔蒂妲尼霞入睡

仙　子　散开吧!这会儿没事了。
　　　　留一个在枝头望哨就是了。
　　〔众仙子隐灭
　　〔奥伯朗出现

奥伯朗　(挤花汁滴在蒂妲尼霞眼帘上)
　　　　等你一醒,睁开眼来,
　　　　一看见什么就把什么爱,
　　　　为了他,叹气又憔悴。
　　　　不管是雪狸、狗熊、山猫,
　　　　一身硬毛的野猪,还是山豹。
　　　　只要你醒来一眼看到,

它就是你的心肝宝贝。
等丑东西走近,你再醒来。
〔下

〔莱珊德扶赫蜜雅上

莱珊德　好心肝,在林子里乱闯,真把你累倒;
说实话,我已迷了方向,认不得路。
我们歇歇吧,赫蜜雅,你认为可好?
等东方发白,再放心踏上征途。

赫蜜雅　好吧,莱珊德。你另找个安睡的地方;
今夜,我且把这花坛当我的眠床。
〔坐下

莱珊德　让一块草皮当你我共睡的枕头。
一条心,一张床,一双两好,一辈子相守。
〔坐下

赫蜜雅　不行,好莱珊德。依我的,我的亲亲,
再躺得远一些,别挨得那么近。

莱珊德　嗳,宝贝儿,别误会我一片好意;
只有情人领会情话里的道理。
我是说:我的心、跟你的心,已连成一片,
那么说我俩是"一条心",并不是胡言;
你好,我好,相守一辈子。一句话——
共同的盟誓叫我们再也不分家。
别赶我走,让我就睡在你的身边;
我只想陪陪你,可不敢,赫蜜雅,害害你。

赫蜜雅　莱珊德的一张嘴巴可真甜!
让我的态度和骄傲得不到好报应——

　　　　　假如赫蜜雅以为莱珊德存着坏良心！
　　　　　可是，好哥哥，为了爱情，为了礼节，
　　　　　睡得远些吧——只要在别人的眼里，
　　　　　认为未婚的男女，有品德，懂事理，
　　　　　就该睡得那么远——隔这一段距离
　　　　　也就可以。那么晚安吧，我的亲人，
　　　　　愿你常爱我，永远永远不变心。

莱珊德　阿门，阿门，①——我应和着你的祷告，
　　　　我把心儿变了，生命的末日也就来到！
　　　〔走开几步
　　　　这儿是我的床——祝你一夜睡得香！

赫蜜雅　一半祝福分给你——我和你有"福"共享！
　　　〔二人入睡
　　　〔蒲克上

蒲　克　我已经走遍了整个树林，
　　　　找来找去，可找不到雅典人，
　　　　好把这花汁滴在他的眼上，
　　　　试一试那激发爱情的力量。
　　　　静悄悄的黑夜！这儿是谁？
　　　　穿着雅典人的装束——对！
　　　　正是他，我的主人这样讲，
　　　　冷淡了那雅典的姑娘。
　　　　她正躺在一旁，睡得好香，
　　　　也不顾地上的潮湿和肮脏。

---

① 阿门，意为"心愿如此"，是基督教徒祈祷终了的结束词。

这么个美人儿!可是她不敢
　　　挨近那薄情郎的身畔。
　　　(把花汁滴在莱珊德的眼上)
　　　坏小子,看我不在你眼皮上,
　　　把爱情的魔力全都使上;
　　　等你醒来,爱情来得好凶,
　　　再不许"睡眠"把眼皮合拢。
　　　等你醒来,我早已走掉——
　　　我要去报与奥伯朗知道。
　　　〔下
　　　〔第米特律上,海伦娜追上
海伦娜　停步吧——杀我也好,停步吧,好亲人。
第米特律　我叫你给我走开,不许这样缠住人。
海伦娜　哎哟,把我丢在黑暗里?快别这样!
第米特律　站住,别讨死!我走了,看你怎样!
　　　〔下
海伦娜　唉,痴心追他,气都喘不过来!
　　　千遍万遍的祷告求不到半点恩惠。
　　　赫蜜雅到东到西都是福星照临,
　　　因为天赐她一双迷人的眼睛。
　　　她水汪汪的眼睛,该不是靠了珠泪——
　　　要不,我的眼里含着更多的苦水。
　　　不,不!我长得就跟狗熊那样丑;
　　　连畜生也怕我,见了我就逃走。
　　　那就难怪第米特律看见我就要逃,
　　　像碰到了一个可怕的女妖。

可恨我的镜子一味把人哄骗,
竟让我去比赫蜜雅她那双媚眼!
可是,这儿有人? 莱珊德! 躺在地上!
死了? 还是睡了? 看不见血,也没有伤。
〔唤他
莱珊德,要是你活着,好少爷,醒一醒吧。

莱珊德 (惊醒,一跃而起)
为了可爱的你,赴汤蹈火我甘心。
冰肌玉肤的海伦娜! 造物主显出本领,
让我看到你那跳动在胸膛里的心。
第米特律他在哪儿? 一提起这个名字,
我真想叫这坏小子,吃我一刀子!

海伦娜 别说这种话,莱珊德;别存那样的心。
他爱上你的赫蜜雅,天,有什么要紧?
赫蜜雅爱的仍然是你,你也就该满意。

莱珊德 对赫蜜雅满意? 不,我懊悔来不及!
过去我怎么老和她厮混在一起。
别提赫蜜雅吧,我爱的是海伦娜。
谁看见了白鸽,还死劲儿爱乌鸦?
男人的意志由他的理性所支配,
而理性告诉我:你比她更可爱。
万物成长,不到季节不会成熟;
我年轻,直到这会儿,理性方始长足。
如今我的心灵一旦开了窍,
我的好恶就有理性做向导。
它把我领到你的眼前,让我看见,

	|原来你的眼里,写满爱情的诗篇!
海伦娜	为什么要叫我受这样一番挖苦?
	我得罪过你?——你这样把人欺侮!
	难道这还不苦,还不够苦,年轻人——
	我从来不曾——不,该说永远也不能
	得到第米特律一瞥爱怜的眼光,
	落到这一步,你还要把我取笑、中伤?
	凭良心,你侮辱了我——太不应该!
	用这样轻薄的话,来向我献媚!
	就此再会吧。我只能向你承认,
	我一向把你当作仁厚的好人。
	唉!一个女人家,给一个男人拒绝,
	却还得遭受另一个男人的污蔑。
	〔掩脸下
莱珊德	她没看见赫蜜雅。睡吧,躺在那面,
	赫蜜雅,你不用走近莱珊德的身边!
	就像有人吃多了甜腻腻的东西,
	胃口倒了,看见甜食就讨厌;
	抛弃了邪教的人,心里最最痛恨
	曾经叫他深信不疑的经文。
	一句话,你就是那甜食,那异教邪说;
	让人人都恨你,而我恨得最激烈!
	让我拿出我浑身的力量和爱情,
	都献给海伦娜,做她忠心的仆人。
	〔追下
赫蜜雅	(在黑暗中醒来)

救救我,莱珊德,快来救救我!
有一条大蟒蛇正盘在我的心窝!
哎哟,老天可怜!好可怕的噩梦!
莱珊德,你看,我的心,跳得好凶。
我觉得,我的心儿,有条蛇在咬,
而你,却冷眼相看,坐在一边发笑。
莱珊德!怎么!换了地方?莱珊德,好人!
〔倾听
怎么!听不见?走了?没人答应,没声音?
〔一边摸索,一边呼喊
苦呀!你在哪儿?快说,如果你听到;
快回答,为了爱情!我吓得快要昏倒。
还是没回音?我懂了,你不在附近。
不是马上找到你,就是我今夜送了命。
〔彷徨下

第 三 幕

第一景　森林中

〔蒂妲尼霞睡熟在花丛中

〔昆斯,线团儿,合缝儿,笛管儿,喷嘴儿,瘦鬼儿同上

线团儿　咱们全都到齐了吗？

昆　斯　对了,对了;在这儿排练,真是再对劲没有的地方。这块草坪正好当咱们的舞台;这儿一丛山楂树,就算咱们的后台。咱们一边儿念台词,一边儿练身段,完全跟明儿晚上在大公面前做戏一个样儿。

线团儿　彼得·昆斯！

昆　斯　你怎么说,好人儿线团儿？

线团儿　在这出《皮拉摩和瑟丝贝》的喜剧里,有几个地方怎么也不会让人看了乐意。第一,皮拉摩必须抽出一把刀子来自杀,这个,太太小姐可受不了,你说呢?

喷嘴儿　我的圣母娘娘,这可不是跟你闹着玩的事哪。

瘦鬼儿　我说,咱们干脆删掉那动刀子的一场戏就算了。

线团儿　完全用不到。我有一个主意在这里,可以两面顾到。给我编一段儿开场白,在开场白里,无非这么说:咱们这把刀子是不伤人的,说穿了,皮拉摩也并没送命;为了一千个放心起见,对她们声明,我,皮拉摩,并不是皮拉摩,其实是织工线团儿。这么一交代,她们就不用再害怕了。

昆　斯　好,咱们就来这么一段开场白,还要用八字句夹六字句写。

线团儿　不,再凑两个字,通篇儿八字句到底吧。

喷嘴儿　太太小姐们见了狮子可不要害怕起来吗?

瘦鬼儿　怕就怕这个,我跟你说了吧。

线团儿　师傅们,你们倒给我想想:把一头狮子——上帝保佑吧!——带到太太小姐们的队伍里来,是挺可怕的事儿了。再没有比你那活狮子更可怕的野鸡了。咱们可不能当作玩儿看啊。

喷嘴儿　那么说,就得另外来一段开场白,交代他不是个狮子。

线团儿　不用;你可得报出他的名字,让他的半个脸蛋儿露出在狮子的脖子外边,让他给自个儿作交代,这么说——总之是不伦不类①的这一番话——"太太小姐们,"或者是:"好小姐好太太——我希望你们"——或者"我请求你们,"——或者"我恳求各位——别害怕吧,别打哆嗦吧。

---

① 应为"诸如此类"。

我的生命是属于你们的！要是你们看见我，还道当真闯来了一头狮子，那么我这一辈子都要难过死啦。不！我才不是这种坏东西。我是一个人——跟别人一样是人"。交代到这里，就让他给自己报个名字，跟她们说个明明白白：他就是细木工匠合缝儿。

昆　　斯　好吧，就这么办。可是还有两桩伤脑筋的事儿呢，那就是：怎么把月亮搬进大厅堂里来——你们知道，皮拉摩跟瑟丝贝，他们俩是在月亮光底下会面的呀。

喷嘴儿　咱们演戏的那天晚上，有月亮吗？

线团儿　拿历本来，拿历本来！查一查历书，看有没有月亮，看有没有月亮！①

昆　　斯　对，那天晚上有月亮。

线团儿　行，那你只消把大厅的窗子打开一扇，我们在厅堂上演戏，月亮就会打窗子里照进来。

昆　　斯　也好；要不然，就得有个人，一手拿着一把柴枝，一手拿着一盏灯笼，上得场来，表明他是冒充，或是代替月亮女神的。接着，还有一件事儿：我们还得在大厅堂里竖起一堵墙，因为照故事上说，皮拉摩和瑟丝贝，是凑在一个墙缝儿上说话的。

喷嘴儿　你无论如何不能把一堵墙搬进大厅堂里来呀。你怎么说，线团儿？

线团儿　不管是哪个，总得有一个扮做"墙头"；在他身上要涂一些石灰，或是什么黏土，或是什么灰泥，表示他是一堵墙头；让他把手伸出来，把手指这样张开，皮拉摩和瑟

---

① 《新莎士比亚版》在这里加舞台指示，"昆斯从袋子里掏出历书，翻查"。

丝贝两个就可以在手指缝里吱吱喳喳谈他们的话了。

昆　斯　要是这顶事的话,那么一切都没事儿了。来吧,都坐下来,每一个他妈妈的儿子,大家对对台词吧。皮拉摩,你开头。等你念完了你那一段之后,就钻进那树丛里去,其余的人按照"接口",①一个个跟上去。

〔蒲克上

蒲　克　是哪些泥土气的粗汉在吵吵嚷嚷,
　　　　还偏偏就在仙后安息的地方?
　　　　怎么!要演一出戏;我来做个看客吧。
　　　　看到好插手,说不定还要客串一番呢。

〔退至一旁

昆　斯　念吧,皮拉摩。瑟丝贝,该你出场了。
线团儿　瑟丝贝,一朵鲜花插在牛粪上——
昆　斯　插在头发上!插在头发上!
线团儿　一朵鲜花插在妹妹头发上,
　　　　好妹妹的气息比花还要香。
　　　　且慢,什么声音!你在此地等一等,
　　　　待情哥儿且去看看就来临。

〔下

蒲　克　——来了皮拉摩,一个大妖精!

〔随下

笛管儿　现在该我念了吧?
昆　斯　对,可不,该你念了。你心里要有数,他只是听到什

---

① 接口,戏剧用语。前一个演员的最后一句台词,便是后一个演员的"接口",他从这里开始接话,使对白上下衔接。

么声响,走去瞧瞧,一会儿就要回来。
笛管儿　千中挑一情哥儿,远看像腊梅,
　　　　近看好比那玫瑰枝头开;
　　　　妙龄刚青春,越看越可爱,
　　　　好马走千里,志诚爱小妹。
　　　　我和你,城外的坟头来开会——
昆　斯　"来相会",伙计!嗳,这句台词儿你还得放到后面去,等你回答皮拉摩的时候再念。你把你的台词儿连头带尾一下子都搬出来啦。皮拉摩,上场吧,你的"接口"已经念过了,念到"爱小妹"就该你上场了。
笛管儿　噢!——
　　　　好马走千里,志诚爱小妹。
　　　　〔线团儿套驴头自树丛后上。蒲克尾随
线团儿　妹妹把我夸,我更把妹妹爱。
昆　斯　哎哟,不好了!噢,见鬼了!妖怪出现啦!快求求老天爷吧,师傅们!逃吧,师傅们!——救命呀!
　　　　〔众人奔下
蒲　克　我跟你们走,我带你们走,
　　　　沼地上经过,树丛里穿过。
　　　　一会儿我变马,一会儿我变狗,
　　　　又变野猪又变熊,再变一团火;
　　　　到东到西,只听见马叫、狗咬,
　　　　猪在哼、熊在吼、火焰在烧。
　　　　〔追下
线团儿　他们干吗要逃跑啊?一定是存心要捉弄我,好叫我吓一跳。

〔喷嘴儿偷偷上①

喷嘴儿　哎哟,线团儿——你变啦!——你叫我看见了什么呀?

线团儿　你看见了什么?你看见你两个肩上长了一个驴头,是不是?

〔喷嘴儿逃下
〔昆斯偷偷上

昆　斯　老天保佑你吧,线团儿!保佑你吧!你换了一个样儿啦!

〔转身逃下

线团儿　我看穿他们搞的鬼把戏。想要叫我做一头蠢驴,想要吓唬我——假使他们做得到的话。可是我偏不离开这儿,瞧他们把我怎么办。我要在这儿走来又走去,我要唱个歌儿,让他们听听,我才不怕呢。

（唱）

秧鸡秧鸡,黑黑身体,
　一张嘴巴,又黄又尖,
画眉唱歌,不高不低,
　鹧鸪歌唱,又颤又尖。

蒂妲尼霞　（醒来,起身）是哪一位天使把我从花床上唱醒?

线团儿　（唱）

山雀、麻雀、百灵鸟,
　灰溜溜杜鹃唱老调——
咕咕咕,人人都听到,

---

① 《新莎士比亚版》的舞台指示作"〔喷嘴儿从树丛后面探头张望"。

　　　　　答应一声就糟糕！①

　　　　可不是,谁耐烦跟这么一只笨鸟犯口舌呢？咕咕咕,笨鸟嘴里出不了聪明话,还跟它计较什么呢。

蒂妲尼霞　（轻步近前）我求你,可爱的凡人,唱下去吧,

　　　　你的歌声打动了我的心弦；

　　　　你的容貌牵引着我的视线；我一眼看到你,俊俏的模样儿,

　　　　就迷住了,只想说,只想发誓:我爱你！

线团儿　依我说,娘娘,您这番话可算不得太有头脑。可是说真情实话,这年头儿"有头脑"跟"谈爱情"难得碰到一块儿。可惜又可惜的是,没有哪位好邻居肯来给他们两个拉拢,交个朋友。可不,我有时候还会说句笑话儿呢。

蒂妲尼霞　你不只漂亮,原来还这样聪明啊。

线团儿　不见得,没有的事。我要是够聪明的话,我就能跑出这片森林,帮自己这一回忙了。

蒂妲尼霞　跑出这一片森林？那怎么可以！

　　　　给我留在此地,不管你愿不愿意。

　　　　要知道我不是平常的天仙,

　　　　在我的手里掌管着这个夏天。

　　　　我爱的是你。所以,请你跟我走。

　　　　我吩咐一群仙子在你身边伺候；

　　　　他们会给你从海底捞起珍宝,

---

① 杜鹃的鸣声"咕咕"(cuckoo),英国人听来和"戴绿帽子"(cuckold)的声音近似,所以感到忌讳。

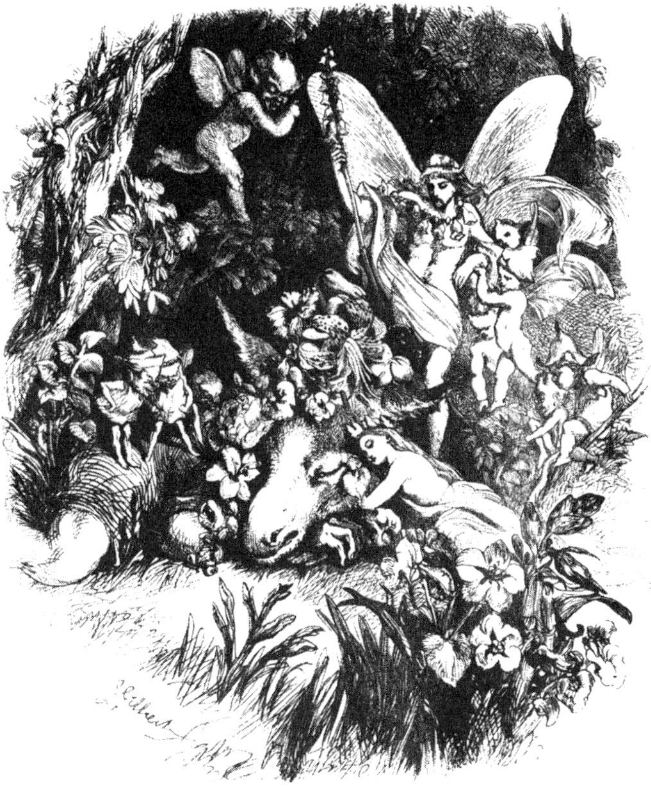

　　　　　　为你歌唱，当你在花床上睡觉。
　　　　　　我还要给你洗涤凡人身上的粗俗，
　　　　　　好叫你像仙子一般在空中飘浮。
　　　　　　"豆花"！"蛛网"！"飞蛾"！"芥子"！
　　　　　〔四精灵上

豆　花　　来啦。
蛛　网　　　　还有我。
飞　蛾　　　　　　还有我。
芥　子　　　　　　　　还有我。
四精灵　　　　　　　　　　有何吩咐？
蒂妲尼霞　你们可得尽心款待这位大哥；
　　　　　绕着他的身边，一起跳舞唱歌。
　　　　　用杏子喂他，给他端上浆果，
　　　　　还有紫葡萄，桑葚，青青的无花果。
　　　　　到野蜂的窝里盗来芬芳的蜜饯；
　　　　　刮下蜂腿上的蜜蜡当蜡炬燃点；
　　　　　向流萤的小小灯笼借一个火，
　　　　　好照着我的情郎安睡与起坐。
　　　　　从蝴蝶儿身上摘下花花的翅膀，
　　　　　为他合拢的眼皮，拂去那月光。
　　　　　向他点点头，精灵们，给他行个礼。
豆　花　　您好，凡人！
蛛　网　　您好！
飞　蛾　　您好！
芥　子　　您好！
线团儿　　不瞒诸位，还得请各位多多包涵些才好。请教您的尊姓大名。

蛛　网　"蛛网"。

线团儿　好"蛛网"大哥,希望今后咱们多来往来往。要是我割破了指头儿,我可要来打扰你呢。① 您的大名呢,好大爷?

豆　花　"豆花"。

线团儿　令堂"豆荚"师娘、令尊"豆壳"师傅跟前一定得请您多多问好。好"豆花"大哥,希望今后咱们也要多来往来往。请教您尊姓大名,大哥?

芥　子　"芥子"。

线团儿　好"芥子"大哥,我早知道您抱着一肚子的委屈——都是为了那像山一座似的菜公牛,仗势欺人、蛮不讲理,把府上好端端一家人也不知吞下了多少。

不瞒您说,您那些堂兄表弟刚才还害得我热辣辣地掉下几滴眼泪呢。希望今后咱们多来往来往,好"芥子"大哥。

蒂妲尼霞　来,侍候他;把他送进我的绣房。

月亮姐姐,我看她眼里挂着珠泪;

她哭了,朵朵小花陪着她眼泪汪汪,

这样伤心:为了失去童贞的姊妹。

别让情哥开口,把他轻轻抬过来。

〔同下

---

① 当时以为蛛网可以止血。

第二景　森林中

〔奥伯朗上

奥伯朗　不知道这会儿蒂妲尼霞醒来没有；
也不知她一醒来看见的会是谁——
她看见谁，就要把他没命地爱。
我派去的人来啦。
〔蒲克上
怎么了，疯狂的精灵！
在这座仙林里可有什么新鲜事？

蒲　克　谁想娘娘爱上了一头毛驴子。
正当她做着美梦，睡得好香；
就在她隐蔽、洁净的闺房的近旁，
闯来了一伙儿粗手笨脚的傻子——
都是雅典的工匠，凭手艺换饭吃，
一起来到那儿，把戏文排练，
好在那天庆祝希修斯的结婚大典。
在那群蠢货里有一个最蠢的蠢货，
在他们那出戏文里扮了一个情哥。
他退下场来，走到树丛的背后，
我趁他不防——这机会最好没有，
给他的头上套上了一个驴脑袋；
一会儿，他就得去回答他的情妹妹。
我那活宝贝上场了，大家还没看清，
就像雁鹅只见猎人在偷偷走近，

又好比一群乌鸦,聚在一起,
听见砰的枪声,向四面八方飞起,
乱叫乱扑,掠过天空;正是这光景,
一看见他,他的伙伴拔脚就逃,就奔,
在绊脚的地方,一个接一个滚倒——
有的喊快来救命,有的把爹娘乱叫,
他们本来糊涂,这一吓,更没了命,
连无知的草木也要把他们欺凌。
那枝杈、荆棘抓住了亡命者的衣服,
叫他们丢了帽、丢了鞋,什么都不顾;
我赶,他们逃;一路上,把胆都吓破,
单留下那情哥哥,变成了怪物一个。
就在那个当儿——且把话说下去——
仙后醒来了,一下子爱上了这头驴。

奥伯朗　会有这样的事,比我想的还要妙。
我还吩咐过你,去把雅典人找,
在他的眼皮上涂上爱情的仙浆。

蒲　克　我趁他睡着了,也把事儿办妥当。
那个雅典姑娘就睡在他身边,
因此,他一醒,准会让他看见。

〔赫蜜雅上,第米特律随上

奥伯朗　站过来些,正是这个雅典人。

蒲　克　正是这个女人,可不是那个男人。

〔二人隐身

第米特律　噢!这样爱你的人,你却这样痛骂,
把恶毒的话,去送给你的恶冤家吧。

赫蜜雅　　我这会儿骂你,那还算对你客气;
　　　　　只怕把你诅咒一番,我也有理。
　　　　　要是你趁莱珊德睡熟了,把他杀死了,
　　　　　双手沾满鲜血,那你也不用顾忌了——
　　　　　把我也杀了吧。
　　　　　太阳离不开白天,他少不了赫蜜雅;
　　　　　赫蜜雅睡熟了,莱珊德怎会把她抛下,
　　　　　一走就走啦?你还不如叫我相信:
　　　　　地球会张开口,月亮会穿过地心,
　　　　　从对面钻出来,跟那边的白天捣乱。
　　　　　这还有什么好说的,我已经看穿,
　　　　　你暗中杀了他,做了杀人的凶犯——
　　　　　只有凶手的脸,才这样可怕、阴惨。

第米特律　　被凶杀的脸上阴惨惨,我就这样;
　　　　　我的心给刺碎了——都为你这狠心肠。
　　　　　凶手就是你,瞧你的眼睛却这样晶莹,
　　　　　就像那在天边闪闪烁烁的金星。

赫蜜雅　　这对我的莱珊德有什么关系?他在哪里?
　　　　　好第米特律啊,快把他交还我手里!

第米特律　　我宁可把他的尸体丢给一条狗。

赫蜜雅　　滚开些,恶狗!你逼得我骂出口,
　　　　　再不顾姑娘说话该轻柔。你已经
　　　　　把他杀了?从此你别把自己算作人!
　　　　　这一回,说句真话吧,算给我个情面——
　　　　　在他醒着的当儿,你敢多看他一眼?
　　　　　趁他睡着的当儿,你就把他杀死?

多勇敢,跟一条毒蛇不分彼此!
毒蛇虽然比你多生了一条舌头,
可是它决不敢来把你咬一口。

第米特律　你发这一阵脾气,真把人错怪,
我并没下毒手,把莱珊德谋害;
他并没死,这句话我能跟你说。

赫蜜雅　那么,求求你,快对我讲明:他活着。

第米特律　我这么讲明了,你给我些什么方便?

赫蜜雅　给你方便:从此不许出现在我面前!
我最不要看你这张脸,我这就走了;
别来找我——不管他活着还是没救了。

〔下

第米特律　她脾气发得好凶,跟她走也没用。
我暂且留下,耽搁在这儿树林中。
苦苦的相思像越压越重的石块,
破产的睡眠,欠下相思一大笔债;
眼前它要把旧账稍为清理清理,
我也乐得在这儿休息休息。

〔在树边躺下,入睡

奥伯朗　你看你干的事!真是大错特错,
把仙液涂上了有情人的眼窝。
你把差使办糟了,结果将会证明:
有情的变做无情,薄情的仍旧薄情。

蒲　克　那是命运的支配,一个人保持忠心,
千万人变了心,毁了盟誓数不清。

奥伯朗　走遍这一座林子!比风还要快,

去把雅典的姑娘海伦娜给找来。
可怜她,为着失恋,失却了容色,
一声声叹息,耗尽了她宝贵的鲜血。①
你用幻象去把她引诱到此地;
我就趁机把仙水涂上他的眼皮。

蒲　克　我去,我去,我说去就去像阵风;
赛过那飞箭离开鞑靼人的弓!

〔下

奥伯朗　这里有紫色的花朵,
爱神的金箭曾经射过;
（以花拭第米特律的眼）
花液滴进他的眼星!
当他看见他的情人,
让她顿时容光焕发,
像女神从星座里降下。
等你醒来,她在你身边,
跪下去求她宽恕你。

〔蒲克上

蒲　克　向神仙的首领报告,
海伦娜已快来到。
那个被我弄错的青年,
正在苦苦乞求爱怜。
可要瞧瞧他们的把戏?

---

① 当时常有这样的说法:叹一声气耗一滴血。参阅《亨利第六（中）》:"消耗鲜血的叹息"。（第三幕第二景）

奥伯朗	世上的人真傻得可以！
奥伯朗	站过来些。他们的声音 会把第米特律吵醒。
蒲　克	那时候两男同爱一女， 那玩意儿好不有趣！ 事情越是来得荒谬， 我越看越有劲头。

〔隐去

〔海伦娜上。莱珊德随上

莱珊德	你怎么能说，我向你求爱，是把你取笑？ 　取笑，讥嘲，从来不叫人掉泪； 瞧，我赌咒，我就哭了；一眼知道， 　这样起的誓，绝没有半点虚伪。 分明是真心诚意，证据确凿， 你怎么会当做嘲弄，偏不肯信我？
海伦娜	你的手段倒是越来越高明， 　用"真心"杀死真心，多卑鄙的"崇高"！ 去向赫蜜雅发誓吧，你把她忘个干净？ 　拿誓言和誓言比较，马上就分晓； 你向她赌咒，向我起誓，两面的话， 两边称一称；同样轻浮，不分高下！
莱珊德	当初向她赌咒，我眼睛还没睁开。
海伦娜	照我看，你还是这样——现在把她扔开。
莱珊德	第米特律爱的是她；对你，可并不爱。

〔海伦娜转身，走向树边，撞在第米特律身上

第米特律　（醒来）啊，海伦娜！女神！——仙子！——美极

了!——神圣!
我的心肝,叫我用什么来比你的眼睛?
水晶还嫌肮脏。啊,这红透的樱桃,
你两片嘴唇,多么甜蜜,把人逗挑。
东风吹过那高高的陶勒斯山头,①
山头的积雪像白银世界;你举起素手,
白银就变成乌鸦。啊,给我一个吻!
你是洁白的女王,幸福的象征!

海伦娜 可恶哪!该死!你们都是存心
来捉弄我,有意要寻我的开心;
你们两个,要是有教养、懂礼貌,
那就不会把人这样挖苦取笑。
我早知道你们恨我,那就恨好了,
干吗要一起串通了,把我讥嘲?
你们都是男子汉——看样子也真是,
那就不该这样欺侮有身份的女子;
又发誓、又赌咒,把我捧得比天还高,
而心里却在恨我——这我敢担保。
你们俩本是情敌,都爱着赫蜜雅;
现在又成了对手,来戏弄海伦娜。
真是大丈夫的行为,干得好不漂亮!
冷讥热嘲,定要叫可怜的姑娘,
把泪珠掉下! 一个人,有点儿德性,
决不会穷凶极恶,把闺女欺凌,

---

① 陶勒斯山,小亚细亚南部的高山。

　　　　　　逼得她走投无路,为了寻点儿开心。
莱珊德　　你太狠心了,第米特律!别这样,好好的;
　　　　　　你爱赫蜜雅,这你是知道我知道的;
　　　　　　我这儿就卖个交情,全心全意,
　　　　　　把赫蜜雅让给你;她的爱情,我放弃。
　　　　　　你也得把海伦娜的柔情转让给我;
　　　　　　我爱的是她,直到熄灭了生命之火。
海伦娜　　专爱嚼舌根的人,废话也没那么多。
第米特律　莱珊德,留下你的赫蜜雅,我才不要。
　　　　　　就算我爱过她,这爱情早抛向九霄,
　　　　　　我把我的心献给她,只是逢场作戏,
　　　　　　海伦娜的怀抱才是我归宿的圣地。
莱珊德　　海伦娜,别信他,他的话全是虚假。
第米特律　说话当心些,可要付出重大的代价;
　　　　　　你不懂得我的真情,不许来胡乱插嘴。
　　　　　　瞧!你的情人来了——来了你那宝贝。
　　　　〔赫蜜雅上①
赫蜜雅　　黑夜剥夺了一双眼睛的功能,
　　　　　　耳朵却因之变得格外灵敏。
　　　　　　它虽然蒙蔽了人们的眼光,
　　　　　　却给予那听觉加倍的补偿。
　　　　　　莱珊德,不是我用眼睛把你找到,
　　　　　　多谢我的耳朵抓住了你的音调。
　　　　　　可是为什么你这样狠心,撇下我不顾?

---

① 《新莎士比亚版》加舞台指示,"赫蜜雅发现莱珊德,向他奔去"。

莱珊德	为什么要守着?爱情指点我另一条路。
赫蜜雅	难道爱情能把莱珊德从我身边拉走?
莱珊德	莱珊德的爱情可不许他停留。
	美丽的海伦娜叫黑夜放出光明,
	胜过天上那许多闪烁的星星。
	你干吗要来找我?难道你还不明了:
	我恨你,才从你的身边跑掉?
赫蜜雅	这不是你心里的话;不会有这样的事。
海伦娜	你听!她也是这伙人里的一分子。
	我这才明白原来这三个一起串通,
	布置了一场骗局好把我捉弄。
	赫蜜雅,你太欺人!无情无义的丫头!
	你可是跟他们一起想出这坏主意,
	摆下了圈套,存心叫我出丑?
	我们俩从小交换了多少知心话,
	结拜成姊妹的盟誓,同出同游,
	不觉得半天过去了,却埋怨时光,
	催促我们分手——难道这些全忘了吗?
	做同学时的友谊,孩子时代的天真?
	我们两个,赫蜜雅,像精巧的手艺神,
	一起用针线合绣出一朵好花,
	合描一个花样,合坐着一个软垫,
	异口同音,合唱着一支歌儿,
	仿佛我们的手、身子、声音、思想,
	联结在一起。我们就这样一起长大,
	好比一条树枝上结着一双樱桃,

　　　　　看似两个,这两个可不能分家。
　　　　　好像两朵鲜花开在一个枝头;
　　　　　外表上两个个体,却连着一条心;
　　　　　就像两个名门互通婚姻,
　　　　　男家和女家的徽章合而为一。①
　　　　　难道从前的交情你就一笔勾销,
　　　　　跟男人们一伙来欺侮你可怜的朋友?
　　　　　这不是朋友的行为,哪像少女的样子!——
　　　　　我,和我们女性,全都要责骂你——
　　　　　尽管受气受侮辱的,只是我。
赫蜜雅　你这番气呼呼的话叫我莫名其妙。
　　　　我并没讥笑你;你倒像在把我讥笑。
海伦娜　难道你没有支使莱珊德缠住我,
　　　　假意儿赞美我的眼、我的脸?——
　　　　还派你另外一个情人,第米特律,
　　　　他不多一会儿还一脚把我踢开了——
　　　　来叫我"女神""仙子"什么珠容玉貌,
　　　　超尘绝俗?为什么他会说这些话
　　　　对着他所讨厌的姑娘?为什么莱珊德——
　　　　他心里充满了对你的爱,却丢开你,
　　　　把他的热情——可真妙啊!——奉献给我?
　　　　这不是你布置好,你同意了的吗?
　　　　我不比你,那样走运,那样得宠,

---

① 英国封建贵族各有盾形族徽;贵族间相互通婚,经过特准后,可以把两家族徽合而为一。

	让"爱情"把你捧在手里;我是个苦命人——
	她爱、人不爱;那可也碍不着你呀!
	照说,你总得可怜我,不该取笑我呀。
赫蜜雅	你这番话,我不懂是什么意思。
海伦娜	对,好哇!只管一本正经地扮下去吧;
	等我一转身,就冲我扮鬼脸吧;
	大家挤眉弄眼,别错过一场好戏。①
	这个玩笑,开得真好,该记进历史书里。
	要是你还有些情面,还存一点怜悯,
	你就不会把我当做这样的笑柄。
	可是,再见吧;这也是我咎由自取;
	好在死亡,或是修道,就会给我解脱。
莱珊德	别走,好海伦娜!听我一句话:
	我的爱,我的生命、灵魂——好海伦娜!
海伦娜	噢,妙啊!
赫蜜雅	亲爱的,别这么嘲弄她。
第米特律	她恳求不行,我强迫他闭嘴,准行。
莱珊德	你管你"强迫",就等于她管她恳求;
	你说话吓人,可不比她软弱的祷告强。
	海伦娜,我爱你,拿生命起誓,我爱你!
	凭着我愿意为您牺牲的一切起誓,
	谁说我不爱你,别怪我当面戳穿他。②
第米特律	我说:是我爱你;他谈得上什么爱!

---

① 海伦娜说到"大家挤眉弄眼,别错过一场好戏"时,不禁发出一声呜咽。(《新莎士比亚版》)

② 指决斗而言。欧洲中世纪骑士好斗成风,常凭决斗仲裁是非曲直。

莱珊德　你当真说这句话？拔出剑来证明吧。

第米特律　快，跟我走！

赫蜜雅　（拉住他）莱珊德，究竟闹些什么呀？

莱珊德　走开些，你这黑炭！

第米特律　别来这一套，老兄！

　　　　看来你想溜呢；装腔吧，倒像要跟我走，

　　　　可就是不动脚步。你这样听话吗？走吧！

莱珊德　（向赫蜜雅）别拖住人，野猫，你这牛蒡①！贱货，放手！

　　　　要不，我就摔掉你，像摔下一条蛇。

赫蜜雅　为什么你忽然这样粗暴？为什么变了，

　　　　好哥哥？

莱珊德　哥哥！滚吧，黑蛮子，滚吧！

　　　　滚吧！看见你就恶心，就难受！走远些吧！

赫蜜雅　你不是开玩笑？

海伦娜　对啦！你就在开玩笑。

莱珊德　第米特律，我跟你说了的话是算数的。

第米特律　但愿你说话算数，我看人家可舍不得

　　　　跟你算数呢。② 我才不信你的话。

莱珊德　怎么！你要我伤害她，打她，杀死她吗？

　　　　尽管我恨她，我还不愿对她下毒手。

赫蜜雅　怎么！你的"曾恨"还能下更大的毒手吗？

　　　　恨我！为什么？天哪，什么事呀，好哥哥？

---

① 牛蒡，有芒刺，攀附在人身上，很难去掉。
② 这时候赫蜜雅的手臂仍然钩住莱珊德不放。（《亚登版》）

　　　　　难道我不是赫蜜雅了？你不是莱珊德吗？
　　　　　我现在跟我方才长得一样美啊。
　　　　　今夜你还爱我；就在今夜，你扔了我。
　　　　　你就这样扔了我——唉，老天可怜见吧！——
　　　　　你这是当真不假吗？
莱珊德　　对，凭我的生命！
　　　　　而且再也不想看见你这张脸。
　　　　　你还是死了心、断了念，别存指望吧；
　　　　　放明白些，再没比这更确实的了——
　　　　　不开玩笑：我恨的是你，爱的是海伦娜。
赫蜜雅　　（向海伦娜）天哪！你这骗子！你这花心里的毛
　　　　　毛虫！
　　　　　你这爱情的小偷！怎么，趁着黑夜，
　　　　　把情哥的心儿偷了走？
海伦娜　　这一手真妙啊！
　　　　　你懂不懂"自尊自重"，识不识"害臊"，
　　　　　有没有姑娘的"廉耻"？怎么，你非要
　　　　　逼得我没有好言好语，破口大骂吗？
　　　　　呸，你这个装蒜的，你这个小木偶，你！
赫蜜雅　　小木偶！这一招我明白了，原来如此！
　　　　　我这才看透了：她是拿她的身材
　　　　　来和我作比较；她只管夸她生得长，
　　　　　还有她那个子，她的长挑个子，
　　　　　她有多高大——可不，就此讨得他欢心。
　　　　　你让他把你捧得那么高又高，
　　　　　是不是因为我生得那么矮、那么小？

　　　　　我矮到什么地步？你这花秆儿，快说！
　　　　　我矮到什么地步？可还不至于矮到
　　　　　我十个手指甲够不上你的眼珠儿！
海伦娜　求你们，两位大爷；你们把我嘲弄，
　　　　　可别眼看她来伤害我。我一点也不泼辣；
　　　　　我根本没有吵嘴撒野的本领；
　　　　　我是个安分的姑娘；我最胆小怕事。
　　　　　别让她打我呀。也许你们还以为
　　　　　我打得过她，因为她比我长得
　　　　　矮小一点儿——
赫蜜雅　矮小一点儿！听，又来啦！
海伦娜　好赫蜜雅，不要这样跟我过不去。
　　　　　我一向总是对你很好的，赫蜜雅，
　　　　　总是跟你有说有商量，从没得罪你；
　　　　　——只除了一件事，因为我爱第米特律，
　　　　　就告诉他：你们私奔到这林子里来。
　　　　　他就去追你；为了爱，我又去追他；
　　　　　却一路上讨他的骂，还口口声声说，
　　　　　要打我踢我——不，甚至要杀死我。
　　　　　现在，你放过我，让我悄悄地走吧——
　　　　　我做了个蠢货，就此回雅典去，
　　　　　再也不会跟着你们了。放我走吧。
　　　　　你看，我有多么傻、多么愚蠢。
赫蜜雅　咦，快给我走吧！谁又拦住你了？
海伦娜　是一颗痴心，我转身把它扔在这里了。
赫蜜雅　怎么，扔给莱珊德？

海伦娜　　给第米特律。

莱珊德　　别害怕,决不许她碰一碰你,海伦娜。

第米特律　　不,大爷,不容许她放肆,尽管你帮她。

海伦娜　　噢!她一发起脾气来,又凶又厉害!
　　　　　她在学校的时候,就是"雌老虎",
　　　　　别看她是个小个儿,她可凶猛哪。

赫蜜雅　　又是"小个儿"?她嘴里不是"小"便是"矮"!
　　　　　(向莱珊德)你为什么听她这样取笑我呀?
　　　　　让我跟她拼去。

莱珊德　　你走开些,你这矮个儿,
　　　　　你这小不点儿,三年不长半寸的东西!
　　　　　你这一"粒"珠子、橡子!

第米特律　　你对于她
　　　　　实在太殷勤了,她就讨厌你的讨好。
　　　　　别管她的事。不许你再提到"海伦娜";
　　　　　不许你来帮她的忙,如果你胆敢
　　　　　对她表示那么一丁点儿爱情,
　　　　　就叫你看颜色。(拔剑)

莱珊德　　(拔剑)现在她不缠住我了。
　　　　　现在,有胆量的跟我走吧,决一个雌雄,
　　　　　看海伦娜到底该属于谁:你还是我。

第米特律　　跟你走!不,并排走!胳膊碰着肩膀。
　　　　　〔二人同下

赫蜜雅　　你,大小姐,这一切都是你这祸根。
　　　　　不,别往后退哪。

海伦娜　　我不放心你,我,

不愿再跟你这凶女人做伴搭伙。
打起架来,你的出手比我快,
拔脚就跑,我的步子比你跨得开。
〔逃下

赫蜜雅　我弄迷糊了,不知该怎么说才对。
〔凄惶下

奥伯朗　(从树林里出现)这都是你粗心大意——你老是弄错了;
要不,那就是你存心恶作剧。

蒲　克　相信我,黑夜之王,我搞错了。
你不是嘱咐我,我只消认清楚
那个穿着一身雅典服装的男人?
那么这回事你就怪不得我;
我把花汁涂在雅典人的眼窝;
事情闹得这个地步,我只有高兴,
他们的争吵叫人看得好不起劲!

奥伯朗　你瞧,这两个情人在找地方拼命;
赶快,罗宾,快把夜幕绷得紧紧。
升起迷雾,像阴间的黑河那样浓,
顿时遮没了那满天星斗的太空。
再叫这两个暴跳如雷的情敌
迷了路,你碰不到我、我找不到你。
一会儿你学着莱珊德的腔调和声音,
用刻薄的话叫第米特律冒起了火星;
一会儿又装得像第米特律在骂人——

就这样,叫两个人各自东走西奔,
直到死一般的睡眠拖着铅一般的腿,
张着蝙蝠般的翅膀扑向他们的双眉。
那时候你就凑着莱珊德的眼皮,
挤这根仙草——挤下的浆液十分神奇:
能把先前的错误一笔勾尽,
叫他的眼里又恢复当初的光景。
等到他们一觉醒来,这一出趣剧
就成了一场春梦,无根无据;
这两对情人将要回到雅典城中,
订下的誓约将信守到生命告终。
我这里打发你去办这一件公事,
回头我就找女王,讨那个印度孩子;
于是替她解除眼睛里的魔法,
让怪物显出原形,风波也就平下。

蒲　　克　仙王,这件事要办就得赶紧;
"黑夜"已驾着飞龙,冲破了乌云,①
从天边已经升起灿烂的启明星;
这星光来临,到处游荡的阴魂,
便成群结队,回到坟地;可怜那冤鬼:
葬身在水底,或者十字路下埋,
早已钻进那蛆虫爬行的洞穴——
但怕白天将暴露他们的丑恶,

---

① 传说飞龙拖着黑夜之神的车子飞过天堂。

　　　　　他们从金黄的光芒前慌忙逃跑，
　　　　　只能永远在阴森的黑夜逍遥。①

奥伯朗　我们是神仙，鬼魂哪能相比。
　　　　我总是跟黎明女神一起游戏；
　　　　倒像一个樵夫，逗留在森林中，
　　　　直到东方的天空烧得火一般红。
　　　　万道金光照耀着碧波万顷，
　　　　叫汪洋大海变成了万点黄金。
　　　　可是，尽管这样，赶紧些，说做就做；
　　　　趁天亮之前，就把这事办妥。
　　　　〔隐灭

蒲　克　奔去又奔来，奔去又奔来，
　　　　我引着他们奔去又奔来。
　　　　人人都怕我，城里到城外；
　　　　小妖精，领他们奔去又奔来。
　　　　这儿来了一个。
　　　　〔莱珊德在大雾中摸索上

莱珊德　（呼唤）你在哪儿，骄傲的第米特律？快说句话！
蒲　克　（学第米特律的声腔）在这儿，奴才！拔剑准备吧。
　　　　你在哪儿呀？
莱珊德　我立刻就来啦。
蒲　克　那么快跟我走，
　　　　找个平坦的地方。

～～～～～～～～～～
　① 根据基督教教规和教义，自杀的人尸体葬在十字路口；淹死的人，未曾举行临终的宗教仪式，被罚灵魂到处飘荡一百年。（史蒂芬）

〔莱珊德随声音下

〔第米特律摸索上

第米特律 （呼唤）

莱珊德！再开声口。

你缩回去了吗？你逃了,你这个胆小鬼？

快说！你把头躲在哪儿？矮树丛后背？

蒲　克 （学莱珊德的声腔）你这胆小鬼！你可是向星星吹牛,

去跟树林子说:你要跟人决斗；

可就是不肯过来？过来,畜生,小子,你！

让我拿棍子揍你一顿。谁跟你

动刀子才叫丢脸。

第米特律　原来在这儿,你？

蒲　克　跟我的声音走,这儿不是动武的地点。

〔第米特律随声音下

〔莱珊德跟跄上

莱珊德　他走在我的面前,接连向我挑战,

等我来到他叫喊的地方,人就不见。

这个坏蛋,脚步可走得比我快,

我在后面追,他可是在前面飞。

〔绊跌

在坑坑洼洼的黑路上我摔了一跤,

且就在这儿歇歇吧。（躺倒）

白天快快来到！

可爱的白天,只要你吐出曙光,

我找到第米特律,就跟他算这笔账。

〔入睡

〔蒲克引第米特律上

蒲　克　哈！哈！哈！没胆量的,怎么不过来?

第米特律　等等我,如果你是好汉;我还不明白!——
　　　　　你只管在我面前逃,东躲西闪,
　　　　　不敢站住脚头,不敢跟我照面。
　　　　　你又在哪儿啦?

蒲　克　过来吧,我在这边。

第米特律　哼,你在跟我开玩笑。且等到白天,
　　　　　给我看到你的脸,你可要叫苦连天!
　　　　　目前,走你的吧。
　　　　　(坐倒)我脚下好像拖着铅;
　　　　　我要借这张冷冷的"床",量一量
　　　　　身子有多长,直到白天重又放光。

〔躺下,入睡

〔海伦娜步子沉重上

海伦娜　叫人厌倦的黑夜啊！漫长的黑夜,
　　　　把时辰缩短些吧！东方快照耀,
　　　　好让我踏着晨光,转回雅典。
　　　　离开那班人——我受尽他们的讥笑。
　　　　睡眠之神,你叫"忧伤"闭上了眼皮,
　　　　求你让我暂时摆脱了自己。

〔躺下,入睡

蒲　克　只有这三个?还差那么一个;
　　　　两男加两女,共总是四个。

她来了,但见满面愁容,
　　　小爱神真是淘气的孩童,
　　　害得可怜的大姑娘发疯。
　　〔赫蜜雅步子沉重上

赫蜜雅　从没这样疲倦,从没这样难过;
　　　浑身露水,衣裳被树尖抓破。
　　　我走已走不动,爬也不能爬,
　　　我的两条腿,再不听我的话。
　　　天亮之前,我就在这儿睡一会儿,
　　　天保佑莱珊德,要是他们斗起来。
　　　〔躺下,入睡

蒲　克　地上一躺,
　　　睡得好香;
　　　温柔的情人,
　　　闭上眼睛,
　　　给你搽几滴药水。
　　　〔把花浆挤在莱珊德的眼上
　　　等你醒来,
　　　那你就会
　　　感到欢喜;
　　　因为眼睛里
　　　看见了你原来的情妹。
　　　有句俗话说得中听,
　　　各人只该得各自的份。
　　　等你醒来,这句话就要变真:
　　　　哥哥爱妹妹,

成双又作对,
谁的马儿仍旧归谁骑,
物归原主,皆大欢喜。
〔下

第 四 幕

第一景 森林中

〔两对青年男女熟睡在草坪上

〔蒂妲尼霞挽线团儿上,众仙子随上。奥伯朗自后隐身上

蒂妲尼霞 来吧,你坐在这鲜花铺成的床上,
让我抚摩你这脸蛋——多么可爱!
再把玫瑰插在你滑溜溜的头上;
再吻吻你可爱的大耳朵,我的宝贝。

线团儿 豆花在哪儿?

豆 花 有。

线团儿 给我搔搔头皮,豆花。蛛网阁下在哪儿?

蛛 网 有。

线团儿 蛛网阁下,好阁下,你把武器拿好,给我到花枝梢头去把一只红屁股的野蜂儿杀死了;然后,好阁下,给我把它身上那个盛蜜的袋子拿来。干这件活儿别毛手毛脚的,阁下;还有,好阁下,可得留心,别把那盛蜜的袋子碰破了;我可不乐意瞧着你弄得一身都是蜜啊,大爷。芥子

阁下在哪儿？

芥　　子　有。

线团儿　把你的贵手伸给我,芥子阁下。听我说,请把礼免了吧,好阁下。

芥　　子　有什么吩咐？

线团儿　也没有什么,好阁下,就是请你帮着蛛网骑士一起给我搔搔痒。① 我得去找理发店老板了,阁下；因为我觉得我脸上的毛出奇地长；我又是一头怪怕痒的驴,只要我让我的毛刺了一下,我就非要搔痒不可。

蒂妲尼霞　呃,你可要听听音乐,我的心肝儿？

线团儿　我这副耳朵倒是很能听些音乐。咱们就来一段铁片儿敲木板儿吧。

蒂妲尼霞　再说,心肝儿,你可想吃些什么哪？

线团儿　说得对,来它一大槽的糠吧。你有又干又好的燕麦,那我也可以嚼一点。我觉得要是来一捆干草,我最配胃口——好干草、香干草,什么也不能跟干草比。

蒂妲尼霞　我有一个最能钻头觅缝的小仙子,

　　　　　会给你去寻找松鼠的粮仓,

　　　　　把新鲜的硬果搬来。

线团儿　我只想吃一两把硬干豆。可是请您方便一下,别让您那些手下的人来打扰我——我觉得困劲儿上来了。

蒂妲尼霞　睡吧,让我把你搂在我的臂弯里。

　　　　　小仙子,你们走吧,大家可以散开了。

〔众仙子散开,下

---

① 线团儿已忘了他派"蛛网"去杀野蜂、取蜂蜜,替他搔痒的是"豆花"。

75

菟丝依附着女萝,那柔顺的常春藤
缠住了榆树的苍劲的枝杈;
我这会儿抱着你,也就这样缠绵。
啊,我多爱你! 你多叫我迷恋哪!
〔他们入睡
〔蒲克上

奥伯朗　(从林子中出现)欢迎,好罗宾! 看见这"多情"的场面吗?

她这痴情倒叫我可怜她起来了;
刚才我在树林后面碰见了她,
她正在为这个畜生采摘鲜花儿,
我就责备她,不免跟她闹了一场;
原来她给他那毛茸茸的额头
套上了一顶芬芳鲜艳的花冠;
往常,露珠儿在花心里颤动,
就像一颗颗东方的滚圆的珍珠;①
现在但见花冠上露珠盈盈,就像
一张张泪眼在哭泣自己的遭遇。
我痛痛快快把她嘲骂了一顿,
她却低声下气向我赔着不是;
我要她交出那个从人间偷来的孩童,
她就一口答应,马上吩咐仙女
把他送到仙境、我的寝宫里。

---

① 东方的珍珠指从印度洋采来的珍珠,色泽皎洁,胜过欧洲所产珍珠。(《新莎士比亚版》)

现在那孩子已经到手,我就要
替她解除她眼中的可恼的幻象。
我说,好蒲克,你把这一副嘴脸,
从这个雅典乡下佬的头上拿下来吧;
到天亮了,人家醒来,他也醒来,
大伙儿就好一起回雅典城去;
想起了今天这一夜里这一场热闹,
只当在林子中做了一场噩梦。
可是先让我给仙后破了魔法吧。
〔以仙草抹她的眼睛

  就像你从前一样做人;

  就像你从前一样看人——

   用月姐的芽,解爱神的花,①

  恢复你的本性全靠着它。

  喂,我的蒂妲尼霞!醒醒吧,好女王。

蒂妲尼霞　(醒来)我的奥伯朗!我做了一场梦,真荒唐!

我觉得我方才爱上了一头驴子。

奥伯朗　那儿就躺着你的"情人"。

蒂妲尼霞　怎么回事?

哎呀,现在我看他一眼就生气!

奥伯朗　别作声。罗宾,给他把这驴头拿去吧。

蒂妲尼霞,吩咐奏乐吧;叫这五个男女

---

① 月神黛安娜手持牡荆,作为贞节的象征,所以说,"月姐的芽"能解除爱神的相思花的魔力。

格外地好睡,就像死去一般。

蒂妲尼霞　奏乐!奏一支曲子让人睡得更熟吧!
〔传来柔和的音乐

蒲　克　(向睡熟的线团儿)
等你醒来,把一对蠢眼睛眯着看吧。
〔替他拿下驴头

奥伯朗　演奏吧,音乐!来,挽着手,我的女王;
叫他们躺着的地面轻轻摇荡。
〔跳舞
如今我们俩已经言归于好,
　明天半夜,就要去到大公的府邸,
　兴高采烈,参加那隆重的典礼,
祝福他们万事如意,白头偕老。
　这两对忠心的情人也将在那里,
和大公同时举行婚礼,共庆良宵。

蒲　克　仙中之王,你留心,你听——
我听见了云雀的歌声。

奥伯朗　那么,我的女王,无声无息,
悄悄跟随着黑夜的踪迹。
一眨眼,我们绕地球一周,
追上那东升西落的月球。

蒂妲尼霞　来吧,夫君,我们一边飞行,
你一边告诉我今夜的事情。
我睡了一觉,在我的近旁,
怎会有这些凡人躺在地上。
〔隐去

〔五人仍熟睡

〔远处号角声。马蹄声。希修斯,喜波丽妲上。伊吉斯,侍从等随上

希修斯　去一个人,把那看守林子的找来;
　　　　五月节的仪式我们已经举行过了;
　　　　趁现在还是大清早,正好让新娘
　　　　欣赏欣赏我那些猎狗的好嗓子。
　　　　把它们牵到西山的山谷,放开它们。
　　　　快去吧,把那看守林子的给找来。

〔一侍从下

　　　　美丽的王后,我们就登上山头,
　　　　听猎狗引吭高歌,山谷里传来
　　　　阵阵回声——响起一片热闹的音乐。

喜波丽妲　有一次,我跟赫克莱斯和卡麦斯在一起,①
　　　　在克里特岛的一座森林里打猎,
　　　　他们放出斯巴达猎狗去围攻大熊。
　　　　那样雄壮的吠声我还第一次听到;
　　　　不光是森林,连天空、山泉、四面八方
　　　　全都在助威呐喊。我从没听到过
　　　　那样和谐的喧闹,动听的雷鸣。

希修斯　我那些猎狗也是斯巴达名种;
　　　　下垂的肉腮,沙黄的毛色,两边挂着
　　　　长长的耳朵,正好挥去清晨的露水;

---

① 卡麦斯,希腊神话中的英雄,据说是底比斯城的建立者。赫克莱斯见第17页注②。

　　　　　弯弯的腿,像纯种的公牛,挂着垂肉;①
　　　　　追赶起来不快,但是他们吠起来
　　　　　一声应和一声,就像钟乐齐鸣。
　　　　　无论在克里特、斯巴达、西萨利,②听不到
　　　　　有哪一队猎狗,跟猎人的号角和鸣,
　　　　　应着他的呼召,吠叫得这样入调。
　　　　　你听了之后再判断吧。
　　　　　(发现赫蜜雅她们)但是,且慢!
　　　　　这几位可是什么仙女?

伊吉斯　（认出赫蜜雅)
　　　　　殿下,是我的女儿!躺在这儿,睡熟了。
　　　　　这一个,莱珊德;这是第米特律;
　　　　　这一个,海伦娜——老奈达的海伦娜。
　　　　　我不懂,他们怎么都赶到这儿来了。

希修斯　不用问,他们为了庆祝五月节,
　　　　　一早起身,又听说我们要行乐,
　　　　　就赶到这儿来参加我们的仪式。
　　　　　可是伊吉斯,赫蜜雅不是应该
　　　　　在今天拿定主意给你个答复吗?

伊吉斯　是在今天,殿下。

希修斯　去吩咐猎人,吹起号角来唤醒他们。

　　　　　〔一侍从下
　　　　　〔号角声。呐喊声。欢呼声

---

① 垂肉:指牛脖子上下垂的皮。
② 西萨利,希腊半岛北部地名。

〔两对青年男女惊醒,跳起

早安,朋友们。"情人节"①早已过去了;
这里的林鸟却到现在才成双配对吗?

莱珊德　请殿下恕罪。(跪下)
〔赫蜜雅等一起跪下

希修斯　请你们都站起来吧。
我知道你们两个本是冤家和对头;
这个世界怎会变得这样友好和爱?——
"仇恨"会抛掉了一肚子"妒忌",
去睡在"仇敌"的身边,再不怕"报复"呢?

莱珊德　殿下,我将要回答——可有些稀里糊涂——
半醒着,半睡着——可是说起来,我起誓——
我闹不清楚我怎么会来到这儿——
可是,让我想——我要把事情交代清楚;
我这会儿想起来了,事情是这样的——
〔用爱慕的目光望着赫蜜雅
我跟赫蜜雅一起来到这儿,本打算
逃出雅典城,逃避到另一个地方,
再不怕雅典的法律,我们就好——

伊吉斯　够了,够了,殿下!您已经听够了。
我要求法律——法律——把他惩办。
他们打算好私奔;他们打算好了——
第米特律!叫你我眼睁睁无法可想;
叫你的老婆,我的许诺都落了空——

---

① 情人节,在 2 月 14 日,传说百鸟从这天起开始交尾。

>   我许下这句话:要把她做你的老婆。

第米特律　（拿起海伦娜的手）殿下,好海伦娜告诉我:他们要出奔,
约定在林子里碰头——和私下的打算;
我气疯了,一路追踪着赶到这儿;
好海伦娜一片痴情,又追踪着我。
可是,好殿下,不知道是什么力量——
可是一定有一种力量在支配,
使得我对于赫蜜雅的爱,冰消雪融,
现在回想起来,就像想起了我小时候
把一样玩物当宝贝般痴心喜爱。
如今,我的忠信,我充满爱情的心灵,
我眼中的光辉和欢乐,整个儿都属于
海伦娜一个人。殿下,我本来跟她
订了盟约,后来才遇见赫蜜雅;
就像害了一场病,看见好吃的东西,
反而摇头。一旦复原了,胃口也就正常——
我现在只要她,只爱她,只追求她,
我要捧出一片真心,永远献给她。

希修斯　四位有情人,也是巧机缘,碰到你们;
回头再请你们给大家往下说吧。
伊吉斯,我要叫你屈从我的意志了;
等会儿跟我们一起,这两对情人
要在神殿中缔结那终身的良缘。
现在,早晨已经不早,我们出来
本是为了打猎,看来只好作罢了。

就此跟我们一起回雅典吧!

三个新郎,三个新娘,举办一个

盛大豪华的酒会。来吧,喜波丽妲。

〔希修斯挽喜波丽妲下。伊吉斯及侍从等随下

第米特律 这种种事情仿佛渺茫、不可捉摸,

就像远处的青山变做过眼烟云。

赫蜜雅 我好比雾中看花,醉眼蒙眬,

一样东西,两重影儿。

海伦娜 我有同感;

我又找回了第米特律,我的宝贝,

他是我的——他又不是我的。

第米特律 你能说

我们当真醒着?对我说来,倒像是

我们还睡着,还在做梦呢。你可认为

方才大公在这儿,叫我们跟他走吗?

赫蜜雅 对,我的父亲也在。

海伦娜 还有喜波丽妲。

莱珊德 他当真叫我们跟他到神殿里去。

第米特律 哎哟,这么说,我们醒着呢。快跟他走;

让我们一路上各人讲各人的梦。

〔两对情人下

〔线团儿醒来

线团儿 轮到该是我的"接口",提醒我一声,我就会答应上来。我底下一句"接口"是:

好一个俊俏的皮拉摩!

嗨,嘿!彼得·昆斯!笛管儿,修风箱的!喷嘴儿,

补锅子水壶的!瘦鬼儿!——我的老天爷哪!全都一声不响地溜走啦,却丢下我一个儿在这儿睡大觉!——我啊,看见了一个谁也不曾看见过的幻象——我做了一个梦哪,哪怕你再聪明些也说不上来我这个梦是个什么样儿的梦。人,只是一头蠢驴罢了,别想来解释我这个梦。我记得我是——没有哪个能说得出那是什么。我记得我是——我记得我有——可是人哪,你只是一个穿花花绿绿衣裳的傻子罢了,①假使你想站出来说:我记得的是啥。人的眼睛听都还没听见过,人的耳朵看都还没看见过呢;人的一双手可别想尝得出来——他的一条舌头想也想不出来——他的一颗心怎么也回报不出来:我这个梦到底是一个什么样的梦。我要找彼得·昆斯给我写一首讲这个梦的歌谣,就叫它做《线团儿的梦》吧——只是这个线团儿、这个梦啊,再理不出个头绪来。等我们这场戏快演到末了的时候,我就当着大公的面,唱起这支歌儿来。为了可以更讨好卖俏些,说不定放到她死了之后②再唱吧。

〔下

第二景 雅典。昆斯家中

〔昆斯,笛管儿,喷嘴儿,瘦鬼儿同上

昆 斯 你们打发人到线团儿家里去过没有?他还没回

---

① 傻子,指古代在封建主跟前说笑逗乐的"傻子",穿五颜六色的花衣裳。
② 她死了之后,"她"指瑟丝贝。译文从最早的"四开本"和"对开本":"at her death"。

家吗?
瘦鬼儿　打听不到他的下落。还用说,他准是变驴变马变掉啦。
笛管儿　要是他不回来,咱们这出戏算吹了,演不下去了,是不是?
昆　斯　就是不行。缺了他,你跑遍雅典城,再挑不出第二个可以演皮拉摩的。
笛管儿　可不,在雅典的手艺人中间,要说聪明伶俐,还得数他呢。
昆　斯　说得对,而且还是最好的好人。就凭他那一条甜嗓子,他就是个天生的情夫。
笛管儿　你该说"情哥儿"。一个"情夫",老天保佑,多不好听!

〔合缝儿上

合缝儿　各位大师傅,大公正从神殿出来,还有两三对大贵人和大小姐也一起结了婚。假使咱们的玩意儿顶得下去,那咱们可是有造化的人啦。
笛管儿　啊,线团儿,这可爱的好小子!他就此一辈子断送了六便士一天的恩俸——六便士一天,少不了他的。假使大公看了他扮演皮拉摩,不赏给他六便士一天,随你把我怎样都行!他领这份赏赐也尽可以领得。扮的是皮拉摩,拿的是六便士一天,少一个子儿,不行!

〔线团儿上

线团儿　这班孩儿们到哪儿去了?我的心肝儿都到哪儿去了?
昆　斯　线团儿!哎呀,今天可真叫人乐坏了!哎哟,这个时辰还真吉利哪!

线团儿　各位师傅,我要给你们讲个挺稀奇的事儿——可别来问我是什么稀奇事儿。要是我这会儿就告诉了你们,别把我当做道地的雅典人。有一天,机会碰巧,我自会原原本本、什么都说给你们听。

昆　斯　说给我们听听吧,好线团儿!

线团儿　关于我的事儿,我一字不提。我要告诉你们的是这一句话:大公已经用过饭了。快把你们的行头收拾起来吧;把你们的胡须扎扎牢;在靴子上换一副新缎带;马上就到大公府门口碰头。各人都把自己的一份儿台词背背熟——总之一句话,反正宫里已经点了咱们这一出戏啦。怎么也得让瑟丝贝穿得干干净净的;还有,谁扮演狮子,留心别把指甲儿剪了,他要把指甲儿露出来,当作狮子的脚爪儿呢。还有,各位好角儿,洋葱、大蒜可吃不得,我们说句话、吐口气,也得香喷喷的;我相信准能听到他们夸奖一声:"真是一出香喷喷的喜剧!"不用多说了;去吧!去,走吧!

〔同下

第 五 幕

第一景　雅典;宫中

〔希修斯挽喜波丽妲上。菲罗特莱,大臣,侍从等随上

喜波丽妲　这些情姐儿情哥儿,说的话可真怪,
　　　　　我的希修斯。
希修斯　这样的怪事哪儿有呢。
　　　　我从来也不信什么神话和山海经。
　　　　情人,疯子,他们那发热的头脑、
　　　　有声有色的幻想,一下子就理会的,
　　　　冷静的"理智"可一辈子别想弄明白。
　　　　那疯疯癫癫的,谈情说爱的,写诗歌的,
　　　　从头到脚,一身全都是想象。
　　　　这一个看见的魔鬼连无边的地狱
　　　　都容纳不了,那是疯子;那情人呢,
　　　　同样是痴的,一张埃及人的脸,
　　　　落到他眼里,变成了美貌的海伦。①

---

① 海伦,荷马史诗中的著名的希腊美人。

　　　　　　诗人的眼睛,充满着狂热,一下子
　　　　　　从天上看到地下,从地下直望到天上;
　　　　　　在他的"想象"中孕育了形形色色
　　　　　　无可名状的东西,诗人的笔头一转,
　　　　　　它们便成了形,"虚无缥缈"便有了
　　　　　　落脚的场所,还捞到一个名称。
　　　　　　奔放的"幻想"真会来那套玩意儿,
　　　　　　只要心里一高兴,就当真以为
　　　　　　有了什么高兴的事、高兴的原因;
　　　　　　或者黑夜里,让恐惧浮现在心中,
　　　　　　就把一丛荆树当作了一头熊!
喜波丽妲　　可是听完了他们的那一夜故事,
　　　　　　再看他们心灵上都起了变化,
　　　　　　就可以证明,该不是无中生有的幻想;
　　　　　　让人相信,莫非那是真情实况——
　　　　　　尽管这回事可真稀奇、太荒唐了。
希修斯　　　瞧,两对情人,喜气洋洋地来啦。
　　　　　　〔莱珊德挽赫蜜雅,第米特律挽海伦娜上
　　　　　　祝贺你们,好朋友!愿爱情的青春
　　　　　　长驻于你们的心灵!
莱珊德　　　愿更大的幸福
　　　　　　追随着殿下的步履、饮食和起居!
希修斯　　　来吧,有什么舞蹈和假面剧,好让我们
　　　　　　打发这长得要命的三个钟点——
　　　　　　吃罢晚饭到进入洞房那一段时辰?
　　　　　　一向替我们掌管娱乐的大臣在哪里?

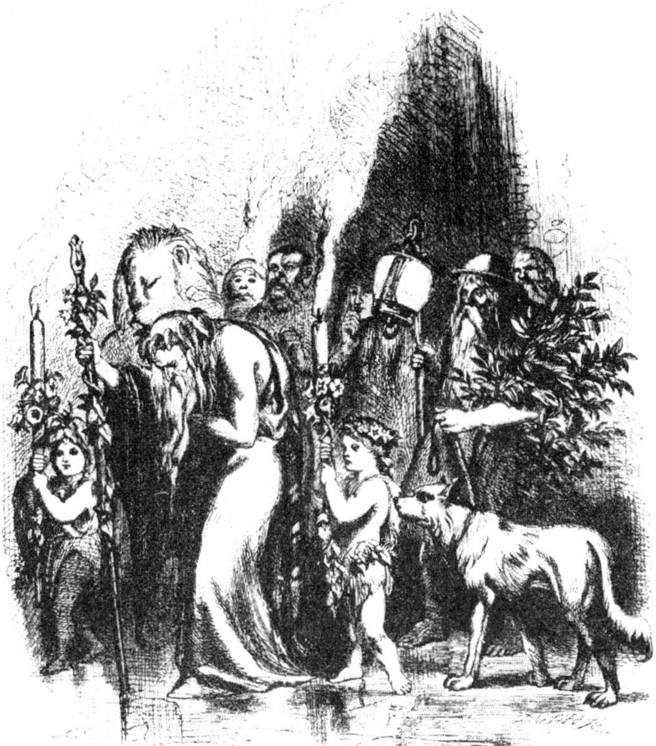

　　　　　　手边有些什么玩意儿？有戏文没有？——
　　　　　　也好消磨这难熬难挨的时刻。
　　　　　　传菲罗特莱来。
菲罗特莱　有。伟大的希修斯。
希修斯　　你说，可有办法缩短今天这一晚？
　　　　　　有什么假面剧？音乐？不来点儿什么
　　　　　　开开心，这辰光啊，就懒得推都推不动。
菲罗特莱　有单子在这儿，准备的节目都写上了；
　　　　　　请殿下挑选，喜欢先看哪一个。
　　　　　　〔呈上一纸
希修斯　　《人妖之战》，雅典太监独唱，
　　　　　　由一架竖琴伴奏。
　　　　　　这个我不爱听，我已跟我的未婚妻
　　　　　　讲过这赞美内亲赫克莱斯的故事。
　　　　　　《酒神的女信徒，如疯如狂，
　　　　　　把绝世的歌手，扯得四分五裂》
　　　　　　那是老调；上次我征服底比斯，[①]
　　　　　　得胜回来，这戏就已经演过了。
　　　　　　《缪司女神，三三见九，齐声痛悼，
　　　　　　一代学者，病贫交迫，死得好惨》
　　　　　　好厉害的讽刺，十分尖刻的批评，
　　　　　　可跟今天这良辰吉日，并不相称。
　　　　　　《情郎皮拉摩和情妹瑟丝贝——
　　　　　　长得要命、苦得要死的短小喜剧》

---

① 底比斯，古代希腊城市，在雅典西北。

"喜剧",又苦得要死!"短小",又长得要命!
　　　　　那是说,热烘烘的冰,沸烫的雪,
　　　　　这个矛盾的结子该怎样解开呢?
菲罗特莱　殿下,这出戏总共只有十来个字,
　　　　　比这更短的戏文我还没看见过;
　　　　　可是,殿下,这十个字却已经太长,
　　　　　叫人听得不耐烦了。原来这本戏
　　　　　没有一个字是合拍的,没有一个角色
　　　　　是称当的。它是本苦戏,好殿下,
　　　　　因为皮拉摩在戏里杀死了自己。
　　　　　可是我看了他们的排练,只好承认,
　　　　　我眼里全是泪水——任凭你放声大笑,
　　　　　也不能流下比我更开心的泪水。
希修斯　　演这出戏的人都是干什么的?
菲罗特莱　都是在这儿雅典干活卖力气的人。
　　　　　他们向来用不到脑子,这次为了
　　　　　庆贺殿下的婚礼,硬逼着他们的
　　　　　糊涂脑袋,把这出戏背了出来。
希修斯　　我就点这出戏吧。
菲罗特莱　不行,高贵的殿下;
　　　　　这种戏不配让你听。我听过一遍,
　　　　　可真不成东西,一点儿也不成东西;
　　　　　除非你看在他们一番诚心——
　　　　　狠命地死记,使出了吃奶奶的气力,
　　　　　为了博取您的高兴。
希修斯　　我点这本戏。

> 只要诚诚恳恳,献出一片忠心,
> 那你就决不会错到哪儿去。
> 去,把他们带来吧。各位小姐,请坐吧。
> 〔菲罗特莱下

喜波丽妲　我可不爱看那种声嘶力竭的样子,
　　　　他们的好心给他们的玩意儿糟蹋了。
希修斯　嗳,好心肝,你瞧着吧,没有的事。
喜波丽妲　他说他们演得不成个东西。
希修斯　尽管不成东西,我们还是说声谢谢,
　　　　就更显出我们的宽厚。他们出洋相,
　　　　正好让我们笑一笑。功夫不到家,
　　　　也不必计较那本领,要体谅那本心。
　　　　我每到一个地方,那些大有学问的人
　　　　总是准备好一番欢迎词来迎接我;
　　　　可是一看到我,就发抖了,脸色变白了,
　　　　一句话刚念到一半忽然顿住了,
　　　　心里慌张,平日有腔有调的舌头
　　　　不听使唤了;结果,哑口无言,
　　　　一句欢迎的话也没跟我说。亲爱的,
　　　　相信我,从默然无声,我听到了欢迎。
　　　　诚惶诚恐的忠诚,向我所作的表白
　　　　并不下于一条能说会道的舌头——
　　　　滔滔不绝、旁若无人的口才。
　　　　亲人儿,所以,张口结舌的诚恳,
　　　　照我看,说得最少,感情却最深。
　　　　〔菲罗特莱上

菲罗特莱　回禀殿下,念开场白的要出场了。

希修斯　叫他上来吧。

〔喇叭吹奏。昆斯上

昆　斯　（念开场白）

如果我们叫人生气,那只好如此。①

请诸位顾念,我们不是来招惹讨厌,

而是一片好意。献上可怜的本事;

我们开头的动机,说到底,就这一点。

请记着,我们此来,专为了捣蛋。

可决不敢一心要讨好诸位,

此乃我们的宗旨。为了让大家喜欢,

我们才不干。假使来了叫你们后悔。

演员个个到齐,凭着他们的动作,

该你们知道的,自会让你们满足。②

希修斯　这家伙说话可有点没眼睛、没眉毛的。

莱珊德　他打发他的开场白像一头乱奔一通的小驹子,不知道该在什么地方停下来。这是个好教训,殿下,光会说话不算数,还要说得对头。

喜波丽妲　可不,他念他那篇开场白,就像一个孩子吹笛子,

---

① 这段开场白本来就不高明,又给昆斯念了破句,因此弄得意思完全相反。按照"正确"的句读,应该这样念:如果我们叫人生气;那只好如此请诸位顾念:我们不是来招惹讨厌,而是一片好意,献上可怜的本事。我们开头的动机,说到底,就这一点。请记着:我们此来——专为了捣蛋可决不敢——心要讨好诸位;此乃我们的宗旨:为了让大家喜欢。我们才不干——假使来了叫你们后悔。……

② "自会让你们满足",说到这里,哑剧接着开始。(《新莎士比亚版》)英国中世纪戏剧,正戏上场前,先演哑剧,表明戏剧情节。

93

咪哩吗喇了一阵,就是没有个腔调。

希修斯　他那番话就像一团乱麻;倒也牵牵连连,就是没有个头绪。接着谁登场了?

〔皮拉摩,瑟丝贝,"墙头","月光"及狮子上

昆　　斯　(致辞)

诸位,看见这场面也许要奇怪;①

这会儿奇怪,等会儿可就明白。

这男的叫皮拉摩,说与大家知道;

美人儿就是瑟丝贝,那可错不了。

这个男的,身上涂着泥土石灰,

就算一垛墙,把一对情人拆开;

墙上有个洞,苦命人只好凑着洞眼,

低声讲着情话——请大家不要稀罕。

这男的,提一盏灯,拿一把树枝条,

牵一只狗,就是月亮。大家要明了,

这对情人已经约好,在月光底下

去到尼纳斯坟头,谈一谈情话。

这个怕人的畜生,"狮子"是他的大名。

到了晚上,忠诚的瑟丝贝先赶到,

可给这畜生吓坏了——就是说,吓跑了;

她一路逃,顾不得把披肩落掉了。

张开血淋淋大口,死畜生把披肩咬。

一会儿,皮拉摩来到,高大的美少年,

---

① "诸位,看见这场面……",昆斯以演出人的身份在讲解哑剧。他讲得道道地地,一丝不漏,等他讲完,戏剧本身已成为多余了。(《新莎士比亚版》)

　　　　看见好瑟丝贝的披肩,血迹斑斑,
　　　　当场拔出刀子——这血淋淋的万恶刀子,
　　　　对准他血淋淋、热辣辣的胸膛狠命刺。
　　　　谁知瑟丝贝好好地躲在桑树近旁,
　　　　拿起他的刀子把小命送了。究竟怎样,
　　　　且让这一对情人,狮子,"月光","砖墙"
　　　　说个端详;等会儿他们要一一上场。
　　〔"墙头"吊场。昆斯及其余演员下

希修斯　我倒是想知道,狮子会不会开口。

第米特律　不猜也就知道,殿下,许许多多蠢驴都在讲着人话,狮子也就更不用说的了。

墙　头　(站到"舞台"中央)

　　　　小人名叫喷嘴儿,在这戏里头,
　　　　倒派我扮做一垛墙头;
　　　　我这垛墙,请听着,与众不同,
　　　　原来墙上有一条缝——有一个洞。
　　　　皮拉摩,瑟丝贝,一对相好的情人,
　　　　凑着裂缝,暗中谈着私情。
　　　　我身上的黏土、石灰,这一块石头,
　　　　表明我是一堵结结实实的墙头。
　　　　这是一条裂缝,从左到右,①
　　　　凑着它,胆小的情人就算碰头。

希修斯　你还能叫石灰和棕毛说出更漂亮的话吗?

---

① 《新莎士比亚版》加舞台指示,"'墙头'伸出手指"。译者按,即伸指作剪刀状。

第米特律　我还从来没有听见过一堵墙居然能发表这样聪明的话,殿下。

希修斯　皮拉摩走到墙脚跟前来了;且静一静!

〔皮拉摩上

皮拉摩　阴森森的夜呀!一片漆黑的夜呀!
　　　　夜啊,白天一去你就来啦!
　　　　夜啊,夜啊!哎哎呀,哎哎呀,哎哎呀!
　　　　怕只怕我的瑟丝贝忘了约会啦!
　　　　你这堵墙——可亲可爱的墙呀!
　　　　你把她家和我家,分做两家呀!
　　　　你这堵墙——可亲可爱的墙呀!
　　　　张开裂缝,让我往里瞧一下吧!

〔"墙头"伸出手指

　　　　谢谢啦,好心的墙,上天保佑您!
　　　　　但是我瞧见了什么?瑟丝贝可没有!
　　　　可恶的墙!你不让我看见幸福半点;
　　　　　这样把我欺,你这石头该遭诅咒!

希修斯　这堵墙本是有知觉的,我想他该回敬几句了。

皮拉摩　不,说真的,殿下,它不能这么办。"遭诅咒"是瑟丝贝的"接口"。她现在得上场了。我就在墙洞里张望着她。你们瞧着吧,给我说个正着。她不是来了吗?

〔瑟丝贝上

瑟丝贝　墙头啊!你常常听见我唉声叹气,
　　　　　只为我和我情哥被你两分开。
　　　　你是石头、石灰、棕毛拌在一起,
　　　　　我是樱桃小口常跟石头亲嘴。

皮拉摩 我看见一个声音,让我快快凑在洞边,
不知能不能听见瑟丝贝的脸。
瑟丝贝!

瑟丝贝 我的情哥!你是我那情哥,我猜。

皮拉摩 你尽管猜吧,我不是你情哥还是谁!
我就像那利曼德,永远不变心;

瑟丝贝 我就像那海伦,只要我一息尚存。

皮拉摩 夏法勒对蒲萝瑞,也不过这样忠诚。

瑟丝贝 我爱你,就像夏法勒对他的爱人。

皮拉摩 隔着可恶的墙,凑着墙洞,给我一吻!

瑟丝贝 我亲了墙头洞,亲不着你的唇!

皮拉摩 求妹妹:你我马上到城外的坟头去开会。

瑟丝贝 生也好,死也罢,小妹立刻跟哥哥来!

〔二人各下

墙 头 我扮墙头,已经把角色扮完,
角色扮完了,墙头这就下台。

〔下

希修斯 现在,把两家人家隔开的墙头已经倒下去了。

第米特律 这可是太糟糕了,殿下,如果墙头都这样伸着耳朵,偷听别人的私房话。

喜波丽妲 简直是最愚蠢的废话,我还从来没听到过呢。

希修斯 最好的戏也无非是人生的影子;最糟的戏也不至于太糟,只要借"想象"帮一下忙就成了。

喜波丽妲 那么这只能说是你的想象的功劳,可扯不到他们的想象。

希修斯 要是我们对他们的想象,并不比他们想象他们自己

更差些,那么他们也可以算得是些很出色的人物了。看这儿,两个活宝上场啦——一个人、一个狮子。

〔狮子,"月光"一前一后上

狮　子　好小姐,好太太,你们的心,最好没有,
　　　　　看见小小老鼠地上爬,就要害怕;
　　　　万一听到一头猛狮,一声怒吼,
　　　　　说不定会全身发抖,受了惊吓;
　　　　那么请放心,细木工合缝儿,我就是;
　　　　包了一张狮子皮,并不是雌狮子;
　　　　如果我真是头狮子,闯到这里来,
　　　　哎呀呀,可怜哪,活该我倒霉!

希修斯　这头畜生,一点儿没有脾气,良心也真好。

第米特律　殿下,这么乖的一头乖畜生,我实在还没领教过呢。

莱珊德　论起这头狮子的胆量来,尽可以比得上一头狐狸。

希修斯　对了;论起它的小心来,比得上一头鹅。

第米特律　可不能那么说,殿下。因为论他的那点儿胆量,还对付不了他的小心,可是一头狐狸却可以把一头鹅拖了走。

希修斯　我敢说,他的小心鼓不起他的胆量,就像一头鹅拖不动一头狐狸。好吧,他的事儿留给他自个儿去小心照顾吧。我们且听听"月亮"又怎么说。

月　光　这盏明角灯笼代表两角尖尖的新月——

第米特律　那两只尖角应该插在他自己的头上才对啊。

希修斯　他才不是新月——一张滚圆的脸,圆得连他那一对角也看不见了。

月　　光　　这盏明角灯笼代表两角尖尖的新月——
我呢,看来就是那月亮中的仙人。
希修斯　　别的倒还罢了,这可真是荒唐透顶呢。应该把这个人放进灯笼里才对,要不,怎么好叫做"月亮里的仙人"呢?
第米特律　　他不敢钻进去,因为里边有一支蜡烛,你看,都要剪烛花了,他不能不"火烛小心"呀。
喜波丽妲　　这个月亮可让我看够了,它得变个样儿才好!
希修斯　　看他那点儿懵懵懂懂的亮光,他大概是一弯越来越细的残月吧——可是礼貌还是要的,不管怎样,我们还得往下看。
莱珊德　　往下念吧,月亮儿。
月　　光　　我要表明的,也无非是要跟你们说,这盏灯笼是一轮月亮;我,月亮里的仙人;这一束树条枝,我的树条枝;这头狗,我的狗。
第米特律　　咦,这许多东西都该放进灯笼里头才对呢——这些东西都是在月亮里的呀。可是,静一静!瑟丝贝上场了。

〔瑟丝贝上

瑟丝贝　　这就是尼内的旧坟,我的情哥哥呢?
狮　　子　　(吼叫)噢——

〔瑟丝贝奔下

第米特律　　吼得好,狮子!
希修斯　　逃得好,瑟丝贝!
喜波丽妲　　照得好,月亮儿!说真的,这月亮儿照起人来的样子,真够人瞧的。

99

〔狮子撕破瑟丝贝的外套,下

希修斯　撕得好,狮子!

第米特律　皮拉摩这就来了。

莱珊德　狮子这就不见了。

〔皮拉摩上

皮拉摩　可爱的月亮,我多谢你的阳光;

　　　　我多谢你,照耀得这样卖力,

　　仰仗你那亮晶晶、黄澄澄的光,

　　　　我要眼睁睁饱餐好瑟丝贝的秀色,

　　　　　可是,且住!糟糕啊!

　　　　　瞧,你倒霉的英豪啊,

　　可怕的灾难已经到来!

　　　　　眼睛,你看不看见?

　　　　　怎么会有这场祸变?

　　乖乖的小鸭儿啊,我的宝贝!

　　　　　好好的你的披肩,

　　　　　怎么全是血迹一片;

　　来吧,你凶神恶煞!

　　　　　命运之神,①使出手段吧,

　　　　　把"生命线"一刀两断吧,

　　要割就割、要杀就杀;拉倒,完结!

希修斯　这一股热情,加上又死了一个知心的人儿,也真该叫人哭丧着脸了。

---

① 希腊神话中的命运之神系三姊妹。老大手持卷线杆,老二纺纱织线,老三把人的生命线剪断了。

喜波丽妲　我的心儿怎么这样不济事！——我倒是可怜起这个人来了。

皮拉摩　老天哪！你造下狮子干啥？

　　　　这畜生把我的情妹一口吞下！

　　　天下惹人爱、逗人喜、活泼泼的娇娃，

　　　　就得数上她——不，不，本来该数她。

　　　　流吧，眼泪，滴沥答！

　　　　砍吧，宝刀，噼啦啪！

　　　刺进皮拉摩的胸脯，

　　　　对准左面的乳房——

　　　　　心儿在里面跳荡，

　　　于是，我就死了，呜呼，呜呼……

　　〔以木剑自刺

　　　　　现在，我已经死了，

　　　　　现在，我已经去了，

　　　我的灵魂飞到天上去了！

　　　　　太阳，给我下台吧！

　　　　　月亮，给我躲开吧！

　　〔"月光"下

　　　我要死了，要死，要死，要死了！

　　〔倒下不动

第米特律　可不是什么"幺四"，是"一点"；你看，不是死了他一个儿吗？

莱珊德　"一点"也当不成，朋友；他已经死啦，只好算是"白板"罢了。

希修斯　只消请个外科大夫来想想办法，还可以把他救活过来，让他做一头驴。

喜波丽妲　月亮怎么能就此溜了呢,等会儿瑟丝贝还要回来找她的情人呀。

希修斯　她可以在星光底下找到她的情人的。看这儿,她来啦。等她大哭大喊一阵之后,戏文也就完了。

〔瑟丝贝上

喜波丽妲　照我看,她为了她这位皮拉摩,不必来上那么一大套;我希望她说得简短些才好呢。

第米特律　拿皮拉摩跟瑟丝贝来比,真是半斤对八两,扫帚对畚箕,他这样的男人家,老天保佑吧！她这样的女人家,上帝照应吧！

莱珊德　她那双媚眼已经看到他了。

第米特律　于是但闻哀哀哭泣,其哭声如下:——

瑟丝贝　睡熟了,我的哥哥?

　　　　怎么,死了,我的鸪鸪?

　　　　噢！皮拉摩,快醒醒！

　　　　开口呀,开口呀！一声不响?

　　　　死啦,死啦！黄土黄壤,

要封没你迷人的眼睛。

　　　　嘴唇像百合花白,

　　　　鼻子像樱桃花开,

　　　　两朵大黄花像你面孔,

　　　　全完蛋了——完蛋呀完蛋！

　　　　情郎情妹,一齐来悲叹！

　　　　他眼睛绿得像根葱。

　　　　噢,命运女神三姊妹,

来,来,来,到我这里来!
伸出玉手像牛奶,
　　伸进鲜血泡一泡——
　　只为你们嘎啦一剪刀,
把他的生命线割得粉碎。
　　舌头,一句话也没有!
　　刀子,你是我的朋友,
来吧,舐一舐我胸中的血吧!
〔自刺①
　　就此再会了,我的亲友,
　　瑟丝贝的命到了尽头——
永别了——永别了——永别吧!
〔倒下不动②

希修斯　现在就剩下"月光"和狮子来料理这一双死尸啦。

第米特律　可不,还有"墙头"呢。

线团儿　(跳起来)不,我拍胸脯说,把他们两家隔开的那堵墙已经倒啦。你们要不要看一看"收场白",还是喜欢听一听咱们的两个伙计跳一场"贝戈马"舞?③

希修斯　"收场白"请你们免了吧;你们的戏文用不到请人包涵——绝对用不到包涵。做戏的一个个都倒下死了,我们还好去责怪谁呢?哈,要是编这个戏的人自己

---

① 《新莎士比亚版》的舞台指示是,"她寻找皮拉摩的刀子,找来找去找不到,只好拿空鞘自刺"。译者按,可以想知,刀子被皮拉摩压在身子底下了。
② 一般版本作"死去"。《新莎士比亚版》作"她砰地倒在皮拉摩身上"。
③ "贝戈马"舞,一种粗犷的民间舞蹈,来自威尼斯境内贝加摩地区。

来扮皮拉摩,而且把自己吊死在瑟丝贝的袜带子上,那倒是一本出色的悲剧呢。说真的,今晚各位演得很卖力——可是,来吧,你们的"贝戈马"舞呢?别管你们的收场白了。

〔众匠人上,跳舞

午夜的钟声已经敲了十二点;
爱人们,去睡吧;是神仙出现的时间了。①
我怕明天早晨我们都会起不了身,
只因为今天夜里睡得太晚。
这出没头没脑的戏文却送走了
步履蹒跚的黑夜。好朋友们,去睡吧。
　这次喜庆,我们要举行半个月,
　夜夜都有酒有舞、有新的欢乐。

〔同下

第二景　同　前

〔蒲克扛扫帚上

蒲　克　饿狮在高声吼叫,
　　　豺狼在嗥着月影;
　　结束了一天勤劳,
　　　农夫们发出鼾声。
　　残火还留着余烬,

---

① 神仙出现的时间,指午夜以后、启明星升起之前的一段时间。(《新莎士比亚版》)

猫头鹰厉声啼叫;①
缠绵在苦难中的人,
　　就自知性命难保。
现在已到了更深半夜,
　　坟墓都裂开了大口
一齐放出了幽灵,
　　在教堂的坟地上飘游;
我们精灵,避开了白昼,
　　在海凯特的轻车面前,②
一路奔跑不回头,
　　追随着梦境般的黑暗。
这会儿我们要行欢作乐。
不许耗子骚扰吉屋。
主人派我拿着扫帚,
打扫门后的尘垢。
〔奥伯朗,蒂妲尼霞,各率仙子、精灵上

奥伯朗　昏沉黯淡的火焰,
在大厅里闪烁着火光;
一个个精灵和小仙,
像小鸟跳跃在树枝上;
跟我唱起这支小调,
又把歌唱,又把舞跳。

~~~~~~~~~~~~~~~~

① 猫头鹰,当时被视作不祥之鸟。参阅《麦克贝斯》第二幕第二景,把啼叫的猫头鹰比作"报丧的更夫"。
② 海凯特,希腊神话中司冥界的女神。

蒂妲尼霞　先把歌调儿记牢,
　　　　　一字一音都要唱好。
　　　　　手拉着手,仙姿翩翩,
　　　　　祝颂屋主,福寿绵绵!
　　　　〔众仙子、精灵唱歌跳舞
奥伯朗　从午夜到黎明之前,
　　　　众小仙满屋子翩跹。
　　　　先去看一看新娘,
　　　　祝福那美满的新床。①
　　　　三对新人结成鸳盟,
　　　　相亲相爱,永无裂缝。
　　　　生下了男花并女花,
　　　　定是无妄无灾、富贵荣华。
　　　　一个个都是面清目秀,
　　　　没有破相,不生肿瘤,
　　　　不生黑痣,也不缺唇,
　　　　无瘢无疤,更没有畸形——
　　　　凡是那不祥的胎记,
　　　　都不会在身上显示。
　　　　这儿有田野里的仙露,②
　　　　众仙子个个且洒且舞。
　　　　兜遍宫殿,穿廊绕户,
　　　　把恬静安宁一路散布。

---

① 祝福新床是英国从前举行婚礼时一个例行的仪式。参阅乔叟《商人的故事》:"牧师祝福了新床之后……"
② 传说田野里的露水是仙人的圣水。

祝福这华屋的主人,
永享安乐和康宁。
　　快溜,快走,
　　别停,莫留,
且待东方发白,大伙儿碰头。
〔奥伯朗,蒂妲尼霞,众仙子、精灵下

蒲　克　（致收场白）
咱们这些幻影,有不到之处,
这样一想,也就足以弥补——
各位是在这儿睡了一觉,
瞧见些幻象,虚无缥缈。
这一出浅薄无聊的戏文,
无非是一场梦,无影无痕。
但求贵人,不要见怪才好,
如蒙包涵,自当尽力补报。
我叫蒲克,为人向来真诚,
此番得到照应,居然侥幸
逃过了蛇一般咝咝嘘声,
决不忘却各位这片好心。
若非如此,尽管骂我混蛋;
蒲克在这儿祝大家晚安。
要是肯赏个脸,高抬贵手,①
我是各位知恩图报的朋友。
〔下

---

① 高抬贵手,指鼓掌而言。

威尼斯商人

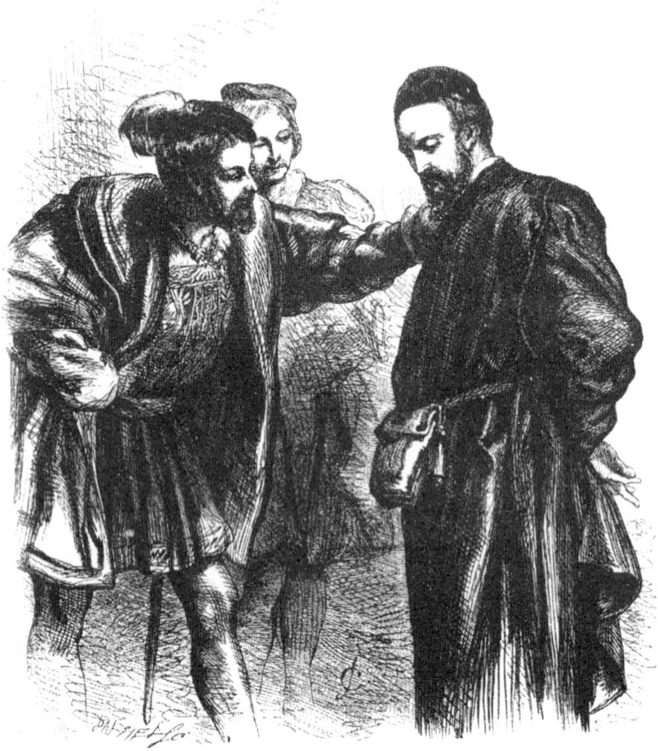

剧中人物

安东尼——威尼斯商人
巴珊尼——贵族青年，他的朋友
莎莱里奥 ⎫
索拉尼　 ⎬——他们俩的朋友
葛莱兴　 ⎪
罗伦佐　 ⎭
夏洛克——有钱的犹太人
吉茜卡——他的女儿
杜　巴——他的朋友，犹太人
朗西洛——他的仆人
老狗宝——朗西洛的父亲
波希霞——继承巨产的小姐
奈莉莎——她的侍女
摩洛哥亲王 ⎫
　　　　　 ⎬——波希霞的求婚者
阿拉贡亲王 ⎭
威尼斯大公
仆从、使者、狱卒、威尼斯众贵族

场 景

威尼斯;贝尔蒙

第 一 幕

第一景　威尼斯；街道

〔商人安东尼，及友人莎莱里奥，索拉尼上

安东尼　说真的，我真不明白，为的什么
　　　　我这样昏昏闷闷。我不明白，我真愁——
　　　　你们说，看着这情景，叫你们也发愁；
　　　　可是我怎么会跟它碰上了、搭上了、
　　　　拉上了关系；这愁闷，是怎么一宗宝货，
　　　　又是打哪儿冒出来的，还得研究；
　　　　这愁闷，就把我变成了一个呆子，
　　　　叫我伤透脑筋，还是弄不懂自己。①
莎莱里奥　您的心，是在汪洋大海里颠簸呢——
　　　　海洋里，您那些大船，张着满帆，②
　　　　就像是海上赛会游行的大场面，
　　　　又像那有钱有势的地主、财主，

---

① 弄不懂自己，西洋有"弄懂你自己"的谚语，意即要有自知之明。
② 大船，指当时用帆和划子的大商船，载重达两百吨。"那些"表示多数，船只结队航行。

　　　　　擦身飞过那些打躬作揖的小商船,①
　　　　　瞧着它们却就像目中没有人。
索拉尼　大哥,相信我,要是我也担着
　　　　　这样的风险,那我的神思多半儿要给
　　　　　落在海外的希望分去啦。我就老是
　　　　　要拔一根草、看一看风朝哪一头吹;
　　　　　要埋头在地图堆里只管寻找那
　　　　　港口啊,码头啊,港湾啊;凡是使我
　　　　　担心货物的命运的事儿,不用问,
　　　　　全都叫我发愁。
莎莱里奥　我呵一口气儿
　　　　　吹凉我的粥,我的心就跟着发寒了——
　　　　　当我一转念:海上的风暴会招来
　　　　　多大的损失！一看见计时的沙漏,
　　　　　我就想到沙洲、沙滩,仿佛看见了
　　　　　我那豪富的"安德鲁"搁浅在沙泥里,
　　　　　它那高高的桅杆,从半空里倒下,
　　　　　吻着它的葬身之地。我上教堂去,
　　　　　看见了圣殿的石墙石基,又一下子
　　　　　想到了海底的暗礁,我那好好的船儿,
　　　　　只消叫它拦腰碰上那么一碰,
　　　　　满船香料,就全都撒布在海面,
　　　　　让汹涌的波涛披上了绸缎绫罗

---

① 小商船,指沿威尼斯岛岸航行的小帆船。"打躬作揖",形容大船驶过海面,掀起一阵波浪,近旁的小船颠簸不已的情状。

　　　　——总之是,方才的财富还有那么大,
　　　　一转眼,可全都打了水漂儿!
　　　　要是我的幻想尽往这方面想,
　　　　我还会缺少那万一果真出了事、
　　　　就得叫我发愁的愁思吗?
　　　　快别跟我说了;我知道安东尼是为了
　　　　记挂着海外的财货才这样发愁。
安东尼　不,相信我。总算托命运的福,
　　　　我并非孤注一掷在一条船儿上,
　　　　也不止一个去处;我全部财产
　　　　也并不依靠今年这一年的盈亏——
　　　　所以说,我的货船并没叫我发愁。
索拉尼　嘿,那您一定是爱上了女人啦。
安东尼　啐,哪儿的话!
索拉尼　也不是爱女人?
　　　　那让我们说吧:您发愁,就因为
　　　　您不快活——这跟您笑呀跳呀的当儿,
　　　　说:您快活,就因为您并不伤心,
　　　　一样地便当。凭着两面神起个誓,①
　　　　当初老天造人,可真是色色俱全:
　　　　有的人老是眯着眼睛发笑,
　　　　像八哥看见了一个吹风笛的人;
　　　　有的人,可又是整天绷紧着脸儿,

---

① 两面神,罗马神话中的天堂门神杰纳斯,长着两个脸儿,一怒一笑,朝着两个方向。索拉尼凭"两面神"起誓,是为了配合他所要说的:人是有两种不同类型的性格的。

从不肯露一粒牙齿、装出个笑容,
哪怕奈斯德都发誓说,这个笑话①
才真叫好笑——
〔巴珊尼,罗伦佐,葛莱兴上
您的贵亲巴珊尼来啦——葛莱兴,还有
罗伦佐也来啦。再会吧,您现在有了
更好的伙伴,我们可以少陪啦。

莎莱里奥　要不是叫您的好朋友来早了一步,
我倒是想把您逗乐了才走的。

安东尼　您的好心我非常领情;只怕是您自个儿有事情,正好
借这机会就此溜走吧。

莎莱里奥　早安,各位大爷!

巴珊尼　两位早安,我们什么时候可以欢聚一下?什么时候?
近来大家变得疏远了。难道非走不可吗?

莎莱里奥　改日有空,我们一定奉陪。
〔莎莱里奥,索拉尼下

罗伦佐　巴珊尼大爷,您已经找到了安东尼,
我们俩可要少陪啦;不过请您
别忘了午饭时候我们的约会。

巴珊尼　我一定不失约。

葛莱兴　安东尼大爷,您的脸色不好。
您把这世界上的事儿看得太认真啦;
有了一肚子心事,就失了做人的乐趣。

---

① 在古代出征特洛伊的希腊诸将领中,以奈斯德年岁最高,态度严肃,绝不苟言笑。

相信我，您真的变得很厉害。
安东尼　葛莱兴，我还给人世它本来的面目：
　　　　一座舞台。每个人都得在这台上
　　　　扮一个角色；我呢，扮的是苦人儿。
葛莱兴　那让我扮一个小丑。在嘻嘻哈哈的
　　　　欢笑中让衰老的皱纹要来就来吧；
　　　　宁可让酒烧坏了我的肝脏，也不能
　　　　叫讨命的呻吟来叫我的心房发凉。①
　　　　干吗一个活人，偏要正襟危坐，
　　　　跟他祖宗爷爷的石像一个样？
　　　　醒着就跟睡着一样；还要终年
　　　　气气恼恼的积成了黄疸病？
　　　　对你说了吧，安东尼——咱俩有交情，
　　　　看在交情的分上我才说这语——
　　　　世界上有那么一种人，紧绷着脸儿，
　　　　就像那纹丝不动、凝结了的死水，
　　　　一死儿不理睬人；要这样才好博得
　　　　人家赞一声：多聪明，多稳重，莫测高深！
　　　　瞧他的神气就像说："我乃是未卜先知，
　　　　我一开口说话，狗都不许叫一声！"
　　　　我的安东尼啊，我就看透了这种人——
　　　　他聪明出了名，全靠嘴巴闭得紧；
　　　　要是果真开一开口，我敢肯定

---

① 讨命的呻吟，英国向来有一声叹气消耗人体内一滴血的说法。参阅《亨利四世（下）》第三幕第二景："耗血的叹气""吸血的叹气"。

    害得那听的人都要大倒其霉,①
    大骂他自己的同胞:"这个傻瓜!"
    这些事儿咱们留在下次再谈吧;
    可是请你千万别拿"忧郁"做钓饵,
    去博取那世俗的虚名。来吧,好罗伦佐。
    回头见;吃过饭,我再把"劝诫"结束吧。②

罗伦佐 好,那咱们在吃饭的时候再见吧。
    活该我就是那种哑口无言的"聪明人",
    因为葛莱兴从不让我有说话的份。

葛莱兴 只消你跟我做两年伴,包管你
    连自个儿的口音也分辨不清!

安东尼 再会吧;叫你这么一说,今后我只好
    多开几声口啦。

葛莱兴 这才对了,因为只有——
    风干的牛舌,没人领教的老姑娘,
    这两个不声不响,才算是应当。

    〔葛莱兴,罗伦佐下

安东尼 这一回,他那些话可有点儿道理?

巴珊尼 像葛莱兴那样没完没了净说废话的,全威尼斯也找不到第二个。他的道理,就像两粒麦子藏在两桶砻糠里,要从砻糠里拣出那两粒麦子,就得让你花掉一整天的工夫;可是等到拣出来了,你不由得要嚷道:

---

① 大倒其霉,指下地狱而言;参阅《新约·马太福音》第5章第22节:"凡骂兄弟是傻子的,难免地狱之火。"
② 这话里带有讽刺意味。清教徒传教,常极冗长累赘,以致不得不把"劝诫"部分放到吃过午饭后再宣讲。

		这些工夫,费得真冤枉!
安东尼	现在,可以告诉我了,你发誓要出门去
	私下拜访的那位小姐,她是谁;
	——你不是答应今天讲给我听吗?
巴珊尼	安东尼,这你也是很清楚的,我为了
	支撑这一个外强中干的场面
	把一份微薄的产业怎样给用空了;
	说是我感到心痛,因为现在再不能
	这样摆阔了,那倒未必;可是我
	念念不忘地思量着,要怎样才能
	清偿我过去挥金如土的时光,
	积压在我肩上的这重重债务。
	不管是说到钱财还是论交情,
	安东尼,我都是欠你欠得最多;
	承蒙你的深情厚谊,我才敢
	把我的私衷向你和盘托出——
	我打算怎么样了清这一身债务。
安东尼	那就请你,好巴珊尼,快跟我讲吧;
	要是这个打算光明正大,就像
	你向来做人一样;那你放心,
	我的钱袋为你而打开,我这人、
	拼着我所有的资产,听凭你使用。
巴珊尼	还在求学的时光,我丢失了一支箭,

　　　　　　往往就用另一支箭,同样的轻重,①
　　　　　　朝同一个方向射去,加倍地注意
　　　　　　它落下的地点,好找回那先前的一支;
　　　　　　这样,冒双重的险,就找到了两支箭。
　　　　　　我提起这童年时代的经验,是因为
　　　　　　我接着要说的,完全是一片天真。
　　　　　　我欠了你很多的债——好比一个
　　　　　　没算计的浪荡子,把借到手的钱
　　　　　　全给花了;不过要是你愿意朝着
　　　　　　你那第一支箭的方向,再射出第二支,
　　　　　　那么这一回,我一定看准了目标,
　　　　　　没有疑问,不是把两支箭一起
　　　　　　找回来,定然是把你第二次的加码
　　　　　　奉还给你;我仍然做一个感激的
　　　　　　债户,欠着你当初一支箭的恩情。
安东尼　　我,你最了解,却偏要这样
　　　　　　拐弯抹角来探试我的交情,
　　　　　　这不是白费工夫;要是你怀疑我,
　　　　　　不肯为朋友尽我的力,那还有说的,
　　　　　　比把我所有的钱全都给花掉了
　　　　　　还要对不起我。你只消跟我说
　　　　　　我应该怎么办——如果你知道那是我
　　　　　　办得到的,我立刻就给办去。你说吧。

---

① 另一支箭,同样的轻重,原文"the self-same flight",箭术上的用语,指轻重、长短、大小相同,射程相等的箭。

巴珊尼　在贝尔蒙,有一位继承巨产的小姐,
　　　　长得真美——光是一个"美"还不够
　　　　做她的赞美,她还有了不起的品德哪。
　　　　从她的眼梢里,我也曾蒙受她的
　　　　脉脉含情的流盼。她芳名"波希霞"——
　　　　跟古代的贤女:伽图之女、勃鲁特的妻子
　　　　同名,而跟她相比,可不输那么一分。①
　　　　人们并没辱没这位小姐的才貌,
　　　　四面八方的风,从天涯海角
　　　　送来了求婚的贵人;披在她额上的
　　　　金光闪闪的卷发,好比那"金羊毛",②
　　　　叫她安身的贝尔蒙变做了黑海之滨,
　　　　赶来了无数追求宝贝的英雄。
　　　　啊,我的安东尼,只要我凑得出
　　　　一笔开销,去跟他们作一个竞争的
　　　　对手,那我心里的预感指点我,
　　　　这次求爱,我稳稳的会得到成功!
安东尼　你知道,我全部财产,都漂在海面上,
　　　　我手头,既没现款,也没有现货
　　　　可以做抵押;我们且去走动一下,
　　　　看凭我的信用在威尼斯有没有办法——

---

① 古罗马政治家伽图有女,名"波希霞",嫁给她的表哥勃鲁特为妻。希腊历史学家普路塔克在《伟人传》里赞美她品德贞洁、高超。

② 希腊神话,黑海东岸科尔奇斯,有橡树圣林,树上钉着金羊毛,由不眠的毒龙看守着。希腊英雄耶松靠了科尔奇斯国王的女儿美玳亚的帮助,盗得了金羊毛。

能借多少就多少,硬是要凑个数,
好供给你到贝尔蒙去见美女波希霞。
走吧,我们两人就分头去打听,
哪儿有头寸,我就哪儿去借钱——
不管由我做保,还是由我出面。

〔分头下

第二景　贝尔蒙;室内

〔波希霞小姐及侍女奈莉莎上

波希霞　可不是,奈莉莎,我这小小的身子,活在这个广大的世界上,只觉得好不腻烦。

奈莉莎　那不能怪您啊,好小姐——如果您的烦恼就跟您的家产一样的成千上万。只是照我看,那吃得吃不下的,就跟那饿着肚子没得吃的一样,他不受用。所以小康之家,倒是幸福不小呢。大吃大喝,白发生得早;刚好吃饱穿暖,倒寿长。

波希霞　说得好,真是至理名言。

奈莉莎　要是照着做去,那岂不更好。

波希霞　要是做得到,就跟认识应该怎样做,一样的容易,那么小礼拜堂就要变成大教堂,穷人的草屋就要变做王爷的宫殿啦。只有好神父才遵守他自个儿的教诲。让我指点二十个人做人的道理,倒还容易;可是要我做这二十个人中间的一个,奉行自己的教训,就没那么简单啦。"理智"可以制定下种种戒律来约束"感情",可是奔放的"热情"却冲破了那冷酷的教条。"青春",凭它那一股疯劲,就像是一头野兔,一下子就跳过了"理智"的猎网——那拐脚的老人。可是我这样发一番议论,不见得会帮助我挑选一个丈夫吧——唉,天哪,怎么说得上"挑选"!既不让我挑选我自个儿看中的,我所讨厌的,也没法拒绝他。一个活着的女儿的意志,就这样给故世了的父亲的遗命钳制住了。我一个也不能挑选、半个也不好拒绝,奈莉莎,你说,这不是叫人太不好受了吗?

奈莉莎　老太爷生前一向有德行;好人临终的当儿,常有灵感来临,所以他定出了这抽彩的办法,安排了那金的、银的、铅的三个匣子。谁猜中了他的意思,就算是得中了您;那就不用说,要不是真正值得您爱慕的人,绝不会让他把彩匣挑中了。可是您自个儿对于这几位已经到来向您求婚的王孙公子,又觉得怎么样呢,可有哪一个牵动了您的柔情?

波希霞　请你把他们的名字一个个报上来,你报一个我就把他形容一番,根据我的形容,去体会我对各人到底有多少柔情吧。

奈莉莎　第一个,那不勒斯的亲王。

波希霞　啊,真是一头小驹子!① 他不开口也罢了,一开口就讲他的马儿;他因为能够自个儿动手给他的马儿装上铁蹄,就此认为这是一件天大的本领。我真担心哪,她老人家,亲王的娘,可曾叫打铁的勾搭上了。

奈莉莎　接下来该是那位宫廷伯爵了。

---

① 小驹子,指性情粗野、脾气倔强的小伙子而言。那不勒斯人以善于骑马著称。

波希霞　他一天到晚只知道皱眉头,那一副神气活像在说:"要是你不愿意嫁给我,听便吧!"他听着笑话,听归听,可没一丝笑容。我只怕他到老来真要变成一个哭泣哲学家了——也没看见年纪轻轻就好意思这样一股劲儿地发愁!我宁可去跟衔着枯骨的骷髅作终生的伙伴,也不愿意嫁给这样两位人才。天主保佑,别让我落在他们俩的手里吧!

奈莉莎　那么您说那位法兰西贵族勒庞老爷又怎样呢?

波希霞　既然天主造出了他,就算他是个人吧。凭良心说,我知道取笑人家也是一桩罪过;可是他!嘿,他那头马儿比那不勒斯亲王的马儿还要好,他那皱眉头的坏习惯,比宫廷伯爵还要到家。什么人他都好算得,就缺他自个儿的份。画眉一声叫,他就手舞足蹈起来;他会跟自个儿的影子斗起剑来呢。我要是嫁给了他呀,那我就是嫁了二十个男人。要是他瞧不起我,我能原谅他;为的是他爱我即使爱到发狂,也永远别希望我会报答他。

奈莉莎　那么,您对于那位年轻的英格兰男爵福康勃利又怎样说法呢?

波希霞　你知道,我跟他是无话可谈。我讲的话,他听不懂,他的话,我不懂。拉丁文、法国话、意大利话,他一样都不通;①我呢,我的英国话高明的程度,你能上法庭替我做证,可以拿到当店里当一文小钱。看模样,他倒是挺神气;可是,唉!谁愿意扮着哑剧来谈心呀。他那一身行头

---

① 英国人向来以不懂外国语出名。有位英国评者说:"对于我们不通外国语言的这一讽刺,到现在还没有完全失效。"

多么古怪！我猜他的紧身衣是在意大利买来的；他的短裤呢，在法兰西；帽子呢，在日耳曼；他的一举一动，那是四面八方捡来的。

奈莉莎　那么他的乡邻苏格兰贵族，你觉得怎么样？

波希霞　他对于乡邻倒是挺讲究交情；他在英国人那儿领受了一个耳刮子，发誓说，等他方便时一定奉还；我想那个法国人还给他做了保人，签字盖章，保证他将来一定补报这一个耳刮子。①

奈莉莎　那位日耳曼少爷：撒克逊公爵的侄子，您看得中吗？

波希霞　早晨才醒来，神志还算清楚的当儿呢，他已经在发作啦；一到下午，灌了酒，那脾气可就没有了收拾。他在最好的当儿，还差一点儿才好算人；在最糟的时候，只差一点儿就是畜生了。万一我碰上了再坏不能坏的运气，我还是希望有办法摆脱他。

奈莉莎　如果他要来挑彩匣，结果偏给他挑中了，那时候您要是不肯嫁给他，岂不是违反了父亲的遗命？

波希霞　为了防恐万一，所以我求你啦，给我在那落空的匣子上放着满满一杯莱茵河葡萄酒；那么，里边有鬼，外边有诱惑，他就非挑这个匣子不可了。让我干什么都愿意，奈莉莎，只要不嫁给那酒鬼做老婆就行。

奈莉莎　小姐，请放心吧，您再不用害怕会嫁给这几位爷们中的哪一位了。他们已经有话给我：说他们打定主意了，要是向您求婚，非得遵照您父亲的规定挑选彩匣不可，此外

---

① 指苏格兰跟英格兰吵翻的时候，法兰西常给予苏格兰援助——其实往往只是口惠而已。

再没旁的办法,那么他们就此动身回国,再不来打扰您啦。

波希霞　谁想要我这个人,就得遵照先父的规定;否则,哪怕我活到西比拉①老婆婆那一把年纪,我临死,也还是像月亮里的黛安娜那样,一个童女的身子。我很高兴,这一批求婚者总算还知趣,因为不论他们中间哪一位,我都巴不得他快些儿走。但愿天主保佑他们一路平安吧。

奈莉莎　小姐,您还记得吗——那还是老太爷在世的当儿呢——有一个威尼斯人,是位学者,又是个军人,曾经陪着蒙费拉侯爵到此地来过?

波希霞　我记得,我记得,那是巴珊尼——我想这就是他的名字吧。

奈莉莎　对啊,小姐;照我这双不懂事的眼睛看起来,在所有的男人中,只有他才最配娶一位美人儿呢。

波希霞　我很记得他;在我的回忆中,他确然值得你赞美。

〔一仆人上

啊!什么事儿?

仆　人　小姐,那四位外国人找您,要向您告别;另外,还有第五位宾客,摩洛哥亲王,派了一个人先来报信,说是他家主人亲王殿下,今天晚上就要到这儿来啦。

波希霞　要是我能够满心喜欢地欢迎这第五位贵宾,就像送走眼前这四位一样,那听到这消息,我该多高兴。就算他

---

① 西比拉并非人名,是亚普罗神庙中善作预言的女祭司的称呼。亚普罗爱上了意大利南部克米地方的"西比拉",答应让她活上跟握在她手里的沙泥粒子一样多的岁数。可是她忘了要求永久的青春,因此后来成了一个老态龙钟的丑怪婆。故事载奥维特《变形记》第15卷。

的品德比得上一个圣徒,可要是生就一身魔鬼般的皮色,①那我看他与其来做新郎,还不如来做神父,听我的忏悔自新。来吧,奈莉莎。(向仆人)喂,前面走。一个求婚的刚打发走,一个又来把大门叩。

〔同下

第三景 威尼斯;公共场地

〔巴珊尼及夏洛克谈话上

夏洛克　三千两银子——嗯。

巴珊尼　是啊,您老,借三个月。

夏洛克　借三个月——嗯。

巴珊尼　这一笔钱,我跟你说过,由安东尼出面承借。

夏洛克　安东尼出面承借——嗯。

巴珊尼　你能帮我一个忙吗?能给我一个面子?可不可以让我听听你的意见?

夏洛克　三千两银子——借三个月——安东尼出面承借。

巴珊尼　你怎么说?

夏洛克　安东尼倒是一个好人。

巴珊尼　你可曾听见人家说过他不是个好人?

夏洛克　啃!不,不,不,不!我说他是个"好人",要知道我这是说:他是个有身价的人。不过,他的财产还不一定就靠得住。他有一条商船开到的黎波里②去了,一条开到

---

① 魔鬼般的皮色,当时欧洲人的迷信观念,以为魔鬼浑身黑色。
② 的黎波里,指黎巴嫩地中海沿岸的港口。

印度群岛去了；我又在市场上听说，他的第三条船在墨西哥，第四条开到英格兰去了；此外他还有别的买卖在海外东漂西荡。但是，也不过是木板钉的船，人当的水手；有旱老鼠，还有水老鼠；有岸上的盗贼，也还有海洋里的"大哥"——我是说海盗；此外，还有风风浪浪，还有暗礁，危险正多哪……不过，话虽然这么说，人是靠得住的。三千两银子——我想我可以接受他的借据。

巴珊尼　你尽管放心吧。

夏洛克　我一定得放了心才能放债；为了能放心，我还得考虑一下。我可不可以跟安东尼谈一谈哪？

巴珊尼　如果您肯赏光跟我们一块儿吃饭。

夏洛克　（自语）不错，叫我去闻那猪肉的味儿，去吃你们拿撒勒先知把魔鬼赶进去的脏东西！① 我可以跟你们做买卖，跟你们讲交易，谈生意，跟你们一起走路，或者别的什么，就是不能陪着你们一起吃、一起喝，或是一起祷告——（高声）市场上有什么消息吗？——那边来的是谁？

〔安东尼上

巴珊尼　这来的就是安东尼大爷。②

夏洛克　（自语）

瞧他的神气，多像个做贼心虚的

---

① 《新莎士比亚版》认为夏洛克这段话是他的旁白，他不会在这当儿公然表示他的仇恨。拿撒勒先知，指耶稣。他把魔鬼赶进猪群的故事，见《马太福音》第8章第28—32节。

② 《新莎士比亚版》加舞台指示，"他招呼安东尼，走到一边"。

    收税吏！我恨他，因为他是个基督徒；①
    更为了他不通人情，白白地把钱
    借给人家，就把咱们在威尼斯
    放债这一行的利息给压低了。
    有朝一日，叫我抓住了他的辫子，
    我可要痛痛快快，报这深仇宿怨。
    他仇恨我们神圣的民族；他骂我——
    特地在那商人碰头聚会的场所
    辱骂我：骂我的行业、我挣来的辛苦钱——
    说什么重利盘剥。咱民族该倒霉了，
    要是我饶过了他！
巴珊尼 夏洛克，你听见吗？
夏洛克 我正在盘算我手头有多少现款呢；
    照我心里头大概估计的数目，
    三千两银子，一下子凑齐，我办不到。
    那又有什么关系？我们族里，
    有一个犹太富翁，叫做杜巴，
    他可以给我撑腰。可是且慢！
    您打算借几个月？
    （向安东尼）您好啊，好大爷。
    方才我们正谈着您老人家呢。
安东尼 夏洛克，虽然我跟人家有来有往，
    借进借出，从不讲什么利息；可是，

---

① 收税吏，古罗马巡抚所指派的官吏，代表征服者向当时罗马管辖区（撒玛利亚、犹太两区）的犹太人民征收捐税。

	为了我朋友有一笔少不来的开销,
	这一回我就破个例。
	(向巴珊尼)让他知道
	你要借多少了吗?
夏洛克	嗯,三千两银子。
安东尼	借三个月。
夏洛克	我倒忘了,正是三个月——
	您对我说过的。那么好吧,您的借据。
	让我想一想——可是您听我说:
	方才您好像说过,您钱借进、钱借出,
	从来不谈什么好处?①
安东尼	从来没的事。
夏洛克	当初,雅各替他舅父拉班牧羊,
	——雅各就是我们圣祖亚伯兰的后裔,
	靠了他聪明的母亲给他出主意,
	做了第三代的族长,可不是,第三代——
安东尼	他又怎样呢,他可曾收过利息吗?
夏洛克	不,不是收利息,不是像你所说的
	直接起利。你听好雅各用什么手段:
	拉班先跟他讲定了,生下来的小羊,
	凡是有斑点杂纹的,都归雅各,
	算是他牧羊的酬劳;到晚秋的时候,
	那些母羊,淫情发动,就去找公羊交配;

~~~~~~~~~~~~~~~~~~~~

① 好处,跟夏洛克在前面所说的"我挣来的辛苦钱"(第129页)一样,都是"高利贷"的好听的说法。

趁这些毛畜正在传宗接代的当儿,
那乖巧的牧羊人,剥了几根树枝儿,
插在那些多产的母羊面前,
它们得了孕,生下来的就都是些
有斑纹的小羊,所以都归雅各所有。①
这是他的生财之道,他是有福了;
只要不是偷来的,积财就是积福。

安东尼　雅各只是在碰他的运气,您老;
那支配一切的上天帮了他的忙,
并不是凭他本人的意志就能成功——
你插进这段故事,是不是要证明
起利息本是天公地道的?还是说,
金子银子就是你的公羊母羊?

夏洛克　那难说了;母羊生小羊,我也不怠慢,
叫母金生子金——但是,大爷,听我说——

安东尼　你听听,巴珊尼,②
魔鬼居然引证《圣经》来替自己辩护!
那奸恶的人搬弄着经文做护身符,
就像是脸上堆着笑容的坏蛋——
外表好看,芯子烂了的苹果。
也亏那"虚伪",撑起多堂皇的门面!

夏洛克　三千两银子——着实算得一笔整数。

~~~~~~~~~~

① 雅各放羊的故事载《旧约·创世记》第3章第27—43节。
② 《吉特勒其版》加注"旁白",表示安东尼向巴珊尼说的这段话,夏洛克没有听到。

　　　　　三个月——一年作十二个月——让我看看,①
　　　　　那利息就得是——

安东尼　好吧,夏洛克,
　　　　我们能不能请你帮这一次忙?

夏洛克　安东尼大爷,您也不止三番两次,
　　　　在市场上辱骂我,骂我重利盘剥,
　　　　骂我只认得"钱";我都是耸耸肩膀,
　　　　忍气吞声地受下来——受苦受难
　　　　本就是我们这整个民族的标记。
　　　　您骂我是个邪教徒,骂我是条狗,
　　　　把唾沫吐在我的犹太长袍上,
　　　　只因为我用自己的金钱来博取
　　　　几文利息。好吧,这也不多说了,
　　　　现在倒好像是您来向我求教了;
　　　　也罢,您跑来找我,您对我说:
　　　　"夏洛克,我们要钱用。"您就是这么说!
　　　　您,您曾经把唾沫吐在我的胡子上,
　　　　曾经用脚踢我,像踢开你门口的
　　　　一条野狗。现在,您开口要借钱了。
　　　　我该怎么回答您? 好不好这么说:
　　　　"一条狗也会有钱吗? 一条恶狗
　　　　也能借给人三千两?"还是我应当
　　　　弯倒了身子,学着奴才的腔调,

---

① 1年作12个月:意谓按照月息计算,并非按照年息计算(1年作10个月)。

还得屏气敛息、低声下气地
这样说：
"好大爷，上礼拜三，您吐了我一口口水，
有一天，您踢了我一脚，又有一次，
您骂我狗；为了报答这一连串恩德，
我怎么好不借给您这一大笔钱？"

安东尼　也许我以后还是要这样骂你，
还是要这样啐你、要这样踢你。
要是你愿意借这笔钱，别当作是
借给你的朋友——哪儿有朋友之间
拿从不生男育女的金片儿来榨取子金？
就当作你是把钱借给你的仇敌吧。
他，假使失了信用，到期不还，
那你这张脸尽管放得更好看些——
听凭你照条款处罚就是啦。

夏洛克　哎呀，瞧您的，就这样大发雷霆！
我愿意跟您交个朋友，卖个好，
从前您对我的侮辱，一笔勾销，
您眼前短缺多少钱，我如数借给您，
而且不要您一个子儿的利息。可是，
您不愿听我说；我本是一片好意。

巴珊尼　这倒是好意。

夏洛克　也要让你们瞧瞧我这片好意。
跟我去找一个公证人，当场就签了

您单人的借据。① 咱们不妨开个玩笑，
要是在某年某月某日，在某地，
您不能如约归还我某一笔数目，
那么，就立下这样一项条款——
万一您失了约，就得随我的意思，
从您身上的任何部分割下
整整的一磅肉来。

安东尼　很好，我就签这张借约，还要说
　　　　这个犹太人的良心可真不算坏啊。

巴珊尼　你不能为我的缘故签这一份约！
　　　　我宁可没钱用，手头紧着些。

安东尼　嗳，老弟，怕什么！我吃不了亏的。
　　　　就在这两个月内——那是说，离开
　　　　借约满期还有一个月，我预计就有
　　　　三个三倍的借款数目进门了。

夏洛克　亚伯兰老祖宗啊！瞧这些基督徒吧，
　　　　他们自个儿刻薄待人，就疑心
　　　　别人都不怀好意！
　　　　（向巴珊尼）请您说说看，
　　　　要是他到期不还，我一定要执行
　　　　借约上的条文，那对我有什么好处呢？
　　　　一磅人肉，从人的身上割下来，
　　　　还不及一磅羊肉、牛肉、山羊肉

① 单人的借据，即不必另找"保人"，单凭本人签押的借据。夏洛克故意使订立文契的手续不甚完备，给人以"开个玩笑"的感觉。

|||来得实惠,卖得起价钱呢。我原说,
我为了讨他的好,才卖这个交情。
要是他愿意接受,那么照办;
要是他不乐意呢,那就再见吧。
看这片诚意,请你们别把我冤屈了。|
|---|---|---|
|安东尼|好吧,夏洛克,这份借约我决定签了。||
|夏洛克|那请您先到公证人的家里等我,
关照他这份开玩笑的契约该怎么写;
我呢,这会儿就去把钱用袋子装起来,
再瞧瞧我的家——家里让一个
没出息的小鬼把门,也真不放心;
然后,我就马上赶去跟你们在一起。||
安东尼	你快去吧,善良的犹太人。	
	〔夏洛克下	
	这犹太人想做基督徒,心肠都变善。	
巴珊尼	我可不爱嘴面上甜,心里头奸。	
安东尼	来吧,这个呢,你不用把心事儿担,
我的船,准是早一个月就回家转。	
	〔同下	

第 二 幕

第一景 贝尔蒙;室内

〔喇叭高声齐奏。摩洛哥亲王率随从上;波希霞,奈莉莎及侍从等上

摩洛哥　别看我长着这身皮肤就不喜欢我;
　　　　我是骄阳的左邻,是他的近亲,
　　　　他的烈焰赐给我这一身黑黝黝的
　　　　"号衣"。且到那冰山雪柱,不见阳光的
　　　　北方,给我找一个最白皙的人儿来,
　　　　让我们刺血检验对您的爱情,

　　　　　　看谁滴下的血最红：是他还是我。①
　　　　　　告诉您，小姐，我这副相貌曾经
　　　　　　吓倒过壮士；凭我的爱情，我起誓，
　　　　　　在咱的国土，只为它，最高贵的闺女
　　　　　　害了相思。我不愿改变这一身色彩，
　　　　　　除非为了打动您的芳心，温雅的女王。
波希霞　　说到挑选丈夫，我倒并不光凭
　　　　　　少女的一双挑剔的眼睛来看人。
　　　　　　再说，我的命运由彩匣决定，
　　　　　　这可剥夺了我自个儿做主的权利；
　　　　　　当初我父亲加在我身上的束缚，
　　　　　　使我只能遵守他老人家的规定：
　　　　　　哪个中了彩，就得认哪个做丈夫，

---

① 红血象征勇敢；参阅第三幕第二景：懦夫的肝胆"没一丝儿血色"。（第180页）当时风气，公子哥儿在自己的臂上（或别的部分）刺血，表示爱情。

像方才我告诉您的——要不是这样,
那么您,尊贵的亲王,在我的心目中,
一样有光彩,跟我所接待的求婚者
并没有区分。

摩洛哥 单凭这一番美意,
已叫我十分领情。那么,就请您
带我到那三个彩匣跟前试一试
我的运气吧。凭着这一柄弯刀——
它砍倒过波斯王、斩过波斯的王子——
他曾三败苏里曼苏丹——我要啊,①
直瞪着怒眼,吓退最凶恶的目光,
拿勇猛相并,压倒那肆无忌惮的胆量,
从母熊的胸前,夺走那吃奶的小熊,
若无其事地逗弄那觅食狂吼的饿狮,
只为了要博取您的爱情,小姐。
可是,唉!即使赫克莱斯和他的跟从,
借掷骰子来一决雌雄,也许
命运偏叫下手掷出了大点子——
赫克莱斯还不是败在奴仆手里?②
我现在听凭盲目的命运的支配,
或许最后终于落个空,失却了
那不如我的人反而能到手的宝贝——

---

① 苏里曼苏丹,指土耳其的苏丹"伟大的苏里曼"(1490—1566),曾征服波斯,武功极盛。
② 希腊英雄赫克莱斯由于穿上一件有毒的内衣,痛苦万分,而举火自焚;这件毒衣是他的奴仆利却奉了主母之命给他送去的。

只得伤心而死。
波希霞　您总得拣一条路：
　　　　干脆放弃了摸彩,把心死了；
　　　　要不,摸彩之前,先立下誓言：
　　　　要是您选错了,从此终身不再
　　　　向女人求婚——所以请考虑一下吧。
摩洛哥　这可用不到了。来吧,带我去碰一碰我的机会。
波希霞　第一步,先上教堂去,
　　　　等用了饭,然后赌一下您的运气。
摩洛哥　幸运啊,成功失败都看今朝,
　　　　不是获得幸福,就是从此终身苦恼。
　　　　〔喇叭奏乐。同下

第二景　威尼斯；街道

〔童儿朗西洛上
朗西洛　当然啰,要是我从我那东家这个犹太人家里逃跑,我的好良心是要跟我板脸的。可是魔鬼拉着我的胳膊,在引诱我哪,他跟我说：

狗宝,朗西洛·狗宝,好朗西洛——(或者是)好狗宝呀——(或者又是)好朗西洛·狗宝呀,拔起你的腿,跑步跑！跑呀,逃呀！

我的好良心可出来说话啦：

不,留神点儿,老实头朗西洛呀；留点儿神,老实头朗西洛——(或者还是这一句话)老实头朗西洛·狗宝,逃跑不得啊；拉起脚来一脚把"逃跑"这个念头踢跑了吧。

嘿,好大胆的魔鬼,他又来啦,倒劝我"卷铺盖"呢,你听他:"飞啊!"那魔鬼打着意大利话嚷道;"溜吧!"那魔鬼说;"看在老天爷的面上,摆出些勇气来,"那魔鬼说道,"逃跑吧!"

好,我那好良心,吊住了我心里头的脖子,又跟我说话了——话可说得真聪明哪:"朗西洛,我的老实朋友,你可是一个老实人的儿子啊,"或者倒不如说:"一个老实女人的儿子啊,"——说真的,我那老子可有点不大那个,有点黏糊糊的——他另有一功——好吧,我的好良心说话了:"朗西洛,不许你动一动窝儿!"

"松动松动吧!"那恶魔说。

"不许动!"我的好良心说。

"好良心呀,"我说了,"你出了个好主意。"——"魔鬼呀,"我又说了,"你也讲得有道理。"要是依着我的好良心呢,我就该留在我的主人那犹太人的家里;可是,救苦救难的天主呀,他本来就是一个魔鬼嘛!要是从犹太人那儿逃走吧,那么我就得听魔鬼的话;而魔鬼——说句不中听的话——活活地是个魔鬼嘛。可是我说,那个犹太人就是魔鬼本人的化身;凭良心说,劝我跟犹太人待在一起,我这好良心的心肠也未免太狠了些儿! 还是魔鬼说的话够交情——我决定溜啦,魔鬼。我的脚尖儿只等你一声吩咐,我决定溜啦!①

〔老狗宝携篮子上

---

① 按照舞台传统,朗西洛说到这里,就一股劲儿地奔跑起来,没想跟老狗宝撞个满怀——他扶着手杖,拿着篮子刚好走来。于是老狗宝喘着气问道:"年轻的哥儿……"

老狗宝　年轻的哥儿,借光问一声,到犹太老爷的家,该往哪个方向走啊?

朗西洛　(自语)噢,天哪,这是我的亲生老子!他的眼睛,别说蒙了泥沙粒子,简直是嵌了沙子,看不清楚啦,认不得我啦——我可偏要叫他瞧瞧我的颜色!

老狗宝　年轻的大少爷,借光问一声,到犹太老爷的家,是往哪个方向走的啊?

朗西洛　一直走,①到第一个路口,就往右手拐弯;来到第二个交叉口,就得往左边转;到了第三个关口,我的妈,你往左转也不对,往右拐也不成,要七转八转地打着转儿,一直转到那犹太人的大门口为止。

老狗宝　我的好天哪,这条路好难摸索!您知道不知道有一个朗西洛,本来住在他家里,现在还住在他家里吗?

朗西洛　你说的可是朗西洛大少爷吗?(走开一步,自语)瞧我的吧,我可要叫他眼泪鼻涕的下一场雨呢。——你说的可是朗西洛大少爷?

老狗宝　不是什么少爷,您老,只是一个穷人家的穷小子罢了。他的老子,不是我说一句话,穷是穷到了底,骨头可是硬的;再说,多谢上帝,还活得好好儿的。

朗西洛　呃,那个老子的事儿,咱们撇得远些儿;咱们谈的是正经:朗西洛大少爷。

老狗宝　他是您老人家的朋友——这朗西洛小子?

朗西洛　岂敢,岂敢,我求求你啦,老头儿——劳驾你啦,称呼一声"朗西洛大少爷"吧!

---

① 《新莎士比亚版》在这句前加舞台指示:"凑着他的耳朵直嚷"。

老狗宝　您少爷的意思是,要我叫——叫朗西洛——大少爷?

朗西洛　岂敢,岂敢,这不就是"朗西洛大少爷"!你也甭提起朗西洛大少爷来啦,老人家,因为这位大少爷,他呀,他命宫里遭了劫数,在一个恶地方,碰到了一个恶星宿,在一个恶时辰里,阴错阳差,可真的寿终正寝啦——再不,照你们直笼统的说法,就是蹬腿瞪眼儿啦!

老狗宝　(叩着拐杖)哎哟,老天可使不得呀!这孩子是我这老头儿的一根拐杖——我唯一的依靠哪!

朗西洛　(打量自己)难道我像根棍儿,像根挂拐棍,像根拐杖儿——还是像撑棒一根?——老大爷,你知道我是谁?

老狗宝　唉,可怜,我认不得您,少爷。请您告诉我——我那孩子——天老爷超度他的灵魂吧!——生死存亡究竟怎么样了?

朗西洛　你认不得我啦,老大爷?

老狗宝　唉!您哪,我眼睛好比蒙了泥沙,都快瞎了,实在认不得您。

朗西洛　嗳,这话倒也说得是,你就是眼睛雪亮,怕也会认不得我吧;只有聪明的老子才能认得出自个儿的孩子来。也罢,老头儿,我且把你儿子的下落说给你听吧。(跪下)请你给我祝福吧!——若要人不知,除非己莫为;做人家的儿子瞒过了一时,可瞒不到底,他到头来少不得露了马脚。

老狗宝　少爷,请您快站起来。我敢说,您决不是我的儿子朗西洛。

朗西洛　对不起,废话少说,快给我祝福吧。我就是朗西洛——从前是你的孩儿,现在是你的亲骨肉,将来还是你的小狗子。

老狗宝　说什么您是我的儿子,我可信不过来呀。

朗西洛　那我不知道我该信得过来什么才好;可是我的确是朗西洛——犹太人的当差——没错儿,你的老婆玛格丽就是我的亲娘。

老狗宝　她的名字果然是叫玛格丽。我敢赌咒,如果你真是朗西洛,那你就是我亲生的骨肉了。我的大慈大悲老天爷! 你长了好大一把胡子啦!① 你下巴颏上长的毛,比我那拖车的马儿道宾②的尾巴还要多呢。

朗西洛　(起立)这样说来,道宾的马尾巴一定是越长越短了。我明明记得,上回看到那畜生,它尾巴上的毛,可比我脸上的毛多得多哪。

老狗宝　天哪,谁想你已变了个样儿啦! 你跟你的东家还合得来吗?(举起篮子)我给他带来了一点儿礼物。你们现在合得来吗?

朗西洛　还好,还好——不过从我这方面说,我下定决心要逃跑了,不是跑得它远远的,我还就定不下心来。我那东家真叫是道地的犹太人。送给他礼物? 送他一根上吊的绳子吧! 我伺候他,可把自个儿的肚子都饿瘪啦。您倒是能用您的肋骨,把我的指头儿一根根都数出来呢。③ 爹,

〰〰〰〰〰

① 朗西洛跪下来,请求祝福,可是背朝老狗宝;老头儿摸到他脑后的头发,还道是胡须,惊嚷起来。

② 英国人常以"道宾"做家马的名字。参阅萨克莱《名利场》第5章《咱们的道宾》。

③ 应说,"您能用您的手指头把我的肋骨数出来。"按照舞台传统,朗西洛说这话时,张开手指,贴在胸口,于是把父亲的手指拉过来,让他以为摸到了一个饿瘪了肚子的当差的根根肋骨。

你来了,我很高兴。你给我把礼物送给一位巴珊尼大爷吧,他——可不是,会把挺漂亮的号衣赏给仆人穿呢。我要是不能侍候他呀,那天下的地面有多大,我就跑它个多远! 啊,有这样好的运气! 正是那一位来啦——爹,快到他跟前去;我要是再伺候那个犹太人,那就算我也是个犹太人!

〔巴珊尼率仆从二三人上

巴珊尼 你就这么办吧;可是要赶紧些儿,晚饭顶迟也得在五点钟准备好。这几封信派人分头送去;叫裁缝把号衣做起来吧;回头再请葛莱兴马上到我的宅子里来。

〔一仆人下

朗西洛 上前去! 爸爸。(推老狗宝上前)

老狗宝 (鞠躬)天主保佑您大爷吧!

巴珊尼 托天主的福;你有什么事儿吗?

老狗宝 大爷,这个是我的孩子,一个穷小子——①

朗西洛 不是穷小子,大爷,我是那大发其财的犹太人的当差。我想要——呃,大爷——还是让我的爸爸来指点②您吧。

老狗宝 真用得上这一句话,大爷,他想得成了相思病,想要伺候——

朗西洛 可不是,横说竖说一句话,我本来是伺候那犹太人的,可是我希望能够——还是让我的爸爸来指点您吧。

---

① 按照舞台传统,老狗宝话还没说完,就给他儿子扯了下来;朗西洛自己出面和巴珊尼说话,但是说到临了,又躲到老狗宝的背后,把他推上去。如是者数次,弄得巴珊尼无所适从,只得说道:"让一个人说……吧。"
② 指点,应说"告诉"。这些误用词义的地方,都加了重点,以示区别。

老狗宝　他的东家跟他——不瞒您大爷说——有点儿不大投缘儿——①

朗西洛　三言两语,打开天窗说亮话,那个犹太人,他待我太岂有此理了,害得我——我的爸,我相信他年纪比我大,还是让他来开导您吧。

老狗宝　我这儿带来了一盘子烧好的鸽子②想赏给大爷,还想求大爷一件事儿——

朗西洛　开门见山,这求您的事儿,跟我本人才毫不相干呢,等会儿您听那老实的老头儿一说,您就明白啦——不是我说一句,我那个爸爸,老虽则老,穷可是个穷人。

巴珊尼　让一个人说两个人的话吧。你想要什么来着?

朗西洛　伺候您,大爷。

老狗宝　就是这么一回见不得人的事儿,大爷。

巴珊尼　我早认识你;你的请求我答应了。

　　　　夏洛克,你的东家,今天原跟我说起,
　　　　要把你举荐给我;其实这怎算是
　　　　提拔你?不去伺候有钱的犹太人,
　　　　倒反而来做穷绅士的跟班。

朗西洛　大爷,有一句老古话,正好让您跟我的东家夏洛克对分了——您有的是"福如东海",他有的是"财比南山"。

巴珊尼　你说得好。老大爷,带着你儿子去吧。——
　　　　去跟你老东家辞别了,再来打听
　　　　我的住宅。

---

① 按照舞台传统,他举起篮子,正想表明心意,却给他儿子抢了话头;等儿子重又躲到他身后,才有机会把给打断的话接下去说:"我这儿带来了一盘子……"
② 意大利人爱吃鸽子,用鸽子送礼,是他们的风俗。

　　　　（向侍从）给他做一套号衣，
　　　　镶边格外考究些,就去办吧。
朗西洛　爸爸,进去吧。(得意忘形,指着自己)你呀,就别想找到一个差使;不！因为你呀,你光有个脑子、不生那个舌头。(端详手掌)哈,要是踏遍意大利,有人宣誓做证,能够伸出一只手来,长着比你还要有福气的掌纹……就凭这只手,我将来一定大富大贵！怎么,这儿是一条糊里糊涂的"生命线"！这儿呢,不过有个把老婆罢了。① 唉,十五个老婆算得了什么呀！十一个寡妇,外加九个黄花闺女,拿一个男子汉来说,也不过是家常便饭嘛——还要三次掉在水里,三次不死——这儿又是道关口;好险哪,我差些儿送了一命——掉进那锦绣帐、鸭绒被里去啦！还好,还好,逃出来啦。嗳,要是命运之神是个女的,这一回她倒是挺够交情的！——爸爸,来吧。我只消一眨眼的工夫,就跟犹太人告别了。

　　　〔朗西洛父子下

巴珊尼　请你记住,好廖那杜,就只几句话。
　　　　这些东西办齐以后,安放妥当了,
　　　　就赶紧回来,因为我今天晚上
　　　　要请我几个最知交的朋友来喝酒。
　　　　快去快来。
仆　人　我一定尽力办去。
　　　〔葛莱兴上

---

① 据西洋手相学上的迷信说法,环绕大拇指肚的圆形线纹是"生命线"。这里所说的"糊里糊涂"当然又是一句反话而已。从"维纳斯峰"(大拇指肚)通向"生命线"的清晰可见的指纹主妻室,有多少这样的纹路,将娶多少妻子。

葛莱兴　你家主人呢?
仆　人　他就在那边走着,大爷。
　　　　〔下
葛莱兴　巴珊尼大爷!
巴珊尼　葛莱兴!
葛莱兴　我有件事儿要求您。
巴珊尼　我答应你。
葛莱兴　您怎么也不能拒绝我这请求:
　　　　我一定要跟您一起到贝尔蒙去。
巴珊尼　那么你去就是了。可是听着,葛莱兴,
　　　　你这人太随便、太鲁莽,叫你一开口,
　　　　满屋子全是你的声响;这几点,
　　　　对你的性格说,倒是很相称,
　　　　在我们看来,也没什么要不得;
　　　　可是来到生人跟前,你这一套
　　　　就有点不太入眼了。请多留些神,
　　　　在你那浮躁的性子里渗入几分
　　　　文静的谦逊;要不然,到了那边,
　　　　因为你不安分守己,让人家对我
　　　　也有了误会——希望就成了泡影。
葛莱兴　巴珊尼大爷,听我说:我以后
　　　　放规矩些就是了:说起话来,
　　　　恭而敬之;难得诅咒,一声两声;
　　　　口袋里装着祷告书,一本正经;
　　　　这还不算,吃饭先念祷告的时候,

|||我还会把帽子这么遮没了眼睛,①
叹口气,说一声:"亚门";处处安分,
就像有人一心想讨他老奶奶的欢心。
如其我此番不能说到做到,
那以后您再不用相信我这个人!
巴珊尼 好吧,那我们倒要瞧瞧你的正经!
葛莱兴 可是,今儿晚上不能算进在内;
您不能拿我今夜的举动来看待我。
巴珊尼 不,那可太煞风景了;今儿晚上,
我倒要请你施出浑身的解数来,
因为大家要想好好地乐一乐呢。
现在我还有些儿事情,等会儿见吧。
葛莱兴 我也要去找罗伦佐他们一伙人,
在吃晚饭的时候,我们一定赶到。
〔各下

第三景 威尼斯;室内

〔吉茜卡,朗西洛上

吉茜卡 你就这样离开我爸爸,走了,
真叫我难受。我们这个家,是地狱,
幸亏来了你,一个淘气的小鬼,
才让人稍微松口气。可是再会吧,

---

① 当时礼节,在宴会上戴着帽子,念食前祷告的时候,把帽子摘下。"遮没了眼睛",意谓把帽子拿在面前(形容恭敬的样子)。

|这两银子给你。上晚饭的时候,
朗西洛,你会见到罗伦佐大爷,
他是你新东家的客人。就把这封信
交给他——可要悄悄儿的。现在你去吧;
我不愿让爸爸看见我跟你谈话。

朗西洛 再见啦!眼泪哽住了我的嗓子眼儿。顶漂亮的异教徒,顶甜蜜的犹太姐儿!要是你不叫一个基督徒把你拐了跑,就算我看错了人。可是,再见吧!这些水珠儿真不懂事,快叫我做不成男子汉大丈夫啦。后会有期啦!

吉茜卡 再见吧,好朗西洛!

〔朗西洛下

唉,好深重的罪孽,我竟会怨自己
是爸爸的孩子!可是,虽然在血统上
我是他女儿,在行为上可不跟他走。
啊!罗伦佐,只要你一心到底,
　那我再也不三心二意:我决计
　改信基督教,做你忠诚的爱妻。

〔下

第四景　威尼斯;街道

〔葛莱兴,罗伦佐,莎莱里奥,及索拉尼上

罗伦佐 不,咱们在吃晚饭的当儿溜出去,
到我的家里,化装好了再回来,
前后只消一个钟头。

葛莱兴　咱们还没好好儿准备呢。

莎莱里奥　谁来拿火炬呢？——咱们还没谈起呀。

索拉尼　要搞就搞个名堂，要不就没意思；
　　　　依我看来，还是别闹了吧。

罗伦佐　现在才四点钟，咱们还有两个钟点
　　　　可以支配呢。

〔朗西洛上

　　　　朗西洛，朋友，有事儿吗？

朗西洛　请您只消把它拆开来，(拿出一信)说不定它就会告诉您呢。

罗伦佐　我认得这笔迹。你看，写得多秀丽！
　　　　写这字的手儿，比写上这一手好字的
　　　　素纸还要洁白哪。

葛莱兴　准是情书！

朗西洛　大爷，我要走啦。

罗伦佐　你还要到哪儿去？

朗西洛　呃，大爷，我要去请我家老东家犹太人今儿晚上陪我家新东家基督徒吃饭哪。

罗伦佐　等一等，你拿着吧。(给朗西洛钱)
　　　　去回复温柔的吉茜卡——
　　　　趁没人的当儿跟她说：我决不失约。

〔朗西洛下

　　　　走吧，大爷们，
　　　　快准备参加今晚上的假面舞会吧，
　　　　我已经找到一个拿火炬的人儿啦。

莎莱里奥　妙啊，看我马上行动起来。

索拉尼　我也去。

罗伦佐　再隔这么一个钟点,
　　　　大伙儿在葛莱兴的家里碰头吧。

莎莱里奥　好,就这么办吧。

〔和索拉尼同下

葛莱兴　那封信可是漂亮的吉茜卡写来的?

罗伦佐　这回事我全告诉你吧。她已经嘱咐我
　　　　怎样带着她逃出她爸爸的家里;
　　　　告诉我她随身带多少金银珠宝;
　　　　还准备好一身小童的服装,到时候穿上。
　　　　她的爸,那犹太人,要是有一天
　　　　进得了天堂,那是因为他生下了
　　　　这么温柔的女儿。厄运决不敢
　　　　来冲犯她,除非借这样个口实:
　　　　她是不敬天主的犹太人的后裔。
　　　　跟我走吧;一边走,你一边自个儿念。
　　　　是美丽的吉茜卡来替我举火炬。

〔同下

第五景　威尼斯;室内

〔夏洛克,朗西洛上

夏洛克　也好,你瞧吧——用你自个儿的眼珠
　　　　去分一分档:老头儿夏洛克跟巴珊尼
　　　　有什么不一样的地方——嗨,吉茜卡!——
　　　　你还能大吃大喝,像在我家这样称心?——

|||嗨,吉茜卡!——再由你睡觉、打鼾、糟蹋衣裳?——
|||嗨,吉茜卡,在叫你哪!
|朗西洛|嗨,吉茜卡!
|夏洛克|谁让你喊的?我没叫你去喊她呀。
|朗西洛|您老人家不是老嘀咕着,说我拨一拨、动一动吗?

〔吉茜卡上

|吉茜卡|您叫我?有什么吩咐吗?
|夏洛克|今晚有人请我去吃饭,吉茜卡。
|||这儿是我的钥匙——可是我去干吗?
|||人家又不是好心好意邀请我,
|||他们只是讨我的好罢了——可是,
|||我偏要去,我恨这个挥霍的基督徒,
|||去吃他一顿也是好的——吉茜卡,孩子,
|||你好生看管门户吧。我真不想去;
|||昨儿晚上,我还梦见了一只钱袋呢;①
|||这无端的恶兆闹得我心神不安。
|朗西洛|老爷,请您准去,我家少爷在恭候您大驾见笑②呢。
|夏洛克|哪里,请他多多见笑。
|朗西洛|他们早就一起串通好啦——我不打算说您可以看到一场假面跳舞会;可是万一果然让您看到了,那就不怪我在上一个"黑礼拜一"清早六点钟会流起鼻血来啦,那回事儿发生在那一年的第四年的礼拜三的"圣灰节"的那

---

① 当时的迷信观念,以为梦见钱袋是恶兆。《详梦》(1606)一书中提到:"梦见钱财以及各种钱币,主恶兆。"
② 见笑,应说"见教"。朗西洛站在他新主人的一边,极力想把话说得体面些,可是弄巧成拙。

一个下午……

夏洛克　什么,还有假面跳舞会吗?吉茜卡,
　　　　你听我说,把家里的门户都锁起来。
　　　　听到外面的鼓声,和那歪头曲颈、①
　　　　鸡猫子叫的笛子声,你别爬到窗口,
　　　　探头到街上去看那班基督徒傻瓜——
　　　　去看那一张张涂得油光光的花脸;
　　　　赶紧把我这屋子的耳朵都给堵住了——
　　　　我说的是那窗子;不许那一片
　　　　轻狂的嚷嚷声闯进我那肃静的家里来。
　　　　凭雅各的节杖,我起誓,我今夜真不想②
　　　　去吃什么酒席——可是就去这一遭吧。
　　　　〔把钥匙交给吉茜卡
　　　　嗨,你先走,说我随即就来啦。

朗西洛　那么我先走啦,老爷。——小姐,别理他,只管打开
　　　　窗子往外看——
　　　　那边来了个基督徒少年郎,
　　　　犹太姐姐的眼里放呀放亮光。
　　　　〔下

夏洛克　呃,奴才养的傻瓜,他叽里咕噜些什么?

吉茜卡　什么也没说,只是说:"再见吧,小姐。"

夏洛克　这一个草包,良心倒还不算坏,

---

① 有一种笛子吹奏时要歪倒了头,所以说"歪头曲颈……的笛子"。
② 凭雅各的节杖,参阅《旧约·创世记》第32章第10节:"我[雅各]先前只拿着我的杖过这约旦河。"以及《新约·希伯来书》第11章第21节:"[雅各]扶着杖头敬拜上帝。"

怎奈他那肚子,尽多尽少装得下;
做起事来,慢吞吞,好比一条蜗牛;
白天睡觉的本领比野猫还来得——
懒惰的雄蜂别到我家来做窝;
所以他要走,趁早让他走吧——
让他去投靠那个靠借债来摆阔的
大少爷,也好帮他把家当败得快些。
呃,吉茜卡,进去吧;也许我一会儿
就回来。听我的话,在家里把门关上了。
老话说得好:"守财就是进财",
　　有出息的人永远把它记在怀。
〔下

吉茜卡　再会吧;要是我的命运没有出岔,
那你将不见了女儿,我要失去了爸。
〔下

第六景　宅　前

〔葛莱兴,莎莱里奥各戴面罩上

葛莱兴　罗伦佐叫我们就守在这个屋檐下,做望风。

莎莱里奥　他约好的时间都快要过啦。

葛莱兴　他会落在时间的后面,这可怪了——
情人们总是抢在时间的头里啊。

莎莱里奥　可不!当初维纳斯驾着鸽子飞去①

---

① 维纳斯,希腊罗马神话中的爱神。她所乘的车子,由一群鸽子牵引着飞过天空。

　　　　缔结新欢的盟约就十倍地快——
　　　　比之后来叫她去履行从前的誓言。
葛莱兴　总是逃不过这一套。有谁从筵席上
　　　　站起来,他的胃口还是那么好,
　　　　就跟方才坐下的时候一模样?
　　　　哪儿有这样一匹马:没命跑了一阵,
　　　　再走回头路,却还像才起步时那样
　　　　精神饱满?世上的东西,全都是
　　　　追求的时候比受用的时候更有劲。
　　　　一艘新下水的船儿,旗帜飘飘,
　　　　驶出港口,多像个娇生惯养的少年郎
　　　　给那轻狂的风任情地搂着,抱着;
　　　　等它从海上回来,船身已经损伤了,
　　　　篷帆已经给扯得破破烂烂了,
　　　　那时候,它又多像个落魄的浪子
　　　　遭受那轻狂的风百般奚落!
莎莱里奥　罗伦佐来了;这些话留着以后谈吧。
　　〔罗伦佐匆匆上
罗伦佐　两位好朋友,对不起,我来得太晚啦;
　　　　累你们久等的,是我的事情,不是我。
　　　　有一天你们也做贼拐老婆,那时光,
　　　　我也同样耐着性儿给你们做望风。
　　　　跟我来吧。
　　　　这儿,就住着我那犹太老丈人。
　　　　喂,里面可有人吗?
　　〔吉茜卡穿童儿服装,从上方窗口出现

吉茜卡　您是哪一位？告诉我，好让我放心，
　　　　虽然我敢说，我听得出您的声音。
罗伦佐　罗伦佐，你的情人。
吉茜卡　果然是罗伦佐，也的确是我的情人：
　　　　还有谁我爱得他这样贴紧着心？
　　　　除了您，罗伦佐，还有谁这当儿说得准
　　　　我究竟是不是属于您的人？
罗伦佐　上天跟你的芳心可以做证，
　　　　你是我的亲人。
吉茜卡　来，把这匣子接住了——
　　　　包管您不委屈这一举手之劳。
　　　　〔从窗口探身，掷下一匣子
　　　　幸亏这会儿是夜里，您看不见我，
　　　　我把自己改扮成这副模样，多羞人；
　　　　不过恋爱是盲目的，情人们原本
　　　　瞧不见他们所干的淘气的把戏；
　　　　要不，可不害得小爱神把脸都羞红了——
　　　　瞧见我姑娘家变成了一个男孩儿。
罗伦佐　下来吧，来给我做那拿火炬的人儿。
吉茜卡　怎么，还要我拿着烛火照亮
　　　　自己的轻狂？像我这光景，不用借光，
　　　　已经太惹眼了。哥哥，你怎么还要我
　　　　做那抛头露面的勾当，赶紧
　　　　把我遮蔽些才是呀。
罗伦佐　好妹妹，你不知道，
　　　　这身漂亮的童装已经把你遮蔽了。

赶快下来吧。
那黑夜,像个私奔的,正在偷偷溜走;
巴珊尼那边的宴会,还等着我们呢。

吉茜卡 让我关好门窗,再多装些黄金,
好给自己多添几分光,就马上来。
〔从窗口消失

葛莱兴 我说,拿我这顶头巾打赌:①
真是好一位基督徒,哪儿是犹太人呢。

罗伦佐 算我该死,要是我不一心爱着她!
如果让我下个判断,她真聪明;
如果我眼光还不错,她长得真美;
她又把真心表明:她是忠诚的;
就凭她这样又聪明、又美、又忠诚,
怎么能不老是挂在我的心尖儿上呢?
〔吉茜卡开门上

什么,你出来了吗?来吧,大爷们,走!
化装舞会的朋友们正在那儿等候。
〔罗伦佐,吉茜卡,莎莱里奥下
〔安东尼上

安东尼 是哪一个?

葛莱兴 安东尼大爷?

安东尼 嗨,嗨,葛莱兴!还有那一班人呢?
已经九点啦,大家都在那儿等你们。
今夜的假面舞会作罢了;风头转向了;

---

① 拿我这顶头巾打赌,葛莱兴穿的是假面舞会的衣服,戴上了一顶大头巾。

　　　　　巴珊尼立刻就要上船了。
　　　　　我打发了二十个人来找你们。
葛莱兴　我听了可高兴,我再没别的巴望,
　　　　　就只想今夜动身、在海洋里漂荡。
　　　〔同下

第七景　贝尔蒙;大厅

　　〔喇叭高声齐奏。波希霞,摩洛哥亲王各率侍女、侍从等上
波希霞　去,把帐幕拉开,让那几个彩匣
　　　　　展现在这位尊贵的亲王的面前。
　　　　　现在,请您挑选吧。
　　　〔幕启
摩洛哥　第一只,是金的,刻上这几个字:
　　　　　　谁挑中了我,就得到众生所祈求的。
　　　　　第二只,是银的,许下这样一句话:
　　　　　　谁挑中了我,他所应有的,准有。
　　　　　第三只,昏暗的铅,好大的口气:
　　　　　　谁挑中了我,把一切拿出来,做牺牲。
　　　　　要是给我挑中了,我怎么能知道呢?
波希霞　其中有一个,亲王,藏着我的小像,
　　　　　要是让您挑着了,我就是您的人了。
摩洛哥　上天,快指点我,该怎么挑选吧!
　　　　　让我想想;我再倒过来把彩匣上的
　　　　　字句念一遍吧。这一个铅彩匣怎么说?

谁挑中了我,把一切拿出来,做牺牲。
牺牲——为了什么?为了那铅块吗?
这个匣子太吓人了。人们为了想博得
百倍的好处,才不惜孤注一掷。
黄金的心不能让褴褛的外表
来糟蹋自己。我可不愿为了铅块,
拿什么出来,做什么牺牲。
那冰清玉洁的银彩匣又怎么说?

　　谁挑中了我,他所应有的,准有。
他所应有的,准有!慢着,摩洛哥。
给你自个儿下一个公正的评价吧:
要是依照你的声誉来判断,
那你可说是很够格了——可是说够格,
未必就够得上这样一位小姐。
可是,我顾虑自个儿没有这福分,
未免辱没自个儿了。我应有的,准有——
可不,那就是指这位小姐而言了!
以我的门第,我本该可以娶她;
讲到财富、人品、风格以及修养,
我全配得上;可是超过这一切,
还有我那份爱情。那么,别再费事,
就挑了这个吧,怎么样?——
让我再瞧瞧金彩匣上的那一句话:

　　谁挑中了我,就得到众生所祈求的。
那不就是这位小姐!全世界都在追求她;
东西南北,各路都有远客赶来,

来朝拜这座圣像,这人间的仙女。
那一片虎豹出没的黑坎尼沙漠,①
阿拉伯一望无际的荒野,如今都成了
康庄大道,只因为川流不息的
王爷们赶奔来瞻仰美人儿波希霞。
那骇浪滔天的海洋在怒吼雷鸣,
可阻拦不了那天边的远客;
他们跨过海,就像跨一条河浜,
为了看一看波希霞的芳容。

〔又回头看一遍

三个彩匣,有一个藏着天仙似的玉容。
难道她就藏在那个铅匣子里吗?
真是亵渎啊,怀着这样卑鄙的思想!
就算那是个黑沉沉的坟,里面
放的是她的寿衣,也都嫌罪过。②
那么我就认为她藏在比那真金
贱十倍的银器里面吗? 真不怕罪过哪!
谁看见过,这样一颗名贵的珍珠
不用金子来嵌镶? 英格兰有种钱币,③
用金子铸成,刻着天使的形象,
显现在明里;这儿的天使,睡着金床,

---

① 黑坎尼,旧波斯帝国的一省,在里海东南,以产虎著名;莎士比亚在他的剧本中屡有提到,如"黑坎尼的野兽""黑坎尼的虎"等。
② 欧洲封建贵族用防潮的蜡布包裹尸体,放进铅做的棺材,所以摩洛哥亲王看见铅匣子而联想到"她的寿衣"。
③ 英格兰有种钱币,指一种名叫"天使"的金质钱币,一面刻有米开尔天使刺杀毒龙的雕像。

　　　　　却在暗里躲藏。
　　　　　(向波希霞)把钥匙交给我吧。
　　　　　愿上天保佑,我已选定了这一个!
波希霞　这儿,拿着吧,亲王;要是那里面
　　　　　放着我的小像,我就是你的人了。
　　　　〔他打开金匣子
摩洛哥　哎哟,该死!这是个什么东西?
　　　　　一具死神的骷髅!在那眼窟窿里
　　　　　插着个纸卷。这上面写了些什么?——
　　　　　(朗读)
　　　　　金光灿烂的不全是黄金,
　　　　　这句话,你早就该听闻;
　　　　　多少好汉葬送了生命,
　　　　　只为我那迷人的外形。
　　　　　金坟墓里蛆虫在爬行。
　　　　　要是你胆大心细又聪明,
　　　　　四肢矫健,见识可是老成,
　　　　　你就不会得到这么个回音:——
　　　　　再见,你的求婚成了泡影!
　　　　　真的是成了泡影,枉费了心血。
　　　　　去你的吧,热情;快来吧,冰雪!
　　　　　再见,波希霞!我胸头充满了悲伤;
　　　　　也无心告别,扑了个空,就此下场。
　　　　〔率侍从等下
波希霞　他走得倒还识趣。去把幕帐拉拢。
　　　　　但愿像他那种肤色,都别让他选中。

〔同下

第八景　威尼斯；街道

〔莎莱里奥，索拉尼上
莎莱里奥　呃，朋友，我看见巴珊尼开船走啦，
　　　　　葛莱兴也跟着他同船去啦；
　　　　　我知道罗伦佐准没有在这条船上。
索拉尼　　那犹太王八蛋闹到了大公那儿，
　　　　　大公就领着他去搜巴珊尼的船儿。
莎莱里奥　他去迟了，船儿已经扬帆启程啦。
　　　　　有人禀告公爵说，他们看见
　　　　　罗伦佐跟他那多情多义的吉茜卡，
　　　　　这一对情侣，在一艘游艇里；①
　　　　　此外，安东尼也向大公保证，
　　　　　他们两个并不在巴珊尼的船上。
索拉尼　　我从没看见过这样的乱跳乱叫；
　　　　　那个犹太人，狗老头子，疯不疯、癫不癫，
　　　　　变得可厉害，只见他满街乱嚷：
　　　　　"我的女儿哪！噢，我的金子银子哪！
　　　　　噢，我的孩子哪！跟基督徒逃跑啦！
　　　　　我那基督徒的金子银子呀！公道呀！
　　　　　法律呀！我的金子银子，我的女儿哪！
　　　　　一袋封好的、两袋封好的银子，

---

① 游艇，指威尼斯的一种狭长、平底、翘首、有舱的小艇。

都是二两的银子,给我女儿偷走啦!
还有珠宝!——两颗宝石、两颗值钱的
名贵的宝石,都给我女儿偷走啦!
公道哪!给我把姑娘找回来!
宝石,还有金子,都在她身边哪!"

莎莱里奥　嘿,威尼斯的男孩子全都跟着他跑,
　　　　　嚷着:珍珠宝贝呀,女儿呀,金子银子呀!

索拉尼　好安东尼可得留心,别误了期才好,
　　　　要不然,那犹太人可要拿他出气啦。

莎莱里奥　呃,你提醒得对。
　　　　　昨天,我跟一个法国人聊天;
　　　　　他跟我说起,在英、法两国中间,
　　　　　那狭长的海面上,有一条商船出了事——
　　　　　是咱们城邦的船,还满载着货物。
　　　　　一听见这消息,我就想起安东尼来——
　　　　　我当时暗暗地说:"但愿那条船
　　　　　不是他的才好。"

索拉尼　你最好把听见的话告诉安东尼,
　　　　可要轻描淡写的,免得叫他发急。

莎莱里奥　天下再没有比他更好的人儿了。
　　　　　我看见巴珊尼跟安东尼分手的当儿,
　　　　　巴珊尼对他说,他一定尽早赶回来,
　　　　　他就回答说:"何必着忙呢,巴珊尼,
　　　　　不要为了我而误了你的大事;
　　　　　且等到瓜熟蒂落,十分美满之后
　　　　　再回来吧。至于我签给犹太人的借据,

　　　　　别让它来打扰你的柔情蜜意。
　　　　　你只管欢欢喜喜、一心一意地
　　　　　进行你的好事,在美人儿跟前
　　　　　随时随刻献上你的爱情吧。"
　　　　　说到这儿,他眼眶里满含着热泪,
　　　　　转过脸去,把他的手伸到背后
　　　　　握住了巴珊尼的手不放——多亲热,
　　　　　多浓厚的感情哪!——他们就这样分了手。
索拉尼　我看哪,他只是为了他的缘故,
　　　　才感到人世的可爱。请你听我说,
　　　　咱们这就去找他,用什么开心话
　　　　替他解解闷。
莎莱里奥　好,我们这就去。

　　　〔同下

第九景　贝尔蒙;大厅

　　　〔奈莉莎及一仆役上

奈莉莎　快些儿,快些儿,请你;快把幕帐拉开吧——
　　　　阿拉贡亲王已经宣过了誓,
　　　　马上就要来挑彩匣了。

　　　〔喇叭高声齐奏。阿拉贡亲王,波希霞各率侍从上

波希霞　瞧,亲王,这儿一排三个彩匣;
　　　　如果您选中了藏着我小像的那一个,
　　　　我们就立刻举行合婚的典礼;
　　　　可要是您落空了,殿下,那不必多说,

　　　　请大驾即刻动身。
阿拉贡　我已经宣誓遵守三项条件：
　　　　第一条,自己挑选的是哪一个彩匣,
　　　　绝不告诉旁人;第二条,要是我挑错了,
　　　　终身不再用情话向少女求婚;
　　　　第三条,如果我运气不好,没选中,
　　　　我必须就此离开您——立刻就走。
波希霞　这几项条件,凡是为了想博取
　　　　我这贱躯,而甘愿赌一下运气的,
　　　　都要立誓遵守。
阿拉贡　我已经准备好啦。
　　　　现在,命运啊,让我如愿以偿吧!
　　　　金彩匣——银彩匣——还有是,卑贱的铅彩匣。
　　　　　　谁挑中了我,把一切拿出来,做牺牲。
　　　　你要我为你牺牲,还得再好看些儿呢。
　　　　那金匣子又怎么说? 哈! 让我看吧:
　　　　　　谁挑中了我,就得到众生所祈求的。
　　　　众生所祈求的! 这"众生"也许指的是
　　　　那无知无识的世人吧,他们长一双
　　　　蠢愚的眼睛,取舍光凭着外表,
　　　　哪懂得往深里看一看事物的秘奥;
　　　　就像那燕子,做窝做在墙外边,
　　　　这样,就暴露在风里雨里,把自己
　　　　安顿在灾祸门口,毁灭的面前。
　　　　我可不愿选择那"众生所祈求的",
　　　　因为我不愿跟这班人一样的见识,

跟这班粗野的百姓混杂在一起。
那么,还是瞧你的吧,你白银的宝库①
我倒要听一听你究竟怎么说:
　　　谁挑中了我,他所应有的,准有。
这话才对了,一个人要不是打上
头等上品的标记,怎么可以
居然是高人一等,把命运欺蒙?
但愿尊荣显贵别让小人窃据吧。
啊,要是那爵位、官衔和权势,
并非靠钻营得来,而光荣的声誉
是有德有才者的冠冕;那时候,
有多少脱帽侍候的人该戴上高冠!
有多少发号施令的该俯首听命!
有多少稗子将从高贵的种子中间
给剔除出来;在时间的不断淘汰里,
有多少被埋没的才华将脱颖而出!
好吧,还是让我来挑选吧——
　　　谁挑中了我,他所应有的,准有。
对了,我就要取我的"分内应有"的。
把这个彩匣的钥匙给我,好让我
立刻打开那紧锁在里面的幸运。
〔他打开银匣,怔住了

波希霞	(暗笑地)怎么,不吭声啦?敢情是瞧见了——
阿拉贡	这是什么玩意儿?

---

① 阿拉贡亲王以为波希霞的小像藏在银彩匣里,所以称之为"宝库"。

　　　　一幅画,画了个眯着眼睛的傻瓜!
　　　　还给我题了一首诗!我来念一下。
　　　　唉,你跟波希霞差得多么远啊!
　　　　跟我的希望、名分,又差得多远啊!
　　　　　　谁挑中了我,他所应有的,准有。
　　　　难道我只配捞到这副傻瓜的嘴脸?①
　　　　这就算是我中的彩?难道说,
　　　　我就只该落得这样的名分?
波希霞　犯罪,跟判罪,是截然不同的两回事,
　　　　您不好扯在一起。②
阿拉贡　那上面写着什么?
　　　　(朗读)
　　　　银子放在火里,煅炼过七遍;
　　　　眼光看准,自有那真知灼见,
　　　　也必须经历七次考验。
　　　　　　有人爱做天花乱坠的好梦,
　　　　　　他的幸福,跟幻影一般落空。
　　　　世上有许多傻瓜,我想,
　　　　就像这彩匣,用银子镀亮,
　　　　随便哪个老婆,陪你睡觉,
　　　　你总是生就我这副头脑,

---

① 阿拉贡亲王信不过似的,又把银匣上的铭文重念一遍,感到不服气。这个极端傲慢的人于是赶到波希霞跟前评理。

② 意即一个人不能同时又做犯人又做审案的法官;阿拉贡亲王既然接受条件,做一个选择者,他就只能遵守条款(如果落选,立刻就走),没有资格像局外人似的提出异议。

请吧,万事大吉,要走趁早。
我要是再留在这儿发呆,
那就更显得我是个蠢才;
晃着一个傻脑袋,来找新娘,
我回转家门,却顶了一双。
再会吧,美人儿!我遵守宣誓,
默默地忍受着痛苦与羞耻。

〔率侍从下

波希霞 飞蛾扑向灯火,害了自身。
唉,这些个傻瓜,好不痴心!
拣错的挑,就是他们的本领。

奈莉莎 古人说话,不是无根无由——
上绞刑、娶媳妇,命里都有讲究。

波希霞 来,奈莉莎,把帐幕拉上了吧。

〔一仆人上

仆 人 我家小姐在哪儿?

波希霞 在这儿哪,我家太爷有什么见教?①

仆 人 小姐,门口有一个年轻的威尼斯人,
特来通报,他的主人就要到啦;
除了口头的敬仰,还带来了看得见、
摸得着的敬意:那是说,贵重的礼品。
像他那样体面的爱情的使者,
我还没看见过呢;那春光明媚的艳阳天,

---

① 波希霞跟她的仆人开了个小小的玩笑。一个讨厌的求婚者给打发走了,不难想象她这当儿的轻快心情。

　　　　预报着浓郁的夏季就要来临,
　　　　光景是多么醉人,可是还不及
　　　　跑在他大爷前头的那个小后生
　　　　来得讨人欢心……
波希霞　请你别说了吧;
　　　　你这样卖力夸奖他,只怕再说下去,
　　　　就要说他原来是你的本家哪。
　　　　　来吧,来吧,奈莉莎,我很有这意思,
　　　　　看看这位体面的爱神的专使。
奈莉莎　巴珊尼——爱神啊,但愿这是你的意旨!
　　　〔同下

第 三 幕

第一景　威尼斯;街道

〔索拉尼,莎莱里奥上

索拉尼　我说,市场上有什么消息吗?

莎莱里奥　风声只管在那儿传开去,说是安东尼有一艘商船,满载着货物,在海峡里沉没了;那场所,我好像听说,叫什么"古德温",①一个沙滩,可真危险——真是个虎口,埋葬在那里的大船巨舰,也不知道有多多少少——不过说来话去,无非是像搬嘴嚼舌的女人,谁知道作准还是不作准!

索拉尼　我但愿她根本不作准,好比那班咬生姜、嚼舌根的老婆子,倒要她的乡邻相信,她在哭她死去的第三个丈夫哪。可是,那回事却是当真不假呢——闲话少说,免得节外生枝,节里又爆芽——咱们这位好安东尼,有信义的好安东尼呀——啊,叫我怎么能够想一个足够形容出他那好处来的好听的字眼儿加在他那个名字上哪……

---

① 古德温,沙滩,在英国杜佛海峡,泰晤士河出海口,长十英里余,阔一英里半,对于过往船只,危险极大。历史剧《约翰王》中,两次提到法国船只损毁在古德温沙滩上。

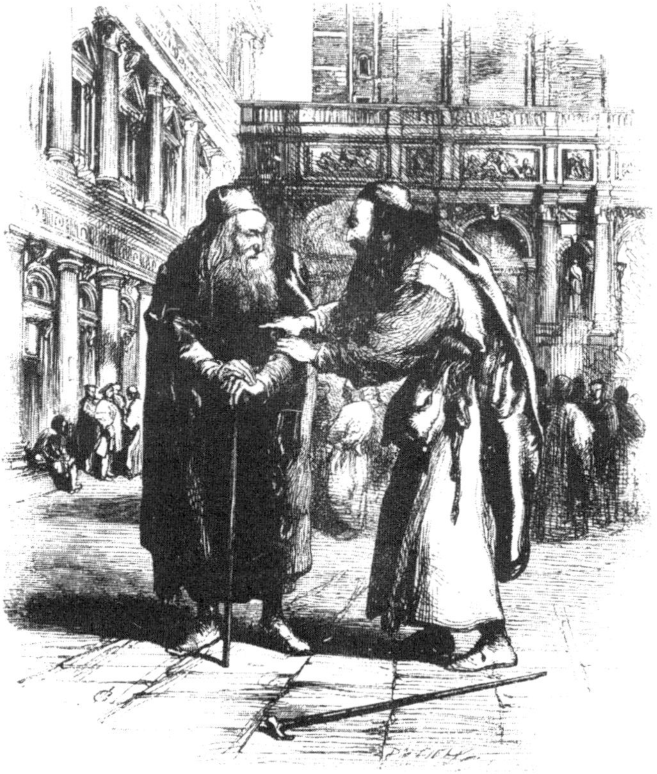

莎莱里奥　好了,到此为止吧。

索拉尼　哈!你怎么说——到此为止?到现在为止,安东尼又损失了一条船。

莎莱里奥　但愿他的损失也到此为止吧。

索拉尼　让我赶快念一声"阿门",免得叫魔鬼打断了我的祷告——你瞧,魔鬼就从那儿来啦,活像一个犹太人。

〔夏洛克上

怎么样,夏洛克!商人中间有什么消息?

夏洛克　你们早知道,谁也没有这样清楚——谁也不及你们知道得这样清楚:我的女儿逃跑啦!

莎莱里奥　那当然啦;我还知道,是哪一个裁缝替她做的翅膀,①好让她飞出去。

索拉尼　就连夏洛克,他也知道,小鸟儿已经长了羽毛;小鸟儿一长羽毛,就要离开老窝啦。

夏洛克　她干出这种事来,该死!

索拉尼　那当然啦,要是让魔鬼来审判她。

夏洛克　我自己的一块肉背叛了我!

索拉尼　亏你说得出口,老不死的东西!什么肉呀肉的,活了这一把年纪,倒不怕肉麻?

夏洛克　我是说我的亲骨肉,我的亲血缘——我的亲女儿。

莎莱里奥　拿你的肉去跟她的肉比——黑玉跟象牙也没相差得这么远;拿你的血跟她的血比,就算红葡萄酒跟白葡萄酒都没这样大的分档!可是告诉我们,安东尼在海面上有没有遭着些儿什么损失?——你可曾听说吗?

---

① 翅膀,暗指吉茜卡私奔时所穿的那一身男童服装而言。

夏洛克　说起他,又是我的一桩倒霉事儿!这个败家精,这个冲家破产的人,这一阵他再不敢到市场上来露脸啦!这个叫花子,平常他到市场上来,穿得多漂亮!叫他留心留心他那张借据吧!——他一向骂我吸血鬼;叫他留心留心他那张借据吧!——他借钱给人家向来不取利息,他是基督徒,大方得很,叫他留心留心他那张借据吧!

莎莱里奥　我说,万一他到了期无力偿还,我拿得准,你不会问他要一磅肉的——一磅人肉,拿来干吗?

夏洛克　拿来当鱼饵,给鱼吃;鱼不吃,至少可以让我那要雪耻报仇的心有点儿东西消化消化!他侮辱我,破坏我,叫我损失了五六十万两银子;看见我赔了钱,就笑我;我赚了钱,就挖苦我;侮辱我的民族,跟我的生意买卖捣蛋;在我的朋友跟前泼冷水,到我的冤家那儿去煽风点火——这一切,都是为的什么呀?我是一个犹太人。犹太人就没有眼睛了吗?犹太人就缺了手,短少了五官,也没知觉、没骨肉之情、没血气了吗?犹太人不是同样吃饭的吗?不是碰到了刀枪,同样要受伤;同样要害病,害了病,同样要医药来调理吗?一年四季,不是同样地熬冷熬热?跟基督徒有什么不同的地方?你们用针来刺我们,我们不是也要流血的吗?你们呵我们的痒,我们不是也会咯咯地笑出来吗?你们用毒药谋害我们,我们不也就是死?那么,要是你们欺侮了我们,我们难道就不报仇了吗?在别的地方我们跟你们一个样儿,那么在这一点上,也是不分彼此的。要是一个犹太人侮辱了一个基督徒,他是怎么表现他的"宽大"呢?报仇。要是一个基督徒侮辱了犹太人,那么按照基督徒的榜样,那犹太人应该怎样表现他的"忍耐"呢？嘿，报仇。你们使出恶毒的手段，我领教，我跟着你们的榜样儿学，不高出你们一头，我就不罢休！

〔一仆人上

仆　人　两位大爷，我家主人安东尼在家里，要请两位过去谈谈。

莎莱里奥　我们正在到处找他呢。

〔犹太人杜巴自远处上

索拉尼　又是一个他那一族的人来啦；再要找第三个来跟他们凑数，除非魔鬼自己变成了犹太人！

〔和莎莱里奥，仆人同下

夏洛克　怎么样，杜巴！热那亚有什么消息吗？你找到了我的女儿没有？

杜　巴　我往往到一个地方，听见人家说起她，可就是找不到她。

夏洛克　唉，罢了，罢了，罢了，罢了！一颗金刚钻丢啦，我在佛兰克府花了两千两银子才弄到手的！咱们犹太人要遭灾殃，这句诅咒到现在才算应验了；到现在我才算懂得这诅咒的厉害了。一颗金刚钻就是两千两银子，还有别的珍贵的、值钱的珠宝。我宁愿看见我的女儿死在我的脚下，那些珠宝都挂在她的耳朵上！宁愿看见她在我的脚下入殓，那些金子银子都放在她的棺材里！打听不到他们的下落？正是：为了追她，又不知花了我多少钱。唉，这叫损失上再加损失！贼卷了这么多跑了，还要花这么多去追贼；结果还是一无所得，还是出不了这一口气！结果晦气倒霉的，不是我还有谁；唉声叹气的，不是我还有谁;流下眼泪的,不是我还有谁!

杜　　巴　可是,倒霉的不光是你一个人。我在热那亚听人家说,安东尼——

夏洛克　怎么,怎么,怎么?他也倒霉啦?倒霉啦?

杜　　巴　——有一艘大船从的黎波里开来,在半途里沉没了。

夏洛克　感谢上帝!感谢上帝!真有此事?真有此事?

杜　　巴　从船上逃回来的水手亲口跟我说的。

夏洛克　谢谢你,好杜巴。好消息,好消息!哈哈!——在热那亚听到的?

杜　　巴　我听说,在热那亚,你的女儿一个晚上就花了八十两银子。

夏洛克　你这是用钢刀刺我的心哪。我再也别想看见我的金子啦。一下子就是八十两银子!八十两银子!

杜　　巴　有几个安东尼的债主,跟我同路到威尼斯来,他们口口声声都说,安东尼除了破产没有第二条路可走啦。

夏洛克　我太高兴了。我不会饶过他的;我要叫他受些儿活罪。我真高兴哪!

杜　　巴　其中有一个,拿着一个戒指给我看,说是你的女儿给他的,换了他的一只猴子。

夏洛克　该死,该死,这丫头!你在折磨我,杜巴!那是我的绿玉戒指,是我跟黎娴还没结婚的时候她送给我的。哪怕人家用漫山遍野的猴子来跟我交换,也别想我会答应哪。

杜　　巴　可是安东尼这一回真的是完蛋啦。

夏洛克　对,这倒是真的,这倒是当真不假的。去吧,杜巴,给我预先嘱托好一个吃公事饭的,开销他几个钱,早半个月就嘱咐好了。要是他到期无力偿还呀,我要挖他的一颗心!只要威尼斯去掉了他,生意买卖从此就得听我的了。去吧,去吧,杜巴;咱们在会堂里见面——去吧,好杜巴——会堂里见面,杜巴。

〔各下

第二景　贝尔蒙;大厅

〔巴珊尼挽波希霞谈话上;葛莱兴,奈莉莎上,侍女等随上

波希霞　我请您别忙,再隔这么一天两天,
　　　　然后再赌运气吧,因为万一您选错了,
　　　　我就再不能奉陪您了。所以,缓一缓吧。
　　　　我总觉得有什么似的,舍不下您——
　　　　不过这不是爱情;可是您总该知道,
　　　　要是我恨着您,也不会有这想法了。
　　　　要不是生怕您误会了我的意思——
　　　　可是女孩儿家的心事怎好出口?——
　　　　我真想留您住上一个月两个月,
　　　　然后为我赌一下运气。我能教您
　　　　该怎样挑才错不了,可是这么做,
　　　　我就违反了自己的誓言;那怎么成?
　　　　可是保全了誓言,也许您就选不着我;
　　　　万一您真落了空,您可叫我心中
　　　　起了悔意,生了邪念:怨当初
　　　　不该不敢违背那誓言。恨煞你

　　　　　这双勾人的眼睛！这两道目光
　　　　　摄住了我,把我分成了对半;
　　　　　半个我是您的,还有半个,还是您的——
　　　　　我原是要说,这半个是属于我自己的;
　　　　　可是,属于我的,那也就是属于您的,
　　　　　所以整个儿的我,都归给了您啦。
　　　　　唉,这可恶的时代啊,平白地在我们
　　　　　跟我们的权利中间,打起一堵墙!
　　　　　我虽然是您的,未必就是您的人;
　　　　　果真是这样,造孽的是那命运,不怪我。
　　　　　我只管唠叨——可是,这才能拖延辰光,
　　　　　把时间往宽里拉,向直里放,
　　　　　好耽搁您挑选的工夫。
巴珊尼　快让我挑选吧,
　　　　我提心吊胆,简直在受罪上刑罚。
波希霞　上刑罚,巴珊尼!那么快给我招上来,
　　　　在您的爱情里隐藏着什么奸谋。
巴珊尼　什么都没隐瞒,只有疑心病在作怪,
　　　　叫我害怕眼看爱情成了泡影。
　　　　我的爱情跟奸谋扯不到一块儿,
　　　　就像冰雪和火炭,那冤家对头。
波希霞　嗳,我但怕您是熬不住苦刑,
　　　　才说出这样的话——给绑上了刑床,①

---

① 刑床,欧洲中世纪的一种酷刑,受刑者被绑在上面,轮子运转时,猛拉他的四肢。

一个人还有什么话不能讲？
巴珊尼　只要您肯饶我一命，我就招供出真情。
波希霞　好，从实招来吧，我饶你。
巴珊尼　从实招了："我爱你"——这就是我的供词。
啊，好舒服的刑罚哪！我的刑官
指点了我一句活命的话。可是
领我去认那三个彩匣吧——我的命运！
波希霞　那就去吧！
〔幕启，呈现三个彩匣
我就给锁在那其中的一个匣子里；
只要您爱我，您准会把我找出来。
奈莉莎，还有你们，全都靠后些。
趁他在挑选，奏起音乐来，要是他
落空了，好让他在歌声中消逝，像天鹅；①
把比喻说得更真些，我的一汪蓝眸，
就是他葬身的清波。也许他中了呢？
那么音乐又像什么呢？就像那
忠心的臣民拜见新加冕的君主时
高奏的乐曲；又像是黎明时分，
柔和的笛声送进正做着好梦的②
新郎的耳中，催促他快起来迎亲。
这会儿他走去了，看他的风度，多沉着，

---

① 在歌声中消逝，"天鹅在临死前，唱出了悦耳的歌声，好像凭着不可知的本能，预告自己即将到来的命运。"——斯宾塞《牧人日记》(1579)
② 柔和的笛声，英国当时风俗，新郎结婚，头一天早晨，在他卧室的窗下，演奏音乐。

不输于那年轻的英雄赫克莱斯,①
可是在心里比他怀着更多的爱情——
当他在特洛伊人的哭喊声中,
奋身搭救他们祭献给海怪的少女。
我站在这儿,做牺牲;她们守在旁边,
就像泪眼模糊的特洛伊娘儿们
望着一场恶斗的结果。去吧,赫克莱斯!
你安然生还,我也跟你活了命。

  我瞧着这一番斗争,心烦意乱,
  倒像是我、不是您,上前去作战。

(巴珊尼品评匣子。传来了歌声)

  在哪儿孕育着飘忽的爱情——
  是在脑海,还是在心灵?
  怎样得胎,又怎样成形?

(齐唱)

  你说,你说。

这爱情诞生在眼睛里,
等看个饱餍,它就断气——
它躺身的摇篮,变成坟地。

  我们一起给爱情敲丧钟:
  我先来敲——叮,叮叮咚。

(齐唱)

叮,叮叮咚。

---

① 希腊神话,赫克莱斯曾斩杀海怪,救出被绑在大石上,献祭给海怪的特洛伊公主。她的父王事前答应送给他一对神马;所以他的义举并非激于爱情。

巴珊尼　这么说，外表跟实质本来是两回事；
　　　　世人往往就受那装潢的欺骗。
　　　　讲到法律，哪一件卑鄙肮脏的案件
　　　　不可以借冠冕堂皇的言辞来文饰？
　　　　在宗教上，哪一件背天逆理的罪孽
　　　　不可以用满脸的虔诚、满口的《圣经》
　　　　来掩饰丑恶，证明它该受祝福？
　　　　天下岂有那样没心计的坏人，
　　　　会忘了给自己戴上道德的假面具？
　　　　多少懦夫，他们的心就跟泥沙堆
　　　　那样松劲，可是看他们颊上的胡须，
　　　　却活像赫克莱斯，像狰狞的战神；
　　　　把他们剖开一看，里面的肝胆
　　　　可没一丝儿血色！就是这种人，
　　　　偏摆出一副凶相，让人望而生畏。
　　　　再看那"美貌"吧，那是全靠脂粉
　　　　堆砌出来的；堆得越重，砌得越厚，
　　　　说也不信，人就变得越轻薄。
　　　　那水蛇般卷曲的金发，不也是这样？
　　　　看它披在俨然是美人儿的额上，
　　　　只顾跟孟浪的风轻狂地调情，
　　　　却往往是从另外一个人的头上——
　　　　从那坟墓中的骷髅上借来的。①

---

① 伊丽莎白时代崇尚金发，以深色的头发为缺憾，所以有戴假金发的风气。参阅《十四行诗集》第68首。

所以说，"装扮"好比那陷人的海岸

把船只引进了风紧浪高的海洋；

好比鲜艳的面巾罩着印度的美女。

一句话，这些都是狡猾的圈套；

以假乱真，好蒙蔽最聪明的人。

所以说，你，光彩夺目的黄金——

米达斯的坚硬的食物，我才不要你。①

也决不要你——谁要你这面色惨白、

在众人手里转来转去的奴才。

可是你，寒碜的铅，说什么讨俏，

你叫人摇头都来不及；然而正是

你的质朴无华打动了我的心，

　　胜过那花言巧语千千万万；

　　我就选了你吧：但愿结果美满！

波希霞　（转身，背向巴珊尼）一切烦恼都抛到九霄云外——

去吧，反复无常的猜疑，轻率的绝望，

那打战的害怕，那绿眼睛的妒忌！②

爱情啊，你静一静，你定一定神吧；

慢慢降下你的恩宠，别倾盆而下吧！

我受不起这么多祝福：要少些儿来啊，

---

① 米达斯，希腊神话中的国王，贪得无厌，祈求点金术；神允许他：凡是他手指接触到的尽变黄金。结果送进嘴里的食物，也成了金子。（见奥维特《变形记》第11卷）

② 绿眼睛的妒忌，参阅《奥瑟罗》第三幕第三景："你要提防'妒忌'啊！这个绿眼睛的妖魔……"绿色在这里作为一种病态的颜色。

　　　　　我怕我担当不住！
巴珊尼　这里面是什么？（打开铅匣）
　　　　　美人儿波希霞的复制品！是哪位画师
　　　　　这样巧夺天工！这一双眼珠在转动？
　　　　　还是，映进了我心猿意马的眼球
　　　　　才仿佛在转动？那微微张开的朱唇，
　　　　　张开来，送出阵阵甜美的气息——
　　　　　这样香甜，却这样造孽，拆开了
　　　　　一对甜蜜的腻友。在这儿，那卷发里，
　　　　　画家化身为一个蜘蛛，织成了
　　　　　金色的罗网来诱捕男人们的心，
　　　　　比捕捉那自投罗网的蚊虫还稳。
　　　　　可是她的眼睛！画这一对眼睛的人
　　　　　怎么倒睁得开他自己的？画了一只，
　　　　　怕就两眼昏眩，再描不成那另一只！
　　　　　可是瞧，我尽管赞美，还是大大的
　　　　　委屈了眼前的画像：那虚假的幻影；
　　　　　而幻影，又万万赶不上实体，那本人。
　　　　　这儿是个纸卷，宣告着我的命运：
　　　　　（朗读）
　　　　　你挑选不光凭外形
　　　　　可还是看得清、选得准。
　　　　　既然幸福已经降临，
　　　　　不必再向别处追寻。
　　　　　　要是这结果叫你满足，
　　　　　认为这是你天大幸福，

那么，快转回身，凑向美人——
多情的一吻，订下了终身。
好温柔的诗句！
（向波希霞）好小姐，请原谅我大胆；
我遵照指示，来跟您把爱情交换。
〔吻她
就像双方在争夺一个锦标，
看来自己表现得还不太糟，
耳边只听得满场的喝彩和喊好，
可昏头昏脑，直瞪着眼，不知道
这一阵阵赞扬可是为他呼嚷；
绝世的美人，我站在这里，就是这样，
不知道眼前的情景是真是假，
除非您盖章、画押、担保一下。①

波希霞　您瞧，巴珊尼大爷，我就站在这儿，
我就是这么个人。光为我自个儿，
我不愿妄想自个儿比现在的我
更好一些；可是为了您，我希望我能够
三个二十倍那样胜过我本身，
再加上一千倍美，一万倍富有——
为了好叫我在您的心目中占据个
高一些的地位；我但愿我的品德、
美貌、财产、亲友，都夸不尽的好——
可是把我从头到脚都包括在内，

---

① 盖章、画押，暗喻亲吻。

　　　　我只是一个——零。把话说到底，
　　　　我是一个没有教养、无知无识、
　　　　不懂进退的丫头；幸喜的是
　　　　她年纪还不算挺大，还来得及学习；
　　　　更可庆幸的是，她天资还不算挺笨，
　　　　还能够学习；最可庆可喜的是
　　　　她有颗柔顺的心，要捧着献给您，
　　　　愿意接受您的教导，把您当作
　　　　她的主人，她的统治者，她的君王。
　　　　〔两人接吻
　　　　现在，我所有一切，连我自个儿
　　　　都归给了您，属于您所有。方才，
　　　　我还是这一座琼楼画阁的主人，
　　　　这一群仆役的东家，主宰我自个儿的
　　　　女王；可是现在呢，就是现在，
　　　　这一座宅子，这一班仆人，和这一个我
　　　　全都由您支配啦，我的夫君。
　　　　我交给您这个戒指，就算把这一切
　　　　都献给了您；要是您跟这戒指
　　　　分离了，把它丢了，或者把它
　　　　转送别人，那就是断绝了恩情——
　　　　把心变了的征兆，我可要责怪您的。
巴珊尼　小姐，您叫我一句话也说不出来啦。
　　　　只有我的热血在血管里奔流，
　　　　在向您高呼；我神志已经迷惘了，
　　　　就像万众爱戴的君王吐出一番

美妙的演词,那兴奋的臣民涌起了
一片欢腾,爆发出一阵阵欢呼,
压倒了拥挤在心头要倾诉的话。
(吻波希霞给他戴上的戒指)
要是这戒指有一天离开这手指,
那么我的生命也就跟着丧失了!
那时候啊,您也不必顾忌,说吧:
巴珊尼已经死啦!

奈莉莎　大爷,小姐,我们站在旁边,
眼看我们的心愿果然实现了,
现在该我们上前来道喜啦。
恭喜!恭喜大爷!恭喜小姐!

葛莱兴　巴珊尼大爷,这位温柔的小姐,
祝你们的幸福,想多大就有多大!
因为我敢说,你们的幸福怎么大
也夺不走我的幸福。我有个请求,
当两位准备举行白头偕老的典礼,
那时候,我想跟你们一起结婚。

巴珊尼　欢迎,只要你给自己找到了妻子。

葛莱兴　谢谢您,大爷,您替我找到了一个啦。
不瞒您大爷说,我这双眼睛瞧起人来,
可跟您一样灵活。您看中了小姐,
我看上了使女;(拿起奈莉莎的手)
您爱上了,我也爱上了。
大爷,我的步子并不比您慢啊。
您的命运由那几个彩匣决定,

	我呢,跟您其实是同一个命运。
	原来我在这儿,费尽花言巧语,
	汗水流了一身又一身,直等到
	我山盟海誓,把嘴皮子都说焦了,
	最后,才算有了一点儿苗头——
	讨得了这位好姑娘的一句回音:
	要是您有幸得到了小姐的终身,
	那么,就算我也获得了她的爱情。
波希霞	真有这事吗,奈莉莎?
奈莉莎	小姐,是真的,要是您同意的话。
巴珊尼	你呢,葛莱兴,你这是正正经经的吧?
葛莱兴	是的——说正经话,大爷。
巴珊尼	我们的婚宴再加上你们的喜事儿,
	那就格外光彩了。
葛莱兴	咱们要跟他们打赌一千两银子,看谁先养儿子。
奈莉莎	怎么!赌东道,做庄吗?
葛莱兴	可不,要赢东道,就得打桩。
	可是谁来啦?罗伦佐和他的异教徒吗?
	什么!还有我那威尼斯老朋友莎莱里奥?
	〔罗伦佐,吉茜卡,莎莱里奥上
巴珊尼	罗伦佐,莎莱里奥,欢迎你们到来,
	——如果我才做主人就有权向你们
	表示欢迎。亲爱的波希霞,请您
	允许我接待我这几位朋友和乡亲。
波希霞	我也是热烈欢迎他们,夫君。
罗伦佐	感谢您的好意。巴珊尼大爷,

>我本来并没打算要来这儿看您,
>可是半路上碰见了莎莱里奥,就给他
>硬拖着一块儿来啦——说什么也没用。

莎莱里奥　是给我拉来的,大爷,我自有道理。
　　　　　安东尼大爷托我代他向您问好。
　　　　　〔交给巴珊尼一封信

巴珊尼　在拆这封信之前,让我先问一问:
　　　　我那好朋友这一阵子可好吗?

莎莱里奥　大爷,他没有病,除非是心病;
　　　　　也并不轻松,除非打开了那心结。
　　　　　您读了这信,就知道他的境况啦。
　　　　　〔巴珊尼拆信阅读

葛莱兴　奈莉莎,招待招待这位客人,
　　　　向她表示欢迎。(奈莉莎挽吉茜卡,退后)
　　　　把手伸给我,莎莱里奥,
　　　　威尼斯有什么新闻?我们的皇家巨商——
　　　　善良的安东尼怎么样了?他听说
　　　　我们交了运,一定会非常高兴的。
　　　　我们是耶松,把金羊毛盗来啦。①

莎莱里奥　我但愿你们把他失去的"金羊毛"
　　　　　盗了回来,那就好啦。
　　　　　〔拉葛莱兴细谈,退后

波希霞　那信里一定有什么不妙的消息,

～～～～～～～～～～～～～～～～～～～～～～～～～～～

① 金羊毛,巴珊尼曾这样形容波希霞:"披在她额上的金光闪闪的卷发,好比那'金羊毛'。""我们是耶松",着重在"我们"两字,表示来求婚的虽多,唯独我们才取得了"金羊毛"。

187

　　　　叫巴珊尼失去了脸上的血色；
　　　　死了好朋友啦？要不是,还有什么事儿
　　　　能夺去一个堂堂男子汉的气概？
　　　　怎么,越来越糟了!
　　　　(上前,温柔地)原谅我,巴珊尼,
　　　　我跟您合顶着一个命运,这封信上
　　　　有什么事,也得让我分担一半儿。
巴珊尼　啊,亲爱的波希霞！这张纸上写着
　　　　有限几个字,可是自从有纸笔以来,
　　　　再没有那样的惨。好小姐,记得我初次
　　　　向您开口求爱,我就坦白告诉您,
　　　　我全部家产,流动在我的血管里——①
　　　　说我是个绅士,这话并没骗人;可是,
　　　　好小姐,单说不名一文,您将来会看到,
　　　　我是怎样在给自己装门面。说到了
　　　　我一无所有,我应当接着告诉您,
　　　　岂止一无所有,而且还欠了一身债;
　　　　不但欠了我好朋友的钱,而且
　　　　还连累他为了给我张罗开销,
　　　　欠下了他那七世冤家的钱。
　　　　这儿有一封信,小姐;这一张纸
　　　　好比得我朋友的身子,那一个个字,
　　　　就像是一个个鲜血淋漓的创口。
　　　　可是,莎莱里奥,难道真有这回事？

---

① 意即门第(血统)高贵,然而是个陷于经济绝境的没落贵族。

　　　　他四面八方的买卖全都完蛋了？
　　　　一笔都捞不回来？那打从的黎波里，
　　　　从墨西哥、英格兰、里斯本、巴巴里，跟印度
　　　　这许多地方来的船舶，就没一艘逃得了——
　　　　全让那叫人倾家荡产的礁石碰上了？
莎莱里奥　一艘也没有逃过，大爷。再说，
　　　　我怕是，即使这会儿他手里有现款，
　　　　偿还犹太人，那犹太人也不肯收了。
　　　　从没看见这么个东西，长得倒像个人，
　　　　却这样穷凶极恶，只想把人害。
　　　　他成天到晚，缠住大公，说是，
　　　　这件官司若不是依法办理，
　　　　那么威尼斯这块"自由城邦"的招牌①
　　　　就得给砍掉。城内二十个大商人，
　　　　大公本人，还有那最有名望的巨族，
　　　　都劝导过；可是他，水都泼不进，
　　　　任谁都不听；他，这才叫恶毒，
　　　　一口咬定，要法律解决，要执行
　　　　借据上的条文，要什么天公地道。
吉茜卡　我在家的时候，听见过他向杜巴
　　　　和克司——他的两个乡亲发誓说，
　　　　他宁可割下安东尼身上的一块肉，
　　　　也不要二十倍超过他所欠的钱。

~~~~~~~~~~~~~~~~

① "自由城邦"，指外国侨民在这个城市里，可以享受跟当地居民同样的法律保障。威尼斯是一个商业城邦，她的繁荣建筑在对外的贸易上，所以采取了优容侨民的政策。

|||照我看,大爷,要是凭着法律、
|||城邦的威严和权力,还驳不回他,
|||那么可怜的安东尼怕凶多吉少了。
|波希霞|那大难临头的是不是您的好朋友?
|巴珊尼|我最好的朋友,一个最善良的人,
|||热心,慷慨,意大利再找不出第二个
|||像他那样秉着古罗马的高尚精神。
|波希霞|他欠下犹太人多少钱呢?
|巴珊尼|为了我,借了三千两。
|波希霞|什么,这一点儿?
|||还他六千两银子,把借据勾销了吧——
|||六千加六千,再倍上三倍,都行,
|||可不能因为巴珊尼有什么不是,
|||累这样一位好朋友伤一根汗毛。

〔巴珊尼感激地拥抱她

先领我到教堂去,把我认做您的妻,
然后,赶奔威尼斯,看您的朋友去!
波希霞可决不让您抱着一颗
不安的心,睡在她的身边。
我给您一笔钱,您拿去足够二十倍
偿还那小小的借款;等料清债务,
就带您的好朋友一起到这儿来。
暂时里,我的侍女奈莉莎陪着我
守着空房,跟闺女和寡妇一个样。
来吧!正好办喜事的日子你出门,
还得喜气洋洋,把朋友欢迎。

花了多大代价才买得你这个人,
叫我啊,怎能不把你爱得紧!
可是且听听你朋友的来信怎么说吧。

巴珊尼 (朗读)
亲爱的巴珊尼:我的商船全都失事,债主们丝毫不肯通融,已到山穷水尽的地步,出给犹太人的借据已经满期;一旦按照条约执行,我一命休矣。你我之间的种种债务,就算一笔勾销——只要临死之前,能再见你一面。然而此事悉听尊便;如果你的心上人不希望你赶来,那就别理会这封信吧。

波希霞 亲爱的,快料理一切,立刻就动身吧!
巴珊尼 承蒙你好意应许我离开你身边,
　　自该兼程赶路,早去早回;
　　我一夜都不能在床上合眼——
　　片刻都不得安顿,直到跟你相会。
〔同下

第三景　威尼斯;街道

〔夏洛克,索拉尼,安东尼上,狱卒随上
夏洛克 牢头,看住他——别对我讲什么慈悲。
　　这就是那个放债不取利息的傻瓜。
　　牢头,看住他。
安东尼 你听我说句话,好夏洛克。
夏洛克 我只知道照借据办理!你也不必
　　多费口舌想推翻那张借据吧!

>   我已经发过誓,非照借据办理不可。
>   从前你无缘无故地骂我是狗,
>   既然我是狗,就留心我的狗牙齿吧。
>   大公一定会准了我,依法办理的。
>   你这个牢头,太可恶,我真不懂你,
>   干吗老是依着他,陪他到外边来。

安东尼　对不起,请你听我说一句话……

夏洛克　我只知道照借据办理;我不听你的话。
　　　　照借据办理——那还有什么好多说的?
　　　　我决不做那婆婆妈妈的傻瓜,
　　　　叫基督徒几句好话一说,就心软了,
　　　　摇头叹气了,只得依你们了。别跟着我!
　　　　什么话我都不听,我只认得我的借据。
　　　　〔下

索拉尼　在人类中间还从没看见过有这样
　　　　一条寸步不让的恶狗!

安东尼　随他去吧;
　　　　我再不苦苦跟住他,枉费口舌了。
　　　　他要我这条命。他的动机我很明白:
　　　　几次三番,人家落在他手里,
　　　　还不出债,眼看就要冲家了,
　　　　来向我求救,而我把他们救了出来;
　　　　所以,他就恨我。

索拉尼　我敢说,无论如何,
　　　　大公不会批准借据的条款生效。

安东尼　大公不能拒绝受理他的诉讼;

外地人在咱们威尼斯,明文规定,
自有应享的法权,一旦给否认了,①
那就动摇了国家立法的根本——
影响人家对这个城邦的信心。
你想想,威尼斯,它的买卖、繁荣,
全靠着各国的人民。所以,走吧。
这许多忧愁,那重重打击,压倒了我!
我只怕剩下的一身肉,到明天
再凑不满一磅,好满足我那
血腥的债主。好吧,牢头,走吧。
求天主,只要巴珊尼来,亲眼看见
我替他还债;我,就死而无怨。
〔同下

第四景　贝尔蒙;室内

〔波希霞,奈莉莎,罗伦佐,吉茜卡及仆人上
罗伦佐　夫人,不是我当面恭维,您有颗
高贵真诚的心,充满着仁爱、
慈悲,像天使——更难得的是这一番,
正当新婚蜜月,却坦然让夫君
暂时里跟您分手。可要是您知道,
承受您大恩大德的是什么样人,

---

① 托马斯所著《意大利史》(1561)有一章专论"外地人在威尼斯的自由",其中说到"所有的人们,尤其是外地人,享有很大的自由……无疑地,这就是吸引那么多外地人到这儿来的一个主要原因"。参阅第189页注。

　　　　　您援救的是怎么样一位正人君子，
　　　　　他对于您丈夫的情谊又怎样地深，
　　　　　我相信您会因为做了这件好事
　　　　　而感到骄傲；一件寻常的善举，
　　　　　可不能让您得到那么大的快乐。
波希霞　我从来也不曾后悔我做了好事；
　　　　　现在当然更不会。你看，成为朋友，
　　　　　两个人常在一块儿，谈心游玩，
　　　　　彼此间交流着相互的友爱，那么，
　　　　　他们俩在容貌上、风度上、习性上
　　　　　一定有通气的地方；所以我想，
　　　　　这位安东尼既然是我丈夫的知交，
　　　　　也一定像我那夫君。要真是这样，
　　　　　把一个跟我那"灵魂"相似的人
　　　　　从没顶的苦难中救出来，我付的代价
　　　　　真是微不足道！这番话倒像是
　　　　　在自夸自赞呢；还是别说了吧；
　　　　　我们换一个题目。罗伦佐，拜托您，
　　　　　在我的丈夫回来前，我这个家
　　　　　请您照管一下。我自己呢，已经私下
　　　　　向苍天许了愿，要在祈祷和沉思中
　　　　　打发光阴，只消奈莉莎一个人陪着我，
　　　　　直到她那郎君、我那丈夫回家来。
　　　　　离这儿五六里路，有一座修道院，
　　　　　我们俩准备就到那儿去待一阵。
　　　　　我这个恳求，请您千万别推却——

	既为了面情,也为了有这必要。
罗伦佐	夫人,我非常乐意,
	有什么要我效劳的,尽管吩咐好了。
波希霞	我这一家大小都已经知道
	我的意志,他们会把您和吉茜卡
	当作巴珊尼和我自己一样地看待。
	那么再见了,我们再会吧。
罗伦佐	但愿美好的心境、快乐的时光
	簇拥在您的身旁!
吉茜卡	希望夫人一切都称心如意。
波希霞	多谢你们的祝福,我也乐于
	同样地祝福你们俩。再见吧,吉茜卡。
	〔吉茜卡及罗伦佐下
	现在,巴泰泽,
	我一向知道你的为人,忠诚可靠,
	希望你总是让人信托得下。
	这封信你拿去,给我十万火急地
	赶到帕度亚,把信交给我表兄①
	裴拉里奥博士亲手收拆。你听着,
	要是他有什么回信和服装交给你,
	你就收下,马上飞也似的赶到码头,
	搭上直航威尼斯的公共渡船。
	你去吧,不必浪费说话的时间了。
	我会先赶到威尼斯等着你。

---

① 帕度亚,威尼斯西南的一个城市,设有大学,以法律、医学著称。

仆　人　小姐,我尽快去走一趟就是了。
　　　　〔下

波希霞　你来,奈莉莎。你还不知道,有件事
　　　　我正着手进行呢:咱们俩要看丈夫去——
　　　　而他们,想都还没来得及想到咱们。
奈莉莎　让他们看见咱们吗?
波希霞　让他们看见吧。
　　　　可是,奈莉莎,穿上了另一种服装,
　　　　他们还道咱们已经填空补缺了。
　　　　跟你随便打什么赌,要是咱们俩
　　　　打扮成少年郎,那么这两人中间,
　　　　要算我漂亮;身边挂起刀子来,
　　　　也是我格外英俊。讲起话来,我的嗓子,
　　　　带着破声,就像个哥儿正在发育成长。
　　　　走起路来,我会把两个婀娜细步
　　　　跨成男子汉的一大步。我开口闭口,
　　　　跟爱吹牛的好小子一个样,免不了
　　　　斗剑和打架,还会大谈其恋爱经:
　　　　有多少好小姐看中我;我才不理会呢;
　　　　她们害起病来啦——谁知道一命呜呼啦,
　　　　唉,这能怪得了我?可是我后悔了,
　　　　但愿我不曾害了她们的小性命。
　　　　像这类信口开河的故事,我可以
　　　　编上二十个,人家听见了,一口咬定:
　　　　这个小伙子,走出学堂才一年!
　　　　这类吹牛淘气的把戏,我肚子里

多的是,我真会把它搬出来。
奈莉莎　怎么,咱们俩一人顶一个男子吗?
波希霞　嗳,这成什么话——要是你身边
　　　　正好有个臭嘴巴的人,叫他听见了!
　　　　来吧,马车在林苑门口等着呢,
　　　　等我们上了车,我可以把整个一切——
　　　　我全部的计划都告诉你,所以,
　　　　赶快吧,今天咱们得赶六十里。
　　　〔同下

第五景　贝尔蒙;花园

　　　〔朗西洛,吉茜卡上
朗西洛　可真是的,没错儿;你当心些儿吧,老子的罪孽是要落在做小辈的头上的。所以,不瞒你说,我在替你捏着一把汗哪。我一向跟你实话实说,这会儿就把我担的心事儿告诉了你吧;你听了也别害怕;因为,说正经的,我认定你是要下地狱啦。只有一个希望倒也许可以帮你的忙——可是这个希望呀,说来也有点太下流。
吉茜卡　希望什么呢,请教你?
朗西洛　呃,你可以存着一半儿的希望:也许你不是你这个爸养出来的——你不是这个犹太人的女儿。
吉茜卡　这个希望可倒真是有点儿下流! 这么一来,我娘的罪孽又要落到我身上来啦。
朗西洛　正是:爷也好,娘也好,我只怕您下地狱是逃不掉的啦;就好像我躲开了东山老虎——你的爸爸,又碰上了西山的狼——你的妈妈;怎么好,我看你这两条路都是绝路一条。

吉茜卡 我可以靠着我的丈夫得救①——他已经把我变成一个基督徒啦。

朗西洛 可不,这就是他大大的不应该!咱们本来已经有够多的基督徒,再多就没好日子过啦;现在再这样把基督徒制造出来,猪肉买价可要越来越俏了。要是大家都吃起猪肉来,眼看谁还有钱买得起一片儿薄薄的咸肉呀。

吉茜卡 朗西洛,你这么说好了,我一定要告诉我的丈夫。他来啦。

〔罗伦佐上

罗伦佐 朗西洛,当心我可要吃起醋来了——你要是再这么把我的太太拉到墙犄角里说话。

吉茜卡 不,罗伦佐,你不用担心;朗西洛跟我两个已经闹翻啦。他不客气地告诉我,老天是不会对我发慈悲了,因为我是犹太人的女儿。他还说你不是国家的好公民,因为你把犹太人变成了基督徒,抬高了猪肉的价钱。

罗伦佐 这,我倒自有话可以答复政府;可是,朗西洛,你引诱那黑人的女儿,把那个摩尔姑娘的肚子给弄大了,你怎样给自己辩白呢?

朗西洛 要是叫一个摩尔姑娘都有头有脑的,这可太不成话啦;她要不是一个规矩的女人呢,那么我看中她真是看错人啦。

罗伦佐 看,连傻瓜都会说起俏皮话来啦!照这样下去,就连

---

① 靠着我的丈夫得救,参阅《新约·哥林多前书》第7章第14节:"不信的丈夫,就因着妻子成了圣洁。并且不信的妻子,就因着丈夫成了圣洁。"

口才最好的才子,也只好哑口无言了。到那时候就只听见八哥在那儿叽叽呱呱出风头!快去吧,小鬼,关照他们可以准备吃饭了。

朗西洛　准备吃饭,大爷?那还不容易——他们全都有肚子。

罗伦佐　老天爷,你这张嘴真会瞎扯!我是要你去关照他们把饭菜准备起来。

朗西洛　饭和菜,他们也准备齐全了,大爷。应当这么说才对:把饭开上来。

罗伦佐　那么就有劳尊驾吩咐下去:把饭开上来。

朗西洛　小的可没这样大的气派,不敢那样使唤人啊。

罗伦佐　偏有这许多话好说的!你可是打算把你的看家本领趁这会儿一齐露出来?我求你啦——我是一个普通人,只说普普通通的话——麻烦你到你的伙伴那儿去,关照他们,把桌子铺起来,把饭菜端上来,我们要进去吃饭啦。

朗西洛　好,大爷,我就去关照:把桌子端上来;把饭菜铺起来;至于您进来不进来,吃饭不吃饭,那么就看您自个儿高兴不高兴吧。

〔下

罗伦佐　啊,你看他心眼儿多么"尖巧",
说话多么"合拍"!这个傻瓜,
脑子里塞满了一大堆"动听"的字眼。
我知道有好多傻瓜,地位比他高,
跟他一样,"满腹锦绣",一开口,
扯到哪儿是哪儿,卖弄了再说。
你好吗,吉茜卡?现在,亲爱的好人儿,
告诉我,你觉得巴珊尼的太太怎么样?

199

吉茜卡	叫人怎么能说得尽——她太可爱了！
	娶了这样一位太太，巴珊尼大爷
	理该再不会走上邪路了——
	他身在尘世，享的是天堂里的福！
	做人做到这样，他还不满足，
	还要三心二意，那么他永远也别想
	进入天堂了。跟你说吧，要是有一遭，
	天上的神仙拿下界的凡女来打赌，
	如果一边是波希霞，那么另一边
	必须再加点儿码才成，因为在这个
	寒碜的人世，再拿不出第二个女人
	这样美好：能跟她比得上。
罗伦佐	要是说，他娶到这么一个好妻子，
	那么，你也嫁着了我这么个好丈夫。
吉茜卡	哼，那可得先问问我的意见呢。
罗伦佐	可以可以；可是先吃了饭再说吧。
吉茜卡	不，还是趁我还有胃口的当儿，
	先恭维你几句吧。
罗伦佐	不，请你方便一下，
	有话，留在吃饭的桌子上再说吧。
	这样，不论你怎么说——我好坏都可以
	连饭带菜一起吞下去。
吉茜卡	好吧，你等着听我怎样奉承你吧。
	〔同下

第 四 幕

第一景　威尼斯；法庭

〔大公，众贵族，安东尼，巴珊尼上。葛莱兴，索拉尼，侍从等随上

大　　公　呃，安东尼到了没有？

安东尼　有，殿下。

大　　公　我很替你难过，你到这里来
　　　　　是来对付一个铁石心肠的原告——
　　　　　不近人情的东西，不懂得怜悯，
　　　　　没一丝一毫慈悲的天性。

安东尼　我听说，
　　　　　殿下也曾费尽了心力，劝告他
　　　　　别采取这赶尽杀绝的手段；可是他，

什么话都不听,一点儿让步都不成;
既然如此——眼前,在法律上,又没有
什么办法好给我开一条生路,
让我逃出他那死不放松的毒手;
那我只有死心塌地,挺身忍受——
用逆来顺受,对付他的暴虐和迫害。

大　公　来人,给我传那个犹太人到庭。

索拉尼　他就在门外等候;他来了,殿下。

〔夏洛克上

大　公　让开些,好让他站到本人的面前来。
夏洛克,大家都以为——而我也这么想:
你无非是摆出这一副凶恶的姿态,
直到那最后关头;临末了,却出人意料
——比你表面上的残酷更叫人想不到——
忽然拿出了你的慈悲和同情。
本来是,你口口声声要判刑,要处罚:
那是说,要这可怜的商人身上一磅肉;
到时候,你不但情愿取消那处罚,
而且,因为天良发现,懂得了怜悯,
说不定还会减免他一部分本金。
(指向垂头丧气的安东尼)
谁还能不瞧着他可怜:他这一阵来
遭受了重重叠叠的灾祸,就算是
皇家的巨商,也要给压弯了腰!
不管你铁石心肠——哪咱是那横蛮的
土耳其人、鞑靼人,他们从没受过

　　　　　文明的熏陶，面对着他那一副光景，
　　　　　也不由得要给榨出了些许怜悯。
　　　　　犹太人，我们都在等着你的好回音哪。
夏洛克　我的意见，我已经向殿下表明了；
　　　　　我还向我们的圣安息日起了誓，
　　　　　借据上怎么写，一定要怎么执行。
　　　　　要是您不准许我的要求，那么，
　　　　　只怕您的特权，这个城市的自由，
　　　　　别想保得了！您也许要这样问我：①
　　　　　为什么我偏不愿接受三千两银子，
　　　　　倒宁可要一磅臭肉？我就是不回答！
　　　　　可是，就说吧：我就乐意这么办，
　　　　　这不也是个答复吗？假使我家里
　　　　　闹耗子，我情愿拿出一万两银子
　　　　　来除掉它，谁管得了？怎么，这还不算
　　　　　给了您回音？天下有些人不爱看
　　　　　张嘴的烤猪，也有人看见了猫儿
　　　　　就像发了疯，有人听见了风笛的
　　　　　呜哩呜哩的声音，就忍不住要撒尿；
　　　　　原来一个人喜欢这样、恨那样，
　　　　　都受着那主宰感情的僻性所操纵。
　　　　　现在，我来回答您吧。正像有些事
　　　　　讲不出一点儿道理：为什么这个人

---

① 威尼斯在当时，实际上是一个独立自主的城邦；根据夏洛克的语气，倒像是欧洲中世纪时期，由国王颁发给特权状的一个英国自治城市了。

>受不住张嘴的猪,那个人受不住
>一头少不了的无害的猫儿,还有人呢,
>听不得有绒套子的风笛的声音——
>他们非得做出招人笑话的事儿来,
>惹恼了人,只因为自个儿给惹恼了;
>所以,我没法给理由,也不愿
>给什么理由,除了是:我对于安东尼
>抱着消不了的怨毒,解不开的仇恨;
>这才跟他打这一场赔本的官司。——
>(冲大公鞠躬)
>现在,您得到我的回音了吧?

巴珊尼　你这种回答——你这个没心肝的人——
　　　　并不能给你的残酷的行为做借口!
夏洛克　我的回答可并不要讨你的欢心——
　　　　用不着。
巴珊尼　难道人家都把自己
　　　　所不喜爱的东西置之死地吗?
夏洛克　人家不想杀死的东西,他恨得起来吗?
巴珊尼　一次受到冒犯,也好算是仇恨?
夏洛克　什么! 你愿意让毒蛇来咬你第二口?①
安东尼　(向巴珊尼)
　　　　请想一想:你是在跟这犹太人讲理呀。

---

① 按照欧美舞台传统,听到巴珊尼的驳斥,夏洛克把背转向着他,高傲地回答他,连正眼都不看他一下。当巴珊尼责问他:"一次受到冒犯,也好算是仇恨?"夏洛克突然转过身来,面对着面,带着猛烈的感情,反驳道:"什么! 你愿意让毒蛇来咬你第二口?"

　　　　　你还不如站在海滩上叫那滚滚的
　　　　　潮水别一浪比一浪涨得高；还不如
　　　　　去责问豺狼，干吗要害那母羊
　　　　　一声声为着她失去的羔羊而哀鸣；
　　　　　还不如去命令那高踞山头的松柏
　　　　　别把顶枝摆摇，让树叶发出鼓噪——
　　　　　当半天空里卷过了阵阵风暴；
　　　　　还不如硬着头皮干那最棘手的事，
　　　　　可别想去感化——世上任凭什么东西
　　　　　再硬硬不过它——他那颗犹太人的心！
　　　　　所以，我求你，再不用跟他商量
　　　　　什么条件，替我想什么办法，
　　　　　还是直截了当，让我受到判决，
　　　　　让那个犹太人偿了心愿！

巴珊尼　（拿起一袋钱）
　　　　　借你三千两，我这儿还给你六千。

夏洛克　就算你这六千两银子，每一两都可以
　　　　　分做六份，每一份就是一两银子，
　　　　　我也不接受；我只要照借据办事。

大　公　将来你还希望人家对你开恩吗——
　　　　　现在你不发一点儿慈悲？

夏洛克　我怕什么处分？——我又没有犯法！
　　　　　（转向巴珊尼和众贵族）
　　　　　你们，在你们中间，买了好许多奴隶；
　　　　　你们把奴隶当驴、当狗、当骡一般
　　　　　驱使着、折磨着——因为他们是

　　　　你们花钱买来的。我能跟你们说吗？——
　　　　"放了他们吧；让令郎令媛跟他们通婚吧！
　　　　为什么他们该流着血汗、压着重担？
　　　　让他们的床，跟你们睡觉的床
　　　　同样铺得软软的；让他们的舌尖
　　　　也尝尝你们所吃的山珍海味吧！"
　　　　那你们就会回答："这些个奴隶
　　　　是属于我们的！"同样地，我答复你们：
　　　　我问他要这磅肉，可花了好大代价。
　　　　这磅肉是属于我的，我非要不可。
　　　　要是你们拒绝我，那你们的法律
　　　　别给我现眼吧！威尼斯城邦的法令
　　　　等于一纸空文。我这里等候着判决呢。
　　　　答复吧——这磅肉，给还是不给？
大　公　我本来是有权宣告延期判决的，
　　　　不过我已经派人去请裴拉里奥——
　　　　一位精通法律的博士来啦——
　　　　请他来断案；万一他今天不来，
　　　　那我就宣布退庭。①
莎莱里奥　殿下，外面有个使者，
　　　　刚从帕度亚来，带着博士的书信，
　　　　在听候召唤。
大　公　把信送上来；传那个使者进来。

---

① 按照欧美舞台传统，大公说到这里，夏洛克耸一耸肩，不吭声，独自退到一边。

〔索拉尼下

巴珊尼　放心吧,安东尼!喂,好人儿,怕什么!
　　　　这犹太人可以把我的血、我的肉,
　　　　把我的骨头、我的一切,都拿去,
　　　　也不能让你为了我而流一滴血。①

安东尼　我是羊群里一头没救的病羊,
　　　　死是我的本分;烂透的果子
　　　　最先掉地;我就这样倒下去算了吧。
　　　　巴珊尼,我只求你活下去,将来替我
　　　　写一篇墓志铭,那你就是做了好事。

〔奈莉莎装扮成律师的书记上

大　　公　你是从帕度亚、从裴拉里奥那儿来的吗?
奈莉莎　回殿下,全都是。裴拉里奥向殿下致敬。

〔她呈上一信。大公启信阅读

巴珊尼　你干吗一股劲儿地磨着刀子?
夏洛克　好从那债鬼的身上割下一磅肉来。②
葛莱兴　你不是在鞋口上磨刀,狠毒的犹太人,
　　　　你这把刀是在你的心口上磨!
　　　　哪一种铁器,就连刽子手的斧头,
　　　　也不及你这刻毒的心肠一半儿锋利。
　　　　难道怎样求你,都打动不了你?
夏洛克　不,凭你这一张嘴,休想!

---

① 《新莎士比亚版》加舞台指示:"夏洛克从腰间抽出一把刀子,跪下来,磨他的刀子"。
② 按照欧美舞台传统,夏洛克又在鞋底上磨了两下刀子,这才直起身来答话;还先把嘴向安东尼那边努了一下。

葛莱兴　啊,你这一条打入地狱的狗,
　　　　该用什么话才能把你咒个够!
　　　　容得你活在世上,天也瞎了眼!
　　　　你简直叫我的信仰发生了动摇,
　　　　要相信毕达哥拉斯的那套道理:①
　　　　畜生的灵魂能寄托在人的躯壳里。
　　　　我看你生前,一定是一头狼,伤了人,
　　　　给人家捉住吊死,它的灵魂
　　　　从绞刑架下逃出来,带着一股杀气,
　　　　钻进了你那老娘的肮脏的贱胎,
　　　　生下来,就是你这狼心狗肺的东西——
　　　　这样狠,这样凶暴,这样贪心!

夏洛克　(从胸口掏出借据,用刀子指着)
　　　　可惜骂又骂不掉借据上的图章!
　　　　倒是你,喊得这样凶,白白伤了肺;
　　　　好兄弟,将息将息吧,免得将来
　　　　把一个身子糟蹋得没法收拾。
　　　　我上这儿来,是来跟法律讲话。
　　　　〔一下子转过身去,面向大公

大　公　(刚读完信)裴拉里奥这封信是给本法庭介绍
　　　　一位年轻有学问的博士来听审。
　　　　他在哪儿?

---

① 毕达哥拉斯,公元前6世纪的希腊哲学家,持"灵魂循环"说,以为人死后,灵魂可以变成畜生,畜生的灵魂也能变成人。

奈莉莎　就在附近听候吩咐——
　　　　要不要他出席法庭？
大　公　非常欢迎。
　　　　去三四个人，把他好好地迎接来。
　　　　趁这当儿，当众念一念裴拉里奥的信。
奈莉莎　（念信）大公殿下：手诏敬悉，只因抱病在身，难以应命。尊使者到达之时，恰好有一位罗马青年博士，名叫鲍尔萨泽者，好意前来探望。我就和他谈论犹太人和商人安东尼诉讼案的经过情形；又和他一起查遍法典律书。我的意见他全都领会，何况这位青年，学问渊博，非三言两语所能道尽，更有独到之见；我当即恳求他代替我，前来应命。务请殿下不因他年事尚轻而轻看了他；少年而如此老成，实为生平所少见。谨向殿下举荐，如蒙使唤，当知以上所云，实非过誉。
大　公　博学的裴拉里奥的来信，你们都听见了；
　　　　这儿来的，大概就是那位博士了。
　　　　〔波希霞披律师袍服上。侍从前导
　　　　把手伸给我，从老裴拉里奥那儿来吗？
波希霞　正是，殿下。
大　公　欢迎得很，请入席吧。
　　　　今天开庭审理的这件案子，
　　　　双方争执的焦点你已经了解了吗？
波希霞　（登上审判席）本案的情节我已经完全了解了。
　　　　这儿哪一个是商人？哪一个是犹太人？
大　公　安东尼，老夏洛克，两个都站出来。
　　　　〔二人上前，向大公鞠躬

209

波希霞　你叫夏洛克吗?

夏洛克　夏洛克就是我的名字。

波希霞　你这场官司打得倒也奇怪;
　　　　可是又符合手续,你提出诉讼,
　　　　威尼斯的法律不能把你驳回去。
　　　　(向安东尼)你的生死,操在他手里,是不是?

安东尼　他是这么说的。

波希霞　这借据你承认吗?

安东尼　我承认。

波希霞　那么只好犹太人放慈悲些了。

夏洛克　根据什么,是规定的吗? 请说一个道理。
　　　　〔转过身去,表示轻蔑

波希霞　慈悲,并不是硬逼强求的东西,
　　　　它,像甘霖一样,从天而降,
　　　　洒落到人间。它给人双重的祝福——
　　　　祝福那施主,也赐福给受施的人。
　　　　它,万王之王所奉行的王道,
　　　　它,比皇冠更适合于帝皇的身份;
　　　　帝皇手里的节杖,无非是象征着
　　　　世俗的权势,叫人诚惶诚恐,
　　　　让君主笼罩在煊赫与威严的中央。
　　　　可是慈悲,却高出于王权的势焰;
　　　　它,供奉在帝皇的内心深处,
　　　　是替天行道,象征了上帝的宏恩。
　　　　人间的权威跟上帝的天道最接近,

若是王法里渗透着慈悲的德性。
所以,犹太人,你要求的虽说是王法,
可是想一想,依着王法执行赏罚,
那我们中间,谁还能够得救?
我们都作祷告:祈求上天的慈悲,
这祷告就指点我们:每个人都该
乐善好施。我说了这一番话,
无非想劝你,别坚持那法律的条文;
要是你说一不二,那么,威尼斯的法庭
执法无私,只好判那商人败诉。

夏洛克　我自个儿做的事,我自个儿当!
我只要求法律解决,我定要执行
那借据上规定了的处罚的条文。

波希霞　他可是无力偿还这笔借款吗?

巴珊尼　不,我这儿愿意替他当庭还清,
照原数加两倍都行。要是这还不够,
我情愿具下结,一倍还他十倍——
拿我一双手、我的头、我的心做抵押。
如果他还说不满足,那分明是
"仇恨"吞灭了"公道"。
(跪下,举手呼吁)那我求你,
运用权力把法律稍许变通一下——
犯一点小错误,做一件天大的好事,
不容他,这狠毒的恶魔,如愿以偿。

波希霞　绝对使不得。在威尼斯谁也没有权

	可以变更明文规定的法律。①
	一旦开了这个恶例,那只消借口
	有例可援,这以后纷纷而来的弊端
	谁还数得清?这是绝对使不得的。
夏洛克	但以理来做法官啦!又是个但以理!②
	聪明年轻的法官呀,我多么尊敬你!
波希霞	请你让我瞧瞧你那份借据。
夏洛克	(赶紧从胸口掏出来)有,最可尊敬的博士;就是这一份。
波希霞	夏洛克,人家愿意还给你三倍的钱哪。
夏洛克	赌过咒了,赌过咒了,我向天赌过咒啦!
	难道叫我的灵魂背上毁誓的罪名?
	不行,哪怕把整个威尼斯都送给我。
波希霞	(研究借据)订在借据上的条文可以成立。
	凭这张纸,这个犹太人可以合法地
	要求从这商人的胸膛,贴紧着心口,
	割下一磅肉来——放慈悲些吧,
	收三倍的钱,叫我把借据撕毁了吧。
夏洛克	(急忙阻止)执行了借约上的条文,再撕不迟。
	看起来您倒是一位清明的法官;

---

① 当时威尼斯以严格执行法律条文著称。在意大利故事《呆子》(这个喜剧的故事来源)里,也提到"威尼斯的法律向来十分严格"。
② 但以理,《圣经》里的人物,年少英明,善于折狱。《新莎士比亚版》在这里加舞台指示:"他吻波希霞的法衣的边缘"。

　　　　您懂得法律,您讲的话大有道理,
　　　　您不愧为法律的栋梁;正因为这样,
　　　　我以法律的名义命令您,快判决吧。
　　　　凭我的灵魂起誓,哪一个也别想
　　　　用舌尖儿来说服我。我只认得我的借据。

安东尼　我完全诚心诚意请求法庭
　　　　从速判决吧。

波希霞　好,那么就这样:
　　　　准备好吧,让你的胸膛受他那一刀。

夏洛克　尊严的法官哪! 好一个英俊的青年哪!

波希霞　因为,这借约上所规定的惩罚,并没有
　　　　跟法律的精神和含义,有抵触的地方。

夏洛克　说得对。啊,聪明正直的法官哪!
　　　　谁想你这样年轻,竟这样老练!

波希霞　(向脸色发白的安东尼)
　　　　所以,把你的胸膛袒露出来吧。

夏洛克　对了,"他的胸膛",借约上这么写着——
　　　　(指着波希霞手里的借据)
　　　　可不是这样写的吗,尊严的法官?
　　　　"贴紧着心口",一点儿都错不了。

波希霞　一点儿不错。称肉的天平预备了吗?

夏洛克　我已经带来啦。
　　　　〔解开长袍,拿出天平来

波希霞　该请一位外科大夫来,夏洛克,
　　　　替他堵住伤口,费用归你负担,
　　　　免得直流着血,要了他的命。

夏洛克　借约上有这样一条规定？
　　　　〔从她手里要回借据,阅读
波希霞　借据上并没这么写明;可是不相干,
　　　　只要你做的是善事,总是好的。
夏洛克　(交还借约)我找不到;借据上并没这样一条。
波希霞　你,商人,还有什么话要讲吗？
安东尼　没有,就只是:我不在乎,我准备好了。
　　　　把你的手给我,巴珊尼。再会吧!
　　　　别看我为你落到这地步而难受;
　　　　命运,对我这苦命人,总算照应了。
　　　　照她向来的办法,把一个人弄到
　　　　倾家荡产之后,还要他活下去——
　　　　叫他用凹陷的眼睛,满是皱纹的额角,
　　　　去面对那暮年的潦倒光景。
　　　　这一种拖延时日的活受罪,她给我
　　　　一刀割断了。(他们拥抱)
　　　　替我向尊夫人致意,
　　　　对她说我怎样地爱你,我临死的当儿
　　　　死得又多从容;把故事都讲完了,
　　　　你就请她评一评,巴珊尼是不是也有过
　　　　一个知心的好友。你倘使不因为
　　　　眼看你的朋友没救而心里难受,
　　　　那么我给你还债,也就死而无怨——
　　　　只要那犹太人一刀子扎得深一点,
　　　　一刹那,我就全心全意,还了债!

巴珊尼　安东尼,我新娶了媳妇儿,我爱她,
　　　　就像自个儿的生命;可是生命也好,
　　　　媳妇儿也好,就算是整个世界,
　　　　在我的眼中,都比不上你的生命。
　　　　我情愿丢了这一切,呃,牺牲了它们,
　　　　全拿去献给这个恶魔,来救你。
波希霞　尊夫人要是就在这儿,听见您
　　　　这么慷慨,怕不见得会感谢您吧。
葛莱兴　我有一个老婆,我发誓我是爱她的;
　　　　我但愿她离开人间,好上天去
　　　　求告老天,改变这狼心狗肺的犹太人。
奈莉莎　幸亏您在她背后发这样的宏愿,
　　　　要不然,管叫府上闹个天翻地覆!
夏洛克　(自语,厌恶地)
　　　　基督徒的丈夫就是这样!我有个女儿——
　　　　哪怕她跟巴拉巴的子孙做夫妻,①
　　　　也强似嫁给了基督徒!
　　　　〔向波希霞
　　　　我们耽误工夫啦;请快些儿判决吧。
波希霞　这个商人身上的一磅肉是判给你了;
　　　　法律上许可,法庭上已经承认。
夏洛克　大公无私的法官!
波希霞　你必须从他的胸口割下这磅肉来;
　　　　法律准许你,法庭上已经判给了你。

---

① 巴拉巴,古时强盗名,见《新约·马太福音》第27章第15—20节。

夏洛克　精通律法的法官!

　　　　（向大公鞠躬）判下来啦!

　　　　（向安东尼）来,准备吧!

波希霞　（站到他面前来）慢些儿,还有话说。这一张借据

　　　　并没有规定你可以取他的一滴血;

　　　　写明的只是"一磅肉"。那就割一磅肉,

　　　　照你的条款执行吧;可是,割的时候,

　　　　你要是流了一滴基督徒的血,

　　　　那你的土地、你的财产,按照

　　　　威尼斯的法律,就要全部充公,

　　　　没收入威尼斯国库。

葛莱兴　正直无私的法官哪! 你听听,犹太人。

　　　　啊,精通律法的法官哪!

夏洛克　这可是写明在法律上?①

波希霞　（打开手中的法典）你自己去查看吧;

　　　　既然你坚持王法,那最好没有,

　　　　就给你王法,而且比你要求的还多。

葛莱兴　精通律法的法官哪!——你听听,犹太人。

　　　　好一个精通律法的法官!

夏洛克　也罢,我愿意接受刚才的条件。

　　　　还我三倍的钱,放这基督徒走。

巴珊尼　钱就在这儿。

---

① "向公爵哽噎地发问,带着惊恐,一边儿鞠躬。他对波希霞的看法如今改变了。他以下的话全都是向公爵说的,只除了说'我满意'的时候,才正眼注视波希霞。"——蒲斯《舞台提示》

波希霞　别忙！
　　　　我们同意这犹太人,绝对依法办理。
　　　　别忙！急什么。他什么都不能接受,
　　　　除了照条文处罚。

葛莱兴　噢,犹太人！来了个正直无私的法官！
　　　　来了个精通律法的法官！

波希霞　所以,犹太人,你准备动手割肉吧。
　　　　不准流一滴血;割起来,不准多也不准少,
　　　　要刚好一磅肉。要是有一点轻、一点重,
　　　　相差哪怕只有区区二十分之一丝——
　　　　不,就算天平秤上只高低一根汗毛儿,
　　　　就叫你死;你的财产,全部充公。

葛莱兴　但以理再世啦！又是个但以理,犹太人！
　　　　这一回,你的辫子可叫我抓住啦,
　　　　你这异教徒！

波希霞　犹太人干吗还不动手？快割你那磅肉吧。

夏洛克　把我的本金还我,放我走吧。

巴珊尼　钱早已给你预备好啦,拿去吧。①

波希霞　他不要钱,他已经当庭拒绝过了;
　　　　只能给他王法,让他照章办事。

葛莱兴　再来一遍:又是个但以理！——但以理再世啦！
　　　　你教会我说这句话,谢谢你,犹太人！

夏洛克　难道你们叫我连本金都落空吗？

---

① 按照欧美舞台传统,夏洛克伸手接受钱袋,却给葛莱兴一把夺过去,他高举起钱袋,摇晃着,嚷道:"再来一遍;又是个但以理！……"

波希霞　一个钱都不能拿,要拿只能拿
　　　　那磅肉,犹太人,拼着你自己活不成!
夏洛克　(把刀子摔在地上)嘿,罢了,算是魔鬼便宜了他!
　　　　这场官司我不打了。
波希霞　慢着,犹太人。
　　　　法律还要向你追究呢。
　　　　(打开法典,宣读)
　　　　威尼斯的法律规定:如查明有异邦人
　　　　企图使用直接或间接的手段,
　　　　谋害我邦公民;他的财产难保——
　　　　半数应划归被企图谋害的一方;
　　　　其余半数,当即没入公库;
　　　　犯罪者的生命,全凭大公发落,
　　　　不容任何人插嘴过问。告诉你,
　　　　你现在就在这一条上触犯了法网;
　　　　因为根据方才一连串的事实,
　　　　显然是,你有用直接或间接的手段,
　　　　谋害被告生命的意图;所以,
　　　　方才所说的罪名,已落在你头上。
　　　　快快跪下来,请求大公开恩吧。
葛莱兴　求大公让你自个儿去上吊自尽!
　　　　可是如今,你的钱财全充公了,
　　　　买根麻绳也买不起啦;所以,
　　　　还得让公家来破费把你吊死!
　　　　(他乘势一推,把夏洛克推倒在公爵座下)

大　公	好叫你瞧瞧,基督徒的精神又怎样——
	你还没开口,我就饶恕了你的死罪。
	你所有的财产,一半划归安东尼,
	另一半,由公家没收。要是你能够
	诚心悔过,还可以酌减为一笔罚金。
波希霞	这是指没入公家的;安东尼的,不能减。
夏洛克	不,把我的命、我的一切都拿走吧!
	不要饶恕我!拆掉了支撑房子的栋梁,
	就是拆毁了我的房子;你们夺去了
	我活命的根本,就等于要了我一条命。
波希霞	安东尼,你能不能为他开一点儿恩?
葛莱兴	要做好事,就送他一根上吊的绳子,
	别的东西,看天主面上,别给!
安东尼	要是大公和庭上全体法官
	从宽发落,把他的罚金减轻一半,
	只没收他一半财产,我也就满意了。
	只要他答应,他另外一半财产
	由我保管,放出去,等他死后,
	交给新近和他女儿私奔的绅士;
	可是,有两个条件,接受了这恩典,
	他就得立刻改信天主教;
	另外,他必须当庭立下文契,
	声明他身后的全部财产都传给
	他的女婿罗伦佐和他的女儿。
大　公	这两个条件他必须办到,否则,
	方才宣布的宽大就马上取消。

波希霞　你满意吗,犹太人?你有什么话要说?

夏洛克　我——满意。

波希霞　(向奈莉莎)书记,写一张授赠财产的文契。

夏洛克　求求你们,放我走吧。我身子不好过。
　　　　文契随后送给我,我一定签字。

大　公　你去吧,可是一定要给我做到。

〔夏洛克鞠躬,蹒跚退下

葛莱兴　(追上去)在受洗的时候,你要有两位教父,
　　　　要是我做法官,再给你添上十个——①
　　　　不是领你去受洗,是送你上绞架!

〔夏洛克下

大　公　(起立,离座)先生,我请您一同到我家去吃饭。

波希霞　敬请殿下原谅:今天晚上,我必须
　　　　回帕度亚——现在就得动身了。

大　公　没法挽留您,真是非常遗憾。
　　　　安东尼,你应该向这位先生表示谢意才是,②
　　　　我说,你这回多亏得他。

〔大公,众贵族及侍从等下

巴珊尼　最可尊敬的先生,我和我朋友,
　　　　今天全靠您的智慧解救了
　　　　我们的急难,作为我们的敬意,
　　　　这三千两银子,本应该还给犹太人,
　　　　现在特诚送给您,补报您的辛苦。

---

① 再给你添上十个,按天主教教规,接受洗礼时,受洗者应有教父、教母各一人在场。当时法庭审判,由12人组成陪审团。

② 表示谢意,"酬劳"的委婉的说法。

安东尼　而且一生一世忘不了大恩大德,
　　　　永远感激您,我永远供您驱使。
波希霞　心满意足,就是极大的报酬;
　　　　而我,能救你们的急,心里很满意——
　　　　认为自个儿已得到了极大的报酬;
　　　　此外的好处,我就从没指望过。
　　　　(从他们面前走过,鞠躬)
　　　　但愿咱们下次见面,两位还认得我。
　　　　祝你们二位好,我就此告辞了。
巴珊尼　(赶上去)好先生,我无论如何也得再求求您:
　　　　随便从我们这儿拿些什么东西去,
　　　　不当作酬谢,只算是留个纪念。
　　　　请您答应我这双重的心愿吧:——
　　　　既不推却,还原谅我这样恳求。
波希霞　你们这样不放松人,也只好依你们了。
　　　　(向安东尼)把您的手套送我吧,将来常戴着
　　　　也好留个纪念。
　　　　(向巴珊尼)难得您一片诚心,
　　　　我就拿您这个戒指吧——您别把手缩回去哪,
　　　　我不问您讨第二样;您既然好心好意,
　　　　想来不会不答应我这一样。
巴珊尼　这个戒指?好先生——唉!那是不值钱的
　　　　玩意儿,怎么好意思拿来送给您?
波希霞　我什么都不要,光要这一个;现在,
　　　　我更加觉得想要这个戒指了。
巴珊尼　并非我不舍得,只因为有别的缘故——

	让我想法征求威尼斯的最名贵的
	戒指送给您吧——这一个,请您原谅……
波希霞	我明白了,大爷,原来您只是口头上
	说得漂亮。您先教我伸手乞讨,
	然后再教我怎样把叫花回报。
巴珊尼	好先生,这戒指是我的太太给我的;
	她替我套上这戒指,要我发下誓:
	永远也不把它卖掉、丢掉、送掉。
波希霞	这推托倒也方便,让人家好省却
	多少礼!只要尊夫人不是个疯婆婆,
	她知道了我无论如何总还受得起
	这样一份礼,就决不会因为您把
	这个戒指送给了我,而跟您闹得个
	没完没结。好吧,祝你们平安无事!
	〔波希霞,奈莉莎下
安东尼	巴珊尼大爷,让他把这戒指拿去吧。
	他的这番功劳,和你我的交情,
	就算是重于你的夫人的命令。
巴珊尼	(捋下戒指)葛莱兴,你去吧,快快追上他们;
	把这个戒指送给他;最好能把他
	请到安东尼家里去。去!赶快!
	〔葛莱兴下
	来,我陪着你一同到你家里去;
	明天一清早,咱们就赶往贝尔蒙。
	来吧,安东尼。
	〔同下

第二景　威尼斯；街道

〔波希霞，奈莉莎上

波希霞　去打听犹太人住在什么地方，
　　　　把这张文契交给他，要他签个字。
　　　　我们俩今夜就走，比我们的丈夫
　　　　早一天赶到家中。让罗伦佐看到了
　　　　这份文契，他该不知怎样欢迎呢。
　　　　〔葛莱兴急上
葛莱兴　好先生，我好不容易追上了你们。
　　　　巴珊尼大爷，他又仔细想了一想，
　　　　决定派我来把这个戒指送给您，
　　　　还要请您赏光去吃一顿饭。
波希霞　嗯，那恐怕不可能了。他的戒指，
　　　　我十分领情地受了，请您代我
　　　　谢谢他。还有件事儿得拜托您：
　　　　给我这个小伙计领一领路，带他到
　　　　夏洛克老头儿家里去。
葛莱兴　可以可以。
奈莉莎　大爷，还有句话没跟您说——
　　　　(走向波希霞，悄声)我可要试我的丈夫一试，看能不能
　　　　　把他的戒指拿过来；我叫他起过誓，
　　　　　永远也别脱手。
波希霞　(悄声)一定能够，我保证。

223

　　　　到时候,我们会听见口口声声的
　　　　赌咒:他们是把戒指送给了男人;
　　　　可是我们要叫他们下不了台,
　　　　他们赌咒,我们把咒赌得更凶。
　　　　(高声地)去吧!赶紧些。你知道我在哪儿等着你。
奈莉莎　来,大哥,您领我到他家去好吗?
　　　〔分头下

第 五 幕

第一景　贝尔蒙；林苑

〔罗伦佐挽吉茜卡上

罗伦佐　好皎洁的月色！正是这么个夜晚,
　　　　阵阵香风轻轻地摩弄着树叶,
　　　　没一些儿声息——正是这么个夜晚,
　　　　特洛勒斯登上了特洛伊的城墙,
　　　　遥望着克蕾雪达所寄身的希腊军营,
　　　　发出心底的悲叹。①

---

① 特洛勒斯,小亚细亚特洛伊城的王子,爱希腊少女克蕾雪达;当时特洛伊正跟希腊交战,由于双方遣返战俘的安排,克蕾雪达给遣送希腊军营;她忘了先前的山盟海誓,又另爱上了希腊将领。

吉茜卡　　正是这么个夜晚,
　　　　　瑟丝贝提心又吊胆,踩着露珠儿,①
　　　　　去到郊外幽会,冷不防瞥见了
　　　　　一头狮子的影儿,还来不及看第二眼,
　　　　　就吓坏了,只顾逃。

罗伦佐　　正是这么个夜晚,
　　　　　黛多女王,手拿着一枝杨柳条儿,②
　　　　　站在海堤上,向一片汪洋招手,
　　　　　一声声呼喊,叫她负心的情郎
　　　　　回到迦太基来。

吉茜卡　　正是这么个夜晚,
　　　　　美玳亚在采集仙草,让她年老的公公恢复那青春。③

罗伦佐　　正是这么个夜晚,
　　　　　吉茜卡,从有钱的犹太人家里逃出来,
　　　　　跟一个没出息的情郎从威尼斯一逃
　　　　　逃到了贝尔蒙。

吉茜卡　　正是这么个夜晚,
　　　　　年轻的罗伦佐,口口声声说是真爱她,
　　　　　山盟海誓,骗去了她的心;可是,
　　　　　没一句话,是真的。

罗伦佐　　正是这么个夜晚,
　　　　　可爱的吉茜卡,倒像一个小泼妇,

---

① 瑟丝贝,古代巴比伦少女。
② 黛多,古代迦太基女王。
③ 美玳亚,希腊英雄耶松的妻子,曾在月光下披发赤足,为阿公伊松采集恢复青春的仙草,炼制成液,灌注在他的血液里。见《变形记》第7卷。

	骂起她情哥来了,亏得那男的饶了她。
吉茜卡	任凭你有多少个今夜长、今夜短,
	我准可以打倒你,要是没有人来——
	可是听!这不是一阵脚步声?
	〔一使者上
罗伦佐	谁跑得这么快呀——在这静悄悄的晚上?
使　者	一个朋友。
罗伦佐	朋友?什么朋友?您尊姓,朋友?
使　者	我叫史蒂番诺,特地来报个信,
	我家女主人在天亮之前,就要
	来到贝尔蒙啦。她总是走走又停停,
	跪在十字架前,祈求婚姻美满。①
罗伦佐	谁跟她一起来?
使　者	没有什么人,
	就只是一个修道士和她的侍女。
	请问您,我家主人回来了没有?
罗伦佐	没有,我们还没听到他的消息呢。
	可是,吉茜卡,我们不如进去吧,
	让我们按照礼节,准备欢迎
	这宅子的女主人。
	〔朗西洛上
朗西洛	索拉,索拉!哦,哈,——呵!索拉,索拉!②

---

① 意大利的大道旁,往往立有十字架和神龛,用以纪念圣徒或英雄的事迹。

② 索拉,索拉!——郎西洛在这里模仿号角的声音。信差赶到时吹起号角。

罗伦佐　谁在那儿嚷？
朗西洛　索拉！看见罗伦佐大爷吗？罗伦佐大爷！索拉，索拉！
罗伦佐　别嚷啦，伙计！在这儿哪。
朗西洛　索拉！在哪儿？在哪儿？
罗伦佐　在这儿。
朗西洛　告诉他，我家主人派了一个信差，带来了满满一大堆好消息。我家主人在天亮之前就要来到啦。

〔下

罗伦佐　亲爱的，让我们进去，守他们回来吧。
　　　　不过有什么要紧，何必进去呢？
　　　　史蒂番诺，我的朋友，劳驾你，
　　　　去通知一家大小，女主人就要到啦；
　　　　把乐队带到户外来，准备欢迎吧！

〔使者下

　　　　看月光倾泻在花坛上，多幽静啊！
　　　　我们就在这儿坐下吧，让阵阵音乐
　　　　柔柔地送进我们的耳管。这恬静，
　　　　这幽夜，正好衬托那美妙的声浪。
　　　　坐下吧，吉茜卡。你瞧，那高高的天穹上，
　　　　嵌满了多少金光灿烂的宝石。
　　　　你所望见的每一颗微小的天体，
　　　　在运转的当儿，都发出天使般的歌声，
　　　　永远应和着那明眸的天婴的妙唱。
　　　　这和声，原来就存在于人的灵魂里；
　　　　可是，封上了这一重泥壳，我们，

心窍就给塞没,再也不能听闻。

〔众乐师上

来啊！奏起赞美歌来叫黛安娜别睡吧。①

把最美妙的旋律送进女主人的耳管。

让飘飘的音乐招引着她回家来吧。

〔开始奏乐

吉茜卡　听着那动人的音乐,我总感到一阵惆怅。

罗伦佐　这是因为你有颗敏感的灵魂。

你只要看一群横冲直撞的畜生,

或是那还没上鞍、未曾驯服的小驹,

它们欢蹦乱跳,高声嘶叫,只顾逗着

那一股猛烈的性子;可是,这当儿

让它们听见了一声喇叭响,或是

让一段音乐钻进了它们的耳朵,

你看哪:它们的脚步,一齐停住啦,

那狂野的眼光,变成柔和的注视啦——

中了音乐的魔力！所以诗人传说,

奥菲斯用音乐感动木石、平息风浪,②

正因为世上不论什么东西

任凭它怎样迟钝、顽固、狂暴:

听了音乐,没有不跟着转移本性。

---

① 黛安娜,希腊罗马神话中的月亮女神。
② 奥菲斯,希腊神话里著名的音乐家。父亲阿普罗给了他一张弦琴,母亲缪司女神教他弹琴。他那美妙的琴声不但感动禽兽,而且奥林匹克山(他的生长地)上的树木与岩石都为他所感动。"诗人传说"可能指奥维德而言,他把奥菲斯的故事记载在《变形记》第10、11卷里。

一个人,要是他内心没有音乐,
听了美妙的和声,也无动于衷;
那么他,就是为非作歹的料子,
他的灵魂像黑夜一样昏沉,
他的心胸:地狱一般幽暗。
这种人,可不能信任。听这音乐哪!
〔波希霞,奈莉莎自远处上

波希霞　我们望见的灯光是从我家透出来的。
　　　　小小一支蜡烛,却把光明送得多远啊!
　　　　一件好事,也这样,在这黑暗的世界上。
奈莉莎　一有了月光,我们就望不见那烛光。
波希霞　大的掩盖小的,人间的光荣正这样:
　　　　一个摄政,本来也像皇帝一样荣耀,
　　　　等来到皇上面前,他那份煊赫,
　　　　就像影儿般不见了——好比一江流水
　　　　消失在大海里一样。音乐!你听!
　　　　〔传来音乐声
奈莉莎　小姐,这是我们家里的音乐呢。①
波希霞　没有衬托,哪儿就见出好处来;
　　　　这音乐,我觉得就比白天好听得多。
奈莉莎　是幽静给音乐增添了优美,小姐。
波希霞　谁都不许有陪衬,那乌鸦的啼叫
　　　　也就跟百灵的歌声一样好听。
　　　　夜莺要是在白天献她的歌喉,

———

① 在伊丽莎白时代,贵族家里常供养私人的乐队。

　　　　那么,夹杂在鹅鸭的一片嘈杂里,
　　　　人家还道她唱得并不比桃雀高明。
　　　　多少事物,多亏得跟时机合拍,
　　　　才达到尽善尽美,博得了赞赏!
　　　　(向乐师们)
　　　　喂,静下来吧!月亮姐姐跟她的情郎①
　　　　正一块儿睡着,不愿被吵醒呢。
　　　　(音乐停止)
罗伦佐　要是我没听错,这准是波希霞的声音。
波希霞　(向奈莉莎)
　　　　他听出我来,就像瞎子听出了杜鹃——
　　　　凭那条破嗓子。
罗伦佐　好夫人,欢迎您回来!
波希霞　我们一直在为我们的丈夫祈祷,
　　　　但愿他们在外边,如意平安。
　　　　他们回来了吗?
罗伦佐　夫人,还没回来呢;
　　　　可是方才已经有人来报过信,
　　　　说他们就要到达了。
波希霞　进去吧,奈莉莎。
　　　　招呼仆人们别提我们出过门;
　　　　还有您,罗伦佐,您吉茜卡,都别提。
　　　　〔传来一阵喇叭声

---

① 希腊罗马神话,月神黛安娜爱上牧羊青年恩第明,每晚经过拉特摩山时,和她睡熟的情人见面一次。

罗伦佐　巴珊尼来啦,我听见他的喇叭声。①
　　　　我们决不多嘴,夫人,您放心好啦。
波希霞　这样亮光光的晚上,我觉得,就像是
　　　　一个昏沉沉的白天;不过稍微暗淡点儿。
　　　　太阳不露面的白天,也不过是这样。
　　　　〔巴珊尼,安东尼,葛莱兴上。侍从等随上
巴珊尼　只消有你的形体显映在黑夜里,
　　　　我们就跟那地球对面的人,一同
　　　　承受着阳光。
波希霞　让我发出光亮,
　　　　可别像亮光一样没有分量。
　　　　轻浮的妻子可是个沉重的包袱,
　　　　压在她丈夫的心头上;而我可不愿
　　　　我的巴珊尼为了我而这样。可是,
　　　　万能的天主!欢迎您回家来,大爷!
巴珊尼　谢谢,夫人。请你向我的朋友
　　　　表示欢迎。就是这一位:安东尼,
　　　　我受过他的恩惠可没有穷尽。
波希霞　您的确是受惠无穷,可是我听说
　　　　人家为了您的缘故,受累无穷哪。
安东尼　没什么,好在已经逢凶化吉了。
波希霞　大爷,我们非常欢迎您光临;
　　　　可是欢迎并不就是嘴上热闹,

---

①　我听见他的喇叭声,欧洲封建贵族讲究排场,常由一班随从吹奏喇叭,宣告自己的出行、到达等等;喇叭调子,各个贵族间不尽相同。

所以一切客套话我都免除啦。

葛莱兴 （向奈莉莎）

我拿天上的月亮赌咒,你冤枉我啦!
说正经话,我送给了法官的书记。
小亲亲,你为这回事多生出一条心,
我啊,但愿那拿的人少了个鸡巴。

波希霞 吵架了,嘿,已经! 为什么来着呀?

葛莱兴 为了一个金圈圈儿,不值钱的东西——
她给我的一个戒指,上面刻了字——
其实天底下的刀匠都会在刀子上
刻那么几个字——什么"相亲相爱不分离"。①

奈莉莎 你管它什么字不字,值钱不值钱!
当初我给你的时候,你是怎样
向我起誓的? ——你要永远戴着它,
临到死,还要把它带进坟墓里;
那么不为我,为你自个儿罚下的重咒,
也该把它看重几分,好好儿保存着呀。
送给了法官的书记! 不,天主是我的法官,
你这个"书记",脸蛋上永远长不出毛!

葛莱兴 他会长毛的! 等他成丁了,你瞧着吧。

奈莉莎 哼,等一个女人长成了壮丁?

葛莱兴 瞧,我拿这只手来向你赌咒,
这戒指确实是送给了一个小伙子——

---

① 当时戒指上刻字的风气盛行,铭句、韵文都有,刻在戒指内侧。刀子上镂刻短小的铭文,也是当时一种风气;参阅《亨利四世(下)》第二幕第四景,皮斯托的刀子上刻有两行铭文。

　　　　　简直还是个小把戏,这一位书记——
　　　　　矮矮的——不比你高;小家伙真会说话,
　　　　　一定要向我讨这个戒指做报酬。
　　　　　我,情面难却——就只好依他啦。
波希霞　　那就是你的不对——我实话实说;
　　　　　怎么能把你太太的第一件礼物
　　　　　随随便便给了人？你戴上那戒指,
　　　　　立下了誓;只要你真心诚意,
　　　　　那么套在你指上就等于钉在你肉里。
　　　　　我也送给我那亲爱的一个戒指,
　　　　　我叫他发誓永不跟它分手;
　　　　　他现在就在这儿。我敢代他发誓,
　　　　　哪怕拿天下的金银来跟他交换,
　　　　　他也不会把它送掉,不肯把它
　　　　　从手指上捋下来。我说,真的,葛莱兴,
　　　　　你呀,你太对不起你的妻子了,
　　　　　要是换了我,嗳,早把我气昏啦。
巴珊尼　　(暗中发急)哎呀,我恨不得把我的左手砍了,
　　　　　好发誓,只为了保护那个戒指,
　　　　　我连自己的手都拼着不要!
葛莱兴　　咱家大爷的戒指早让法官要去啦!
　　　　　说真的,他拿去那戒指也不算过分。
　　　　　随后那个小家伙,他的书记,
　　　　　因为写了几行字,也来问我讨啦;
　　　　　他们俩,一个大爷,一个二爷,
　　　　　什么都不要,就偏要这两个戒指。

波希霞　我的爷,您把什么戒指送了人啦?
　　　　我想不会是我给您的那一个吧。
巴珊尼　要是我不怕拿谎话来加重我的罪过,
　　　　那我一定会抵赖的;可是,你瞧,
　　　　(从背后伸出他的手)我这手指上的戒指没有
　　　　了——完啦。
波希霞　你这假情假义的心就这样虚伪!
　　　　天哪,您要是拿不出我的戒指来,
　　　　我永远不上您的床!(背转身去)
奈莉莎　(向葛莱兴)我也不上您的床,
　　　　除非给我拿出戒指来!
巴珊尼　好波希霞,
　　　　要是您知道了:给谁的,这一个戒指;
　　　　要是您知道了:为谁,我给了这戒指;
　　　　要是您想到了:为的什么,才送这戒指;
　　　　而我又多么舍不得捋下这戒指;
　　　　人家偏什么都不要,单要这戒指;——
　　　　您就不会生那么大气,为着这戒指!
波希霞　要是您认识了它的价值:这个戒指;
　　　　或是多少体味到:怎样一片情意
　　　　送您这个戒指;只要您想得到
　　　　这本是您的荣誉:保存这戒指;
　　　　那您就不会轻易送掉这戒指!
　　　　天下哪儿去找这样不讲理的汉子,
　　　　假使费您一点儿心,花您点儿力气,
　　　　向他稍为表明几句,不能送这戒指,

	他还是老着面皮讨人家的纪念品？
	奈莉莎的话,我相信;我豁出我的命——
	要不是给哪一个女人弄了去,这戒指!
巴珊尼	不,凭我的名誉,我赌咒,太太,
	凭我的灵魂:并没有给女人弄了去——
	只是一位法学博士;我把三千两银子
	送给他,他不要,偏要讨那个戒指——
	我答应不下,只好看他气呼呼地走了——
	可是人家救了我好朋友的性命呀,
	叫我怎么办？好太太,你也说说看。
	我没法好想,只好叫人追上去
	把戒指送给他。我真是又窘又惭愧;
	我可不能让自己的名誉背上了
	忘恩负义的罪名。原谅我,好太太。
	凭着那许多黑夜的明灯起誓,①
	要是你也在场,我想你一定会
	向我讨了戒指去送给那可敬的博士。
波希霞	别叫那博士打我的门口经过;
	既然我心爱的首饰都让他拿去了——
	还是你向我赌咒永不离开的东西,
	那我也乐得看你的样,放大方些,
	凡是我有的东西他都可以问我要。
	要我的身子,行;要睡我的床,行。
	总有一天,我会跟他有来往——

---

① 黑夜的明灯,指天上的星星。

　　　　那可毫没疑问。你一夜也别离开家；
　　　　像百眼怪人那样看守着我吧。①
　　　　要是你放松了一夜,丢下我一个人,
　　　　那么凭着我还没失去的贞操起誓,
　　　　我会叫那个博士来陪我睡觉。

奈莉莎　(向葛莱兴)我呢,当然是他那个书记来陪我了。
　　　　所以留些神,别把我交给我自个儿看管。

葛莱兴　好,随你的便;可别让我捉住他,
　　　　免得他那支笔,连字都写不成!

安东尼　(很窘)这一番口角都为了我这个害人精。

波希霞　大爷,没您的事。您来,我们是很欢迎的。

巴珊尼　波希霞,饶恕我这一次万不得已的过错;
　　　　当着这许多朋友,我向你发誓,
　　　　凭着你的这一双美妙的眼睛,
　　　　在那里面我望见了自己——

波希霞　你们听听!
　　　　他说他在我这一双眼睛里望见了
　　　　两个自己——一只眼睛里有一个。
　　　　既然你怀着两条心,你发的誓,
　　　　再动听也没人相信!

巴珊尼　不,听我说——
　　　　饶了我这一次,从今以后,我起誓,
　　　　再不敢违反我对你立下的盟誓。

〰〰〰〰〰〰〰

① 希腊神话,百眼怪人奉天后之命,日夜守卫一头系在橄榄树下的白母牛,虽然在睡觉时,也睁着五十对眼睛。

安东尼　我曾经为他的幸福,把自己的身子
　　　　向别人抵押;要没有那问您丈夫
　　　　讨戒指的人,我这保人早就不保了;
　　　　我不怕再立一张字据,这一回,
　　　　拿我的灵魂做担保:您的丈夫
　　　　决不会再发了誓,又故意失信啦。

波希霞　那么就请您做保人——
　　　　(拿出一个戒指)把这个交给他。
　　　　叫他这一回可要比上回看得牢些儿。

安东尼　拿着,巴珊尼;发个誓,永远戴着它。

巴珊尼　我的天,这就是我送给博士的那一个!

波希霞　我是从他手里拿来的。别见怪,巴珊尼,
　　　　那博士凭这个戒指,已跟我睡过觉啦。

奈莉莎　也得请你包涵些,我的好葛莱兴,
　　　　那个矮矮的小家伙——博士的书记,
　　　　昨儿晚上,就借这个做口实,
　　　　已经跟我睡过觉啦。

葛莱兴　哎哟,这倒像是大热天修筑马路,
　　　　多此一举:这段路本来很通畅哪!①
　　　　怎么! 我们还没有做丈夫,倒先做起
　　　　王八来了吗?

波希霞　别把话说得那么难听!
　　　　你们都弄糊涂了。这儿有封信,

~~~~~~~~~~~~~~~~~~

① 葛莱兴向巴珊尼暗示,他们的妻子早已不顾体面了,他们又何必为自己的面子操心呢。(勃朗)

拿去慢慢地念吧。这是从裴拉里奥——
从帕度亚寄来的,读了信,你们就知道
原来那位博士就是波希霞,
她手下的书记就是这位奈莉莎。
罗伦佐可以当场向你们证明,
我紧跟在你们后面,立刻就动身,
现在才回来,还不曾进得家门。
安东尼,我们欢迎您,我还给您
带来了一个意想不到的好消息呢。
快拆开这封信吧,它自会向您报告
您的三艘大船,满装着财货,忽然间,
一齐进港来啦。我先不告诉您
这封信怎样碰巧落到了我手里。

安东尼　我话都不会说啦。
巴珊尼　您就是那位博士,我却认不得您?
葛莱兴　您就是要叫我做王八的那个书记?
奈莉莎　对,不过这书记并没有起坏心,
　　　　除非有一天,他脸上长了毛。
巴珊尼　亲爱的博士,您今晚就陪我睡觉吧;
　　　　我不在家,就请您陪我的太太睡吧。
安东尼　好夫人,您救了我的命,又养活我这人。
　　　　这信上写得明明白白,我的船,
　　　　已经平安进港了。
波希霞　怎么啦,罗伦佐!
　　　　我的书记也给您带来好东西啦。
奈莉莎　可不,而且手续费也不收他的。

|||看,我这儿给您和吉茜卡一张
|||产业授赠状,富有的犹太人的笔据;
|||等他一死,他的财产全归你们啦。
|罗伦佐||两位好夫人,你们就像是天使
|||救济饥饿的人们。
|波希霞||天都快亮了,
|||可是我知道你们对这许多事情,
|||还没听个满足。我们且进宅子去吧,
|||有不明白的,你们尽可以细细地问,
|||我们就一五一十把话来回答。
|葛莱兴||那也好。第一个要请我的奈莉莎
|||宣誓答复的问题是:

　　眼看差四个钟头天就要亮,
　　等明晚,还是趁今夜,就进洞房?
　　天亮我不喜欢,天黑我最希望——
　　好早点跟博士的书记一张床。
　　天不怕,地不怕,怕就怕这一桩:
　　丢了奈莉莎的戒指,这罪怎么当?

〔同下

捕风捉影

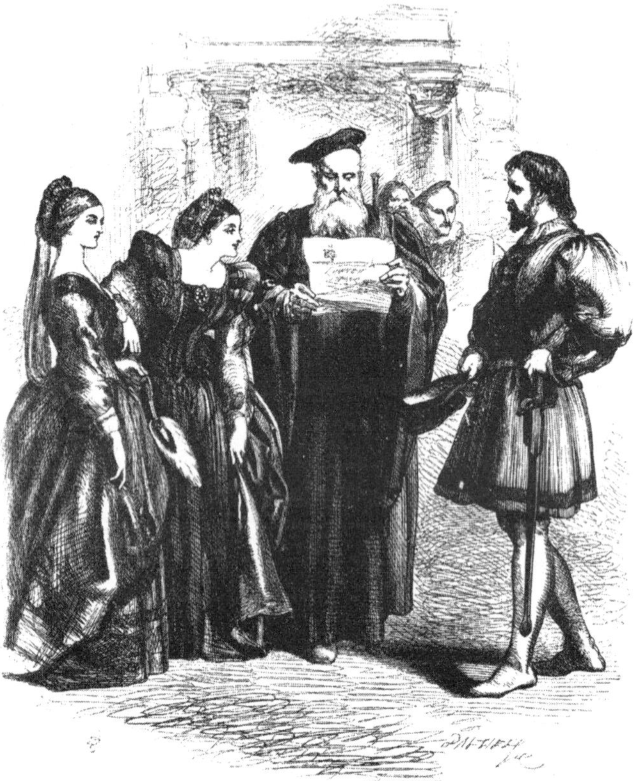

剧中人物

廖那托——梅西那总督

安东尼——他的兄弟

喜　萝——他的女儿

白特丽丝——他的侄女

玛格丽 }
欧秀拉 } ——喜萝的侍女

唐·彼得罗——阿拉贡亲王

班尼迪 }
克劳第 } ——青年贵族，他的亲信

巴塔舍——他的侍从

唐·约翰——他的庶弟

卜拉丘 }
亢拉得 } ——唐·约翰的随从

杜勃雷——警官

孚其司——警佐

法兰西斯神父

教堂司事

使者、巡丁、小童、侍从等

场 景

梅西那

第 一 幕

第一景　宅子前

〔梅西那总督廖那托,女儿喜萝,侄女白特丽丝上。一使者随上

廖那托　这封信上说,阿拉贡亲王唐·彼得罗今儿晚上就可以来到梅西那了。

使　者　这时候他也快到啦。我从他那儿赶来的当儿,他也不过还差这么二十来里路。

廖那托　你们此番出兵,损失多少将领?

使　者　那地位高的一个没有,有名气的并无一人。

廖那托　旗开得胜,又是全师而归,那真是双料儿的胜利了!这信上还提起一位佛罗伦斯的青年,名字叫克劳第的,看来唐·彼得罗对他倒是十分器重。

使　者　确实对他十分重用;凭他那个人才,也当真受之无愧。年纪很轻,可是所作所为,哪一个年轻小伙子能及得到?看模样儿,羔羊儿一只;上到战场,可活活是一头狮子。他那些好处真叫您想都想不到,只怪我这舌头太不济事,想说也说不尽这许多!

廖那托　他有一位伯父在这儿梅西那,要是让他听了这些话,他该大大高兴啦。

使　者　他的伯父那儿我早已送了信去,看他真是好不欢喜,到后来,欢喜得不好意思起来,反而一阵子心酸——

廖那托　掉下眼泪来了?

使　者　一连串的眼泪哪。

廖那托　真是天性的天然流露。最没有虚伪的就是那让眼泪洗过的脸儿。欢喜得哭起来,比了别人哭,你笑,那可不知要好多少呢!

白特丽丝　请问,那位"摆架势"①大爷从战场上回来了没有?

使　者　(一怔)小姐,这个名字儿倒没有听说过——军爷中没有这么一个人吧。

廖那托　侄女,你打听的是哪一个?

喜　萝　姐姐指的是帕度亚②的班尼迪大爷呀。

使　者　啊,他也一起来啦,还是老样子,嘻嘻哈哈的。

白特丽丝　从前他在这儿梅西那,公开宣布,要和小爱神较量较量,说是那小爱神丘比特见了他就望风而逃,吓得连箭都不敢放了。③ 我家叔父的小丑听得了他说这些大话,还拿着钝头箭④替小爱神打过抱不平呢。——请问,他这次打仗,杀了多少人,吃掉了多少人?可是我只问:他杀了多少人?因为,可不,我早就答应过,他杀死多少人,

---

① "摆架势",原文"Mountanto",剑术用语,指以剑"往上一刺"。
② 帕度亚,意大利北部城市,以大学著称。
③ 意谓他这个女性憎恨者,心房不会被爱情的利箭所袭击。
④ 钝头箭用以射鸟,不致损毁鸟儿的羽毛。王公贵族家中所供养的小丑,允许以钝头箭作耍。

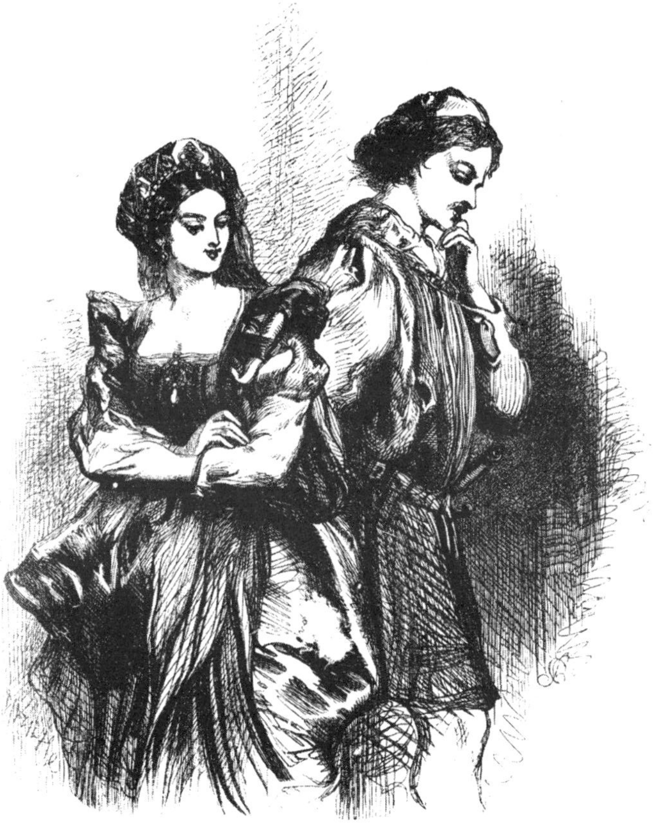

全都由我吃下去,我包办。

廖那托　说真话,侄女儿,你把班尼迪大爷也挖苦得太过分了;他可是要来找你算账的呢,这还用说的。

使　者　这一次打仗,他也立了大功呢。

白特丽丝　那大概是你们那些发霉的军粮全靠他帮忙吞下去的吧。他是第一号大饭桶,吃饭的本领可真了不起哪。

使　者　他可也是个了不起的军人呀,小姐。

白特丽丝　在小姐面前,他倒是个了不起的军人;可是碰见了老爷呢?

使　者　在爷儿们面前还是位大爷,男子汉中间,依然是个男子汉——各种美德他应有尽有。

白特丽丝　说得对,应有尽有——他还有那一肚子稻草哪;稻草之外,还有——唉,别提了吧,反正咱们都是要吃饭的人。

廖那托　军爷,①您可千万别把舍侄女的话当真。她跟班尼迪大爷两个是说笑惯了的;他们俩除非不碰头,碰在一起,总是少不得唇枪舌剑、一句顶一句地斗了起来。

白特丽丝　唉,可惜他从来也占不到什么便宜! 上次我和他较量了一下,就杀得他走投无路,三魂六魄险些儿全出了窍;要是他现在还剩下那么一点儿灵性,还懂得照料自个儿不受冻寒,那就叫他好好地把那点儿灵性守住了吧——他的一家一当都在这里了;这么着,总算他跟他的马儿还有个区别,让人家也好把他当作是个有理性的动物。眼前他又跟哪一个混在一起? 听说他每隔一个月要

---

① 喜尔在这句前加说明,"发觉使者有些动气了。"

换一个把兄弟呢。①

使　者　有这等样的事儿？

白特丽丝　有的,太便当啦。他交朋友,也就像他戴帽子,说换就换,永远跟着时髦走。

使　者　小姐,我明白过来啦,原来这位大爷还没能把名字写上您的诸亲好友的芳名录呢。

白特丽丝　对啦,否则我可得把我的书房都一起烧啦。可是请问您,如今是哪一个跟他混在一起？总有那种轻狂的小伙子愿意跟他一起鬼混的吧？

使　者　他总是跟那位尊贵高尚的克劳第在一块儿。

白特丽丝　老天哪,他准会像瘟病一样把人家缠住了。他比流行病更容易染上,一染上了,人就马上疯狂起来。上帝保佑尊贵的克劳第吧！比不得伤风感冒,要是他"感染"上了班尼迪,不破费他一千个金镑只怕他这病还好不了呢。

使　者　小姐,我但愿能够跟您交上朋友。

白特丽丝　欢迎,好朋友。

廖那托　侄女儿,你是怎么也不会发疯发狂的了。

白特丽丝　不,除非是冬天里也会有人中暑。

使　者　瞧,唐·彼得罗来到啦。

〔唐·彼得罗亲王率庶弟唐·约翰,贵族青年克劳第,班尼迪上。侍从巴塔舍等随上

彼得罗　好廖那托大人,您这是迎接"麻烦"来啦。这年头,

---

① 中世纪骑士常有结拜兄弟(sworn brother)的风气,彼此盟誓,有福共享、有难同当。

大家碰见亏本的事儿,躲避都来不及,怎么偏是您上前来招揽!

廖那托　可难得看见像殿下这样高贵的"麻烦"光临舍间!一旦"麻烦"去了,留下来一身轻松;可是等到您一走之后,我就只剩下发愁的份儿,仿佛有多少欢乐全叫您带走啦。

彼得罗　您可真是太喜欢让"麻烦"来缠住您了。这位就是令媛吧?

廖那托　正是小女——她的妈不止一次跟我这么说起。

班尼迪　大爷,您可是心里有点儿迷糊,才请教她夫人的?

廖那托　不见得吧,班尼迪大爷;因为那时候您还是个小把戏呢。

彼得罗　班尼迪,这一下你可招架不住了。这么一说,我们不难想到,如今你长大成人,该是个什么角色了。这位小姐明明就是她爸爸的女儿。小姐,您真该高兴,因为您长得真像您高贵的爸爸。

　　　〔和廖那托父女谈天,退后

班尼迪　就算廖那托大爷当真是她的爸爸,她跟她的老子还像得不能再像,她也决不愿意换上他那一副尊容的——哪怕把整个儿梅西那都给了她。

白特丽丝　怎么,班尼迪大爷,您还在那里只管讲下去吗?并没有人理睬您呀。

班尼迪　怎么,我那亲爱的"傲慢小姐"!您还活着吗?

白特丽丝　有班尼迪大爷那样丰盛的酒菜在供养她,"傲慢小姐"还能死得了吗?那天下最有礼貌的人也不由得要傲慢起来——只要一碰见您。

班尼迪　这么说,"礼貌"准是个两面派了。可是,还用说,除了您,不管哪位小姐,个个都看中我;我倒是愿意摸着自个儿的胸膛,发现自个儿不是生来那么一副硬心肠;因为说句老实话,我一个也不爱她们。

白特丽丝　那真是女人家天大的福气!否则她们让一个厚脸皮的求婚者缠住了,那才叫受罪呢。我感谢上帝,还有我那冷冰冰的心肠,在这一点上,我倒是跟您志同道合。我宁可听我的狗向一只乌鸦乱咬,也不要听一个男人在我跟前口口声声发誓他爱我。

班尼迪　上帝保佑您小姐永远抱定这个宗旨吧!这样,这一位或是那一位大爷,本当命中注定要给抓破脸皮,现在可以逃过他的灾难啦。

白特丽丝　要是碰到像您这样一副尊容,抓破了也难看不到哪里去呀。

班尼迪　哎呀,学舌的八哥倒可以拜您做老师啦。

白特丽丝　算我是会说话的鸟儿,比起像您那样的牲口来,总还高出一头吧。

班尼迪　我的马儿要是能比得上您那条舌尖——马不停蹄地说个不停、扯个没完,那就好了。可是您只管说您的吧,老天哪,我到此为止啦。

白特丽丝　眼看斗不过人家了,夹着尾巴就溜了;您那一套本领我早领教过啦。

彼得罗　……那么就这样讲定了,廖那托。克劳第大爷,班尼迪大爷,我的好朋友廖那托留你们一起住下来。我跟他说,我们在这儿至少要打扰一个月呢;他却满腔热情,希望会发生什么情况,好多留我们住几天。我敢起誓,他这些话决非虚邀,完全出自真心诚意。

廖那托　我敢说,您今天起了的誓将来决不会让您反悔。(向唐·约翰)容许我向您表示欢迎,王爷;您已经跟令兄亲王言归于好,那也就是我应该竭诚招待的贵宾。

唐·约翰　谢谢您。我不会说话,可是我谢谢您。

廖那托　殿下,请您领先一步。

彼得罗　让我搀着您的手,廖那托,——我们一起走吧。

〔除班尼迪,克劳第外,众下

克劳第　班尼迪,你有没有看仔细廖那托大爷的女儿?

班尼迪　看是看见的,可是没有把她看在眼里。

克劳第　她不是一位挺文雅的小姐吗?

班尼迪　你还是像一个正人君子那样,要我向你只说正正经经的老实话呢;还是要我照向来的规矩,摆出一副痛恨女性的姿态来发表一通?

克劳第　不,我求你,公公平平地说句话。

班尼迪　好,那么老实说,我看她是太矮了些儿,不能捧得她太高,太黑了些儿,十分光彩的赞美落不到她身上;再说,小不点儿的个儿,又不配太大的恭维。我能给她说的一句好话就只是:她要不是长得像她本人,一定很难看;可是正因为她是本人,不是别人,①我就不喜欢她。

克劳第　你别以为我这是在跟你打哈哈。请你正正经经告诉我,你觉得她好不好?

---

① 喜萝是廖那托的女儿,白特丽丝的堂妹,她们两个叫班尼迪在口头上吃了亏,所以他对喜萝有了偏见。

班尼迪　你是要把她买下来吗,干吗只管问起她呢?

克劳第　全世界的财富能买得到这样一颗珍珠吗?

班尼迪　当然啰,还可以奉送一只安放珍珠的锦匣呢。可是你说这样的话,是心里亮堂堂的呢,还是满口胡言,把盲目的小爱神说成是个猎兔的好手,把打铁的佛尔干①说成是个出色的木匠?说吧,你要别人怎样跟你帮腔?

克劳第　在我的眼睛里,她是我从没见到过的、最可爱的姑娘了。

班尼迪　我现在还可以不戴眼镜看东西,可是我却看不到这一位姑娘好在哪里。她那位堂姐,就是太泼辣了,比凶神还狠,要是讲起漂亮来,正像一个是三月阳春,一个是十二月暮冬,这个要比那个强得多啦。可是我希望你不至于打算做人家的丈夫吧——对吗?

克劳第　只要喜萝愿意嫁给我,即使我发过誓,一辈子不结婚,只怕我也信不过自己了。

班尼迪　事情已经落到这么个地步了?难道世上的男人,就没有一个不是甘愿捧着一顶绿帽子,在那儿提心吊胆?难道我别想看见一个六十岁的童男子了?好吧,没说的,要是你爱自投罗网,那么尽往里钻吧,到礼拜天去唉声叹气怨你的命吧。② 瞧,唐·彼得罗回来找你啦。

〔唐·彼得罗上

彼得罗　你们俩不跟着我们进宅子去,倒在这儿谈些什么秘

---

① 佛尔干,希腊罗马神话中的锻冶神。
② 到礼拜天……怨你的命吧,这句话各家有不同的解释,可能由于礼拜天闲在家里,整日与主妇相对,容易引起腻烦的感触。

密话?

班尼迪　我可不能说出来,除非殿下这样命令我。

彼得罗　好,把你的忠心拿出来吧,我命令你。

班尼迪　听着,克劳第伯爵。为了朋友,像哑巴一样守着秘密,我做得到,也希望你信得过;可是殿下要我把忠心拿出来——听见没有,拿出忠心来!(向唐·彼得罗)他是在闹恋爱了。跟谁闹恋爱呢?这就该殿下自个儿去问他了。他回答你一句话,多么短:"跟喜萝。"——廖那托的矮小的女儿。

克劳第　要是真有这样一回事,那么已经让他说出来了。

班尼迪　这可叫人想起故事里的一句话来啦,殿下——"既非这样,又不是那样;呃,老天在上,万没除了那样还有这样的道理。"①

克劳第　除非一眨巴眼我变了心,老天在上,除了这样,还能怎样呢?

彼得罗　那很好呀,要是果然这样。你爱这位小姐,这位小姐也决不会让你错爱了人。

克劳第　殿下,您说这话是为了试探我吗?

彼得罗　老天在上,这是从我心里说出来的话。

克劳第　那么殿下,我说的也是肺腑之言。

班尼迪　那么凭着我的三心二意、五脏六腑起誓,殿下,我说的话也一样算数。

克劳第　我觉得,我真爱她。

---

① "既非这样……",这是古代故事里一个杀人犯在受审讯时屡次引用的遁词。

彼得罗　我知道,这位好姑娘值得你喜欢。

班尼迪　我可看不出为什么要真爱她,也不明白这位好姑娘有什么好喜欢的;哪怕就是用火烧也烧不掉我这个想法。我宁可为了这个信念死在火刑柱上。①

彼得罗　你可永远是一个顽固不化的异教徒——对美貌抱着敌对的态度。

克劳第　他要不是一味跟人抬杠,他那个角色也就扮不下去了。

班尼迪　有一个女人生下了我,我应该感谢她;把我抚养长大,我也要多多向她道谢。可是要我为了女人的缘故,在额头上长出一对角,或者是无形之中,胸口挂了一样装饰品,②那我只好请小姐太太们多多原谅了。我不愿对任何一个女人瞎猜疑,免得对不起她;所以我宁可对无论哪个女人都信不过,免得对不起自己。把话说完了——我可因之吃不完、穿不完啦——我情愿一辈子做个光棍。

彼得罗　听我说,总有一天,我会眼看你想女人想到面黄肌瘦的。

班尼迪　有了气恼,害了病,挨了饿,也许会叫我脸上失去血色,殿下——可是决不会因为害了相思!要是你们能够证明,有一天我因为"爱情"这玩意儿消耗的血液,连赶

---

① 哪怕……死在火刑柱上,指中世纪天主教会对异教徒的残酷迫害。班尼迪自比为异教徒,宁愿被烧死也不愿违弃自己的坚定信仰——对于喜萝和其他妇女所持的敌对态度。

② 胸口挂了一样装饰品,暗指猎人的号角。"号角"使人联想到长在额头上的那一对不光彩的"角"——妻子有外遇的象征。

紧喝酒都恢复不过来,那就听凭你们用诗人写情歌儿的那支秃笔,挖去我的眼睛,把我代替那瞎眼儿丘比特,挂在窑姐儿的门口当招牌吧。①

彼得罗　好,要是有一天你这个信念垮掉了,那就小心给人终生当做话柄。

班尼迪　要是果然有那么一天,我就听凭你们把我当一头小猫,吊在皮袋子里,给大家做箭靶子,谁把我射中了,就拍一拍他的肩膀,夸他一声"圣手"。

彼得罗　好吧,咱们往后瞧吧:——到头来,那野牛会让人牵着鼻子走。②

班尼迪　野牛也许会,可是我班尼迪是个有理性的人,要是也会让人牵着鼻子走,那么听凭你们把牛犄角拔下来插在我的额头上;还听凭你们把我满脸涂上油彩,再用一块招牌套在我这脖子上,上面写着就像人家写"好马出租"那么斗大的字儿:"快来看娶了老婆的班尼迪!"

克劳第　要是真有那么一天,那一定要气得你把一对牛犄角到处乱撞了。

彼得罗　要是小爱神还不曾把他的箭在威尼斯一起射完,③那你今天这漫天大话可得让你叫苦连天啦。

班尼迪　那时候眼看就得天翻地覆啦。

彼得罗　好吧,让时光来收拾你吧。眼前,好班尼迪大爷,请你到廖那托那儿走一遭,替我向他致意,对他说晚餐的

---

① 当时英国妓院的招牌上常画着蒙着眼睛的小爱神丘比特。
② "到头来……"一句借引自盖特的《西班牙悲剧》(1586),当时这个剧本在英国舞台上演出时极受欢迎。
③ 当时威尼斯被认为是欧洲的一个繁华富丽而风气淫荡的城市。

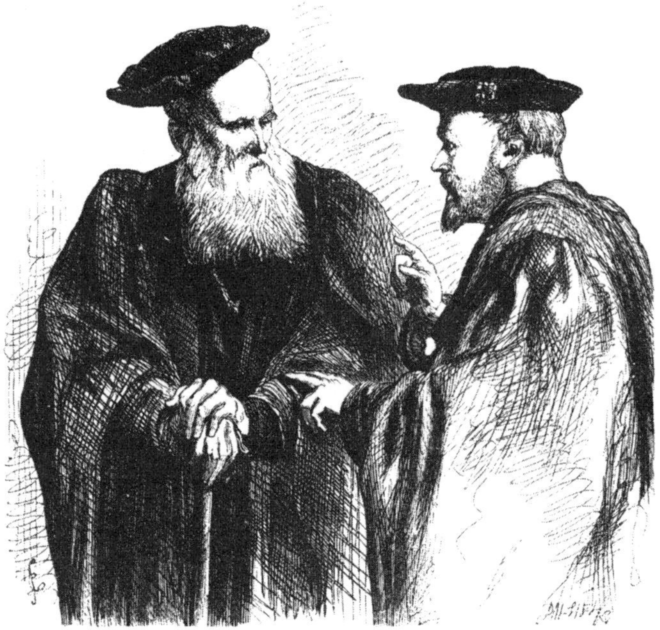

时候我准到——他为了铺排酒席,当真很费了一番工夫呢。

班尼迪 如此说来,办这件差使我倒多少还有些头脑,那我就敬请——

克劳第 "福安!自家中发"——假使我有一个家的话。

彼得罗 "七月六日,①小弟班尼迪顿首。"

班尼迪 得啦,别损人,别损人啦。你们说话老是东拉西扯,牛头不对马嘴!以后你们再要嚼舌头,拾话把儿,先问问自个儿的良心吧。我可要少陪啦。

〔下

克劳第 殿下,现在我可以求您行个好了。

彼得罗 我对你是一片关怀;只要你开口说
希望我给你办好什么事,那么,
不管多么难,我也要为你尽一把力。

克劳第 殿下,请问廖那托有没有儿子?

彼得罗 喜萝是他独养的女儿,唯一的继承人。
你真喜欢她吗,克劳第?

克劳第 啊,殿下,
当初征讨的大军衔命待发之际,
我也曾用一个军人的眼睛望着她,
虽然也动了心,只因为艰危的任务
摆在当前,顾不到那儿女私情;
如今从沙场回来,那冲天的杀气
已经烟消云散,全都化作了——

---

① 7月6日,古代的仲夏日,在这天黄昏,大家狂欢作乐。

　　　　　一缕缕柔情春意,叫我那心里
　　　　　只想着年轻的喜萝多么娇艳,
　　　　　才知道我在出征前,就对她钟情!

彼得罗　瞧,你一下子就变得像个情人,
　　　　　也不怕长篇大论叫人听着腻烦。
　　　　　你爱上了好喜萝,就紧抱住这爱情;
　　　　　我答应给你向她和她爸爸去求婚,
　　　　　包管你娶到你的心上人——你方才
　　　　　三弯九曲的开场白,不就为了这结局?

克劳第　您对于情人真是太好、太体贴了——
　　　　　鉴貌辨色,抓住了情人的心病!
　　　　　要不,我一见钟情有多么突然,
　　　　　不知该怎样把心迹反复表明。

彼得罗　搭桥,只要打通两岸不就够了?
　　　　　最好的帮助就是对症下药;
　　　　　能把问题解决,这就是好;
　　　　　你害了相思,我替你把相思医。
　　　　　听说今晚上,廖那托家里要举行
　　　　　一个假面跳舞会,我就化装一下
　　　　　冒充你的模样,对喜萝说,我是你;
　　　　　向她倾吐一个情人的爱慕:
　　　　　甜蜜的情话,像火一般热烈,
　　　　　她的耳管,迷住了;她的芳心,打动了;
　　　　　然后,我再找她的爸爸,向他开口
　　　　　求亲——结果,她稳稳地属于你了。
　　　　　好,就这样,让我们着手去进行。

〔同下

第二景　室　内

〔廖那托,他的兄弟安东尼自左右方上,碰见

廖那托　啊,兄弟! 侄儿呢——你的儿子呢? 他把音乐师找齐了没有?

安东尼　他正为这个在那儿忙着呢。可是,大哥,我有一个新鲜的消息,你连做梦也想不到哪。

廖那托　是好消息吗?

安东尼　是好是坏,那还得等将来才能见分晓;可是单看门面儿倒是不坏——论外表倒是挺好的呢。方才亲王跟克劳第两个,在我家花园里,那浓密的树荫下一条小路上,一边儿散步一边儿谈心;倒有好多的话让我的一个当差的听了去——亲王告诉克劳第说,他把我家侄女儿——你的喜萝爱上了,打算在今儿晚上跳舞的当儿向她表白爱情;要是她这方面接受了,他就打铁趁热,抓住时机,立刻到你那儿来开口求婚。

廖那托　向你传这些话的家伙,头脑是不是清楚?

安东尼　是一个很精明的家伙。我可以把他叫来,你自个儿当面问问他。

廖那托　不,不必了;事情还没有透露出个眉目,我们只当听见的是一番梦话。可是我要先去嘱咐一下我的女儿,那么万一真有这么回事儿,她也好拿个主意,该怎样把话回过去。你去跟她说吧。

〔安东尼下

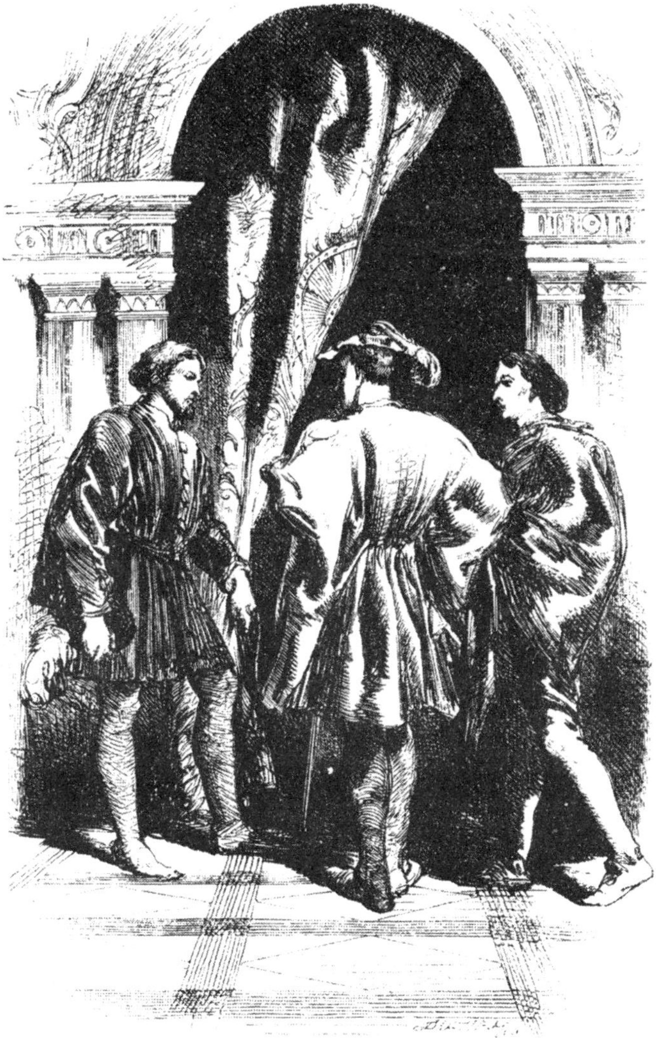

〔安东尼的儿子及乐师上

侄儿,你知道你分内的事儿了吧——(向乐师)啊,对不起,对不起,①朋友,请跟我一块儿走吧,等会儿少不得还要借重你的本领哪。好侄儿,这当儿大家手忙脚乱的,请你留心照管照管。

〔同下

第三景 室 内

〔唐·约翰及随从亢拉得上

亢拉得　哎呀,我的爷!碰到了什么凶神恶煞,害得您这样没完没了地愁!

唐·约翰　唉,说不尽的是那不顺眼、不称心的事儿——叫我哪能愁得完呢。

亢拉得　所以您得看开些呀。

唐·约翰　看开些又怎么样呢,就有什么天大好处到手了吗?

亢拉得　即使不好说药到病除,至少也可以让您咽下这口不平之气。

唐·约翰　我真不懂,像你这样一个自称是"土星照命"的人,②居然也会借道德的教训来医治人家心头的创痛!我没法儿掩饰自己的为人。我愁我的,那是因为我胸中

---

① 廖那托回头才看见了他侄儿找来的音乐师;方才音乐师进来时,没有向他招呼。
② "土星照命"的人,阴沉忧郁的人。欧洲中世纪的星相学,以为人的性格由出生时照临当空的星辰所决定;土星被说成是一颗"阴冷、干枯、满含恶意的行星"。

有了气恼,谁也别想逗引我笑一笑;肚子饿了,我就吃我的,别人有没有工夫我管不着;困了,我就睡我的,哪一个也别想要我去替他当差办事;心里高兴了,就笑我的,可决不赔着笑脸儿去伺候人家的颜色。

亢拉得　话是说得不错,可是这会儿您还是寄人篱下,也不能毫没一点儿顾忌呀。新近您还跟王爷顶撞了一阵子,他开恩收留您,也还没有多少日子,您要不是格外赔些儿小心,那么就是他现在对您怎样宽厚,也还是风里雨里、飘摇不定的。您总得先给自己铺平了路,让自己站稳了脚头,然后才能另作主张。

唐·约翰　我宁可做一朵篱笆上的野蔷薇,也不能做一朵受他栽培的红玫瑰。我宁可狂放任性,让大家唾弃我,也不能假情假意去讨别人的欢心。这么说,我固然算不得是善于逢迎的"真君子",可谁也不能否认,我是一个没有虚假的滥小人。人家用口罩罩住我的嘴,算是对我"信任",用木桩缚住我的脚,算是给我"自由"——不,我决不愿关在笼子里唱歌儿。我有嘴,就要咬人;我还有自由,就要任着我的性子做去。这当儿你还是由着我爱怎样便怎样,趁早别来劝我吧。

亢拉得　您不能借您那股不平之气来干他妈的一番吗?

唐·约翰　我全凭胸中这股怨气在撑着呢,我还有什么不干的。谁来啦?

〔随从卜拉丘上

卜拉丘,有什么新闻吗?

卜拉丘　那边正在大摆酒席呢,我才从那儿来;廖那托把王爷——您的令兄——招待得十分隆重。我还可以告诉您一件事儿:有人打算攀亲结婚哪。

唐·约翰　有什么好趁机下手捣乱的地方没有？是哪一个傻瓜情愿把一个搅家精抬进家门来？

卜拉丘　哈,就是王爷的左右手。

唐·约翰　谁？那个不可一世的克劳第吗？

卜拉丘　正是他。

唐·约翰　好家伙！那个女的呢,那个女的呢？他看中了哪一个？

卜拉丘　哈,看中的是廖那托的女儿和继承人——喜萝。

唐·约翰　倒是一只早熟的小母鸡！你怎么知道的呢？

卜拉丘　他们叫我去用香料把屋子熏一熏,我正在那儿熏一间有霉气的房间的时候,亲王跟克劳第来啦,手牵着手,不知在商量着什么正经大事。我就把身子往挂毯后面一闪,只听得他们讲定了由亲王出面去向喜萝求婚,但等到手了,就把她让给克劳第伯爵。

唐·约翰　来,来,咱们上那边去——出一口气的机会也许来到啦。我跌倒下去,倒挑那个小子出足了风头。只要让这小子汗毛孔里有一丝儿不好受,我就觉得浑身都舒坦了。你们俩都靠得住、都肯帮我忙吗？

亢拉得　哪怕死,也要替爵爷出力。

唐·约翰　咱们也到宴会上去吧。他们看见我低头服小,更可以开怀畅饮了。要是那厨子的心思跟我一个样,那有多好！咱们先去瞧瞧,决定个下手的办法,好不好？

卜拉丘　咱们听候爵爷的吩咐。

〔同下

第 二 幕

第一景 大 厅

〔廖那托,安东尼,喜萝,白特丽丝上,玛格丽,欧秀拉及众人随上

廖那托　约翰伯爵没有出席晚宴吗?

安东尼　我没有看见他。

白特丽丝　瞧那位大爷的那副脸色,就像欠他多还他少似的!只要一看见他,我心里头就有一个时辰不是味儿。

喜　萝　他的性情也太忧郁了。

白特丽丝　要是能有那么一个人:一半儿像他,一半儿像班尼迪,那倒是不坏呢。这一个像锯了嘴的葫芦,半天没得一句话;另一个呢,活像给咱家奶奶宠坏了的大少爷,只听得他在那儿哇啦哇啦闹个不停。

廖那托　这么说,把班尼迪大爷的那条舌头割半条装在约翰伯爵的嘴里,把约翰伯爵的一肚子心事掏一半挂在班尼迪大爷的脸上——

白特丽丝　叔叔,再加上一双好腿,一对好脚,还要有一个饱满的钱袋:如果有这样一个男人的话,那么,世上的女

人个个都愿意嫁给他了——只要他懂得怎样讨女人的欢心。

廖那托　说正经的,侄女儿,要是你这张嘴老是这样刻薄,我看你一辈子也嫁不出去了。

安东尼　可不是,她这张嘴尖利得过了分。

白特丽丝　尖利过了分就算不得尖利,那么"尖嘴姑娘嫁一个矮脚郎"这句话可落不到我头上来啦。

廖那托　那是说,上帝干脆连一个"矮脚郎"都不送给你啦。

白特丽丝　妙啊,不送给我才是正经! 每天,朝朝暮暮,我都跪着求告上帝呢——我说:主啊! 叫我嫁给一个满脸胡子的丈夫,怎么受得了呢;还不如让我独个儿睡在羊毛毯里来得好!

廖那托　你可以拣一个没有胡子的丈夫呀。

白特丽丝　我要他来干吗?叫他穿了我们女人的衣裳,来做我的贴身丫头吗? 有胡子的再也不是什么青春年少;那嘴边还没长毛的呢,又算不得个男子汉。上了年纪的老头儿,我才不要他呢;而一个不到年纪的小把戏呢,他又不要我。所以,我还是从那看熊①的手里接受六个铜子赏钱,把他的猴子牵到地狱里去吧。②

廖那托　那么说,你是要下地狱了?

白特丽丝　不;谁知我刚走到地狱门口儿,就碰到了看门的魔鬼,他头上出了角,像个老王八似的,拦住了我,嚷道:"快上天堂去,白特丽丝小姐,快上天堂去吧! ——这儿

① 指乡村赶集的日子,牵着熊和猴子的卖艺人。
② 当时的一种迷信观念,以为一世不嫁人的老姑娘,死后要在地狱里牵猴子。

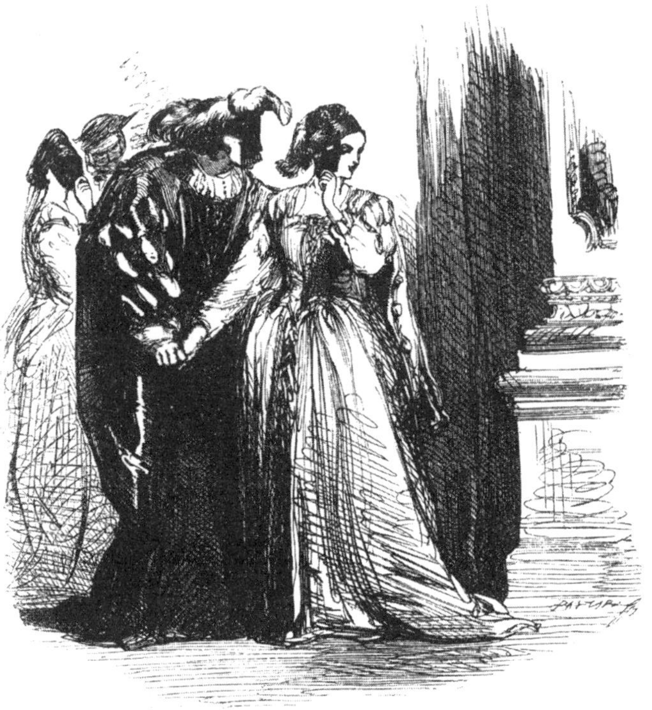

可不是你们姑娘家住的地方!"我只得顺手把猴子交给了他,上天堂去找圣彼得了;①他把我迎进了天堂,指点我童男子住在哪儿,②我们就一起住了下来,日子过得好不快乐逍遥!

安东尼　（向喜萝）侄女儿,我相信你是一定听你爸爸的话的。

白特丽丝　那当然啰,我的妹妹理该懂得这套规矩,先恭而敬之的行个礼,然后开言道:"爸爸,由您做主吧。"不过,妹妹,这也不可一概而论,对方还得是个漂亮的哥儿才行;要不然的话,你还是再行个礼,这样回禀道:"爸爸,这可得由我女儿做主啦!"

廖那托　好吧,侄小姐,但愿有一天我能看见你嫁了丈夫配了对。

白特丽丝　不,除非上帝给我定做一个男人,不拿泥土做材料③才行。一个女人要认一块泥土做她的主人,还要服这块梆硬的泥土的管教,岂不伤心! 不,叔叔,我不要男人;亚当的儿子就是我的兄弟,跟自己的兄弟结婚,不说瞎话,我认为可是一件罪恶呢。

廖那托　女儿,记住我跟你说的话。要是亲王真的来求你,向你提那件事,你知道该怎样把话回过去。

白特丽丝　妹妹,要是对方向你求婚求得不是时候,那毛病就

---

① 相传圣彼得是天堂大门的看守者。参阅《新约·马太福音》第16章第18—19节:"耶稣对他说:'我还告诉你,你是彼得……我要把天国的钥匙给你。'"
② 指点我童男子住在哪儿,参阅《新约·马太福音》第22章第30节:"当复活的时候,人也不娶也不嫁,乃像天上的使者一样。"
③ 拿泥土做材料,参阅《旧约·创世记》第2章第7节:"耶和华上帝用地上的尘土造人。"

出在音乐上——我这是说,如果亲王太性急了,只管缠住你,你就跟他说,什么事儿都有个板眼;你一边儿跟他跳舞,一边儿就借跳舞来回答他。只因为——你听我说,喜萝——求婚,结婚,忏悔,这三部曲就像苏格兰急格舞,慢步舞,五步舞一样。① 开头是求婚,狂热、兴奋,正像苏格兰急格舞一样,而且也真叫人眼花缭乱;到了结婚的时候,庄重、文静,好比跳慢步舞一样循规蹈矩;于是接着"忏悔"来了,拖着一双软乏无力的腿,跳起五步舞来,越跳越快,一直跳到跌进坟墓为止。

廖那托　侄女儿,听你这么说,你倒是很会冷眼旁观呢。

白特丽丝　叔叔,我这双眼睛还明亮——我还能够在白天里看得清一座教堂呢。②

廖那托　参加假面舞会的人到啦,兄弟;咱们让开些吧。

〔安东尼下

〔唐·彼得罗,克劳第,班尼迪,巴塔舍,唐·约翰,卜拉丘,及其他人等各戴面罩上

彼得罗　小姐,您愿意跟您的"朋友"走一圈吗?

喜　萝　要是您能够步子放轻些,眼色放温柔些,嘴巴闭紧些,那我就愿意奉陪——尤其是当我自己想去溜一圈的时候。

彼得罗　那么要不要我奉陪呢?

~~~~~~~~~~~~~~~~~~~~~~~~~~~~~~

① 急格舞,苏格兰地方的一种急速活泼的舞蹈。慢步舞,宫廷中的庄严缓慢的舞步。五步舞,舞名从法文而来,发音略近于英语中的"倒下"(sink apace),故下文有"跌进坟墓"之语。

② 看得清一座教堂呢,意谓看得清教堂是什么东西。白特丽丝很可能联想到妇女被带进教堂去举行结婚仪式,她的一生命运可说就在教堂里决定的。参阅下文"你打算几时上教堂?"意即"你打算几时结婚?"

269

喜　萝　只要我乐意,我倒是会这么说的。

彼得罗　那么什么时候您才乐意这么说呢?

喜　萝　当我看得中您的相貌的时候——上帝保佑,别让里面的"心子"像外面的"套子"一样难看吧!①

彼得罗　我的脸罩像斐利门的茅屋,那里面住的是天神。②

喜　萝　那您的脸罩该是草盖的了。③

彼得罗　讲的是情话,要轻声。

　　　　〔挽喜萝至一旁

卜拉丘　嗳,但愿你真的喜欢我。

玛格丽　可是为您打算,我倒不这样希望,因为我有好多缺点哪。

卜拉丘　倒说一个给我听听。

玛格丽　我总是用大嗓子祷告。

卜拉丘　那我更喜欢你了;大声祷告,让人听见了,也好帮着喊"阿门"。

玛格丽　求上帝给我挑一个好舞伴!

卜拉丘　阿门。

玛格丽　再求求上帝,等跳完了舞,再也别让我瞧见他! 怎么没有下文了呀,管事的?④

～～～～～～～～～～～～～～

① "心子"指脸,"套子"指脸罩而言。唐·彼得罗戴了一个奇形怪状的脸罩。
② 希腊神话,天帝乔装凡人,途经小亚细亚,到处遭受冷淡;唯有一贫苦老农,名叫斐利门,把他请进自己的茅屋,殷勤款待。天帝于是把他的茅屋变成一座辉煌的庙宇。故事载于奥维德《变形记》第8卷内。
③ 您的脸罩该是草盖的了,疑是取笑的话,指唐·彼得罗披在脸罩上的头发而言。
④ 教堂举行礼拜,每当祷告终了,由管事的导引会众呼唤"阿门"。"阿门",拉丁文,意谓心愿如此。

卜拉丘　用不到多说了,管事的已经得到答复啦。

〔他们俩转至一旁

欧秀拉　我早把您认出来啦,您准是安东尼老爷!

安东尼　干脆一句话,我不是。

欧秀拉　一瞧您那摇头晃脑的样子,我就认出是您啦。

安东尼　把实话跟你说了吧,我是在学他的样儿呢。

欧秀拉　除非您正是他本人,您决不能把他那种怪模样学得这么恰到好处。瞧,这一只手,地地道道,正是他那干瘪的手。您一定是他,您一定是他!

安东尼　干脆一句话,我不是。

欧秀拉　得啦,得啦,您一开口说话,就那样富于风趣,难道我还能听不出是您吗？一个人的才德也是遮盖得住的吗？算了吧,别作声了,您正是他。高贵的气派总是要流露出来的,怎么说也没用。

〔他们俩转至一旁

白特丽丝　您不肯告诉我谁跟您说这些话来着？

班尼迪　抱歉,这个有些儿不便。

白特丽丝　那么您也不便告诉我您是谁吗？

班尼迪　暂时还不能说。

白特丽丝　说我目中无人,说我的俏皮话都是从《笑话大全》①那本书上偷来的——哼,这准是班尼迪大爷说的话。

班尼迪　他是谁呀？

白特丽丝　我看您跟他一定很熟悉吧？

---

① 《笑话大会》,1526年英国出版商拉台尔出版的一本笑话书。

班尼迪　不,请您相信,我才不认识他呢。

白特丽丝　他从没有叫您发笑过吗?

班尼迪　请问您,他是怎么样一个人?

白特丽丝　他呀,他是亲王跟前的小丑,一个乏味透了的傻瓜。他唯一的本领就是捏造谣言,可是连小孩儿都骗不了。只有那班二流子才喜欢跟他搅在一起——也并非因为他有什么小聪明,只是为了他惯使刁钻促狭罢了。他一方面叫人好笑,一方面又惹人气恼;所以人家一会儿笑他,一会儿就又非揍他不可了。我想他准是混在这一队男男女女里头,我倒希望他会撞到我手里来!

班尼迪　等我认识了那位大爷,我准把您这些话转告他。

白特丽丝　太好了! 一定得告诉他。顶多让他想出几个恶毒的比喻加到我头上来,出他一口气;碰巧谁也不去理会他,或者谁听了也不发笑,这可叫他马上难过得要死了——不过这样也好,可以省下一只山鸡的翅膀儿,因为那一夜,这个傻瓜准会气得连晚饭都不吃啦。(传来音乐声)我们得跟上那领队的。

班尼迪　万事都该懂点儿规矩才好。

白特丽丝　不,要是带头的先不懂规矩,那么到了下一个转弯,我就把他摔掉了。

〔跳舞。众下。剩唐·约翰,卜拉丘,及克劳第①

唐·约翰　(大声地)还用说,我那大哥爱上了喜萝;他已经

---

① 《新莎士比亚版》的舞台指示比较详细,"音乐高奏。活跃的舞蹈。舞罢,唐·彼得罗招呼廖那托,二人一起出去。餐厅的门打开,喜萝领先,后随对对舞伴,同赴宴席。唐·约翰,卜拉丘,以及克劳第留了下来。"

把她的老子拉了去,要跟他开口谈这回事儿啦。娘儿们都跟着喜萝进屋子里去听消息啦——只有一个戴面罩子的人还留在那儿不走。

卜拉丘　(悄声地)那个没有走的是克劳第,他的举止我认得出来。

唐·约翰　您不是班尼迪大爷吗?

克劳第　您看得很准——正是我。

唐·约翰　大爷,您是我大哥的亲信。他现在爱上了喜萝。请您劝劝他还是撒手吧,她的身份怎么配得上亲王呢。您要是肯在旁边提醒提醒他,才是个有心人哪。

克劳第　您怎么知道的呢——亲王爱上了喜萝?

唐·约翰　方才我听见他山盟海誓,表示他的爱情。

卜拉丘　我也听得他今夜发了誓:一定要娶她做夫人。

唐·约翰　来,咱们到酒席上去吧。

〔唐·约翰,卜拉丘同下

克劳第　(摘下面罩)我顶着班尼迪的名字,却用克劳第
　　　　我自己的耳朵,听见了这痛苦的消息!
　　　　正是这回事:亲王是替自己在求婚。
　　　　友谊,在别的事情上挺可靠,挺忠信,
　　　　临到爱情这正经,可就变了心;
　　　　所以是情人总鼓动着自己的舌根。
　　　　千万别请托什么人,用自己的眼睛
　　　　去传送衷情吧;因为"美貌",像妖巫,
　　　　可怜那"忠信",挡不住她的魅力,
　　　　化作了火热的情欲;这是每时每刻

都有得应验的,再没什么好怀疑的了。

那么,就此永别了,喜萝!

〔班尼迪除去面罩上

班尼迪　是克劳第伯爵吗?

克劳第　不错,正是他。

班尼迪　来,跟我走,怎么样?

克劳第　到哪儿去?

班尼迪　就到近旁的杨柳树底下去,这也无非为了你自个儿的事,伯爵。杨柳枝条编个花圈儿,①请问你爱怎么个戴法?还是把它套在脖子上,像盘剥重利的放债人套着钥匙链条呢,还是把它摔在肩膀上,像将官的肩带?② 不是这样就是那样,少不得要请你戴上一戴,因为你的喜萝已经让亲王弄去啦。

克劳第　我希望喜萝让他称心满意。

班尼迪　哎呀,听你的口气,简直像一个牛贩子卖掉了一条牛似的! 可是你认为亲王会这样对待你吗?

克劳第　求求你,别打扰我吧。

班尼迪　哈,这会儿你又变做一个不分皂白的瞎子了! 小孩儿偷了那瞎子的肉,他却去打一根柱子。

克劳第　你不走,我走。

〔垂头丧气,下

班尼迪　唉,可怜,受了伤的鸟儿! 这会儿他要躲进芦苇里去啦。可是,咱们那位白特丽丝小姐,口口声声说是认得

---

① 杨柳枝条编个花圈儿,杨柳在西方文学中是失恋的象征。
② 这两句意谓,"你是不是就此借这回事当做资本,向亲王要求晋升,作为补偿,还是跟他来个决斗。"(《新莎士比亚版》)

我,却又当面认不得我!"亲王跟前的小丑"!嘿?我落得这么一个名声,也许因为我太爱说笑话了——可不是,我这是自取其辱——不,人家哪会这样叫我呢。这都是那个坏心眼儿、贫嘴贱舌的白特丽丝,冒充大家的名义,存心跟我过不去。好吧,我一定要跟她算这笔账。

〔唐·彼得罗上

彼得罗　喂,大爷,伯爵在哪儿?你看见他吗?

班尼迪　殿下,不瞒您说,我已经做了个搬弄是非的婆娘了。方才我看见他孤零零的一个人在这儿发呆,就像一个看守猎苑的老头儿;①我就跟他说——我想我跟他说的也是真情实话——您已经博得那位姑娘的芳心啦;我还说我愿意陪着他到杨柳树底下去,给他编一个花圈儿,表示失恋的悲哀;要不然,把柳条枝儿扎起来,赏他一顿柳条鞭子——他不该打还有谁该打。

彼得罗　该打!他犯了什么错?

班尼迪　犯了小学生常犯的过错。一个小学生欢天喜地地发现了一巢小鸟,领着他的同伴来看,结果倒让他的同伴把鸟窠偷去啦。

彼得罗　你把信任叫做犯了过错?那偷小鸟儿的人才是犯了过错呀。

班尼迪　可是把鞭子,连同那花圈儿一起扎好,并没白费事儿:花圈儿可以让他自己戴上;鞭子,他拿来赏给您——因为照我看来,您就是那偷鸟窠的人。

---

① 猎苑是封建贵族的行猎场所,不准外人闯入,所以猎苑的看守者必然十分孤独。

彼 得 罗　啊,我无非想先教会小鸟儿唱歌,然后就把它归还原主。

班 尼 迪　等到小鸟儿当真用唱歌来答应您了,那我就相信,您说的是真心话了。

彼 得 罗　白特丽丝小姐在生你的气呢。方才陪她跳舞的一位大爷告诉她,你说了许多得罪她的话。

班 尼 迪　噢,她才把我糟蹋得好苦哪,哪怕我是个木头人,也会给她气得直跳起来!一株橡树,只要还挂着一片青叶子,也忍不住要回敬她几句。就是我的脸罩子,也差些儿给她骂活了,要跟她对骂呢。她冲着我说——可万料不到我就是我本人儿——我是亲王跟前的小丑;我比不死不活的融雪天还要无聊!也不知道她怎么想得尽这许多,横一句竖一句,把我取笑得体无完肤;我就像摆在那儿的箭靶子,一千支箭朝准我射了来。她一句句话都像把钢刀,一个个字都刺到人的心尖儿上;要是她鼻孔里喷出来的气息就跟她的舌尖一样恶毒,那么她的周围就只剩一片不毛之地了——连北极星都要遭她的灾殃!我才不愿娶她做我的太太呢,哪怕亚当把还没造孽以前的家私整个儿都给她做陪嫁也不行。这个姑娘,她会叫赫克莱斯去给她烤肉,对了,还会叫他把他的棍子劈了当柴烧①……得啦,还谈她做什么。您不知道,她就是那穿了粉红裙子的母夜叉。我但愿有哪个博士出来念一道符咒,②把她打发到上帝那儿去吧。还用说,容

---

① 赫克莱斯,希腊神话中的英雄,以狮皮披身,以巨棍为武器,曾因罪贬为红飞儿王后的奴仆,服役三年,穿女子衣服,与宫女混在一起,从事纺纱等操作。
② 念符咒要用拉丁文,一般人不会念,所以要请博士、学者来。参阅《汉姆莱特》第一幕第一景:"你是个学者,向鬼影说话吧。"

得她留在这世上捣乱,大家就会觉得那地狱简直清静得像一座圣殿,甚至为了想躲到地狱里去避难,会特意犯起罪来——可不是,一切骚扰、混乱、恐怖,全都跟着她跑!

彼得罗　瞧,她来啦。

〔克劳第,白特丽丝,喜萝及廖那托上

班尼迪　殿下,可有什么事情要吩咐的?这会儿,不管鸡毛蒜皮那样细小,天涯海角那样远,只要您想得出,有得吩咐,我情愿给您跑腿——哪怕一直跑到了地球的对面去!我这会儿愿意给您从亚细亚洲最偏僻的角落里觅一根牙签儿回来;愿意给您到阿比西尼亚去量一量护法王约翰①的尊脚有多长;愿意给您从蒙古大可汗的脸上拔下一根胡须来;要不,到小人国去给您采办些随便什么小玩意儿——可我就不愿意跟这个小妖精攀谈三句话。您没有这一类差使交给我办吗?

彼得罗　没有,我只想请你陪着我。

班尼迪　啊,老天爷!殿下,这道菜我可不爱吃呢!——我吃不消咱们这位尖嘴姑娘。

〔下

彼得罗　来,小姐,你来;你伤了班尼迪大爷的心啦。

白特丽丝　是吗,殿下?开头儿,他为了开心,把心里话全都向我开诚布公了;承蒙他好意,我就不好意思不加上旧欠,算上利息,"双"倍儿回敬他这一片心,所以您说他

---

① 当时欧洲传说,亚洲东部,不能到达之处,有信奉基督教的国王,名"护法王约翰",财富惊人。后来的传说又演变为某一阿比西尼亚国王名"护法王约翰"。

"伤"心,可也真有道理。

彼得罗　你占了他的上风啦,小姐,你占了他的上风啦。

白特丽丝　您想我能甘拜他的下风吗,殿下?我能让一群傻小子来叫我傻大娘吗?您叫我去找克劳第伯爵,现在我把他带来啦。

彼得罗　啊,怎么啦,伯爵?你干吗不高兴?

克劳第　没有什么不高兴,殿下。

彼得罗　那又是什么呢?病啦?

克劳第　也不是,殿下。

白特丽丝　咱们的伯爵一不是不高兴,二并非害病,三说不上快快活活,四谈不到无痛无恙;只是不乐意开口,面上带点儿橘子的气色,①心里头有点儿酸溜溜的柠檬味儿罢了。

彼得罗　说正经的,小姐,我想你这一番话倒是把他形容出来了;可是我可以发誓,要是他真有什么想法,那他就想错了。来,克劳第,我已经用你的名义向喜萝求过婚,她的芳心已经许给你啦;我又跟她的父亲去说了,承蒙他也答应了。现在只消你选定一个吉日,上帝就给你降福吧!

廖那托　(引领喜萝上前)伯爵,我把我女儿交托给您了;我女儿过门,我那份家私连带着过了门。殿下的美意玉成了这门亲事,天使们都来为新人祝福吧!

白特丽丝　开口呀,伯爵,下面轮到您的台词儿了呀。

克劳第　默不作声,才是"快乐"的最动听的欢呼声;要是我

---

①　黄色象征妒忌,参阅《冬天的故事》第二幕第三景。

说得出我心里头有多大快乐,我这快乐反而有限了。小姐,正像您属于我,我从此也属于您了。我献出自己跟您交换,好常把您供奉在我的心头。

白特丽丝　开口呀,妹妹,要是你说不出口,那你就给他一个吻,堵住他的嘴,让他也别说话。

〔克劳第挽喜萝退往后边

彼得罗　说正经的,小姐,你那颗心才真叫轻松。

白特丽丝　可是呢,殿下,也亏得我这颗傻里傻气的心儿,我才从来不知道什么叫烦恼。我妹妹在跟伯爵咬耳朵说话呢,说是她的心里头有一个他。

克劳第　(回过头来)她倒是这么说来着,姐姐。

白特丽丝　老天哪,叫得可真亲热!眼看人家一个个都有了归宿,只剩下我一个儿还没着落——谁来可怜我风吹雨打、日晒夜露。我还是躲在墙犄角里哭一场吧:"哀哀呀,缺少个丈夫呀!"①

彼得罗　小姐,我来给你找一个。

白特丽丝　要找一个的话,我愿意做你的老太爷的媳妇儿。难道殿下没有个兄弟长得跟您一个模样吗?他老人家的儿子才是头等的丈夫哪——就怕女孩儿家不容易接近他们。

彼得罗　小姐,就嫁给我吧,怎么样?

白特丽丝　不行,殿下,除非让我平常日子里,另外再有一个丈夫;您是个大贵人,好比一件讲究的礼服,舍不得天天穿——可是我得请殿下原谅,我这张嘴是天生说笑惯的,

---

① "哀哀呀,缺少个丈夫呀!"英国的一首古老的歌谣。

可当不得真。

彼得罗　我要气也就是气你闭紧了嘴,像这样有说有笑,才显出你的本色。不用问,你是正当一个快活的时辰里出世的。

白特丽丝　不,哪儿的话,殿下,我的妈才哭得好苦呢;可是天上刚巧有颗星星在跳舞,我就在那闪闪的星光下落地啦。妹妹,妹夫,愿上帝为你们降福!①

廖那托　侄女儿,方才托你的事儿,能不能现在就给办一下?

白特丽丝　叔叔,请别见怪呀。殿下,恕我少陪啦。

〔行屈膝礼,下

彼得罗　真是一位会找快乐的小姐!

廖那托　在她身上找不出一丝忧愁的影儿,殿下。除非她睡着了,她总是嘻嘻哈哈的;就是睡着了,她也并没发呆,我听见我女儿说起,她常常梦见什么淘气的事儿,把自己给笑醒了。

彼得罗　一听见人家谈到"丈夫",她可就不耐烦啦。

廖那托　啊,她听都不要听!来追求她的人一个个都给她嘲笑得缩了回去。

彼得罗　把她配给班尼迪,倒是挺好的一对儿。

廖那托　哎哟,殿下,要是他们俩结成了夫妻,要不了一个星期,准会吵得天翻地覆啦。

彼得罗　克劳第伯爵,你打算几时上教堂?

克劳第　明天,殿下。爱情不曾把新娘送进洞房,那时光啊,走得就像一步一拐那样慢!

---

① 原文"Cod give you joy!"当时的婚姻祝词。

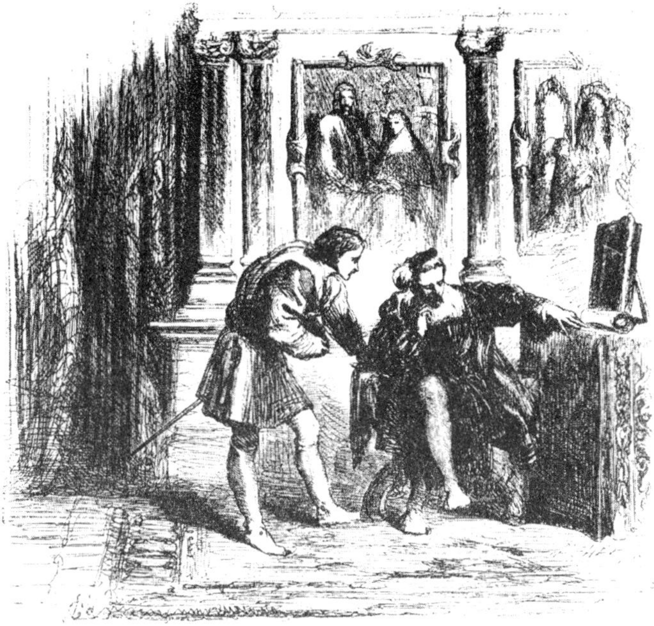

廖那托　那不成,我的好孩子,至少得等到下星期一;再长也不过七天工夫;要是把事情样样办得都称我的心意,这几天还嫌太局促呢。

彼得罗　得啦,别这么摇头大叹气啦——克劳第,包在我身上,我们准把这段日子过得一点儿不乏味。我想趁这几天工夫,干一件九牛二虎的大事业;就是说,我要把班尼迪大爷跟白特丽丝小姐拉在一块儿,叫他们你恩我爱,萌发出日长夜大的情苗来。我倒要看着他们结合成一对夫妻。要是你们三位愿意出把力,照我的安排行事,那我没有疑问,包管能把事情办成功。

廖那托　殿下,我听候吩咐,哪怕叫我十夜不睡,都行。

克劳第　我也是这样,殿下。

彼得罗　好喜萝,你呢,也愿意帮个忙吧。

喜　萝　殿下,我愿意尽我一分微薄的力量,帮我的姐姐得到一位好丈夫。

彼得罗　再说,照我看,班尼迪也并非一个最没有出息的丈夫。我至少可以为他说这么几句好话:他出身高贵;他的勇敢是人人都称道的;他的正直也是有口皆碑。(向喜萝)我来教你该用怎么样一番话去打动你姐姐的心,叫她不由得对班尼迪生了爱情。(向廖那托及克劳第)再靠着你们两位出力帮助,我就可以摆布班尼迪,凭他怎么样尖利、怎么样别扭,不怕他不对白特丽丝钟情。要是我们这一回成功了,丘比特也就不必再射他的箭啦;他的光荣都得归给咱们啦——因为咱们才是爱神哪。跟我一块儿进去吧,我还要把我的计划告诉你们呢。

〔同下

第二景 室 内

〔唐·约翰及卜拉丘上

唐·约翰 真有这样的事——克劳第伯爵要跟廖那托的女儿结婚啦。

卜拉丘 说的是,大爷;可是我自有办法破坏他们。

唐·约翰 管它是破坏、是捣乱,还是从中作梗,都是给我消一口心头怨气的凉药。我把他恨死了,凡是能够刺他一下的,对于我,就好比慰抚了一下。你有什么办法破坏这件婚事呢?

卜拉丘 不是用正大光明的手段,大爷;可是我自会把事情办得干干净净,不落一点痕迹。

唐·约翰 你先透露那么一点儿给我听吧。

卜拉丘 一年前吧,我想我向您大爷说起过,喜萝贴身的使女玛格丽对我倒很有些交情。

唐·约翰 我记得。

卜拉丘 我有办法和她约会,约在那夜静更深、最不是时候的当儿,让她伏在她小姐闺房的窗口儿等着我。

唐·约翰 这又是什么要命的玩意儿,难道就此可以把他们的好事送终?

卜拉丘 要送这好事儿的终,就得看您的手段如何了。您只管去对王爷说,他让克劳第这样一位大名鼎鼎的英雄——您把他的身价拼命往高里抬——去跟一个臭婊子,像喜萝这样的女人结婚;难道王爷不怕连累自己的名誉吗?

唐·约翰　那么我又能拿出什么证据来呢?

卜拉丘　证据有的是,管叫亲王黑白不分,让克劳第直跳起来,叫喜萝丢尽脸面,把廖那托活活气死——这样,您还嫌不够吗?

唐·约翰　只要能出一出我这口怨气,我什么都干。

卜拉丘　那么干吧;您看准时机,把亲王和克劳第拉到没人的场所,装出一副关心的样子,对他们说,您知道喜萝私下跟我有来往,却竟然想冒充闺女嫁出去,又偏偏嫁的是克劳第伯爵,亲王的朋友,再说,这一门亲事又是亲王做的主;您可不能让亲王的名誉受到连累,也不忍眼看伯爵叫人坑了,娶一个破货来,所以不能不把这个底细向他们露一露。当然,这么空口说白话,他们哪儿能听了就相信呢。您就让他们眼见为实。您把他们带到花园里,让他们只见我的人影儿站在喜萝的窗子底下,只听得我向窗子里边叫着喜萝的名字——拿"喜萝"来称呼玛格丽,玛格丽拿我称呼做"克劳第"。就在举行婚礼的前一个晚上,您带着他们来看这一出把戏。我呢,预先想个法儿,让喜萝这当儿不在闺房里,叫他们可以亲眼见到这一切。喜萝的不规矩仿佛是千真万确似的,那时候说什么猜疑不猜疑,就是推不翻的铁案啦!——到那时候,什么婚礼喜庆,一切全都告吹啦!

唐·约翰　好主意,准这么干!别管它死活,干了再说。你给我把手段儿都使出来,办好了,赏你一千两银子。

卜拉丘　只要您一口咬定,我的手段决不会叫我出丑。

唐·约翰　我马上去打听他们的婚期。

〔同下

第三景　花　园

〔班尼迪上

班尼迪　童儿!

〔童儿奔上

童　儿　大爷叫我?

班尼迪　我卧房的窗口有一本书,去给我拿到这儿花园里来。

童　儿　大爷,您瞧,我已经来啦。

班尼迪　对,您来啦;可是我要你先到那边去一次再来呀。

〔童儿下

（沉思）我真不懂,一个人明明看到别人闹起恋爱来,一举一动有多么可笑;可是,他讥笑了别人浅薄、愚蠢,却偏偏自个儿打自个儿的嘴巴,照样闹起恋爱来了。克劳第就是这种人。本来,我知道他这人除了战鼓和军笛,再没旁的音乐了;谁想他现在,却只爱听那管箫和小鼓啦。本来,我知道他会跑上十英里路,去看一身好盔甲;谁想现在他却能接连十夜躺在床上不睡觉,琢磨一身时式的紧身衣。他这人说话向来直截了当,像一个军人,像一条老老实实的汉子;现在却变啦,变成个咬文嚼字的博士,满嘴儿都是些稀奇古怪的字眼,好像是一桌摆满了山珍海味的酒席。会不会有一天我眼睁睁看着自己也变成这种模样?我说不上来——我想不至于吧?我不敢发誓爱情不会叫我变成一个牡蛎①;可是我能赌咒,在这个爱情没

---

① 牡蛎,形容死不开口的人。

有把我变成牡蛎以前,它别想叫我变成这样一个傻瓜。这一个女人长得俏,我不在乎;那一个女人心机儿巧,我不在乎;还有一个女人品德好,我还是不在乎。除非天下女人的好处都集中在一个女人身上,否则哪一个女人也别想得到我一点儿好处。她一定要有钱,这是不用说的;还得挺聪明,不然我就不要;还得能够守妇道,不然我一辈子也不敢领教;还得挺漂亮,不然我看也不要看一眼;还得挺温柔,不然请她别挨近我的身;还得十足是位"千金"小姐,否则"半分"情意也别指望我。她还得对答如流,精通音乐,而且她那头发的颜色呀,一定要——什么颜色就随上帝的高兴吧。

〔听到一阵人声

哈!是亲王跟咱们那位情哥哥来啦!让我到凉亭里去躲一躲。

〔他躲藏起来

〔唐·彼得罗,廖那托,及克劳第同上

彼得罗　来,我们听一会儿音乐好不好?
克劳第　很好,殿下,这黄昏是多么幽静,
　　　　就像有意屏气敛息似的,
　　　　好把音乐衬托得格外柔和。
彼得罗　(低声)你看见班尼迪躲在哪儿吗?
克劳第　看得清清楚楚,殿下。等听完歌曲,
　　　　我们就动手收拾这个小狐狸。
〔巴塔舍及乐师们上
彼得罗　来,巴塔舍,我们想听你再唱一遍。
巴塔舍　啊,我的好殿下,别尽叫我献丑吧,

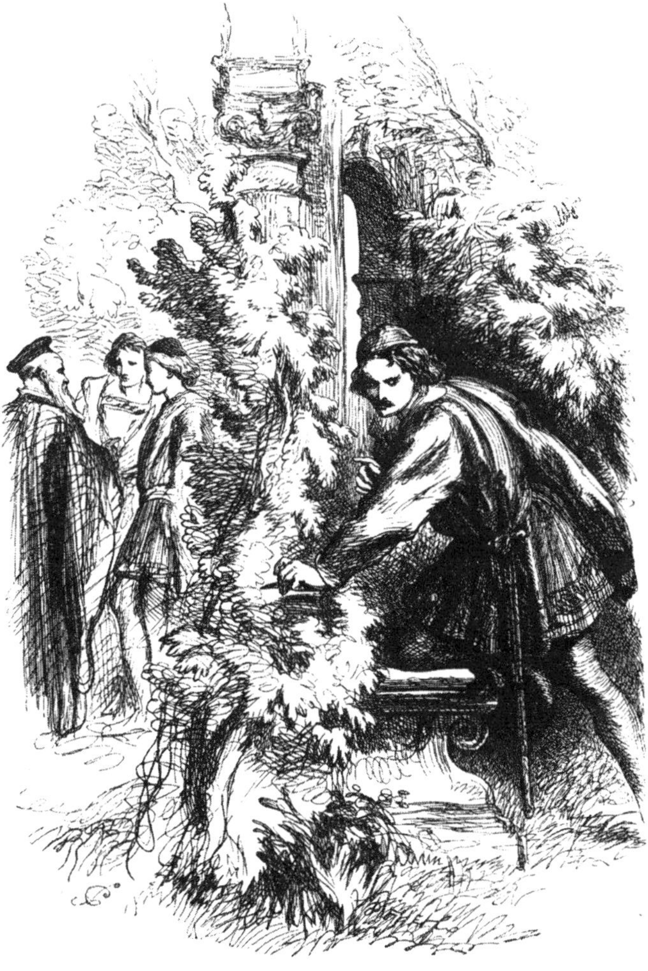

　　　　　　破嗓子把好曲子糟蹋了一遍,够啦。
彼得罗　　越是唱得出色,越是说自己
　　　　　并没什么好,这就越发见得高明。
　　　　　请唱起来吧,别让我再三向你求情了。
巴塔舍　　您说什么求情不求情,那我就唱吧——
　　　　　那些情哥不就这样？明知道他的情人
　　　　　没有这样可爱,还是去向她求情,
　　　　　还是发誓赌咒,说是真心爱着她。
彼得罗　　好了,来一个吧,要是你高兴发挥
　　　　　你那爱情的高论,用歌声唱出来吧。
巴塔舍　　在我唱歌之前,让我先表白一句,
　　　　　我唱的,全是些不能入耳的调子。
彼得罗　　他这不入调的论调倒挺有意思呢。
　　　　〔乐师奏乐
班尼迪　　(自语)啊,神妙的音乐！看他这会儿,灵魂都飘上天了！怎么几根绷紧了的羊肠,就会把人的灵魂儿从肉体里吊出来呢,倒是奇怪得很！要是叫我啊,凭你怎么说,我宁可吹号子,有劲！
巴塔舍　　(唱)
　　　　　不要长吁,姑娘,不要短叹,
　　　　　　男人从来就是薄情汉——
　　　　　他脚踏那个两头船,
　　　　　　他的心思到东到西转。
　　　　　快随他们去吧,何必想不开,
　　　　　　还是寻快活,还是快活好；
　　　　　抛掉了叹息把歌儿唱起来:

> 嗨,娜妮娜妮唷!

> 别老记着往事叫你悔恨,
> 　别尽唱那歌儿让人伤心,
> 哪个夏天不是树荫绿沉沉?
> 　哪个男子不是无义又无情?
> 快随他们去吧,何必想不开,
> 　还是寻快活,还是快活好;
> 抛掉了叹息把歌儿唱起来:
> 　嗨,娜妮娜妮唷!

彼得罗　啊,说实话,真是一支好歌。
巴塔舍　可惜唱的人太不行啦,殿下。
彼得罗　哈,哪里,哪里的话,你尽可以充得数了。
班尼迪　(自语)要是一条狗这样乱叫一通,早就让人吊死啦。我的天哪,但愿他这种怪声怪气别是什么倒霉事儿的预兆才好呢——管它会带来什么晦气,我宁可半夜里听老鸦叫呢。
彼得罗　好啊,太好啦。你听见了没有?巴塔舍请你给我们准备几支动听些的歌曲,明天晚上,我们打算在喜萝小姐的窗子底下给她唱小夜曲。
巴塔舍　我一定卖力,殿下。
彼得罗　那么就这样吧,再见。
　　〔巴塔舍及乐师下
您来,廖那托。您今天跟我怎么说的,说您的侄女儿白特丽丝真的爱上班尼迪大爷了吗?
克劳第　啊,对!(向彼得罗,悄声)挨近一步,挨近一步;"小鸟儿在打盹"。① ——（高声）我怎么想也想不到那位小姐居然会爱起男人来啦。

廖那托　我跟您一样，真出于意料之外；最最想不到的是，她竟会爱上了班尼迪大爷，爱得那样死心眼儿，偏偏表面上又一股劲儿把他看成冤家对头似的。

班尼迪　（自语）有这样的事？哪儿刮来的这一阵风？

廖那托　说正经的，殿下，这回事叫我简直无从说起；我只知道她爱得他快疯了。这种事儿你一辈子也别想弄得懂。

彼得罗　说不定她只是假装出来的吧。

克劳第　真的，那倒有几分可能。

廖那托　天哪！假装出来？谁看见过像她那样，把一股热情假装得这么活龙活现的！

彼得罗　啊，那么她那一股热情到了什么样的地步呢？

克劳第　（悄声）好好地把钩子往下放——鱼儿就要上钩了。

廖那托　到了什么样的地步，殿下？她会坐在那儿——（向克劳第）您不是听到我的女儿告诉您来着。

克劳第　不错，她跟我讲了。

彼得罗　讲了些什么来着？讲了些什么来着，请问？你们可不叫我奇怪死了。我只道凭她那样的性子，再不怕爱情来碰她一根汗毛儿了。

廖那托　殿下，我简直可以赌咒，那是不会有的事——更不用提让班尼迪来碰一碰她了。

班尼迪　（自语）我准会说那是在耍花招——如果这不是白

---

① 猎人偷偷行近，枝头的小鸟还安然自得，毫无戒意，那时就说："小鸟儿在打盹。"根据《新莎士比亚版》的舞台指示，克劳第说这话时，向班尼迪躲身的地方窥视了一下。

胡子老头儿说的话。难道说,一头白发的长者也会藏着一肚子诡计吗?

克劳第　(悄声)他已经上钩啦——使劲往上拉吧。

彼得罗　那么她把她这情意向班尼迪吐露了没有呢?

廖那托　没有,她发了誓,决不让对方知道。她苦就苦在这里。

克劳第　这就对了,可不,您的小姐就是这样说的呀——"我几次三番当面讥笑过他,"她说,"难道现在倒写信给他,说我爱他吗?"

廖那托　这话,是她近来拿起笔来要想写这封信,又觉得为难,才说的。可是一个晚上,她还是要起来二十次,只披了一件睡衣,没头没脑地写满了一张纸才歇下笔来——这种种情形喜萝全都告诉我们啦。

克劳第　您说起写信,我倒记起来啦,您的小姐还给我说了一个很有意思的笑话呢。

廖那托　噢,是不是那回事?——她写好了信,拿来一念,发觉"班尼迪""白特丽丝"两个儿一起在那张纸里?①

克劳第　可不是。

廖那托　噢,她把那封信撕成了一千片,还把自个儿狠狠骂了一顿,说是不该这样不顾羞耻,写信给一个她明知道会嘲笑她的人。"因为将心比心,我拿自己来推论他,"她这样说,"要是他写信给我,我准要嘲笑他一番——哪怕我心里头爱他,我还是不饶过他的呀。"

---

① 在英语里,"纸张"(sheet)和"被单里子"字音相同,所以是个"笑话"。译文"那张纸"和"那帐子"读音约略近似。

克劳第　于是她双膝跪倒在地下,大哭啊,抽抽噎噎地哭啊,捶胸脯啊,扯头发啊,又是祷告,又是诅咒啊——"唉,心肝儿班尼迪呀!上帝赐给我忍耐吧!"

廖那托　她当真都做了出来——我的女儿是这样说的。她只管这样疯疯癫癫,有时候简直叫喜萝害怕起来,担心她会不由自主地闹出些什么不顾死活的事儿来。这都是真情实话。

彼得罗　她自个儿又不肯讲,那么让别人去跟班尼迪说吧;那也是件好事呢。

克劳第　干吗呀?正好给他当做一个笑柄,叫那位可怜的姑娘多受些罪罢了。

彼得罗　他要是真的这样,那么吊死他也不算罪过!她是个挺好挺可爱的姑娘,而且,你可以一百个放心,她人品端正。

克劳第　而且还是个绝顶聪明的人儿呢。

彼得罗　她什么都聪明,只是爱上了班尼迪可不聪明。

廖那托　啊,殿下,理智跟热辣辣的感情在这么一个娇嫩的身体里冲突起来,十有八九,那脆弱的理智会经不起感情这样猛烈的冲击。我是她的叔父,又是她的保护人,瞧着她这种光景,心里怎么能不难过!

彼得罗　她把这片痴情用在我身上那就好了;那我一定什么也顾不得,要她做我终身的伴侣。请您把这件事告诉班尼迪,听他究竟怎样说。

廖那托　这样做好吗,照您看?

克劳第　喜萝只怕她早晚活不成了——因为她说,要是班尼迪不爱她,她就活不成了;可是她宁可不要这条命,也不肯把自己心里头的爱捧出来；哪怕对方来向她求婚，她也宁可不要这条命，不肯把她向来那种倔强的脾气收敛一丁点儿。

彼得罗　她的主意很对。要是她真的捧出一片柔情献给班尼迪，八成儿反而要遭他的取笑呢——你们也都知道，这个人的性子就是目中无人！

克劳第　他人倒长得挺漂亮。

彼得罗　不错，外表倒是长得漂亮。

克劳第　天地良心说句话，我看他很聪明。

彼得罗　算你对了，有时候他也会爆出这么一星星的小聪明。

克劳第　我得这么说：他很英勇。

彼得罗　英勇？不比海克多强，①我跟你说了吧。在碰到吵架动武的当儿，你倒是可以说他可聪明着呢——他会想尽办法，能溜就溜，万一脱身不了，那真是诚惶诚恐，像个好基督徒似的。

廖那托　他要是真的敬畏上帝，少不得要跟人家讲个和气。万一闹翻了，动刀动枪的，当然要把他吓得发抖了。

彼得罗　他就是这种人：听他那张嘴，胡说八道的，没有点儿遮拦，好像就根本不知道还有个上帝；可是碰见了真刀真枪，他又害怕起上帝来啦。唉，我很替您的侄女儿难过。我们要不要去把班尼迪找来，跟他谈一谈：人家是多么爱着他。

克劳第　千万别告诉他，殿下。还是让她慢慢地自个儿清醒

---

①　海克多，希腊史诗中的英雄；这里对海克多出之以讥嘲的口气，或许因为他阵亡前曾绕城奔逃三匝。

过来,把爱他的那颗心死了吧。
廖那托　不,那是不会有的事了——她爱他的心还没死,她心早已碎啦。
彼得罗　好吧,那么且听您的小姐下回怎么说吧。把这回事儿放开一会儿再说。我很喜欢班尼迪,我希望他问问自个儿的良心,看一看他自个儿多么配不上这样一位好姑娘!
廖那托　殿下,请移步吧;晚饭已经准备好啦。
〔他们从凉亭边走开
克劳第　要是他听了这番话还不爱上那姑娘,那我以后再不用预料什么事啦。
彼得罗　咱们还得给那位好姑娘来个同样的圈套儿,那可要请你的女儿跟她的侍女多出把力了。顶有趣的是,让他们彼此以为对方为自己害了相思;其实根本没有这么一回事——将来两个儿碰在一起,谁也不肯先开一声口,那一幕哑剧才够人瞧哪。让我们叫白特丽丝请他进去吃饭吧。
〔三人同下
〔班尼迪从凉亭出来
班尼迪　这决不会是什么诡计。他们一本正经地在那儿谈论着。事由儿的真相又是从喜萝嘴里听来的。他们好像很同情这位姑娘呢——可不是吗,她对我的那份热情已经一发不可收拾了……她爱我!哎哟,我一定要报答她!我方才听见他们把我批评了——他们说,要是让我知道了她在爱我,我一定会摆架子。他们还说她宁可死也不愿意把自己的情意透露出来。娶媳妇儿,我倒从来也没想过这回事儿。不过我一定不要摆架子。一个人能够知过必改,是最值得高兴的了。他们说这位姑娘长得美——这倒不是假话,我可以给他们做证;说她人品端正——这也是事实,我不能抹杀;还说她绝顶地聪明,只除了不该爱上了我。其实呢,在这回事儿上,固然不能见出是她的聪明,可是也未必因之就好说她不聪明呀——因为就是我,从此也要没头没脑地爱她啦。说不定人家会东拉西扯地取笑我、挖苦我吧;我向来提到结婚就没有一句好听的话。可是人的口味儿难道不会改变的吗?年轻的时候爱吃的是肉,到老来,也许一看见肉就厌了。难道说,冷讥热嘲,不关痛痒的嚼舌头,也居然能把人吓倒,叫他就此灰心绝望、不敢动弹了吗?不,可不能让人类在地球上绝种啊。当初我说我要一辈子做个光棍,可是谁想到我能活到娶媳妇的那一天呀。——白特丽丝来啦!我的天,真是个标致的姑娘!我到底看出几分她爱我的苗头来了。

〔白特丽丝上

白特丽丝　真没法儿想,他们硬是要我来请您进去吃饭。

班尼迪　好白特丽丝,那难为您啦,真是多谢。

白特丽丝　我并没什么"难为"可以领受您的"多谢"呀,就像您这一声"多谢"并没有难为了您。要是这真是件为难的事,我也不会来啦。

班尼迪　那么您是高高兴兴来叫我的吗?

白特丽丝　可不,这一团儿高兴可以让您用刀尖儿挑起来,让您塞得进乌鸦的嘴、梗得死它①——可是您肚子不饿吧,

---

① 用刀尖儿挑起来……,极言其微,意即并无高兴可言。白特丽丝感染了班尼迪的愉快情绪,用俏皮话向他挑战,可是并没得到对方的反应——班尼迪只是对着她瞧——于是她接着说道:"您肚子不饿吧。"转身就走了。

大爷？那么再见啦。

〔下

班尼迪　哈！"真没法儿想，他们硬是要我来请您进去吃饭。"这句话里可含着双关的意义呢。"我并没什么'难为'可以领受您的'多谢'呀，就像您这一声'多谢'并没有难为了您。"那等于在说："我无论给您做什么为难的事，都像说一声多谢那样轻松。"要是我不可怜可怜她，我就是个大混蛋；要是我不爱她，我就是个犹太人。我要去弄一幅她的画像来。

〔下

第 三 幕

第一景 花　园

〔喜萝及侍女玛格丽、欧秀拉上

喜　萝　好玛格丽,请你快跑到客厅里去,
　　　　我的姐姐白特丽丝正在那儿
　　　　跟亲王和克劳第谈天。你就走前去
　　　　凑近她的耳边,说,我跟欧秀拉
　　　　在花园里散步,两个人谈来谈去
　　　　都谈她的事,让你无意中听得了;
　　　　怂恿她偷偷儿溜进那浓荫下的凉亭;
　　　　那儿,金银花受着太阳的培养,
　　　　遮蔽了凉亭再不许日光透进来——
　　　　像封疆的大臣,身受国王的恩宠,
　　　　长成了羽翼却正好向朝廷抗命——
　　　　叫她躲在那儿听我们说些什么。
　　　　这就是你的差使,要用点儿心。
　　　　别的事自有我们两个儿。

玛格丽　包在我身上,我叫她一会儿就来。
　　　　〔下
喜　萝　现在,欧秀拉,我们就在这条小径上
　　　　来回走着,待会儿白特丽丝来了,
　　　　我们什么也不谈,光谈班尼迪。
　　　　我一提他的名字,你就要夸奖他,
　　　　好像再没有比他更好的男子汉。
　　　　我就告诉你,他为了白特丽丝怎样
　　　　害了相思。就这样,用一串诳话
　　　　铸成了一支爱神的利箭,正好趁
　　　　隔墙有耳,射进了情人的心房……
　　　　现在,开场吧。
　　　　〔白特丽丝上,躲入凉亭
　　　　你瞧,她低头缩颈,贴紧着地面,
　　　　活像一只田凫,跑来偷听了。
欧秀拉　钓鱼,最有趣不过的就是看着
　　　　鱼儿用它那金划子拨开了银浪,
　　　　贪馋地吞下了那引它上钩的香饵。
　　　　现在,这条鱼儿就是白特丽丝——
　　　　她已经蹲在金银花藤的浓荫底下。
　　　　我的"台词儿"该怎么念,您放心好了。
喜　萝　我们走近她身边,好让她用耳朵,
　　　　一字不漏,吞下那引诱她的香饵。
　　　　〔她们向凉亭走去
　　　　不,真的,欧秀拉,她这人太高傲啦,
　　　　她那脾气跟山岩上的野鹰差不多,

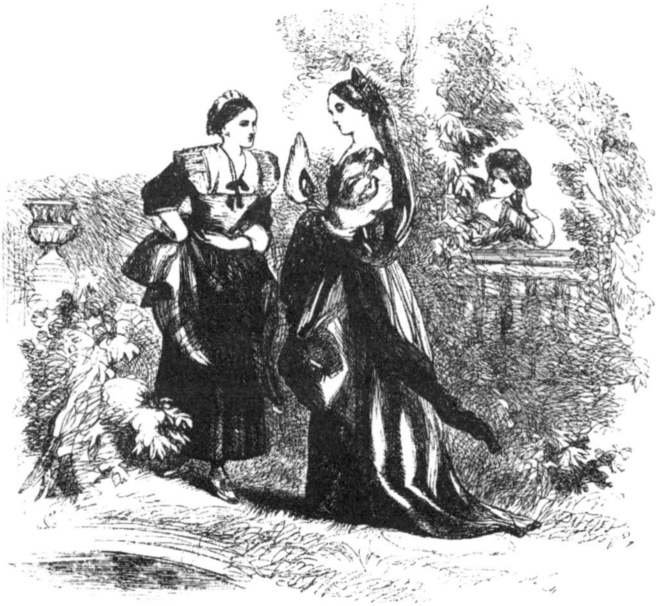

　　　　　谁也近不上她的身。
欧秀拉　可是您有把握:
　　　　　班尼迪真是一心一意在爱她?
喜　萝　亲王跟我那未婚夫都这么说啊。
欧秀拉　他们没有要您去告诉她,小姐?
喜　萝　的确这样恳托我;可是我劝他们
　　　　　如果他们是真的关心班尼迪,
　　　　　还不如希望他摆脱这一段痴情,
　　　　　可千万别让白特丽丝知道这回事。
欧秀拉　您这话是什么意思?难道还怕
　　　　　这一位大爷没福消受白特丽丝,
　　　　　不配跟她同睡一张合欢床?
喜　萝　啊,爱神在上!我知道他配,
　　　　　合该享受那男子所能享到的福。
　　　　　可是,造物从不曾造下一颗
　　　　　女人的心,像白特丽丝那样骄傲:
　　　　　嘲讽和讥笑,在她眼睛里闪光;
　　　　　她目空一切,把别人看得半文不值;
　　　　　自以为心巧嘴尖,什么也不在她话下。
　　　　　她不能够爱,哪儿懂得爱,在她心里
　　　　　爱的影儿都没有——她光爱她自己。
欧秀拉　您对,我也是这么想,所以最好
　　　　　还是别让她知道班尼迪的痴情,
　　　　　免得反而遭她无情的讥笑。
喜　萝　你说得有理。不论哪一个男人,
　　　　　怎样聪明、高贵、年轻,怎样漂亮,

　　　　　她总是门缝里瞧人——把人看扁了。
　　　　　碰到脸蛋儿生得白净些的,她就说,
　　　　　这位大爷不如跟她做个姊妹吧;
　　　　　人家皮肤黑了些呢,那就是正当
　　　　　上帝替小丑开脸谱,一不留心,
　　　　　泼了一摊墨。要是身材高了些呢,
　　　　　一根枪杆子装了个不相称的枪头儿;
　　　　　矮了些呢,又说是刻坏了的玛瑙戒指。①
　　　　　会说话的是个随风转的风信鸡;
　　　　　那不爱说话的,又成了死木头一块。
　　　　　她就这样把一个个批评得体无完肤;
　　　　　人家的才德全给她一笔抹杀,
　　　　　在她跟前,淳朴、温雅再得不到
　　　　　一丁点儿公道。

欧秀拉　可不是,可不是,
　　　　　她那样吹毛求疵,可不敢恭维。

喜　萝　古怪到不近人情,像白特丽丝那样,
　　　　　的确叫人不敢恭维。可是谁敢
　　　　　跟她这么说呢?要是我说了一句,
　　　　　她会把我讥嘲得只剩个影儿。
　　　　　啊,她会把我取笑得走投无路,
　　　　　用一大堆俏皮话把我压都压死!
　　　　　所以,还是让班尼迪像闷着的火焰,
　　　　　把生命的光彩寂灭在一声声叹息里。

---

① 当时常在玛瑙戒指上刻小小人像,作为装饰。

　　　　　叫人家笑死,并不比浑身痒得要死
　　　　　更好受些,倒不如这样结束生命的好。
欧秀拉　还是告诉她吧,看她有什么说的。
喜　萝　不行,我倒是宁可去劝劝班尼迪,
　　　　　劝他发狠打消了这一段痴情。
　　　　　说实话,我打算在姐姐身上捏造些
　　　　　无伤大雅的缺点——谁也不知道
　　　　　一句坏话多容易把爱情破坏了。
欧秀拉　啊,别做那对不起您姐姐的事!
　　　　　人人都夸她头脑儿聪明心机巧,
　　　　　她决不能这样不懂好坏,会拒绝了
　　　　　像班尼迪那样难得少见的大爷。
喜　萝　意大利拿不出第二个他那样的人才——
　　　　　我那亲爱的克劳第,可没算在内。
欧秀拉　请小姐别见怪,我这是随口说的:
　　　　　班尼迪大爷不管是容貌,还是风度,
　　　　　论谈吐,比英豪,走遍了意大利,
　　　　　出类拔萃,少不得都要数他了。
喜　萝　说得也是,他的声誉果然好。
欧秀拉　这谈何容易,全凭他的德才挣来的……
　　　　　小姐,您什么时候出阁呀?
喜　萝　过了明天,随便哪一天。① 来,进去吧。
　　　　　我要给你看几件新衣裳,跟你商量

---

① 过了明天,随便哪一天,意谓我明天结婚,以后就一直是出了阁的女儿了。

　　　　　我明天究竟穿哪一件最合适。

欧秀拉　（悄声）她上钩啦,
　　　　小姐,说您听,我们可把她捉住啦!
喜　萝　要真是这样,那谈爱情全靠碰巧——
　　　　有的中了爱神的利箭,有的中了圈套。
　　　　〔二人同下
　　　　〔白特丽丝走出凉亭
白特丽丝　怎么,我耳朵像火一般地在烧?①
　　　　真有这事？我真是骄傲又狂妄？
　　　　再会吧,狂妄! 去你的吧,处女的骄傲!
　　　　别想哪一个在背后把你赞扬。
　　　　班尼迪,只管爱我吧,我一定报答你:
　　　　收起野性,躲在你爱抚的掌心里。②
　　　　只要你爱我,我会用温柔鼓励你,
　　　　把我俩的爱用婚礼结合在一起。
　　　　人人都夸你有值得爱慕的好处,
　　　　我对你的好处,比谁都更清楚。
　　　　〔下

第二景　室　内

〔唐·彼得罗,克劳第,班尼迪,廖那托同上
彼得罗　我但等喝过了你的喜酒,就此动身,到阿拉贡去了。

---

① 罗马自然学家普利尼（23—79）曾说:"当我们的耳朵发热发痒的时候,就是有人在背后说到我们——这说法不是为大家所接受的吗？"
② 方才喜萝批评白特丽丝的脾气"跟山岩上的野鹰差不多"。现在她果然以野鹰自比。被驯服了的野鹰常栖在猎人的手臂上或者手掌中。

克劳第　要是殿下不嫌弃的话,我愿意一路护送您到那边。

彼得罗　不,正当你新婚蜜月,就要你跟我动身,那可不是太缺德了吗,好比拿一件新衣裳给小孩子看了,却偏不许他穿上身。我只想冒昧请班尼迪跟我做个伴儿——他这个人,从头到脚,一身都是欢喜劲儿。他曾经三番两次割断了小爱神的弓弦,现在这个小鬼头再也不敢招惹他啦。他那颗心儿,就像一口钟,亮堂堂的;他那一条舌头,就像是个钟舌,心里怎么想,嘴里就怎么讲啦。

班尼迪　小哥儿们,我早已不是本来的我啦。

廖那托　我也是这么说呢。我看您近来有什么心事似的。

克劳第　我但愿他是闹起恋爱来了。

彼得罗　去他的,这不长进的家伙！他连一滴儿热血都没有,怎么倒会火热地恋爱起来呢？要是他有什么心事,那一定是缺少钱用啦。

班尼迪　我牙痛。

彼得罗　拔掉它呀。

班尼迪　真是要命！

克劳第　怎么,还没动手就嚷要命了吗？

彼得罗　怎么,为了牙痛,就长吁短叹起来了吗？

廖那托　就因为有点儿邪火气,有一个小虫儿在作怪？

班尼迪　算了吧,漂亮话谁都会讲,只要不是痛在自己身上。

克劳第　可是我说,他一定在闹恋爱啦。

彼得罗　他一点儿也没着了疯魔的样子,①就是疯疯癫癫地爱把自个儿打扮得别出心裁罢了——好比说,今天是

---

① 弗兰区的演出本在这句前加舞台指示,"打量着一身新装的班尼迪"。

个荷兰人,明天是个法兰西人,到后天又一下子做了两个国家的人啦:下半身是个套着灯笼裤的日耳曼人,上半身是个不穿紧身衣的西班牙人。除了他疯疯癫癫地爱犯这一股傻劲儿外——看来像是这么一回事;并没什么地方可以看出他着了疯魔——像你们要把他说成的那个光景。

克劳第　要是他没有爱上什么娘儿,那么一些老古话也不用相信了。他天天早晨刷他的帽子,这是什么意思呢。

彼得罗　你们在理发师的铺子里碰见过他没有?

克劳第　没有,可是有人在他那儿碰见过理发师;他脸蛋上原来那几根装饰品,早已给拿去塞网球啦。①

廖那托　怪不得他瞧上去这么年轻——原来刮了胡髭啦。

彼得罗　岂敢,他还用麝香擦身子呢。他人还没到,你们不先就闻得一股香味儿?

克劳第　这就是说,这位香喷喷的小伙子害了相思啦。

彼得罗　最赖不掉的,就是他那伤心苦恼的神气。

克劳第　他从几时起,洗脸用起香油香膏来啦?

彼得罗　对,又是从几时起搽起粉来?——听人家说,他还搽粉呢。

克劳第　别忙,还有他那爱说笑话的劲儿,近来已经钻进琵琶②的弦线里,变得很有分寸啦。

彼得罗　说得好,一大堆证据摆在眼前,他还能躲到哪儿去。

---

① 当时网球用毛发做芯子。参阅《亨利五世》第三幕第七景。
② 琵琶,16、17世纪时流行于欧洲的一种拨弦乐器,常用以伴奏轻快的情歌。这里是说:堕入情网的班尼迪也将跟别的情人一样,按着琵琶的音格,唱起情歌来了。

总而言之,统而言之,他是在闹恋爱啦。
克劳第　别忙,我还知道谁爱上了他呢。
彼得罗　我倒也很想知道知道——这位小姐,我敢说,不大熟悉他的为人吧。
克劳第　没有这话,他的种种坏脾气全知道——可是不相干,这位小姐为着他,死也甘心。
彼得罗　那等她将来上天堂的时光,一定是脸儿朝天的了。
班尼迪　可是你们这样胡扯,治不了我的牙痛呀。老太爷,陪我走走。我有三五句正经话要跟您谈谈,可是决不能让这班捣蛋鬼听见。

〔班尼迪,廖那托同下

彼得罗　我打赌,一定是要向他吐露他对于白特丽丝的爱情。
克劳第　准是这样。喜萝和玛格丽大概也已经摆下圈套让白特丽丝钻啦;从此这条狗跟那只猫,碰在一起,再不会斗起来了吧。

〔唐·约翰上

唐·约翰　上帝保佑您!我的大哥,我的主人。
彼得罗　你好,老弟。
唐·约翰　您要是有工夫,我有话想跟您谈。
彼得罗　要左右回避吗?
唐·约翰　旁人最好回避——不过克劳第伯爵不在此例;因为我所要说的话跟他大有关系。
彼得罗　什么事儿呀?
唐·约翰　(向克劳第)您大爷准备在明天结婚,对吗?
彼得罗　你早就知道他明天结婚。
唐·约翰　要是他知道了我所知道的事儿,那他明天结不结婚我可不知道了。

克劳第　如果内中有什么撂不过去的事,请您明白说好啦。

唐·约翰　也许您还以为我对您有什么过不去——那么咱们日后见人心吧;只希望您听了我这会儿所要告诉您的话,也就明白我的为人到底如何了。至于我这位兄长,我相信他是非常器重您的;他为您拉拢这门亲事,也是出于一片好心好意;可惜的是,看错了追求的对象,枉费了这一番气力!

彼得罗　啊,是怎么一回事?

唐·约翰　我就是来告诉你们——其实她私底下的事大家早就讲开了,我也不必拐弯抹角来对你们说了——这位小姐是不规矩的!

克劳第　哪一个?喜萝?

唐·约翰　正是她:廖那托的喜萝,您的喜萝——张三李四的喜萝。

克劳第　不规矩?

唐·约翰　"不规矩"这个字眼儿还是客气的哪,还给她的邪恶留了个余地呢。依我说,她岂止不规矩,随便您想一个更难听的名称放到她头上,都不会嫌过分的。您不要发怔,且等事实证明吧——你们只消今天晚上跟我走,就可以亲眼看到,临到结婚的前一夜,还有人打她的窗子里爬进她的闺房呢。要是您还是死心塌地地爱她,那明天就跟她结婚吧。不过呢,为了顾全您自个儿的荣誉起见,我看不如把您的主意改变一下吧。

克劳第　会有这等样的事?

彼得罗　我不能相信。

唐·约翰　要是你们不敢相信这一目了然的事,那就装聋作哑,只说没有这回事算啦。要是你们高兴跟着我走,我可以让你们看一个分明;等你们看饱了、听够了,然后再拿一个主意吧。

克劳第　今天晚上,要是果然让我看到了什么:我明天跟她结不得婚——那我就要在举行婚礼的教堂里,当众叫她做不了人。

彼得罗　是我代替你向她求的婚,我也要帮你出她的丑。

唐·约翰　我也不必定要说破她的底细,反正你们自己会替我证明的。这会儿大家不要嚷出来,且等到半夜时分,再看个究竟吧。

彼得罗　呃,真是不测风云!

克劳第　唉,真是飞来横祸!

唐·约翰　等会儿,看到了下文,你们就要嚷:险哪,多亏发现得早,真是不幸中的大幸!

〔同下

第三景　街　道

〔警官杜勃雷,警佐孚其司率巡丁等上

杜勃雷　你们都是规规矩矩的好人吗?

孚其司　对了,要不然,他们的肉体、灵魂,一辈子也休想下得了地狱,①那才糟糕呢。

杜勃雷　不,没有这样便宜的事,当上了王爷的巡丁,居然要

---

① 应说,"一辈子也上不了天堂",或"永世也不得超生"等。杜勃雷跟孚其司这一对警官,说话常缠夹不清,甚至把意思弄反了。译文在这些地方,以便于读者从反面或侧面去理会它的本意。

为国尽忠起来,只要存了这么一点儿想头,吃那样的苦头也太轻啦。

孚其司　好吧,杜勃雷伙计,把差使派给他们吧。

杜勃雷　第一招,依你们看,当起班长来,推哪一个顶要不得?

巡丁甲　回老总,休·奥开;要不然,乔治·西哥儿,他们俩都能写会念。

杜勃雷　那么过来,西哥儿伙计。上帝赏了你一个多好的名字。一个人长得漂亮,全碰偶然的运气;可是能写会念,才是天生的本领哪。

巡丁乙　老总,运气和本领,这两样——

杜勃雷　你都有份——我知道你准是想说这句话。好吧,朋友,讲到你这张脸儿,那么你该感谢上帝,可是你自个儿少卖弄些——讲到你能写会念,那么碰到用不着这档子玩意儿的当儿,再露你这一手本领吧。照大家的意思,你当一个巡班的班长,倒是再好没有,而且最美中不足。所以这个灯笼你拿着吧。这是交给你的差使:你要把那班流氓混混儿一个个都给抓起来;无论哪一个在这黑夜里经过,你要用王爷的名义喝住他。

巡丁乙　要是他不肯站住呢?

杜勃雷　哟,那你就别理他,让他走他的得啦;你呢,就马上把其余的巡丁们叫来,感谢上帝,你们已经把一个混蛋给打发掉啦。

孚其司　要是喊他站住他偏不站住,他就不是王爷的老百姓。

杜勃雷　说对了,不是王爷的老百姓,咱们就可以不管。你们也不准在街上吵吵闹闹;因为,要是巡丁们也哇啦哇啦地扯起淡来,那真是最吃不消、受不了的事了。

巡丁乙　咱们多说话,还不如多睡觉——咱们可是很懂得做巡丁的规矩。

杜勃雷　哟,看你说得真像一个老练安分的巡丁——睡觉,我看总碍不着什么人吧?只要留心你们的钩镰枪①别让人偷去就是了。……对了,你们还得到一家家酒店去查看查看,看见有谁喝醉了,就赶他回家去睡觉。

巡丁乙　要是他赖着不走,该怎么办?

杜勃雷　哟,那就别理会他,让他自个儿清醒过来好啦。要是他不买你的账,那你就说,原来碰到的是这种人,真没想到!

巡丁乙　是,老总。

杜勃雷　要是你们撞到了一个小偷儿,按着你们的职司,你们可以疑心他不是个好人;可是,对于这一号家伙,你们越少惹他、碰他,我说,就越发显出你们都是正经的好人。

巡丁乙　我们明知道他是个小偷儿呢——我们能把他抓起来吗?

杜勃雷　当然,按着职司说,你们是可以把他抓起来的;可是我看,何必把双手伸进染缸,反而弄脏了自己呢?最干净的办法是,要是你们拿到了一个小偷儿,让他现出他自个儿的原形来,在你们跟前偷偷地溜之大吉,不就结了。

孚其司　你一向是个出名的老好人,伙计。

杜勃雷　可不是,就说一条狗,把它吊死我还觉得罪过呢,何况他是个多些少些还有几分天良的人哪——自然更不在

---

① 钩镰枪,一种长枪,一边有刃,略似斧子。能刺能劈,是当时巡丁使用的武器。

话下啦。

孚其司　要是你们听见有哪一家的娃娃在晚上啼哭,你们就去把奶妈子叫醒,叫她把娃娃哄住。

巡丁乙　那奶妈子偏只顾睡她的觉,咱们叫都叫不醒呢。

杜勃雷　哟,么你们就悄悄地走开去,让那娃娃把她哭醒好啦——因为,那母羊连她身边的小羊羔儿的啼叫都听不见,她怎么还会答应一头小牛儿的叫喊呢?

孚其司　说得有理。

杜勃雷　我的吩咐到此为止:——你,当班长的,就是代表王爷本人儿;要是你在黑夜里碰见王爷,你也可以叫他站住。

孚其司　哎呀,圣母娘娘! 我想那可不行。

杜勃雷　有哪个懂得王法的,我可以一个先令赔五个,跟他打个赌:他是可以叫王爷站住的! ——当然,那还得看王爷本人儿愿意不愿意;因为,巡丁是不许冒犯人的,人家不愿意站住,硬要人家站住,那不是得罪了人吗?

孚其司　哎呀,圣母娘娘,这话说得对!

杜勃雷　哈,哈,哈! 好吧,伙计们,明儿见。碰到有什么重要的事,就来把我叫起来。"为人为己,守口如瓶!"①明儿见吧。(向孚其司)一块走吧,伙计。

〔二人走开去

巡丁乙　我说,弟兄们,大家都已经听得老总的吩咐了;咱们就在这儿教堂门前的石凳②上坐一下,挨到两点钟,就一

---

① "为人为己,守口如瓶!"——这是当时大陪审官在起誓的仪式中所宣读的一段话。
② 教堂门前的石凳,当教堂还没开门时,供早来的教徒坐着等候;通常设置在教堂门廊内,所以巡丁们可以不让卜拉丘他们瞧见。

块儿回去睡觉吧。

杜勃雷　（转回身来）好伙计们,还有一句话。请你们留心留心廖那托老爷家的门口——他家里明天办喜事,今晚可乱哄哄的闹成一团呢。再见,请你们多留心点儿。

〔杜勃雷,孚其司同下

〔卜拉丘脚步不稳上,亢拉得随上

卜拉丘　喂,亢拉得!

巡丁乙　（轻声关照弟兄们）别闹!别动!

卜拉丘　亢拉得,怎么啦!

亢拉得　在这儿,朋友,我就在你手边呀。

卜拉丘　他妈的!我说怎么手臂拐儿痒痒的——还道有一颗癞疥疮在钉着我呢。

亢拉得　这一笔账等会儿跟你算,这会儿你且先讲你的故事吧。

卜拉丘　那么咱们靠拢些,就在这儿屋檐下面躲一躲——天在下毛毛雨呢——我,倒真像一个酒醉鬼,什么话都可以告诉你。

巡丁乙　（悄声）弟兄们,这两个不是好人——可是,（模仿）让"咱们靠拢些"吧。

卜拉丘　（得意扬扬）说给你听吧,我赚了唐·约翰一千两银子呢。

亢拉得　难道干一件坏事,价钱就这样贵吗?

卜拉丘　你还不如问:难道坏人有这许多钱,出得起这一笔大价钱吗?有钱的坏人请没钱的坏人帮忙,没钱的坏人自然要"敲"他一下了。

亢拉得　我有些不大相信。

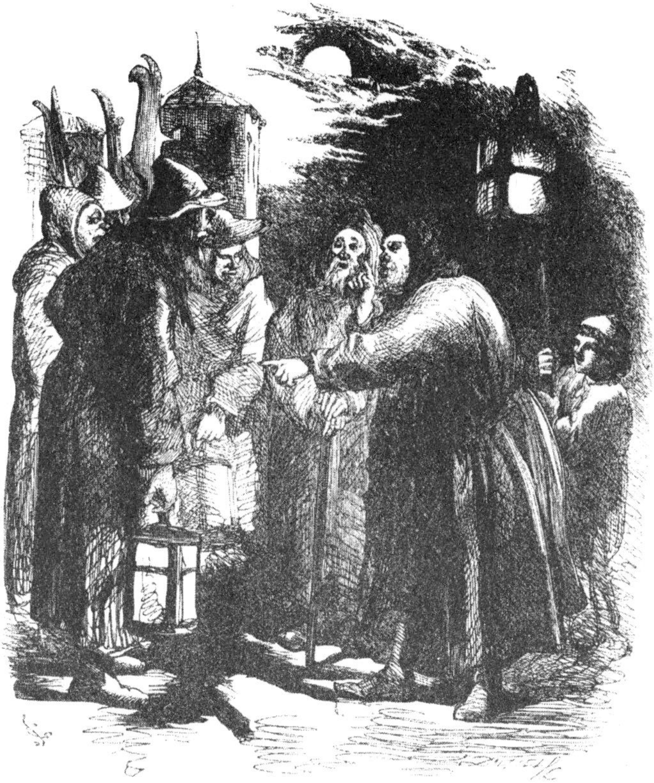

卜拉丘　这就表明你是个没见世面的小子。你知道,一件紧身衣、一顶帽子、一件披肩,为了时髦,今儿翻花样,明儿翻花样,是不算一回事的。

亢拉得　是的,这就是一个人的衣饰。

卜拉丘　我是在讲翻花样,讲时髦。

亢拉得　(摸不着头脑)对啦,时髦就是——时髦。

卜拉丘　呸!那简直等于说傻瓜就是傻瓜了。你难道不明白,我说的这个翻花样,赶时髦,就是张冠李戴、乔装改扮的贼吗?

巡丁乙　(悄声)我知道有一个乔装改扮的坏家伙,做贼已经做了七年,瞧他摇摇摆摆,走来走去的神气,倒像个上等人似的——我还记得这家伙的名字。

卜拉丘　你没听见有人在讲话?

亢拉得　没有,那是屋顶上风标在转动。

卜拉丘　你不明白吗?我说,这"时髦"是多么容易乔装改扮:它可以把那些从十四岁到三十五岁血气未定的男子汉搅昏了头;有时候,把他们装扮成埃及法老王的兵士,仿佛从灰尘堆里的画图中跳出来;有时候,又像异教邪神的祭司,镶嵌在古老的教堂的窗子上;有时候,又像织在蛀蚀了的旧花毡上的赫克莱斯,胡髭剃得光光的,裤裆里的那个袋子,①沉甸甸的,就像他那根棍子……

亢拉得　这一切我全知道;我也知道一件衣服还没穿旧,花样倒已经翻了不知多少次了——可是你自个儿是不是也给"时髦"搅昏了头,所以不跟我讲你那正经,倒反而大谈

---

①　欧洲中古时代,男子短裤前有袋状物。

其时髦来啦?

卜拉丘　跟你就别想说得明白!跟你说了吧,今天晚上我已经跟玛格丽——喜萝小姐的侍女谈过爱情啦。她靠在她小姐闺房的窗口,我叫她做"喜萝",她向我接连道了一千个晚安——我把故事讲得太糟啦,①我应当先告诉你,那亲王和克劳第怎么样听信了我那东家唐·约翰的话,给东家昏头昏脑地哄了来,牵着走,预先躲在花园里,远远地望着我们两个在调情。

亢拉得　(急切地)他们真把玛格丽当做了喜萝吗?

卜拉丘　两个人上了当,亲王跟克劳第;可是我那个暗中做鬼的东家肚子里雪亮:她是玛格丽。一则因为东家发誓赌咒,使他们中了邪魔,迷住了心窍;二则因为夜色昏沉,蒙蔽了他们的眼睛;(得意)可是说来说去,还是多亏我想出了这个移花接木的诡计,才证实了唐·约翰无中生有的谣言。克劳第这一气非同小可,背转身来就走,发誓说他明天早上,要赶到教堂里去,在预定举行婚礼的当儿,跟喜萝面对着面,把他今晚看到的情景宣布出来,当着一堂的宾客出她的丑,把她退回娘家去。

〔巡丁乙领弟兄们冲上前来

巡丁乙　我们用亲王的名义命令你们,站住!

巡丁甲　快快去叫老总起来。一件全国最危险的奸淫案子给咱们破获啦。

巡丁乙　这两个坏蛋中有一个就是乔装改扮的贼——我认得

---

① 卜拉丘说话颠三倒四,分明已经喝醉了。

出他来,他头发上打着"相思结"。①

亢拉得　老乡,老乡——

巡丁乙　不怕你不乖乖儿地把那乔装改扮的贼交出来,请你放心吧。

亢拉得　老乡——

巡丁甲　别噜苏啦,我禁止你。让咱们乖乖儿地服从你们跟着咱们走!

卜拉丘　我们这批好货,进到他们的手里,那才叫走运呢。

亢拉得　我敢担保,只是一批棘手货罢了。(向巡丁)跟你们走就是了。

第四景　闺　房

〔喜萝,玛格丽,及欧秀拉上

喜　萝　(坐在镜前,梳妆)好欧秀拉,去把我的姐姐白特丽丝叫醒,催她快点儿起身。

欧秀拉　我这就去,小姐。

喜　萝　再请她到这儿来。

欧秀拉　好。

〔下

玛格丽　说真的,我看还是用那一个绉领好。

喜　萝　不,你别见怪,好玛格丽,我要戴这一个。

玛格丽　说真心话,这一个并不挺好;我担保您的姐姐也会这

---

① 英国当时有些轻浮的男子,留一绺鬈发,挂在前额或左耳边,用情人的缎带打成结子,称做"相思结"。

样说的。

喜萝　我那姐姐是个傻瓜,跟你配成一对罢了。我就是要戴这一个。

玛格丽　我很喜欢内室里边那一顶新的发罩,要是头发的颜色再深那么一点儿那就更好了。您那长袍的式样真是漂亮极啦。人人都称赞米兰公爵夫人的那件袍子,那身衣服我也看见过——

喜萝　啊,听他们说,那可好得不得了呢。

玛格丽　不是我胡扯,跟您这一件一比,只好算是便衣罢了——金线织的缎子,镶着银色花边,袖子上有镂空的花样,衬着里子,缀着珍珠,直到袖口都是;还有蓬开的套袖,绕着裙子的下摆,团团一圈都是天青的金贴片——可是要讲到式样的雅致、大方、漂亮,那您这一件可以抵得上她十件。

喜萝　但愿上帝保佑,让我欢欢喜喜地穿上这件新衣服吧——我的心,怎么沉甸甸的,好像压着什么似的。

玛格丽　过会儿压上个男人,那分量还要重哪。

喜萝　啐,什么话!你不害臊吗?

玛格丽　害臊什么呢,小姐?因为说了句正正经经的话吗?哪怕他是个叫花子,结婚,不是一桩正正经经的事吗?难道您的姑爷不是正正经经的人物;做了您的姑爷,却见不得人了?也许您嫌"男人"这话太粗俗了,那么就这么说好啦:——"对不起,说句不中听的话:一个丈夫。"说话有理,就不怕别人故意歪曲。"等有了丈夫,责任就重啦。"这话难道要不得吗?我看一点也没什么错呀——只要是正正式式的夫妻;要不然,那就只有轻薄,还谈什么吃重不吃重呢——您可以请教白特丽丝小姐,她来啦。

〔白特丽丝上

喜萝　早安,姐姐。

白特丽丝　(懒洋洋地)早安,好喜萝。

喜萝　嗳,你怎么啦,说话有气无力,像走了音似的?

白特丽丝　我的心弦乱得很,只有这个调门儿了。

玛格丽　快唱一曲《妹妹心太活》①吧,这是不用男低音伴唱的;你唱,我来跳舞。

白特丽丝　大概你的一对马蹄子,就跟你那"妹妹"的一颗心那样,太"活"了吧。将来哪个男人娶了你,快替他养一马房马驹子吧。

玛格丽　哎呀,真是牛头不对马嘴!我把你这话一脚踢开了。

白特丽丝　快要五点钟啦,妹妹,你该早点儿准备好啦。说真的,我身子怪不舒服。唉,好苦哪!

玛格丽　您是嘴里苦,心里苦,还是相思苦?

白特丽丝　是说不出的苦。

玛格丽　哼,这个黄毛丫头要是没变坏,那么船上掌舵的也不必看北极星啦。

白特丽丝　这傻子倒是在说些什么呀?

玛格丽　什么也没说——除了但愿上帝保佑每个人称心如愿!

喜萝　这副手套是伯爵送给我的,你闻闻,多好的香味儿。

白特丽丝　(转过脸去)我的鼻子塞住了,妹妹,我闻不出来。

---

① 《妹妹心太活》,英国的一支古老的舞曲,曲谱至今犹存,歌词已无可查考。

玛格丽　一个塞住了鼻子的姑娘,那还不打紧;只怕太热了,也会伤风的吧。

白特丽丝　啊,老天爷哪,老天爷哪!你几时变得这样精灵的呀。

玛格丽　自从您变得那样懵懂之后。我这嘴儿,倒是天生说俏皮话的,是不是?

白特丽丝　可惜还不够招摇,最好把你的俏皮劲儿顶在你的头上吧。说真的,我心里昏闷。

玛格丽　您去弄一种药草来,煎了汁,搽在胸口,医您的心病是最灵验不过的。那药草的名字就叫做"卡杜·班尼迪克土"。

喜　萝　这一下,你这药草直刺到她的心眼儿里去啦。

白特丽丝　班尼迪克土!干吗"班尼迪克土"?你这"班尼迪克土"一定另有用意!

玛格丽　另有用意!天晓得,我一点用意也没有啊,只是说一种仙草罢了。您也许以为我猜想您害了相思病啦——可是不,我的妈,我不是那么一个傻瓜,会高兴怎么想就怎么想;(越说越快)也不愿意想到哪儿就是哪儿,就是真的想空了我的心,我也真的决不会猜想到您是害了相思啦,或者您快害相思啦,或者也会害上相思啦——可是班尼迪大爷本来也跟您一个样,现在他却变了个人啦。他当初发誓决不娶媳妇儿;现在,可照样死心塌地地吃他那一份粮,一声儿都不吭。您究竟会变成个什么样儿,我没法说;可是我总觉得现在您这一对眼睛瞧起人来呀,就跟别的姐妹一模一样呢。

白特丽丝　打破了什么水缸,这么哗啦啦的直倒下来呀。

玛格丽　可不是添油加酱的酱缸。

〔欧秀拉上

欧秀拉　小姐,快进去准备起来吧！亲王、伯爵,班尼迪大爷,唐·约翰,还有当地的公子哥儿们,全都来了,好接您到教堂去。

喜　萝　好姐姐——好玛格丽,好欧秀拉,快帮我穿扮起来吧！

〔同下

第五景　大　厅

〔廖那托,杜勃雷及孚其司同上

廖那托　老朋友,你来找我有什么事儿？

杜勃雷　我说,老爷,我有件机密事儿要当面向您指教,这件事儿跟您大有关系呢。

廖那托　请你三言两语地说吧；你看,我这当儿正忙不过来呢。

杜勃雷　我说,老爷,这可是这么一回事儿——

孚其司　可不是,老爷,真正就是这么一回事儿。

廖那托　到底是怎么一回事儿呀,我的好朋友们？

杜勃雷　老爷,孚其司这老好人,讲起话来是有点儿东拉西扯的——他年纪老啦,老爷,脑筋可比不得从前那么糊涂啦；上帝保佑,这也难怪他。可是说句良心话,他是个老实不过的好人,您瞧他的眉尖心就可以明白啦。①

~~~~~~~~~~~~~~~~~~

① 指欧洲古时刑法,在犯人的眉心间烙印；孚其司的眉心间并无烙痕,这就表明(按照杜勃雷的论证)是个"好人"。

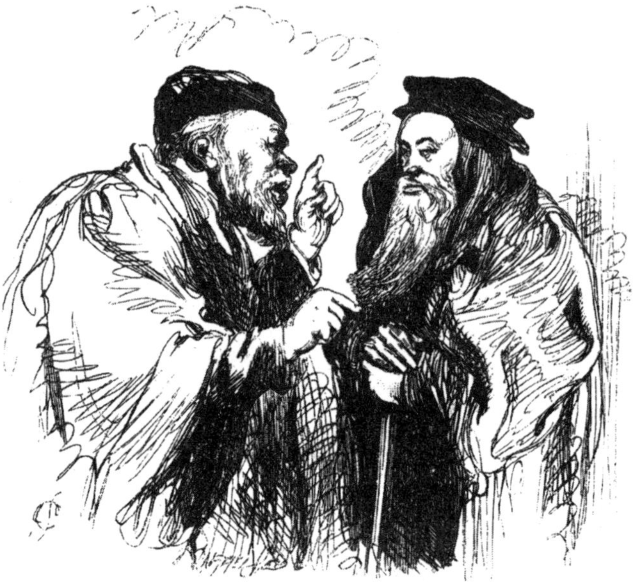

孚其司 （疙里疙瘩地）可不是，感谢上帝，我就跟无论哪一个上了年纪、跟我一样老实、可并不比我更老实的老实头儿一样老实。

杜勃雷 比长比短，比来比去，是最刺眼触鼻子的。闲话少说，孚其司伙计。

廖那托 唉，你们两位缠绕的本领可真大！

杜勃雷 承蒙您老爷好说，①不过咱们都是可怜的公爵手下的巡官儿。② 可是不说假的，拿我自个儿来说，要是我这缠绕的本领跟皇帝老子那样大，我一定舍得拿来一股脑儿全传给您老爷。

廖那托 （气坏了）怎么说？拿你这"缠绕"的本领全传给我？

杜勃雷 对啊，哪怕再加上一千个金镑，有这么大价值，我也决不会舍不得。因为是，我听得人家都夸您老爷不比这儿城里哪个守本分的人儿差，我虽然是一个老粗，听了也非常满意。

孚其司 我也同样满意。

廖那托 我最满意的是你们有话就快说出来。

孚其司 我说，老爷，昨儿晚上，咱们查夜的，捉到了两个全梅西那最坏不过的坏蛋——（画蛇添足）当然，您老爷没包括在内。

杜勃雷 老爷，他是个好老头儿，就爱多说话——人家说："年纪老啦，人就变糊涂啦。"上帝保佑咱们，这世上稀奇古怪的事儿真够瞧的！（向孚其司）你说话的本心倒是

---

① 杜勃雷听见"本领大"，只道是句恭维话，高兴极了。（喜尔）
② 应说，"公爵手下的可怜的巡官儿"。

好的,孚其司伙计。好在上帝是个明白人。可是,两人骑一马,总得有个一前一后。① 真的,老爷,他是个老实汉子;说良心话,他跟随便哪一个啃面包的人一样老实;可是——咱们敬重上帝吧!——天底下的人可不全是一模一样。② 唉,好伙计!

廖那托　可不,老乡,他跟你差远了。

杜勃雷　(得意)这也是上帝的恩典。

廖那托　我不奉陪你们啦。

杜勃雷　(抢上一步)还有一句话,老爷,咱们查夜的,老爷,当真抓住了两个来路不灵、形迹可喜的家伙,咱们想趁今天早晨在您老爷面前把他们审问一下。

廖那托　你们自己去审问吧,回头再报告我。我这会儿忙得要命,你们总能看得出来。

杜勃雷　那么一言为定吧。

廖那托　你们喝点儿酒再走。再见。

〔一使者上

使　者　老爷,他们都在等候着您去主持小姐的婚礼呢。

廖那托　我就去招呼大家——我这就来啦。

〔与使者同下

杜勃雷　去吧,好伙计,去把法兰西斯·西哥儿找来,叫他把笔和墨水壶带到监房里去——咱们马上就要审问那两个家伙啦。

---

① 两人骑一马,总得有个一前一后,这是一句谚语,杜勃雷说到这里就把孚其司挤了下去,挡在他面前。(《赫生版》)

② 言下之意,我就不像他那样坏事。他说完这话,回头向说错了话("当然,您老爷没包括在内")的孚其司,同情地感叹道:"唉,好伙计!"

孚其司　咱们一定要审问得非常聪明乖巧。

杜勃雷　对啦,咱们可要挖空心思斗他一下,跟你说了吧。就凭我这个,①要把他们的底细问个稀里糊涂。只消给我把那个会写字儿的文学家找来,好把咱们的口供记下来就是了。你在监房门口候我吧。

〔各下

---

① 就凭我这个,杜勃雷说到这里,把手触了一下额头。(约翰孙)

第 四 幕

第一景 教 堂

〔唐·彼得罗,唐·约翰,克劳第,班尼迪上。

〔法兰西斯神父,廖那托,喜萝,白特丽丝自另一方上。宾客和侍从等上

廖那托 （引领喜萝,来到神坛前）来吧,法兰西斯神父,简便一点儿——只消给他们行一个普通的结婚仪式好啦,他们夫妇之间相互的责任,您回头再一一开导他们吧。

神 父 （向克劳第）您来到这儿,大爷,是跟这位小姐结婚吗？

克 劳 第　不。①

廖 那 托　是来跟她结婚。神父,您来给她举行婚礼吧。

神　　父　小姐,您来到这儿,是跟这位伯爵结婚吗?

喜　　萝　是的。

神　　父　你们两人中间,要是有谁知道有什么隐情私事,使你们难以结为夫妇,那么我以你们的灵魂作质,命令你们现在说出来。

克 劳 第　喜萝,您有什么要说的吗?

喜　　萝　没有,我的主人。

神　　父　伯爵,您有什么要说的吗?

廖 那 托　我敢代他回答:"没有。"②

克 劳 第　哼,谁敢说这句话! 谁能说:"我敢说这句话!"谁知道一个人天天在说这些话,却不知道说的是什么话!

班 尼 迪　怎么回事! 一连串的感叹符号? 那么,干吗不来一串快活的感叹词③应应景:"嘻嘻"呀,"哈哈"呀!

克 劳 第　神父,请您站过些。

　　　　　(向廖那托)老人家,对不起

　　　　　您果真出之于一片慷慨的好心,

　　　　　把这一位姑娘,您的闺女,嫁给我?

廖 那 托　就那么大方,孩子,正像当初上帝把她送给我。

克 劳 第　那么请教,这样一份珍贵的礼品我该用什么来作为

---

① 这一声"不",没好声气,完全出乎意料。大家都把眼光投向克劳第。廖那托善意地替他纠正过来:"是来跟她结婚。"
② 神父问:"伯爵,你有什么要说的吗?"克劳第不作声。气氛有些紧张起来。于是廖那托插进来说:"我敢代他回答……"
③ 快活的感叹词,当时的拉丁文课本中规定感叹词有快乐和悲哀的分别。

报答才好呢?
彼得罗　除了原璧奉还,再没旁的办法啦。
克劳第　好殿下,您指点了我最漂亮的人情。
　　〔拿起喜萝的手,把她送到她父亲跟前
　　这里就是,廖那托,把她拿回去吧;
　　可别把这个烂橘子塞给自己人!
　　她只是给自己挂了个"贞洁"的幌子——
　　瞧,她脸儿都红了,多像个闺女!
　　啊,狡猾的"罪恶",它真会把自己
　　装扮得冠冕堂皇、一派正经!
　　那两片羞答答的红晕不是正好
　　给她的纯朴做证?
　　(向众宾客)你们瞧着她
　　这一副表情,不是都愿意发誓说,
　　她是个黄花闺女?那就大错特错啦;
　　她早已领略了火热的枕席上的风情。
　　她脸红,不为了害羞,是为了罪恶!
廖那托　伯爵,您说些什么话?
克劳第　我不要结婚——
　　跟一个搞臭了的淫妇结合成一体!
廖那托　好伯爵,要是您为了有意考验,
　　动摇了她的心,冲破了她的防范,
　　她年轻,拿不住主意,就失了童贞——
克劳第　我知道您接着会怎么说:要是我
　　当真跟她发生了暧昧的关系;
　　您会说,她原是把我认做丈夫的,

　　　　　这样,就给她把罪恶掩盖过去。
　　　　　可是不,廖那托,我从来不曾使用
　　　　　一言半句的轻薄去把她挑逗,
　　　　　我总是像一个兄长对他的妹妹,
　　　　　表示着含羞的真情和纯洁的爱恋。
喜　萝　难道我对您,不向来就像是这样?
克劳第　不要脸的!像是这样!我要宣布:
　　　　　我看你倒像是月亮的女神黛安娜,①
　　　　　好比含苞未放的鲜花那样贞静;
　　　　　可是骨子里,你比了妖淫的维纳斯②
　　　　　还要放荡;比了猫,比了雌狗——
　　　　　那在淫欲里打滚的畜生,还要无耻!
喜　萝　我那大爷的身子可安好吗,为什么
　　　　　他说话失了分寸,出口伤人?
廖那托　仁爱的殿下,您为什么也不开开口?
彼得罗　(耸一耸肩膀)叫我说什么好呢?我套进在里头,
　　　　　自己先没了光彩。我干的什么事?——
　　　　　叫自己的好友去跟淫妇结合在一起。
廖那托　我真的听见了这些话,还是,在做梦?
唐·约翰　(阴冷地)老太爷,这都是他们亲口说的话;

---

① 黛安娜,希腊罗马神话中的月神。据说她的母亲分娩她跟阿普罗孪生兄妹时,难产,备极痛苦,黛安娜长大后因之守贞不婚;所以又是象征贞洁、保护少女的女神。
② 维纳斯,希腊罗马神话中的美神、爱神,与战神马尔斯有私,曾为其丈夫铸冶神佛尔干捉住。

　　　　　这都是当真不假的事。

班尼迪　这哪儿像举行婚礼呢。

喜　萝　"当真"！天哪！

克劳第　廖那托,站在这儿的不是我吗？

　　　　这不是亲王吗？这不是亲王的兄弟？

　　　　这不是喜萝的脸？我们的眼睛

　　　　不是看得很清楚？

廖那托　这一切都对,

　　　　可这又究竟是怎么回事呢,伯爵？

克劳第　让我只向您的女儿问一个问题,

　　　　您凭着您做父亲的天赋的权力,

　　　　吩咐她老老实实回答我。

廖那托　（向喜萝）你听着,

　　　　你是我的孩子,就照实回答他。

喜　萝　上帝保佑我吧！我要给他们逼死了！

　　　　你们这算是什么"教义问答"呀？①

克劳第　要你说出自己的真姓实名来。②

喜　萝　我不是叫喜萝吗？谁能黑白不分,用虚妄的罪名来

　　　　糟蹋这个名字？

克劳第　嘿,那就要问喜萝自个儿啦！——因为

～～～～～～～～～～～～～～～～～～～～～～～～～～～～～～

① 教义问答,基督教会给达到一定年龄的孩子举行"坚振礼"时所提出的一系列关于宗教信仰的问题。第一个问题照例是："你叫什么名字？"所以克劳第接着就说,要喜萝说出她的名字来。

② 古希腊故事《喜萝与兰德》里的女主人公与喜萝同名,是一个忠贞的爱人。克劳第疑心喜萝不贞,因此语中带刺,要她说出自己的真名。

    "喜萝"它自个儿能糟蹋喜萝的名节。
    昨晚上,十二点到一点,在你的窗口,
    跟你谈话的那个男人,他是谁?
    要是你是个闺女,回答这问题吧。
喜 萝 我不曾半夜里跟男人说过话,大爷。
彼得罗 那您就不是个规规矩矩的姑娘了。
    廖那托,很抱歉,我只能把话跟您说了:
    凭我的名誉起誓,我自己,我的兄弟,
    跟这位受了骗的伯爵,昨儿晚上,
    那个时间,亲眼看到了,亲耳听见了,
    她,伏在窗口,跟一个流氓谈心;
    那小子才真叫下流透顶,从他嘴里
    漏出来,这一对男女,偷偷摸摸,
    也不知干了几千次不要脸的勾当。
唐·约翰 哎呀,哎呀!那些话怎么能出口,
    快别说了吧,殿下。再要往下说,
    咱们还有什么干净的字眼儿,
    不把耳朵弄脏了?漂亮的姑娘,
    我真替您可惜哪——这样糟蹋自己!
克劳第 啊,喜萝!你美好的外貌要是能
    分一半"美"给你的思想和品德,
    那你将会是一个多美好的喜萝!
    可是再会吧,最丑、最美的人儿!
    再会吧,你又香又臭、又臭又香的人儿!
    为了你,我要紧闭上爱情的心扉,
    让"猜忌"的阴影笼罩在我的眼前,

> 把天下的美色一律看成了祸水，
>
> 叫千娇百媚失去了诱人的魔力。

廖那托　拿一把刀子来，劈开了我这颗心吧！

〔喜萝昏倒

白特丽丝　（赶紧扶住她）哎呀，怎么啦，妹妹！你怎么倒下去啦？

唐·约翰　来，来，咱们走吧——

> 她给人揭出了老底，再也撑不住啦。

〔唐·彼得罗，唐·约翰，克劳第，及众宾客、侍从等同下

班尼迪　新娘怎么啦？

白特丽丝　死了，恐怕是。

> 快来呀，叔叔！——喜萝！——哎呀，喜萝！
>
> 叔叔！班尼迪大爷！神父！快来呀！

廖那托　命运啊！只管揪住了，别松一松手。

> 死，才是求之不得、最体面的被单，
>
> 给她遮盖了羞辱。

白特丽丝　妹妹，快醒醒呀！

神　父　小姐，您宽心吧。①

廖那托　你眼睛又睁开来了吗？

神　父　是啊——为什么她不该睁开来呢？

廖那托　为什么？不是普天下所有的生命

> 全都在把她耻笑？她能够否认

~~~~~~~~~~~~~~~~~~~~~~~~~~

① 喜尔加说明，白特丽丝没命地擦喜萝的手腕，嚷道："妹妹，快醒醒呀！"于是神父劝她宽心。这时候喜萝逐渐苏醒过来。

331

她脸上涌起的红晕所供认的丑事?
别活在世上了,喜萝,别把眼睛睁开;
为的是,倘使你不马上就给我死,
你贪生的意志竟比你遭受的耻辱
还要顽强;那么,我把你痛骂以后
还是要杀死你。我难受,我舍不下吗——
只有你这一个孩子?我埋怨造化
太吝啬,不肯多给我几个儿女?
啊,像你这样,一个已经太多!
为什么我偏偏生下一个孩子来?
为什么我偏把你看得这样可爱?
为什么我不曾发一个慈悲,行行好,
在门口收养一个叫花的孩子?
那么日后她干出了这种丢脸的丑事,
我还可以说:"她不是我的亲骨肉;
这个小贱人,谁知道是什么人养的!"
可是,我的亲生女儿,我的心肝,
我的夜明珠;我疼她,捧着她,爱得她
连我自己都容不进我自己的心目中。
她呀——唉!——她如今落进了污黑的
墨缸里,就连汪洋大海也没有
这么多清水能给她洗刷个干净,
没有这么多盐好给她解除
肉体上的腥臭。

班尼迪　　老人家,您平一平气吧。
我瞧着这一切,简直是莫名其妙,

不知道该怎么说才好。
白特丽丝　啊,我敢发誓,我妹妹是冤枉的!
班尼迪　小姐,昨夜里您跟她睡在一块儿吗?
白特丽丝　没有,那倒没有;可是,除了那一晚,
　　　　　这一年来我一直跟她同睡一张床。
廖那托　那就对了,那就对了!本来铁般的事实,
　　　　现在这么一说,越发地推不翻了!
　　　　亲王兄弟俩会说谎吗?克劳第会吗?——
　　　　他这么爱她,说出她的罪恶来,
　　　　忍不住掉下了泪!别理她!叫她死吧!
神　父　且听我说几句话。我方才在一旁
　　　　眼看平地忽然起了风波,
　　　　始终没开口,原为了留神观察
　　　　这位小姐的神色。我只见一阵阵
　　　　羞惭的红晕涌现在她那腮帮子上,
　　　　接着,又是冰霜般皎洁的惨白
　　　　千百次把红晕赶走。从她的眼里
　　　　射出了火一般的光芒,仿佛要把
　　　　王爷们加给她清白之身的诬蔑
　　　　烧个光。尽管叫我傻瓜吧;再不用
　　　　相信我的学问,我那跟书本相印证、
　　　　从经验得来的观察力吧;也别看重
　　　　我的年龄、身份,我这神圣的职司吧——
　　　　如果这位晕倒在这儿的好小姐,
　　　　不曾遭到了天大的冤枉!
廖那托　神父,

|||这是不会有的事。您看，要说她
对上帝还存一点儿敬畏，那就是
她不敢在那"永劫"的罪孽上再加上
一重"抵赖"的罪名。她并没有否认，
那您又何必硬要替她开脱呢——
这已经是完全明摆着的事！
神　父|小姐，他们说您是跟谁有来往？
喜　萝|说坏我的人，他们总该知道；
我可不知道。要是我跟哪个男人
有过什么交接，超越了女孩儿家
应该遵守的礼法，那么就算我犯了
死有余辜的滔天大罪吧！啊，爸爸，
只要您指得出曾经有哪一个男人，
在那不合适的时刻里跟我谈过心；
或者，昨天晚上我跟随便哪一个
说过一句话，那您就别认我女儿吧，
痛恨我吧，用无情的刑罚处死我吧！
神　父|王爷们定有了意想不到的误会。
班尼迪|他们中间有两个是正人君子；
这一回要是迷了心窍灵智，
那该是约翰那个私生子在弄鬼，
他生性就爱干那不可告人的勾当。
廖那托|我不知道。要是他们说的是真话，
那么这双手就要撕她的皮——
要是他们有意糟蹋她的名誉，
哪怕他有多大身价，也要请他

　　　　站出来交代清楚！我年纪老了,
　　　　可是血还在流,脑子还没有枯;
　　　　我老运不好,家产可还没花完;
　　　　我遭了事故,朋友可还找得出几个;
　　　　叫他们也看看,并不是那么好欺侮:
　　　　我还有气力,还拿得准主意,
　　　　还不是无财无势,寡亲少友,
　　　　不敢痛快地向他们出这一口气。
神　父　慢着,这件事上,听听我的劝告,
　　　　让我给您出个主意。王爷们
　　　　离开的当儿,只道小姐已断了气;
　　　　就不妨暂时让她深居简出,
　　　　对外面只说她真的已经死了;
　　　　还要把丧事铺排一番,在你家
　　　　祖茔的墓碑上添一段追悼她的铭文,
　　　　一切事宜都要按照殡仪举行。
廖那托　这又怎样呢？这么做,有什么道理呢？
神　父　要是做得好,就可以替喜萝小姐
　　　　把别人的毁谤变成一片怜悯,
　　　　这也是好事。但是,我异想天开,
　　　　不光是为了这个;我这一番用心,
　　　　还抱着更大的希望。人家听得说
　　　　喜萝受不住毁谤,当场就死了,
　　　　谁都会哀悼她,可怜她,原谅她了。
　　　　往往是这样:把玩在手里的珠玉,
　　　　我们并不当作宝贝珍重;

　　　　一旦宝贝不见了,失落了,我们这才
　　　　发现了当初瞧不见的光彩,这才
　　　　夸不尽地赞美它。克劳第也会这样。
　　　　他听说喜萝受不住他无情的指责,
　　　　就此死了;她那生前可爱的形态,
　　　　一定会浮现在他的出神的幻想中,
　　　　整个儿身影,从头到脚,会变得
　　　　比她生前更娇艳、更楚楚动人——
　　　　在他心目中更富于生命。他的心
　　　　果真跳动过爱情,他就会一阵难过,
　　　　悔不该当初指着她说出那些话——
　　　　哪怕他始终以为,他那一番指责
　　　　是有根有据。就这么办吧,不用愁,
　　　　那结局一定比我想的还要好——
　　　　我只说个大概,哪能想得尽这许多。
　　　　即使退一步:希望,就算落了空,
　　　　那么传出了小姐的凶耗,也可以
　　　　堵住人家的嘴,不让谣言太猖狂。
　　　　万一这也不成,那您依然可以把她
　　　　隐藏起来,度着遁居修道的生涯,
　　　　隔绝了世上的口舌、耳目,是非与心计——
　　　　对她那受伤的名誉,这可是最合适了。
班尼迪　廖那托大爷,听这位神父的话吧;
　　　　我跟亲王、克劳第的私交,您知道,
　　　　当然是很深的;可是,在这件事情上,
　　　　凭我的荣誉,我一定能严守秘密,

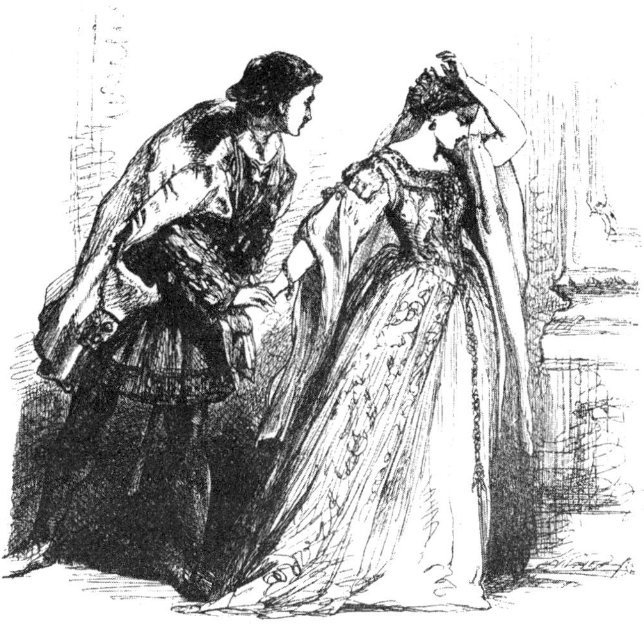

>　　　　就像一个人的躯壳紧裹住灵魂。

廖那托　我的心像麻一样地乱,你们就是用
　　　　一根顶细的草绳也可以牵着我走。

神　父　那您是同意了。我们走吧——即刻就进行;
　　　　凶险的病症就得用重药来医。
　　　　小姐,忍耐些,咱们要向死里去求生,
　　　　今天的婚礼,只道是暂时的延期。

　　　　〔神父扶喜萝下,廖那托随下

班尼迪　白特丽丝小姐,您一直都在哭吗?

白特丽丝　嗯,我还要哭那么一会儿呢。

班尼迪　我可不愿意您这么伤心。

白特丽丝　凭什么理由?我高兴哭才哭的。

班尼迪　当真的,我确实相信令妹是冤枉的。

白特丽丝　唉,要是有哪一位能够给她申冤报仇,我真不知道
　　　　要怎样感激他哪!

班尼迪　可有什么方法向您表示这一种友谊吗?

白特丽丝　方法现成得很,就缺少这样的朋友。

班尼迪　一个男人办得了这件事吗?

白特丽丝　这本来就是男子汉的事——可不是您的事。

班尼迪　在这世上,我最爱的不是别的什么,而是您——这不
　　　　奇怪吗?

白特丽丝　可不是奇怪,那真是叫我莫名其妙的事儿。——
　　　　倒像是我也能说出这样的话来了:"我最爱的不是别的
　　　　什么,而是您!"——可是您别相信我呀——不过我也并
　　　　没说谎呀——我什么都不承认,我什么也不否认——我
　　　　只是为我的妹妹伤心。

班尼迪 凭着这把刀起誓,白特丽丝,你是爱我的。

白特丽丝 快别罚誓赌咒,免得这刀把子成了你的话柄子。

班尼迪 我就是凭这个起誓:你爱我;谁要是说我不爱你,那这把刀子就要叫他做我的活靶子。

白特丽丝 您不会嘴巴硬、心里软吗?

班尼迪 我嘴巴硬、心里甜;可再甜也不会把自己说过的话吃下去。我发誓,我爱你!

白特丽丝 啊,那么上帝饶恕我吧!——

班尼迪 犯了什么罪过呀,好白特丽丝?

白特丽丝 幸亏您打断了我的话茬儿,我正想表明,我爱您。

班尼迪 快说吧,把你心里的话全说出来吧。

白特丽丝 我整个心儿都爱着您,连向您表明的心思也没有啦。

班尼迪 来吧,你要我办什么事,吩咐吧。

白特丽丝 去杀死克劳第。

班尼迪 什么?绝对办不到!

白特丽丝 您不杀他,就等于杀了我。再见吧。

班尼迪 (追上去,抓住她的手)慢着,好白特丽丝!

白特丽丝 就算我的身子留在这儿,我的心儿早已飞走啦——您一点儿真情也没有——得啦,请您还是放我走吧。

班尼迪 白特丽丝——

白特丽丝 说真的,我就是要走。

班尼迪 那么让我们先交了朋友吧。

白特丽丝 您只有跟我交朋友的勇气;跟我的敌人决斗,就没有这胆量!

班尼迪 克劳第是你的敌人吗?

白特丽丝　他还不道道地地地证明了是一个坏蛋？——他污蔑了、侮辱了、糟蹋了我妹妹的名誉！啊，但愿我是一个男人！嘿，一直把她捧在手掌里，等到快要手握着手，举行婚礼了，顿时翻过脸来，穷凶极恶，当众毒咬她一口！上帝啊，但愿我是个男人！我要在十字街头吃他的心！

班尼迪　听我说，白特丽丝——

白特丽丝　伏在窗口跟一个男人讲话！说得真像腔！

班尼迪　再说，可是，白特丽丝——

白特丽丝　好喜萝！她受了不白之冤，她遭了污蔑，她的一生就此给毁啦！

班尼迪　白特——

白特丽丝　什么亲王，什么伯爵！好一个做假见证的亲王，神气活现的伯爵，甜甜蜜蜜的伯爵，讨人喜欢的小白脸，可真不错！啊，为了他的缘故，我恨不得自己是个男子汉！要不，但愿我有一个朋友，他为了我的缘故，做一个堂堂男子汉！可是男子汉的气概早已瘪下去了，只剩打躬作揖的份儿；大丈夫的见义勇为变成一团讨好奉承的软劲儿！如今的男人光靠一条舌头，倒是挺灵活的。谁会说谎，拿谎言当真理赌咒，谁就是大英雄，当今的赫克莱斯！我没法称自己的心做一个男人，那只好做一个女人，死也不甘心！

班尼迪　慢一慢，好白特丽丝——我举手起誓，我爱你！

白特丽丝　您要是爱我，不如去做些旁的事，别举手发誓吧。

班尼迪　你从心底里认定克劳第伯爵冤枉了喜萝吗？

白特丽丝　一点儿不错，就像我有一个头脑，有一个灵魂那样。

班尼迪　够了，一言为定！我决定去向他挑战。我要吻一吻你的手再离开你。（拿起她的手）现在我凭这只手起誓，克劳第非得向我好好交代清楚不可。(吻她的手)请你等着我的消息,想着我的爱情。去吧,去安慰你的妹妹吧。我对外人只说她已经死啦——好,回头见吧。

〔下。白特丽丝随下

第二景　监　狱

〔杜勃雷,孚其司,司事,各披袍服上;巡丁押亢拉得,卜拉丘随上

杜勃雷　咱们这一伙儿全体缺席了吗?

孚其司　喂,给司事拿一个垫子,端一张凳子来。①

司　事　(坐下)哪一个是这案子的主犯?

杜勃雷　呃,那就是我跟我的老伙计呀。②

孚其司　一点儿错不了,咱们擅自做主,来审案子的。

司　事　可是,哪两个是受审的犯人?带他们到巡官老爷面前来。

杜勃雷　对,好哇,带他们到我面前来。

〔二犯人被押上来

你叫什么名字,朋友?

卜拉丘　(傲慢地)卜拉丘。

杜勃雷　(向司事)劳驾写下:卜拉丘。(向亢拉得)小小子,你的名字呢?

---

① 在孚其司眼里,司事能够书写,是个了不起的人物,所以应当受到尊敬。(哈里逊)

② 杜勃雷还道"主犯"就是"主审官"的意思。

亢拉得　我是个绅士,老总!我的名字叫亢拉得。①

杜勃雷　那么写下吧:"绅士老爷亢拉得"。两位大爷,你们都信奉上帝吗?

亢拉得
卜拉丘 } 对了,我们希望这样,老总。

杜勃雷　(向司事)写下来:他们希望信奉上帝——给我把上帝写在头里,要是让这些混蛋的名字占在上帝的头里,他老人家才不答应呢!两位小哥儿,已经查明属实,你们是两个比没良心的坏人好不了多少的家伙,一会儿你们就要让大家瞧个一清二楚了。你们自己有什么话要说?

亢拉得　妈的,老总,我们说,我们才不是坏人。

杜勃雷　(向司事)这个家伙多聪明乖巧,跟你说了吧;可是我会拿话套他出来的。(转向卜拉丘)给我过来,小小子。在你的耳边说句话。哥儿,我对你说:有人认为你们是没良心的坏人哪。

卜拉丘　(大声抗辩)老总,我对你说:我们不是坏人!

杜勃雷　(一怔)好,站在一边儿。天哪,他们是一个师傅教的,说的话没有两个样儿。(向司事)你有没有写下来:他们不是坏人?

司　事　老总,您这样审问,可问不出个名堂;您得把那几个控诉他们的巡丁叫上来问话才行。

杜勃雷　对,好哇,这办法才叫异想天开。叫那巡丁上来吧。(向

---

① 亢拉得给这样吆喝着,大有反感,所以大声抗议道:"我是个绅士,老总!"于是杜勃雷说道,语气中带着讥刺:"那么写下吧:'绅士老爷亢拉得'。"

巡丁)弟兄们,我用亲王的名义,命令你们控诉这两个人。

巡丁甲　（指着卜拉丘）回老总,这个人说,亲王的兄弟唐·约翰是个坏人。

杜勃雷　（向司事）写下来:"约翰亲王是个坏人"。哎呀,这还不是"伪证罪"——把亲王的兄弟叫做坏人!

卜拉丘　老总——

杜勃雷　给我住口,你这个家伙。我就看不惯你这张脸儿,我对你说了吧。

司　事　你们听得他还说些什么?

巡丁乙　呃,他说他因为让喜萝小姐蒙了不白之冤,得到唐·约翰一千两银子赏金。

杜勃雷　（大怒）这不是"敲诈案"还是什么!

孚其司　对了,老天在上,一点儿错不了。

司　事　还有旁的话吗,伙计?

巡丁甲　他还说克劳第听了他的鬼话,准备当众把喜萝羞辱一场,把她给退回去,不跟她结婚。

杜勃雷　哎哟,这该死的东西!你干的好事,一辈子也别想下得了地狱啦!

司　事　还有什么话吗?

巡丁甲　听到的都说了。

司　事　（起立）这一切,两位大爷,你们可抵赖不了。约翰亲王已经在今天早上偷偷儿溜跑了;喜萝就像方才所说的那样,受了冤枉,就跟方才所说的一模一样,给退了婚;她兜心一气,当场就死啦。老总,把这两个人绑起来,带到廖那托府上去。我先走一步,把他们的口供送去给他看。

〔下

杜勃雷　来,把他们团团围困起来!

孚其司　先下手为强——①

亢拉得　滚开些,蠢货!②

杜勃雷　救命的老天爷,司事他到哪儿去了呀?我要叫他写下来:亲王的巡官是个蠢货!(向巡丁们)来,把这两个捆绑了。(向亢拉得)你这臭贼!

亢拉得　滚开些吧!你是头驴,你是头驴!

　　　　〔巡丁们把二人犯捆住

杜勃雷　(气坏了)什么,你难道瞧不起我的地位吗?你难道瞧不起我这一把年纪?啊,但愿他在这儿,给我把这一头驴写下来!可是,各位弟兄,记住:我是头驴——尽管这句话没有写下来,可是别忘了:我是头驴!嘿,你这个坏蛋,你一肚子都是谦虚,这是大家有目共赏的。告诉你吧,我是个聪明人呢;更加了不起的是,我是个长官儿;更加了不起的是,还是个一家之主哪;更加了不起的是,论我的皮貌,跟梅西那城随便哪个漂亮汉子也好比上一比。我本人精通法律,这是其一;我手边着实有几文钱,这是其二;你别瞧我这个人,当初还遭受过损失呢;③这会儿我还有两件袍子,拿出来的东西全都是体体面面的。把他带下去。(越想越恨)啊,但愿他给我写下了:我是头驴!

　　　〔大模大样下。孚其司,巡丁押二人犯下

~~~~~~~~~~~~~~~~

① 《新莎士比亚版》加舞台指示,"他想帮忙捆缚亢拉得"。
② 按照《弗兰区演出本》,杜勃雷走近来"监督",亢拉得嚷道:"滚开些,蠢货!"
③ 杜勃雷要我们相信,他现在虽然着实有几文钱,但是他过去还要有钱,要不是过去遭受过重大损失,那才不得了呢。这也是一种自我夸耀的方式。(喜尔)

344

第 五 幕

第一景　宅　前

〔廖那托及安东尼上

安东尼　您要是老是这样长吁短叹的，
　　　　那可真要把身子气坏了；您何苦
　　　　帮着"忧伤"来糟蹋自己的身子！
廖那托　兄弟，请你别再向我进劝吧，
　　　　这些话飘进我耳朵，就像清水
　　　　倒在筛子里，全落了空。别来劝我了；
　　　　也别叫谁来安慰我，在我的耳边
　　　　说什么动听的话——除非他也经历了
　　　　我遭受的不幸。给我找一个
　　　　跟我一个样疼爱女儿的父亲，
　　　　跟我一个样，他那做父亲的欢乐
　　　　给碾个粉碎；那么，叫他来劝导我
　　　　怎样安心忍耐吧。
　　　　把他的悲伤跟我的哀痛相比，
　　　　必须是两两相当：一个创口

针对一刀子伤疤,有一颗泪珠,
陪一滴苦水;就这样铢两悉称:
论外表,比形象,以至那细枝末节,
都不能分档。要是有这样一个人,
而他居然挂起笑容、捻着胡子,
苦中偏要作乐,忘记了叹苦,
轻松地干咳嗽,借格言来驱悲消愁,①
在烛影底下钻研哲人的遗训,
把烦恼都忘了——那么叫他来见我吧,
我也好学学他那涵养功夫。
可是兄弟,这样的人世上不会有。
不曾尝到痛苦的滋味,大家都能
慰劝别人把苦痛忍耐些;一旦
自个儿遭遇了惨痛,他的洞达
就转成心摧肠裂。那清明的理性,
本来把教条当做一味救难丸,
却等于用一根丝线来束缚疯人——
拿空话来慰抚、想凭气息去止痛,
还不白费了心?这本该也是常情:
有人顶不住沉重的悲痛,辗转呻吟,
大家就劝他忍耐些;可是谁有这功夫——
谁有这修养,受得下那同样的悲痛?
所以,你也不用劝我了,

---

① 捻着胡子……轻松地干咳嗽,用拇指和食指夹住了胡须,慢慢捋着,表示悠然自得;还没开口,先就轻声咳嗽,唤起人们注意他的高谈阔论——这些都算是哲学家们的典型动作。

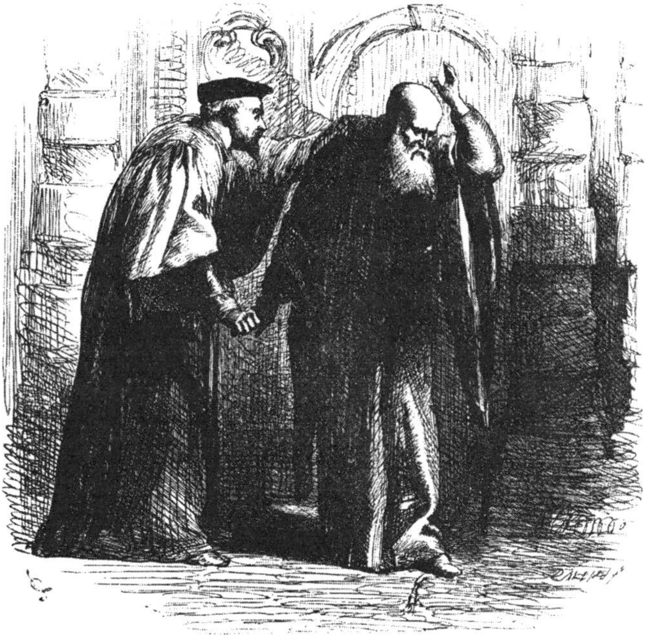

    我的哀号盖没了劝告的声音。
安东尼 这真是,大人就跟小孩一个样儿了。
廖那托 请你不用多说了。我自认只是个
    血肉之躯的凡人;就是那著书
    立言的贤人,把人世的灾难和苦痛
    看得比鹅毛还轻,牙齿痛的当儿
    还不是直跳得跳起来。
安东尼 可您也不必
    跟自己过不去,把痛苦全都顶下来呀;
    也得叫那些害苦你的人吃点儿苦。
廖那托 你这话才说对了。嘿,我决计这么办。
    我从内心知道,喜萝给人冤枉了;
    我要叫克劳第把眼睛睁开——还有
    亲王,和那一班糟蹋她名誉的人。
安东尼 看,亲王和克劳第急匆匆地来啦。
    〔唐·彼得罗及克劳第上
彼得罗 早安,早安。
克劳第 早安,两位老人家。
廖那托 听我说,两位贵人——
彼得罗 (很窘)我们没空,廖那托。
廖那托 没空,我的殿下! 好,那就再见吧。
    这一阵就那么忙?——好,反正是这么回事。
彼得罗 哎呀,好老人家,别跟我们吵架吧。
安东尼 要是吵架也能让他出口怨气,
    那咱们中间就有人得倒下了事!
克劳第 谁得罪了他?

廖那托　嘿,就是你得罪我,

　　　　你,你这个会装蒜的骗子!怎么,①

　　　　你要拔刀吗?拔好了,我不怕。

克劳第　对不起,

　　　　只怪我这手不好,凭空叫您老人家

　　　　受了惊,其实它并没有要动刀的念头。

廖那托　呸,小子,你休得冷讥热嘲的

　　　　来取笑我,我不是倚老卖老的

　　　　老糊涂:夸耀当初年轻的时光

　　　　曾干下多少惊天动地的事业,

　　　　这会儿倘若再年轻几岁,又一定

　　　　会怎样怎样。克劳第,你当面听着,

　　　　你冤枉了我的女儿,掘了我的命根,

　　　　我也顾不得这一把年纪,就拼着

　　　　这白发苍苍,这饱经风霜的老骨头

　　　　要向你挑战,判一个到底谁曲谁直。②

　　　　我说你冤枉了我的清白闺女,

　　　　你血口喷人,把她的心揉个粉碎;

　　　　如今她陪着她祖先在地下长眠——

　　　　唉,我家的祖坟从来安葬的是

　　　　清白的名声,谁知道到她的身上

　　　　却落得个污名!这全得归功于

---

① 这时候克劳第把手伸向腰边的佩刀——封建社会中狠勇好斗的骑士,认为受了侮辱,所产生的本能的反应。

② 判一个到底谁曲谁直,指欧洲中古时代的"决斗断讼法",以为站在真理一边的,自能得到上帝的保佑而把对方打倒。

　　　　　　你丧尽天良的行径!
克劳第　（暴跳）丧尽天良的行径?
廖那托　对了,克劳第,这就是你的行径。
彼得罗　老头儿,您这话就不对了。
廖那托　殿下,殿下,
　　　　不管他年富又力强,武艺高超,
　　　　把击剑当作家常,我要用刀子
　　　　来证明他满身的罪恶:只要他敢!
克劳第　给我走开! 我才不跟你纠缠呢。
廖那托　你想就这样推开我吗? 你已经杀死了
　　　　我的女儿,要是你把我也杀了,
　　　　哥儿,才算你真有杀人的胆量。
安东尼　把咱们兄弟俩全杀了,才算他有种;
　　　　可是别忙,让他先杀死一个吧。
　　　　（拔刀,插进他们中间来）
　　　　"打败了我,我的盔甲让你穿!"①
　　　　让他先跟我来个回合吧。
　　　　来,跟我来,哥儿;跟我来吧,小少爷。
　　　　小少爷,我要杀得你招架都来不及!
　　　　赢不了你,我就不算大丈夫。
廖那托　兄弟——
安东尼　您别嚷。天知道我多疼我的侄女儿;
　　　　可是她死啦——给恶人用毒舌头逼死啦。
　　　　叫他们站出来跟一个男子汉决斗,

---

① 欧洲盛行骑士制度时代流传下来的一句口头禅,表示无所忌惮。

	可就像叫我拔毒蛇嘴里的舌头：
	泄了气。奴才,猴子,乳臭未干的小子!
廖那托	安东尼,弟弟——
安东尼	您别闹。怎么啦,好人儿?
	我看透了他们,可不,知道他们的
	骨头有几两几钱重。摇头摆尾,
	厚颜无耻,这些花花公子就只会
	吹牛,造谣,无风起浪,装腔作势,
	像个小丑,摆出一副吃人的凶相,
	一开口就咒天骂地,说要叫敌人
	知道些厉害——假如他们鼓得起胆量!
	他们的全部本领都在这里啦。
廖那托	可是,安东尼,弟弟——
安东尼	不,放心吧;
	您不用管,让我来对付他们。
彼得罗	两位老人家,
	我们并不想惹得两位冒火。
	令媛的死真使我感到抱憾;
	可是,凭我的荣誉,我们指控她的
	句句有凭有据,绝对确实。
廖那托	殿下,殿下——
彼得罗	我不想听您的话。
廖那托	不想听?好,兄弟,咱们走吧——
	我的话不怕没人听!
安东尼	不想听也得听,
	要不然,咱们总有一个要倒霉。

〔与廖那托同下
〔班尼迪上

彼得罗　瞧,瞧,我们正要找他,他倒来啦。

克劳第　老兄,有什么新鲜事儿吗?

班尼迪　早安,殿下。①

彼得罗　欢迎,大爷。你差一点儿就能赶到,来劝解一场差一点儿就要打起来的吵架。

克劳第　咱们两个儿的鼻子,险些儿没叫两个掉了牙齿的老头儿咬下来!

彼得罗　廖那托跟他的兄弟。你看怎么样?要是真的动起武来,跟他们一比,只怕我们年纪嫌太轻点儿了吧。

班尼迪　(一反平常,严肃地)双方不是对手,就谈不上真正的勇武。我是找你们俩来的。

克劳第　我们也在到东到西找你呢——我们憋着一肚子气

---

① 班尼迪故意不去理会嬉皮笑脸的克劳第。

恼,再不舒散舒散可不行了。请你拿出俏皮劲儿来给我们讲个笑话吧。

班尼迪　(生硬地)笑话就在我这剑匣子里,要不要拔出来给你们瞧瞧?

彼得罗　你把你的笑话插在腰里?

克劳第　只听说把人笑破"肚皮",可还没听说把笑话插在"腰"里。既然这样,我要你快把笑话从腰里"拔"出来吧——快快开场吧,也好像行吟诗人那样让我们高兴高兴。

彼得罗　哎哟,不打诳,他的脸色不对。你病了吗,还是在生气?

克劳第　喂,振作些,朋友!话是这么说:"忧伤身,愁讨命",你可是个硬汉,有本领叫"忧愁"都向你讨饶。

班尼迪　老兄,你要是想跟我斗智,用俏皮话挖苦我,那就来较量一下吧。我请你还是另换一手吧。

克劳第　瞧,他头一炮已经不响了,叫他再试一炮吧。

彼得罗　天哪,他的脸色越来越不对了。我看他真的在生气呢。

克劳第　要是他真的在生气,反正从腰里拔出来就是。①

班尼迪　跟你私下讲句话,行吗?

克劳第　上帝保佑,不要是挑战!

班尼迪　(悄声)你是个坏蛋——我可不跟你开玩笑。你敢采取什么方式,敢使用什么家伙,敢挑什么时候跟我决斗,我一定奉陪。要是你不给我一个满意的答复,我就宣

---

① 指拔剑准备决斗而言。

布你是一个懦夫。你已经害死了一位好姑娘,这深重的罪孽一定会落在你头上。你倒是怎样回答我?

克劳第　好,我一定奉陪;我也乐得开心开心。

彼得罗　什么,请酒吗,是请酒吗?①

克劳第　可不,我要谢谢他的美意呢;他要请我吃小牛头,吃一只阉鸡,我要是不拿出全身本领来,宰割得好好的,就算我这把刀子不中用。(向班尼迪)也许我还能吃到一只呆鸟吧。

班尼迪　原来你的口才着实可以——掏出来就是呢。

彼得罗　让我告诉你那天白特丽丝怎样赞美你的口才。我说你有十分口才;"倒也是,"——她说——"是十分渺小的口才。"我就说:"不对,他有很大的口才呢。""对了,"——她就说——"大得不可收拾呢。"我又说了:"不,他的口才好得很哪。"她就说:"正因为一味地讨好,只落得个不痛不痒。""你别说,"——我分辩道——"这位大爷可聪明哪。"她接过去说:"好一位自作聪明的先生!"我又说:"你别说,他精通几种语言呢。"她回答说:"那我倒相信;礼拜一晚上他向我起个誓,礼拜二早上就不认账了;说正话是他,说反话也是他,他会说两种语言呢。"这样,足足闹了一个钟头,她把你的种种好处全都说歪曲了;可是临到末了,她却叹了口气,千句并一句,说你是意大利挺漂亮的男人!

克劳第　就为了这,她哭得好不伤心,说她才不在乎你漂亮不漂亮呢。

---

① 唐·彼得罗只听到克劳第的回答:"我一定奉陪",所以有此误会。

彼得罗　不错,她正是这么来着——可是尽管这样,她如果不是把他恨得要死,那她就会爱得他要命。那老头儿的女儿把什么都告诉我们啦。

克劳第　一切的一切,都告诉我们啦;再说,他躲在园子里,上帝早就看见了。①

彼得罗　可是我们什么时候把野牛的角插在"有理性的"班尼迪头上呢?

克劳第　对了,还要给他在脖子上挂一块招牌:"请看娶了老婆的班尼迪"。

班尼迪　回头见吧,哥儿——我已经把话都跟你说了。现在你一个人尽管去唠唠叨叨吧。你那些俏皮话,谢天谢地,就像吹牛的懦夫手里的刀剑,是缺了口、伤不了人的。(向唐·彼得罗)殿下,一向蒙您看重,我十分感激;可是现在我不能再跟随在您左右了。您的令弟,那个私生子,已经从梅西那逃走啦。你们几个人一起下手,已经把一位清白无辜的好姑娘害死了。至于我们那位"光下巴少爷",我跟他随后就要算一笔账;在时间还没来到之前,我祝他平安无事。

〔下

彼得罗　他这是完全认真的!

克劳第　半点不假,认真得很呢。我敢说,全是因为爱上了白特丽丝。

彼得罗　他向你挑战了?

---

① 借用《旧约》中的典故,"耶和华上帝在园中行走,那人和他妻子听见上帝的声音,就藏在园里的树木中,躲避耶和华上帝的面。"(《创世记》第3章第8节)

克劳第　一点也不含糊。

彼得罗　一个人,穿着衣裤,可没带头脑,成了个什么东西!

克劳第　这样的人,拿身材跟一头猴子比,他好算是个巨人;可是拿聪明来跟他比,那猴子就好做一个博士啦。

彼得罗　且慢,让我静下来想一想;(拍自己的额头)别急,定一定神吧——他不是说,我的兄弟已经逃走了吗?

〔杜勃雷,孚其司,及巡丁押亢拉得,卜拉丘上

杜勃雷　你倒是走呀,哥儿。① 要是连王法都治不了你,那王法就像烂葡萄一样不值一文钱啦。不,你是只可恶透顶的老狐狸,要不好好看待你才怪哪。

彼得罗　怎么啦?我兄弟手下的两个人给绑起来啦?一个是卜拉丘!

克劳第　殿下,您问问他们犯的什么罪。

彼得罗　巡官们,这两个人犯了什么罪呀?

杜勃雷　报告王爷,他们乱造谣言;外加是,说的全都是假话;第二点,他们破坏名誉;末了第六点,他们冤枉了一位小姐;再说到第三点,他们做假见证;总而言之,他们是撒谎的奴才。

彼得罗　第一点,我问你,他们干了什么勾当?——再说到第三点,我问你,他们犯了什么罪?——末了第六点,他们干吗给抓了来?——总而言之,你控诉他们什么罪名?

克劳第　问得头头是道,完全按照他那个路数——可不是,一个意思翻了四次花样。

彼得罗　(向二人犯)你们两位得罪了谁,才给他们抓起来问

---

① 喜尔加说明,"粗暴地,向极力挣扎的亢拉得"。

罪？这位高明的巡官讲话也太深奥了,叫人可摸不清头脑。你们犯了什么罪？

卜拉丘　好殿下,我向您说出真情实话以后,请您别再追究,就让这位伯爵把我杀死了吧。我已经当面蒙蔽了您；谁想以您的明察秋毫不曾看破,却让这班没头脑的蠢货揭发出来了。他们在黑夜里听得我告诉这个人(指向亢拉得)：您的兄弟唐·约翰怎样唆使我破坏喜萝小姐的名誉；你们怎样跟着他到花园里去,瞧见我在那儿跟打扮做喜萝模样的玛格丽调情说爱；你们只道是真、不知有假,就在举行婚礼的时候把喜萝羞辱了一番。我干的坏事已经给他们记录下来；我现在情愿一死了事,再没有脸面把那件事从头细说。我和我的东家定下毒计,那位小姐蒙了不白之冤,就给气死啦；我如今再没什么可说的,只求做恶人的报应早早来到吧。

彼得罗　听他这一番话,不像有把钢刀刺进了你的心？

克劳第　(呻吟)从他嘴里吐出的话,就是我吞下肚子的毒药！

彼得罗　这件事,果真是我兄弟指使你干的吗？

卜拉丘　是的。干了这件事,他大大赏了我一笔钱。

彼得罗　他这人天生邪恶、奸刁成性,
　　　　干下了这坏事,就逃走了。

克劳第　好喜萝！现在,你的人影儿又一丝不差
　　　　闪耀出当初叫我倾心的光彩！

杜勃雷　来,把这两个罪犯带下去。这会儿,咱们的司事准把这件事情报告给廖那托老爷得知了。弟兄们,要是机会

好,场合巧,你们可别忘了替我做个证:我是头驴!

孚其司　啊,廖那托老爷来啦,司事也来啦。

〔廖那托,安东尼上。司事随上

廖那托　这奴才在哪儿?让我看真了他的脸,
以后再碰上这样的人,也就可以
避得远远了。这两人,哪一个是他?

卜拉丘　要是您想知道谁害了您,请瞧着我吧。

廖那托　就是你这奴才用一条舌尖害死了我那
清白的女儿吗?

卜拉丘　是的,都是我一个人。

廖那托　不,奴才!你把别人的罪名
也一起顶替了。这儿站着一对
正人君子,那第三个,真正的恶徒,①
却已经逃跑啦。嘿,多谢你们,
两位贵人,害死了我的女儿。
这件事就值得跟你们的丰功伟业
一起记载下来。你们自己想想,
这件事做得多光彩!

克劳第　我不知道该怎样
消您的气恼,可是又不好不说话。
您爱怎样给自己报仇,请您自己挑吧。
您想出什么样办法来惩罚我,
尽管拿出来吧——其实我并没犯罪,

---

① 真正的恶徒,按原文直译是:"那插手其事的"。上句"一对正人君子",
应是指卜拉丘和亢拉得,是愤懑的语气。

	只是出于误会。
彼 得 罗	凭我的良心说,
	其实我也并没犯什么罪。可是,
	为了给这位好老人家消一口气,
	他就是要重重罚我,我也是甘心的。
廖 那 托	我不能叫你们叫我的女儿活转来——
	那是办不到的;可是我请求你们俩,
	为了死者,去向梅西那人说个明白:
	可怜她死得多么清白无辜。
	要是当初的爱情能激发您写下些
	悲悼的诗歌,悬挂在她的墓前,
	向她的遗骸歌唱;那您就趁今晚
	去歌唱一番。明天早上您到我家来;
	既然您做不了我的女婿,不妨
	做我的侄女婿吧。我兄弟有一个女儿,
	长得活像我那个去世的孩子,
	她是我们兄弟俩唯一的继承人。
	要是您愿意把本来应该给她姐姐的
	名分转移给她,那么我这口气
	也就平下去啦。
克 劳 第	啊,可敬的老人家,
	您的大恩不由得叫我掉下了泪!
	我衷心接受您的条件,从今以后,
	可怜的克劳第永远听候您差遣。
廖 那 托	那么明天早晨,我等候您光临;
	今晚上我少陪啦。这个坏蛋,

	必须叫他跟玛格丽当面对证。
	我想她也是一伙儿给您的兄弟
	买通来干这勾当的。
卜拉丘	（急切地）不,我起誓,
	没她的份。她只道是在跟我谈情,
	并不知道这里面玩着什么花巧;
	照我看,她做人一向都正正经经。
杜勃雷	还有话呢,老爷,有件事儿——虽然没有白纸黑字写下来——（指着亢拉得）这个原告,这个囚犯,骂我是头驴。请您在判罪的时候别把这个漏掉了。还有,巡丁们听见这两个人讲起一个乔装改扮的坏贼——听他们说,他在耳朵边打了一个死结儿,耳朵上钉了一个纽扣儿,①到处用上帝的名义向人借钱,东借西借,可从没个归还的日子,就把人的心肠都给借硬了,所以这晌里再没哪个愿意看在上帝面上借给别人半个子儿啦。请您对于这一点也要把他审问个明白。
廖那托	难为你这样尽心出力,这回可真有劳啦。
杜勃雷	瞧您老爷说的,可真像一个有良心、懂规矩的好小子,我为您赞美上帝。
廖那托	这儿是你的辛苦钱。
杜勃雷	上帝保佑:明中去,暗中来!②
廖那托	你回去吧,犯人不用你管了;我谢谢你。

---

① 卜拉丘头发上本打着一个"相思结",杜勃雷闹不清楚,说是打了一个"死结儿",还想当然地给卜拉丘添了一个"纽扣儿"。

② 原文"God save the foundation!"是聚在教堂外边的乞丐接受布施时表示感谢的话。"明中去,暗中来"是我国旧社会中乞丐常说的话。

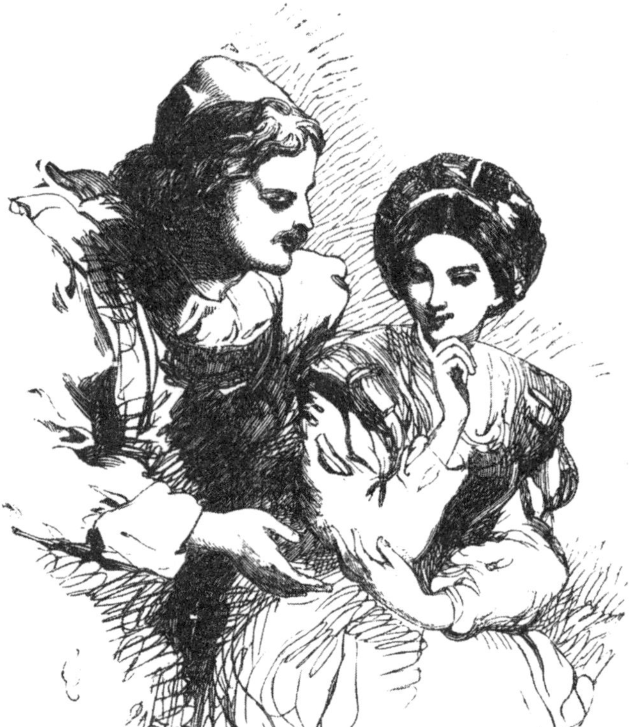

杜勃雷 （指着尤拉得）我把一个罪大恶极的坏蛋交在您老
　　　爷手里啦,请您老爷亲自惩办他吧,也好给旁人做个榜
　　　样。上帝保佑您老爷! 只求老爷平安无事,恢复健康!
　　　我要恭而敬之地准许您向我告辞啦。有缘千里来相会,
　　　但愿咱们对面不相认吧。来吧,伙计。
　　　〔杜勃雷,孚其司同下
廖那托　两位大爷,我们明天早晨再见吧。
安东尼　再见,两位大爷,我们明天恭候你们。
彼得罗　我们决不失约。
克劳第　今晚上我哀吊喜萝去。
　　　〔唐·彼得罗,克劳第下
廖那托　（向巡丁）
　　　把这两个家伙带走。我们去问一问
　　　玛格丽,怎么会跟这种下流坏有来往。
　　　〔同下

第二景　花　园

〔班尼迪及玛格丽自左右方上,碰见

班尼迪　好玛格丽小姐,求你帮帮忙吧,替我请白特丽丝出来
　　　说句话。
玛格丽　那么,您肯不肯给我写一首十四行诗,来赞美赞美我
　　　的花容月貌？
班尼迪　我一定写,格调甭提多高雅,任何哪个男子甭想高攀
　　　得上。说句最可爱的真心话,你配。
玛格丽　哎哟,再没哪个男子能够高攀得上! 看来我只好一

辈子"落空"啦?

班尼迪　你这张嘴说起俏皮话来,就像猎狗那样会咬人。

玛格丽　您的俏皮话就像练剑用的钝头刀子,怎样使也伤不了人。

班尼迪　这才叫大丈夫,对女人他手下留情;所以我说,玛格丽,求你快去叫白特丽丝来吧——我服输啦,我向你缴械:盾牌也不要啦。

玛格丽　盾牌我们自己有,把剑交上来。

班尼迪　这可不是好玩儿的,玛格丽,这家伙最会闯祸,只怕姑娘们降不住它。

玛格丽　好吧,我就去给您叫白特丽丝出来,两条腿可生在她自己身上。

班尼迪　所以总会来的。

〔玛格丽下

(唱)

恋爱的神仙,

高坐在半天,

天晓得,天晓得,

我多么的可怜——

我是说,我这条破嗓子多么可怜;可是讲到恋爱,那么那位游泳好手兰德,那第一个请人做牵线的特洛勒斯,①还有书本儿上的一大批古代的风流哥儿们——他们的名字可真香哪,到现在还是在诗歌里面大出风头——谁也没有像可怜的我这样,给爱情搞得昏天黑地!唉,我就不会

---

① 兰德,请参阅第329页注②。特洛勒斯,请参阅第225页注①。

把我的热劲儿用漂亮的诗句表达出来。我倒是试过一试。可是挑来挑去,可以跟"情妹妹呀"押韵的就只有"小娃娃"——好一个孩子气的韵!可以跟"没面子"做伴的只有"绿帽子"——一个灰溜溜的韵!可以跟"学堂"配对的,只有"混账"——可不是瞎扯的韵!这些韵脚都不大吉利。不,我大概不是在诗星高照的时辰里生下来的,所以也别指望用什么花言巧语来求爱了。

〔白特丽丝上

亲爱的白特丽丝,我一叫你来你就来了吗?

白特丽丝　(玩笑地)对,大爷,您一叫我走,我也马上就走。

班尼迪　不,别走,再待一会儿!

白特丽丝　"一会儿"?已经过啦,那么我们就该再会啦——不过,在没走以前,让我先问您一句话——我来,是为了要问您,我走,就得问个明白——您把克劳第已经怎么样啦?

班尼迪　我把他臭骂了一顿——那么让我香香你吧。

白特丽丝　臭骂人,就是嘴巴臭;嘴巴臭,就是口臭;口臭是最讨人厌了,怎么还想跟人香嘴呢?快放我走吧。

班尼迪　好厉害的一张嘴,经不起你三言两语,一句话的本来面貌,就给歪曲得认都认不得了。可是我得明白告诉你,我已经向克劳第下了挑战书,他要是不趁早给我一句回话,我就公开宣告他是个懦夫。(腼腆地)呃,现在我倒想请教,一开头,你究竟看中了我哪一点坏处,才爱起我来的呢?

白特丽丝　看中您浑身上下全是坏处;它们狼狈为奸,打成一片,不让一丝丝好处混杂进去。可是您究竟看中我哪一点好处,才害得您爱起我来呢?

班尼迪　"害得您爱起我来!"这句话说得多好!我可真是给相思害苦了——我爱你,其实是违反了自己的本心啊。

白特丽丝　原来您是在跟自己的心儿作对。唉,可怜的心儿呀!既然都是为了我,您才跟它作对,那么,为了您,我也只得跟它作对了;为的是,让我朋友厌恶的,决不能叫我喜欢。

班尼迪　你我两个都太聪明了,再没法安安静静地谈几句知心话儿。

白特丽丝　听您说这话,先就不像一个聪明人。那自吹自擂的聪明人,二十个里头也找不出一个来!

班尼迪　这句话还是老远老远的事了,白特丽丝,那时候,大家都是相敬相爱的好邻居。可是眼下这个世道,谁要是不趁自己没死,预先立好墓碑,那么等到丧钟敲过几下,他的寡妇哭过几声,他的姓名就跟着他一起寿终正寝啦。

白特丽丝　那么这段时间究竟多长多短呢,您认为?

班尼迪　这是个问题。嗳,大不了敲一个钟点丧钟,流一刻钟眼泪罢了。所以只要"良心"这条小虫儿不来乱打扰,一个人给自己的优点打鼓吹喇叭,就像我对于我自己这样,实在是情有可原的事。自卖自夸的话也说得不少了——虽然我敢向我自个儿保证,我是完全值得赞美的。现在请告诉我吧,你的妹妹怎么啦?

白特丽丝　她病得很可怜。

班尼迪　那么你呢?

白特丽丝　我也是怪可怜的。

班尼迪　只要敬上帝,爱我,你就会好起来。① 现在我该走开啦,有人急急忙忙地在走来呢。

〔欧秀拉奔上

欧秀拉　（兴奋地）小姐,快到您叔叔那儿去吧；里边正乱哄哄地闹成一团呢。喜萝小姐到底给证明是受了冤枉,亲王跟克劳第上了人家一个大大的当；一切都是唐·约翰捣的鬼,他已经逃走啦——您马上就来吗?

白特丽丝　大爷,您也愿意去听听怎么一回事吗?

〔欧秀拉奔下

班尼迪　我愿意活在你心里,死在你怀里,葬在你眼里；不用说,愿意陪着你到你叔叔那儿去。

〔挽白特丽丝下

第三景　教堂坟地

〔唐·彼得罗,克劳第,乐师,及侍从三四人持火把上

克劳第　这儿是廖那托家的陵墓吗?

侍　从　正是,爵爷。

克劳第　（展手卷朗诵）

　　贞洁的喜萝,在此安息,
　　　只因惨遭奸谗的摧折；
　　死神,为了安慰她的怨气,

---

① 《弗兰区演出本》说明,"班尼迪拿起她的左手,把它举到唇边,正要用另一只手搂住她时,发觉欧秀拉赶来了。"

授给她令誉永不湮灭;
蒙着羞耻,心碎而死,
却在身后,流芳百世。
把你挂在这儿,喜萝的坟上,①
我已寂然无声,还有你在赞扬。
现在,奏起音乐来,唱你们的挽歌吧。

(合唱)
请宽恕吧,夜之女神,请宽恕
那些人害死了您的侍女;
如今他们正在哀歌低吟,
绕着她的坟墓徘徊逡巡;
　黑夜,跟我们一起哀号,
　同声叹息,又同声悲悼,
　　沉痛地,沉痛地。
坟墓,裂开来,吐出了幽灵,
当我们为亡灵祷告的时辰,
　　沉痛地,沉痛地。

克劳第　安眠吧,你埋在地下的尸骨,
年年我都要为你前来扫墓。

彼得罗　早安,各位朋友;把火把熄灭吧。
觅食的豺狼已进洞;瞧哪,那晨辉,
在火轮尚未出现之前,已替那
惺忪的东方点缀斑斑的银灰。

---

① 《新莎士比亚版》加舞台指示,"把手卷贴在喜萝的坟上"。

劳驾你们啦,现在请回去吧。再会。

克劳第　早安,朋友们,大家分手走路吧。

来,我们走吧,换过了衣冠

就到廖那托家里去。

现在月下佬

又把亲事安排,这一回但愿

　不像上回,叫我们哀声悲悼。

〔同下

第四景　大　厅

〔廖那托,安东尼,班尼迪,及神父上;喜萝,白特丽丝,玛格丽,及欧秀拉随上

神　父　(高兴地)我不是早对您说过她是给冤枉的?

廖那托　亲王跟克劳第也是叫人弄的鬼,
　　　　才害苦了喜萝,那内情您也听明了。
　　　　可是玛格丽,她不能没一些干系——
　　　　虽然仔细盘问一番,结果看来,
　　　　她做下此事也并非出自本意。
安东尼　总算一切都圆满收场,我很高兴。
班尼迪　我也很高兴,要不然,我有言在先,
　　　　就非得找克劳第那小子算账不可了。
廖那托　好吧,女儿,还有你们几位姑娘,
　　　　暂且都到内室去避开一会儿,
　　　　等会儿我叫你们的时候,大家
　　　　都戴上面罩出来。

〔姑娘们下

　　　　亲王跟克劳第
　　　　约定在这时候来到。兄弟,别忘了
　　　　等会儿你得做你侄女儿的父亲,
　　　　把她许配给年轻的克劳第。
安东尼　我一定一本正经做像这个父亲。
班尼迪　神父,我怎么也得恳求您帮个忙。
神　父　什么事儿,大爷?
班尼迪　成全我的心愿,
　　　　要不然,毁了我班尼迪的名声吧。①
　　　　廖那托大爷——不瞒您说,好老人家,

---

① 毁了我班尼迪的名声,指结了婚,就必须收回他一向挂在口头的誓言:终身不娶媳妇。"成全我""毁了我",在这里实际上是说的一回事。

	令侄女儿对我很有些另眼儿相看。
廖那托	对你另外相看,这只眼睛可还是
	我女儿给她装的呢。
班尼迪	我呢,睁开了
	多情的眼睛,报答她的另眼相看。
廖那托	您那双眼睛,怕是我跟亲王、克劳第
	教您怎样睁开的吧——不过您究竟
	有什么心事和主意?
班尼迪	您的话太奥妙了。
	讲到我心事和主意,我希望得到
	您的好心和好意——同意我们俩
	就趁着今天举行庄严的婚礼;
	这件事,好神父,可要请您帮个忙。
廖那托	我玉成您的美事就是了。
神　父	我也帮您忙。
	看,亲王跟克劳第已经来啦。
	〔唐·彼得罗,克劳第,及侍从等上
彼得罗	早安,满堂的贵人。
廖那托	早安,殿下;
	早安,克劳第。我们正恭候着你们呢。
	您决定了吗——今天来娶我的侄女儿?
克劳第	就算她是个黑人,我都不反悔。
廖那托	兄弟,去请她出来吧。神父已准备好了。
	〔安东尼下

彼得罗　早安,班尼迪。怎么啦,你这张脸就像
　　　　阴云密布、刮风下雪的冬天?
克劳第　我想他大概记挂起了那头蛮牛来。
　　　　朋友,怕什么! 我们会给你的牛角
　　　　贴上金,整个欧罗巴都会喜欢你,
　　　　像从前尤罗葩爱上了风流的天父——
　　　　那头了不起的多情的公牛一样。①
班尼迪　天父下凡的公牛叫起来很动听,
　　　　大概就有那么一头公牛看中了
　　　　令尊大人的那头母牛,就凭着
　　　　那套本领生下了一头小牛,
　　　　它叫起来,可跟老兄一个调调儿。
克劳第　这笔账,以后算;这儿来了另一笔账啦——
　　　　〔安东尼领着姑娘们戴面罩上
　　　　是哪一位小姐将要归我所有?
安东尼　(挽着喜萝)就是她,我现在把她交给了您。
克劳第　那么她就是我的人了。亲爱的,让我
　　　　瞧一瞧您的脸儿。
廖那托　不,这不行,
　　　　等到您搀着她的手,当着这位神父
　　　　宣过誓,要跟她结婚,才能给您看。
克劳第　(向喜萝)当着这位神父面,把您的手给我吧,

---

① 希腊神话,天父宙斯爱上腓尼基公主尤罗葩,化身为一头纯白的公牛,驯良可爱,尤罗葩一骑上去,宙斯驮着她走进海中,腾空而去。

　　　　　我就是您的丈夫——要是您喜欢我。
喜　萝　从前我活着,我是您另一个妻子;
　　　　（摘下面罩）当初您爱我,您是我另一位丈夫。
克劳第　又是一个喜萝!
喜　萝　一点儿差不了。那个喜萝受辱死了,
　　　　可是我活下来;就像我活着那样
　　　　千真万确,我还是清白的身子。
彼得罗　就是从前的喜萝!死了的喜萝!
廖那托　当谗言活动的时候,喜萝就死了;
　　　　等平息了蜚语,殿下,喜萝又活啦。
神　父　这种种意想不到的事,等行过了
　　　　神圣的仪式,我可以给你们解释;
　　　　我自会细细讲一讲喜萝小姐
　　　　去世的那一段情节。现在且把
　　　　一切离奇曲折看作寻常,
　　　　让我们立刻就上教堂去吧。
班尼迪　请慢一慢,神父。
　　　　（向姑娘们）哪一位是白特丽丝?
白特丽丝　（摘下面罩）我就是她。您有什么见教吗?
班尼迪　您不是爱我吗?
白特丽丝　不,不超过理性。
班尼迪　这么说,您的叔父、亲王,跟克劳第,
　　　　全都弄错啦,他们发誓说您爱我呢。
白特丽丝　您不是爱我吗?
班尼迪　不,真的,不超过理性。

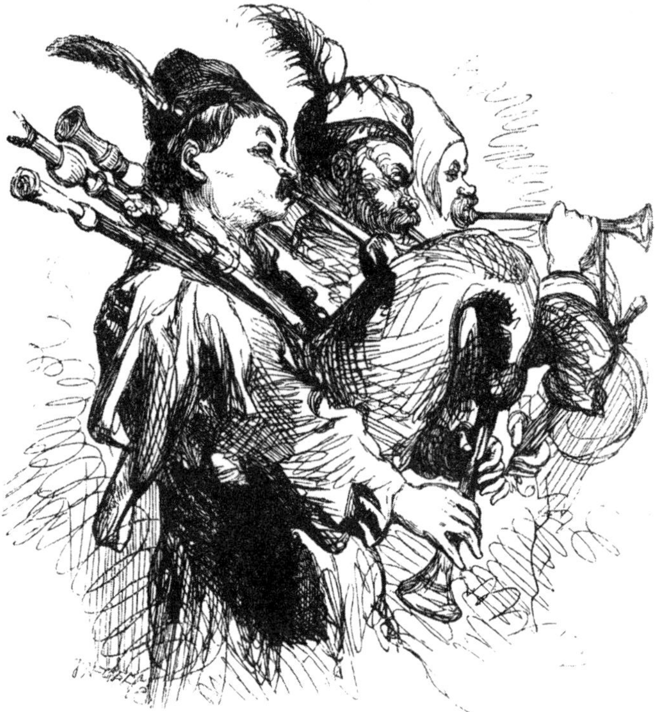

白特丽丝　这么说,我的妹妹,玛格丽,跟欧秀拉,

　　　　　大大弄错啦,她们发誓说您爱我呢。

班尼迪　他们发誓说,您为我害了相思病呢!

白特丽丝　她们赌咒说,您为我差些儿送了命!

班尼迪　没这回事。那么,您不爱我吗?

白特丽丝　不,真的不——不过是"朋友"而已。

廖那托　得了,侄女儿,我说你爱着这位大爷。

克劳第　那么我也可以赌个咒:

　　　　这位大爷是爱着那位小姐的。

　　　　这儿有他亲笔写的诗,拐脚十四行,①

　　　　难为他费尽心思来赞美白特丽丝。

喜　萝　这儿还有一首诗呢,

　　　　姐姐的亲笔——是我从她口袋里偷来的,

　　　　这首诗倾吐着她对班尼迪的爱情。

班尼迪　怪事儿!咱们自个儿的手倒跟咱们自个儿的心作对起来啦。得啦,我就娶了你吧——可是老天在上,我是可怜你才娶你的。

白特丽丝　我不想拒绝您——可是我的好天爷,我答应嫁给您,无非是别人的情面难却;一半儿也是为了要救您一条命——我听人家说,您一天比一天地瘦了。

班尼迪　别闹! 看我不堵住你的嘴。

　　　　〔吻白特丽丝

彼得罗　"娶了老婆的班尼迪",您好哇!

班尼迪　殿下,我对您说了吧,哪怕大伙儿七嘴八舌地来取笑

---

① 拐脚十四行,意为音步韵脚都不合格律的十四行诗。

我,也动摇不了我拿定的主意。那些什么打油诗、讽刺诗,难道你以为我会放在心上吗?不,一个男子汉经不起人家三言两语,就失落了头脑,那么他干脆连一件新衣裳也别想穿上身啦。一句话,我抱定了宗旨要结婚,那么任凭旁人爱怎么说,我才不管呢;我看你们也不必为了从前我说过反对结婚的话就来刁难我;人这个东西本来就是最拿不准的——这就是我的结论。至于讲到你,克劳第,我本想揍你一顿,既然看来你就要跟我结成连襟了,那么且让你保全了皮肉,给我好好儿地爱着我那小姨吧。

克劳第 我巴不得你会拒绝白特丽丝,那我就可以用棍子把你一顿打,打得你再不敢做独身的光棍,而做一个三心二意的恶棍——我那大姨要是不把你格外管紧些,那还用说,你准是这种坏蛋。

班尼迪 得啦,得啦,咱们都是老朋友。我们还不如趁结婚之前先一起跳一回舞吧,让咱们的心儿跟咱们新娘子的脚尖一样地轻快吧。

廖那托 还是结过了婚再跳舞吧。

班尼迪 我说还是先跳舞!奏起音乐来吧。殿下,您有什么心事吗?快些儿娶媳妇吧,快些儿娶媳妇吧!世上再没有比那戴上一顶绿帽子的丈夫更受人尊敬啦。

〔一使者上

使 者 报告殿下,您的在逃的兄弟约翰已经抓住,由武士们押回梅西那来啦。

班尼迪 这会儿咱们暂且别去管他,到明天我自会给您想出些新鲜的玩意儿来惩罚他。吹起来吧,笛子!

〔活泼急速的音乐。跳舞。同下

温莎的风流娘儿们

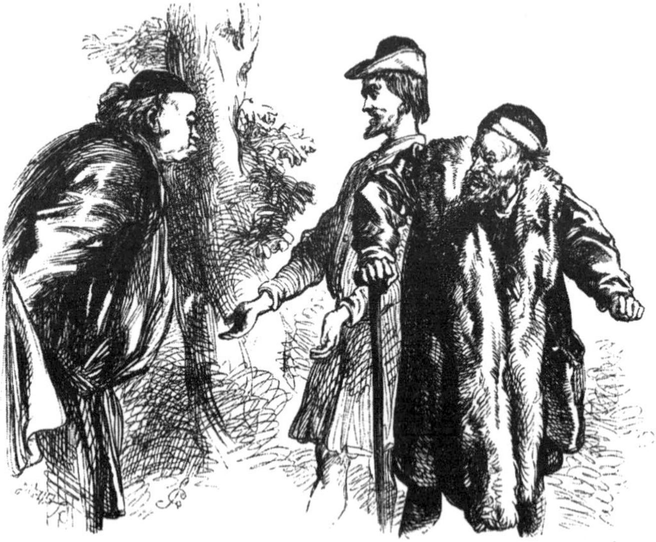

剧中人物

傅　德——温莎的绅士
傅德大娘
裴　琪——温莎的绅士
裴琪大娘
安　妮——她的女儿
威　廉——她的幼子
范　通——青年贵族，安妮的情人
约翰·福斯泰夫爵士
巴道夫
皮斯托 ——他的跟班
尼　姆
罗　宾——他的侍童
夏　禄——郡法官
史兰德——他的外甥
辛仆儿——史兰德的仆人
休·伊文——威尔士牧师
凯乌斯——法国大夫
桂　嫂——他的女仆
鲁　贝——他的仆人
"吊袜带"客店的店主

裴琪、傅德两家的仆人等

场　景

温莎,及其附近

第 一 幕

第一景　裴琪家门前

〔法官夏禄,其外甥史兰德,休牧师上

夏　　禄　休牧师,别拦着我啦;碰上这档子事儿,我还能不闹到京里的大法院去吗?哪怕他是二十个约翰·福斯泰夫爵士,他也不能欺侮到我罗勃特·夏禄老爷的头上来呀。

史兰德　我舅舅是葛乐斯德郡的民事法官,还是个"探子"呢。

夏　　禄　对了,外甥,还是个"推事"——明摆着宗卷推事呢。①

史兰德　对了,外加还摆了个"摊子"——葱韭摊子呢。牧师老人家,他是乡绅人家的子弟;他拿起笔来就给自己写上了"老太爷"——不管是公文、委任状、收据、契约,他都写上这三个字:"老太爷"。

夏　　禄　说对了,我倒是这么写来着——咱们家这三百年来

---

① 宗卷推事,治安法官中的首席法官,兼管案卷。原文为拉丁文:"custos rotulorum",夏禄误念为"custalorum"。

就总是这么写来着。

史兰德　赶在他前头的子子孙孙,没有一个不是这么写来着;落在他后头的祖祖辈辈,①一个个都会跟着他这么写。咱舅舅家的纹章上描着十二条白梭子鱼呢。

夏　禄　这是老纹章了。②

牧　师　十二个白虱子,这倒是篇老文章了。要知道虱子这东西跟人混得熟极熟极,早就打成一片了呢。它是爱的象征。③

夏　禄　白梭子是淡水鱼;那咸水鱼就叫做老鳕鱼。

史兰德　这十二条鱼我都可以"借光",④舅舅。

夏　禄　你可以,等你娶了大娘子,你可以借你妻家的光。

牧　师　家里的钱财都让人借个光,这可坏事了。

夏　禄　没有的事儿。

牧　师　可坏事呢,圣母娘娘;要是你有四件裙子,让人"借光"了,照我简单的心算,那就一件不剩了。可是闲话少说,倘使约翰·福斯泰夫爵士说话不知高低,把您给得罪了,那么我本是上帝的仆人,乐于出面替你们打个圆场,免得彼此伤了和气,也是好事。

夏　禄　我少不得要告到京里的大法院,让大法院也听听——这简直是目无王法。

---

① 应说,"赶在他前头的祖祖辈辈","落在他后头的子子孙孙"。史兰德是个低能儿,说话往往七颠八倒。
② 欧洲封建贵族各有代表族系的象征性图形(纹章);老纹章意即世家悠久。可以想见,夏禄说这话时,面有得色。
③ 当时有"虱子是叫花的老朋友"的取笑的说法。
④ 借光,原文"quarter",纹章学中的术语,指把另一族(例如妻族)的纹章中的图形移入自己的纹章而言。

牧　　师　让京里的大法院听见目无王法,这事可要不得;目无
　　　　　王法,就是目无上帝。京里的大法院,您听我说,最希望
　　　　　听到的是,大家个个敬畏上帝,可不爱听见什么目无王
　　　　　法。您还是三试而行吧。①
夏　　禄　嘿!拿我这条老命打赌,要是我还是当年年轻的时
　　　　　候,我早就跟他用刀子拼啦。
牧　　师　刀碰刀拼,不如手握手讲和好。我另外还有个主意
　　　　　在这里,说来倒是一件美事儿呢——汤玛斯·裴琪大爷
　　　　　家里有一位闺女,叫安妮·裴琪,她真是个标致的姑娘。
史兰德　安娜·裴琪小姐吗?她披着一头棕色的头发,开口
　　　　　说话,细声细气的,像个堂客。
牧　　师　正是我说起的那个人儿,不是别的什么人;比她更称

---

① 三试而行,应为"三思而行"。牧师说话带着浓重的苏格兰口音。

心的小姐你到哪儿去找？她的爷爷临死的时候——上帝保佑他升了天,快乐逍遥去吧！——留给她七百个金镑,还有金器银器,但等她满了十七岁。① 咱们且慢叽叽咕咕,吵吵嚷嚷,先给阿伯拉罕·史兰德少爷和安娜·裴琪小姐去说个亲吧,岂不是好？

夏　禄　她的爷爷给她留下了七百个金镑吗？

牧　师　对了,她的老子另外还有一笔陪嫁呢。

夏　禄　我认识这位年轻的小姐,人是聪明的,什么都拿得起来。

牧　师　七百个金镑,搞得好,还另有一笔陪嫁；这,还嫌拿不出来吗？

夏　禄　好吧,我们进去看看老老实实的裴琪大爷吧。福斯泰夫也在里边儿吗？

牧　师　您要不要我当面撒谎呢？我顶瞧不起的就是那种撒谎的人了,正像我瞧不起那种说假话的人,或者是正像我看不惯那种不老实的人。约翰爵士老爷是在里边儿；请您听我一句话,忍耐着点儿,我不会让您吃亏的。待我来敲门求见裴琪大爷。(叩门)

喂,有人吗！上帝祝福你们这一家！

〔裴琪应门的声音："外面是谁？"〕

牧　师　上帝降恩吧,这儿来了您的朋友,还有夏禄法官；还来了史兰德少爷。说不定有一宗好事儿要跟您谈谈呢——要是大家谈得倒还投机的话。

〔裴琪开门上

---

① 意即安妮满17足岁,这些钱财都归给她。

裴　　琪　我真高兴,看见各位爷们个个都好。夏禄老爷,我还得谢谢您送我的鹿肉呢。

夏　　禄　裴琪大爷,跟您见面真高兴;您心好人好,祝您运气同样好!送给您的鹿肉可真不像话;说起这鹿,也是死于非命呢。我那裴琪大嫂子可好吗?——谢谢您,嗳!我没有一次不是真心诚意谢谢您。

裴　　琪　太爷,该我向您道谢。

夏　　禄　大爷,该我向您道谢;反正是这句话,我向您道谢。

裴　　琪　跟您见面可高兴哪,史兰德好少爷。

史兰德　大叔,您那条淡黄色的长腿狗怎么样啦?听人家说,那次高莎山①的跑狗会,它跑不过人家呢。

裴　　琪　跑得过跑不过,这话倒也难说呢,少爷。

史兰德　您不肯认输罢了,您不肯认输罢了!

夏　　禄　他怎么能认输呢。这不关狗腿的事,这是狗鼻子,这是狗鼻子。② 那可是一条好狗呢。

裴　　琪　一头狗杂种罢了,太爷。

夏　　禄　大爷,那是一条好狗,一条好漂亮的狗;谁能不这么说呢。又好又漂亮。约翰·福斯泰夫爵士也来了吗?

裴　　琪　太爷,他也在里边儿呢。我真愿意我能给你们两位打个圆场。

牧　　师　说这句话,不愧是个好基督徒。

夏　　禄　裴琪大爷,他欺人太甚了。

裴　　琪　太爷,他也有几分承认不是了。

---

① 高莎山,葛乐斯德郡的小山,是当时的游猎地区。
② 意谓并非裴琪家的猎狗跑得不快,而是追踪猎物时忽然失去了气味的线索。

夏　禄　承认了并不就是了事了呀,你说是不是呢,裴琪大爷?他欺人太甚;可不是,太欺人了——一句话,太欺人了——相信我好了!(指着自己)这是罗勃特·夏禄乡绅老爷说的话:人家欺侮到他头上来了。

裴　琪　约翰爵士来啦。

〔约翰·福斯泰夫爵士,他的跟班皮斯托,巴道夫,尼姆自屋内上

福斯泰夫　我说,夏禄老太爷,您要到王上面前去告我一状吗?

夏　禄　爵士,你打了我的人,杀了我的鹿,硬闯进了我的门房。①

福斯泰夫　可是没有香过您那看守人的女儿的面孔吧?

夏　禄　放肆!还像话吗!这笔账我也要记下来。

福斯泰夫　有账当场就算吧。这一切全是我干的。怎么样,我已经包下来啦。

夏　禄　我可要告状告到京师衙门去。

福斯泰夫　我看你还是告状告在你自个儿后门口吧,免得闹得大家笑话你。

牧　师　"少讲为妙",约翰老爷,大家好言好语吧。

福斯泰夫　好言好语!我倒喜欢好酒好肉呢。史兰德,我打破你的脑袋瓜儿了吗,你也有什么事儿跟我过不去的?

史兰德　哎呀,老爷,我的心里头是有件事儿对你不乐意——也不乐意你那些吃"兔崽子"肉的流氓:巴道夫、尼姆、皮斯托。他们带我到酒店去,把我灌个醉,我身边的钱袋就

---

① 意谓闯入了夏禄的林苑。门房,指林苑看守者住宿的小屋而言。

此给他们偷走了。

巴道夫　你这块风都吹得动的①臭干酪!

史兰德　好,这有什么大不了。

皮斯托　怎么啦,见不得人的鬼影儿!

史兰德　好,这有什么大不了。②

尼　姆　来一个薄片儿,③我说!"言不在多";来一个薄片儿!我就有这个胃口。

史兰德　我的跟班辛仆儿在哪儿呀?舅舅,您知道吗?

牧　师　别争吵了,请大家听我这话吧。咱们来研究研究。这件事儿就我所知,有三个公证人;那就是:裴琪大爷——即裴琪家的大爷是也;还有我自个儿——即我本人是也;④这三个公证人的最后一位,也就是末了一位,是"吊袜带"客店的老板。

裴　琪　我们三个,要听一听双方面的话,大家就此把事情说开了。

牧　师　说得好。我要把大概的情形在手本儿上记下来;然后,我们能多么用心就多么用心,研究出个调解的办法来。

---

① 风都吹得动的,极言其薄。史兰德该是个瘦子;他这名字"Slender"即有"纤细""单薄"之意。

② 根据《新莎士比亚版》,巴道夫说"臭干酪!"时,"拔出剑来",皮斯托接着说"鬼影儿!"时,"也拔出剑来";这时史兰德还想故作镇定,实际上已口软心慌了。

③ 《新莎士比亚版》加舞台指示:"用剑刺他一下",仿佛史兰德真是一块"臭干酪",可以让人切成薄片儿似的。于是史兰德绝望地嚷道:"我的跟班辛仆儿在哪儿呀?"

④ 即……是也,原文是拉丁文。牧师喜欢卖弄自己的身份,说话总是夹用拉丁文。

福斯泰夫　皮斯托!

皮斯托　他用两只耳朵听见了。

牧　　师　见他妈的鬼!这算得什么话?——"他用两只耳朵听见了"!嘿,这是弯着舌头说话嘛。

福斯泰夫　皮斯托,你有没有扒过史兰德少爷的口袋?

史兰德　对,凭我这一双手套起誓,冤枉不了他,否则我就从此再也不跨进我家那个大厅堂!他扒去了我七个卷边银币,都是造币厂出来的六便士,两个玩儿用的"爱德华"银币,①那是我用两先令两便士换一个换来的——我敢凭我这双手套起誓!

福斯泰夫　是真有此事吗,皮斯托?

牧　　师　不,是岂有此理——要是真有扒人家口袋的事。

皮斯托　嘿,你这山沟里的蛮子!

　　　　　约翰爵士,我的主人,

　　　　　我要跟这歪"枪杆儿"②一决雌雄。

　　　　　亏你这两片嘴唇,倒会昏话连篇!

　　　　　你这人渣,你胡说什么!

史兰德　凭这双手套起誓,那么是他了。(指着尼姆)

尼　　姆　说话留点儿神,哥儿,说罢休便罢休。你要是板起面孔,偏跟我来个惊官动府,那么别怪我不客气了——我且先在这儿向你露这么一点儿口风。

史兰德　凭这顶帽子起誓,那么是那个红面孔干的了。(指

---

① 指爱德华六世(1547—1553年在位)时所铸造的银币,每枚值一先令,在莎士比亚当时,已少流通。
② 山沟里的蛮子,指休牧师,他是多山的威尔士人。枪杆儿,指瘦长的史兰德。

着巴道夫)你们把我灌倒之后,我自个儿做些什么事,虽说我已经记不起来了,然而我究竟还不是一头道道地地的蠢驴呢。

福斯泰夫　你怎么说,我的红面孔"约翰"?①

巴道夫　呃,老爷,让我说,那么我说这位少爷那时候喝酒喝得"兵丁大醉"……

牧　师　该是"酩酊大醉"吧——呸,真是无知!

皮斯托　他喝醉了,老爷,像俗话所说的,给人"破财"了,结果怪三怪四,倒怪到我头上来了。

史兰德　哎,那天你还说拉丁文来着;可是这有什么大不了。我这辈子再也不喝酒了;要喝也得跟那些规规矩矩、文文气气的上等人一起喝,只因为我上过一回当啦。要喝酒,也得跟那些敬畏上帝的人一起喝;我才不跟那班酒鬼奴才混在一起呢。

牧　师　老天在上,这才是一个有德行的人该说的话。

福斯泰夫　各位大爷,你们都听得,这些话一句句都给驳回去了;你们都听见了吧?

〔安妮端酒杯自屋内上;傅德大娘,裴琪大娘随上

裴　琪　不,女儿,把酒端进去;我们到里面去喝吧。

〔安妮端酒杯入内

史兰德　噢,天哪! 她就是安妮·裴琪小姐。

裴　琪　您好哇,傅德大嫂!

福斯泰夫　傅德大嫂,实话实说,见到您才高兴呢。您不见怪

---

① 关于巴道夫的红面孔,参阅《亨利五世》第三幕第六景:"他满脸都是酒刺呀,疮呀,疖子呀,红得像一团火光。"约翰是英国民间英雄罗宾汉手下的人物。

吧,好嫂子?(吻她)

裴　琪　娘子,来欢迎这几位爷们吧。来吧,我们家里烧好一盘火热的鹿肉包子。来吧,我希望大家在干杯的时候,有什么过不去的,都一饮而尽吧。

〔除夏禄,史兰德,休牧师外,皆入内

史兰德　这会儿让我手里有一本《情歌和十四行诗集》①,那给我四十个先令我都宁可不要。

〔辛仆儿上

怎么啦,辛仆儿!你倒是在哪儿呀?难道要我自个儿伺候自个儿?要我自个儿伺候自个儿不成?你把《谜语大全》②带在身边吗?——带来了没有?

辛仆儿　《谜语大全》!咦,您不是早借给肖开家的爱丽丝了吗?就在上一次万圣节——圣迈克尔节③前的两个礼拜,您借给她的。

夏　禄　快来吧,外甥;快来吧,外甥!我们在等着你哪。我有句话跟你说,外甥——好吧,是这样的,外甥:方才难为人家好心——这也说得上一片好心——休牧师绕了个弯儿跟你也提起过了——你懂得我的意思吗?

史兰德　呃,舅舅,您会看出来,我其实是个懂道理的人;有事没事,凡是讲道理的事我没有不答应的。

夏　禄　不,你且听我说。

---

① 《情歌和十四行诗集》,英国贵族萨利(1516—1547)所著,1557年出版,当时颇受欢迎。
② 《谜语大全》,1575年出版,附有解答和谚语。
③ 万圣节在11月1日,圣迈克尔节在9月29日,辛仆儿所谓"节前的两个礼拜"云云,信口而言罢了。

史兰德　我是在听着哪,舅舅。

牧　师　您听一听他的"议案"吧,史兰德少爷;我可以,要是您"通过"的话,把"内容"向您解释一番。

史兰德　得啦,我舅舅夏禄怎么说的,我就怎么做。这一回请您原谅吧;他是他那一郡里的治安法官,就像我站在这儿一样不含糊。

牧　师　不过这是题外的话。您的婚姻大事才是我们要谈的正题。

夏　禄　对啊,这可点到题目上来了,牧师。

牧　师　圣母娘娘,这就要说到点子上来了——我们要替您向安妮·裴琪小姐说亲呢。

史兰德　噢,原来如此,要我娶她做老婆有何不可,反正我的要求是很讲道理的。

牧　师　不过您看得中这个小娘儿吗?我们想要听您亲口——或者亲嘴唇儿怎么说——因为古今的哲学家都认为,嘴唇儿就是嘴巴子的一部分。所以,要说得一是一、二是二,您能把您的好感放到这位姑娘身上去吗?

夏　禄　阿伯拉罕·史兰德外甥,你能够爱她吗?

史兰德　我希望,舅舅,凡是一个讲道理的人儿该做的事儿,我总是肯答应的。

牧　师　不成,我的天公天婆!您可得把话说得明白些儿啊——您能把想要她的意思,放到她身上去吗?

夏　禄　你倒是说个明白呀。她要是有一笔很整齐的陪嫁,你娶不娶她?

史兰德　再重大些的事儿,只要您说一句话,舅舅,一句道理上讲得过去的话,我也不会不答应下来。那就别说这档子事儿了。

夏　　禄　　不是那么说,你要明白我的话——明白我的话,好外甥。我要管这件事儿,其实是为了你的好处呀,外甥。你能爱这个姑娘吗?

史兰德　　我就把她娶来好了,舅舅,只要是您叫我这么办。可是,就算开头儿倒并没什么了不起的爱情,不过结了婚,大家就慢慢地搞熟了,熟了就不生疏了,也许上天保佑,那时候爱情会一天比一天淡薄了。我希望用得到这句话:"一生二熟三冤家。"不过只要您跟我说:"把她娶来做老婆吧。"我就把她娶来做老婆。这就是我打定了的、三反四复、没廉没耻的算计。

牧　　师　　这一番话回答得很有见识;只有一句话说错了,那就是"没廉没耻",照我们看,应该说"没挑没拣"才对——他的本意是好的。

夏　　禄　　说得对,我想我外甥的本意是好的。

史兰德　　可不,如果我还存了别的心,那就不如把我吊死了吧,啦!

夏　　禄　　漂亮的安妮小姐来了。

〔安妮自屋内上

我巴不得我又是当年的哥儿,就为了您,安妮小姐!

安　　妮　　酒菜已经摆出来了,家父有请各位入席。

夏　　禄　　我愿意奉陪,好安妮小姐。

牧　　师　　慈悲的上帝!大家念食前祷告,可缺少不得我呀。

〔牧师、夏禄入内

安　妮　请少爷您也进去吧。

史兰德　不,岂敢岂敢——可不——领情领情;我在这儿很好呢。

安　妮　大家在恭候您入席呢,少爷。

史兰德　岂敢岂敢,我肚子不饿呀,真的。(向辛仆儿,摆主子的架子)去吧,你这小子!你虽说是我的跟班,可这会儿你伺候舅老爷去吧。

〔辛仆儿入内

（得意地）就说一个法官,难免也要借朋友的光,借他的跟班来伺候自己。眼前家母还没过世,我随身只有三个跟班,一个小厮——可这又算得什么呀?我只是过着败落乡绅过的那种日子罢了。

安　妮　您少爷不进去,那么我也只好不进去。大家都要等您到了才入座呢。

史兰德　说实话,我并不想吃东西;可我还是照样谢谢您。

安　妮　我求您啦,少爷,往里边走吧。

史兰德　我倒是喜欢在这儿走走,我谢谢您。前两天,我跟一个击剑的教练比刀比剑,三个回合赌一盆熟梅子;①谁知他一剑倒把我的小腿骨弄伤了。信不信由你,从此以后,我一闻到热气腾腾的肉味儿就受不了啦。——您家的那几只狗,一股劲儿地在叫什么呀?你们城里也有熊吗?②

安　妮　我想有熊吧,少爷;我听人家说起过。

史兰德　逗着熊玩儿才有意思哪;不过一谈起这玩意儿,我就

---

① 熟梅子,当时妓女的别称;史兰德在少女面前无意中说了一句粗俗话。
② 狗和熊斗时,大声吠叫。当时伦敦有斗熊的游乐场。

要反对它,跟别的英国人一样。① 要是让你看见一头狗熊挣脱了链子逃出来,您就要害怕了吧——您怕不怕?
安　妮　嗳,我怕,少爷。
史兰德　现在,我才满不当一回事儿呢,就好比吃饭喝酒那样。我就看见过那头撒克逊老狗熊②冲出来二十回,我还亲手一把抓住了它的链子呢。可是,让我告诉您吧,那些娘儿们呀,一看见了,就吓得直哭呀,直叫呀,闹得个不可开交——可是娘儿们,说实话,也真受不了那些个畜生,它们都是长得怪难看、怪粗野的……
　　　〔裴琪自屋内上
裴　琪　来吧,史兰德好少爷,来吧;我们都在等着您哪。
史兰德　岂敢岂敢,我什么也不想吃,大爷。
裴　琪　乖乖,哪能由着你,说不吃就不吃,少爷!来吧,来吧。
史兰德　不行,请您领先吧。
裴　琪　来吧,少爷。
　　　〔进入屋内
史兰德　(走近门口)安妮小姐,还是请您带个头吧。
安　妮　不行,少爷!请您只管往前走吧。
史兰德　说实话,我不能走在您的头里,说实话。啦!我可不能对您失礼呀。
安　妮　请别这么客气吧,少爷。

---

① 史兰德作为清教徒,理应反对斗熊(清教徒反对各种各样的娱乐),虽然他个人很爱这玩意儿。(《新莎士比亚版》)
② 撒克逊老狗熊,当时的一头著名狗熊,在伦敦河滨"巴黎花园"展出。

史兰德　免得惹人讨厌,那我只好失礼了。这是您自己不受抬举呀,真的嘛,啦!

〔史兰德入内,后随安妮

第二景　同　前

〔休牧师自屋内上,辛仆儿随上
牧　师　你走吧,去打听凯乌斯大夫的寓所在哪儿;他家有一个桂嫂子,给他当一个看护什么的,再不然,给他当一个保姆,也或者是当一个厨娘,也或者是给他当一个洗衣服的,揉衣服的,晾衣服的。
辛仆儿　知道了,牧师。
牧　师　别忙,还有你不知道的呢。把这封信送给她;因为这个女人跟安妮·裴琪小姐最熟悉。这封信就是要求她、托付她,代替你家主人去向安妮·裴琪小姐求婚。请你快去吧;我饭还没吃好呢,就要上苹果和干酪了。

〔牧师入内。辛仆儿往外走

第三景　"吊袜带"客店

〔福斯泰夫,店主,巴道夫,尼姆,皮斯托,罗宾上
福斯泰夫　我的店主东!
店　主　我的老狐狸,你怎么说?给我说得又聪明又渊博些。
福斯泰夫　不瞒你说,我的店主东,我可得打发掉一两个跟班了。
店　主　把他们扔了算了!我这位大力士;请他们卷起铺盖

算了！让他们马不停蹄各奔前程吧！

福斯泰夫　我吃用开销，一星期也得十个金镑呢。

店　　主　你是大皇帝、大元首、大贵人，你就是土耳其宰相。我愿意把巴道夫收留下来；让他做个招呼主顾的酒保吧——我这主意好吗，我们的大英雄？

福斯泰夫　就这么办吧，我的好店主东。

店　　主　一言为定，让他跟我走吧。（向巴道夫）以后你给我留心，上酒要多多来些泡沫，少少来些酒；羼些石灰打掉些酸味儿。我不必多说了，跟我来吧。

　　　〔下

福斯泰夫　巴道夫，跟他去吧。酒保也是个有出息的行当哪。旧外套可以变做新褂子，一个干瘪的跟班可以变成一个满脸红光的酒保。去吧，再见。

巴道夫　我就是想吃这行饭。我从此可要脱运交运喽。

皮斯托　哼，这个没骨气的匈牙利雇佣军！① 你要拿开酒桶的凿子当刀子使吗？

　　　〔巴道夫下

尼　　姆　酒醉糊涂的爷娘生下这个窝囊废！我这句随口而出的话妙不妙？

福斯泰夫　我倒是很高兴，就此把这火种打发走了。他偷东西也太不避耳目了；他下起手来，就像一个外行在唱歌，连个板眼都没有。

尼　　姆　摸熟了这个行当的"脾气"的，要偷，就给人个冷不防。

---

① 指当时和土耳其作战，在匈牙利解散归来的一支雇佣军，情景十分狼狈。

皮斯托　"借用一下",聪明人的嘴里都是这样说。"偷"!
　　　　呸,这像什么话,我不爱听!
福斯泰夫　唉,两位太爷,我落到了脚跟儿都快露出来的地
　　　　步啦。
皮斯托　哟,那么谁没鞋穿,谁生冻疮吧!
福斯泰夫　有什么法子好想呢,这是逼得我非找野食吃不可,
　　　　非得活动活动不可了。
皮斯托　小乌鸦们总得有一口吃的呀。
福斯泰夫　你们俩谁知道傅德那个本地人的底细吗?
皮斯托　我知道那个家伙,他的家底可厚实哪。
福斯泰夫　我的老实的孩儿们,我把一肚子话全对你们说
　　　　了吧。

皮斯托　这么个肚子只怕两码还不止呢。

福斯泰夫　休得取笑,皮斯托!这可不假,我这个肚子,总得在两码左右;可我并不在卖弄我这大腰身,我倒是要搂人家的小腰身哪——这非但用不到我掏腰包,而且还可以给自个儿捞一笔好处哪。一句话说穿了,我打算跟傅德的老婆谈爱情。我留心看去,她对我很有意思呢。她陪我谈心,她说起话来,忸忸怩怩,还尽向我丢眼风;她那股亲热劲儿我还有什么不明白的。瞧她的一举一动都好像恨不得要进出一句话来,那句话用道地的英国话说出来,还就是:"我早就是约翰·福斯泰夫的人儿啦。"

皮斯托　他可真是把她肚子里的心事看得清清楚楚,而且用规规矩矩的英国话,给道道地地翻译出来啦。

尼　姆　抛锚抛得好深哪——我这句俏皮话说得中听不中听?

福斯泰夫　呃,听外面人说,她男人的钱袋一把抓在她手里。他家里的金天使成群结队呢——他每一块金钱币上镂着一个金天使。

皮斯托　难怪要把一大把魔鬼引上门了!我说,向她扑过去吧,汉子!

尼　姆　越说劲头越来了!好得很。叫金天使快来吧,让我高兴高兴。

福斯泰夫　我已经给她写了一封信在这儿。这儿另有一封,是写给裴琪的老婆的,方才她也是只管向我送秋波呢;她呀,把我越看越有趣,那卖情弄俏的眼光只管在我身上溜来溜去,一忽儿溜到了我的脚尖上,一忽儿溜到了我这挺神气的大肚子上。

皮斯托　（悄声）好有一比：阳光照到粪堆上。

尼　　姆　（悄声）这一比可妙哪，我谢谢你。

福斯泰夫　噢！她只管盯着我看，在我周身上下转来转去，恨不得把我一口吞了才好呢；她那双火辣辣的眼睛就像烧红了的烙铁那样把我烫坏了！这儿另外一封信就是写给她的。银钱进出也是从她手里经过的呢。她就是圭亚那的金山银山。① 我要去接收这两个娘儿的家产；她们俩就好比我的国库。这两个娘儿，一个是我的东印度，一个是我的西印度，这两笔生意买卖，我一笔也不放过呢。（向皮斯托）你给我去把这封信送给裴琪大娘。（向尼姆）你呢，去把这封信送给傅德大娘。咱们就此要交运啦，孩儿们，咱们就此要交运啦。

皮斯托　想我本是身佩宝刀的堂堂军人，

　　　　倒去干潘达勒②大爷的行当来啦？

　　　　见他妈的鬼吧！

尼　　姆　干这种不三不四的事可不合我的胃口呢。瞧这儿，把这封好胃口的信拿回去吧。我可得顾全顾全自己的名誉呢。

福斯泰夫　（转向罗宾）喂，小子，把这两封信拿得牢牢的，

　　　　就像我的快帆船，驶向那黄金海岸吧。

　　　　〔罗宾下

------

① 当时海外冒险家盛传圭亚那遍地产黄金；西班牙人以为"黄金国"即在那里。
② 潘达勒，本是流传于中世纪的希腊故事《特洛勒斯与克蕾茜达》中的人物，这里指给男女作牵线者而言。

　　　　两个流氓,去你们的!给我滚远些!
　　　　就像冰雹般永远别出现在我的眼前!
　　　　拖着两条腿走吧,夹着个尾巴爬开去吧!
　　　　另请高就,这儿可没有你们吃饭的地方了!
　　　　当今这时世,法国人的精明①最通行,
　　　　福斯泰夫可要学它一学,只留下
　　　　一个我,一个穿裙子的童儿。
　　　　〔下

皮斯托　老鹰来抢吃你的五脏六腑吧!
　　　　看你以后能不能再耍你的铅骰子——
　　　　掷大掷小,不论贫富,逢人便诈骗!
　　　　等你吃尽当光了,我腰包里还掏得出
　　　　几分钱来给你瞧呢。可恶可恨的蛮子!
尼　姆　我正在动脑筋,怎么样报仇才最合我的胃口。
皮斯托　你要报仇?
尼　姆　上有天,下有地,说话当话!
皮斯托　用计谋还是用钢刀?
尼　姆　双管齐下,文武全来,我!
　　　　我要去当面和裴琪谈一番话:
　　　　人家把他的老婆看中了。
皮斯托　我要找傅德去向他通风报信
　　　　　福斯泰夫,没人气味的流氓,
　　　　要拐他的鸽子,要抢他的财宝,
　　　　　他的合欢床,眼看要弄脏。

---

① 当时法国贵族以随身伺候的童儿代替许多仆从。

尼　　姆　依我的脾气,打铁趁热,说到做到。我要叫裴琪直跳起来,要叫他醋劲发作,要叫他拿出毒药来对付冤家。谁得罪了我,可得知道我老子是不好惹的!这就是我的真脾气。

皮斯托　你可真是个杀气腾腾的太岁。我帮你的忙!开步走!

〔同下

第四景　凯乌斯大夫家中

〔女仆桂嫂及辛仆儿上

桂　　嫂　喂,约翰·鲁贝!——

〔仆人鲁贝上

请你到窗口儿去瞧瞧,看咱们这位东家——凯乌斯大夫在来吗。万一他来了,让他看到有什么人在他的宅子里,哎哟,那可少不了一顿臭骂,骂得鬼哭神愁,伦敦的官话不知要给他糟蹋成个什么样子啦。

鲁　　贝　我这就放哨去。

桂　　嫂　去吧,今天晚上我们趁早烤一会儿火,那时我请你吃杯甜乳酒。

〔鲁贝下

他倒是个老实的、好心肠、好说话的家伙;在人家公馆里做听差的,这样的人也算难得了。我跟你说吧,他既不会说长道短,又不搬弄是非;他最要不得的是太喜欢祷告,他祷告起来可也真太傻里傻气了。话得说回来,谁的身上没有个缺点呢;别提这个了。彼得·辛仆儿,你说你就叫这个名字吗?

辛仆儿　不错,再好听些的,可换不出来了。

桂　嫂　史兰德少爷就是你的东家?

辛仆儿　正是,没有错的。

桂　嫂　他不是留着一圈儿大胡子,像手套商的削皮刀吗?

辛仆儿　不,说真的,他只有一张小小的死白脸儿,几根稀稀拉拉的黄胡子——倒有些像鼬鼠的胡子。

桂　嫂　他是个性情温和的人,可不是吗?

辛仆儿　对,不错;可是他倒是个儿高、胳膊粗,在他那一个地带也可以算得了——他还跟看守林苑的人交过手呢。①

桂　嫂　你怎么说?——噢,我怎么能把他忘了呢!他不是走起路来大摇大摆,两眼看天的吗?

辛仆儿　不错,说得对,他就是这个模样儿。

桂　嫂　这就好了,老天保佑。安妮·裴琪总该有这样的福

---

① 看守林苑者要防止有人来偷猎兔子獐鹿等,所以必须是身强力壮者。

气吧！你去对伊文牧师他老人家说,我一定要替你的东家尽心尽力。安妮可是个好姑娘哪,我但愿——

〔鲁贝上

鲁　贝　不好了！东家来啦！

桂　嫂　一顿臭骂可有我们受的了。快跑到这儿来,好小伙子;躲进这个壁橱里去吧。他在这儿待不多久的。

〔把辛仆儿关在壁橱里

喂,约翰・鲁贝！约翰！喂,约翰,我说！

〔凯乌斯大夫上

快去,约翰,快去打听打听我家老爷怎么样了;他这会儿还没回来,可真让我担心,不知他好不好。

〔唱

躺呀躺,躺呀躺,一趟又一趟……

大　夫　你在唱些啥呀？我可不爱听这些小曲儿。请你快给我去从壁橱里把 une boite en verde①——一只匣子,一只绿绿的匣子拿来。我说的话你听见吗？一只绿绿的匣子。

桂　嫂　对,好极了;我这就给您拿去。(自语)谢天谢地,总算他不曾自个儿去拿;要是让他看见壁橱里藏着个小伙子,他可要活活变成一头发了疯的公牛啦。

大　夫　Fe,fe,fe,fe! 哎哟,这天可真热呀。我要赶到宫里去——有要紧的事儿。

桂　嫂　(拿着匣子)是这个吗,大爷？

～～～～～～～～～～～

① 法语,意即"一只绿匣子"。凯乌斯大夫是法国人,说的英语不纯正,还常夹杂一些法国话。为阅读方便起见,下文逢到这种情况,都直接译出,不一一注明。

大　夫　对了;给我放在我的口袋里;快些儿,快些儿——鲁贝那个奴才呢?

桂　嫂　喂,约翰·鲁贝! 约翰!

鲁　贝　有,老爷!

大　夫　你是约翰·鲁贝,你是狗才鲁贝。来,拿着你那把长剑,我要进宫去,你跟在我后面走。

鲁　贝　长剑已经预备好了,老爷,就放在门廊里。

大　夫　不说瞎话,我耽搁时光啦。该死! 我差点儿忘了! 壁橱里还放着"辛补尔"药草呢①,说什么我也得带在身边呀。

桂　嫂　(自语)不得了! 要给他看见了:里面藏着个小伙子;这一下,他要直跳起来了。

大　夫　(打开橱门)噢,见鬼,见鬼! 是什么东西在壁橱里?——一个流氓! 贼骨头! (把辛仆儿拖出)鲁贝,给我把剑拿来!

桂　嫂　好主人,别生那么大气吧。

大　夫　凭什么我不好生那么大气?

桂　嫂　这小伙子其实是个好人。

大　夫　好人躲在我的壁橱里干什么? 躲在我壁橱里的就不是好人。

桂　嫂　求求您,可不要"痰迷心窍"②了吧。我把真情实况

---

① "辛补尔"药草,可能用于骨科,和史兰德的仆人的名字巧合。
② 痰迷心窍:原文"Phlegmatic",意谓"黏液质的""多痰的"。当时的生理观念,认为人的气质、性格决定于特定的"体液"(humour);体液分四种,"黏液质"为其中之一;属于"黏液质"的人,据说性情迟钝冷淡。桂嫂大概在这里拾了他东家的牙慧,而其实是不知所云。

　　　　说了吧——他呀,是休牧师打发来找我的。

大　夫　哦。

辛仆儿　正是,没错的,为的是要托她——

桂　嫂　请你还是少开口吧。

大　夫　倒是你自个儿少开口吧。(向辛仆儿)你给我说下去。

辛仆儿　托这位规规矩矩的大娘——你的女仆,替我家少爷在安妮·裴琪小姐面前说几句好话——也就是去说个亲。

桂　嫂　从头到尾,也就这么一回事罢了!可是说什么我也不肯把手指头伸进火里去呢——我才不管这种闲事儿。

大　夫　是那个休牧师派你来的吗?——鲁贝,给我拿一张纸来。你且等一会儿。

〔他开始写信

桂　嫂　(向辛仆儿,悄声)还算是运气,这一回他倒居然安安静静的——要是他大大地发作起来呀,那你看吧,他会大吵大闹,大伤其心呢!可是不管怎么,兄弟,我总得尽我的力给你家东家帮个忙。说来说去,这个法国大夫——我这个东家——我倒是可以叫他做我的东家,你听着,因为是我在替他收拾宅子,是我在替他洗衣裳、晾衣裳,酿酒烘面包,擦铜器铁器,烧肉沏茶,铺床叠被——什么都是我一个儿顶下来的,——

辛仆儿　(悄声)一个人两只手,要包下那么些活儿来,可也真够你忙的啦。

桂　嫂　你替我想过没有?你想一想就会明白,这可真够你受的了;每天起早睡晚——这些话不提也罢——让我凑着你的耳朵告诉你一件事吧,我可不许你漏一个字儿出去——我那东家他自个儿也看中了安妮·裴琪小姐呢;可是他看中她是一回事,而我却知道安妮的心事,那却又是一回事呢。

大　夫　你这猴儿崽子,①去把这封信交给休牧师,——老爷,这可是一封"刁钻书"②哪,我要在林苑里割他的喉咙;我要教训教训这个猴儿崽子臭牧师,看他下回敢不敢再多管闲事了。你可以走了;留在这儿没有你的便宜。

〔辛仆儿下

老爷,我要把他那两颗弹丸儿都割下来;老爷,他以后还想打鸟,他可就知道他连一颗弹丸儿都不剩了。

桂　嫂　哎哟,人家也不过是想替他朋友说句好话罢了。

大　夫　我才不管什么说好话不说好话——你不是跟我说过,安妮·裴琪总归是我到手的吗?——老爷,我一定要杀死那个瘟牧师;我要请"吊袜带"客店的老板来检验双方的武器③——老爷,安妮·裴琪是我要的。

桂　嫂　老爷,姑娘喜欢的是您,一切都会称心如意的。人家爱怎么说就随他们去说吧——唉,这年头!

大　夫　鲁贝,跟我进宫去。老爷,要是我得不到安妮·裴琪,看我不把你赶出我的大门外。在我后面紧跟着,鲁贝。

〔二人一前一后下

---

① 《新莎士比亚版》加舞台指示,"起立,把信折好"。
② 法国大夫说英国话,口齿不清。老爷,应为"老天",下同。刁钻书,应为"挑战书"。
③ 意即做决斗的公证人。

桂　嫂　你只配得到一个驴子头,跟你配成一对！可不,安妮的心事我是知道的——在这儿温莎再找不出第二个女人像我那样懂得安妮的心事了;我怎么说,安妮就怎么听,换了哪个女人也办不到呀;我感谢上天。

〔门外有人嚷道:"里面有人吗,喂！"

桂　嫂　不知道是哪一位来了？请进来吧。

〔青年贵族范通上

范　通　嗳,桂妈妈！你好哇？

桂　嫂　承蒙大少爷关心,我还能不托您的福吗？——很好很好。

范　通　可有消息吗？我那漂亮的安妮小姐近来怎么样？

桂　嫂　说真心实话,少爷,她可真是个漂漂亮亮、规规矩矩、文文雅雅的好姑娘哪！她可愿意跟您做个"朋友"呢,我顺口儿跟您说了这句话吧;为了这个,我也得感谢老天呢。

范　通　照你看来,我有几分把握吗？我向她求婚会不会落了个空？

桂　嫂　说真话,什么事儿全凭老天爷的意旨发落;可是,话这么说,范通大少爷,我可以按着《圣经》罚个咒,她是爱您的呀。您少爷的上眼皮儿上不是长着一颗小疙瘩吗？

范　通　嗳,是有一颗小疙瘩;这又怎么样呢？

桂　嫂　可大有文章呢——不瞒您说,谁想得到妮妮也会来这么一下子呢——可是我要放肆①:哪一个吃粥饭的规规矩矩的姑娘也不能比她更规矩了——她跟我两个讲那

---

① 我要放肆,桂嫂把话说错了,应为"我要发誓"。

颗疙瘩就讲了一个钟头,可真把我笑坏了;从今以后,哪一家姑娘说笑话也别想能把我逗乐了!——可是,说句实话,她近来可也太会上心事,也太"门门不落"①啦。至于讲到您——得啦,不谈啦。
范　通　好,我今天看她去。拿着吧,这几个钱是给你的;还得请你帮我说几句好话呢。要是你先看见她,那就先替我向她问个好。
桂　嫂　要我问好吗?说实话,那是一定的。下次咱们谈心,我再给您少爷讲那个疙瘩;还要告诉您,有哪几个到她家去求婚。
范　通　好,回头见吧;我还有紧要的事,非走不可了。
桂　嫂　回头见,大少爷。
　　〔范通下
　　他倒是个正正派派的大爷,可是安妮爱的并不是他,谁也不像我那样懂得安妮的心事——哎哟哟,看我这人!我把什么忘了呀?
　　〔下

---

① 应为"闷闷不乐"。当时把"忧郁""发呆"等看作是陷入恋爱的一种精神状态的表现。

第 二 幕

第一景　裴琪家门前

〔裴琪大娘持信上

裴琪大娘　什么！当初我像春天的鲜花儿那样娇艳,都不曾让谁的情书来缠绕我,现在倒有人给我写起情书来了？让我念它一念：

（读）

别追问我,为什么我倒爱起你来了；要知道,"爱情"虽然让"理智"来做她的导师,可她从来也没拿他当做她的心腹。你年纪不算轻了,我也是一样；这么说,咱们是彼此彼此。你爱风流,我也是一样；哈哈！咱们更加可以说得是彼此彼此了。你爱喝几口白酒,我也是一样——彼此彼此。像咱们这一对儿你还能到哪儿去找呢？要是军人的爱情能叫你称心如意,那么裴琪大嫂子,你至少也该称心如意了——因为我已经把爱情献给你了。我不愿意说：可怜可怜我吧！——那太不像堂堂军人该说的话了；可是我说：爱我吧！我就是那——

忠诚的骑士,归你差遣,

不分黑夜,还是白天,

天晴天阴,几刻几点,

我要高高举起宝剑,

为了你,把天下打遍。

约翰·福斯泰夫

哪儿来的这个犹太族里的希律王①!哎哟,这个万恶的万恶的世界呀!一个年纪活得差不多,骨头都要一根根烂掉了,居然还要冒充一个风流的公子哥儿!好一个魔鬼!也不知我的谈吐举止,在哪一点儿上露出了些儿轻佻,居然让这个佛兰芒醉鬼②抓住了,因此胆敢这样来试探我?呃,他跟我见面还不满三次哪!我该拿什么话对付他才好呢。那一回,我还是很有分寸,并没一味儿撒欢呢——上帝饶恕我吧!嗳,我要上议会去提出一个议案,把那班男子都给打倒下去!我该怎样向他报这个仇、出这口气呢?我决不能轻易饶过他,这是用不到问的事,就像不用问,他肚子里的肠子都是布丁做的。

〔傅德大娘上

傅德大娘　裴琪嫂子!相信我好了,我正要上你家去呢。

裴琪大娘　相信我好了,我正想去看你呢。你的脸色可不大好看呀。

---

① 在英国早先神迹剧里,常有希律王一角,是一个装腔作势的犹太暴君。这里有指斥福斯泰夫狂妄无礼之意。

② 据说佛兰芒(今荷兰、比利时)人以好喝酒著称。

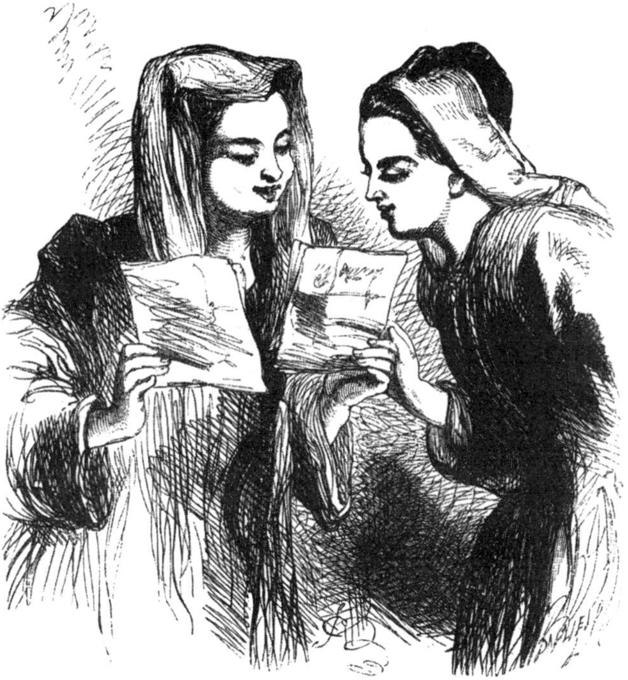

傅德大娘　不会的吧,我一千个不相信。我应该红光满面才对呀。

裴琪大娘　说真的,我觉得你的脸色不太好。

傅德大娘　得了,不太好就不太好吧;不过我还得说,我本来可以让你看到红光满面的。啊,裴琪嫂子,你给我出个主意吧!

裴琪大娘　什么事呀,女人?

傅德大娘　啊,女人,要不是为了一桩没要没紧的事儿,那我可以大大出风头啦!

裴琪大娘　去他妈的没要紧事儿,女人;出了风头再说!是怎么一回事儿?——管什么要紧不要紧——是怎么一回事儿?

傅德大娘　我只要高兴到地狱里去走一遭——千年万年走一遭,我就可以封做爵士啦。

裴琪大娘　什么?你少吹牛吧!爱丽丝·傅德爵士老爷!像这种爵士只好在路口去问人要买路钱。我看你还是不用改变你这太太的身份吧。

傅德大娘　我们这不是在糟蹋时光嘛——(拿出信来)拿去,念吧,念吧!那你就明白了,怎么一来我就能做起爵士来啦。从今以后,只要我这双眼还看得清男人有瘦有肥,那看到大胖子可就更加叫我讨厌了。可是他当着我们的面,居然装得一派正经,不曾咒天骂地,居然赞美贞洁的好女人,还说要安分守己,凡是有失体统的事儿一概洗手不干了;我还真想替他发个誓,他是真心改过,说得到做得到呢。谁知道他许下的话跟他所干的事根本扯不到一块儿,就像《赞美诗》第一百首跟那小曲儿《绿袖子》①的

---

① 《绿袖子》,一支当时流行的小曲,词意轻佻。

谱子,两个儿天差地远。我不懂,是哪一阵狂风把这一条大鲸——肚子里还装满不知多少吨油——刮到了温莎的海岸上来?我该怎样向他报这个仇、出这口气呢?我看最好的办法还是跟他假敷衍,挑逗得他心痒难熬,叫那股邪恶的欲火把他自己的脂肪熬完为止。像这种事儿你听说过没有?

裴琪大娘　你有一封信,我也有一封信,①就是"裴琪"换了"傅德",两个名字不同罢了!你可以大大地松一口气,不用害怕独个儿担当那莫名其妙的坏名声了,这儿是你那封信的孪生兄弟。不过还是让你那封信做老大,我的信做老二好了,我郑重声明,决不跟你争夺名分。我敢担保,他有一千封这样的信写好着,只是在信的上面留出一块空白,好填上不同的姓名——没准儿还不止一千封呢!——你我这两封信已经是翻版了。不用问,他会把信一封封地印出来;他才不管把什么人的姓名拖进了他的印刷机——你看,连你我都没有放过。叫我睡到他的床上去,我宁可像神话里的巨人那样,让一座培利恩大山压在我身上。②嘿,你要我找二十头贪淫的鹁鸪③还容易,找一个规规矩矩的男人可是难哪。

傅德大娘　嗳,这两封信完全一模一样!一样的笔迹,一样的字句!他可把我们两人看作了什么人呀。

~~~~~~~~~~

① 《新莎士比亚版》加舞台指示,"把两封信并排拿着"。
② 希腊神话:巨人族欲攀上天庭,与天帝争雄,将奥莎山叠置于奥林庇斯山之上,又将培利恩山叠置于奥莎山之上。
③ 鹁鸪在西方文学中本是真挚的爱情的象征,有"像鹁鸪一样忠贞"的说法。

裴琪大娘　唉，那我就说不上来了——这封信可差点儿叫我翻过脸来不承认自己的清白了。以后我要把自个儿当作素不相识的人看待了；那还用说，他要不是在我身上看出了连我自个儿也不曾知道的什么缺口，他决不敢如此猖狂，要想攻打我的城堡来了。

傅德大娘　你说什么"攻打"？叫他在我的后门口儿站站吧，我满有把握地说这句话。

裴琪大娘　我也就是这个主意。要是让他闯进我的楼房来，我从此再也别见人了。咱们一定要向他报这个仇、出这口气！我们不妨先跟他订一个约会，让他心里热烘烘的，觉得事情太趁手了；可是哪知道但闻得到香味儿，却舔不到甜头儿，我们就这么拖住他，拖到他吃尽当光，眼看连他的马儿都让"吊袜带"客店的老板牵去抵账。

傅德大娘　可不，为了捉弄捉弄他，什么干不得的事我都干得出来，只要保住我们的清白，没有一点儿玷污就是了。啊，要是让我那男人看到了这封信！那还了得，他会一股劲儿地吃醋，千年万年地吃下去啦。

裴琪大娘　哎哟，你瞧，他来啦！——我那个好人儿也来啦！他从来不吃醋，我也从来不让他有理由吃醋；吃醋和他相差十万八千里，我希望。

傅德大娘　一样做人家的老婆，你的日子比我好过多了。

裴琪大娘　咱们再一块儿商量商量，怎样发落那个大肚子骑士。到这儿来吧。

〔二人退后

〔傅德及皮斯托，裴琪及尼姆谈话上

傅　　德　嗯，我希望不会闹出这种事儿来吧。

皮斯托　这也得看看是什么事儿,
　　　　只怕"希望"是条不中用的狗:
　　　　约翰骑士他把你的老婆"勾"。
傅　德　这话怎么说,老兄,我的老婆年纪不轻了。
皮斯托　他玩起女人来,管你高管你低,
　　　　管你富的穷的,年轻年老,傅德,
　　　　他玩了这个再玩那个。他爱吃大锅汤,
　　　　是女人都配他胃口。你注意吧。
傅　德　看中我的老婆!
皮斯托　他的肝脏火一般在烧呢。①
　　　　你要是不趁早拦住他,那你就准备
　　　　像阿克泰翁大爷那样在前逃,
　　　　让"林狐"在你后脚紧追吧!② ——
　　　　唉!这句话可真说不出口啊!
傅　德　是什么样一句话呀,老兄?
皮斯托　头上出了角的王八,我说。再见吧。
　　　　留心把门窗关上了,把眼睛睁开了,
　　　　贼骨头是趁黑夜光临的。
　　　　留神些,只怕还没到夏天的季节
　　　　郭公就要在树上对你叫了。③
　　　　走吧,尼姆班长军爷! ——

~~~~~~~~~~~~~~~~~~~~~~~~~~~~~~

① 当时以为情欲生于肝脏。
② 希腊神话中猎人阿克泰翁因窥见女神黛安娜出浴而被罚,变做公鹿,为自己的猎狗所追杀。所谓"像阿克泰翁那样",即指头上出角而言,指妻子有外遇。"林狐",狗的通常名。
③ 意谓郭公(即布谷鸟)将讥嘲他是戴上了绿帽子的丈夫。

裴琪,相信他吧,他说的话自有道理。

〔下

傅　德　(自语)我可得耐着点儿性子,要把这回事弄它个水落石出。

尼　姆　(向裴琪)我说的都是真话,扯谎才不合乎我的胃口呢。他就偏不管我合不合胃口,把我给得罪了。依了他,我就该把那封倒胃口的信送去给她;可是我身边也挂着一把刀,真混不下去的时候,还可以借它来应付一下呀。他看中你家里的老婆,反正就是这句话。我的名字叫尼姆班长。你相信好了,我说的句句都是真话。我的名字叫尼姆。福斯泰夫看中你家里的老婆了。再会吧。天天吃那份儿面包干酪,①我可没有这胃口;这就是我有我自己的胃口。再会吧。

〔下

裴　琪　"我有我自己的胃口",听他说的!这家伙满口怪话,叫英国人都听不懂英国话了。

傅　德　(自语)我要去试探试探那个福斯泰夫。

裴　琪　我还从没碰见过这么个说话慢声慢气、一味装腔作势的流氓。

傅　德　(自语)要是给我抓住了——好吧。

裴　琪　我可不能相信这种"卡瑞人",②尽管城里的牧师还说他是个好人。

傅　德　(自语)倒是个很有见识的人呢——好吧。

～～～～～～～～～～～～～～～～～～～～～～～～～～～～～～～～～～
① 尼姆在这里发牢骚,意谓跟着福斯泰夫只能过苦日子。
② 从前欧洲人对于我国人民以讹传讹的称呼;由于隔膜,对我们的民族性格,也作了歪曲。

裴　琪　你好哇,梅格!

〔裴琪大娘和傅德大娘上前①

裴琪大娘　你到哪儿去,乔治?我有话跟你说。

傅德大娘　怎么啦,亲爱的富兰克!你怎么有心事呀?

傅　德　我有心事!②我没有心事。给我回家去吧,走吧。

傅德大娘　说真的,这会儿你头脑里正在转什么怪念头。裴琪嫂子,咱们走吧。

裴琪大娘　马上来了。——你回家来吃中饭的吧,乔治?(向傅德大娘,悄声)瞧,谁从那边来了。我们可以托她给我们捎个信给那个倒灶骑士。

傅德大娘　相信我,我方才还想到她呢;这件事儿托她办是最合适了。

〔桂嫂上

裴琪大娘　你是来瞧我女儿安妮的吗?

桂　嫂　是呀,没别的事;请问,我们那位好小姐安妮可好吗?

裴琪大娘　跟我们一块儿进去瞧瞧她吧,我们有一个钟点的话可以跟你谈呢。

〔三妇女同下

裴　琪　怎么啦,傅德大爷?

傅　德　你听见了那个奴才告诉我的话,你听见了没有?

裴　琪　我听见——另外那一个跟我说的话,你听见吗?

傅　德　你觉得他们所说的真有这回事吗?

裴　琪　去他们的,这些奴才!我才不信那个骑士敢做这等

---

① 《新莎士比亚版》在这里加说明,"方才的话都让她们听了去"。
② 《新莎士比亚版》加舞台指示,"一怔"。

事；那两个出头揭发他想勾引我们妻子的人，本是他左右的跟班，现在给赶出来了，这一对流氓，还有什么话说不出来的。

傅　德　他们本来是他手下的人吗？

裴　琪　不错，他的跟班。

傅　德　这话就越发让我听得进了。他在"吊袜带"客店下榻吗？

裴　琪　对，说的是，他寄住在那儿。他要是真想跟我的老婆打通一条路，那我就让她大开正门；如果他除了讨得她一顿臭骂，还占到什么便宜，那么就让那东西顶在我头上吧。

傅　德　我倒并不疑心我的老婆，可我就是不肯听凭她跟福斯泰夫在一起。逢到这种事儿，做男人的可大意不得啊。我可不愿意头上顶着什么东西。我不能就这样心平气和啊。

裴　琪　瞧，咱们那个粗嗓子的"吊袜带"客店的老板来啦。他这么兴高采烈的，不是烧酒下了肚，就是银钱进了他的腰包啦。

〔店主上

你好哇，店主东！

店　主　你好哇，老狐狸，你是个上等人。法官大老爷，我说！

〔夏禄上

夏　禄　我跟着你走，店主东，我跟着你走。晚安，我的裴琪大爷，二十个晚安！裴琪大爷，您跟咱们一块儿走好吗？咱们就要有一场热闹好看呢。

店　主　告诉他吧，法官大老爷；告诉他吧，老狐狸。

夏　　禄　大爷,有人要决斗呢,一边是那个威尔士休牧师老人家,另一边是法国大夫凯乌斯。

傅　　德　咱们"吊袜带"客店的好老板,有句话要跟你说。

〔把他引至一旁

店　　主　你怎么说,老狐狸?

夏　　禄　(向裴琪)您愿意跟我们一起去瞧瞧吗?我们这位真会作乐的老板已经把双方的武器检验过了;而且,我想,已经故意约定了一东一西、两个决斗的地点了。相信我,我听人说过,这位牧师可不跟人开玩笑的。你听好,我们就有一场什么样的好戏好看了。

〔二人退至一旁谈话

店　　主　你不是要告咱们那位骑士一状吗,我的大贵客?

傅　　德　我要声明,没有的事儿。我还情愿送你一瓶烧酒,请你领我去见见他,只说我的名字叫"白罗克"——这也无非开个小玩笑而已。

店　　主　一言为定,老兄!你要来就来,要去就去好了——"通行无阻"①——我这话讲得好不好?你的姓名就叫"白罗克"好了。真是个最会寻快活的骑士。两位大贵人,你们可以走了吧。

夏　　禄　跟你一起走,店主东。

裴　　琪　听人家说,那个法国佬使得一手好剑呢。

夏　　禄　还差得远呢,大爷!要我讲起剑术来,那够你听半天呢。在从前呀,两个人决斗,面对面,隔这么一段距离,你

---

① 通行无阻,原文"egress and regress",是法律上的用语,指自由出入领土、海湾、港口等特权而言。

一冲,我一刺——我也说不尽这许多名堂来;最要紧的是护住自己的心口,裴琪大爷,就在这个地方,就在这个地方!想当年我也着实出过风头:我手拿一把长剑,可以把四个大汉杀得像耗子般只顾得逃。

店　　主　喂,孩儿们,来吧,来吧!咱们该开步走了吧?

裴　　琪　跟你一起走。我宁可听他们吵一场嘴,可不要看他们拼一场命。

　　　　　〔三人下,独留傅德

傅　　德　让裴琪闭着眼睛做傻瓜,一口咬定他的老婆不会偷人吧;我可有我自个儿的看法,轻易打消不了。他在裴琪家的时候,我那女人就坐在他身边,那时候这两个儿搞些什么名堂,我可不清楚。好吧,我要暗中调查一番;我要乔装改扮了去试探福斯泰夫。要是结果证明,我那女人是规矩的,我的力气可花得不算冤枉;要是她让我发觉有什么不妙,那么我这番力气也花得真是太合算了。

　　　　　〔下

第二景　　"吊袜带"客店

　　　　　〔福斯泰夫及皮斯托上

福斯泰夫　我一文钱也不借给你。

皮斯托　这么说,这个世界就是一只蚝蛎了,
　　　　得让我用一把刀把它来剖开。
　　　　你要是肯借,我分期拨还就是了。

福斯泰夫　一文钱也不借。我一向不曾跟你计较,老兄,由着

你借着我的名义去向人家借钱。多亏得我,三番两次,拖住了我的几个好朋友,说好说歹,替你和你那个搭档尼姆讨情;要没有我,你们两个早就给人家牵了走,像一对大猩猩,只好从铁栅栏里往外张望了。我顾不得将来要到地狱里去走一遭,却口口声声向那些上等人——都是我的朋友——赌咒说:你们两个是堂堂男子汉、正正派派的军人;上次白丽盖德太太丢了她的扇柄①,我还用我的荣誉替你担保,说你碰都没碰过。

皮斯托　难道你没有跟我拆账吗?你不是到手了十五个子儿吗?

福斯泰夫　要讲道理,你这流氓,要讲道理!难道你还以为,我让我的灵魂担这么大风险,是白当差使的吗?干脆一句话,你别吊住我不放,我可不是你的绞刑架哪。走吧!一把小刀一堆人!② 到你那贼公馆去吧!走吧!打发你送张字条儿你都不肯,你这流氓!你倒跟我讲起"荣誉"来了!哼,你这臭到不能再臭的下流坯,难道我就不想讲究讲究我的"荣誉"吗?谈何容易——为这个字,我真是豁出了九牛二虎之力!就说我,我,我——就说我自个儿吧,有时候也免不了把良心一横,顾不得上帝生气不生气,为了个"迫不得已",就把个"荣誉"高高搁起,逢到该偷、该抢、该骗的当儿,我也就照样下手。可是你呀,流氓一个,身上破破烂烂,山猫样的脸儿,说话像个酒鬼,开口就咒天骂地,倒要抬出什么"荣誉"来做挡箭牌了?要你

---

① 当时上流社会妇女所用的扇子,常以金银作柄。
② 扒手需要钻到人堆中间进行活动,他的工具就是一把小刀子。当时钱袋挂在腰带上。

送信你偏不肯,你!

皮斯托　　我认错了——你还能要一个男子汉再怎样呢?

　　　〔罗宾上

罗　宾　　大爷,外面有一个女人求见。

福斯泰夫　　叫她进来吧。

　　　〔桂嫂上

桂　嫂　　(行屈膝礼)给老爷请早安。

福斯泰夫　　你好,我的好嫂子。

桂　嫂　　这可叫我答应不下来,回老爷的话。

福斯泰夫　　那么,好姑娘。

桂　嫂　　不敢当;我发誓:——

　　　说不得女儿像娘,

　　　刚出娘胎,我倒是姑娘;

　　　想必当初,妈妈也这样。

福斯泰夫　　人家发了誓我还能不信吗?你有什么事见我?

桂　嫂　　不知能不能跟老爷说一两句话?

福斯泰夫　　两千句也使得,好女人;我肯赏脸,你说我听好了。

桂　嫂　　有一位傅德家的大娘子——①老爷,请您再往这儿过来些——我自个儿住在凯乌斯大夫家里——

福斯泰夫　　好,你倒是说呀!——你刚说到傅德家的大娘子——

桂　嫂　　老爷的话一点儿错不了——好不好请老爷再往这儿凑近些。

---

① 《新莎士比亚版》加舞台指示,"斜着眼睛回头看了一下皮斯托和罗宾"。

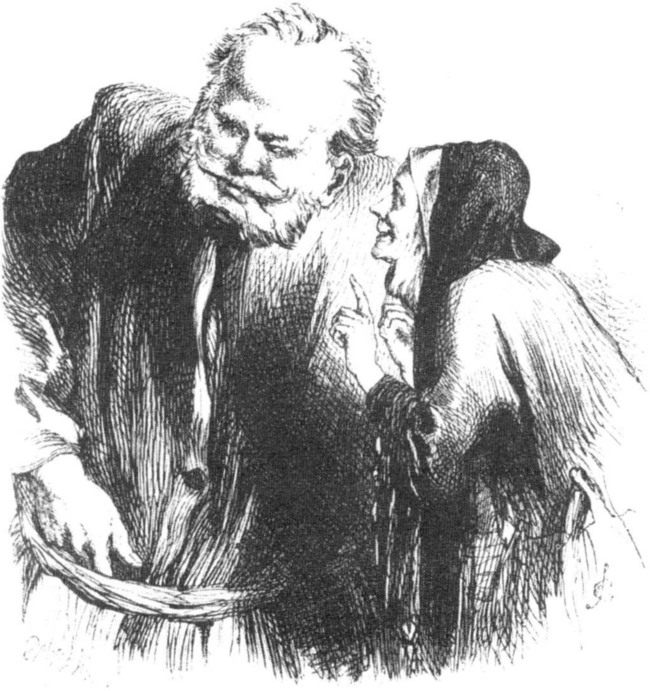

福斯泰夫　你放心吧,这儿没有外人①——都是我身边的人,都是我身边的人。

桂　嫂　原来是这样。上帝保佑他们,收留他们做他老人家的仆人吧!

福斯泰夫　得啦,傅德家有个大娘子——她怎么啦?

桂　嫂　哎哟,老爷,她可真是个好人儿啊!——天哪,天哪!您老爷真是个风流精!唉,天老爷饶恕您,也饶恕我们这些凡人吧,我在这儿祷告!

福斯泰夫　傅德家有个大娘子——快说吧,傅德家有个大娘子——

桂　嫂　我的妈,说过来、说过去,就是这么一回事儿:您已经把她弄得身昏颠吊②啦,说来也叫人不信呢。那一回,满朝文武,跟着女王来到温莎的行宫里,就连那最大的大官儿也从来没能够叫她这样身昏颠吊。可是人家一个个都是骑士、都是大老爷、都是上等人呢,都乘的是马车呢——说了你别不信,人家的马车一辆来了又是一辆,人家的情书一封接着一封,人家的礼物一份跟着一份;人家的身上个个香喷喷的,还都是用麝香熏的;说了你别不信,穿的都是那金线银线绣的丝绸绫缎,走起路来,窸窸窣窣、沙沙沙;人家开口说话,满嘴儿都是挺瘟雅的字眼儿;人家还有顶呱呱的酒哪、顶呱呱的糖哪,换上随便哪个女人也会让他们把一颗心骗去了;可是唯独咱们这位奶奶呀,我说了你别不信,他们就休想叫她冲他们眯一眯眼缝

---

① 《新莎士比亚版》加舞台指示,"向皮斯托和罗宾挥一挥手"。
② 应说"神魂颠倒"。下文"瘟雅"应说"文雅"。

儿。就说我自个儿吧,今天早晨有人想送我二十块金币呢,可我就是不领这份儿情,尽管金币上镂着一个个金天使也还是不成——我做人向来只懂得规规矩矩呀。——说给你听你别不信,就连他们中的头儿尖儿也休想叫她陪着呷这么一小口儿酒,可是看中她的都是些侯爵呢,可不,还有更高贵的哪——女王身边的侍从官;可是,说了你别不信,一个个都碰了她的钉子。

福斯泰夫　可是她有什么话要跟我说呢?干脆些吧,我那传话报信的仙姑。

桂　嫂　嗳,她已经收到您的信啦;您写这封信不打紧,她可一千个一万个感激您哪;她要我通知您一声,她的男人在十点到十一点之间不在家里。

福斯泰夫　十点到十一点?

桂　嫂　对啦,没错的;就趁那个当儿,您可以去欣赏欣赏她说您看见过的那幅"画像";傅德大爷——她的男人,那时候是不会在家的。唉,花朵似的女人,偏嫁着那样一个男人,也真把她苦坏了!那个男的醋劲儿才大呢,跟他过日子才真是活受罪,我的好人儿哪。

福斯泰夫　十点到十一点。娘儿们,替我向她问个好,我一定不会失她的约。

桂　嫂　啊,这话才说得好。可我还有一个口信要带给您老爷呢。裴琪家的大娘子也是千叮嘱万叮嘱托我向您问个好呢。让我凑在您耳边告诉您一件事儿吧:——她可真算得是个又文静又贤惠、又"瘦胡桃"①的娘儿,我跟你说

---

① 应说"守妇道"。

了吧,而况又是每天清早晚上,她绝不少欠你一次祷告的,这温莎地方的娘儿——不管是哪一家的娘儿,她也可以比那么一比了;——她可托付我对您老人家说,只恨她那当家的,千年难得跨出大门一步;可是她但愿总有一天会有机会来到。我还从来没看见过哪个女人爱男人爱到这样痴心的——我看哪,说实话,您老一定有什么勾魂迷人的花招吧!——啦,可不是,这还不是真情实况嘛。

福斯泰夫　哪儿的话,不瞒你说,我一生多得娘儿们的宠爱,也无非凭我这个人有几样好处而已,除此之外,我也再没有什么勾魂迷人的本领了。

桂　嫂　祝福您那颗心儿吧——这话说得多好哪!

福斯泰夫　不过,请问,你倒跟我说个明白:傅德家的娘子和裴琪家的娘子,她们两个都爱上了我一个人,彼此可曾把这个心思交谈过吗?

桂　嫂　那倒真是个笑话了!她们不至于这样不爱体面的吧,我希望——可不,那倒成了新鲜事儿了!可是裴琪家的娘子请您看在这点情分上,把您身边的童儿送给了她吧;她的男人把这个小童儿喜欢得不知怎样才好;再说呢,真的,裴琪大爷倒是个正派的人。在温莎地方有哪一家大娘子像她那样享福的——她爱做什么就做什么,爱怎样说就怎样说,要什么只消开声口,那进进出出的银子都打她手里经过;她想要睡了,就上她的床去,她高兴睡到什么时候起身,就什么时候起身,一切无有不依她的——再说句实话,这样大的福气也是合该她消受的;要是在这儿温莎还有一个好女人的话,那就是她了。她问您要个小童儿,您趁早给她送去;那是再没有法子好想的。

福斯泰夫　呃,我答应就是了。

桂　嫂　答应了就得把人送去呢。您想,有了他,你们两人之间要传什么话就方便多了,碰到有些事情就可以用个切口代替,你们二人心里各自明白,那个童儿却懂得什么——小孩子就不应该知道那些荒唐的事儿;不比那些上了年纪的,您明白,是过来之人,像人家所说的那样,懂得好坏,拿得定主意了,那就又是一回事了。

福斯泰夫　你走好吧;她们两个面前都要替我问个好——这个钱袋你拿去吧,我以后还要好好酬劳你呢。孩子,跟这位大娘一起去吧。

〔桂嫂领罗宾下

这个消息倒叫我像热锅上的蚂蚁一般!

皮斯托　(望着桂嫂的背影)别看这条小舢板,专门给爱神摆渡,

待我张起满帆追上去,摇旗呐喊,

炮火齐发!——她是我的俘虏了,要是此番她逃出我的手心;大海把她们全吞没吧。①

〔下

福斯泰夫　你说真会有这等事吗,老家伙?你可真有两下子呢,干吧。从此以后,我要格外看重你这大块头啦!她们真的把你看中了?想你一生也不知花了多少金子银子,这回可要把本钱捞回来了吗?好一个大块头,我谢谢你啦。让人家去说吧,这个胖子长着一身浮肉;可只要胖得

---

①　在史剧《亨利五世》中,桂嫂嫁与皮斯托为妻。

有人喜欢,那又有什么关系?

〔巴道夫手持酒杯上

巴道夫　约翰老爷,楼下有一位白罗克大爷求见,他想和您结交个朋友,特地送来了白葡萄酒,给您老人家做早晨的饮料。①

福斯泰夫　他的名字叫做白罗克?

巴道夫　对,老爷。

福斯泰夫　叫他进来吧。

〔巴道夫下

只要给我把白葡萄酒在皮袋里装得满满的,来了这么一个白罗克倒也欢迎。② 哈哈!傅德家的大娘子,裴琪家的大娘子,你们果然给我勾搭上了吗?得啦,加把劲儿!

〔巴道夫领化装了的傅德上

傅　德　上帝祝福您,老爷!

福斯泰夫　也祝福您,大爷!您有话要和我谈吗?

傅　德　素不相识,就前来求见,真是太冒昧了。

福斯泰夫　欢迎得很。有什么见教吗?——酒保,你可以走了。

〔巴道夫下

傅　德　您老人家,我也是个乡绅,向来花钱是不在乎的。我的名字是白罗克。

福斯泰夫　好白罗克大爷,希望往后咱们时常来往来往。

傅　德　好约翰老爷,那我才真是求之不得呢——可不是想

---

① 当时英国酒店中有送酒结交朋友的风气。又,当时还没有喝茶的习惯,还没有咖啡,只拿酒做"早晨的饮料"。

② 《新莎士比亚版》加舞台指示,"把杯里的酒喝个光"。

来讨什么好处。我不妨把话先说在头里,拿我目前的境况来说,还算不错,我们二人之中,要是有一个把钱借给人家,那么这人理该是我、不是您。正为了这个缘故,才使我斗胆前来,把您给惊动了。因为常言说得好:"钱字打头,四通八达。"

福斯泰夫　金子银子是个好卒子,大爷,他老是打头阵。

傅　德　说知心话,我有一袋钱在这儿,带在身边诸多不便;约翰老爷,要是您肯帮个忙,就把这一袋钱都拿了去吧,或者拿这么半袋钱,也好让我轻松轻松。

福斯泰夫　大爷,我不知道该怎样给您效犬马之劳。

傅　德　我少不得要仰仗大力呢,是怎么回事,您老人家肯听,我就讲。

福斯泰夫　讲吧,好白罗克大爷,我乐意听候差遣。

傅　德　我听说,您老人家是个有学问的人,大名我早已久仰了,只恨一直无缘拜见——我还是说得干脆些吧——我现在要跟您谈这件事儿,也就等于揭开自个儿的短处让您瞧;可是好约翰老爷,您听着我这真情实话,把一只眼睛瞧着我这人的痴心、糊涂,请把另一只眼睛也在你自个儿身上打量打量吧,那您就是要责骂我,也不至于太严厉了;因为您自个儿明白,男人在这方面犯点儿过失也实在太容易了。

福斯泰夫　很好,大爷,往下说吧。

傅　德　本地有一位太太,她的丈夫名叫傅德。

福斯泰夫　嗯,大爷。

傅　德　我早就把她爱上了,我可以告诉您,在她身上着实花了些钱。我好不痴心,只管盯她的梢,怎么也不肯错过可以碰见她的机会;只要有一些希望,可以让我张望到她半个面影儿,我就紧抓住不放。我不但买了一大堆一大堆礼物献给她本人,而且还不惜工本地送东西给她身边的这个那个人,打听她喜欢人家送她些什么。总而言之,我追求她,就像爱情在追我,一时一刻也不肯放松。可是,不管我用在她身上的这番苦心和这许多钱,是不是值得一提,总之,我清楚知道,我不曾得到一丁点儿报答——除非"经验"是一宗宝贝,那我可是出了偌大的代价"买"来的,使我能够说出这样几句话:

"金"哥儿一心追求"情"妹妹,

"情"妹妹像一阵风,逃之夭夭;

你想追求那天上飞的,

不料你荷包里的也不翼而飞。

福斯泰夫　难道您不曾从她嘴里得到一个满意的答复吗?

傅　德　从来也不曾过。

福斯泰夫　您也从不曾缠住她,得不到个满意决不放手吗?

傅　德　从来也不曾过。

福斯泰夫　那么您的爱情算是什么一种爱情呢?

傅　德　就像一座华丽的住宅,建筑在别人的地面上,只因为看错了位置,结果造屋盖房,白辛苦了一场。①

福斯泰夫　您把这些话告诉我有什么用意呢?

傅　德　我把这个告诉了您,那我就是把什么话都告诉您了。听有人说,别看她在我面前装得冷若冰霜,可是在旁的场

---

① 当时英国有法律规定,在主权不属于本人的地面上造屋,得没收其房屋。(《亚屯版》)

合,却很会得打情骂俏呢,因此已经引起人家在她背后纷纷议论了。约翰老爷,现在,我就要讲到我到底有什么用意这个节骨眼儿上来了。您是一个门第高贵的大爷,谈吐风雅,往来的全都是头面人物,您身份高、人品好,是有口皆碑的;何况又是文武全才,刀枪笔墨,全都来得,礼貌又周到,难怪博得大家一致钦佩了。

福斯泰夫　啊,大爷!

傅　德　相信我这番话,因为我说的您早就知道了。我有的是钱,你只管拿去用好了,拿去用好了!尽多尽少地拿去用好了!把我所有的钱都拿去用好了!作为交换的条件,我只求您,为了我,花您一些时间,拿傅德家的女人当做可爱的城市,发动一场进攻,攻破她守住的贞操;把您的风流绝招都使出来吧,让她只得乖乖地依顺了您。要是还有哪个男人能征服得了她,那么您一定能够马到成功。

福斯泰夫　您心里火辣辣的只想把她弄到手,难道就肯把您所追求的对象让给我去受用,您心里舒服吗?我觉得您可是给自己出了个荒乎其唐的主意啦。

傅　德　唉,您还没有明白我的苦心呢。她有恃无恐,对我摆出了一面孔好女人的神气,叫我心里虽有痴念,却不敢怎样放肆;都因为她冰清玉洁,叫我不敢正眼看她一下。嘿,只要有她的什么把柄落到我手里,原来她无非是这么个女人,那我就有了口实,有了前例可援,就可以向她当面求欢了。那时候,看她再躲到哪儿去——她别想再拿出她的贞操啊,她的名誉啊,夫妇间的盟约啊,以及一千种其他的理由做挡箭牌了。可是在眼前她好比躲在铜墙

　　　　铁壁后面,真叫我拿她无可奈何。您说怎样,约翰爵士?

福斯泰夫　白罗克大爷,第一,您的钱我要不客气地收下了;第二,让我跟您握握手;最后,我是一个有身份的人,我答应您,傅德家的那个女人,只要您喜欢,您不用怕弄不到手。

傅　　德　哎呀,您真是热心人!

福斯泰夫　我说了,我答应您了。

傅　　德　您不用愁钱不够用,约翰老爷;我不让您短少一文钱使用。

福斯泰夫　您不用愁傅德大娘弄不上手,白罗克大爷;我不让您缺少一个傅德大娘玩弄。对您说了吧,我正要去跟她幽会呢,还是她自己派人来招我去的哪。就在方才,您前脚进来的时候,给她传信,或者给她做牵线的那个女人恰好后脚出去。听我说,她约我在十点到十一点之间去跟她幽会;原来在那一段时间里,她那不要脸、死吃醋的狗男人不在家里。您今晚再到我这儿来一次,那您就可以知道我有多大的收获了。

傅　　德　能够和您结交,十分荣幸!不知您老人家认识那个傅德吗?

福斯泰夫　去他妈的,这个倒霉的、合该做王八的奴才!我才不认识他呢。可是我叫他"倒霉",他才不倒霉呢,听人家说,这个死吃醋的、做乌龟的奴才他家里有大堆大堆的钱。我正是看中了他的这个,他那老婆才让我看中的。我要拿她当做一把钥匙,去打开这个王八奴才的金库银库,我的丰收节日来到啦!

傅　　德　我倒是希望您老人家认识认识那个傅德,那么万一跟他碰见了,您也好回避一下。

福斯泰夫　去他妈的,这个靠手艺吃饭、卖咸黄油的混蛋!只消我把眼睛一瞪就叫他吓破了胆。只要我一举起棍子他就不敢吱一声。我要拿我的棍子挂在他的绿头巾上,要他知道,这就是他的克星。白罗克大爷,您瞧着吧,我一定要叫这个庄稼汉子服帖我,您一定能跟他的老婆睡觉。天一黑您就来吧。傅德是个奴才;我可要提拔他一下。白罗克大爷,您会知道,原来他不单是个奴才,还是个大王八哪。天一黑,你就来吧。

〔下

傅　德　哪儿来的这个该死的不识廉耻的老贼!我的肚子快要给他气炸了。谁说这叫做没来由的瞎吃醋?我的女人已经托人传话给他了;把时间也约定了;这一对儿已经勾搭上了。天下哪一个做男人的会想得到这一招?倒尽了几世的霉:娶来那么一个偷汉子的老婆!我干干净净的床铺要给那两个弄肮脏了;我的银箱要给盗空了;可怜我的名声,难保不落得千人指万人笑了!我不但要蒙受这奇耻大辱,还要让人家给我加上一串难听的称号——而且还偏偏是让那个私下损害我的人给加上的。什么绰号,什么大名哟!叫我"阿楣门",倒也罢了;"卢西弗",也还罢了;"巴百松",也还罢了①——这些个还都是给牛鬼蛇神取的名字、加的称号呢。可偏偏骂我"王八"!"乌龟"!——"王八"!就连魔鬼也逃过了这个称号呢。

---

① 阿楣门,卢西弗,巴百松,都是魔王的名称,前者见于《旧约全书》,后二者见于当时的巫术书中。

裴琪是头蠢驴,闭着眼睛做他的蠢驴。他是相信他的老婆的;他是不懂吃醋的。我宁愿把我的黄油交托给荷兰人看管,把我的干酪交托给休牧师那个威尔士人,①把我的"活命水"交托给爱尔兰佬②,或者把我的骡马交给小偷儿去骑;可我就是不能把我的老婆交给她自个儿看管。你把她一个儿丢在家里,那时候呀,她就要动脑筋了,就要耍花招了,就有鬼主意了。一旦有什么念头钻进了她们的心里,她们认为可以做得,那就不怕心碎了也要做了再说。赞美上帝,赐给我这一股醋劲儿!是约在十一点钟哪!我要去撞破他们,盘问我的老婆,抓住福斯泰夫,出我这一口恶气;还要把裴琪取笑一番。我马上行动起来;宁可早三点,不可迟一分。呸,呸,呸!王八,王八,王八!

〔下

第三景　温莎附近田野

〔凯乌斯大夫及鲁贝上

大　夫　杰克·鲁贝!

鲁　贝　有,老爷。

大　夫　现在几点钟啦,杰克?

鲁　贝　已经过了时间了,老爷,休牧师约好的时间已经过了。

---

① 荷兰人爱吃黄油,当时英国人称之谓"黄油嘴""黄油箱"。威尔士人喜食葱与干酪。(《亚屯版》)
② 爱尔兰人叫威士忌酒为"活命水"。

大　　夫　老爹,他不来总算保住了他的灵魂;他不来,他是在忙着做祷告、念《圣经》呢。老爹,杰克·鲁贝,他要是来了,他早就活不成了。

鲁　　贝　这也是他的聪明,老爷。他知道您老人家的厉害,来了就是送死。

大　　夫　老爹,杀死一条青鱼也没有像我杀死他那么容易。把你的剑拔出来,杰克,让我来告诉你,我怎样杀死他。

鲁　　贝　哎哟,老爷!我不会使剑呀。

大　　夫　小奴才,把剑拔出来!

鲁　　贝　慢着些,有人来啦。

〔店主,夏禄,史兰德及裴琪上

店　　主　祝福你,好一个大夫!

夏　　禄　上帝保佑您,凯乌斯大夫先生!

裴　　琪　喂,好大夫先生!

史兰德　您早哇,大爷。

大　　夫　你们这些人,一个、两个、三个、四个,一起来干啥?

店　　主　来瞧瞧你怎么样交锋,怎么样出手,怎么样横冲直撞,怎么样东一跳西一跳,怎么样刺过去、劈过来,怎么样使回马枪,怎么样摆阵势,怎么样刀尖儿往上挑。他给杀死了吗,我的俄塞比亚人?他给杀死了吗,我的法兰西斯哥人?① 哈,老兄!你怎么说,我的伊库拉庇乌斯?我的嘉伦?② 我的宿货?哈!他给杀死了吗,我的臭烘烘的冤大头?他给杀死了吗?

---

① 俄塞比亚人,当时欧洲人对非洲民族的统称。法兰西斯哥人,应为法兰西人。店主欺大夫是外国人,胡言乱语一通。
② 伊库拉庇乌斯,希腊医药之神。嘉伦,公元2世纪时希腊名医。

大　夫　老爹,他是世界上最没种、最不要脸的牧师,他不敢到这儿来露脸。

店　主　你真是那西班牙大王"尤里那"！希腊大将赫克托,①我的孩儿！

大　夫　我请你们大家给我做个证吧,我在这儿待了六七个钟点——两三个钟点也不止了呢,可是他没有得来。②

夏　禄　他是个聪明人,大夫;他给人家医治灵魂,您给人家医治肉体,你们两个要是决斗起来,那你们可是在自己拆自己的台脚了。我这话对吗,裴琪大爷？

裴　琪　夏禄老太爷。您现在倒喜欢做和事佬了,当初您自个儿也动不动就找人决斗呢。

夏　禄　老天哪,裴琪大爷,我现在年纪老了,火性儿全退啦,可是看到人家拔出刀剑来,我手指头还是痒痒的,恨不得也插进去斗一场。虽然咱们是法官、是大夫、是牧师,裴琪大爷,可是我们身上还有几分年轻人的血气呢——我们都是女人生下来的儿子呀,裴琪大爷。

裴　琪　说得对,夏禄老太爷。

夏　禄　您看我的话有点道理吧,裴琪大爷。凯乌斯大夫先生,我是来接您回家的。我如今发誓要做个和事佬了。我看您明明是一个懂事的大夫,休牧师也明明是个懂事的、有涵养的教士。怎么说你也得跟着我走,大夫先生。

~~~~~~~~~~~~~~~~

① 当时英国人认为他们的敌人西班牙人是狂妄自大的懦夫。赫克托,希腊史诗中的英雄(并非希腊人),曾临阵逃跑,因此被视为懦夫。"尤里那"(Urinal)意为便壶,请参阅438注①。

② 没有得来,应为"没有来";大夫讲的是蹩脚英语。

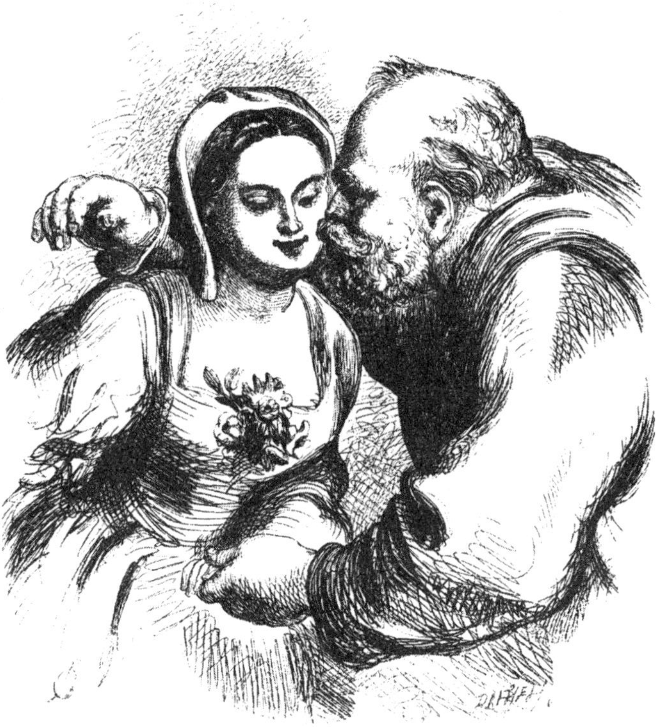

店　　主　对不起,法官老主顾——跟你说句话,"尿"先生。①

大　　夫　刁!这是什么玩意儿?

店　　主　"尿"在我们英国话中,就是好样儿的意思,老兄。

大　　夫　老爹,这么说,我跟哪一个英国佬比起来也一样的不少一些"刁"——发臭的狗牧师!老爹,我要割掉他的耳朵。

店　　主　他要把你揍个痛快呢,老兄。

大　　夫　"揍个痛快"!这是什么意思?

店　　主　这是说,他要给你赔个不是。

大　　夫　老爹,我看他不把我"揍个痛快"也不成哪!老爹,我说到就要他做到。

店　　主　我要"挑拨"他一番,叫他这么办,否则让他开步走!

大　　夫　为了那个,我谢谢你。

店　　主　再说呢,老兄——(向夏禄等悄声)可是第一招,我的房客大爷,裴琪大爷,还有史兰德少爷,你们穿过市镇到弗罗摩去。

裴　　琪　休牧师在那儿,是不是?

店　　主　他在那边;去看看他正在发多大的脾气吧;我领着大夫从田野上绕过去。这样好不好?

夏　　禄　我们就这样办。

裴　　琪
夏　　禄 } 回头见吧,好大夫。
史兰德

---

① 当时医生行医,先检验小便,随身都带有便壶,所以店主用"尿""便壶""臭烘烘"等话来嘲弄大夫。

〔三人下

大　夫　老爹,我要杀死那个牧师,谁许他替一个猴儿崽子向安妮·裴琪小姐说亲!

店　主　把他杀掉得了。可你别那么大跳大叫呀;在你的怒火上头泼冷水吧。跟我绕着田野到弗罗摩去吧——安妮·裴琪小姐正在那边一个庄稼人家做客吃饭呢,我把你带到那儿去,你可以当面向她求爱。"一边喊一边打鸟"吧——我这话说得妙不妙?

大　夫　老爹,我谢谢你的好意;老爹,我喜欢你;我要给你介绍许多大主顾——侯爵啊,爵士啊,大老爷啊,乡绅啊,他们都是我的病人。

店　主　你这样帮忙,我一定在安妮·裴琪的亲事上做你的"对头"。我说得妙不妙?

大　夫　老爹,太好了,说得妙。

店　主　咱们就此开步走吧。

大　夫　紧跟在我后面,杰克·鲁贝。

〔同下

第 三 幕

第一景　田　野

〔牧师及辛仆儿上

牧　　师　这会儿我要请问,史兰德大少爷的听差——你这位名叫辛仆儿的朋友,你往哪条路守望凯乌斯大爷——那个自称为"医学博士"的人?

辛仆儿　哎哟,您老,①我向着教堂那边望,我向着温莎大林苑望;每条路都望过了,旧温莎大道也望过了;除了通城里的那条路,每一条路我都望过了。

牧　　师　无论如何,不管怎样,我要你也向那条路望一望。

辛仆儿　知道了,您老。

牧　　师　祝福我的灵魂吧!真把我气得个要死,连心都在发抖呢!要是他存心让我扑个空,那倒也罢了——你看我是多么忧郁吧!我恨不得举起他的便壶朝准他这个奴才的葫芦头上摔——要是有那么个下手的好机会——祝福我的灵魂!

---

① 《新莎士比亚版》加舞台指示,"在树头张望"。

(唱)

　　河水浅,河水急,

　　鸟儿唱歌唧唧唧;

　　玫瑰花儿铺成床,

　　一千个花指环喷喷香。

　　河水浅——

　　老天可怜可怜我吧!我越想越要哭出来啦。

(唱)

　　鸟儿唱歌唧唧唧——

　　我一坐坐在巴比伦——

　　一千个花指环砰砰响。

　　河水浅——①

辛仆儿　他来了,②从那边儿来了,休牧师。

牧　师　他来得正好——

　　河水浅,河水急,

　　老天保佑好人吧!——他拿的是刀是枪?

辛仆儿　没刀也没枪,牧师。我家少爷,夏禄老太爷,还有另一位大爷也来了,从弗罗摩来了——他们正跨过了梯磴——是这一边。

牧　师　请你把我的袍子给我——不,还是你夹着吧。

　　〔捧书阅读

　　〔裴琪,夏禄及史兰德上

夏　禄　喂,怎么,牧师老人家!早安,我的休牧师。叫赌鬼

---

① 牧师唱的是马娄所写的歌词,当时很流行。牧师由于心烦意乱,把其中一句歌词唱错了。
② 《新莎士比亚版》加舞台指示,"从树上落下"。

别捞骰子,叫读书人别捧书本儿,那可比登天还难哪。

史兰德 （自语）唉,可爱的安妮·裴琪!

裴　琪　老天保佑,我的休牧师!

牧　师　慈悲的上帝祝福你们大家!

夏　禄　怎么,又是剑又是书本儿!您想做个文武全才吗,牧师老人家?

裴　琪　还越活越年轻了——只穿一件紧身上衣,一条裤子,在这么个阴冷的、叫人发风湿病的天气!

牧　师　这可有道理、有缘故啊。

裴　琪　我们特地来给您做一件好事儿,牧师老人家。

牧　师　很好,是什么事儿?

裴　琪　有一位大大有身价的大爷,看来是受了谁的气恼,把自己的端庄都抛开了,平时的耐性也全忘了,倒在那儿暴跳如雷——那种样儿您还从来没瞧过呢。

夏　禄　我少说也活了八十个年头,可从来没听说过像他这样有地位、有气派、有学问的人,会这样顾不得自尊自重的。

牧　师　是谁呢?

裴　琪　我想您认识他吧——就是那位凯乌斯大夫,有名的法国医生。

牧　师　上帝的意志!他可把我的心都气破了!你们跟我提起他,还不如跟我谈烧煳了的一锅粥呢。

裴　琪　为的什么呀?

牧　师　他懂得什么喜宝克拉底,①什么嘉伦——再说,他又

---

① 应为喜坡克拉底,公元前5世纪希腊名医。

是一个奴才坯子;你想看看一个没胆量的奴才究竟是什么样儿,那只消看看他好了。

裴　琪　我向您担保,您要找人决斗,找他才对呢。

史兰德　(自语)啊,可爱的安妮·裴琪!

夏　禄　看样子也真是,他手里扬着武器呢。凯乌斯大夫来啦,别让他们揪在一块儿。

〔店主,凯乌斯大夫及鲁贝上

裴　琪　得啦,我的牧师老人家,把您的家伙收起来吧。

夏　禄　你也收起来吧,我的大夫先生。

店　主　双方交出武器,不许动武,只许动嘴——让他们保全了自己的皮肉,只管叫英国话去受那份儿活罪吧。①

大　夫　(向牧师)我求您容许我在您耳边说句话:——您为什么失了我的约?

牧　师　(向大夫,悄声)我求你耐着些性子吧——正是该讲耐性的时候了。

大　夫　老爹,你是个没种的,是个狗崽子,是个猴儿崽子!

牧　师　(向大夫,悄声)人家存心在捉弄我们,我求您,快别做人家取乐的笑料。我希望跟您交个朋友,反正我以后补报您好啦。(高声)看我不把你的便壶摔在你这奴才的狗头上,约了日子,约了地点,到临了却不敢来!

大　夫　见鬼!——杰克·鲁贝,——我的"吊霉带"店主东,——我没有等着他来送命吗?我不曾在约定的地点守候他吗?

---

① 讽刺法国大夫和威尔士牧师说不好英国话;他们心里越激动,就越把英国话糟蹋得厉害。

牧　　师　　我可是个基督徒呢,喂,你听着,这儿才是约定碰头的地点呢——让我那"吊袜带"的店主东来给我说句公平话吧。

店　　主　　别闹了吧,我说,"加里亚"和"高卢"①,法兰西人和威尔士人,这一个医的是灵魂,那一个医的是肉体!

大　　夫　　呃,好得很,妙。

店　　主　　别闹了,我说!且听听我"吊袜带"店主东说几句话吧。我的手段高明不高明?我狡猾不狡猾?我算不算得一个"马基雅弗利"?② 我能少得了我的大夫吗?不行!他不是给我开方配药、开门配锁吗?我能少得了我的牧师——我的传教士——我那休牧师吗?不行!他不是给我金玉良言、胡语乱言吗?(向大夫)把手伸给我,下界的凡人——对了。(向牧师)把手伸给我,天上的神——对了。(把他们二人的手拉在一起)各有一手的孩儿们,你们两个儿都上了我的当啦;我把你们俩,一个东、一个西地岔开了,谁都不是那种胆小鬼,谁的身上也没碰掉一根汗毛;大家喝一杯热热的白葡萄酒收场了事吧。(向裴琪和夏禄)来,把他们的剑拿去当了吧。跟我来,讲和了的孩儿们,跟我来,来,来呀。

夏　　禄　　你相信我的话好了,真是个疯疯癫癫的老板!——跟上去吧,各位,跟上去吧。

---

① "加里亚"(Gallia),拉丁文"Wallia"的讹音,意即"威尔士"。"高卢"这里指法国人。

② 马基雅弗利(1469—1527),意大利政治家,著有《君主论》一书,主张君主玩弄权术,实行强权统治;在《亨利六世(上)》中称之为"臭名昭著的马基雅弗利"。

史兰德　（自语）唉,可爱的安妮·裴琪!

〔夏禄,史兰德,裴琪随店主东下

大　夫　哼!我看不出来吗?你把咱们当作傻瓜了吗,哼,哼?

牧　师　这倒好呀,他叫我们变成了他的"逍遥"①——我愿意您跟我成了站在一边儿的朋友,两人一起凑个主意,找那个可恨可恶的臭贼、这个"吊袜带"店老板报仇。

大　夫　老爹,这话正合我的意思!他答应带我去跟安妮·裴琪见面,老爹,谁知他这也是在哄我呢。

牧　师　好吧,你看我不把他的狗头打破了。请你跟我来吧。

〔同下

第二景　温莎街道

〔罗宾,裴琪大娘一前一后上

裴琪大娘　不行,走慢点儿,小少爷;你一向总是给人家做跟班,这会儿你倒是要做起领班来了。你究竟打算领导我的一双眼睛呢,还是要两眼看着你家老爷的一双脚跟?

罗　宾　我愿走在你的头里,像个大丈夫似的,没错的,可不愿意跟在我家老爷后面,像个小鬼头。

裴琪大娘　哎哟,你倒是个挺会奉承的孩子!我看你将来会做个能说会道、出入宫廷的人物呢。

〔傅德上

傅　德　巧极了,裴琪大嫂,您到哪儿去呀?

---

① 应说"笑料"。

裴琪大娘　说真的,大爷,去瞧瞧您家嫂子。她在家吗?

傅　德　在家呢,她正因为缺少个伴儿,怪无聊的。我看呀,要是你们的两个男人死了,你们两个倒可以配成一对夫妻呢。

裴琪大娘　那个您不用担心,配成两对夫妻——另外再找两个男人。

傅　德　您哪儿弄来的这只漂亮的小公鸡?

裴琪大娘　这童儿是人家送的,可把他送给我丈夫的那个人的名字,叫张三还是李四,我老是记不起来——喂,你说,你的老东家那个骑士他叫什么名字?

罗　宾　约翰·福斯泰夫爵士。

傅　德　约翰·福斯泰夫爵士!

裴琪大娘　正是他,正是他!要我记住人家的名字,可真要我的命。我那个当家的跟他有往有来的可热闹哪!——你家嫂子当真在家吗?

傅　德　她真的在家。

裴琪大娘　那么,大爷,别见怪,我走了——不见她的面,我总宽不下心。

〔裴琪大娘,罗宾一后一前下

傅　德　裴琪这人还有头脑吗?他这人还生眼睛吗?他这人也不会想一想吗?还用说,他的头脑、眼睛准是睡大觉啦;他要头脑、眼睛干吗呢。哼,这孩子可以送一封信到二十英里外的地方去,就像把大炮直射到二百四十步外那么便当。他女人爱怎样就怎样,样样都依她;他女人心里有个邪念头,他就听它发展,看它成长。这会儿她瞧我的女人去了,还带着福斯泰夫的小厮!一个聪明人是看见云就知道风的——她还带着福斯泰夫的小厮！想的倒是好计策！我们家里那两个丢脸的女人,她们准备一块儿下地狱呢。好得很,我要当场捉住他;然后,再好好地收拾收拾我那个女人;我可要把好一个裴琪大娘的假面具给剥下来,看她还装不装假正经;我可要当众宣布,裴琪只是死心塌地、闭着眼睛做他的老王八。我拿出狠劲儿来,干下这番轰轰烈烈的事业,眼看我前后左右的邻居都要向我齐声喝彩了。

〔钟鸣十下

钟声提醒了我;我既然十拿九稳,就一定要搜个明白,当场把福斯泰夫捉住。人家知道了,只会赞美我,不会嘲笑我。就像地球是结结实实的,不用问,福斯泰夫正在我的家里——我这就去。

〔裴琪,夏禄,史兰德,店主,休牧师,凯乌斯大夫及鲁贝上

大伙儿 巧极啦,傅德大爷。

傅　德 说实话,真是来了大队人马!我家里有开心的事儿,请各位一起跟我走吧。

夏　禄 恕我只得失陪了,傅德大爷。

史兰德 我也有事儿呢,大叔。我们已经约好,要到安妮小姐家去吃饭呢——我可不能跟她失约,哪怕我开口要多少钱,你就给多少钱。

夏　禄 我们有心要替我的侄儿史兰德向安妮·裴琪求亲,也着实费了些工夫,今天就好讨到回音啦。

史兰德 我希望我已经让您看中了,裴琪老爹。

裴　琪 我是看中您了,史兰德大少爷;我是完全护着您

的——可是我那内人,大夫先生,却是只管护着您呢。

大　夫　对了,老爹! 说到那个姑娘,她却爱的是我。我家里的女用人桂嫂就是跟我这样说的。

店　主　你说那位范通少爷怎么样? 他会跳会蹦,他会舞蹈,他眼睛里青春在闪耀,他会写诗,他说话像过年过节,喜气洋洋,在他身上闻得出一股子春二三月的气息。他会到手的,他会到手的! ——三个指头捏一个田螺,他会稳稳到手的!

裴　琪　可别想得到我的同意,我跟你说了吧。这位大少爷没有家产。他跟那位放浪的王太子、跟坡因混在一起①;他的地位太高了;他知道的东西也真太多了。不,他别打算攀上了这门亲,就此靠我的家当过好日子。他要是把她娶过去,让他光娶她一个人好了。我的财产是由我做主的,我可并没做主答应,让我的财产往那边儿送呀。

傅　德　我真心诚意地请你们中间的哪几位跟我一起到舍间便饭。除了有酒有菜之外,还有好东西给你们解闷呢。我要请你们见识见识一头怪物。大夫先生,您一定得去,您也得去,裴琪大爷,还有您,休牧师。

夏　禄　也好,那么回头见吧。我们到裴琪大爷家里去求亲,倒是更方便了。

〔夏禄下,史兰德随下

大　夫　回家去吧,约翰·鲁贝;我马上就来。

〔鲁贝下

---

① "放浪的王太子"指英王亨利五世,他曾经少年放浪;坡因是他做王太子时的跟从,见《亨利四世(下)》。

店　　主　回头见,我的各位知心人儿;我要去看看我那个老实的福斯泰夫骑士,陪他喝一杯海外来的葡萄酒。

〔下

傅　　德　(自语)我想我可是不喜欢陪他喝闷酒,我要叫他当场大跳其舞呢。① 各位大爷,咱们走吧?

大伙儿　跟您走吧,也好瞧瞧那"怪物"去。

〔同下

第三景　傅德家中,室内

〔傅德大娘及裴琪大娘上

傅德大娘　喂,约翰!喂,罗伯特!

裴琪大娘　快些儿,快些儿!——那个放脏衣裳的篓子——

傅德大娘　没有问题。喂,罗伯特,在叫你哪!

〔二仆人携大篓子上

裴琪大娘　来、来、来!

傅德大娘　这儿,放下来。

裴琪大娘　该怎么办,嘱咐你家里的人吧;我们也只能三言两语地说一说。

傅德大娘　嗳,也就是我本来关照过你们的话;约翰,罗伯特,你们两个就给我守在酿酒房的近旁,别走开,等到听见我一声叫唤,就马上进屋子来,也不用问,也不必迟疑,抬起这个篓子往肩头放;就这样,两人扛着一个篓子,三脚两

---

① 意谓准备用棍子打得他东躲西闪。

步往外走,跟着那些漂白布的人一起赶到大前草坪,①一到那儿,就把这一篓东西一股脑儿倒翻在泰晤士河边的烂泥沟里。

裴琪大娘　你们能办到吗?

傅德大娘　我一遍又一遍关照过他们了;他们不会弄不清楚的。去吧,听到我叫你们,马上就来。

〔二仆人下

裴琪大娘　小罗宾来了。

〔罗宾上

傅德大娘　怎么样,我的小鹰儿!带来了什么消息?

罗　宾　我家老爷约翰爵士已经从您的后门进来了,傅德奶奶,想跟您谈谈心。

裴琪大娘　你这小精灵,你可曾把这儿的什么泄漏了出去?

罗　宾　不,我可以对天发誓。我家老爷并不知道您也在这儿;他还吓唬我呢,要是我把他溜到这儿来的事告诉了您,那我这一辈子可再也别想有主人来管束了——一句话,他赌咒说,他就要把我一脚踢出大门外。

裴琪大娘　真是个好孩子。小嘴巴闭得紧,新衣裳就有得穿上身——我要叫裁缝来替你做一身新衣新裤呢。让我去躲起来吧。

傅德大娘　去躲好吧。(向罗宾)去跟你的主人说,屋子里只有我一个人。

〔罗宾下

裴琪嫂子,记好你的"接口"——我刚说到哪句话就

---

① 大前草坪,在泰晤士河边,离温莎以东二英里。

该你出场了。

裴琪大娘　你放心吧,要是我跟你合不上板眼,尽管喝我的倒彩好了。

傅德大娘　那就太好了!我们可得叫这个肮脏的脓包知道些儿厉害——这个一泡水的烂西瓜!我们可得教训教训他,也好叫他看清楚些,别把鹁鸽当做了乌鸦。

〔裴琪大娘下①

〔福斯泰夫上

福斯泰夫　"我那天上的明珠,你果真落在我手心里了吗?"②啊,让我死了吧,我算是活够了——我最大的心愿就到此为止了——噢,今天真是黄道吉日哟!

傅德大娘　哎哟,亲亲热热的约翰爵士!③

福斯泰夫　好嫂子,花言巧语我可不会,我缺少一张嘴,好嫂子。你害我犯了罪,因为这会儿我心里正起了一个念头,巴不得你的男人已经死了。即使当着最大的王爷,我也要这样讲;我要娶你,立你做我的爵士夫人。

傅德大娘　让我做你的爵士夫人,约翰爵士!哎哟,可不要惹得人笑歪了嘴!

福斯泰夫　我倒要问:法兰西宫廷也捧得出这样一位贵妇人吗?瞧你的眼睛儿,赛过一对金刚钻;你那弯弯的漂亮的额头,真有样子,不管戴上了船式帽子④,花式帽子,或者

---

① 《新莎士比亚版》舞台指示作,"裴琪大娘从一边门出,留门缝儿,福斯泰夫从另一边门入"。
② 此句引自锡德尼(P. Sidney)长诗《阿斯特洛斐与丝苔拉》第二歌首句。
③ 《新莎士比亚版》加舞台指示,"二人拥抱"。
④ 船式帽子,帽上系着缎带,像帆船上随风飘扬的旗帜,因而有此名称。

451

随便什么样在威尼斯流行的帽子,都是最合适的。

傅德大娘　一块普通的头巾也就罢了,约翰爵士,我这额头再不配戴别的什么;就算包一块普通的头巾我也不配呢。

福斯泰夫　老天在上,你这么说,可是存心跟自己那样一张脸蛋儿过不去嘛!你要是进到宫廷里,还不是个红人儿!你的脚步稳重,让你穿上一件半撑开的围裙,那走起路来的样儿该有多好看呢。我看你,怎么得了——天生的宠儿一个;只恨命运偏跟你做了对头!① 可是算了吧,你就是不想出风头也不成啊。

傅德大娘　不瞒您说,我实在是见不得人的,别只管捧我吧。

福斯泰夫　那么为什么我偏偏爱上了你呢?单凭这个你不相信也得相信。在你身上自有超群出众的地方。来吧,我是不会花言巧语的,说你这样儿好那样儿好,拿你比长比短;只有那些咿哟咿哟、话还说不清楚的嫩芽儿才来这一套。你别看他们的穿着,倒是爷儿们的衣裳,可是忸忸怩怩,完全娘儿们的腔调;你闻闻他们身上那一股气味儿,就像走进了一家药材铺子,而且还是在那采药草的日子呢。我可不来这一套;可是我爱你,不爱别人只爱你;你配得上我。

傅德大娘　您不要口是心非呀,老爷。我只怕您爱着裴琪家的大娘呢。

福斯泰夫　哪儿的话!你不如担心我有一天会喜欢到坑得门②边去溜达呢——要知道我最恨的就是这个坑得门了,它简直就是一座冒着浓烟的石灰窑。

～～～～～～～～～～

① 指傅德大娘长得有姿色,然而出生在平民百姓家,身份低微。
② 坑得是伦敦的监狱名。这个监狱专因禁无力偿还的债户;债台高筑的福斯泰夫因此特别恨它。狱中臭气触鼻,所以比做了石灰窑。

傅德大娘　好吧,只有上天才知道,我爱您爱到什么个地步;总有一天会让您看出我在您身上用了多少心。

福斯泰夫　这话你要放在心里呀;我不会叫你在我身上白用心的。

傅德大娘　不行,我怎么也得向您表明,您是值得我放在心上的,否则我才不肯费这番心思呢。

〔罗宾急上

罗　宾　傅德奶奶,傅德奶奶!裴琪家的奶奶正在门口儿,满头大汗,气都喘不过来,慌慌张张,说是有句要紧话要立刻跟您谈。

福斯泰夫　别让她看见我!我且到挂毡后面去躲一躲。

傅德大娘　请您快快躲起来吧!她这个女人最是多嘴多舌的。

〔福斯泰夫躲在挂毡后面
〔裴琪大娘气急败坏上

出了什么事呀?怎么啦?

裴琪大娘　哎哟,傅德嫂子!你干的好事儿!你的脸丢尽啦,你再不能做人啦,你这辈子别想抬得起头来啦!

傅德大娘　是什么事儿呀,好嫂子?

裴琪大娘　哎哟,老天,傅德嫂子!嫁了这么个正派的男人,偏还要让他疑心自己的老婆。

傅德大娘　我有什么好叫他疑心的?

裴琪大娘　有什么好叫他疑心的!呸,别不害臊吧!真没想到你对我也来这一套!

傅德大娘　嗳!——唉!——到底是怎么一回事呀?

裴琪大娘　你这女人,你的男人就要赶来啦,他把温莎城里所有的警官都带了来啦;他说有一个野男人这会儿正在他家里,是你趁他不在家的时候私下约来的,他现在就要来搜查啦——看你还想做人!

傅德大娘　不至于有这种事儿吧,我希望。

裴琪大娘　求求上帝,不至于有这种事儿——把野男人藏在你家里!不过千真万确的是,你家男人眼看就要到来,他的后面跟着温莎城里半城的人,要来搜查这个人啦。我抢个先赶来向你报信。要是你自问没有做什么虚心的事儿,嗳,那么我也替你高兴;万一你果真藏了一个"朋友"在这儿,赶快,赶快把他弄出去吧!不要愣了,快清醒清醒吧;保全你的名誉要紧,否则从此以后,你再也别想有好日子过了。

傅德大娘　叫我怎么办好呢?是有一位大爷在这儿,我的好姐姐;我自个儿要出丑露乖,我是再也顾不得的了,怕只怕此番要连累了他。我情愿拿出一千个金镑,只要他不在我这个屋子里就好了。

裴琪大娘　别不害臊吧!快别胡扯什么"你情愿长""你情愿短"——你的男人说到就到啦!想个什么办法把他弄出去吧。在这座宅子里你别指望有他的藏身之处。唉,你瞒得我好紧呀!瞧,这儿有一个篓子,只要他的身坯长得还近乎情理,他倒可以钻得进去,我们随手把一些肮脏衣裳往上面一压,人家只道是一篓要送出去漂洗的衣裳——或者呢,眼前恰好是漂洗衣裳的时期——你就打发你家里的两个仆人把他连篓子扛到大前草坪吧。

傅德大娘　像他这么个大胖子,怎么能钻得进呀,叫我怎么办才好哪?

〔福斯泰夫从挂毡后冲出来

福斯泰夫　让我看看,让我看看,噢,让我看看吧!——我钻得进,我钻得进!——就依你那位朋友的主意吧——我钻得进!①

裴琪大娘　什么,约翰·福斯泰夫爵士!这可是您给我的信吗,骑士?

福斯泰夫　(悄声)我爱你,就只爱你一个人——(大声)帮我脱身吧!——让我钻了进去——我再也不——

〔钻进篓子里。二妇女把脏衣服压在上面

裴琪大娘　孩子,你也来帮着把你家老爷盖没了——傅德嫂子,快叫你的仆人来吧——你这个假情假义的骑士!

傅德大娘　喂,约翰!罗伯特!约翰!

〔罗宾下

〔二仆人上

快快把这一篓衣裳扛起来——杠棒在哪儿?瞧你们,手脚多慢啊!把这些脏衣裳送到大前草坪的洗衣裳的女人那儿去——快些儿,动手吧。

〔傅德,裴琪,凯乌斯大夫及休牧师上

傅　德　请各位走过来些吧。要是我毫无名堂地犯了瞎疑心,呃,那么你们尽管取笑我好了;我就做你们的话把子,这是我自作自受——喂,怎么!前面来的是谁?你们要把这篓子扛到哪儿去?

仆　人　送到洗衣裳的女人那儿去,真格的。

傅德大娘　嗳,他们把篓子送到哪儿去,跟你有什么相干呢?你真是最会管闲事,人家洗绒衫、洗绒帽……

---

① 《新莎士比亚版》加舞台指示,"把篓子里的衣服摔出来"。

傅　德　雄猫！——我巴不得我能亲自动手洗一洗这头老雄猫呢！——雄猫,雄猫,雄猫！对了,雄猫！我说了你们还别不信,是头老雄猫！还是头在叫春的老雄猫呢。等会儿你们就明白了。
　　　〔二仆人扛篓子下
　　各位大爷,昨儿晚上我做了一个梦；现在我就把这个梦告诉你们——这儿,这儿,我的一串钥匙在这儿——上楼到我的卧房里去吧,搜呀,查呀,捉呀,我担保你们准会揪出那头大雄猫。且让我先把这条通道给堵住了。(锁门)这下子,大家来看好看的吧！
裴　琪　我的傅德大爷,何必这样呢,你这明明是跟自个儿过不去呀。
傅　德　说得对,裴琪大爷。上楼去吧,各位大爷,你们马上就有好戏看啦！跟我来,各位。
　　　〔上楼
牧　师　这真是莫名其妙的瞎疑心,真是大犯醋劲儿。
大　夫　老爹！在法兰西就没有这种事,咱们法国人是不作兴吃醋的。
裴　琪　得了,跟他走吧,各位大爷；瞧他到底搜出些什么名堂来。
　　　〔和大夫及牧师上楼
裴琪大娘　咱们这一着不是"一箭双雕"吗？
傅德大娘　真让我开心死了——我说不出究竟是我男人上了我的当,还是约翰爵士上了我的当,让我这么开心。
裴琪大娘　你的男人查问篓子里装着些什么玩意儿的时候,他一定吓得魂都没有了！

傅德大娘　我怕他本来也该洗个澡吧;把他扔在河浜里,倒是替他做了件好事儿呢。

裴琪大娘　这个该死的不老实的流氓!但愿像他这种料子的都要吃这种苦头。

傅德大娘　我看我的男人不是完全瞎疑心,他有些儿知道福斯泰夫在这里;像他今天这样醋劲儿大发,我还是生平第一遭看见呢。

裴琪大娘　让我想个法子摸一摸他的底。一方面,我们还得好好作弄一下福斯泰夫。这个老色鬼的毛病实在太深了,眼前这一服药吃下去,是治不了他什么的。

傅德大娘　我们要不要再派桂嫂那个愚蠢的臭婆娘到他那儿去走一遭,说几句好话,求他别因为被人扔在水里就生我的气;再挑逗得他心眼儿痒痒的,好叫他再吃一次苦头。

裴琪大娘　我们准那么办。就约他明天早晨,八点钟,再来一次,只说是要补报补报他。

〔傅德,裴琪,大夫和牧师下楼

傅　德　我搜不出他这个人。这个奴才,也许只是在那儿吹吹牛罢了,哪儿敢做这种事。

裴琪大娘　(向傅德大娘,悄声)听见了他这话吗?

傅德大娘　(悄声)嗯,嗯,别作声。——傅德大爷,您待我真是太好了,是不是?

傅　德　嗳,嗳,说得对。

傅德大娘　但愿上天可怜,让您还有一张脸可以见见人吧,尽管您藏着一肚子见不得人的想头。

傅　德　说得好!

裴琪大娘　傅德大爷,您真是大大地跟自己过不去呀。

傅　德　对,对,只怪我不好。

牧　师　要是在这宅子里,房间里,柜子里,衣橱里,搜得出一个人来,那么在"最后审判日"到来的时候,上天饶恕我的罪过吧!

大　夫　老爹,我也这么说!人影儿也没有一个呀。

裴　琪　呸,呸,傅德大爷!你难道不害臊吗?是什么精灵、什么魔鬼附在你身上,叫你想出这个念头来的呢?哪怕把温莎城堡里的金银财宝全送给我,我也不愿意看见你再犯这个毛病了。

傅　德　这是我的不是,裴琪大爷,我这是自讨苦吃。

牧　师　都是你良心不好害了你自个儿。你的老婆是个规规矩矩的女人,我看五千个女人里头也难找像她这样的一个——就是五百个女人里头也找不到呢。

大　夫　老爹,照我看,是个规矩的女人。

傅　德　好吧,我本来是说请你们来吃饭的——来,来,咱们先到林苑里去走走。请诸位多包涵些吧;以后我会告诉你们,为什么我今天会来这么一下子——来,我家娘子;来,裴琪家嫂子——请你们二位多包涵些吧,①这是我的心里话,请多包涵些吧。

裴　琪　各位大爷,咱们进去吧;可是放心好了,咱们一定要把他嘲笑一番。明天早晨,我请各位到我家来吃早饭;吃罢早饭,我们就一起打鸟去。我养了一头很好的猎鹰,追捕矮树上的燕雀,十分灵活呢。大家怎么说?

---

① 《新莎士比亚版》加舞台指示,"拿起她们的手"。傅德说完话以后,"二大娘入内,准备饭菜"。

傅　德　怎么都行。

牧　师　明天的游乐,只要你们是其中的一分子,那我就是其中的二分子。

大　夫　要是有了一分子、二分子,我来做个三分子。

傅　德　裴琪大爷,请您走吧。

〔傅德及裴琪下

牧　师　请您明天别忘了那个臭贼——那个客店老板。

大　夫　很好;老爹,我记得才牢呢。

牧　师　好一个臭贼!居然捉弄人,叫人家上当!

〔同下

第四景　裴琪家中

〔范通及安妮谈话上

范　通　我看我是讨不到你爸爸的欢心了;所以你别再叫我去求他了,好妮妮。

安　妮　唉!那怎么好?

范　通　那你就得自个儿拿主意。
　　　　你爸他反对我,说我门第太高;
　　　　又说我早把家产挥霍一空了,
　　　　我其实是看中他的钱,好弥补亏空。
　　　　他又拿别的挡箭牌挡在我面前——
　　　　说我过去太荒唐,我交的朋友太胡闹;
　　　　还跟我讲,他怎么也不能相信我,
　　　　我爱你,其实把你当作了金元宝。

安　妮　也许我爸爸这话是说对了呢。

范　通　不,上天不许我今后存这样的心!
　　　　虽然我得向你供认,你爸爸的财产
　　　　是我最初来求婚的动机,安妮。
　　　　可是,自从我亲近了你,我发现
　　　　你本人的价值远超过那黄的金、白的银;
　　　　我现在专心追求的只是你本人的
　　　　宝贵的品质。
安　妮　温文的范通少爷,
　　　　你要讨得爸爸的欢心,要多用些工夫;
　　　　要是几次三番,最恭顺的恳求
　　　　都不能让您如愿以偿,嗳,那么,
　　　　您过来,我跟您说——
　　　　〔二人至一旁密谈
　　　　〔夏禄,史兰德及桂嫂上
夏　禄　桂嫂,打断他们的谈话吧,我这位外甥有几句话要亲自跟她说呢。
史兰德　到手也罢,失手也罢,奶奶的,反正我得硬起头皮来碰一下子运气!
夏　禄　别垂头丧气呀。
史兰德　我不会让她叫我垂头丧气的;我才不把这个放在心上呢;可是我有些儿怕。
桂　嫂　(向安妮)喂,喂,史兰德少爷有句话要跟您谈呢。
安　妮　我就去。
　　　　(向范通)这是我爸爸看中的人儿。
　　　　唉,只消一年有了三百镑进账,
　　　　怎么难看的丑八怪也变成了俏哥儿!

桂　嫂　我的范通少爷,您好?让我陪您说句话吧。
　　　　〔拉范通退至一旁
夏　禄　她来了;你迎上去吧,外甥。噢,孩子,记着:你有一个爸爸!①
史兰德　我有一个爸爸,安妮小姐。我的舅舅,他能告诉您关于我爸爸的许多笑话儿。舅舅,您能不能给安妮小姐讲一讲那许多笑话儿,我的父亲怎样从围栏里偷了人家两只鹅,好舅舅。
夏　禄　安妮小姐,我那外甥儿很爱您呢。
史兰德　对,是很爱她呢;我爱这儿葛乐斯德郡的随便哪一个娘儿也不过这样罢了!
夏　禄　他会供养您,有吃有穿,让您做一个少奶奶。
史兰德　对啊,让她做个少奶奶——不管上门来的是短尾巴、长尾巴,而且跟咱们乡绅人家还差一肩。②
夏　禄　他愿意划给您一百五十镑,算是您名下的遗产。
安　妮　我的夏禄老太爷,他要求婚,让他自个儿来说吧。
夏　禄　呃,我谢谢您;我谢谢您这番好意。她叫你呢,外甥。我让你们两个儿谈吧。
　　　　〔退至一旁
安　妮　啊,史兰德少爷。
史兰德　啊,安妮好小姐——③

~~~~~~~~~~~~~~~~~~~~~~~~~~

① 意谓不用慌,当初你爸爸也曾像你现在这样,向一个女人求过婚。史兰德并没有领会这是鼓励他的话,却缠到歪里去了。
② 短尾巴、长尾巴,意即各种各类的狗。史兰德最爱谈狗,这里又拿狗作比,意谓不论哪一个称不上乡绅人家的姑娘,到他这个乡绅人家来做媳妇,他都肯供养。
③ 《新莎士比亚版》加舞台指示,"拉拉自己的胡子"。

461

安　妮　您有什么意旨要吩咐吗？

史兰德　我有"意志"！老天爷的心肝儿！这玩笑开得多妙，说真的！我出世以来可还不曾知道什么叫"意志"呢，我感谢上天；我才不是那种不懂好歹的家伙，我赞美上天。

安　妮　我是说，史兰德少爷，您有什么事要跟我谈吗？

史兰德　拆穿了说，本来，我自个儿跟你有什么好谈的——我跟你河水不犯井水嘛。都是叫你的爸爸、我那舅舅他们俩闹腾起来的。要是我运气好，那也罢了；不然的话，让别人去称心如意吧！他们两个可以告诉你事情怎么个长怎么个短，比我自个儿说得还地道些。你去问你的爸爸好了——他来啦。

〔裴琪和裴琪大娘上

裴　琪　（满脸笑容）啊，史兰德少爷。你爱他吧，妮妮——
　　　　（恼怒）怎么！范通少爷，您来这儿有什么事？
　　　　您也太欺人了，少爷，老是钻在我家里；
　　　　我早就跟您说得明白，少爷，
　　　　我的女儿已经给了人了。

范　通　唉，裴琪大爷，您又何必生气呢。

裴琪大娘　范通少爷，别再来看我的孩子了。

裴　琪　她跟您并不相配。

范　通　大爷，容我说句话。

裴　琪　不必了，好少爷。
　　　　来吧，夏禄老太爷——

来吧,史兰德,我的亲孩子,进去吧。

〔向范通

您又不是不知道我,您太欺人了,少爷。

〔挽史兰德下,夏禄随下

桂　嫂　去求求裴琪大娘吧。

范　通　我的裴琪大娘,我爱您的女儿,
　　　　我对她情深意切,出于一片真心,
　　　　不管别人怎样阻挠、怎样反对,
　　　　摆出怎么样一副脸色,我还是要
　　　　举起我的爱情的旗帜向前进,
　　　　决不退让一步。请您成全了我吧。

安　妮　好妈妈,别把我嫁给那个傻瓜吧。

裴琪大娘　我不赞成那门亲事;我要给你找个好丈夫。

桂　嫂　那就是我东家凯乌斯大夫喽。

安　妮　唉!要我嫁给那个医生呀,
　　　　我宁愿让你们把我活埋了,杀了!

裴琪大娘　好了,你不要心焦。我的范通少爷,
　　　　您别把我当朋友,我也不做您的对头;
　　　　回头我问问女儿,她对您的情意
　　　　到底如何。我不会怎么难为她的。
　　　　现在可要失陪了,少爷。她再不进去,
　　　　她的爸爸可要发脾气了。

范　通　再见吧,好大娘。再见,妮妮。

〔裴琪大娘拉安妮下

桂　嫂　都是我在给您说好话呢。"不行,"我说,"您怎么能

把您的闺女胡乱塞给一个傻瓜,一个医生呢?瞧,范通少爷多好!"都是我在给您说好话儿呢。

范　通　多谢;我求您啦,替我把这个戒指,
　　　　　今天晚上,送给我那亲爱的妮妮。
　　　　　这儿是给你的辛苦钱。
桂　嫂　但愿您福星高照!
　　　　　〔范通下

他的一颗良心倒是真好!一个女人碰到这样好良心的男人,就是火里水里也去得。可是我倒又希望我的东家能娶到安妮小姐;我还希望史兰德少爷娶了她;再不,说真的,我又希望范通少爷娶了她。他们三人,一个个我都愿意替他出力,因为一个个我都已经答应下来了;我答应的话总得算数啊。可是我特别要替范通少爷卖力。慢着,还有我的两位奶奶差我到约翰·福斯泰夫老爷那儿走一遭呢。可我倒是只管在那儿蹭棱子,该死!

　　〔下

第五景　"吊袜带"客店

　　〔福斯泰夫上
福斯泰夫　巴道夫,喂!
　　　　〔巴道夫上
巴道夫　有,老爷。
福斯泰夫　给我拿一夸脱白葡萄酒来,泡一块烤面包在里面。

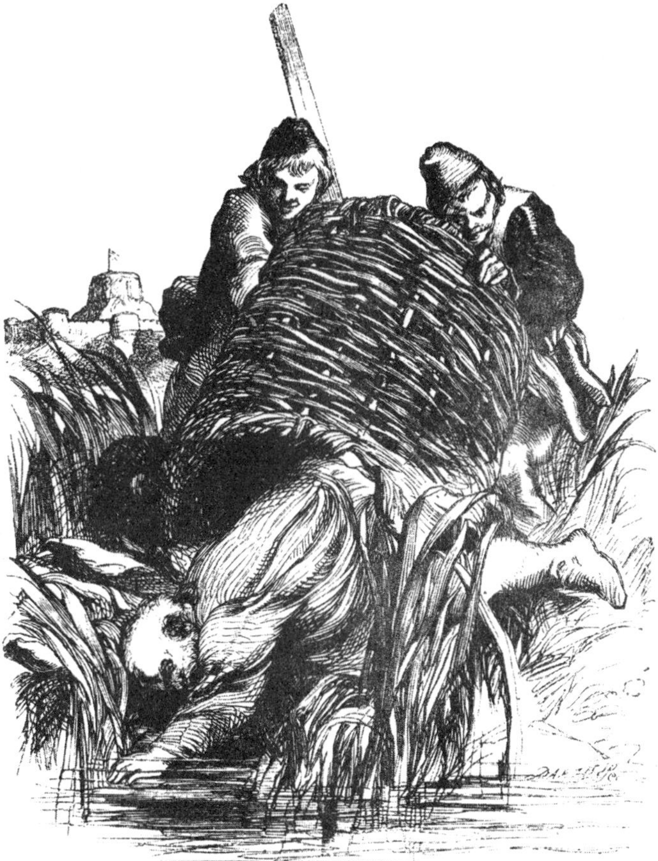

〔巴道夫下

哪想得到我活了这一把年纪,此番却给人塞进篓子里抬出去,好比屠夫砍下来的一车肉屑肉骨头一样给人倒进了泰晤士河里!哼,要是下回我再上人家这样一个大当,我情愿把我的脑髓敲出来,涂上一重黄油,算是过年过节的点心,扔给狗子吃。妈的!那两个下贱坯,把我扔进河里,好比淹死瞎眼老母狗的一窝十五只狗崽子那样,良心上不打一个疙瘩。你们看我这么个胖墩墩的大个子,也就可以知道,我一掉进水里,还有什么能把我托得住的!不管这条河深得直通到地狱里,我也会一个倒栽葱,直沉到底。总算我恰好落在一个浅水的沙滩上,要不,我早就淹死啦——我最怕就是淹死。一个人淹死了,尸体就要膨胀,一旦我也成了个浮尸,那还成个什么体统!让我一膨胀,河面上可不只见耸起一座肉山来了吗?

〔巴道夫持酒杯上

巴道夫　老爷,桂嫂在门外,说是要见您说话。

福斯泰夫　来,先让我灌几盅酒到肚子里去,我肚子里全是泰晤士河里的河水,冷得我就像欲火攻心的时候,把雪球当作丸药一口口往下咽。(喝酒)去传她进来。

巴道夫　进来吧,小娘儿!

〔桂嫂上

桂　嫂　劳驾了。① 请老爷高抬贵手。小妇人在这儿向老爷请早安了。

福斯泰夫　把这些酒杯收去。给我好好儿烫一壶白葡萄

---

① 劳驾了,桂嫂在走进房门时先向巴道夫打了个招呼。

酒来。

巴道夫　放几个鸡蛋,老爷?

福斯泰夫　什么也别放;我不要小母鸡下的卵放在我的酒里。

〔巴道夫下

喂,有什么事儿?

桂　嫂　好说,老爷,我这会儿来见老爷是奉了傅德家的大娘子的差遣。

福斯泰夫　傅德家的大娘子!我"敷"了好大一块膏药呢;我"浮"在河中心呢;我肚子里一肚子咕咚咕咚的水不肯跟我"敷"衍呢。

桂　嫂　唉,哎哟!好人儿,这可怪不得她呀——谁想到她的两个仆人错尽错绝,听不懂她话里的意思;可真把她气死啦!

福斯泰夫　可也真把我气死啦!谁叫我听信一个蠢女人的话,一股劲儿地赶了去。

桂　嫂　唉,老爷,为了这回事她伤心得直掉泪,直叹气呢,谁瞧见了她那种怪可怜的样儿也会把心软下来的。她的当家的今天一早就打鸟去了;她特地请您在八九点钟光景,再到她家去一次。我只能三言两语地把她的话搬一搬,总之,包在我身上,这一回她可要好好儿地补报补报您啦。

福斯泰夫　也罢,我就去看看她吧。你回去告诉她;叫她想想,男人本来是个什么东西,让她再数一数,哪一个男人不是见一个爱一个的,那就知道像我这样有良心的男人真是少见难得呢。

桂　嫂　我一定去对她说。

福斯泰夫　这就对了。你是说,在九十点钟光景吗?

桂　嫂　在八九点钟,老爷。

福斯泰夫　好,你去吧。我不会失她的约。

桂　嫂　祝您无灾无殃,老爷。

〔下

福斯泰夫　我倒是奇怪,白罗克大爷怎么还不来;他托人带口信来,叫我在客店里等他。我很看得中他口袋里那几个钱。——啊!他倒来啦。

〔傅德乔装上

傅　德　祝福您,老爷!

福斯泰夫　喂,白罗克大爷,您可是想来问问我,我跟傅德的老婆,二人交道打得怎样了?

傅　德　可不,约翰老爷,我正是为此事而来的。

福斯泰夫　白罗克大爷,我不想跟您说谎,昨天到了她约我的时间,我已经在她家里。

傅　德　一切顺手吗,老爷?

福斯泰夫　倒霉极了,白罗克大爷。

傅　德　有这样的事,老爷?莫非她临时变了卦吗?

福斯泰夫　不是她变卦,白罗克大爷;偏偏那个贼头狗脑的老王八——她的男人——白罗克大爷,时时刻刻提心吊胆防着他女人。我跟她两个见了面,搂也搂过了,嘴也亲过了,大家把你恩我爱的话也说过了,好说得上一本大团圆的喜剧,开场白已经念过了;谁知就在这当儿,他闯进来了,后面还跟着他的一批喽啰;他一大叫大闹,那班爪牙可就越发猖狂得意了——可不是,吵吵嚷嚷地定要搜查宅子,捉拿奸夫。

傅　　德　怎么！那时候您就在屋子里吗？

福斯泰夫　那时候我就在屋子里。

傅　　德　他要搜查您,结果没有把您搜出来吗？

福斯泰夫　听我说下去您就知道了。总算运气还好,有一位裴琪家的娘子,赶来通风报信,说是傅德就在门口儿,而且还是她出了个主意——那当儿傅德的女人早已吓昏了；她们就把我装进了一只洗衣裳用的篓子里。

傅　　德　一只洗衣裳用的篓子！

福斯泰夫　我的天,是一只洗衣裳用的篓子！硬是把我塞了进去——跟脏衬衫、脏衬衣,脏短袜、脏长袜,油腻腻的抹嘴布一股脑儿塞进去；唉,白罗克大爷,可怜,有谁的鼻子开了两个鼻孔儿,受到那许多最叫人恶心的臭味儿一齐围攻的？

傅　　德　您在那篓子里熬了多少时候呢？

福斯泰夫　不用您问,听我说下去就知道了,白罗克大爷；为了勾引这个女人下地狱,好把您往天堂里送,我吃了多大的苦头哪！我给那两个娘儿这么硬塞进了篓子以后,傅德家的一对奴才坯子——两个听差的,就给女主人叫了进来,把我当作一篓脏衣裳,扛到大前巷；他们刚把我抬上肩头,往门口儿走,就碰见了那个醋劲儿大发的奴才——他们的东家；他就盘问了,盘问了他们一两次,篓子里装的是什么东西。我躲在里面吓得直发抖,只怕那个发了疯病的奴才真会动手搜起来；总算还好,他命中注定该做个大王八,结果倒没有搜。好吧,他那里进屋子去捉拿奸夫了,我这里冒充着脏衣裳混出去了。可是,您好好听着,还有下文呢,白罗克大爷。我前前后后死了三次——好苦哪！第一次，撞在那个犯醋劲儿的、带了狐群狗党的臭王八羔子手里，这一吓吓得死去活来；第二次，把我硬塞进篓子里，这么蜷缩成一团，倒像一把西班牙青锋宝剑，只见箍儿似的弯成一圈，剑尖碰到了剑柄，①我也是脚后跟和头顶心碰了面；这还不算，就像焖烂熟鸭子先把锅盖儿盖紧似的，他们尽拿那些油腻得发了馊的臭衣裳，把我压得密不通风；你想想吧——像我这么个发福的身子——你想想吧——就像奶油一样受不得热，我平时一动不动，都老在担心自己快要熔化呢；这一回倒居然没有把我闷死在里面，真是个奇迹哪。到末了，我关紧在这蒸笼里，给汗水和油水蒸个半熟，快成了一盘热气腾腾的荷兰名菜啦；②就在这当儿，我又给人家一扔扔进了泰晤士河里；你想想吧，我简直是铁匠店里一块烧得通红通红的马蹄铁，一下子给扔进冷水里，连河水都咝咝地直叫起来呢——你想想吧，白罗克大爷！

傅　德　说地道的正经话，老爷，您为了我吃那么些苦头，真叫我过意不去。看来我的追求是痴心妄想了。您再也不去跟她勾搭了吧？

福斯泰夫　白罗克大爷，他们把我扔进了泰晤士河；就是再把我往火山口里扔，我也不能就此罢休，把她放走的。她的男人今天一早打鸟去了，她又派人来过，要我去跟她幽会，时间约在八点到九点，白罗克大爷。

傅　德　八点已经过了，老爷。

---

① 西班牙比尔波地方所产名剑，以柔韧著称，剑刃可以弯转过来，使剑尖碰到剑柄。
② 日耳曼人喜欢吃油腻的东西。(《新莎士比亚版》)

福斯泰夫　已经过了吗？那么我得准备着看那个娘儿去了。您什么时候方便再来吧,也好让您知道我这一回顺手不顺手。要说到收场结果,那就是水到渠成——少不得那个娘儿要让您受用。再会吧。管叫她落进您手里,白罗克大爷。白罗克大爷,您一定可以叫傅德做个大王八。

〔下

傅　德　哼！嘿！当真有这回事吗？这是在做梦吗？我是睡熟了吗？傅德大爷,醒醒吧！醒来,傅德大爷！你最漂亮的外衣上有一个蛀洞了,傅德大爷！这就是讨老婆的下场！这就是家里放着衣裳、放着洗衣裳篓子的好处！好吧,我倒要叫他们看看清楚我是什么人。我这就去捉拿那个奸夫;他在我的家里;他逃不出我的手心。他休想逃得了。他就是爬进了那放小钱的荷包里也没用,哪怕爬进了胡椒瓶也不行;我只怕那个引着他往邪路上走的魔鬼会帮着他躲起来,这一回我可要把那意想不到的旮旯儿里都搜查到了。我虽然少不得要把这顶绿帽子戴上了,可是我不爱戴却偏叫我戴,并不能就此叫我服服帖帖把帽子顶在头上呀。要是我头上果真长出一对角,那么有一句俗话可对我用得着了——头上出了角,翻脸不认人。

〔下

第 四 幕

第一景　街　上

〔裴琪大娘携儿子威廉,与桂嫂谈话上

裴琪大娘　照你看,这会儿他可是已经在傅德大爷的家里了?

桂　嫂　这会儿他准去了——不曾到也是快到了。可是,跟您说实话,昨天他让人扔在河里,今天还在大光其火,气得七窍生烟呢。傅德大娘希望您马上就过去。

裴琪大娘　我等会儿就去,让我先把这个小家伙送到学堂里。瞧,他的老师倒来啦;原来今天放假呢。

〔休牧师上

怎么说,休牧师!今天不上课吗?

牧　师　不上课;史兰德放孩子们玩儿一天。①

桂　嫂　多好的良心,上帝保佑他吧!

裴琪大娘　休牧师,我那当家的说,这孩子一点儿不长进,说什么也念不进书。我请您当场出几个拉丁文法题目考考他吧。

---

① 史兰德当是这个学校的校董。(《亚屯版》)

牧　　师　走过来,威廉。把头儿抬起来;来吧。

裴琪大娘　喂,走过去呀;把头抬起来;回答老师的问题,别害怕。

牧　　师　威廉,名词有几个"数"?

威　　廉　两个。①

桂　　嫂　说正经话,我看还得添上一个数,不是老听得人家说:

"算数!"

牧　　师　少啰唆!什么叫"美",威廉?

威　　廉　"标致"。

桂　　嫂　婊子!比"婊子"更美的东西有的是呢,我敢说。

---

① 即"单数"与"复数"。

牧　师　哪儿来的这种糊涂女人！请你闭上嘴，好不好？——"lapis"这个字怎么解释，威廉？

威　廉　石子。

牧　师　"石子"这个字又怎么解释呢，威廉？

威　廉　石头。

牧　师　不，是"lapis"；请你给我把这个记在脑子里。

威　廉　lapis.

牧　师　真是个乖威廉。威廉，再问你，"冠词"是从什么地方"借"来的？

威　廉　"冠词"是从"代名词"借来的，具有这样几种变格——"单数""主格"是：hic, hæc, hoc.

牧　师　"主格"：hig, hag, hog；请你听好："所有格"——hujus. 好吧，"对格"你又怎么说？

威　廉　"对格"——hinc.

牧　师　请你给我记牢了，孩子；"对格"——hung, hang, hog.①

桂　嫂　"hang-hog"就是拉丁文中的"火腿"，②我跟你说，还错不了。

牧　师　少给我唠叨吧，你这女人——"称呼格"呢，威廉？

威　廉　哎哟——"称呼格"，哎哟——

① 应为 hunc（阳性），hanc（阴性），hoc（中性）。牧师是爱尔兰人，发音重浊，把字尾的"c"念成了"g"。
② 火腿要挂起来风干；"hang hog"在英语中听来，像在说"挂猪肉"，桂嫂因此以讹传讹，猜想是"拉丁文中的'火腿'"。

牧　　师　　记住,威廉,"称呼格"曰"无"。①

桂　　嫂　　"胡"萝卜的根子才好吃哪。

牧　　师　　少开口,你这女人。

裴琪大娘　　少说话!

牧　　师　　"所有格""复数"——你怎么说,威廉?

威　　廉　　"所有格"!

牧　　师　　对。

威　　廉　　"所有格"——horum, harum, horum.

桂　　嫂　　去他妈的——"苏苏"有个"哥哥"!好个不要脸的东西!提都不要提起她,孩子,她无非是个婊子罢了。②

牧　　师　　别不害臊,女人!

桂　　嫂　　您教孩子念来念去念这么一些字眼儿可太邪门儿了——他教孩子念"喝"呀、"喝"呀,他们没有人教,一眨巴眼,也就要学会喝酒了。——还要念什么"哄人"呀、"害人"呀;亏你说得出口!

牧　　师　　女人,你可是个疯婆娘?你就一点儿不懂得你的"格",你的"数",你的"性"吗?我说你这个蠢女人,要有多蠢就有多蠢!

裴琪大娘　　请你免开尊口吧。

牧　　师　　威廉,把你书本儿上"代名词"的几种变格说给我听。

威　　廉　　真的,我忘了。

---

① 拉丁文指示代名词共有五格,而缺"称呼格"。牧师在这里用了个拉丁文"caret"(无),听来与英语中的"carrot"(胡萝卜)近似,因此又引起了桂嫂一番插话。

② 这一段插科打诨应是影射当时的社会新闻,现已无可查考。

牧　　师　　那是：qui, quæ, quod. 要是你把你的 qui 忘了，quæ 忘了，quod 忘了，小心你的屁股儿。去玩儿吧；去吧。

裴琪大娘　　我怕他不肯用功念书，他倒还算好。

牧　　师　　他记性好，一下子就记得了。再会吧，裴琪大娘。

裴琪大娘　　再会吧，好牧师。

〔休牧师下

回家去吧，孩子。来，我们在路上耽搁了。

〔同下

第二景　傅德家中

〔福斯泰夫与傅德大娘携手上

福斯泰夫　　傅德娘子，你心里的那份儿难过把我吃过的那份儿苦头，统统都给吞下去了。我看你是一心一意都在我身上；那我说，我也要回报你，一丝丝、一忽忽也不短少你的；傅德娘子，两个儿不仅你恩我爱一番算了，而且根据爱情的那一套规矩、礼数，该怎样献殷勤，怎样讨俏凑趣，我都不会少你的。可是这一回你拿准你男人出去了？

傅德大娘　　他打鸟去了，好约翰老爷。

〔门外传来裴琪大娘的喊声："喂，嗨！大嫂子！喂，嗨！"

傅德大娘　　到内室里去躲一下，约翰老爷。

〔福斯泰夫入内

〔裴琪大娘上

裴琪大娘　　嘿，嗳，好人儿！家里除了你还有哪一个？

傅德大娘　　怎么，还有哪一个，都是我家里的人呀。

裴琪大娘　当真!

傅德大娘　可不,还有假的。(悄声)说得再响一些。

裴琪大娘　说实话,你家里果真没有人,我就大大放心了。

傅德大娘　为什么?

裴琪大娘　为什么,我的奶奶,你那当家的老毛病又犯啦。他火冒三丈,揪住了我那当家的,在那儿不分皂白,大骂天下娶老婆的男人;凡是夏娃的女儿,不分黑皮肤、白皮肤,一个个都给他咒过来了;他攥紧拳头,只管往自个儿额头上敲,嚷道:"快给我把绿帽子戴上了吧,快给我把绿帽子戴上了吧!"疯子我倒是也看见几个,可随便哪个疯子跟他眼前这股疯劲儿一比呀,都好算得又温和又安分又文雅了。总算还好,那个胖骑士不在这里。

傅德大娘　怎么,他又提起约翰老爷来了吗?

裴琪大娘　提的不是别人,正是他;还赌咒发誓说,上次他赶回去捉奸的时候,他就躲在篓子里,让人把他扛出去。你那当家的在我那当家的面前还口口声声说，他这会儿正在这儿。大伙儿本来都在打鸟，却都给他拖了就走——连我那当家的也在内——说是去瞧瞧他这一回犯疑心犯得准不准。不过总算还好，那位胖骑士不在这儿；让他自个儿去瞧瞧吧，他这疑心病犯得蠢不蠢。

傅德大娘　他离开这儿还有多少路，裴琪嫂子？

裴琪大娘　没有几步路了——就在街道的拐角儿上——眼看就到了。

傅德大娘　我这回完了！——那位骑士在我这儿呢。

裴琪大娘　哎哟，那么你再也别想做人啦，他再也别想活命啦。真有你这样的女人！快放他走，快放他走！丢脸就丢脸吧，人命究竟是人命哪。

傅德大娘　叫他往哪条路上走好呢？我怎么打发他呢？我再把他装在篓子里好吗？

〔福斯泰夫自内室冲出

福斯泰夫　不行，我再也不躲到那个篓子里去了。趁他还没来，好不好让我先溜了吧。

裴琪大娘　哎哟！傅德大爷的三个兄弟把守门口，一人手里拿一支火枪，休想有哪一个走得出去，否则你倒是可以趁他没来先溜出去的。可是你干吗又到这里来呀？

福斯泰夫　叫我怎么好呢？——还是让我钻到烟囱里面去吧。

傅德大娘　他们打鸟回来，总是把剩下的弹药往烟囱里放的。

裴琪大娘　钻到灶洞里去吧。

福斯泰夫　灶洞在哪儿？

傅德大娘　听我说，他会到那儿去搜寻的。什么衣橱啊，钱箱啊,柜子啊,箱子啊,井啊,地窖啊,凡是想得到的地方他一处处都在笔记簿上记下来啦,他只消按照他的本子搜查过去,一处也不会漏掉。这个宅子里是没有你躲身的地方了。

福斯泰夫　那么我还是冲出去吧。

裴琪大娘　就凭您这本来面目走出去,那就是去送死,约翰老爷。

要出去,除非乔装改扮——

傅德大娘　我们怎样把他乔装改扮呢?

裴琪大娘　哎呀,苦哪!我就是不知道!女人穿的袍子叫他怎么能穿得下呢;否则的话,再替他头上戴一顶软帽,脖子上披一块围巾,再蒙上一块头巾,他也就可以逃命了。

福斯泰夫　两块心肝肉儿,给我想个办法吧——我狗洞也钻得,只要让我别吃这眼前亏!

傅德大娘　我家的女仆有个姑妈——就是那个住在勃兰福的胖婆娘①——她倒有一件袍子在楼上。

裴琪大娘　听我说,这件袍子可以将就着让他穿上去,她那个身材就跟他一模样儿大。她那顶粗布帽子、她那条围巾也留在这儿呢。快奔上去吧,约翰老爷!

傅德大娘　快上去吧,快上去吧,我的好约翰老爷!裴琪嫂子和我再找找有没有什么麻布巾儿给你包头。

裴琪大娘　快,快!我们马上就来打扮您。您先去把那件袍子穿起来。

----

① 勃兰福,泰晤士河沿岸一市镇,在温莎以东12英里;在莎士比亚当时,当地曾有一开设酒店的妇女,被盛传为"勃兰福的女巫"。(《耶鲁版》)

〔福斯泰夫上楼

傅德大娘　我巴不得他这么一打扮之后就撞在我那当家的手里——他最恨这个勃兰福老婆子,一口咬定她是个女巫,不许她踏进我家的门,而且还扬言说,一看见她就要揍她一顿。

裴琪大娘　但愿老天把他送去跟你男人的棍子见面!但愿魔鬼帮你的男人举起他手里的棍子!

傅德大娘　可是我那当家的马上就到了吗?

裴琪大娘　嗳,他三步并作两步地在赶来呢;他还提到那个篓子来着,也不知道怎么,看来他倒是消息很灵通呢。

傅德大娘　我们试他一试。我仍旧像上次那样,叫我的仆人把篓子扛出去,又在门口碰见了他,看他怎么样。

裴琪大娘　不行,眼看他就要来到了;我们还是上楼去把他装扮成那个勃兰福的女巫吧。

傅德大娘　我先去关照我的仆人把那个篓子怎么办。你上去吧;我紧接着就把给他包头的布拿来。

〔入内

裴琪大娘　活得不耐烦的贼囚!叫他多吃些苦头算不得罪过。
　　我们这就要让大家瞧个明白,
　　娘儿们爱闹着玩儿,可照样清白。
　　别怪我们寻欢作乐太胡来,
　　老话说得对,蠢猪只配吃泔水。

〔上楼

〔傅德大娘带二仆人上

傅德大娘　快些儿,劳驾两位,再把那篓衣裳扛着往外走。你们的东家快要进门了。要是他喝住你们说把篓子放下,你们就把它放下来。快些儿,扛着就走吧。

〔下

仆人甲　来,来,把它扛起来。

仆人乙　上天保佑,这一回可别满满地装了一篓子骑士才好啊。

仆人甲　但愿别那么着,我宁可扛一篓子铅倒还轻松些。

〔傅德,裴琪,夏禄,凯乌斯大夫,及休牧师上

傅　德　说得对,可要是当真闹出这样的事来呢,裴琪大爷,那时候你有办法替我洗刷掉"蠢男人"这个好名声吗?——给我把篓子放下,奴才!有人来探望过我的老婆了。"一个小白脸,躲在篓子中!"①——噢,你们这两个不干好事的奴才!你们串通成一党、一窝、一伙儿来阴损我!现在可少不得要来它个水落石出,叫那个魔鬼当场出丑啦!——喂,我的老婆,我在叫你哪!——来呀,给我出来!瞧瞧你送出去漂洗的倒是些什么样正经的衣裳!

裴　琪　呃,这可太不像话了,傅德大爷!你再这样任性胡闹,我们只好把你当作疯人用镣铐铐起来啦。

牧　师　哎哟,这可不是疯了吗!就像一条疯狗那样地疯啦!

夏　禄　真格的,傅德大爷,这可说不过去,真格的。

傅　德　我也是这么说呀,大爷,——

〔傅德大娘上

你过来,我的傅德娘子!说起这位傅德家的娘子,真是个

---

① 当时的成语,意谓"幸运的情人"。(《亚屯版》)

又规矩、又正经、又守妇道的女人,只可惜嫁了个爱吃酸醋的傻瓜!① 好娘子,我这是没有名堂的在瞎吃醋吗,可是不是?

傅德大娘　老天爷给我做证,如果您疑心我有什么不清不白的,那您可真是太会瞎吃醋了。

傅　德　说得真好,不要脸的东西!装腔装得再像些吧。
　　（向衣篓子）喂,给我滚出来吧!
　　〔把篓子里的衣服扔出来

裴　琪　这太说不过去了!

傅德大娘　您不害臊吗?那些衣裳可没有招惹你呀。

傅　德　我马上就要揭你的底了。

牧　师　岂有此理!你不把你妻子的衣裳捡起来吗?② 来吧!

傅　德　把篓子里的东西统统扔出来,我说!

傅德大娘　干吗呀,你这人,干吗呀?

傅　德　裴琪大爷,我是个男人,说一句算一句,昨天有一个人就藏在这个篓子里从我的家里扛出去;谁知道他今天不会再藏在这里面呢?我有十分的把握,他是在我的家里。我得到的消息是可靠的;我的疑心是有道理的。给我把这些衣裳都抖出来!

傅德大娘　要是你在这里面找得出一个男人来,你就当他是个跳蚤,把他掐死好啦。

裴　琪　篓子里可没有人呀。③

～～～～～～～～～～～～～～～～～～～～～～～～～～～
① 《新莎士比亚版》加舞台指示,"傅德大娘和他正面相对"。
② 《新莎士比亚版》加舞台指示,"向旁人"。
③ 《新莎士比亚版》加舞台指示,"他把空篓子翻倒过来"。

夏　禄　让我说句良心话,这可不像个样子,傅德大爷,快给自己留些儿面子吧。

牧　师　傅德大爷,你可得祷告啊,别听从你自个儿心里的胡思乱想。你这是犯醋劲儿啊。

傅　德　哼,我要搜他,他倒不在这儿了。

裴　琪　他哪儿都不在,只是在你自己的头脑里罢了。

〔二仆人扛篓子下

傅　德　我要搜查我的家,大家再帮我这一次忙。要是结果我搜不出那个人来,那么我从此再没有什么好说的,听凭你们大骂我荒唐,我就永远做你们席面上的笑料儿好了;让大家这样说吧:"瞧你那么大的醋劲儿,简直跟傅德一个样——这个家伙会钻到胡桃壳里去搜寻他老婆的情夫呢。"这一回你们就依我的,再帮着我进去搜一搜吧。

傅德大娘　喂,裴琪大娘!你陪着那个老婆子快下楼来吧,我那男人要到卧房里来啦。

傅　德　老婆子!哪儿来的老婆子?

傅德大娘　嗳,就是我家女仆的那个姑妈呀——住在勃兰福的那个老婆子。

傅　德　一个女巫,一个臭婆娘,一个骗钱的臭老婆子!我不是早就不许她踏进我的门吗?她没有事儿是不来的,是不是?我们都是普普通通的人,不懂得算命这行当搞的什么玩意儿。这些女巫,画符念咒语,搬出天干地支这一套鬼把戏;我们可不懂这一套,也不吃这一套。滚下来吧,你这个女巫!你这个丑妖婆,你!——滚下来吧,我说!

傅德大娘　别这样,好丈夫,亲丈夫!——各位好大爷,别让他打这老婆子吧。

〔裴琪大娘下楼,后随穿女装的福斯泰夫①

裴琪大娘　来吧,泼拉婆婆;来吧,搀着我的手。

傅　德　我要热"辣辣"地请她吃几下子。——(举棍打他)滚出门外去,你这个女巫,你这个丑妖婆,你这个淫妇,你这只臭猫,你这个满身疥癣的臭婆娘!滚!滚!我要请你见神见鬼去呢,我要给你算算命呢!

〔福斯泰夫逃下

裴琪大娘　你不害臊吗?我怕这个怪可怜的女人要给你打死了。

傅德大娘　可不,他要打死了人家才高兴呢。(向傅德)这下子你脸上真有光彩呀。

傅　德　该死的妖妇!

牧　师　不管怎么说,反正我认为这个女人准是一个女巫。我可不喜欢长着老大一把胡子的女人,②方才我就一眼看见她的围巾底下露出好大一把胡子呢。

傅　德　各位跟我来,好不好?我这里请求大家跟我来吧;看看我吃醋吃得究竟有没有名堂吧。要是我这么嚷嚷了半天,结果却是一场空,那么以后我再喊闹起来,你们再也别理睬我就是了。

裴　琪　我们暂且再依他这一回吧。来吧,大爷们。

～～～～～～～～～～～～～～～～～～～～～～～～～～～～～～～～

① 《新莎士比亚版》舞台指示作,"福斯泰夫穿着女人的衣服下楼来,裴琪大娘拉着他的手。走到楼梯脚,他畏缩不前"。
② 传说女巫的一个特征是脸上长着胡须。参阅《麦克贝斯》中对三女巫的形容第一幕第三景:
　　你们该是女人吧?
　　可是你们的胡须却不容我这样想!

〔除二大娘外,皆下

裴琪大娘　你相信我好了,他把那个大胖子这一顿打得好不可怜。

傅德大娘　不,我说,不是这么回事。他毫不可怜地给了那个大胖子一顿好打。

裴琪大娘　从此我可要把那根棍子供奉起来,挂在神圣的祭坛上。它今天可立了个大功劳呢。

傅德大娘　你说这样可好?——只要我们拿得稳能守住自己的妇道,也对得住自己的清白良心,我们索性再捉弄他一番,有何不可呢?——也好消消我们的心头之恨。

裴琪大娘　这个老色鬼,准是把色胆都吓破了。除非他已经给魔鬼签名盖章、写下了永无反悔的卖身文契,我看他再也不敢把咱们当作好随便采摘的野草闲花来欺侮咱们了。

傅德大娘　我们要不要去跟我们当家的说穿了?——也好让那两个知道,原来我和你是怎样打发他的。

裴琪大娘　很好,说得有理;即使只是让你那当家的把头脑清醒清醒也是好的。只要他们认为,这个没廉耻的胖骑士还得叫他多吃些苦头才好,那么这回事还得由我们俩一手包办。

傅德大娘　你尽管放心,他们是一定要让他当众出丑一番的——我看也只有让他当众出丑一番,咱们闹的玩笑才收得了场。

裴琪大娘　来,与其另起炉灶,不如打铁趁热吧。

〔同下

第三景 "吊袜带"客店

〔店主及巴道夫上

巴道夫　老板,那几个日耳曼客人说,要把你的三匹马儿牵去骑一骑。公爵明天进宫,他们要前去迎接公爵的大驾。

店　主　是哪一位公爵这样不声不响地就来了?我可不曾听见宫廷里谈起过他呢。让我跟这几位要借马儿的大爷谈一谈——他们会说英国话吗?

巴道夫　能说的,老板;我去请他们来。

店　主　他们要借马儿也可以,可是得叫他们拿出钱来。跟他们客气不得啦;我的房间已经让他们住了一星期。为了他们,我把别的主顾儿都回绝了。有账就要算账,跟他们客气不得啦,来吧。

〔同下

第四景　傅德家中

〔裴琪,傅德,裴琪大娘,傅德大娘,及休牧师上

牧　师　女人家有像这样好的好见识,我可是少见哪。

裴　琪　他给你们两个一人写一封信,而且是一口气同时送出的吗?

裴琪大娘　不出一刻钟,一人收到一封信。

傅　德　原谅我,好娘子。① 从此我一切听凭你了。

---

① 《新莎士比亚版》加舞台指示,"跪下"。

　　　　　哪怕我疑心太阳消失了热气儿，
　　　　　也疑心不到你会把贞操失掉。
　　　　　你的美德感化了我这个异教徒，
　　　　　教向来不知好歹的人如今成了
　　　　　你忠诚不变的信徒。

裴　琪　好啦，别说了吧！
　　　　　真要不得——一忽儿爬在人家头上，
　　　　　作威作福，一忽儿又这么低头伏小！
　　　　　咱们还是来商量一条妙计吧。
　　　　　大家想看一场好戏；你我的老婆
　　　　　不妨再跟那胖老头儿订个约会，
　　　　　让他自投罗网，我们把他捉住了，
　　　　　也好当场羞辱他一番。

傅　德　她们刚才想出的那个主意妙极了。

裴　琪　怎么？约他在深更半夜，到林苑里去跟她们会面吗？
　　　　　算了吧，算了吧！说什么他也不肯来的。

牧　师　你们说，他先是给人扔进了河里，接着又给人当作一个老婆子痛打了一顿；我看他早该吓破了胆子，这回再也不敢来啦。我看他的皮肉已经吃够了苦头，他的邪火再也不敢抬头了。

裴　琪　我也是这样想呢。

傅德大娘　只要你们想好，他来了该把他怎么办，
　　　　　我们自有办法叫他乖乖儿地来。

裴琪大娘　向来有这么个传说，猎夫赫恩——
　　　　　有时候他也做温莎林子的看守人，
　　　　　一到冬天，常在半夜里鬼魂出现，

　　　　　　只管绕着一株橡树,团团打转;
　　　　　　他头上长着一对粗大的鹿角,
　　　　　　手里摇着一根铁链,发出一串
　　　　　　阴森可怕的当啷声;他来过之后,
　　　　　　树木就枯落,牛羊马儿就得病,
　　　　　　乳牛的奶水变成了血。你们都听到
　　　　　　这个鬼魂的传说,也都很知道
　　　　　　那些迷信的老年人,不用脑筋,
　　　　　　把他们听来的猎人赫恩的故事
　　　　　　活龙活现地讲给我们这一代听。
裴　　琪　可不,有不少人就不敢在深更半夜
　　　　　　打这株"赫恩的橡树"经过。可是,
　　　　　　又为什么提这个呢?
傅德大娘　呃,这就是我们的妙计。
　　　　　　我们要跟福斯泰夫约一个幽会,
　　　　　　叫他头上插着一对大鹿角,
　　　　　　扮做赫恩,去到橡树边等我们。
裴　　琪　好吧,也不必争论,就算他来了,
　　　　　　还依着你们,打扮成这个模样;
　　　　　　那时候你们又把他怎样发落呢?
　　　　　　你们又计从何来呢?
裴琪大娘　这个我们也已经想好了。是这样的:
　　　　　　我们叫我的女儿妮妮,我的小儿子,
　　　　　　还有三四个跟他们差不多大的孩子,
　　　　　　扮做一群小仙子、小精灵、小鬼头,
　　　　　　身穿绿的、白的衣裳,头上顶着

一圈蜡烛,手里拿一面响鼓,
预先埋伏在那儿。但等福斯泰夫
刚来到橡树下跟她和跟我相会,
他们就从土坑里一齐冲出来
大呼小喊地口唱着种种歌儿;
我们俩一看到这光景,假装吓坏了,
回头就逃,让他们把他团团围住,
使出小仙子的小手段,把福斯泰夫、
这肮脏的骑士你捏一把、我拧一下,
责问他怎敢在仙人游乐的时辰,
扮成了一副妖形怪状,闯到
这神圣的地方。

傅德大娘　这些假扮的小精灵
　　　　　要把他拧个够,还用蜡烛烧他;
　　　　　他不吐真话决不轻易饶过他。
裴琪大娘　他一吐出真情,我们就一齐出现,
　　　　　拔下这"鬼魂儿"头上的角,用嘲笑
　　　　　把他一路赶回温莎的客店。
傅　　德　孩子们可得先用心练习一番,
　　　　　否则只怕临时坏了事。
牧　　师　我可以指点孩子们该怎样行动;我自己也要扮一个
　　　　　猴儿精,拿着蜡烛去烧这位骑士。
傅　　德　那太好了。孩子们的脸罩我去买。
裴琪大娘　我的妮妮要扮做众精灵的仙后,
　　　　　穿着一件好看的白袍子。
裴　　琪　白缎子我去买。

(自语)到了那个时候,
史兰德少爷就可以把妮妮偷了走,
领她去到伊登结婚。——马上派个人
去跟福斯泰夫约好吧。

傅　　德　不,我要找他去,
仍旧顶着白罗克的名字;他会把
一肚子打算全对我说。他准会来的。

裴琪大娘　您不用担心他不来。我们那些小仙子
要用的道具、饰物,你们快去准备吧。

牧　　师　我们着手准备去吧。这一场寻欢作乐是无可非议
的;这是没坏心眼儿的恶作剧。

〔裴琪,傅德,牧师下

裴琪大娘　去吧,大嫂子,你叫桂嫂再去走一遭,探探福斯泰
夫的口气。

〔傅德大娘下

我要找我那大夫去,我看中的就是他;
除了他,谁也别想娶我家的妮妮。
那个史兰德,虽说他有田有地,
可是个大傻瓜;我那当家的还偏偏
最喜欢他。我这个大夫可有钱呢,
他那些朋友又都是宫廷里的红人儿。
我只肯把妮妮嫁给他,别人都不行——
哪怕有两万个身价更高的人来求婚。

〔下

第五景 "吊袜带"客店

〔店主,辛仆儿上

店　主　你干什么来呀,乡下佬? 什么呀,粗手粗脚的家伙? 有话就给我说出来、吐出来、拉出来吧——三言两语、干干脆脆、痛痛快快、噼里啪啦!

辛仆儿　呃,老板,我是史兰德少爷差我来的,找约翰老爷说句话。

店　主　往那儿走就是他的房间、他的门户、他的城堡,他的四柱大床、他的装脚轮的矮榻。①你看见门上新画着浪子回家的故事,②那就是了。你就在外面儿敲门叫门;他自会像一个"安斯罗波法杰人"③似的跟你说话儿——敲他的门吧,我说。

辛仆儿　刚才有一个老婆子,一个胖老婆子,上楼走进他的房间去了;请容许我放肆,在这儿守着她下来吧,老板。说真的,我来是有话要跟她说。

店　主　哈! 一个胖婆娘! 说不定是来偷骑士的东西的呢;我这就喊叫起来。呱呱叫的骑士! 呱呱叫的约翰老爷! 用你军人的那条嗓子来回答我吧——你在不在房间里呀? 我是店主东呀,是你的老搭档在叫你哪!

---

① 当时卧室内常放两种床,主人睡四柱大床,仆人睡装脚轮的矮榻。(赫生)
② 当时客店房间不编号码,可能即以门上的图画识别。
③ 原文"Anthropophaginian",出自希腊文,意谓"食人者"。店主欺辛仆儿是个"乡下佬",故意说这么个怪词儿,让他目瞪口呆。

〔楼上传来福斯泰夫的喊声:"有什么事儿,店主东?"〕

店　　主　这儿来了一个东方的小蛮子,在守着你那个胖婆娘下来呢。让她下楼来吧,大好佬,让她下楼来吧。我的房间是干干净净的——呸!房门关得紧紧的?呸!

〔福斯泰夫自楼上下来

福斯泰夫　刚才倒是有一个胖老婆子在我这儿,店主东,可是她已经走了。

辛仆儿　请问老爷,她不就是勃兰福的那个算命女人吗?

福斯泰夫　呃,妈的,算你说对了,小贝壳儿;你打听她干吗?

辛仆儿　我那个东家史兰德少爷,老爷,看见她打街上走过,所以派我来问问她,老爷,为的是他有一根金链子给一个叫尼姆的骗去了,不知道那根金链子是不是落在他手里。

福斯泰夫　我已经跟那个老婆子谈起过这回事儿了。

辛仆儿　她怎么说呢,请问老爷?

福斯泰夫　妈的,她说呀:偷史兰德少爷的金链子的人,也就是那个把金链子从他身边扒了去的人。

辛仆儿　我很希望我能当面跟她谈几句——少爷还有话要我问问她呢。

福斯泰夫　要问她什么话呢?说出来大家听听吧。

店　　主　对了,快说吧——来吧。

辛仆儿　可是我家少爷不许我"守口如瓶"呀,老爷。

店　　主　偏要你"守口如瓶",要不然,当心你这条命。

辛仆儿　呃,老爷,也并不是有什么事,无非问一个人罢了——裴琪家的大小姐。我家少爷想要问问,他命中能不能娶她为妻?

福斯泰夫　这就是了,这就得看他命中如何了。

辛仆儿　怎么说,老爷?

福斯泰夫　命中能娶就是能娶,不能就不能了。去吧,告诉你东家:"那个老婆子就是这样对我说的。"

辛仆儿　这话我说得说不得,老爷?

福斯泰夫　呃,我的乡下佬,怕什么,只管这样说好了。

辛仆儿　多谢老爷。我家少爷听我这么一说,知道原来是这么回事,一定会眼笑眉开的。

〔下

店　主　你真是个老百晓,你真是个老百晓,约翰老爷。是有一个算命女人在你的房间里吗?

福斯泰夫　呃,让你说对了,我的店主东。是有这么一个女人,她开了我的窍、长了我的智,我一辈子也不曾学到那么多东西呢;而且还不用我拿出一个钱学费,反而人家付钱给我呢。

〔巴道夫上

巴道夫　哎哟,完了,老板!骗局,道道地地的骗局!

店　主　我那几匹马儿在哪儿?好好儿对我说,你这奴才。

巴道夫　给那几个骗子骑着逃跑了。我一路跟着他们,过了伊登,不料其中一个家伙,趁机从后面把我猛地推下马来,让我一跤摔在泥塘里;他们三个,策马加鞭,像三个日耳曼魔鬼——像三个浮士德博士①似的,就此飞也似的奔去了。

店　主　他们无非奔去迎接公爵罢了,奴才。别说他们逃走

---

① 浮士德博士,德国16世纪民间文学中的人物,通晓天文地理,把肉体和灵魂卖给魔鬼,以满足自己的一切愿望。马娄著有《浮士德的悲剧》(1593),其中有一马贩子哭着说:"我一骑到池塘里,我的马儿就此不见了。"(全剧第1180行)

493

了;日耳曼人都是规规矩矩的好人。

〔休牧师上

牧　　师　　店主东在哪儿?

店　　主　　有什么事儿吗,牧师?

牧　　师　　你款待来往客人可要多留意些哪。我有一个朋友到城里来,他告诉我,有三个日耳曼骗子,把里亭、美登海、考溪几家客店的老板的马儿啊,钱啊,都给骗了去。我是好意来通知你一声。你当心些儿吧,你本是个聪明人,平时就爱嘲弄人、取笑人,结果落得自己被人骗了,那才糟呢。再会吧。

〔下

〔凯乌斯大夫上

大　　夫　　我那"吊霉带"的店主东在哪儿?

店　　主　　在这儿呢,大夫先生,正在这儿心慌意乱,不知如何是好呢。

大　　夫　　我说不出个什么名堂;不过有人告诉我,你费了大劲正在张罗着招待一位日耳曼的公爵,可是我跟你说老四话①吧,宫廷里谁都没听说有什么公爵要到来。我把这个告诉你也是我的一片好奇。再见吧。

〔下

店　　主　　还不"捉贼!""捉贼!"连声喊将起来,奴才! 快去呀! ——帮帮我的忙吧,骑士! ——这回我可完啦! ——快冲出去,快跑呀,快一路地喊"捉贼",奴才! ——这回我可完啦!

〔店主奔下,巴道夫随下

---

① 老四话,应为"老实话"。下文"好奇"应为"好意"。

福斯泰夫　我恨不得世界上的人个个都受骗上当才好呢,因为我自个儿受了骗上了当,外加挨了一顿棍子。要是这档子事儿传到宫廷中那班老爷的耳朵里:原来我还会变呢——变一篓脏衣裳、变一个丑老婆子,让人家水里泡、棍子打,那他们可真得把我这一身肥肉熬成一滴一滴油脂,去擦渔夫的靴子呢。我准保他们会横一句竖一句地,用那许多俏皮话把我挖苦得只好像一只干瘪梨儿那样垂头丧气。自从上一回我赌纸牌输了钱来个不认账之后,我就一直没交上过好运。也罢,只要我一口气能念它一大通祷告,①我倒不是不肯忏悔的。

〔桂嫂上

喂,这回又是谁叫你来的?

桂　嫂　是那两位叫我来的呀,没错的。

福斯泰夫　魔鬼来把这一位抓去,另一位让魔鬼的老娘把她拖了走吧!这两位我都不想领教了。就为了她们两个,我吃了多大的苦头!男人本来都是些朝三暮四的狗东西,叫他们哪一个受得了这么大的罪?

桂　嫂　难道您以为那两位就没有受罪吗?那就想错了,我跟您说吧。她们两位中有一位说来就更惨了。那傅德大娘,可怜哪,给她的男人浑身上下打得青一块紫一块的,连一块雪白的好肉都找不出来哪。

福斯泰夫　还跟我说什么青一块紫一块!我自个儿身上也给打出了五颜六色,像彩虹般鲜艳呢;差些儿我给人家当做勃兰福的女巫抓了去呢。幸亏我灵机一动,弯腰曲背地

---

① 当时祷告和讲道都极其冗长,所以福斯泰夫有此反语。

装扮做一个老婆子,总算逃过了难关;要不然,我早就给那些狗才巡官把我抓去,给上了脚枷——专治那班低三下四的人的脚枷——当作女巫办了。

桂　嫂　老爷,容我到屋子里去跟您说几句话,您就会明白,原来是这么一回事儿,那时候管叫您气也就此消了。我这儿捎来了一封信,很有几句动听的话呢。我的心肝肉儿哪,要把你们拉拢在一起可真得流几身汗呢!我说,你们之中准是有哪一位开罪了老天爷,这才弄得这样横不对、竖不顺的。

福斯泰夫　那你就上楼到我的屋子里来吧。

〔二人上楼

第六景　"吊袜带"客店

〔范通及店主上

店　主　范通少爷,您也别找我说话了,我越想越气;连这个店也不要了,有什么是舍不得的!

范　通　可是听我说,有件事要你帮个忙;
　　　　凭我这么个绅士,我答应送你
　　　　一百金镑——抵你的损失足足有余吧。

店　主　那就请说吧,范通少爷;别的不谈,至少我不会把您的事泄漏出去。

范　通　不止一次我把心事向你吐露过,
　　　　我爱秀丽的安妮爱得多么深;
　　　　我爱她,她也拿一片情意来回报,
　　　　要是她的亲事她自己能做主,

那就可以让我称心如意了。刚才,
我接到她一封信,你读了准会嚷:
"有这样的事!"她给我出了个好主意,
可这又是跟一个大笑料分不开的;
要谈到我们的事儿,就得提一提
那个笑料儿,要给你讲那个笑料儿,
就得说一说我俩的打算。这一回,
那胖子福斯泰夫可要当场出彩啦。
究竟要什么花招,好在有信在这儿,
我都跟你说了吧。

(拆信)听着,我的店主东,
今晚,十二点到一点,在赫恩橡树旁,
我那可爱的妮妮扮成一个仙后——
这干吗呢?信上可写得明白:她爸爸
要她趁大伙儿正笑得人仰马翻、
闹得乱哄哄的当儿,悄悄溜走,
就这样仙后打扮,一路跟着史兰德
赶到伊登和他当场结婚。她答应了。
可是,店主东,
她妈妈就是反对这一门亲事,
说什么也要把女儿嫁给凯乌斯,
关照那个大夫——也是来那一套,
趁大家兴高采烈,心不在焉的当儿,
拖了她就走,把她带到教堂旁边
副主教的家中,早有牧师守在那儿,
等他们一到,就给两人举行婚礼。

　　　　　妈妈想出了这妙计,女儿口头上
　　　　　也同意了,只说愿意听妈妈的安排,
　　　　　嫁给那个大夫。现在,事情就这样:
　　　　　她父亲要她穿一身白衣白裙;
　　　　　史兰德就好认出她来,看准机会,
　　　　　好拉着她的手,叫她跟着走;她呢,
　　　　　就得跟着那哥儿走。她的妈妈,
　　　　　为了让那位大夫有个目标——
　　　　　因为大家都戴着脸罩和假面具——
　　　　　叫她穿一身翠绿宽松的袍子,
　　　　　头上系着红艳艳轻飘飘的丝带儿,
　　　　　那大夫看准好下手了,便上前来
　　　　　把她的手儿捏一把,就算是暗号;
　　　　　姑娘已经答应那时候就跟着他走。
店　主　她打算欺骗她娘呢还是欺骗她爹?
范　通　骗了娘又骗爹,店主东,她要跟我
　　　　　一块儿溜走。事情就这样:请你给我
　　　　　找个牧师,十二点到一点,在教堂里
　　　　　等着,为两个心心相印的有情人,
　　　　　名正言顺地举行那合为夫妇的婚礼。
店　主　好,您去安排您自个儿的巧机关;
　　　　　我去给您找牧师。您把姑娘带来,
　　　　　就不愁没有牧师给您办事。
范　通　那我就永远欠着你这一份儿情;
　　　　　此外,我马上就要报答你呢。
　　　　　〔同下

第 五 幕

第一景 "吊袜带"客店

〔福斯泰夫及桂嫂上

福斯泰夫　得啦,别只管啰唆了! 去吧。我说去就去就是了。这是第三回了;我但愿单数是个吉祥之兆。走吧! 可以去了。人家都说,单数是用来占卜的——不管是出生、是机缘,还是死亡。走吧!

桂　嫂　我去给您弄一根链条来;再尽力想办法给您去弄一对鹿角来。

福斯泰夫　走吧,我说! 时间不早了。抬起你的头,扭扭腰肢走吧。

〔桂嫂下

〔傅德乔装上

喂,怎么,白罗克大爷!白罗克大爷,这事儿有苗头没苗头,千年万年但看今晚。您在半夜时分,到林苑那儿去,守在赫恩橡树下,包叫你看到稀奇的事儿。

傅　德　昨天你没有到她家去吗?——老爷,您不是告诉我她昨天跟您有约会儿吗?

福斯泰夫　我去看她了,白罗克大爷,我到她那儿去的时候,正像您这会儿看到的那样,跟一个可怜的老头儿不差多少;我从她那儿来的时候,白罗克大爷,可成了一个可怜的老婆子啦。还不又是为了那个奴才傅德——她那汉子,白罗克大爷——有个不可收拾的吃醋鬼钻进了他的心窍,叫他简直如同着了疯魔一般。不瞒您说,他看我是个娘儿模样,一顿棍子把我打得好惨哪!——要是让他瞧瞧,我本是个男子汉,白罗克大爷,就是那巨人歌利亚拿着一根织布的机轴,①我也不怕呢;因为我懂得"光阴如箭、日月如梭"这句话。我手边还有事情等着要办呢;跟我一块儿走吧,我可以把一切都对您讲,白罗克大爷。自从我小时候拔鹅毛、赖学、抽陀螺挨打以后,直到昨天才又尝到了棍子的滋味。跟我来吧。我可以告诉您那个姓傅德的奴才的许多事儿,你才想不到呢。今天晚上,我可要跟他把旧账都算清了,跟着就把他的老婆交在你的手里。跟我来吧。好戏在后头呢,白罗克大爷!跟我来吧。

〔同下

---

① 参阅《旧约·撒母耳记(上)》第17章第4节:"从非利士营中出来一个讨战的人,名叫歌利亚……枪杆粗如织布的机轴。"

第二景　温莎林苑

〔裴琪,夏禄,及史兰德上

裴　　琪　来,来! 我们就在这城堡外面的壕沟里埋伏好,等到看见了我们的小仙子的火光,再钻出来。记住我的女儿,好女婿。

史兰德　记得住,没错的。我已经跟她谈过了,讲好两人之间用个什么暗号。我看见她穿着白衣裳,就走上前去大喝一声:"叔叔!"她就嚷:"精光!"①这么着,她就知道是我,我也知道是她了。

夏　　禄　这倒也好。不过干吗要一个叫"叔叔",一个嚷"精光"呢? 只要一看见白衣裳就分明知道是她了。已经敲十点钟了。

裴　　琪　今晚上没有月亮,黑沉沉的;正好让精灵和鬼火出现。上天保佑我们这一场玩意儿吧! 好在谁也不怀着什么恶意,只除了那个魔鬼——只要看见谁头上顶着一对角,就知道谁是那个魔鬼了。② 我们走吧;跟我来。

第三景　林苑附近

〔裴琪大娘,傅德大娘,及凯乌斯大夫上

裴琪大娘　大夫先生,我的女儿穿一件绿袍子,您看准机会,

---

① 意谓"输"(叔)个"精光",这无疑是安妮想出来的花招。原文:"mum"(唔)"budget"(一布袋)是"mumbudget"的拆字格,这词儿本是孩子游戏,输方用以表示负气的呼喊声。(据《新莎士比亚版》注释)

② 当时的迷信观念,以为魔鬼头上出角。

上前拉住了她的手就走,把她带到主教的宅子,当场就把那桩事儿办了。您先到林苑里去,我们两个可得一块儿走。

大　　夫　不消说得,该怎么办我都知道了。回头见。

裴琪大娘　祝您称心吧,大夫。

〔大夫下

我那男人把福斯泰夫捉弄了一番,正自兴高采烈,哪儿想到,他的女儿倒已经跟着大夫跑了,二人结了婚了;这一下要笑也笑不出来,可要气得他直跳起来了——可是管他呢,骂就骂几句吧,总比心碎了、肠断了好些呀。

傅德大娘　妮妮和她那一队小精灵,这会儿在哪儿?还有那个扮做妖怪的威尔士牧师呢?

裴琪大娘　他们都在赫恩橡树旁的一个土坑里埋伏好了,灯火都遮了起来。一等到福斯泰夫赶来,刚和我们见了面,他们就顿时在黑夜里出现。

傅德大娘　说什么也得叫他大吃一惊了。

裴琪大娘　他逃过了惊慌,也逃不了讥嘲呀。他要是吓得个不得了,那更是要让咱们取笑个了不得。

傅德大娘　咱们可要好好地叫他上个大当。

裴琪大娘　对付这种伤风败俗的淫棍,
　　　　　　假情假义算不得丧了良心。

傅德大娘　时间不早,快到橡树那儿去,快到橡树那儿去吧!

〔同下

第四景　林　苑

〔休牧师化装,率领扮演小仙子的孩子们上

牧　　师　　快步走,快步走,小仙子们;来吧!记住你们的台词儿。大家千万把胆子放大些。跟着我到土坑里来吧。但听我一声号令,你们就一齐照着我的话做。来,来;快步走,快步走!

〔同下

第五景　林苑,橡树底下

〔福斯泰夫扮猎人赫恩,头插鹿角上

福斯泰夫　　温莎的钟已经敲过十二点,时间一分钟比一分钟近了。啊,淫荡的天神,求你们帮个忙吧!别忘了,天帝,你自个儿为了看中尤萝芭,变做了一头公牛,爱情给你头上插上了一对犄角。啊,好强大的爱情!有时候它叫畜生变成了人,有时候,它又叫人变成了畜生!你自己也是这样,天帝,只为了看中丽达,你又变成了一只天鹅。①啊,万能的爱情!你把天上的神明差些儿变做一只蠢鹅,这可真是罪过哪,首先是不该变成了一头畜生——啊,老天爷,这罪过可真没有一点儿人情味!紧接着又不该变做了一只野禽——想想吧,老天爷,这可是禽兽一般的罪

---

① 希腊神话中的天帝变做白公牛在海边劫走少女尤萝芭,以及变做天鹅和岛上的少女丽达亲昵的故事,均见奥维德《变形记》第2卷第833行以下及第6卷第109行以下。

过哪!连天上的神明都要犯这好色的毛病,叫我们可怜的凡人还有什么办法想呢?说到我,我是这儿温莎的一头雄鹿啊——我看还是森林中最胖的一头雄鹿呢。天老爷,让我过一个凉快的交配期吧,否则谁能怪得了我要排泄脂肪呢?——谁来啦?我的母鹿吗?

〔傅德大娘上,裴琪大娘随上

傅德大娘　约翰老爷!你在这儿吗,我的公鹿?我的好公鹿?
福斯泰夫　我的黑尾巴母鹿!让老天爷下雨下的是山芋①吧,打雷打的是《绿袖子》的调子,落冰雹落的是"亲嘴糖梅子",飘雪花飘的是春情草的甜根儿吧②!狂热的暴风雨要来就来吧,只要让我躲在你的怀里就行了。

〔和她拥抱

傅德大娘　裴琪大娘也跟我一起来呢,心肝儿。
福斯泰夫　把我当做一头偷来的公鹿一般一分为二吧——你们俩一个儿拿一条大腿去,留下的肋条归我自个儿;肩膀肉送给这儿看林子的;我头上的一对犄角就传给你们的男人吧。你看我模样儿不是一个樵夫吗,嗯?你听我说话不像猎人赫恩吗?嘿,这一回小爱神算是一个有良心的孩子;他补报我啦。我这个忠诚的鬼魂在这儿欢迎你们了。

〔传来一片喧闹声

裴琪大娘　哎哟,那是什么声音呀?

---

① 山芋,指"甜山芋"而言,当时用做兴奋剂。下句《绿袖子》是当时一首淫荡的小曲。
② 亲嘴糖梅子,指加香料的糖食,使气息芬芳。
　　春情草,原文"erihgoes",当时认为是兴奋剂。

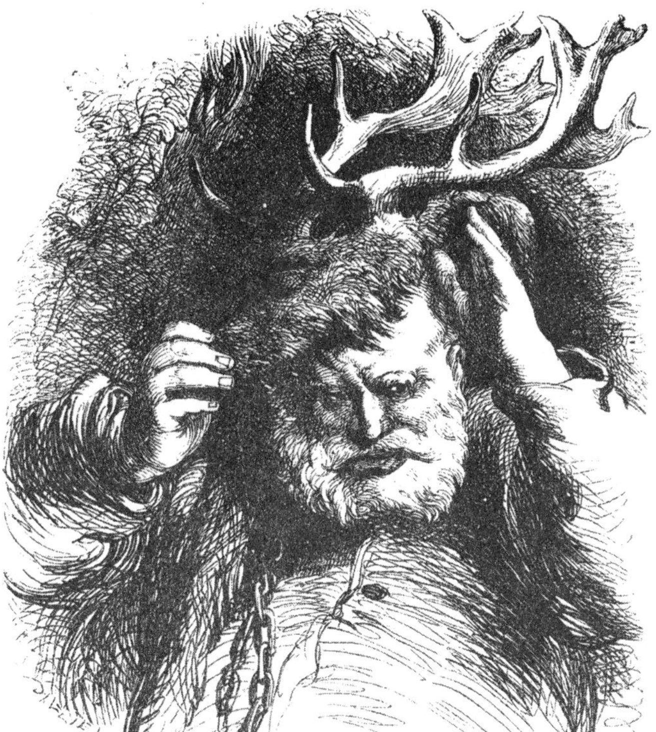

傅德大娘　老天饶恕我们的罪孽吧!

福斯泰夫　这一回要闹出什么事来呀?

裴琪大娘 }
傅德大娘 } 快逃!快逃吧!

〔二大娘奔下

福斯泰夫　依我看来,魔鬼倒是偏不肯把我打入地狱呢;他看见我一身都是油,只怕在地狱里惹起一场大火灾,可不是好玩的,否则他决不能这样跟我捣蛋的呀。

〔牧师扮半人半羊的森林神;皮斯托扮小妖精;安妮·裴琪扮仙后;威廉及孩子们扮众小仙子,头插小蜡烛,且歌且舞上

安　妮　众仙子:有黑有绿有白有黄,
　　　　　月光下狂欢,黑夜里飘荡;
　　　　　命运的孤儿,无爷无娘,①
　　　　　各自要把职责担当。
　　　　　传令的小妖,遍谕众仙子知晓。

皮斯托　众精灵,听候呼唤,不许喧闹。
　　　　　蝈蝈儿,你跳进温莎的烟囱,
　　　　　发现炉子没有扫,炉火没扒拢,
　　　　　就把那女仆拧得像梅子一样青,
　　　　　懒惰的脏丫头,我们仙后最痛恨!

福斯泰夫　神仙来了——跟神仙说话,性命难保!
　　　　　我躺下,把眼闭了——神仙不许人偷瞧。

---

① 传说小仙子从天而降,并非胎生,故说是无爷无娘的孤儿。(《耶鲁版》)

〔脸贴地,趴着

牧　师　念珠儿呢?① 你去看看,有哪家姑娘
　　　　念了三遍祷告,方才上床;
　　　　让她的幻梦在空中飞舞翩跹,
　　　　让她睡眠得像婴儿般香甜。
　　　　谁不反省自己的过失就入睡,
　　　　拧她的腿臂、她的腰肢和肩背。
安　妮　四面兜,四处走!
　　　　小精灵,把温莎城堡内外搜。
　　　　小仙子,降福于一间间神圣的屋内,
　　　　这华厦就此天长地久,永远存在,
　　　　富丽堂皇,无愧于主人的身份,
　　　　那主人住这楼阁也恰好相称。
　　　　把一个个宝座小心儿用香料
　　　　熏得香香的,用鲜花四周环绕——
　　　　那诰封爵士的宝座漆着纹章,
　　　　要永远蒙受祝福,在这世上!
　　　　小仙子,夜夜都要降临到牧场上,
　　　　手挽手,拉成一圈,跳舞歌唱;
　　　　沿着你们踩过的一圈脚印,
　　　　那儿的青草就格外青葱茂盛。
　　　　绿绒毡上,一簇簇花儿有红有黄,
　　　　仿佛写道:"良心坏的不会有好收场。"
　　　　像翡翠,像珍珠,像五彩的锦绣

---

① 念珠儿,小精灵的名字。

>　　（英俊的骑士在膝盖下紧扣）；
>　　仙子们把一簇簇花儿当作符咒。
>　　去吧，散了吧，等钟敲罢一点，
>　　可别忘了老规矩，来到橡树边，
>　　绕着赫恩猎夫的橡树，唱歌跳舞。

牧　　师　　大家紧拉着手，排成整齐的队伍。

〔众仙子团团围绕橡树

>　　二十个萤火虫给我们做灯笼，
>　　照见我们绕着橡树舞兴浓。
>　　且慢！我这里闻到一股凡人的气味！

福斯泰夫　　老天爷保佑吧，别让那个威尔士精灵瞧见了我，他会把我变成一块干奶酪！

皮斯托　　（来到匍匐着的福斯泰夫跟前）你这狗头，生下来就招祸惹灾！

安　　妮　　且用烈火烧一烧他的指尖——
>　　他若是心地纯洁，就不怕火焰；
>　　他如果烧得喊痛，直跳直叫，
>　　那个家伙的良心一定不好！

皮斯托　　来，试它一试！

牧　　师　　来，这块木头怕不怕火？

〔众仙子用小蜡烛烧福斯泰夫的手指

福斯泰夫　　（痛得直跳直叫）哎哟！哎哟！哎哟！

安　　妮　　坏良心，坏良心，一肚子邪念欲火！
>　　众仙子，围住他，唱个歌儿取笑他；
>　　你一跳，我一蹦，一人把他拧一把。

〔众仙子且舞且歌

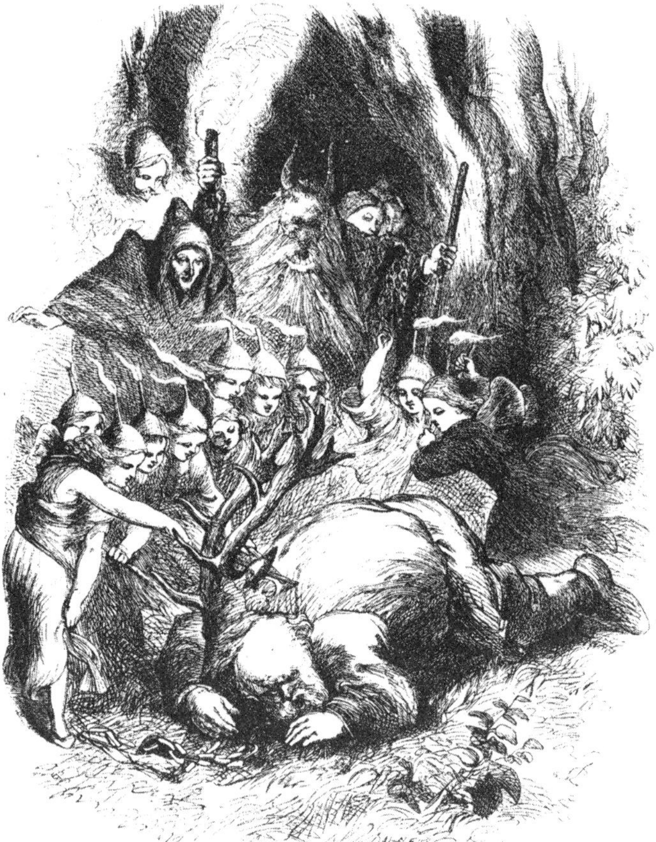

羞不羞,罪恶的念头!

羞不羞,偷鸡摸狗!

"淫欲"是胸中一把火焰,

肮脏的"邪念"把柴来添;

"痴心"把火苗点亮,

"妄想"把火焰扇旺。

仙子们,大家来把他拧,

问他敢不敢再偷情!

把他拧,把他烧,把他拖着转几圈;

蜡灭了,星暗了,月下了,再放他回家转。

〔众仙子一面唱歌一面拧他

〔凯乌斯大夫从左边上,悄悄拖着一个穿绿衣的小仙子就走

〔史兰德从右边上,悄悄拖着一个穿白衣的小仙子就走

〔范通上,挽着安妮悄悄溜走

〔远处传来猎人的号角声、犬吠声,众小仙子各自溜去

〔福斯泰夫站起身来,扯下鹿头,正要逃走;裴琪,傅德,两位大娘上,拦住他

裴　琪　慢着点,别逃啊! 这回可给咱们抓住了——①只有猎人赫恩才帮得了您的忙吗?

裴琪大娘　得了,听我说,别把玩笑尽开下去了②。

---

① 《新莎士比亚版》加舞台指示,"福斯泰夫又想用鹿头把脸蒙住"。
② 《新莎士比亚版》加舞台指示,"福斯泰夫把鹿头摘下,扔掉"。

> 好爵爷,温莎的娘儿配不配您的胃口?
> 看见这个吗,丈夫?这对鹿角多有样儿!
> 放在林子里不是比拿到城里更合适吗?

傅　德　嗳,老爷,现在谁做了那头上出角的王八啦?白罗克大爷,福斯泰夫是一个奴才,一个头上出角、该当王八的奴才。瞧他那对犄角还在这儿呢,白罗克大爷。再说,白罗克大爷,他从傅德那里什么也没有捞到——除非是捞到了他那一只洗衣篓子,他那一根棍子,加上他那二十两银子——那一笔钱他非归还白罗克大爷不可。他那几匹马儿已经扣押起来了,不怕他不还,白罗克大爷。

傅德大娘　约翰老爷,只怨我们没有缘分,每次总是好事多磨。从今以后我再也不拿你当做我的情人儿了,可是我心里头要永远把你看做我的公鹿。

福斯泰夫　顶到这会儿可让我瞧出来了,原来你们拿我做一头蠢驴。

傅　德　岂敢,外加做了一头笨牛。蠢驴和笨牛,两样都是明摆着的。

福斯泰夫　原来这些人并不是什么小仙子吗?我早就有三四回疑心他们不是什么小仙子了;都是因为我自个儿有了亏心事,又万不防忽然会来这么一招,把我给怔住了,连这样荒乎其唐的骗局也居然信以为真啦——正是:聪明一世,懵懂一时,真把他们当做小仙子啦。大家瞧,这么个玲珑剔透的人儿也会变做一个牵着线的木头人,只因为聪明用错了地方!

牧　　师　　约翰·福斯泰夫爵士,①信奉上体,克制邪念,小仙子就不会来捻您②了。

傅　　德　　说得好,休大仙。

牧　　师　　依我说,您也别这么一股劲儿地吃您的醋吧。

傅　　德　　从此以后,我再也不会不放心我的老婆了——除非有一天您会说一口道地的英国话来追求她。

福斯泰夫　　难道我把自己的脑子剜出来放在老太阳里晒干了,连一丝丝的聪明都没有了,所以连这样荒唐透顶的把戏都瞧不出来了吗?难道连一只威尔士老山羊都骑到我头上来了?看来我就该用威尔士土布做顶"鸡冠帽"③给自己戴上吗?这么说,我连烤过的干乳酪也不会吃,都得把我的喉咙哽住了呢。

牧　　师　　钢丝酪是熬不出什么鸟油④来的;你这大肚子里倒是装满了鸟油呢。

福斯泰夫　　"钢丝酪",又是"鸟油"!想不到我活到今天只落得让一个连英国话都说不清楚的家伙来取笑吗?做夜游神、做采花贼,做到这个地步也可以收张歇业喽!

裴琪大娘　　我说,约翰老爷,尽管我们硬是把清白良心都豁出去不要了,只为找野食吃,连眉头也不皱一皱,情愿下地狱去走一遭;可是什么魔鬼附在您身上,倒叫您以为我们俩有这样好的胃口,把您看中了?

傅　　德　　什么,看中一条碎什腊肠?一袋亚麻?

~~~~~~~~~~~~~~

① 《新莎士比亚版》在这句前加舞台指示,"回来,已摘下森林神的面罩"。
② 应说"信奉上帝","拧您"。
③ 鸡冠帽,古时宫廷中的傻子身穿五彩衣,头戴红色鸡冠帽。
④ 应说"干乳酪","牛油"。

裴琪大娘　一个填塞满了的大肚子?

裴　琪　又老、又冷、又干瘪,外加一个叫人受不了的大脓包?

傅　德　这么个像魔鬼般惯会造谣生事的家伙?

裴　琪　凭他这么个像约伯一般的穷老头儿?①

傅　德　而且像约伯的老婆一样坏良心?

牧　师　凭他会偷女人,会坐酒店,会喝白酒、黄酒、蜜酒?会花天酒地,咒天骂地?会瞪着两眼,唧唧呱呱、哗啦哗啦、又吵又闹?

福斯泰夫　唉,我成了你们的话柄啦。这回算你们占了我的上风;我抬不起头来啦。叫我拿什么话对付这只威尔士山羊呢?聪明人反而在一窍不通的混蛋面前出了丑。也罢,我听候你们发落吧。

傅　德　好吧,老爷,我们要把您带回温莎,带到一位叫做白罗克的大爷那儿;您诈骗了他的钱,怎么没有替他做牵线呀。这一回您吃亏吃大了,再叫您吐出那笔钱来,我看就像割下一块肉似的吧。

裴　琪　得了,别垂头丧气,爵士;今天晚上,请您到我家来喝杯牛奶酒;我的女人这会儿取笑您,待会儿我也让您取笑取笑她;告诉她,史兰德少爷已经把她的女儿娶过去了。

裴琪大娘　(自语)江湖郎中卖什么假药;如果安妮·裴琪是我生下的女儿,那么这会儿她已经成了凯乌斯大夫的妻子啦。

〔史兰德上

---

① 参阅《亨利四世(下)》第一幕第二景:福斯泰夫说自己"我穷得跟约伯一个样儿"。约伯是《旧约全书》中的人物。

史兰德　哎哟,哎哟哟!不好了,岳父大人!

裴　琪　好女婿,怎么了?怎么了,好女婿?把事情办完了?

史兰德　办完了?我要让葛乐斯德郡的头面人物都来听听这回事儿。要不,你们就把我吊死好了,啦!

裴　琪　出了什么事呀,好女婿?

史兰德　我拉着安妮·裴琪小姐一路来到伊东,正要跟她结婚,哪想到她——粗手笨脚,好大的一个男孩子!要不是在教堂里,我早就把他揍一顿啦——没准儿是我让他揍一顿。我还道他真的就是安妮·裴琪呢;瞎起劲了一通,真犯不着!——谁想得到,原来是驿站站长的儿子。

裴　琪　我敢打赌,那一定是你瞎猫拖了死老鼠啦。

史兰德　那还用你告诉我这个吗?我把一个男孩子当做一个女孩子,这我也知道是拖错人了。要是我真的当场和他结了婚,虽然他穿着娘儿的衣裳,我还是不要他做老婆的。

裴　琪　嘿,只怪你自己太笨了。我不是告诉过你我女儿穿的什么衣裳,不要弄错吗?

史兰德　我看见她穿一身白衣裳,就上前去嚷了一声"叔叔",她那边答声儿说:"精精光"——安妮和我就是这样约好的。谁知道他不是安妮,倒是驿站站长的儿子!

裴琪大娘　好乔治,你别不乐意;你这个玩意儿我早知道了,所以有意叫我的女儿不穿白的穿绿的——不瞒你说吧,这会儿她跟大夫两个正在副主教家里举行婚礼呢。

〔凯乌斯大夫上

大　夫　裴琪大娘在哪里?老爷,我上了人家的当啦!我跟一个小把戏,一个男孩儿,一个乡下佬结了婚——老爷,一个男孩儿！他才不是安妮·裴琪呢。老爹,我上了人家的当啦。

裴琪大娘　嗳,您可是看清了她一身翠绿打扮才把她拖走的吗?

大　夫　可不是,老爹,可是结果,老爹,却拖来一个男孩儿!老爹,我要把全温莎都闹翻了!

〔下

傅　德　这倒奇了。真正的安妮落在谁的手里了呀?

裴　琪　我的心里很不落实——范通少爷来啦。

〔范通挽安妮上

安　妮　原谅我吧,好爸爸!① 我的好妈妈,原谅我吧!

裴　琪　喂,我的小姐,你怎么倒不曾跟着史兰德少爷走?

裴琪大娘　姑娘,你为什么不跟着那位大夫走?

范　通　你们叫她怔住了;我全说出来吧。
　　　　你们的主意可就是要她嫁人,
　　　　不管她跟对方有多少的爱情——
　　　　像这样的嫁人真是羞煞人。
　　　　要说真情实况,她跟我两个儿
　　　　早就订了终身;现在,更觉得
　　　　海枯石烂,再不能把我们俩分开。
　　　　她做了错事,可这错误是神圣的;
　　　　她骗了爹娘,这欺骗也说不上
　　　　奸诈,说不上忤逆不孝,说不上
　　　　违抗家长;因为要这样她才能

---

① 《新莎士比亚版》加舞台指示,"跪下"。

摆脱了,逃避了那父母之命的婚姻
给她带来的数不清不敬神明的
可诅咒的日子。

傅　德　你们别发愣啦;生米煮成熟饭啦。
爱情这回事,自有上天来做主;
买田,要金钱;娶老婆,要靠命数。

福斯泰夫　我太高兴了。你们像埋伏在坑里的猎人那样暗算
我,原来你们射出去的箭却也会落个空。

裴　琪　得啦,有什么办法好想呢?——
范通,愿上天给你幸福!
摔不开、摆不掉的,只好跟它来拥抱。

福斯泰夫　猎狗晚上出现了,大小野兽一齐逃。

裴琪大娘　得啦,我又何必再抱怨呢。范通少爷,
愿上天赐你一长串快乐的日子!
好丈夫,我们大家都回家去吧;
围着村舍的壁炉,有说有笑地谈谈
今天这开心的事儿吧——约翰老爷
和大家在一起。

傅　德　就这样吧。约翰老爷,
您在白罗克大爷跟前并不曾胡吹;
他今晚,果然有傅德大娘来陪他睡。

　　〔同下

暴风雨

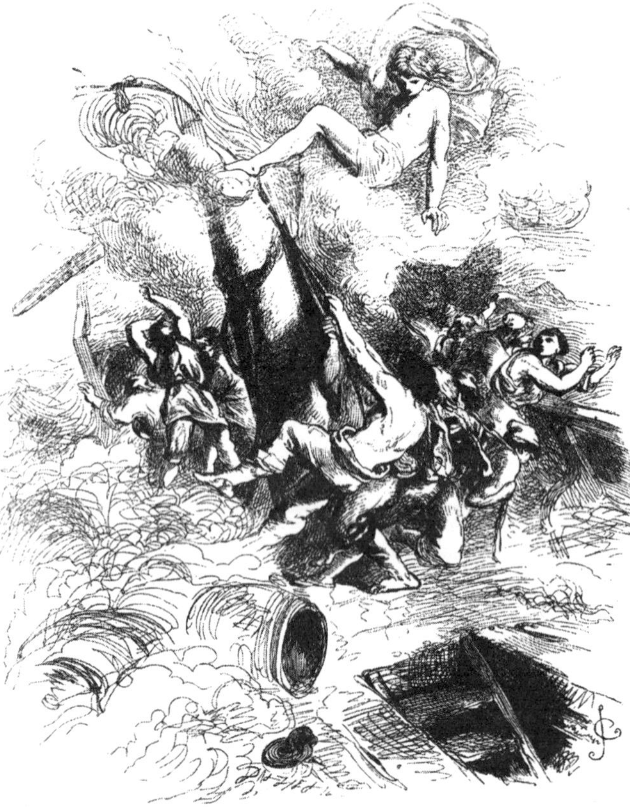

剧中人物

普洛士帕罗——米兰的合法的公爵

蜜兰达——他的女儿

安东尼——他的弟弟，篡夺爵位

亚朗索——那不勒斯的国王

西巴斯显——国王的弟弟

腓迪南——那不勒斯王子

贡札罗——正直的老大臣

阿德连 ⎫
法郎西斯 ⎭ ——那不勒斯的贵族

卡力班——畸形的土人奴隶

特伶口——国王的小丑

斯蒂番——管伙食的船员

船　长

水手长

众水手

爱丽尔——轻灵缥缈的精灵

彩虹女神
五谷女神
仙　后　　}——由众精灵扮演
水仙女
收割者

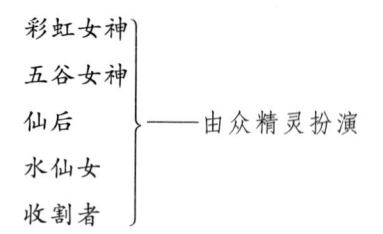

场　景

海洋上；岛上

第 一 幕

第一景　海船上

〔狂风暴雨,雷电交作。船长及水手长上

船　长　水手长——！

水手长　在这儿呢！船长——干吗呀?

船　长　伙计,招呼水手们,好好干它一场吧！——加油干！要不然,咱们可要撞到陆地上去啦！加把劲吧,加把劲吧！

〔下

〔众水手上

水手长　嗨,弟兄们！别慌,别慌呀,弟兄们！加把劲呀,加把劲呀！把中桅帆收起来！留心听着船长的哨子！刮吧,哪怕连你的肺都炸了——只要船儿还泡在水里,我就不怕!①

〔国王亚朗索,王弟西巴斯显,公爵安东尼,王子腓

---

① 水手长是个有经验的老水手,他在这里说:只要船儿不搁浅,总有办法把眼前这场暴风雨对付过去。

迪南,大臣贡札罗,及随从等上

亚朗索　船老大,可得小心哪。船长到哪儿去了?是好样儿的都上前呀。

水手长　这会儿可对不起,去待在底下吧。

安东尼　船长呢,老大?

水手长　这不是他在那儿喊叫吗?你们太碍手碍脚啦。给我去待在船舱里吧!你们这是帮着暴风雨一起来捣乱。

贡札罗　得啦,老兄,别生那么大的气。

水手长　叫海洋别生那么大的气吧。给我走吧!眼前的大风大浪可不管你什么国王不国王!下船舱去!别闹!别给我们添麻烦啦!

贡札罗　老兄,可别忘了在你这条船上的是些什么人。

水手长　我谁都顾不得,只顾得了我自个儿。你这位枢密大臣,要是你能叫这大风大浪也听你的吩咐,马上太太平平地安静下来,那我们从此再不收帆拉篷、干水手这一行啦。摆出你的威风来呀。要是你办不到,那么谢谢老天,让你活了这一把年纪;快快钻进船舱里,准备万一出什么事吧。——别慌,弟兄们!——快给我们让开些,我说。

〔下

贡札罗　这个家伙叫我大大地放了心。我看他脸上全没一点儿淹死的相道,他那副神气道道地地是个该绞死的坯子。别放过他,慈悲的命运,千万把他送上绞刑架!拿他脖子上的绞索来做我们的锚索吧!——靠我们眼前这些锚索是不顶事了。要是他不是生来该绞死的命,那我们可就糟啦!①

〔同下

〔水手长上②

水手长　把中桅放下来!加把劲!放下来,放下来!用大帆挡一挡再说!(传来一阵喊闹声)见他妈的鬼,喊什么、叫什么呀!这帮人倒是比风暴、比咱们干活还热闹。

〔西巴斯显,安东尼,及贡札罗上

又来啦?你们来干吗呀?咱们就此放手,大家一起淹死好不好?你们喜欢让船儿沉了吗?

西巴斯显　我但愿你的嗓子眼里生个疔疮——你这个乱咬乱叫、出口伤人、没有人情味儿的狗东西!

水手长　那就你们来干,好不好?

安东尼　该死的狗才,你这该死的王八蛋!胆敢扯开嗓门冲撞人!我们才不像你那样害怕淹死呢。

贡札罗　我担保他不会淹死在海里,哪怕这个船壳儿还不及一个果壳儿牢固,就像一个淫妇那样漏水。

水手长　顶风前进,顶住它!扯起两面大帆来!③ 向海洋驶去!躲开陆地!

〔众水手浑身打湿上④

众水手　全完啦!求求老天吧,求求老天吧!全完啦!

---

① 英国有句俗语,"命里该绞死的,从不见有淹死的。"贡札罗借此聊以自慰。
② 《新莎士比亚版》舞台指示作,"水手长来到船梢,王公大臣退避,进入船舱"。
③ 即扯起大帆外,再扯起前桅帆以防止船只向下漂流,朝陆岸撞去。
④ 《新莎士比亚版》在"众水手浑身打湿上"之前添上一段说明词,"帆船撞岸。火球滚滚,火舌沿着大小缆索从船头到船尾卷过来。"

〔众水手奔下

水手长　怎么,咱们的嘴都得僵掉吗?①
贡札罗　老王爷和小王爷在祈祷!我们陪他们一起祈祷吧!
　　那父子俩有什么好歹,我们也逃不了。
西巴斯显　我再也沉不住啦!
安东尼　我们的命还不是送在醉鬼们的手里!
　　你这个肿了脸的奴才②——但愿你的浮尸
　　给潮水冲打十次!
贡札罗　他结果还是
　　　　要被绞死的——尽管每一滴海水
　　　　怎么也不甘心,张开了血盆大口
　　　　只想把他吞下去。
　　〔传来一片呼天抢地的哭号声:"老天保佑吧!""船沉啦,船沉啦!""再会吧,我的妻子!我的孩子!""再会吧,我的兄弟!""船沉啦!船沉啦!咱们的船沉啦!"
　　〔水手长奔下
安东尼　大家都跟着国王一块儿沉到海里去吧!
西巴斯显　大家去向他诀别吧!
　　〔二人同下
贡札罗　这会儿我但愿能把一千顷海水换得一亩荒地——长
　　满了荆棘、乱草或是什么东西,我都不在乎。老天成全

---

① 咱们的嘴都得僵掉吗?——"到了这个地步,水手长放弃一切希望,开始没命喝酒。"(哈里生)《新莎士比亚版》在这里加舞台指示,"目瞪口呆,慢慢抽出一个酒瓶来"。
② 肿了脸的奴才,水手长这时正大口大口地喝酒。据说水手遭遇船险有狂饮的习惯。

吧！可是死也要死得干爽些才好呀！

〔下

第二景　岛上。洞府前

〔普洛士帕罗及女儿蜜兰达上

蜜兰达　我的好爸爸，如果是您呼风唤雨，
掀起了这万丈怒浪，那叫风浪平静吧。
天空好像要倒下发焦臭的沥青，
那大海升腾起来，直扑向天庭，
要把电火浇灭。
唉，看那些人受难，我跟着在受难！
多棒的一条船——船上不用说，载着
许多高贵的人儿——一下子撞个粉碎！
啊，那片呼号一声声打进我心里！
可怜的人儿，他们眼看没命了！
如果我是个神，我有法力，我宁可
叫海洋沉进地底下，也不能让
那么好的船儿和船上的那些人儿
给海洋吞了。

普洛士帕罗　你且定一定神吧，
不必惊慌。跟你那颗柔软的心说，
什么事都不会有。

蜜兰达　唉，好苦哪！

普洛士帕罗　没事儿。
我所做的事儿无一不是为了你，

为你——我的心肝儿,我的女儿。
你还不清楚你是谁,一点也不晓得
我从哪儿来,还道我只是普洛士帕罗——
一座寒碜透顶的洞窟的主人——
你如此而已的爸爸。

蜜兰达　您是我的爸爸,
本来,知道这个我就够了。

普洛士帕罗　时机来了,
我该好好跟你说一说。帮一下忙,
替我把我的法衣脱下来。好了。
〔放下法衣
躺着吧,我的法术。
(向蜜兰达)揩干了你的眼泪,
放心吧。你眼看船沉了,这悲惨的景象
直打动了你心坎深处,叫你难过;
可我凭着法力,早就这样安排妥当,
一个人也不会遭到——不,哪怕是
一根毫发——也不会受到损伤,
尽管你眼看船儿快沉了,只听见
船上的人在大哭大喊。坐下吧;
现在也该让你知道了。

蜜兰达　您老是
刚要说到我是谁,又忽然住了口,
让我怎么问也是白问,只落得一句
"还不好讲,以后瞧吧。"

普洛士帕罗　现在时机到了。

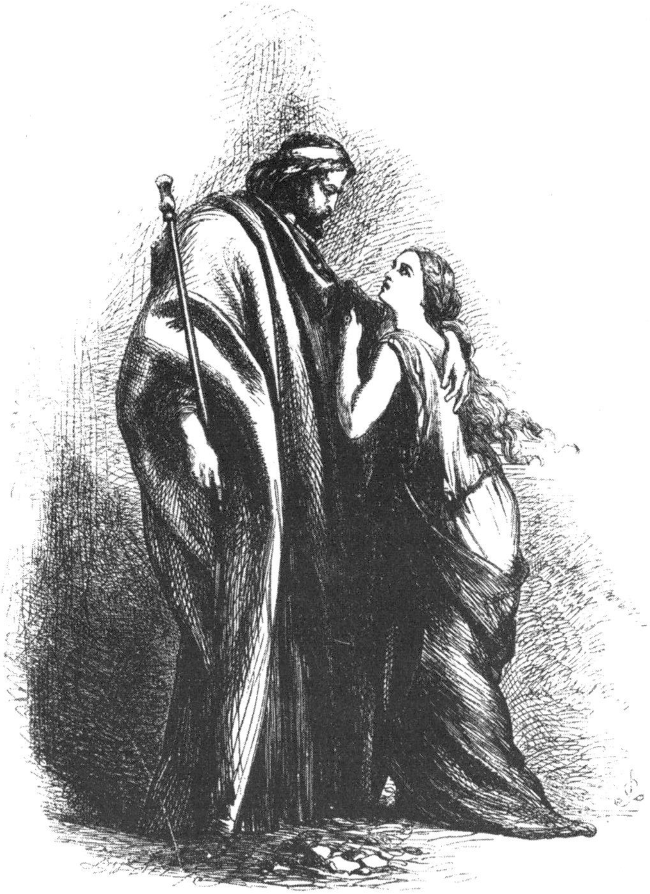

　　　　　　这会儿可得叫你竖起了耳朵
　　　　　　好好地听着呢。你记不记得
　　　　　　我们还没来到这个山洞之前的
　　　　　　那一段时光?我想你记不得了,
　　　　　　那时你还不满三岁呢。
蜜兰达　　我记得,爸爸。
普洛士帕罗　记得些什么?还想得起来别的房子。
　　　　　　别的人?把还留在你心灵里的印象
　　　　　　都告诉我吧。
蜜兰达　　那是很远很远的事儿了——
　　　　　　与其说是我记忆所能证实的真事,
　　　　　　还不如说,是一场梦。在我小的时候
　　　　　　我有没有四五个女人伺候过我?
普洛士帕罗　不错,还不止四五个呢,蜜兰达。可是,
　　　　　　这回事怎么倒还会印在你的心里?
　　　　　　穿过倒退的时间,那黑沉沉的深渊,
　　　　　　你还望见些什么?你还记得
　　　　　　没来这里之前的事,那也许想得起
　　　　　　你怎样来到了此地。
蜜兰达　　我可想不起来了。
普洛士帕罗　十二年以前,蜜兰达,十二年以前,
　　　　　　你爸爸是米兰的公爵,有权势的王爷。
蜜兰达　　爸爸,你不是我的父亲吗?
普洛士帕罗　你的母亲是天下最贞洁的女人,
　　　　　　她告诉我说,你是我的亲女儿。
　　　　　　你爸爸是米兰的公爵;他唯一的苗裔,

　　　　　　　是一位郡主——哪儿能不是呢。
蜜兰达　　天哪!
　　　　　　我们是受欺蒙骗才离开那儿?
　　　　　　还是离开那儿也算我们的运气?
普洛士帕罗　都说得上,我的孩子。正像你说的,
　　　　　　我们受欺蒙骗,才离开那儿;
　　　　　　可来到这里也算是运气。
蜜兰达　　唉,心疼哪!——
　　　　　　想起当初我让你受多大的累;
　　　　　　只是我一点也记不得啦!请往下讲吧。
普洛士帕罗　我的弟弟——就是你的叔叔,叫安东尼,
　　　　　　请你仔细听着——天底下真会有
　　　　　　这样奸诈的兄弟!在这世上,除了你,
　　　　　　我最爱的就是他。我把国家大权
　　　　　　交托给他。当时所有的城邦
　　　　　　要推米兰最强大,而普洛士帕罗公爵
　　　　　　在公爵中独一无二;他的威名远扬,
　　　　　　论文艺学术,更是举世无双。
　　　　　　我既然专心致志,研究学问,
　　　　　　对朝政便越来越荒疏,把邦国大事
　　　　　　都交卸给兄弟,自己却废寝忘食
　　　　　　沉溺在玄秘的魔法中——你那坏叔叔——
　　　　　　你在听着吗?
蜜兰达　　我在用心听呢,爸爸。
普洛士帕罗　他一旦学会了本领:对臣民的请愿
　　　　　　怎样该批准、怎样该驳斥;该提拔谁,

　　　　谁该贬斥,只为他超越了职权;
　　　　凡是我手下的人,都重新任用,
　　　　调走的调走,换下的换下;国家大权
　　　　全落在他手中,他叫满朝文武
　　　　人人都看他的脸色行事。他好比那
　　　　常春藤把参天的树木来遮蔽,
　　　　从我的躯干中吸取浆液——你不在听吗?
蜜兰达　啊,好爸爸,我听着呢。
普洛士帕罗　请你听好吧。
　　　　我这样摆脱了俗务,抛却了杂念,
　　　　过着修身养性的隐士的生活——
　　　　要不是必须与世隔绝,我这门学问
　　　　胜过众生的一切;我那奸恶的弟弟,
　　　　谁知他因此心存不良——仁慈的父母
　　　　会生下孽种,我对他的信任却反而
　　　　让他滋生了奸诈——说不尽的奸诈,
　　　　就像我对他的信赖没一点儿保留,
　　　　是无边无际的信任。他大权在握,
　　　　不仅吞没了我的国库的收入,
　　　　而且滥用我的权力搜刮金银。
　　　　满口谎话的人,他的记忆瞎了眼,
　　　　把自己编造的谎话认作了真理;
　　　　我那弟弟也这样,他真就以为
　　　　他便是公爵本人。本来是摄政,
　　　　他却耀武扬威,摆出了一派
　　　　皇家的尊严;他的野心也就

越来越庞大了——你在听吗?

蜜兰达　　爸爸,
　　　　　你的故事,让聋子都能听进去呢。

普洛士帕罗　　他所扮演的角色,和那个角色
　　　　　所代表的本人,究竟还隔着一层纸;
　　　　　他不称心,要做货真价实的米兰公爵。
　　　　　我呢,可怜的人,一间书房便是
　　　　　我够大的领土了!他认为帝王的尊荣
　　　　　再不配我享受,串通了那不勒斯国王
　　　　　(真是急于要篡位啊),情愿年年
　　　　　向那不勒斯称臣纳贡,让自己的
　　　　　冠冕俯伏在别人的王冠跟前。
　　　　　唉,可怜哪,米兰!——从来不肯
　　　　　向人低首伏小的公国,这一回
　　　　　却威风扫地,拜倒在别人跟前。

蜜兰达　　噢,天哪!

普洛士帕罗　　你听听他订下的条文,
　　　　　他做下的好事,然后你再跟我说
　　　　　他配不配做个兄弟。

蜜兰达　　这可是罪过,
　　　　　假使我对奶奶怀着一丝儿不敬;
　　　　　可是好娘亲也会生下坏儿子。

普洛士帕罗　　再说到条约。这个那不勒斯国王
　　　　　本是跟我有着旧恨的冤家,
　　　　　便答应了我兄弟的请求;那是说:
　　　　　他这边称臣纳贡——根据条款,

531

　　　　　也不知他要献上多少金银；
　　　　　那不勒斯那边，便立即把我和我的人
　　　　　驱逐出国境，把大好的米兰，堂而皇之。
　　　　　授予我兄弟。因此，在命中注定的那夜，
　　　　　来了一帮贼兵，安东尼把城门大开，
　　　　　放进人马，由他们奉着密令，
　　　　　趁那呼号不应的黑夜，顿时赶走了
　　　　　我和哭喊着的你。

蜜兰达　　哎呀，伤心哪！
　　　　　我再记不得那会儿我怎样地哭闹，
　　　　　愿意这会儿再哭一遍；这一句句话
　　　　　榨出了我的眼泪。

普洛士帕罗　听我往下说，
　　　　　这就要讲到你我眼前的事儿了；
　　　　　要不然，我所说的一切也就成了
　　　　　全不相干的故事。

蜜兰达　　他们为什么
　　　　　不就趁着那当儿把我们俩杀害了？

普洛士帕罗　问得好，姑娘。我的故事招惹出
　　　　　这个疑问。心肝儿，他们不敢使这一手。
　　　　　因为我的人民爱戴我；他们就不敢
　　　　　在这件事上留一点血腥的痕迹——
　　　　　肮脏的罪行，可又不能干得挺触眼。
　　　　　总之，这班人当场把我们押上了船，
　　　　　送到十里外的海面；那儿早预备着
　　　　　一条腐朽的破壳船，没绳没缆，

　　　　没桨没帆,哪怕是耗子见了
　　　　躲开也来不及;他们就动手把我俩
　　　　扔进这么一条破船里,听凭我们
　　　　去向咆哮的巨浪呼号,去向狂风
　　　　呻吟;狂风同情苦难,跟着叹气,
　　　　却好心好意地害苦了我们。
蜜兰达　　唉,
　　　　那时候我真叫你受够了累!
普洛士帕罗　　噢,
　　　　你是搭救我的天使!我遭了难,
　　　　呻吟叹息,向大海挥着苦泪;
　　　　你却对我微笑,这一笑中蕴藏着
　　　　上天所赐予的坚强,这一笑使我
　　　　登时振作起来,鼓起了勇气,
　　　　再不怕面对未来的一切。
蜜兰达　　后来
　　　　我们怎样上岸的呢?
普洛士帕罗　　靠上天的保佑。
　　　　我们有一些吃的,还有一些淡水,
　　　　那是多亏被派来监视这件事的
　　　　一个那不勒斯贵族——叫贡札罗,
　　　　怜悯我们,给我们准备的;此外,
　　　　还有些好衣裳、衬衣、毛织品和必需品,
　　　　对我们都很有用;多谢他的仁慈,
　　　　知道我爱书本儿,让我从书房里
　　　　把我心爱的书带走——这些对于我

　　　　　　比一个公国还要宝贵。
蜜兰达　　但愿有一天
　　　　　我能和那个人见面！
普洛士帕罗　我该站起来了。
　　　　　（又披上法衣）坐着别动，把那段海上的苦难听
　　　　　完了。
　　　　　后来，我们漂流到了这个岛上。
　　　　　在这儿，我做了你的导师，哪一个公主
　　　　　得到的教益也都及不上你；她们
　　　　　往往把时间花在无聊的事情上，
　　　　　也不会有这样认真教导的老师。
蜜兰达　　上天感谢你吧！现在请告诉我，爸爸——
　　　　　因为我心里怎么也撇不开——为的什么
　　　　　您掀起这一场风暴？
普洛士帕罗　听我说下去。
　　　　　幸运女神如今做了我的恩人，想不到
　　　　　那样巧，居然把我那些仇人送到了
　　　　　我这岛上来啦。我凭着占卜的本领，
　　　　　知道我当头正有一颗福星照临，
　　　　　假使此番我不仰仗它、借它的光，
　　　　　不把机会抓住，那么从此
　　　　　我的运气便只会一天衰落一天。
　　　　　不要再问了。你已经要想睡了。
　　　　　这阵瞌睡来得好，只管睡吧。
　　　　　我知道你是不由自主的。

〔蜜兰达入睡

来吧,我的仆人,来!我这会儿有空了。
过来,我的爱丽尔。来!
〔精灵爱丽尔上

爱丽尔 敬礼,伟大的主人!威严的主人,敬礼!
我来听候您的吩咐;不管天上飞、
水中游、火里钻,还是腾云驾雾,
只要你发出一声命令,我爱丽尔
全心全力地去执行。

普洛士帕罗 你遵照我的指示
去兴风作浪,精灵,可曾一字不差地
都做到了?

爱丽尔 一桩桩、一件件都做到了。
我降落到国王的船上,化做一团火,
一会儿在船头,一会儿在那船腰,
甲板上和每一个船舱也没放过,
扇起了一片惊惶。有时我化身为
好几堆火焰,到处都燃烧起来,
在中桅上,帆桁上,斜桅上,然后
几堆火焰又并成一团,哪怕是
天神的闪电,给可怕的霹雳做先驱,
也没这样迅速,在眼前一晃而过。
那硫黄的熊熊烈火和爆炸声,好像
在围攻那威严的海神,叫惊涛骇浪
不由得发抖——可不,连他手里的

可怕的三叉戟①都拿不稳呢。
普洛士帕罗　好一个出色的精灵！在这一场骚动中，
　　　　　　可有哪个不慌不乱，不变神色，
　　　　　　依然保持着镇静？
爱丽尔　一个也没有。
　　　　人人都得了疯狂的热病，做出那
　　　　不顾死活的勾当。除了水手之外，
　　　　船上的人，一个个都跳出船只，
　　　　投进了浪花飞溅的海洋——只因为
　　　　我放起一把火，从船头烧到船艄。
　　　　王子腓迪南，一头乱发直竖起来
　　　　（像海草，哪像头发），第一个跳下水去，
　　　　嚷道："地狱空了，魔鬼全在这儿啦！"
普洛士帕罗　啊，真是我的好精灵！那艘船
　　　　　　可靠近海滩？
爱丽尔　紧靠着，我的主人。
普洛士帕罗　人都没事吧，爱丽尔？
爱丽尔　连一根汗毛
　　　　都没损伤。他们的衣裳入水不沉，
　　　　不沾一点水渍，倒反而更鲜艳了。
　　　　遵照您的盼咐，我把他们三三两两，
　　　　分散在这岛上。唯有国王的儿子
　　　　我让他独个儿上了岸，一个儿坐在
　　　　冷僻的角落里痛苦地绞着双臂，

---

① 希腊神话中的海神纳普琼手持三叉戟。

　　　　　　长吁短叹，把空气都吹凉了。
普洛士帕罗　　告诉我。
　　　　　　国王的船上的水手你是怎样打发的？——
　　　　　　还有其余那些船只呢？
爱丽尔　　国王的船
　　　　　　安全地进了海湾——在隐蔽的一角；
　　　　　　有一次您在半夜里把我从那儿
　　　　　　叫起来，去到那永远有狂风暴雨的
　　　　　　百慕岛上采集露珠儿①——船就藏在那儿；
　　　　　　水手们全都关在甲板底下，
　　　　　　他们本已筋疲力尽，我一施法术，
　　　　　　就全都睡熟了。至于其余的船只，
　　　　　　给我冲散之后又集合起来，无可奈何地，
　　　　　　在地中海上，向那不勒斯驶回去，
　　　　　　还道他们看到了国王的船沉了，
　　　　　　国王本人已经遭了难。
普洛士帕罗　　爱丽尔，
　　　　　　我怎样吩咐，你就怎样做到；可是，
　　　　　　还有差使要办一下。是什么时候了？
爱丽尔　　正午已过了。
普洛士帕罗　　至少是两点钟了。
　　　　　　从此刻到六点钟，我们可得
　　　　　　把时光当最贵重的金子般使用啊。
爱丽尔　　苦活还没完吗？既然你还要差遣我，

---

① 当时的迷信观念，魔师妖巫常在半夜摄取露珠。

>   那让我提醒你，你答应我的话，
>   还没有履行呢。

普洛士帕罗　怎么啦，发脾气啦？
　　　　　你有的是什么要求呢？

爱丽尔　我的自由。

普洛士帕罗　在期限未满以前吗？别说啦！

爱丽尔　请想想，
　　　我曾经替您出过多少力，从不曾
　　　在您面前说句谎，不曾犯一点错，
　　　听到吩咐从没有一句怨言，
　　　从没说声不。您答应过我缩减
　　　一年的期限。

普洛士帕罗　你可曾忘了我把你
　　　　　从什么样的痛苦中救出来？

爱丽尔　不曾。

普洛士帕罗　你忘啦;因此就认为踩着
　　　　　海底的软泥、冒着尖刻的北风,
　　　　　在寒霜凝冻着大地的时刻,为着我
　　　　　在地下暗流中奔走,可了不得啦。
爱丽尔　没有的事儿,主人。
普洛士帕罗　你说谎,坏东西!
　　　　　你可忘了那个丑女巫西考拉克斯——
　　　　　年纪老,心地毒,身子弯得像个虾?
　　　　　你可把她忘了吗?
爱丽尔　没有,主人。
普洛士帕罗　你忘啦。她出生哪儿?你说!告诉我!
爱丽尔　在阿尔及尔,主人。
普洛士帕罗　噢,她是吗?
　　　　　我每个月都得跟你从头说一遍
　　　　　你当初的情景,因为你已经记不得啦。
　　　　　这个十恶不赦的女巫西考拉克斯,
　　　　　做尽坏事,行使骇人听闻的妖法,
　　　　　因此,你知道,被逐出了阿尔及尔。
　　　　　总算她在当地曾做过一件好事,
　　　　　这才饶了她一命。是这么一回事吗?
爱丽尔　对,主人。
普洛士帕罗　这个眼圈乌青①的妖妇,
　　　　　被水手押到这岛上,就在这里丢下;
　　　　　那时她已怀着孕。你,我的奴隶,

---

① 眼圈乌青,形容面容憔悴;也有编者说是怀孕的症状。

照你自己说,本来给她当仆人。
你原是一个娇柔的精灵,经不起
她呼来喝去,粗暴蛮横的奴役,
有一回,你抗拒了她的严厉的命令,
她暴跳如雷,喊来了手下的小妖们,
像鹰抓燕雀,把你夹进一株
坼裂的松树中。在那树干的裂缝中
你做了十二年囚徒,好不痛苦;
那时候,她已经死了,由着你在那儿
一声声哀叫,就像水车的轮子
不停地在河里打转。这一个岛上,
除了那个满身斑疤的怪胎——
她生下的狗儿子,就再看不见
一个人形。

爱丽尔　是啊,卡力班——她的儿子。

普洛士帕罗　蠢东西,我说过了!就是那个卡力班,
我现在收留着,叫他打杂差。你很知道,
我发现你的时候,你受着什么罪。
你的呻吟叫豺狼长嗥,叫怒熊
感到心疼。这样的煎熬合该
叫下地狱的人去忍受;西考拉克斯
也没法再给你解脱。全靠我的法力——
我来到岛上,听见呼号,才叫松树
张开裂口,吐出了你。

爱丽尔　感谢您,主人。

普洛士帕罗　要是你再口出怨语,我就劈开

　　　　　　一株橡树，把你夹在多节的树心里，
　　　　　　让你去再哭喊十二个冬天。
爱丽尔　　主人，
　　　　　　原谅吧。我一定服从您的命令，
　　　　　　心甘意愿地去办事。
普洛士帕罗　这才对了。两天后，
　　　　　　我就放你。
爱丽尔　　真是我的好主人！
　　　　　　我该做什么？吩咐吧！我该做什么哪？
普洛士帕罗　你去变做一个海上的女神，
　　　　　　除了我，不让别人的眼睛看得见，
　　　　　　你变成了仙女的形状，再到这儿来。
　　　　　　去吧！快走吧，多出些力！
　　　　　　〔爱丽尔下
　　　　　　醒来，我的乖，醒醒！睡得好香啊。
　　　　　　醒来吧！
蜜兰达　　（醒来）怎么您那奇异的故事
　　　　　　会叫我抬不起眼皮。
普洛士帕罗　振作一下吧。
　　　　　　来，我们去看看卡力班，那个奴隶。
　　　　　　他的答话从来没有好声好气。
蜜兰达　　爸爸，他是坏人，我不高兴看见他。
普洛士帕罗　可是，尽管这样，也少不了他。
　　　　　　是他给我们生火、捡柴，我们用得到
　　　　　　他做各种差使。喂，奴才，卡力班！
　　　　　　你这块泥土，你！你倒开口呀。

〔卡力班在山洞里没好声气地回答:"里边的木柴已经够用啦!"

普洛士帕罗　给我出来,我说!还有事叫你做呢。
　　出来,你这爬虫!几时才好爬出来?
　　〔爱丽尔变成海上女神上
　　好一个精灵!我的秀丽的爱丽尔,
　　我在你耳边说句话。

爱丽尔　知道了,主人。
　　〔下

普洛士帕罗　你这满身毒疮的奴才,是魔鬼
　　和你那万恶的狗娘生下了你,
　　给我出来!
　　〔卡力班上

卡力班　但愿我娘在乌烟瘴气的沼泽中
　　用乌鸦毛扫来的毒露一齐倒在
　　你们俩的头上!西南方刮来一阵恶风
　　叫你们生一身疮!

普洛士帕罗　你尽管说吧,你放心,今晚准叫你
　　抽筋;叫你腰痛得喘不过气来!
　　在长长的夜里,刺猬都爬出来刺你,
　　把你刺成一个胡蜂窝,一针针
　　都比胡蜂的刺还凶!

卡力班　总得让我吃饭呀。这个岛是我的,
　　是我亲娘西考拉克斯传给我的。
　　却给你抢去了。你刚来新到的时候,
　　拍拍我的背,待我可好呢;还把浆果

　　　　　　泡在水里给我喝；教给我：白天升起的
　　　　　　大亮光叫什么，黑夜升起小亮光
　　　　　　那又叫什么；我就此喜欢你了，
　　　　　　把岛上那许多好地方都领你去看——
　　　　　　清泉啊，盐坑啊，还有荒地啊，肥土啊；
　　　　　　我指点你可真是该死！但愿我老娘的
　　　　　　一切咒语、癞蛤蟆、甲虫、蝙蝠，
　　　　　　都落在你头上！叫我做你唯一的奴仆；
　　　　　　本来我一向做我自己的国王呢。
　　　　　　你把我囚禁在这儿，这狗窝般的山洞里，
　　　　　　其余整个的岛全给你占了去。

普洛士帕罗　　满口胡言乱语的奴才，不配抬举，
　　　　　　只配鞭子在背上抽！你这样下流，
　　　　　　我还是把你当个人看待，让你住在
　　　　　　我自己的洞室里，可谁想你居然要
　　　　　　破坏我女儿的贞操。

卡力班　　噢，唷，噢，唷！要是干成了该多好！
　　　　　　是你拦住了我；要不然，我早让这个岛
　　　　　　住满了大大小小的卡力班。

普洛士帕罗　　可恨可恶的奴才，"善良"在你心里
　　　　　　留不下半点痕迹；坏事儿样样都会！
　　　　　　我看你可怜，费了心血教你说话，
　　　　　　时时刻刻教你这样、又教你那样。
　　　　　　野蛮人，那时你连自己说的什么
　　　　　　都不懂得，只会像一头畜生般
　　　　　　叽咕叫喊；我教你怎样用语言

　　　　　　把心里的意思说给人听。你学是学了，
　　　　　　可是下流种，怎么学也本性难改；
　　　　　　那美德，在你的心里，休想容得下，
　　　　　　所以把你关禁在石洞里也是应当——
　　　　　　其实关禁你还算是宽容了你。
卡力班　　你教给我语言，我得到的好处就是
　　　　　　懂得了怎样咒人。红瘟病毒死你——
　　　　　　你教我说你们那种话！
普洛士帕罗　　妖婆的孽种，
　　　　　　滚开些！给我们搬柴去！还是快些儿好，
　　　　　　还有别的事要做呢。你在耸肩膀吗，
　　　　　　恶棍？我怎么吩咐，要是你不怎么做，
　　　　　　做得不情不愿，小心我的老办法，
　　　　　　用抽筋来收拾你，叫你的四肢百节
　　　　　　都痛得要命，让你直叫起来，连野兽
　　　　　　听见这片吼声，也要吓得发抖。
卡力班　　不要，我求求你。
　　　　　　（自语）我只能向他低头，
　　　　　　他的法力可大呢，就连塞蒂包①——
　　　　　　我那老娘供奉的神明也得听他的，
　　　　　　做他手下的仆人。
普洛士帕罗　　得啦，奴才；去吧！
　　　　　〔卡力班下

----

① 塞蒂包，据当时游记，南美阿根廷南部巴塔哥尼亚地方的印第安人崇拜塞蒂包神。

〔爱丽尔隐身上,边唱边弹琴。腓迪南随上

爱丽尔　（唱）

来吧,来到黄沙滩头,

两个人手牵着手;

等你们求过情、接过吻,

大海变得平又静;

跳起舞来脚步儿轻,

好精灵唱起歌儿来和应。

听吧,听!

〔和声四处呼应:

汪!汪!汪!

是看门狗的叫声。

〔和声四处呼应:

汪!汪!汪!

听,听!我听到

雄赳赳的公鸡在啼叫。

〔和声四处呼应:

喔!喔!喔!

腓迪南　哪儿来的音乐声?在空中?还是在地上?

现在又寂静了——这片歌声准是供奉

岛上的神明。我正坐在海岸上,

想到父王已葬身鱼腹,又哭了起来;

音乐从水面掠过来,飘到我耳边,

柔和的曲调平静了大海的浪潮,

也平静了我汹涌的思潮。于是我,

跟着歌声走——不如说,是它把我招了来。

但是这会儿听不见歌声了——不，
又在那儿唱起来了。

爱丽尔 （唱）

五丈五尺五，父亲海底眠；
一副骨骼，化做红珊瑚；
两颗珍珠是他的眼珠变。
整个身子，没有烂、不曾腐；
却是在海底，经历了变异，
化为珍宝，那么稀奇瑰丽。
海上仙子时时在敲丧钟，

（合唱）

叮——当！
听！只听得钟声响了：叮——当，咚！

腓迪南 这支歌曲在纪念我淹死的父亲。
这不是凡人在弹琴唱歌，也不是
地上来的声音。我听见了，声音在天上。

普洛士帕罗 （向蜜兰达）

抬起你那镶着一圈流苏的眼帘，
看一看那边儿有什么东西？

蜜兰达 是什么呀？

一个精灵吗？天哪，他只管往四周瞧！
你听我说，爸，他的身材可挺秀哪——
可是他是个精灵。

普洛士帕罗 不是，姑娘。

他也吃，也睡，也感到温暖寒冷，
跟我们一样。你看见的这个小伙子，

　　　　　从遭难的船上来。要不是脸带愁容——
　　　　　忧愁是摧残美貌的蛀虫——你倒可以说,
　　　　　他是个美少年。他失落了同伴,这会儿
　　　　　东走西转地在寻找呢。
蜜兰达　　我倒可以说,
　　　　　他是个神明,我还没看见过天地间
　　　　　有这样高贵的人物。
普洛士帕罗　（自语）事情看来还顺利呢,
　　　　　好像听见了我心里的"提示"。好精灵!
　　　　　这事办得好,两天之内,我就放你走。
腓迪南　　（看见蜜兰达）还用说,那一阵阵音乐供奉的准是
　　　　　这位女神了！请俯允我的祈求吧——
　　　　　请教女神是不是就住在这岛上;
　　　　　能不能指点我,在这岛上该怎样
　　　　　过日子。最重要的请求我说在最后,
　　　　　啊,您——神奇哪！请教您可是
　　　　　一位姑娘？
蜜兰达　　谈不上神奇,大爷,
　　　　　可我真是个姑娘。
腓迪南　　说我的话！天哪!
　　　　　说这种话的人,谁也不及我尊贵——
　　　　　只要我是在说我这种话的地方。
普洛士帕罗　怎么？谁也不及你尊贵？
　　　　　假如让那不勒斯的国王听见了你,
　　　　　那你又算得哪等样的人呢？
腓迪南　　我如今成了举目无亲的人;可是,

　　　　　　听见您说起那不勒斯,我感到惊奇。
　　　　　　其实那不勒斯的国王已经听见了我;
　　　　　　正因为他听见了①,我才哭。我就是
　　　　　　那不勒斯国王本人。可怜我的泪眼,
　　　　　　看见父王遭了难,直哭到现在
　　　　　　还不曾退潮呢。
蜜兰达　　哎呀,可怜哪!
腓迪南　　对,真是这样,他手下那许多大臣,
　　　　　　还有米兰的公爵和他出色的儿子
　　　　　　这两个也在其内。
普洛士帕罗　（自语）米兰的公爵
　　　　　　和他更出色的女儿能把你驳回去,
　　　　　　假使时机相巧的话。才第一次见面,
　　　　　　两个儿就眉来目去了。伶俐的爱丽尔,
　　　　　　我要开释你,你出了力!
　　　　　　（向腓迪南）慢着,大少爷,
　　　　　　我只怕你叫自个儿上了当啦。②
　　　　　　跟你说句话。
蜜兰达　　为什么爸爸说话这样没好声气?
　　　　　　我一生看见过的男人这是第三个,
　　　　　　让我发出叹息的,他是第一个。
　　　　　　但愿怜悯打动我爸爸的心,

～～～～～～～～

① 正因为他听见了,这里的"他",和上文"那不勒斯的国王"都是腓迪南自指。腓迪南以为父王已死,所以以"那不勒斯的国王"自称。
② 你叫自个儿上了当啦,意即你大大弄错了,指腓迪南以为父王已死而言。

　　　　　　叫他跟我一个样儿看人!

腓迪南　　啊,要是您是个闺女,您的情意
　　　　　　还没献给别人,我愿意立您做
　　　　　　那不勒斯的王后。

普洛士帕罗　慢着,少爷! 还有话呢——
　　　　　　(自语)两个儿已经把彼此揪在一块儿了;
　　　　　　可是这也太一帆风顺了,我得兴起
　　　　　　一些儿波澜——只怕太容易到手了,
　　　　　　将来会太轻易就扔开了。
　　　　　　(向腓迪南)我有话!
　　　　　　我命令你好生听着。你假冒名义,
　　　　　　来到这岛上,做一个奸细,想从我——
　　　　　　岛上的主人的手里把海岛夺去。

腓迪南　　没有的事,凭我是个男子汉,我起誓!

蜜兰达　　这样一座神殿绝不能容纳奸邪;
　　　　　　假使奸邪也拿庙堂当藏身之所,
　　　　　　那美德可要赶来跟它做个伴了。①

普洛士帕罗　(向腓迪南)跟我来——
　　　　　　(向蜜兰达)不许替他讨情,他是个奸细。
　　　　　　(向腓迪南)快来!
　　　　　　我要把你的脖子、你的两脚
　　　　　　锁在一条链子上。只给你喝海水,

---

① 那美德可要赶来跟它做个伴了,这是一句反语,意谓绝不能有这样荒谬的事。所谓"神殿""庙堂",指腓迪南的美貌而言。

给你吃的只是些淡水河里的蛤蜊,
干枯的草根,给橡果当过摇篮的壳。
跟我来。

腓迪南　不,我不接受这种款待,
我要抵抗,直到敌人把我制服了。
〔他拔剑,为魔法所制,不能动弹

蜜兰达　啊,好爸爸呀,别太难为了他吧,①
他是好人,一点也不可怕呀。

普洛士帕罗　嗳,什么!
小辈倒做了老上代?
(向腓迪南)把刀收起来吧,
奸细,你只会装模作样,可不敢
真动手——你自知理亏,良心上有罪。
来吧,不用摆你的架式了!我只消
挥一挥这根手杖,就打落你的刀子,
把你的武装解除了。

蜜兰达　求求您,爸爸!

普洛士帕罗　走开些!别扯我的衣裳。

蜜兰达　爸爸,可怜他吧。
我给他做保人。

普洛士帕罗　别说啦!你再开一声口,
我不恨你也要骂你了。什么!
帮着骗子说话吗?嘘!② 你只看见

---

①　蜜兰达说时跪了下来,拉着她父亲的袍子。(《新赫生版》)
②　嘘!——《新莎士比亚版》在前面加舞台指示,"她哭泣了"。

　　　　　　他和卡力班,就以为世界上再没有
　　　　　　像他这个模样儿的人吗?傻丫头!
　　　　　　跟大多数人一比,他只好算是卡力班;
　　　　　　别人比了他,可成为天使啦。

蜜兰达　　这么说,
　　　　　　我的情意可真寒碜。我不存那奢望
　　　　　　想见到更美好的男人。

普洛士帕罗　（向腓迪南）来吧,服从吧!
　　　　　　你这会儿一点气力也使不出来,
　　　　　　就像个吃奶的娃娃。

腓迪南　　正是这样。
　　　　　　像做梦一般,我的意志力瘫痪了。
　　　　　　我父王逝世了,我疲乏软弱极了,
　　　　　　我的朋友全都遭了难,我又给
　　　　　　这个人制服了,尽让他威胁我——这一切
　　　　　　都不算得什么,只要我能在牢狱里
　　　　　　每天看一看这位姑娘。这世界的
　　　　　　每一个角落全都让自由人去享受吧;
　　　　　　在这样一个牢狱里我觉得很舒畅了。

普洛士帕罗　（自语）成啦。
　　　　　　（向腓迪南）走吧。
　　　　　　（向爱丽尔）你干得很好,爱丽尔!
　　　　　　（向腓迪南）跟我走。
　　　　　　（向爱丽尔）你听着,我还有事打发你。

蜜兰达　　（向腓迪南）
　　　　　　请放心吧,我爸爸其实并不那么凶,

　　　　　别拿他的话看他的人。您瞧他今天
　　　　　这种样子,本来却是一向没有的。
普洛士帕罗　（向爱丽尔）
　　　　　你从此就自由自在,像山上的风,
　　　　　可是先得把我的命令完全做到了。
爱丽尔　一点都差不了。
普洛士帕罗　（向腓迪南）
　　　　　来吧,跟我走。
　　　　　（向蜜兰达）你不必替他讨情了。
　　　　　〔同下

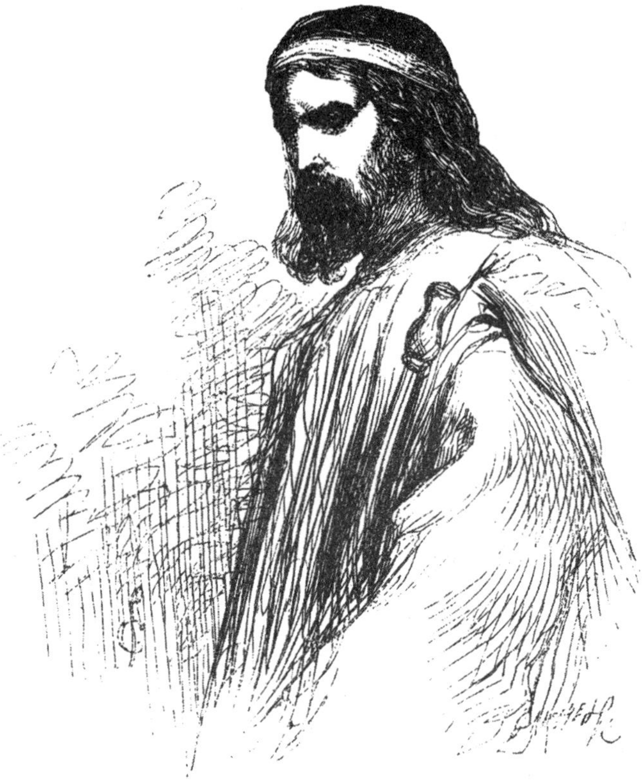

第 二 幕

第一景 岛 上

〔亚朗索,贡札罗上,后随西巴斯显,安东尼。阿德连,法朗西斯等人随上

贡札罗　请陛下放快活些吧。您有高兴的理由——
　　　　我们全都有;居然给我们脱了险,
　　　　那我们的损失还算什么呢。我们悲伤,
　　　　那理由也太平常了;每天总有一些
　　　　水手的老婆啊,商船的主人啊,客商啊,
　　　　也无非搬出我们这番话,在悲伤。
　　　　但是,说到这样的奇迹——我说的是,
　　　　我们大难不死;千百万个人中,有几个
　　　　能像我们这样夸耀好运气的?
　　　　所以,好陛下,请您看开些,
　　　　拿我们的不幸,和不幸中的大幸
　　　　衡量一下吧。
亚朗索　请你别说了,好不好?
西巴斯显　(向身旁的安东尼,悄声)让他听宽心话,就像叫

他吞冷粥。

安东尼　（向西巴斯显，悄声）可是那个施主不肯就此罢休呢。

西巴斯显　（悄声）瞧吧，他正在给他的"机智"上发条呢；不消一会儿，那口"钟"就要敲了。

贡札罗　陛下——

西巴斯显　（向安东尼，悄声）一下。数下去啊。

贡札罗　逢到什么不如意的事儿就发愁，愁来愁去，那您可大大地——

西巴斯显　（悄声）大大地有赏。

贡札罗　大大地把身子伤了，错不了。你倒是说得比你想得还要有道理些。

西巴斯显　想不到让你一接嘴，我的话就聪明起来了。

贡札罗　所以我说,陛下——

安东尼　（悄声）呸,败家精也没有他这样会浪费——浪费他的口舌!

亚朗索　（向贡札罗）请你还是省事些吧。

贡札罗　好吧,我的话完了。不过我说——

西巴斯显　（悄声）结果他还得说下去。

安东尼　（悄声）我们好好地打个赌,这一回是他还是阿德连先开腔?

西巴斯显　那只老雄鸡。

安东尼　那只小雄鸡。

西巴斯显　也罢!赌什么东道?

安东尼　赌笑。

西巴斯显　那就看分晓吧!

阿德连　（向国王）虽说看样子这个岛上很荒凉——

安东尼　哈哈哈!

西巴斯显　我把东道输了。

阿德连　（向国王）没法儿住下去,几乎人迹不到——

西巴斯显　（悄声）然而——

阿德连　然而——

安东尼　（悄声）他怎么能舍得不带上这两个字呢。

阿德连　（向国王）说到这儿的气候,准是又美妙、又温和、又可爱。

安东尼　听他这番形容,莫非"气候"是个可爱的小妞儿吗。

西巴斯显　可不,她而且"美妙"得很呢——方才他发表高见,就是这么说的。

阿德连　（向国王）一阵阵和风吹呀吹呀,给我们送来一阵阵香气。

西巴斯显　他说得倒像风也有肺似的——只怕是烂了的肺吧。

安东尼　要不,好像他的风是臭水浜里熏过似的。

贡札罗　(向国王)在这儿岛上住下来,对生活样样都好。

安东尼　说得对,就少了一样:生活的必需品。

西巴斯显　那简直是没有,就有也少得可怜。

贡札罗　(向国王)这片青草望上去多么茂盛兴旺,绿油油的!

安东尼　只是这片土地却是黄焦焦的。

西巴斯显　里面倒也有那么一丝丝的绿。

安东尼　他错也错不了多少。

西巴斯显　不错,只是他说得完全不对头而已。

贡札罗　(向国王)可是最稀奇的是——稀奇得不能叫人相信——

西巴斯显　一说到稀奇事儿,少不了要这么交代一番。

贡札罗　(向国王)你看,咱们的衣裳分明在海水里浸透了,谁知道却还照样鲜艳夺目,倒像是刚从染缸里拿出来似的,一点不像是被盐水渍过的。

安东尼　只要他身上有一个口袋会开口说话,会不会当场拆穿他呢?①

西巴斯显　对,要不就偷偷地替他把他的谎话塞进口袋了事。

贡札罗　(向阿德连)咱们第一次把这套衣裳穿上身,是正好咱们的国王的好公主克拉莉蓓嫁给突尼斯的国王,我们

---

① 意谓贡札罗的衣裳虽然没有沾污,但他的口袋里却可能装着泥浆海草。

去到非洲参加婚礼；照我看，这会儿咱们身上的衣裳就跟那会儿一样鲜艳呢。

西巴斯显　说起来，那可真是一桩美满的姻缘；我们的归航也是一路顺风呢。①

阿德连　（向贡札罗）突尼斯可从来没有这样大的艳福，娶到这么一位绝世的王后呢。

贡札罗　他们本来也只拿得出个黛多②寡妇罢了。

安东尼　寡妇？该死！怎么弄出一个寡妇来了？黛多寡妇！

西巴斯显　如果他连"伊尼斯鳏夫"也说了出来呢？好大人，那您能听得进去吗？

阿德连　（向贡札罗）"黛多寡妇"您说？您叫我想了一想，她是迦泰基的王后，不是突尼斯的王后。

贡札罗　这个突尼斯，大爷，就是从前的迦泰基。③

阿德连　迦泰基？

贡札罗　我可以保证，是迦泰基。

安东尼　（向西巴斯显）他这句话比那创造奇迹的竖琴④还要了不起呢。

西巴斯显　他一句话便造起了一座城墙，还造起了宫室。

安东尼　下一回他还要让什么人力做不到的事变得轻而易举呢？

西巴斯显　我怕他要把这座岛放进口袋里，带回家中给他的

---

① 西巴斯显在这里出之以反语——事实上他们在归航中遭了风暴。他继续在一旁跟安东尼两个说一些冷言冷语。
② 黛多见第12页注④。
③ 迦泰基，古地名，在突尼斯东北十英里。
④ 安斐恩，希腊神话中人物，善弹竖琴，清音美妙，感动岩石，滚滚而至，不假人力，筑成底比斯城。

孩子,就像给他一个苹果。
安东尼　再把苹果的核播种在海里,结果海洋里又长出许许多多的小岛来。
贡札罗　嗳?①
安东尼　呃,到时候看吧!
贡札罗　(向国王)陛下,我们方才正谈到我们的衣裳这会儿可真鲜艳,简直就跟我们在突尼斯参加公主的结婚典礼时一样呢——她现在做了王后啦。
安东尼　突尼斯可从来不曾娶到这样一位绝代艳后啊。
西巴斯显　只除了——请你别忘了这个——黛多寡妇。
安东尼　噢,黛多寡妇?对了,还有黛多寡妇。
贡札罗　你看,陛下,我的紧身上衣,不是就跟我第一天穿上身时那样的鲜艳吗?——我这是说,也不差多少。
安东尼　这一句"也不差多少"来得好不容易。
贡札罗　当时我就是穿了这身衣裳参加公主的婚礼。
亚朗索　你尽把这些话塞进我的耳朵,
　　　　却不知道我多么不受用。但愿我从不曾
　　　　把女儿嫁到了那里!就从那里回来,
　　　　我把儿子丢了;而且,照我看来,
　　　　连女儿也算是丢了——离意大利这么远,
　　　　父女们永远别想再见一面了。
　　　　唉,儿啊,那不勒斯和米兰的继承人,
　　　　你给什么样的鱼儿当了点心?

---

① 贡札罗因为没有听清安东尼他们在说些什么,所以问道:"嗳?"有的版本作"嗳。"是肯定的语气,意谓:"对,突尼斯就是从前的迦泰基。"

法朗西斯　陛下,他也许还活着呢。我看见他
　　　　　劈开了波涛,骑上了浪头的脊梁;
　　　　　他踩着水花,跟恶狠狠的怒海交锋,
　　　　　拿身子挡住了迎面扑来的巨浪,
　　　　　他在惊涛骇浪中昂然抬起了头,
　　　　　奋力挥舞着一双壮健的胳膊,
　　　　　像划桨似的把自己划近了海岸;
　　　　　那岩岸的岸脚早被海浪掏空了,
　　　　　把岩顶伸进海中,好像弯下身来
　　　　　搭救他。不用问,他已经安然上了岸。
亚朗索　　不,不,他已经不在了。
西巴斯显　陛下,这场大祸只好怪您自个儿。
　　　　　您舍不得把公主赏赐给我们欧洲,
　　　　　却宁可失掉她,把她嫁给非洲人;
　　　　　从此,至少,她从您的眼前给赶了走,
　　　　　您怎么还能不掉泪呢。
亚朗索　　请您别说了吧。
西巴斯显　那时我们全都给您跪下,恳求您
　　　　　改变主意。就是公主本人,那美人儿,
　　　　　也左右为难,在怨恨和服从之间
　　　　　不知道该倒向哪一边。我只怕我们
　　　　　再看不到、永远也看不到王子了。
　　　　　此番出门,可让米兰和那不勒斯
　　　　　平添了多少寡妇,我们带回去
　　　　　安慰她们的男人,却只寥寥几个。
　　　　　这都是您的失算。

亚朗索　最叫人痛心的,
　　　　也就是在这里。
贡札罗　西巴斯显大人,
　　　　您说的是实话,可欠缺了几分婉转,
　　　　这会儿说这样的话也未免不合宜吧。
　　　　本当替伤口敷上膏药,
　　　　你却反而把它擦痛。
西巴斯显　说得好。
安东尼　倒是个道地的郎中呢。
贡札罗　好陛下,你笼罩着一层愁云,
　　　　我们也就不见天日。
西巴斯显　是阴天吗?
安东尼　雨天吧。
贡札罗　陛下,要是这岛国是我的种植园①——
安东尼　他就要种满了荨麻。
西巴斯显　或是羊蹄草,锦葵。
贡札罗　我做了岛上的国王,我要干什么呢?
西巴斯显　可不至于喝个烂醉——这儿没有酒呀。
贡札罗　在我这个共和国里,我的一切办法
　　　　可与众不同;什么样的商业买卖,
　　　　我都要禁止;用不到什么地方官,
　　　　也不懂得学问;再不分那富贵、贫贱,
　　　　那主人、仆人;再没有契约、继承,
　　　　疆域、地界,葡萄园、耕熟的土地;

---

① 当时欧洲殖民主义者把在美洲建立的殖民地称做"种植园"。

　　　　　那五金和五谷,酒和油,也都不需要了;
　　　　　再不用做事干活了,全都闲着双手,
　　　　　妇女们也这样,可是又天真又纯洁;
　　　　　没有君主——
西巴斯显　可他又要做岛上的国王。
安东尼　　他那个共和国可有些顾头不顾尾呢。
贡札罗　　凡是人人需要的东西说有就有,
　　　　　用不到流血汗、费心力。什么叛逆、
　　　　　烧杀抢劫、刀剑枪炮,以及一切武器
　　　　　我一律都不要;我只要大自然
　　　　　自愿给我献上"丰饶"与"富庶"
　　　　　来供养我那些纯朴的老百姓。
西巴斯显　他治下的人民就不结婚了吗?
安东尼　　没有的事,老兄!全都闲着双手——
　　　　　男的是无赖,女的是娼妓。
贡札罗　　我要把这个岛国治理得十全十美,
　　　　　胜过那黄金时代。
西巴斯显　我王万岁!
安东尼　　贡札罗万岁!
贡札罗　　再说——您在听吗,陛下?
亚朗索　　请别往下说了。你尽是跟我说废话。
贡札罗　　我十分相信陛下的话;我那一番话也无非是跟这两位大人说笑凑趣儿,他们两位可真是敏感、机灵,没有一点儿意思的话也会常常让他们咧开了嘴儿笑。
安东尼　　我们笑的是你啊。
贡札罗　　说到取笑打哈哈的本领,拿我跟你们一比,简直连一点儿名堂也没有,所以你们笑我,也只好算是笑个没有名堂。

安东尼　这一下回马枪好厉害!

西巴斯显　只可惜拿枪背当做了枪锋。

贡札罗　你们俩是真材实料的贵人,要是月亮接连五个星期没有变化,你们也会把她从她运行的轨道中给摘下来吧。

〔爱丽尔隐形上,奏庄重的音乐

西巴斯显　我们真会摘下了月亮,趁着黑夜捉鸟去。①

安东尼　不,我的好大人,你可别生气。

贡札罗　哪里,放心好了,我不会这样没有思量,做这种糊涂的事儿。你们能不能多笑几笑,把我送进了睡乡?——我瞌睡极了。

安东尼　那你就睡去,一边听着我们笑吧。

〔除亚朗索,西巴斯显,安东尼外都睡去

亚朗索　怎么,一忽儿都睡着了!

　　　　但愿我的眼睛合拢时,也就

　　　　把我的思潮闸住了。我只觉得

　　　　我的眼皮在合拢来了。

西巴斯显　陛下,

　　　　就请睡吧,别辜负了睡神的好意。

　　　　睡神可难得来探望"悲伤"的;它来,

　　　　就是送来了安慰。

安东尼　我和他,陛下,

---

① 指英国人的一种捉鸟方法。众人高举灯笼,进入林子,群鸟见光惊起,即以棍棒等击落之。西巴斯显意谓可以摘下月亮,代替灯笼。

　　　　　　在您安息的时候,就在这儿守护着,
　　　　　　给您做警卫。
亚朗索　　谢谢你们,好困啊!
　　　　　〔亚朗索入睡。爱丽尔下〕
西巴斯显　多奇怪,他们的困劲儿都这么大!
安东尼　　这是因为气候的关系。
西巴斯显　那为什么
　　　　　　我跟你的眼皮倒并不耷拉下来呢?——
　　　　　　我就不想睡。
安东尼　　我也这样。我这会儿
　　　　　　正精神抖擞呢。他们一个个瘫下来了,
　　　　　　好像是约好的;好像遭了雷打,倒下了。
　　　　　　趁这当儿——好西巴斯显——啊,趁这当儿——
　　　　　　不用说了!可是我觉得,看你这张脸
　　　　　　你将是个非同小可的人物。这会儿,
　　　　　　你的时机到啦。我借着奔放的想象,
　　　　　　看见有一顶王冠落在你的头上。
西巴斯显　什么,你清醒吗?
安东尼　　你没听见我在说话?
西巴斯显　我倒是听见了;那无非是你在睡梦中
　　　　　　说你的梦话。你刚才说些什么来着?
　　　　　　这样的睡相可少见——一边儿睡着,
　　　　　　一边儿睁大着眼睛,还站着,还说话,
　　　　　　还行动,然而却睡得好熟。
安东尼　　好大人,
　　　　　　你这是让你的幸运睡大觉——还不如说,眼看它断了气。你是醒着打盹呢。

西巴斯显　听你这一阵阵打鼾倒并不含糊,
　　　　　你的鼾声里有话呢。

安东尼　别管往常怎么样,
　　　　这会儿我跟你说的是正经;你要听,
　　　　也得正正经经;听了我,保管你富上加富,
　　　　贵上加贵。

西巴斯显　嗳,我是一湾死水罢了。

安东尼　我会叫你的死水涨起潮来。

西巴斯显　试一下吧。
　　　　　习惯的惰性只叫我往低处流。

安东尼　啊,你还不知道,你这会儿只管取笑,
　　　　其实心里头才记挂着呢!你想摆脱它,
　　　　它越发抓得紧!那走下坡路的人
　　　　滚到了沟边,往往只好怪他自己
　　　　为什么畏缩不前。

西巴斯显　请你往下说吧;
　　　　　看你瞪着双眼,看你这张脸,
　　　　　分明有话要吐露——就像临产的
　　　　　孕妇在作痛苦的挣扎。

安东尼　我说,
　　　　大人:这位记性很坏的大爷——
　　　　他一旦入土之后,人家也再不会
　　　　记得他——可是这人的一张嘴最来得,
　　　　黑的能说成白的,他吃的就是开口饭;
　　　　刚才差些儿让他把国王的心说活了,

　　　　　　还道他的儿子没有死；其实呀，
　　　　　　说他没有沉进海底，就像说
　　　　　　这儿睡着的人在游水——同样地荒唐。
西巴斯显　说他没淹死——我才不抱这希望呢。
安东尼　　噢，从这"不抱希望"之中，给你
　　　　　　带来了无穷的希望呢！从这方面来说，
　　　　　　是没有希望；从另方面来说，却是
　　　　　　达到了希望的顶点，就连野心
　　　　　　想要再往高里望一眼，也难以
　　　　　　张望到什么了。你能不能同意我：
　　　　　　腓迪南已经淹死了？
西巴斯显　他这一去不来了。
安东尼　　那么告诉我，该是谁来接替他，
　　　　　　做那不勒斯的继承者？
西巴斯显　克拉莉蓓。
安东尼　　她在突尼斯做王后；你赶一辈子路，
　　　　　　还差七十里才到得了她的家呢；
　　　　　　那不勒斯的消息要传到她那儿，
　　　　　　除非请太阳给她捎个信——就连
　　　　　　月中老人也嫌太慢了——那只好
　　　　　　等到新生的婴儿长出了一把大胡子。
　　　　　　正是从她那儿做客回来，我们全都
　　　　　　被海浪卷了去，幸而有几个逃出了
　　　　　　灭顶的灾难；既然是命不该死，
　　　　　　那就还有一番作为，过去的遭遇
　　　　　　只算是开场的引子；将来怎样，

就看你和看我的了。

西巴斯显　这是什么意思？
　　　　　你说些什么？不错,我哥哥的女儿就是
　　　　　突尼斯的王后；她是那不勒斯的继承人；
　　　　　这两个地域隔着好一段路。

安东尼　这一段路可长呢,每一步距离
　　　　好像都在喊道:"克拉莉蓓怎么能
　　　　踏着回头路,一步步走回那不勒斯？
　　　　待在突尼斯吧——叫西巴斯显快醒醒！"
　　　　说吧,这当儿他们跟死神做了伴——
　　　　呃,算他们死了也不过这样吧。
　　　　有人也能统治那不勒斯,并不差于
　　　　睡着的那一位；有的是大臣,也能
　　　　尽唠叨、尽讲废话,像这位贡札罗；
　　　　我本人同样也会高谈阔论呢。
　　　　要是您,想法儿跟我一样,那就好了！
　　　　睡得这样死,对于你的飞黄腾达
　　　　该是多好的机会！你懂我这话吗？

西巴斯显　我想我懂。

安东尼　对于这落到你头上的好运
　　　　你心里可满意吗？

西巴斯显　记得你曾经取你哥哥
　　　　　普洛士帕罗的位置而代之。

安东尼　对啊。
　　　　你瞧,这身衣裳我穿着多么合适；
　　　　比从前阔气多了！我哥哥的仆从,

　　　　　本来跟我齐头并肩,现在却做了
　　　　　我手下的人啦。
西巴斯显　可是,你的良心——
安东尼　得了,大人! 良心在哪儿呀? 假使
　　　　良心是一块冻疮,那就得叫我
　　　　穿上了拖鞋;可是我并不感觉到
　　　　我的胸膛里供奉着这一位神明。
　　　　即使有二十颗良心,都是梆硬的,
　　　　横在我和米兰①之间,也休想干涉我——
　　　　早都溶化了! 令兄躺在这儿,
　　　　并不比他躺着的泥地更强——假如
　　　　他真是像他这会儿看来那样——那是说,
　　　　死了;我用这把得心应手的钢刀——
　　　　只消三寸够了,就可以叫他从此
　　　　再不会醒来;你呢,来这么一下,
　　　　一并儿叫这老古董——这位"谨慎"大爷
　　　　永远睡他的大觉,再不会来编派
　　　　我们的不是了。至于其余那班人,
　　　　就像猫儿舔牛奶,经不起引诱;
　　　　只消我们说,哪个时辰好办事,
　　　　他们就马上去撞钟。
西巴斯显　你那段事迹,
　　　　　亲爱的朋友,就是我的先例。
　　　　　你怎么样得到米兰,我将怎么样

---

① 米兰,在这里意谓米兰公国的爵位。

　　　　　到手那不勒斯。拔出你的刀来吧，——
　　　　　只要一刀子下来，就叫你免除了
　　　　　称臣纳贡的义务；我这做国王的
　　　　　将会眷宠你。
安东尼　一起动手干吧，
　　　　我举起刀来的时候，你也把刀举起，
　　　　好向贡札罗砍去。
　　　　〔二人拔刀
西巴斯显　噢，还有句话！
　　　　　〔二人至一旁密谈
　　　　　〔音乐声。爱丽尔隐形上
爱丽尔　我的主人，凭着法术，算定你——
　　　　他的朋友，要遭受危险；因此
　　　　派我来搭救你；否则他的计划
　　　　将跟着你，一起告终。
　　　　（凑近贡札罗耳边，唱）
　　　　你在这儿呼噜噜打鼾，
　　　　可知道阴谋，瞪着两眼，
　　　　　　已把时机看准。
　　　　如果你把性命看重，
　　　　快别这样瞌睡懵懂。
　　　　　　醒醒，醒醒！
安东尼　（向西巴斯显）……那么咱们赶快一齐下手吧。（拔刀）
贡札罗　（醒来）哎呀，但愿老天爷保佑王上吧！
　　　　（向安东尼）嗳，怎么啦？

　　　　　　（摇亚朗索）嗨,快快醒来!
　　　　　　（回过头来）你们干吗拔出了刀子?
　　　　　　为什么这样杀气腾腾?
亚朗索　　（醒来）什么事呀?
西巴斯显　（狠狠）我们正站定在那儿——守卫您的安息,
　　　　　　不料……方才……忽然听见一阵吼声——
　　　　　　像牛叫——不,像狮子叫……没把你们惊醒?
　　　　　　我给它叫得怕极了。
亚朗索　　我什么也没听见。
安东尼　　噢,才响呢——连妖怪听了也要发抖,
　　　　　　连大地都要给震动!——准有几百只
　　　　　　狮子一起在吼叫。
亚朗索　　你听见吗,贡札罗?
贡札罗　　凭我的荣誉起誓,陛下,我只听见
　　　　　　一阵嗡嗡的细声,这声音好不奇怪,
　　　　　　把我惊醒了。我推推您,陛下,叫了一声。
　　　　　　我睁开眼睛,一看,只见他们
　　　　　　拔出了刀子。是有一个声音,那可不假。
　　　　　　我们最好留心提防些,要不然,
　　　　　　就离开此地。我们把刀子拔出来吧。
亚朗索　　你们带路,离开这地方。
　　　　　　且再去把我那可怜的孩子寻找。
贡札罗　　上天保佑他,别碰上这些野兽!
　　　　　　他一定在这个岛上。
亚朗索　　带头走吧。
　　　　　　〔同下

爱丽尔　差使办好,这就去回报主人,
　　　　国王,你平平安安去把儿子找寻。
　　　　〔下

第二景　岛　上

〔卡力班负木柴上。雷声

卡力班　毒日头从泥沼、沼泽、水滩边吸取的
　　　　瘴气全都降落在普洛士帕罗的头上,
　　　　叫他浑身没一处不生疔疮吧!
　　　　他手下的精灵听得见我的话,可是
　　　　我还是要诅咒。他们没他的指派
　　　　是不会来掐我,扮做小妖怪吓唬我,
　　　　把我扔进泥潭里,也不会在黑夜里
　　　　化做一团鬼火,引我迷失了路;
　　　　可是只要我动一动,它们早有吩咐,
　　　　马上来摆布我:有时候变做猴子,
　　　　向我做鬼脸,跟我唠叨,随后
　　　　就咬我;接着又变做那些刺猬,
　　　　缩成一团,滚在我的路边,我赤着脚,
　　　　一脚踏下去,登时把针刺竖起来;
　　　　有时候,几条毒蛇把我紧紧盘住,
　　　　吐出咝咝的舌叉,吓得我发了狂。
　　　　〔小丑特伶口上
　　　　瞧,瞧吧! 他的一个精灵来啦,
　　　　看见我捡柴慢了些,就来折磨我。

让我蹲下来,把身子贴在地上,也许

他就注意不到我了。

〔脸朝下,躺倒

特伶口　这儿既没有一列树,也没有一丛灌木好挡一挡风雨——又有一场暴风雨要起来啦。我听那呼呼的风声就知道了。那边的那堆乌云——那顶大的一堆,倒像是一只肮脏的皮酒袋,只想把满袋的酒泼出来。要是再像方才那样打着响雷,我可不知道该把我的头藏到哪儿去才好呢。那块乌云摆明了会来那么一场倾盆大雨。——(在卡力班身上绊了一跤)①这是什么玩意儿呀?一个人还是一条鱼儿?是死的还是活的?是一条鱼儿吧——它有一股鱼儿的腥味儿,还是一股发了霉的鱼腥味儿呢;是一种——可不是那新鲜的腌鳕鱼。一条多奇怪的鱼儿!要是我这会儿在英国——英国我去过一次——只消把这条鱼画出来,②包管每一个逛热闹的土佬儿都会掏出一块银币来瞧一瞧。在英国,凭这么个怪物就可以让你做个阔人啦——在那个国家里,随便什么怪畜生都可以让你做个阔人。要他们掏出一文钱施舍给一个跛脚的叫花,那就别想了;可他们就是肯拿出十个铜子去看一看一个死了的印第安人。(撩起卡力班的皮外衣)

像人一样长着两条腿!他的一对鳍像两条胳膊!还有热

---

① 采用《新莎士比亚版》所加的舞台指示。

② 当时英国伦敦市场上常展出一些怪物,为了招揽观众,把怪物的图形挂在帐篷外面。

气儿,我的天!我现在抛开我的看法了,我不再坚持了;这不是一条鱼儿,是岛上的一个土人,刚才遭了个雷轰头顶。(雷声隆隆)

哎哟,暴风雨又要来啦!我也没别的办法了,还是钻到他那件皮外衣底下去吧。除此之外,这一带再没有哪儿可以躲得雨了。急难之中,可顾不得跟张三还是李四合一张床了。让我就裹在这件皮外衣里,且等暴风雨把酒脚都倒光了①再说吧。(钻进卡力班的皮衣)

〔管伙食的船员斯蒂番手持酒瓶,唱歌上

斯蒂番　(唱)

我再也不下海,不下海,
　　我要死也死在这陆岸上。

倒唱着这样一支倒霉透顶的小调儿给人送葬呢。

呃,这个可是我的安慰。(喝酒)

船主船老大,扫甲板的,加上我一个,
　　还有枪炮手和他的下手,
爱上了毛毛、美美、玛琳和玛格;
　　可是谁也不喜欢凯蒂这丫头。
她,嘴巴儿尖来舌头辣,
　　碰到水手就嚷:"快上绞刑架!"
她不爱柏油、沥青那股子味道,
　　身上的痒处倒让裁缝给她搔。

---

① 把酒脚都倒光了:参阅他方才所说的:"那堆乌云……像是一只肮脏的皮酒袋,只想把满袋的酒泼出来。"

573

下海去吧,孩儿们,让她去上绞刑架!

这也是个倒霉的小曲儿——这个可是我的安慰呢。

〔饮酒

卡力班　别叫我吃苦头吧——噢!

斯蒂番　这是怎么一回事儿?① 这儿可是有魔鬼吗?莫非你们拿土人和印第安人来跟咱们捣鬼吗,嘿?怎么,方才海水都淹不死我,这会儿倒怕起你这四只脚的东西来了?向来有这么几句话:"堂堂男子,四腿立地,一步不退,半步不让。"②这几句话还可以再说一遍呢,只要我斯蒂番的鼻孔里还透着气。

卡力班　妖精要来叫我吃苦头了呀——噢!(浑身发抖)

斯蒂番　这是岛上的什么四足怪物——照我看,还得了冷热病。活见鬼,这东西怎么倒学会了讲我们的话?也罢,单看在这个分儿上,就救他一救吧。只要我能给他把这病治好了,还把他教得乖乖儿的,带回那不勒斯,他还不是个活宝,可以献给随便哪个穿牛皮靴子的皇帝。

卡力班　别叫我吃苦头吧,求求你!我赶紧把柴往家里搬就是了。

斯蒂番　这会儿他的病正在发作呢,说的一些话可算不得最聪明。让他尝尝我这瓶子里的酒吧;如果他从来不曾尝过一滴酒,那倒可以替他把这个病减去那么八九分。要是我能给他把这病治好了,还把他教得乖乖儿的,那我也不一定为了他倒非要多少多少不可,只是谁想要把他弄

---

① 《新莎士比亚版》加舞台指示,"转过身来"。
② 《新莎士比亚版》注,"这个卡力班—特伶口组成的四足动物,迫使斯蒂番把成语中原来的'两腿'改为'四腿'。"

到手,可得拿出一笔钱来,而且还得很好看的一个数目呢。

卡力班　顶到现在,你还不曾怎么折磨我,可是你马上要动手了,瞧你在发抖①,我就知道了——普洛士帕罗在那儿用法力差遣你了。

斯蒂番　给我爬过来——把嘴张开来,这是能叫你说话的好东西,你这只猫。② 张开嘴巴;喝了这个下去,你就把你的打摆子给打退了——而且是狠狠地打退了,我跟你说了吧。(给卡力班喝酒)哪一个是你的朋友,你可还闹不清呢。把嘴巴再张开来。

特伶口　照理说,那个声音我是熟悉的,听那口音像是——可是他早已掉进大海洋里了;这些都是魔鬼——啊,老天爷保佑我吧!

斯蒂番　四条腿,两个声音——真是一个妙不可言的怪物!他前面的那张嘴巴正在说他朋友的好话;他后面的那张嘴巴却净说坏话,来了个一笔勾销。治好他这个冷热病,即使要我把这一瓶子酒全都倒给他,我也舍得。来吧!(给卡力班喝酒)——阿门!③ 我再给你的另外一张嘴巴也倒些酒吧。

特伶口　斯蒂番!

斯蒂番　是你另外的那张嘴在叫我吗?天哪,天哪!这是个魔鬼,不是什么怪物。我躲开他吧,我可没有那么长的汤

---

① 斯蒂番这时已喝醉,双手不住发抖。传说魔鬼附体时,浑身发抖。
② 当时有这样的成语,"酒能教猫儿说话。"
③ 阿门,本是基督教徒祷告完毕时的结束语;这里意谓:够了——这张嘴已经喝够了。

匙呢!①

特伶口　斯蒂番!如果你真是斯蒂番,你过来摸摸我,跟我说句话;我就是特伶口呀——别害怕——你的好朋友特伶口。

斯蒂番　如果你是特伶口,那么钻出来吧。让我来把那两条小一些的腿拉出来,如果这么多条腿里有两条是特伶口的,那么该就是这两条了。

〔把他从卡力班的袍子底下拉出来

你果然是特伶口,可不是!你怎么会变成这个妖怪的粪便了?他能拉出特伶口来吗?

特伶口　我还以为他是被天雷打死了呢。② 可是,你不是淹死了吗,斯蒂番?这会儿,我情愿你不曾淹死。暴风雨的那股子吹呀刮呀的劲儿过去了吗?我害怕暴风雨,所以躲到了这个死妖怪的皮外衣底下。③ 你可是个活人吗,斯蒂番?啊,斯蒂番,两个那不勒斯人算是把生命捞到了。

斯蒂番　对不起,你别这么把我扭过来、转过去。我的胃里不很太平呢。

卡力班　(自语)这两个是好东西——如果他们不是精灵。

那一个是棒极了的天神,他手里拿着

---

① 参阅《错中错喜剧》第四场第三景:"呃,非得跟魔鬼一块儿吃饭的,就得用一个长汤匙。"这是英国的一句古老的谚语,意谓:别跟魔鬼打交道,能保持多远就保持多远。
② 《新莎士比亚版》在这句之前加舞台指示,"摇摇晃晃地站了起来"。
③ 《新莎士比亚版》加舞台指示,"可笑地爱抚着斯蒂番"。

　　　　天上的仙水；我给他下跪。
斯蒂番　怎么给你逃了命的？怎么会到这儿来的？你吻着这个酒瓶起个誓，①怎么会到这儿来的？我多亏伏在一个大酒桶上才逃了命；酒桶是水手们从船上抛到海里去的——凭这个酒瓶我起誓！说来，这个酒瓶还是我给冲到岸上来之后亲手用树皮儿做成的呢。

～～～～～～～～～～
① 西方习俗，起誓前常吻《圣经》、十字架等"圣"物，表示郑重；现在，在斯蒂番的心目中，酒瓶成了他的圣物。

卡力班　我也凭着这个瓶子起誓,要做你的忠心的奴仆;因为瓶子里装的是仙水呀。

斯蒂番　拿去;(把酒瓶授给特伶口)你给我发誓,你是怎样逃了命的。

特伶口　我游水游到这海岸上,伙计,像一只鸭子那样;我能像鸭子似的在水里游,这我可以起誓。

斯蒂番　来,吻这本"书"吧。(给他饮酒)①别瞧你能像鸭子那样游水,你可生来像一头笨鹅。

特伶口　噢,斯蒂番,这酒你还有吗?

斯蒂番　你这人,还有满满一大桶呢——我的酒窖就在海边的岩洞里,我把酒藏在那儿。怎么啦,妖精,你这冷热病怎么样了?

卡力班　你不是从天上掉下来的吗?

斯蒂番　从月亮里来的,我对你说了吧。想当初,我本是月中老人呢。

卡力班　我看见过你在月亮里,我崇拜你;
　　　　我那女主人把你指给我看过——
　　　　还有你的狗、你的树。②

斯蒂番　来,对它发个誓——吻这本"书"吧。我会马上又把它装满了。发誓吧。

〔卡力班喝酒

特伶口　凭着这大白天起誓,这可真是个没头脑的怪物!难道我怕他吗?一个最起码的怪物!什么"月中老人"!

---

① 吻这本"书"吧,意即把你的嘴唇放到酒瓶上去吧。请参阅577页注①。
② 参阅《仲夏夜之梦》第五幕第一景"月光"的台词。(第99页)

好一个只配上人家当的可怜的怪物!喝得可真够劲哪,①怪物,不跟你说假的!

卡力班　我要把这岛上每一寸肥沃的土地都领你去看;我还要吻你的脚——请你做我的神明吧。

特伶口　我对着这个白天起誓,这可是个最奸诈、最爱喝酒的怪物!等"神明"睡熟了,他可要来偷酒瓶了。

卡力班　我愿意吻你的脚,我发誓要做你的奴仆。

斯蒂番　那么来吧;跪下去,发誓吧。②

特伶口　这个没头脑的怪物可要把我笑死啦。一个最叫人作呕的怪物!我心里倒真想把他揍一顿呢。

斯蒂番　来,快吻吧。③

特伶口　这个可怜的怪物居然喝醉了。这个招人厌恶的怪物!

卡力班　我领你去看最好的泉水在哪里;
　　　　我要给你摘浆果,我给你捕鱼,
　　　　给你捡许多柴。但愿那个暴君——
　　　　我本来伺候的是他——得了瘟病!
　　　　我再也不给他搬柴了,我要跟你走——
　　　　你这个了不起的人哪。

特伶口　好一个可笑透顶的怪物,倒把可怜的醉汉当做了不起的活宝。

卡力班　请让我领你到生野苹果的地方去吧;

---

① 《新莎士比亚版》加舞台指示,"卡力班吸空了瓶子"。
② 《新莎士比亚版》加舞台指示,"卡力班下跪,背心对特伶口"。
③ 《新莎士比亚版》加舞台指示,"卡力班吻他的脚"。

　　　　我会用我这长指甲给你挖落花生；
　　　　领你去找青鸟的窝,教给你该怎样
　　　　捕捉那活灵的小猴子。我给你去采摘
　　　　一串串榛果,有时候我还会从岩石边
　　　　给你把幼小的海鸥捉来。你跟我走吗?
斯蒂番　劳驾你就在前面领路,不要再唠叨了吧。特伶口,国王,跟我们这一船人,全都淹死了,这块地方就归咱们接管啦。(向卡力班)拿去,给我拿着瓶子。特伶口伙计,待会儿咱们就去把瓶子装满了。
卡力班　(酒醉糊涂地,唱)
　　　　再会了,主人,再会吧,再会吧!
特伶口　一个鸡猫子叫的怪物,一个醉醺醺的怪物!
卡力班　筑坝捕鱼,我再也不干,
　　　　也不再捡柴生火;
　　　　别想再差使我
　　　　又刷盘子又洗碗。
　　　　班,班,班;卡——卡力班,
　　　　有了新主人——你去找新跟班。
　　　　自由啦! 好日子来啦,好日子来啦! 自由啦! 自由啦,好日子来啦,自由啦!
斯蒂番　噢,这个怪物有多棒! 领路吧。
　　　　〔同下

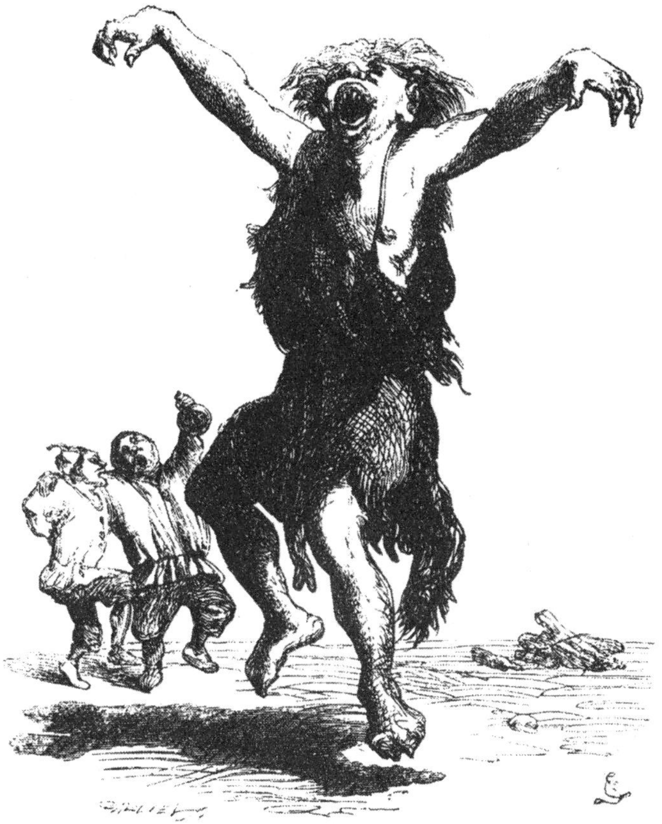

第 三 幕

第一景　洞府前

〔腓迪南负木柴上

腓迪南　有一些游乐才吃力呢,可是越费劲,
　　　　兴趣却越浓;从低三下四中有时候
　　　　见出了高贵的德性;最苦恼的事
　　　　会带来美妙的结局。干这种贱役,
　　　　本来只会叫我觉得又沉重又可恶;
　　　　谁知我侍奉的女王却让死板
　　　　有了生趣,使我的劳苦变成了欢乐。
　　　　她父亲这样刻薄,浑身是粗暴;
　　　　她啊,更是万分的温柔!无情的命令
　　　　逼着我把这几千根木头,搬过去、
　　　　堆起来;我那多情的好小姐,
　　　　看见我搬柴就哭了,说是从没见
　　　　这样的粗活让我这样的人来干。
　　　　我把干活都忘了;甜滋滋的思想叫我
　　　　从劳役中透出一口气。我越豁出力气,

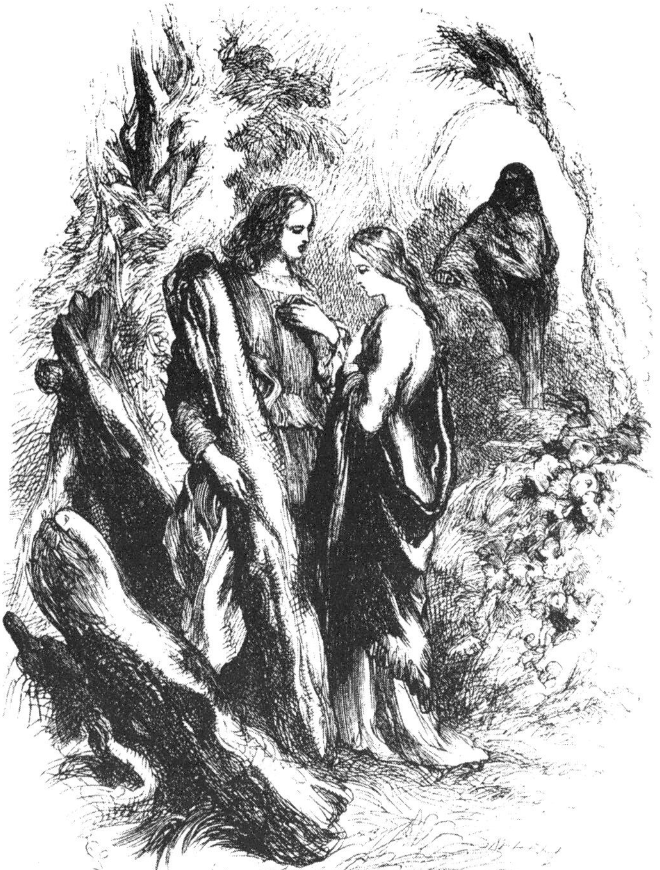

我的思想越活跃。

〔蜜兰达上。普洛士帕罗暗上

蜜兰达　哎哟,嗳,
　　　　请您别太累了吧!我但愿一阵雷电
　　　　烧了那些木柴,那就不能叫你再搬了!
　　　　请歇一歇手,也就休息休息吧。
　　　　这些木柴在生火的时候可要
　　　　淌下泪来,①只因为劳累了你。我爸爸
　　　　正在专心读书呢;这会儿请歇歇吧——
　　　　在这三个钟点之内,是没他的事的。

腓迪南　最亲爱的小姐啊,我只怕还没有
　　　　赶着把要我做的活儿做好,
　　　　太阳已经下山了。

蜜兰达　要是您肯坐下来,
　　　　我愿意替您搬一会儿;请把那一根
　　　　给我吧,我来搬到柴堆上去。

腓迪南　不,
　　　　我的宝贝,我宁可折伤了筋骨、
　　　　压断了背脊,也不能让您干这种
　　　　不体面的事,而我却在一旁闲坐,
　　　　空着一双手。

蜜兰达　这种事儿您做得,
　　　　我也就做得;再说,让我来做,
　　　　要轻松得多——因为这称了我的心,

---

① 淌下泪来,指木柴燃烧时所渗出的水分和树脂而言。

而您可是并不甘心啊。
普洛士帕罗 （自语）我那小可怜虫,
你得了心病啦！看你探望他就知道了。
蜜兰达 您看来已经很累了。
腓迪南 不,好小姐。
只要有您在我的身边,就连黑夜
也变成了清新的早晨。我想请教——
只为了在祈祷的时候我好称呼您——
您芳名叫什么？
蜜兰达 蜜兰达——啊,爸爸,
我这一出口,就违反了您的吩咐啦！
腓迪南 令人爱慕的蜜兰达！您可真是达到
"爱慕"的顶点！① 人世的无价之宝！
我含情的眼里看见过多少闺秀,
多少回她们那莺声燕语,不由得
使我侧耳倾听,简直被迷住了。
我喜欢过这个或那个姑娘,而她们
也各有一番千秋；可从没专心一志地
爱上一个,总是有些什么缺憾
落在她身上,使她最美妙的好处
因之而减色。可是您,噢,您啊,
这样完美,绝无仅有,每个人的优点
全都集中在您一身！

---

① 蜜兰达（Miranda）,这一女性名字从拉丁文"mirari"而来,意谓"令人爱慕的人"。

蜜兰达　　我从没见识过
　　　　　跟我是姊妹的女性,在我的心灵中
　　　　　也从没印进过一个女人的脸蛋——
　　　　　除非我从镜子里看到了我自己;
　　　　　我也从没见到过哪一个,我可以称他为
　　　　　男人——除了您,好朋友,和我那亲爸爸。
　　　　　海岛外的人长得怎样高、怎样短,
　　　　　我全不知道,可是凭我的贞洁起誓——
　　　　　贞洁就是我的嫁妆中的珠宝——
　　　　　这世界上,除了您,我再不希望别人
　　　　　来跟我做伴;也想象不出,除了您,
　　　　　我还能另外喜欢什么样的形象——
　　　　　可是我越扯越没有一个分寸,
　　　　　把爸爸的告诫全忘了。
腓迪南　　拿地位来说,
　　　　　我本是王子,蜜兰达——我想我是国王呢——
　　　　　我不愿这成为事实!——决不肯忍气吞声
　　　　　搬运木柴、干奴仆的行当,就像不能
　　　　　容忍苍蝇在我的嘴角下蛆一般。
　　　　　听我心坎里的话!我第一眼看见你,
　　　　　我的心就飞向你身边,只想伺候你;
　　　　　再也走不开,情愿做你的奴隶。
　　　　　只因为你,我才耐心做一个柴夫。
蜜兰达　　您爱我吗?
腓迪南　　噢,天在上,地在下,
　　　　　为我做证吧,要是我说的是真话,

　　　　　　吐的是真情,赐给我美满的结果吧!
　　　　　　如果说了谎,把我命中的好运
　　　　　　都变为磨难吧!世间的事物,怎么深,
　　　　　　怎么高,也比不上我爱你、疼你、敬你。
蜜兰达　　我是个傻子,听见了叫我喜欢的话,
　　　　　　却偏哭了。
普洛士帕罗　（自语）两股最少见难得的爱情,
　　　　　　拧在一块儿!愿上天多多降福给
　　　　　　他们的后裔吧!
腓迪南　　你怎么哭起来了呀?
蜜兰达　　为了我太配不上您了;我不敢献出
　　　　　　我满心想给予的,更不敢接受那
　　　　　　我得不到便活不了命的。可这是废话,
　　　　　　越想遮盖却越是遮盖不住。
　　　　　　去你的吧,装腔作势的娇羞!
　　　　　　纯朴而圣洁的"天真",给我提个头吧!
　　　　　　要是您愿意娶我,我是您的妻;
　　　　　　要不,我一辈子都做您的侍女。
　　　　　　跟您做伴侣,也许您会拒绝我;
　　　　　　可是我情愿做您的奴婢,不管您
　　　　　　要我不要我。
腓迪南　　(跪下)我的小姐——心肝儿!
　　　　　　我永远崇拜你。
蜜兰达　　那么,是我的丈夫了?
腓迪南　　对,求之不得,就像那奴隶
　　　　　　巴不得做个自由人。这儿是我的手。

蜜兰达　握着我的手,我的心也跟着给了你。①
　　　　眼前该分手了,半个钟点后再会吧。
腓迪南　再会,一千个再会吧!
　　　　〔各下
普洛士帕罗　虽说我的欢乐不能跟他们相比——
　　　　对他们俩,这是超过了最快乐的梦想;

---

① 西欧习俗,男女握手,是结婚或订婚的一个仪式。

可是再没别的事能让我得到
更大的欢乐了。我要去读我的书,①
在晚饭前,我还有许许多多事情
要赶紧办好呢。

〔下

第二景　岛　上

〔卡力班,斯蒂番,及特伶口上

斯蒂番　少跟我说话吧!喝光了大桶里的酒,就喝白水好啦,可是不落到这个地步,决不尝一滴水。所以摇桨呐喊向前冲吧。当听差的怪物,你喝酒,给我说句讨口彩的话吧。

特伶口　当听差的怪物!这个岛上的变种!听人家说,这个岛上总共只有五个人;②咱们便是其中的三个。要是还有两个也长着跟咱们同样的脑袋,这个国家可就摆不平了。

斯蒂番　喝呀,当听差的怪物,我叫你喝你就喝。你的眼珠儿简直嵌在头上了。

特伶口　眼珠儿不生在头上又生在哪儿?说得也是,他要是把眼珠儿生到了尾巴上,那他这个怪物才棒呢。

斯蒂番　我这当奴才的怪物,他那根舌头掉在白葡萄酒里,没命啦。我就不一样,连大海也淹不死我;我会游水,一直

---

① 应指魔术书而言。参阅卡力班的计划:"先把他的书偷过来……"
② 只有五个人,意即除了他们三个外还有普洛士帕罗父女俩。卡力班已把岛上的情况向斯蒂番说了。

游到了海岸边——三百里还差不了多少。凭着这大白天,你做我的副官,怪物,要不,就做我的旗官吧。

特伶口　做你的副官吧,要是你中意的话,叫他做旗官怎么行呀。

斯蒂番　我们用不到跑步的,怪物大爷。

特伶口　连一步也不用走,像狗一样躺下来就得啦,可不用叫一声。

斯蒂番　妖精,你这一辈子开一次口吧——如果你是个好妖精。

卡力班　老爷您好?我来舔你的靴子,我可不能侍候他,他不是个好样儿的。

特伶口　胡说,你这不睁眼的怪物!这会儿叫我跟巡官打一架我都不怕呢。嘿,你这发臭的鱼儿,你!天下有哪一个没种的汉子会像我今天这样,喝那么多白酒的?你可是存心要说荒唐透顶的怪话,就因为你一半儿是条鱼,一半儿是个怪物吗?

卡力班　瞧,他只管取笑我!你看得下去吗,大爷?

特伶口　"大爷",他这么称呼的吗?谁想到一个怪物竟会是这么一个大笨蛋!

卡力班　看,看,又来了!咬死他,我求求你。

斯蒂番　特伶口,把你的舌头管住些;如果你存心想造反——马上把你吊死——在最近的一株树上!这个可怜的怪物是我的奴仆,不许别人来欺侮他。

卡力班　谢谢大老爷,你肯不肯再听一听我向你的请求呢?

斯蒂番　妈的,也罢。给我跪下来再说一遍吧,我这么站着,特伶口也给我站着。①

〔爱丽尔隐身上

卡力班　我早跟你说过,我让一个暴君——
　　　　一个魔术师降服了;他一肚子诡计,
　　　　把这个岛从我手里骗去了。

爱丽尔　你胡说!

卡力班　(向特伶口)
　　　　"你胡说!"你这逗人笑的猴子,你!
　　　　我但愿我那好样儿的主人打死你!
　　　　我并不是胡说。

斯蒂番　特伶口,他讲话的时候你再来打扰,凭这只手起誓,我可要敲落你几颗门牙儿呢。

特伶口　怎么啦,我一句话也没说呀。

斯蒂番　那么闭上嘴,别说啦。(向卡力班)往下说吧。

卡力班　我说,他凭着妖法把这个岛夺了去;
　　　　从我手里夺了去。要是大王肯替我
　　　　出头报仇——我知道你有这胆量,
　　　　可这个东西就没有这胆量——

斯蒂番　那还用说得。

卡力班　你就做这儿的主人,我就来伺候你。

斯蒂番　那么这件大事怎么着手呢?你能带我去跟对方照个面吗?

卡力班　行,行,我的主人!——趁他睡熟的当儿,

---

① 《新莎士比亚版》加舞台指示,"卡力班跪下,斯蒂番和特伶口摇摇晃晃地站起来"。

　　　　　我领你去,你就拿起一枚钉子,
　　　　　钉进他的脑壳。
爱丽尔　你胡说,你办不到!
卡力班　这个穿花衣裳的蠢货!① 没脸皮的傻瓜!
　　　　　我求求大王让他挨这么几拳吧;
　　　　　把他的瓶子夺过来;他没有了瓶子,
　　　　　看他不喝咸水还能喝什么;
　　　　　我偏不告诉他清清的泉水在哪儿。
斯蒂番　特伶口,快不要硬是自讨苦吃吧;你再开一声口,打扰这个怪物,凭这只手起誓,我可要一脚踢开我的慈悲心,把你揍成一条鱼干了。
特伶口　呃,我说了什么呀?一句话也没说呀。我还是走开些吧。
斯蒂番　你没有骂他在胡说吗?
爱丽尔　你胡说!
斯蒂番　我胡说?请你受用吧!(打他)要是你觉得这滋味儿还不错,下回再骂我是胡说吧。
特伶口　谁骂你胡说来着?你昏头昏脑,连耳朵也听不清啦?去你妈的酒瓶子吧!喝酒就能喝成了这么个样儿。但愿你的怪物遭了牛瘟!魔鬼来扯你的手指头!
卡力班　哈哈哈!
斯蒂番　现在,你讲下去吧——劳驾,给我站得远些儿。
卡力班　好好地揍他一顿;再过这么一会儿

~~~~~~~~~~~~~~~~~~~~
① 欧洲中世纪时,在宫廷中为王公贵族说笑逗乐的傻子,穿花花绿绿的衣服。

	我也要揍他呢。
斯蒂番	站远些儿——来,说吧。
卡力班	呃,我跟你说过,他有个老规矩,
	吃过中饭要睡一觉,你就趁这当儿,
	打破他的脑壳——先把他的书偷过来;
	不是给他当头一棒,就是兜心一刺,
	或者拔出刀子抹他的脖子。
	记住,先要把他的书拿到手;
	他没了书,就成了个傻瓜,跟我一样;
	就连一个精灵也使唤不动了——
	个个精灵都恨他,跟我一样地
	恨如切骨。只要把他那些书烧了。
	他有些"家具"真棒——他是这么叫的:
	"家具";他造了房子,就要摆设起来。
	可是为来为去,最要紧的却是为了:
	他女儿长得真美哪;老头儿夸她是
	天字第一号,我可从没见过女人——
	除了我那老娘西考拉克斯和她;
	可是她比我老娘好看得多了,
	就像天比了地。
斯蒂番	是这样棒的小娘儿吗?
卡力班	对,大爷,让她躺在你的床上才妙呢,
	还给你养一窝棒极了的小鸟儿,我担保。
斯蒂番	怪物,我决定去杀死那个家伙。他的女儿和我两个就做国王和王后——上帝保佑!特伶口和你就做总督。这个计谋你赞成吗,特伶口?

特伶口　妙极了。

斯蒂番　让我跟你握个手。我不该打了你;不过你活着做人,可得管住些你自个儿的舌头才好。

卡力班　不出半个钟点,他就要睡熟了;
你打算趁那个当儿杀了他吗?

斯蒂番　对,我不杀他就不是人。

爱丽尔　(自语)我要去报告主人。

卡力班　你叫我真高兴,我可开心死了。
让咱们快活一番吧。你把方才教我的
轮唱曲再唱一遍,好不好?

斯蒂番　就依你的,怪物;我是讲道理的,只要有道理我都答应。来吧,特伶口,咱们唱起来吧:
把他们嘲笑,又把他们讥笑,
把他们讥笑,又把他们嘲笑;
我心里的念头别人管不到。

卡力班　这个曲调儿不对。

〔爱丽尔用小鼓和笛子奏同一调子

斯蒂番　(倾听)这是什么呀?

特伶口　这是我们轮唱的曲调儿呢,这叫做空心人的空中音乐。

斯蒂番　如果你是个人,显出你的原形来吧;如果你是个魔鬼,那见神见鬼都随你的吧。

特伶口　噢,饶赦我的罪恶吧!①

---

① 《新莎士比亚版》在这句前加舞台指示,"以醉汉所特有的愁眉苦脸的声调"。

斯蒂番　人一死就一了百了；我怕你什么！① 老天可怜我们吧！

卡力班　你害怕了吗？

斯蒂番　不，怪物，我才不怕呢。

卡力班　别害怕，这个岛上老是听得到声响啊，
　　　　声音啊，甜蜜的曲调啊；很好听，并不伤人。
　　　　有时候，一千种乐器在我的耳边
　　　　叮叮咚咚地响；有时候我听见了
　　　　一阵阵歌声，使我刚一觉醒来，
　　　　又睡熟了；于是一个梦境出现了，
　　　　我仿佛看见，天上的云彩裂开了，
　　　　忽然露出那么多金灿银灿，
　　　　要纷纷落到我身上来；等我醒来，
　　　　我直哭着要再回到那梦乡中。

斯蒂番　这么说，这一个王国倒是真棒，可以让我不花钱白听音乐呢。

卡力班　可先得把普洛士帕罗干掉了。

斯蒂番　那是不消多大一会儿的；你那一番话我记得。

特伶口　这声音走开去了，我们跟着它走吧，过后我们再动手。

斯蒂番　你带路，怪物；我们跟你走。我倒是愿意看看那个打鼓的！——他打得可有劲呢。你来吗？

特伶口　我跟你走，斯蒂番。

　　　　〔同随音乐下

---

① 《新莎士比亚版》加舞台指示，"他的勇气突然消失了"。

第三景　岛　上

〔亚朗索,贡札罗一步一拖上。后随阿德连,法朗西斯等人

贡札罗　我的圣母娘娘,我再也走不动了,陛下。
　　　　我的老骨头都痛了。说真的,这条路
　　　　走得人稀里糊涂:一忽儿直,一忽儿弯!
　　　　要是您不见怪,我非歇歇脚不可了。
亚朗索　老太爷,我不能怪你,我自个儿也是
　　　　累得要命,没精打采呢。坐下歇歇吧。
　　　　到了这一步,我死心了,不再哄自己了。
　　　　他已经淹死了,我们这样乱闯一通,
　　　　把他寻找,海水却在把我们讥笑:
　　　　在陆地上找也是白找。也罢,让他去吧。
　　　〔安东尼,西巴斯显随上
安东尼　(向西巴斯显,悄声)他这样灰心丧气,我看了很
　　　　高兴。
　　　　别因为一次不成,就打消了本来
　　　　打定的主意。
西巴斯显　(向安东尼,悄声)下一次机会来到,
　　　　决不能轻轻放过。
安东尼　(悄声)就在今夜吧。
　　　　他们已经走乏了,一觉睡熟了
　　　　再也不会、也不能够像他们平时
　　　　那样警觉了。

西巴斯显　（悄声）我说，就在今晚——别说了。

　　　　〔一阵庄严而奇异的音乐。普洛士帕罗在岩顶出现，隐身

亚朗索　这是什么音乐？我的好朋友，你们听！

贡札罗　奇妙、甜蜜的音乐！

　　　　〔几个奇形怪状的精灵抬酒席上；围绕席面舞蹈，彬彬有礼，鞠躬致敬，邀请国王等人入座，随即隐去

亚朗索　老天多多保佑吧！——这些是什么呀？

西巴斯显　这是活动的傀儡戏。现在我才相信
　　　　世上真有那独角兽；在阿拉伯真有
　　　　一株凤凰栖息的树①——到今天百鸟
　　　　还是到那株树下去朝见呢。

安东尼　我全相信：
　　　　独角兽啊，凤凰啊；凡是有什么令人
　　　　难以置信的，找我好了，我会发誓
　　　　那都是真的——海外的游客从不说谎，
　　　　尽管国内的傻子说是造谣。

贡札罗　要是我
　　　　这会儿在那不勒斯，我把这番光景
　　　　告诉别人，人家信不信？假如我说，
　　　　我看见岛上的居民是这么个样儿——
　　　　当然，他们就是岛上的居民了；
　　　　别管他们的形状生得稀奇古怪，

---

① 据传说，世上只有一只凤凰，五百年而终。将终时，以香料筑巢，引火燃烧，于是跳入烈焰火化；从灰烬中诞生新的凤凰。

|可是瞧,那一举一动多有礼貌、多和善,
|在我们人类中也是少见的——
|不,简直找不到呢。

普洛士帕罗 （暗中议论）正直的大爷,
你说得很对啊;在你们中间就有人
比魔鬼还恶毒呢。

亚朗索 我吃惊得没法说了——
这些个形状,这些个姿态,这些个声音——
虽然他们不开口,却表演了一出
极美妙的哑剧。

普洛士帕罗 （暗中议论）跨出门槛儿,再说"好"吧。①
法朗西斯 好奇怪,他们已无影无踪了。
西巴斯显 别管它吧,
好在他们倒是把酒席留了下来,
而我们胃口不坏呢——那些东西
你想尝尝吗?

亚朗索 我不想。
贡札罗 说实话,陛下,
您不用怕。在我们小时候,谁相信
某些山区中的人,公牛般粗的脖子上
挂下个大肉袋?② 或是有种人,头颅
生在胸膛上? 可是如今却看到
每一个"保出洋险的人"都给我们

---

① 英国成语,意谓别急于赞美你的主人,且看看他是怎样送走客人的。
② 挂下个大肉袋,指病理学上的甲状腺肿大。在欧洲阿尔卑斯山区患此病的颇多。

带来很好的证据。

亚朗索　我就动手吃吧,
就算是我最后的一餐,也没什么,
反正我知道我把最好的日子过完了;
兄弟——公爵大人,跟我们一起动手吧。
　　〔雷电交作。爱丽尔变人面怪鹰上,鼓动双翼,扑击席面,酒席登时消失

爱丽尔　你们三个是有罪的人,只因为
那主宰人间祸福的"命运"有令,
永远填不饱肚子的大海,才从喉头
吐出了你们,把你们抛到这荒岛上——
渺无人烟的荒岛;居住在人类中间。
你们才不配呢。我弄得你们发疯了。
　　〔亚朗索,西巴斯显等拔剑
人们临到上吊、投河,也拿出
那么一股"勇气"。你们这班傻子!
我跟我的伙伴都是"命运"的随从,
你们拿着那凡人炼制的钢刀,
还不如去砍伤那呼啸的大风,
或是,不怕遭人讥笑,去割断那
分而复合的流水吧;可别想碰一碰
我羽毛上半丝绒头。我那些伙伴,
一个样儿,也刀枪不入。就算你们
能杀人伤人,现在,那把剑在你们手里
可有千斤重,别想再抬得起来了。
好好听着吧,我就是来跟你们

作这一番交代——你们三人当初
　　把善良的普洛士帕罗给从米兰撵走了，
　　把他和无辜的婴儿流放在海洋里——
　　现在大海算是清算了旧账。
　　你们干下罪行，可逃不了报应，
　　只是早些与迟些罢了；上天指使
　　大海、陆岸——对，一切生灵来粉碎
　　你们的安宁。你的儿子，亚朗索，
　　已给它们永远夺走了。我宣布你
　　要一步紧接一步，喘不过气来，
　　遭受地狱里的痛苦，让你当场就死，
　　那太便宜了你呢。上天把你抛到了
　　这个最荒凉的岛上，他的谴责
　　已降临到你头上，你再也逃不了；
　　除非痛悔前非，重新做一个人。

〔爱丽尔在雷声中隐去。传来柔和的音乐声，各种
　形状的精灵又上，舞蹈，并作鬼脸和嘲弄状，抬桌子下

普洛士帕罗　（自语）
　　你扮人面怪鹰可真出色，爱丽尔，
　　这一席酒菜你也抢走得妙。
　　我要你说的话你一句也没漏掉；
　　我那些小精灵，也扮演得活龙活现，
　　个个都尽心尽力。我已显了神通；
　　我这些仇人全都失魂落魄，
　　目瞪口呆，再逃不出我的手心了。

　　　　且让他们这么疯疯癫癫吧,我要去
　　　　看看年轻的腓迪南——他们还道他
　　　　已经淹死了呢——看看他的也是我的
　　　　小宝贝儿。
　　　　〔在岩顶隐灭

贡札罗　凭着神圣的名义,陛下,您怎么
　　　　站在那里、瞪着眼睛发愣呀?

亚朗索　哎哟,可怕极了,可怕极了!我觉得
　　　　海浪在开口说话,跟我讲那句话;
　　　　一阵阵风向我唱出那句话;
　　　　那雷声,像轰隆隆的可怕的管风琴,
　　　　震荡着普洛士帕罗的名字,它用
　　　　深沉的音调宣布了我的罪恶。
　　　　这样看来,我那儿子葬身在海底的
　　　　软泥中了。我要钻进大海,到铅锤
　　　　还没测量过的深底去找他,也好
　　　　跟他一起躺在泥潭里。
　　　　〔下

西巴斯显　只要那妖怪
　　　　一个个来,就是来一大队我也要
　　　　跟它们拼到底。

安东尼　我愿意做你的帮手。
　　　　〔二人下

贡札罗　这三个人全都有些死活不顾了。
　　　　他们的深重的罪孽,像隔了长时期
　　　　才发作的毒药,现在开始在咬

　　　　他们的灵魂了。求你们手轻脚健的，
　　　　快追上去防止他们疯疯癫癫地
　　　　干出什么事来。
阿德连　请大家跟我来吧。
　　　　〔同下

第 四 幕

第一景　洞府前

〔普洛士帕罗,腓迪南,及蜜兰达上

普洛士帕罗　　就说我对付你的手段太严厉了些,
　　　　　你得到的补偿也抵得过了;我这里把
　　　　　我生命的三分之一①给了你,为了她,
　　　　　我才活着;我再来把她交在你手里。
　　　　　你受了烦恼,这一切无非为了
　　　　　试探你的爱情;难得你这样坚定,
　　　　　经受了考验。这里,我指着天
　　　　　把这份厚礼许给你。噢,腓迪南,
　　　　　别笑我只顾把她这样夸耀,
　　　　　你自会发现,她超出了一切赞美,
　　　　　把称赏她的话撇在她后面。

腓迪南　　我相信,

---

① 普洛士帕罗的妻子已死,所以他说为了女儿才活着。他的妻子、女儿和他自个儿,应是构成他整个生命的三个部分。

不管上天会怎么说。

普洛士帕罗　那么,作为我的礼物,你挣得的锦标,
接受我那女儿吧。可是,有句话,
在还没举行过庄重、圣洁的仪式,
完成那神圣的婚礼之前,如果你
玷污了她白璧般的贞操,那么上天
再不会降福、祝你们婚姻美满;
只有那不结果实的憎恨,与反目不和、
反唇相讥,使得合欢床变成了
荒草地,一片凄凉,叫你们两个
全都怨天怨地。留意吧,喜神
快举着火炬来接引你们了。

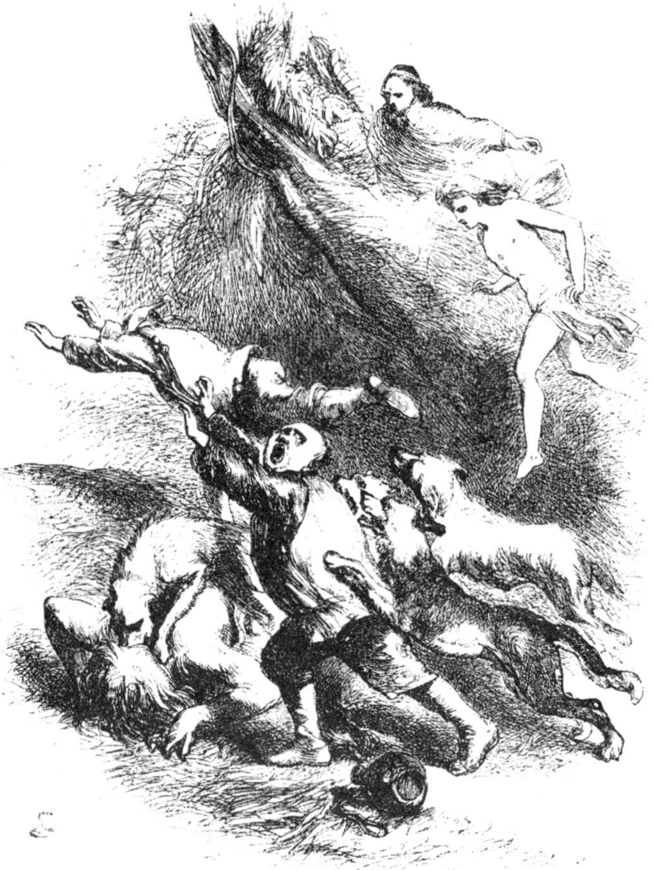

腓迪南　我但愿
　　　　过着和睦的光阴,有长进的子女,
　　　　白头偕老,和永保鲜艳的爱情,
　　　　所以,即使在那最幽暗的山洞里,
　　　　最方便的场合,那潜伏在我们身边的
　　　　邪神妖魔的最强烈的煽动,也不能
　　　　诱惑我,叫清白变成淫欲,使得
　　　　新婚那天的欢乐黯然失色——
　　　　可那天来得好慢啊,我只怕不是
　　　　太阳神的骏马跑垮了,便是黑夜
　　　　上了镣铐,被幽禁在冥域了。
普洛士帕罗　说得好。
　　　　坐下跟她谈谈吧,她是你的人儿了。
　　　　喂,爱丽尔!我的勤快的仆人呢,爱丽尔!
　　　〔爱丽尔上
爱丽尔　威严的主人有什么吩咐?我来了。
普洛士帕罗　你和你那些小伙伴方才把差使
　　　　办得很出色;我还要你们另外
　　　　再来点儿穿插。去把小伙伴叫来,
　　　　他们都由你调度好了,催促他们
　　　　行动快些。这儿是一对年轻人
　　　　我要在他们眼前施展一番魔法,
　　　　映现出海市蜃楼——我答应过了。
　　　　他们呢,正在盼望着。
爱丽尔　这就去办吗?
普洛士帕罗　对,在一眨眼的工夫。

爱丽尔　你还没说声"进"或是"退",

气还没透,话还没说出来;

一个个都已经溜了来,

又做鬼脸儿又皱眉。

主人啊,您爱我不爱?

普洛士帕罗　真喜欢你,我灵巧的爱丽尔!别过来,

听到我呼唤你再来。

爱丽尔　好,我懂了。

〔下

普洛士帕罗　(向腓迪南)

留神哪,可得老实些。别让感情

成了脱缰的野马。最坚定的誓言

碰上了热辣辣的欲念,也就等于

干柴遇见了烈火。克制一些儿,

否则,再见吧,你的盟誓!

腓迪南　请放心,

老人家,贞女的一片冰清玉洁

沁入我心肺,已降服了我的肝火。①

普洛士帕罗　好吧。这就来吧,我的爱丽尔!

多几个精灵倒不妨,可别少了一个。

出现吧,快些儿!

(向腓迪南)别开口!瞪着眼瞧!

静下来。

〔柔和的音乐声。假面剧开始。精灵扮彩虹女神艾

---

① 古时欧洲人以为,欲火从肝脏产生。

丽丝上

彩虹女神　西莉丝,最丰饶的女神,你的草原丰茂,
　　　　　有小麦、裸麦、大麦、燕麦,还有豌豆;
　　　　　你山头青青,羊群在山坡吃草,
　　　　　平坦的牧场,全都是牛羊的草料;
　　　　　两边河岸,长满了野草闲花,
　　　　　多雨的四月听从你把风光描画。
　　　　　清冷的仙子来岸边编素净的花冠;
　　　　　失恋的情郎最爱在金雀枝下悲叹。
　　　　　爬藤的葡萄在你园子里满棚满架;
　　　　　在你的海滨,起伏着瘦山瘠崖,
　　　　　那是你的乐园;天后在云端——
　　　　　我是天上的彩虹,我是天后的使官——
　　　　　吩咐你离开你游息的场所,赶紧
　　　　　来这儿草坪上。天后就要驾临,
　　　　　她的孔雀正急急飞翔;快来奉陪——①
　　　　　富裕的西莉丝奉陪天后散心开怀。

〔五谷女神西莉丝上

五谷女神　有礼了,七彩缤纷的使者,你从没有
　　　　　一时一刻违背过天帝的妻后;
　　　　　你张着橙黄色的翅膀,洒下甘霖——
　　　　　那清新的阵雨——在我的花心;
　　　　　你用你那张蓝色的弓的两端,
　　　　　给我荒凉的山坡和苍茫的草原,

---

① 希腊罗马神话的天后朱诺的轻车由孔雀挽引。她是女性的保护神。

　　　　　加上一条富丽的披肩;你的女王
　　　　　有什么事儿叫我来到这青草地上?

彩虹女神　　只为了庆贺一段美满的姻缘,
　　　　　降恩赐福,祝一对有情人永远
　　　　　称心如愿。

五谷女神　　告诉我,天上的彩桥,
　　　　　爱神,还是她儿子,你可知晓
　　　　　这会儿伺奉着天后?都是他们的阴谋,
　　　　　让幽冥之王把我的娇女抢走。①
　　　　　她和她那个瞎儿子,两个都下流,
　　　　　我永远不想看见。

彩虹女神　　你不必担忧
　　　　　会跟她碰面,我遇见这位爱神
　　　　　驾着白鸽拖引的轻车,冲破云层,
　　　　　飞向佩府②——她儿子陪她同行。
　　　　　她本想挑逗这少男少女的春心,
　　　　　可他们发誓,喜神还没把火炬点亮,
　　　　　怎么也不能同衾又共床。
　　　　　战神的情妇,③白费心机,就回转家乡;
　　　　　她那暴躁的儿子,把自己的箭折断,
　　　　　发誓再不射人,只跟麻雀逗着玩,

---

① 希腊罗马神话,西莉丝的女儿普萝丝苹正在野外采花,被冥王劫去,为冥域的王后。
② 佩府,古城市,在爱琴海塞浦路斯岛上,相传是爱神维纳斯的仙乡,立有供奉她的庙宇。
③ 战神的情妇,指维纳斯。她和战神私恋的事见《奥德赛》第8卷。

从此做个乖孩子。

五谷女神　最高贵的娘娘，
　　　　　伟大的朱诺来了！——正是她走路的模样。
　　　〔仙后朱诺上

仙　后　我那丰饶的妹妹可好？跟我走一遭，
　　　　祝福这一对情侣，百年和好，
　　　　祝他们的后代荣华显耀。
　　　〔众人一起歌唱

仙　后　富贵荣华，美满的婚姻，
　　　　白头偕老，多子又多孙，
　　　　在你们身边，环绕着欢乐！
　　　　朱诺唱歌，为你们祝福。

五谷女神　大地增产，五谷丰登，
　　　　　升斗常满，仓廪不空；
　　　　　一串串葡萄在藤上挂起，
　　　　　果实把树枝压得低低；
　　　　　秋收的季节刚过完，
　　　　　春天已经赶到你身畔！
　　　　　永远不愁贫乏与穷苦，
　　　　　西莉丝唱歌为你们祝福。

腓迪南　（向普洛士帕罗）
　　　　这可是最庄严不过的幻象，再说，
　　　　又那么和谐、迷人。能容我猜想
　　　　这些都是精灵吗？

普洛士帕罗　是精灵，我凭法术
　　　　　　从她们的仙境里召唤了来表现

我心头眼前的幻想。

腓迪南　我永远住这儿吧！
有这样神通广大的父亲,这样的妻子,
这地方便成了天堂！

〔仙后和五谷女神耳语,并差遣彩虹女神

蜜兰达　亲爱的,快别作声！
仙后和五谷女神正郑重其事地耳语呢。

普洛士帕罗　还有事情要办呢。嘘,别开口,
要不然,我们的魔法就要破坏了。

彩虹女神　你们住在蜿蜒的溪流中的水仙,
头戴着蒲冠,脸上总是浮着笑靥,
离开漪涟的水面来到这绿草坪,
听候召唤;仙后已发出了命令。
来吧,娴静的水仙女,一同去庆祝
美满的姻缘和婚礼,快别延误。

〔一群水仙女上
在八月的烈日下辛苦收割的农夫
离开了畦沟,一起来载歌载舞;
歇一天工、过一个节日吧,把草帽戴上,
一个个跟这些鲜艳的水仙女跳一场
乡村的舞蹈吧。

〔一群收割者上,服装齐整,和水仙女一起跳舞,舞姿优美。

〔在尾声时,普洛士帕罗忽然跳起发言。

〔在一阵奇异、沉闷、杂乱的声响中,众精灵黯然隐去

611

普洛士帕罗　（自语）我倒是已经忘了——那畜生卡力班
　　　　　和他的同党一起串通了想谋害
　　　　　我的生命呢,他们想动手的时刻
　　　　　快到了。(向众精灵)
　　　　　　　　舞跳得好！退下,别跳了！
腓迪南　真是奇怪,你的爸爸生气起来,
　　　　看他激动得很呢。
蜜兰达　直到今天为止,
　　　　我还没看见他生那么大的气呢。
普洛士帕罗　我的孩子,我看你有点儿慌张,
　　　　　好像有什么不舒心的事儿。放高兴些吧。
　　　　　舞剧已结束了。我们这些个演员
　　　　　我说过,原是一群精灵,全都
　　　　　化成一缕烟,淡淡的一缕烟云。
　　　　　正像这一场无影无踪的幻梦：
　　　　　那高入云霄的楼台,金碧辉煌的宫殿,
　　　　　宏伟的庙宇,以至整个儿地球,
　　　　　地面上的一切,都将烟消云散,
　　　　　也会像这虚无缥缈的热闹场面,
　　　　　不留半点影痕。论我们的料子,
　　　　　也就是凭空搭成那幻梦的材料儿。
　　　　　我们这匆匆一生,前后左右
　　　　　都裹绕在睡梦中。——王子,我心中烦躁,
　　　　　原谅我的弱点。我衰老的头脑里
　　　　　乱糟糟的——别因为看我年老不中用

就感到不安。你们还是到洞府里
休息一会儿吧,我去散散步,走一两圈,
定一定神。

腓迪南 }
蜜兰达 } 希望您老人家宽心些。

〔二人进入洞府

普洛士帕罗　说来就来!谢谢你,爱丽尔。来吧。

〔爱丽尔上

爱丽尔　我追随着您的思想。有什么吩咐?

普洛士帕罗　精灵,我们可得准备对付卡力班。

爱丽尔　是的,主人;我扮演西莉丝的时候,
就打算向您报告;只是我又怕
恼了您。

普洛士帕罗　再说一遍,你把这几个坏蛋
扔在哪里了?

爱丽尔　我跟您说过,主人,
他们喝得满脸通红,气势汹汹,
风吹着了他们的脸,便要打风;
地吻了他们的脚,便要揍地;
但始终没有忘了要照计行事。
于是我把小鼓打起来;他们一听见,
便像从未上鞍的小马,竖起了耳朵,
睁大了眼睛,高高地抬起了鼻子——
好像音乐是从他们鼻管里嗅进去似的,
就这样,我把他们的耳朵迷住了,
让他们像小牛跟着母牛的叫声一般,

　　　　　　跟着我的声音走——走过了咬人的荆、
　　　　　　钩人的棘,刺人的金雀花;尖锐的树刺
　　　　　　刺进了他们柔嫩的胫骨。最后,
　　　　　　我把他们扔在离你洞府不远、
　　　　　　那覆着浮渣的池塘里;水没到了下巴,
　　　　　　他们却大跳其舞呢,搅得浑水的臭味
　　　　　　比他们的臭脚还臭。
普洛士帕罗　这事办得好,
　　　　　　我的鸟儿。你还是要隐没你的身子;
　　　　　　我屋子里有几件花衣裳,去拿了来,
　　　　　　好摆下圈套捉小贼。
爱丽尔　　　我去,我去。
　　　　　　〔下
普洛士帕罗　是个魔鬼,天生的魔鬼。他的本性
　　　　　　怎么扭也扭不过来,我有心感化他,
　　　　　　一番心血在他身上可完全白费了。
　　　　　　他一年年越长越是个丑东西,
　　　　　　越丑心眼儿也就越坏。我可要
　　　　　　叫他们吃些苦头——苦得直叫起来。
　　　　　　〔爱丽尔手捧华丽的衣服上
　　　　　　来,都给挂在这株菩提树上吧。
　　　　　　〔普洛士帕罗和爱丽尔隐身退后
　　　　　　〔卡力班,斯蒂番,和特伶口,三人浑身精湿上
卡力班　　　请大家把脚步儿放轻些吧,
　　　　　　让瞎眼儿的鼹鼠都听不见咱们的
　　　　　　一个脚步声。这会儿快到他的山洞了。

斯蒂番　怪物,照你说,你那个小精灵是不害人的,可是他偏跟咱们开了个很不小的玩笑呢。

特伶口　怪物,我嗅到了——好一股马尿的臭味儿!这可真把我的鼻子大大地给得罪了呢。

斯蒂番　我的鼻子还不是一个样!你听到了吗,怪物?我要是向你一发起脾气来呀,你当心点儿吧——

特伶口　你就是个没生路的怪物了。

卡力班　我的好大爷,再赏我一点面子,
耐着些性儿,我自会给你带来好处,
把方才的倒霉事儿一笔都勾销。
所以,大家说话要轻轻的,
就像半夜三更,听不见声响。

特伶口　说得好,可是咱们的酒瓶丢在池子里了——

斯蒂番　这个,且不说是奇耻大辱,怪物;而且还是一笔算也算不清的损失呢。

特伶口　我做了一只落汤鸡,可是这也没能像丢了酒瓶那样让我痛心呀。你倒说是一个"不害人"的精灵呢,怪物。

斯蒂番　我一定要把我的酒瓶捞起来,哪怕叫我把耳朵鼻子一起钻进水里去。

卡力班　我的大王,请别闹了。你瞧这儿,
这就是山洞口。别说话,只顾往里闯。
干一件狠毒的好事,从此这个岛
就算你的了;我,你手下的卡力班,
便永远是给你舔脚尖的奴才。

斯蒂番　把你的手伸过来。我已经起了杀心啦。

特伶口　噢,斯蒂番大王!大老爷!尊贵的斯蒂番!瞧这儿,有这么些这么好的衣裳让你穿上身啊!

卡力班　别理这些个,你这傻瓜;那算得了什么东西!

特伶口　噢,嘿,怪物!旧衣庄上的货色是瞒不过我们的。噢,王上斯蒂番!(取下一件袍子,穿在自己身上)

斯蒂番　把那件袍子脱下来,特伶口;凭我这个拳头说话,那件袍子我要的!

特伶口　请大王拿去好了。①

卡力班　这个傻瓜呀,我巴不得他浑身水肿!
你这是干吗——把这堆布片儿当作了
心肝宝贝?别理这些个,先杀了人再说;
万一他醒来,他会把咱们从头到脚
都给拧遍了,把咱们给拧个稀烂。

斯蒂番　你先别闹,怪物。菩提树奶奶,这不是我的短上衣吗?
(取下,穿在身上)本来吊在你树上,现在"吊"在我身上,短上衣呀,我说,你别"掉"了毛,变成个秃头雕才好呢。

特伶口　说得妙,说得妙;干偷窃这行当,也就要光头秃脑才好——可不能毛手毛脚啊,殿下。

斯蒂番　这个笑话儿说得好,我谢谢你;这里赏你衣裳一件。只要我做这个国家的王上,有人说了俏皮话是不会得不到赏赐的。"偷窃这行当也要光头秃脑的,不能毛手毛脚",真是妙不可言的新鲜话——再赏你

---

① 《新莎士比亚版》在这里加舞台指示,"他悻悻地把衣裳脱下"。

一件衣裳吧。

特伶口　怪物,来吧,手指上涂些胶,把其余什么的一股脑儿都拿走吧。

卡力班　我一件也不要。我们把时机错失了,
　　　　只怕大家要变成鹅、变成猴子——
　　　　那额头低得邪行的猴子了。

斯蒂番　怪物,你有手指头就伸出来吧,帮着把这件衣裳送到我放大酒桶的地方;要不然,看我不把你一脚踢出了我的王国。来吧,把这拿去。

特伶口　还有这一件。

斯蒂番　对了,还有这一件。

〔一阵猎人呼狗的声音。一群精灵化作猎狗上,追逐卡力班等三人。普洛士帕罗、爱丽尔驱使猎狗紧追

普洛士帕罗　嗨,高山儿,嗨!

爱丽尔　白银儿!那边去,白银儿!

普洛士帕罗　火雷儿,火雷儿!那边,小霸王,①那边!听着,听着!

〔卡力班等三人奔逃下
　　　　去吩咐我那些小妖精叫他们干抽风,
　　　　骨节仿佛在磨子里磨;叫他们
　　　　四肢抽筋,像患了痉挛的老头儿;
　　　　把他们掐得浑身一块青、一块紫,
　　　　比豹子、山猫的斑纹还多。

爱丽尔　你听,他们在呼号呢!

---

① "高山儿""白银儿""火雷儿""小霸王",都是猎狗的名字。

普洛士帕罗　　让他们给追赶得走投无路。如今,
　　　　我的仇人全都听凭我发落了。
　　　　再过一会儿,我的事儿就完了;
　　　　你也海阔天空,可以自由自在了。
　　　　眼前,暂且跟我来,再给我办点儿事。
　　　　〔同下

第 五 幕

第一景　洞府前

〔普洛士帕罗披法衣上,爱丽尔随上
普洛士帕罗　　现在,我的计划已露了苗头;
　　　　我的魔法没有失手;精灵们
　　　　都听从我,时间在向前进展,
　　　　轻轻松松地。是什么时候了?
爱丽尔　六点了。
　　　　您说过,主人,等到这个时辰,
　　　　我们干的活也就完了。
普洛士帕罗　　我说过,那时
　　　　我刚掀起一场风暴。你说,精灵,
　　　　国王和他的随从怎样了?
爱丽尔　您吩咐
　　　　该怎么办,都怎么办了——囚禁在一起,
　　　　就跟你离开他们时一个模样。主人,
　　　　这些俘虏全都待在你的山洞前、
　　　　那屏风般的菩提树林里,你不说声"去吧!"

　　　　　他们别想动一动窝儿。国王,他的弟弟,
　　　　　你的弟弟,三个人都疯疯癫癫;
　　　　　其余的人,都对着他们伤心,
　　　　　万分地难过、哀愁——尤其是,主人,
　　　　　那个您称为"好老大人贡札罗"的,
　　　　　只见泪珠从他的胡须上滚下来,
　　　　　就像茅屋檐上挂下冬天的雨珠。
　　　　　你的法术可真够他们受用,要是
　　　　　这会儿让您看到了他们的光景,
　　　　　您的心会软下来的。
普洛士帕罗　你这样想,精灵?
爱丽尔　我的心会这样,主人,如果我是个人。
普洛士帕罗　那我就不用说得了。你不过是一阵风,
　　　　　对他们的痛苦尚且有感触、抱同情,
　　　　　我是他们的同类,跟他们一样
　　　　　有七情六欲,一样知疼知痒,
　　　　　难道能不比你更受感动吗? 虽然,
　　　　　他们罪孽深重,叫我感到心痛;
　　　　　但是我听从高贵的理性,压制了
　　　　　我胸中的怒火。难能可贵的是
　　　　　以德报怨,不在于那以怨报怨。
　　　　　既然他们忏悔了,我唯一的目的
　　　　　也就达到,不必再紧皱起眉心了。
　　　　　去把他们放了吧,爱丽尔。我就要解除
　　　　　我的魔法,让他们恢复神志,
　　　　　跟当初一样。

爱丽尔　我去带他们来，主人。
　　　　〔下

普洛士帕罗　〔用魔杖就地画一魔法圈
　　　　山头、溪畔、湖边、林中的小精灵，
　　　　还有你们，在海滩上踏沙无痕，
　　　　追赶着退潮时的海浪，海神一转身，
　　　　又回头奔逃的小精灵；还有你们，
　　　　小不点儿的小人儿，在月下的草地上
　　　　跳着环舞，那团团一圈中就只长
　　　　酸草，羊群再也不肯来找食料；
　　　　还有你们，半夜里做出一个个蘑菇
　　　　算是好玩，一听见阴森森的"禁宵钟"
　　　　就觉得高兴的小妖精；多亏得你们——
　　　　虽说你们的法力有限——我才能
　　　　一霎时遮暗了当空的太阳，我才能
　　　　飞沙走石，叫万顷碧波狂呼怒号，
　　　　要跟苍穹厮杀一场；一阵阵可怕的
　　　　响雷从我那儿借来了一把把火；
　　　　用天神的霹雳劈开了天神的庙前
　　　　合抱的橡树；那伸进海底的山岬
　　　　被我震得摇摇晃晃；连根拔起了
　　　　松树和杉柏；我的命令惊醒了
　　　　墓穴里长眠的人，我广大的法力
　　　　叫墓门大开，放出了那许多阴魂。
　　　　但是这种兴风作浪的法力，我现在
　　　　要扔掉了；我需要——现在就需要的是

来一阵美妙的仙乐,让他们听了
神志忽然又苏醒过来,也好实现
我原来的计划;那我就此折断
我的魔杖,把它埋在地底深处,
我的法书,抛进海心,沉到
不可测量的万丈深底。

〔庄严的音乐升起。爱丽尔上,后随亚朗索,神态疯癫,贡札罗在一旁照应;西巴斯显及安东尼接着而来,亦神态疯癫,由阿德连及法朗西斯照应。六人都进入普洛士帕罗在地上所画圆圈,便为魔法所制,动弹不得。普洛士帕罗见此情景,开口说道:

缓慢凝重的音乐最善于慰抚
迷乱的心境,让这音乐来医好你们那
沸腾的、不中用了的脑子吧!
站着吧,定身法早把你们定住了。
圣洁的贡札罗,可尊敬的人,
我的眼睛一映进你的形象,
止不住掉下热乎乎的同情的泪。
魔力很快在消失了——就像晨曦
向夜心渗透,渐渐地消融了黑暗;
他们那正在苏醒过来的感觉
开始拨开那一重昏沉沉的迷雾,
不让它再蒙蔽清明的理性。噢,
好贡札罗,你是我活命的恩人,
你是你追随的主人的一个忠臣!
我要用言语、用行动好好地报答

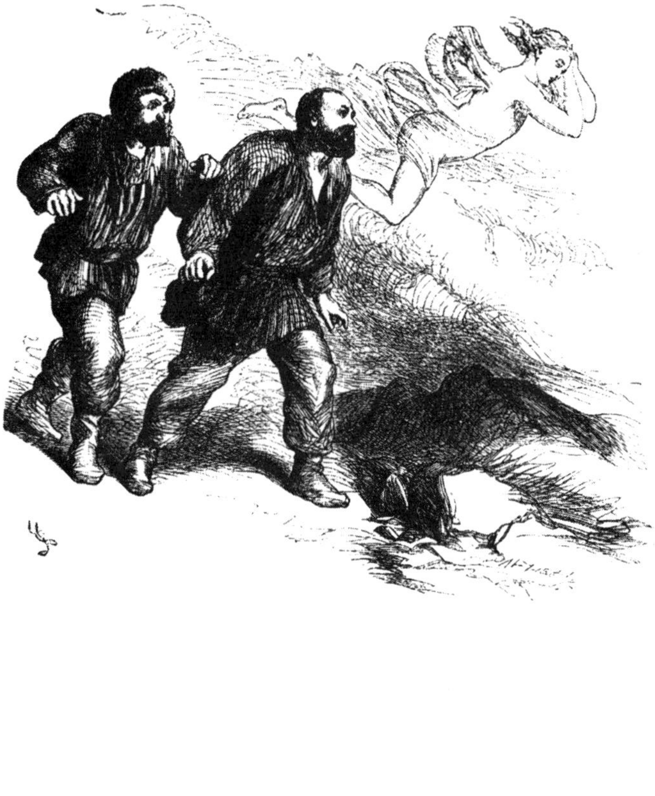

你的恩德。你,亚朗索,对我们父女
手段也太狠毒了。你的兄弟做了
你的帮凶。你现在可不由得要叫苦了,
西巴斯显。你,同胞手足,我的亲兄弟,
为了野心,就扔了良心,再不顾
骨肉至亲。你跟西巴斯显两个,
在这儿又谋算杀害国王——你这人的
良心责备,因此也就最严厉——
我饶恕了你,尽管你这样伤天害理。
他们的知觉开始涨潮了,一会儿
就要向理性的陆岸洋溢了,眼前,
那里还只是一片泥塘。这几个人
还没一个对我看,或是认出我。爱丽尔,
给我到洞里去把帽子和佩剑拿来——
我要显出本来的面目,跟当初的
米兰公爵一个样。快些儿吧,精灵!
你马上就可以得到自由了。
〔爱丽尔唱歌上,伺候普洛士帕罗换衣

爱丽尔　蜜蜂儿在哪儿采蜜,
那儿就落下我的踪迹。
莲香花心有我的卧席;
猫头鹰在叫,我休息。
蝙蝠驮着我到处飞,
飞来飞去把夏天追。
今后的日子过得挺高兴;
枝头挂鲜花,花朵底下我安身。

普洛士帕罗　嗳,真是我那乖巧的爱丽尔!
　　　　　我可舍不得你呢;但是怎么也得
　　　　　让你得到自由——好,好,好了。①
　　　　　你仍旧隐着身子,到国王的船上去。
　　　　　那些水手们还在船舱里好睡呢;
　　　　　去把船长和水手长弄醒,让他们
　　　　　身不由己地一步步来到这里。
　　　　　劳驾你,快去快来吧。
爱丽尔　我迎着风飞翔,飞去又飞来,
　　　　你的脉搏还没跳两下呢。
　　　　〔下
贡札罗　什么样的痛苦、烦恼、诧异、惊骇,
　　　　全都在这里了;求老天引导我们
　　　　离开这可怕的地方吧!
普洛士帕罗　瞧吧,陛下,
　　　　　受害的米兰公爵——普洛士帕罗——在这里呢。
　　　　　为了让你信得过:正跟你说话的
　　　　　是个活着的邦君,让我把你拥抱吧。
　　　　　我竭诚欢迎您和您的随从人员
　　　　　光临这里。
亚朗索　究竟是他不是他,
　　　　还是什么虚妄欺人的幻象,
　　　　就像我方才看见的那些,我说不上来。

---

① 好,好,好了:普洛士帕罗这时正由爱丽尔帮助着,把袍子穿好,弄得平平整整的。

可你的脉搏在跳,像有血有肉的人;
我一看见你,心里就觉得好过些,
减轻了那使我——我怕是——发狂的痛苦。
要是当真有这么一回事,这回事
可得用最稀奇的故事来解释了。
你的公国我情愿奉还,①还要请求
原谅我过去种种对不起你的地方——
可是普洛士帕罗怎么倒还活着?
怎么在这里出现?

普洛士帕罗 (向贡札罗)高贵的朋友,
先让我拥抱您老人家。你的荣誉
是难衡量、难计数的。

贡札罗 这究竟是真,
还是假,我可不敢说。

普洛士帕罗 在你的心里
还浮现着这岛上五光十色的幻景,
因此叫你对真情实况也难以相信。
欢迎,我所有的朋友!
(向西巴斯显和安东尼,悄声)可是,你们,
我的一对贵人,我有心证明
原来你们是两个奸臣,让陛下
登时对两位拉下脸来;可眼前
我不来揭穿你们。

西巴斯显 (悄声)魔鬼借他的嘴说话呢。

---

① 指名义上的主权,米兰以后可不必再向他纳贡称臣。

普洛士帕罗　不。讲到你,最狠毒不过的人,
　　　　　　称你做"兄弟",那真不怕脏了我的嘴!
　　　　　　我宽恕了你最卑鄙的罪恶——既往不咎;
　　　　　　只问你要还我那公国,我知道,你是
　　　　　　非交还不可的。

亚朗索　你若当真是普洛士帕罗,
　　　　快说一说当初你是怎样得救的;
　　　　怎么会在这个地方跟我们碰上?
　　　　在三小时之前,我们的船出了事,
　　　　撞碎在这海岸上;就是在这岛上,
　　　　我失去了——啊,想起来真心如刀割!——
　　　　我那亲儿子。

普洛士帕罗　我听了很难过,陛下。

亚朗索　这损失怎么能弥补;连"忍耐"也说:
　　　　它无能为力!

普洛士帕罗　我倒是认为,您并没
　　　　　　向"忍耐"求教啊。我也遭受同样的损失,
　　　　　　全靠"忍耐"好心善意地慰抚,
　　　　　　使我心平气和。

亚朗索　你遭受同样的损失!

普洛士帕罗　同样重大,对于我;而且同样是
　　　　　　新近的遭遇。您还可以给自己宽解,
　　　　　　让自己看开些;我可是比不得您,
　　　　　　因为我失去了我的女儿。

亚朗索　一个女儿?
　　　　噢,天哪,要是他们俩都活着,

都在那不勒斯,一个是王,一个是王后,
那有多好!要真是这样,我情愿
自己埋在海底的软泥中——我儿子
现在躺身的地方。你几时失去了
你的女儿?

普洛士帕罗　在方才那一场暴风雨里。
我觉得,这些贵人们遭了事故,
受了震惊,弄得稀里糊涂,再不信
他们眼见的是真情,口说的是实话;
可是,不管你们怎样神志恍惚,
你们该相信我就是普洛士帕罗,
被从米兰赶出去的公爵便是他。
万难想到的是,正是在这个岛上——
你们船只出事的地方,我上了岸,
做了这儿的主人。暂且不谈这些吧;
这是要一天接一天讲下去的历史,
并非吃一顿早饭就讲得完的;
再说,刚见面净谈这些也不大相宜。
欢迎,陛下;这山洞就是我的宫廷。
我算是有几个侍从——没有一个外地人。
请往里张望一下吧。既然您把公国
归还给我,我要拿同样好的礼物
回报您;至少也要来一个奇迹,
让您感到心满意足,就像您交还
我的公国,满足了我。

〔普洛士帕罗拉开洞帘。只见腓迪南和蜜兰达正在

下棋

蜜兰达　好少爷,你真坏,跟我玩这一手。

腓迪南　不,

我的好宝贝,把整个世界都给我,

我也不肯跟你玩坏手段儿啊。

蜜兰达　别说啦;可是就算您玩坏手段,

吃了我二十个王国,我还是认可您

照着规矩来。

亚朗索　如果到头来这不过是

岛上的一场幻景,我就两次失掉了

亲爱的儿子。

西巴斯显　　谁想到有这样的奇迹!

〔腓迪南和蜜兰达走出洞府

腓迪南　海洋虽然要吃人,可还是有良心,

我诅咒它,好没来由。

〔向亚朗索跪下

亚朗索　现在,①

让喜坏了的父亲把他想得到的祝福

全拥在你的身边吧!起来吧,告诉我

你怎么来到了这里。

蜜兰达　噢,奇妙哪!

瞧这儿,有那么多风度不凡的人儿!

人类是多么美好啊!这个新世界多棒呀,

有这样好的人物!

----

① 《新莎士比亚版》在这里加舞台指示,"拥抱他"。

普洛士帕罗　对你是个新世界。
亚朗索　你陪着下棋的这位姑娘,她是谁?
你跟她认识,到顶不过三小时罢了。
她可就是那位女神——先把我们拆散了
又让我们重新团圆?
腓迪南　她是下界的人,
爸爸,不过感谢天上的神明,
她是我的人儿了。我选中她的时候,
没法问一问父亲赞成不赞成——
那时候我还以为我已失去了亲尊。
她就是这位米兰公爵的女儿;
公爵的声名我倒是常常听闻,
可从不曾见过他本人;从他的手里
我得到第二次生命;这位小姐
又使他成为我第二个父亲。
亚朗索　那么,
我也成了她的父亲。可是,唉,
这话怎么说呢,我倒要求我的孩子
担待我几分!
普洛士帕罗　好了,陛下,别再提了。
过去的种种我们也不必追究、
把它放在心头了。
贡札罗　我的喉头哽住了,
要不然我早就开了口。天上的神明
请往下界看吧,把一顶有福的王冠
降落在这一对有情人的头上吧!

|||分明是你指点一条路,引着我们
到这儿来。
亚朗索　　让我念:"阿门",贡札罗!
贡札罗　　米兰的公爵从米兰被赶出去,就为了
好叫他的后裔做那不勒斯的国王吗?
快活吧,这是天大的喜事!这段事迹
应该用金字刻在不朽的柱子上:——
这一次出洋,克拉莉蓓在突尼斯
获得了丈夫,她的兄弟腓迪南
又在他迷失的岛上找到了新娘。
普洛士帕罗,在一座荒岛上收回了
他的公国;我们大伙儿正当是
失魂落魄、身不由主,却又各自
恢复了自己的本性。
亚朗索　　(向一对情人)你们把手伸给我。
谁不愿祝你们幸福,让忧伤和悲哀
永远压在他心头!
贡札罗　　说得好!阿门!
〔爱丽尔引船长和水手长上,二人迷惘惶惑
看哪,陛下!我们的人又来了两个!
我早就说过,只要陆地上还有
一座绞架,这个家伙就淹死不了。
喂,开口伤人的东西,你在船上
咒天骂地;怎么一上岸倒不赌咒了?
没有把你的嘴巴带到陆地上来吗?
可有什么消息吗?

水手长　最好的消息是
　　　　我们平平安安地找到了国王,
　　　　和他的大臣;其次,咱们那条船,
　　　　在三个钟头以前,我们只道是撞碎了——
　　　　原来却结结实实、滴水不漏、
　　　　绳缆齐全,好比当初第一次下海。

爱丽尔　(向普洛士帕罗,悄声)
　　　　主人,这一切都是我去了之后
　　　　所办的差使。

普洛士帕罗　(悄声)我的麻利的精灵!

亚朗索　天下哪儿有这样的道理呢,事情可
　　　　越来越新鲜啦。说,你们怎么会
　　　　来到这里?

水手长　我那时如果当真
　　　　清醒着,那让我尽力说给您听,陛下。
　　　　咱们都睡得好死,也不知怎么搞的,
　　　　全都被关在舱门底下;在舱房里,
　　　　就在方才,只听见各种各样
　　　　奇怪的声响——吼声、尖叫声、呼号声,
　　　　叮叮当当的铁链声——什么都有,
　　　　可怕极了,就此把咱们闹醒;
　　　　这一醒来,谁知咱们已自由自在了,
　　　　连一根汗毛也没碰伤;再看看
　　　　咱们的船,哪儿也没一点毛病,
　　　　出落得更漂亮了——好一条皇家船!
　　　　咱们的船长,一面眯着眼对它看,

　　　　　　还拍手拍脚地直跳——眼睛一眨,
　　　　　　你听我说,就像在做梦,我们俩
　　　　　　跟兄弟们分做两起,给迷迷糊糊地
　　　　　　"送"到这里来啦。
爱丽尔　　(向普洛士帕罗,悄声)办得好不好?
普洛士帕罗　　(悄声)真棒!我的"小勤快"。你就好自由了。
亚朗索　　人类几时走进过这么一座
　　　　　　离奇曲折的迷宫呢!今天这事情
　　　　　　单凭人力和常情是办不到的;要解释,
　　　　　　除非靠神明来指点。
普洛士帕罗　　我的陛下,
　　　　　　别闹得您心里不安耽,老是揣摸着
　　　　　　怎会闹出这稀奇事儿;且过一阵,
　　　　　　等有了空闲,我私下为您谈一谈,
　　　　　　那您就会觉得,这发生的一切
　　　　　　倒也合乎情理呢。目前,且兴高采烈
　　　　　　让一切都叫您称心吧。
　　　　　　(向爱丽尔)这儿来,精灵。
　　　　　　去把卡力班和他那几个伙伴放出来;
　　　　　　把魔法解除了吧。
　　　　　　〔爱丽尔下
　　　　　　(向亚朗索)您觉得怎样,陛下?
　　　　　　您的人马还不是个个都有着落吧;
　　　　　　还少了几个,只是您想不起来了。
　　　　　　〔爱丽尔驱卡力班,斯蒂番,及特伶口上,三人穿偷
来的衣裳

斯蒂番　每一个人都替别人打算,让谁也别管他自个儿,①说
　　　　到底;一切全靠运气——拿出勇气来,牛一般的怪
　　　　物,拿出勇气来!

特伶口　我额头上的那一对"探子"要是打听到的果然是真
　　　　情实况,那么这儿倒是好热闹的场面呢。

卡力班　噢,塞蒂包,②说真的,这些精灵可真棒!
　　　　我的主人够多么气派呀!③ 我只怕
　　　　他要惩罚我了。

西巴斯显　哈哈哈!
　　　　这些又是什么东西呀,安东尼大爷?
　　　　能出钱把它们买下来吗?

安东尼　大有可能;
　　　　其中一个分明是条鱼,不用问,
　　　　是可以卖好价钱的。

普洛士帕罗　各位大爷,
　　　　看看这几个的身上的行头,你再说
　　　　他们是不是好东西。这个妖形怪状的
　　　　奴才,他的生母是一个巫婆,
　　　　很有一手妖法,连月亮都受她支配,
　　　　能涨潮落潮,操纵月亮的职权,
　　　　叫她无可奈何。这三个家伙跑来
　　　　抢劫我;这个半人半妖的东西——

---

① 斯蒂番想说:每个人都替自个儿打算,不管别人的事。但是他酒醉糊
涂,把他的信条说颠倒了。
② 塞蒂包,见第544页注①。
③ 普洛士帕罗这时候穿戴公爵服饰。

　　　　　他本是个杂种,跟那两个合了伙,
　　　　　要谋害我的命。其中有两个您该认出
　　　　　是您手下的人;这个黑心黑肺的,
　　　　　我承认是我的人。
卡力班　　这一回,可拧也要把我拧死啦!
亚朗索　　这不是斯蒂番,我的喝醉了的膳司?
西巴斯显　这会儿他喝醉了——他哪儿弄来的酒?
亚朗索　　还有特伶口,喝得站也站不稳了;
　　　　　他们哪儿去弄到这种上等酒,
　　　　　让他们的脸上大放红光?——
　　　　　你怎么会弄得这样糟糕的?
特伶口　　自从上次跟您分手之后,我只怕我已经成了这么一块糟糕,那股酸气钻进了我的骨髓别想再出来——我再不用担心苍蝇在我身上下蛆了。①
西巴斯显　喂,怎么啦,斯蒂番!
斯蒂番　　噢,别碰我——我不是斯蒂番,我是一堆抽筋的肉。
普洛士帕罗　你想做这岛上的王,是吗,奴才?
斯蒂番　　那我真是一个头痛大王了。
亚朗索　　(指卡力班)这么一个怪东西我还从来没见过呢。
普洛士帕罗　他的行为,就跟他的长相,同样
　　　　　叫人看不入眼。去吧,奴才,
　　　　　到我的洞里去,把你那两个伙伴
　　　　　一起带去;你要我饶你,那就得
　　　　　给我把洞府好好收拾一番。

---

① 《新莎士比亚版》加舞台指示,"斯蒂番发出呻吟"。

卡力班　好,我就去!以后我可学乖了,
　　　　要讨人的喜欢。我真是一头双料儿的、
　　　　足尺加三的驴子,才拿这个醉鬼
　　　　当做天上的神,才会跪下去
　　　　向这个蠢东西叩头!
普洛士帕罗　得了,快走开!
亚朗索　去吧,你们衣裳哪儿拿来的,
　　　　就放回那儿。
西巴斯显　不如说:"哪儿偷来的"吧。
　　　　〔卡力班等三人踉跄下
普洛士帕罗　陛下,请您赏脸,和您的随从
　　　　光临我寒碜的山洞,暂且耽搁一夜;
　　　　我自有一番话给诸位解闷,会很快
　　　　消磨去一个黄昏。你们会听到
　　　　我一生的波折,我来到岛上之后,
　　　　种种经历。到明天早晨,我领大家
　　　　上船去,就此驶往那不勒斯;
　　　　我只希望看见我们这一对宝贝儿
　　　　在那儿举行婚礼;然后我就
　　　　回到我的米兰,在那儿终老,
　　　　把我三份中一份的思念,奉献给
　　　　我的坟墓。
亚朗索　我只想能听您讲一讲
　　　　您一生的故事,那一定会让我们
　　　　听得出了神。
普洛士帕罗　我会从头到尾讲给您听;

还答应您:一路上都是风平浪静,
都有好风护送,您的船扬帆前进,
很快就会赶上您那已驶得远远的
皇家船队。
(向爱丽尔,悄声)爱丽尔,我的乖,
这是你的差使——以后海阔天空,
你就自由自在了;那么再会吧!——
请大家走进来吧。
〔同下

收场白

〔普洛士帕罗致辞

我的魔力如今全都抛弃,
剩下的只是我本来的力气;
既然我年老体衰,那么说实情,
全凭你们:把我在岛上监禁
还是放我到那不勒斯。我的公国
重又到了我的手,我的仇敌
我已经饶恕;那么就别让我
注定把这个荒岛当做老窝;
把我从困住我的魔法中解放,
求各位帮帮忙,多鼓几下掌——①
你们喝声好,便把我的帆吹饱,
否则我就达不到我的目标——
那是讨诸位喜欢。我是再没有
精灵好驱使,没有魔法和符咒,
我的下场只落得伤心苦恼;
除非依靠向上天祈求祷告。
祈祷有一股力量,直冲天堂,
慈悲的上天便把过失原谅。
　　你们有罪过希望能得到宽饶,

---

① 当时迷信观念,以为吵闹声能破除魔法。参阅第四幕第一景:"嘘,别开口,要不然,我们的魔法就要破坏了。"(第611页)

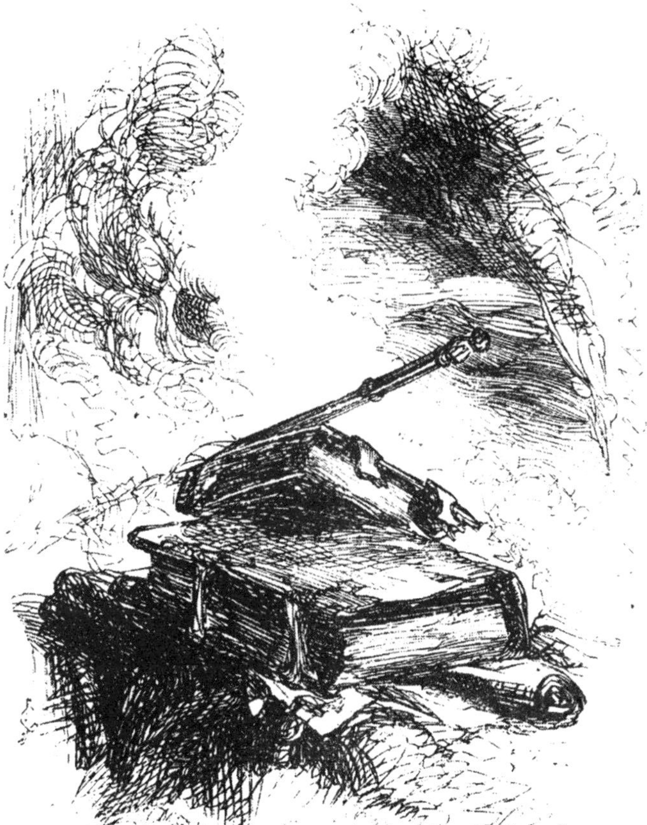

愿你们也宽大为怀,不和我计较。
〔下

"外国文学名著丛书"书目

第 一 辑

书 名	作 者	译 者
伊索寓言	〔古希腊〕伊索	周作人
源氏物语	〔日〕紫式部	丰子恺
堂吉诃德	〔西班牙〕塞万提斯	杨 绛
泰戈尔诗选	〔印度〕泰戈尔	冰 心 石 真
坎特伯雷故事	〔英〕杰弗雷·乔叟	方 重
失乐园	〔英〕约翰·弥尔顿	朱维之
格列佛游记	〔英〕斯威夫特	张 健
傲慢与偏见	〔英〕简·奥斯丁	王科一
雪莱抒情诗选	〔英〕雪莱	查良铮
瓦尔登湖	〔美〕亨利·戴维·梭罗	徐 迟
欧·亨利短篇小说选	〔美〕欧·亨利	王永年
特利斯当与伊瑟	〔法〕贝迪耶	罗新璋
巨人传	〔法〕拉伯雷	鲍文蔚
忏悔录	〔法〕卢梭	范希衡 等
欧也妮·葛朗台 高老头	〔法〕巴尔扎克	傅 雷
雨果诗选	〔法〕雨果	程曾厚
巴黎圣母院	〔法〕雨果	陈敬容
包法利夫人	〔法〕福楼拜	李健吾
叶甫盖尼·奥涅金	〔俄〕普希金	智 量
死魂灵	〔俄〕果戈理	满 涛 许庆道

书 名	作 者	译 者
当代英雄	〔俄〕莱蒙托夫	草 婴
猎人笔记	〔俄〕屠格涅夫	丰子恺
白痴	〔俄〕陀思妥耶夫斯基	南 江
列夫·托尔斯泰中短篇小说选	〔俄〕列夫·托尔斯泰	草 婴
怎么办？	〔俄〕车尔尼雪夫斯基	蒋 路
高尔基短篇小说选	〔苏联〕高尔基	巴 金 等
浮士德	〔德〕歌德	绿 原
易卜生戏剧四种	〔挪〕易卜生	潘家洵
鲵鱼之乱	〔捷〕卡·恰佩克	贝 京
金人	〔匈〕约卡伊·莫尔	柯 青

第 二 辑

荷马史诗·伊利亚特	〔古希腊〕荷马	罗念生 王焕生
荷马史诗·奥德赛	〔古希腊〕荷马	王焕生
十日谈	〔意大利〕薄伽丘	王永年
莎士比亚悲剧五种	〔英〕威廉·莎士比亚	朱生豪
多情客游记	〔英〕劳伦斯·斯特恩	石永礼
唐璜	〔英〕拜伦	查良铮
大卫·科波菲尔	〔英〕查尔斯·狄更斯	庄绎传
简·爱	〔英〕夏洛蒂·勃朗特	吴钧燮
呼啸山庄	〔英〕爱米丽·勃朗特	张 玲 张 扬
德伯家的苔丝	〔英〕托马斯·哈代	张谷若
海浪 达洛维太太	〔英〕弗吉尼亚·吴尔夫	吴钧燮 谷启楠
哈克贝利·费恩历险记	〔美〕马克·吐温	张友松
一位女士的画像	〔美〕亨利·詹姆斯	项星耀
喧哗与骚动	〔美〕威廉·福克纳	李文俊
永别了武器	〔美〕欧内斯特·海明威	于晓红

书 名	作 者	译 者
波斯人信札	〔法〕孟德斯鸠	罗大冈
伏尔泰小说选	〔法〕伏尔泰	傅 雷
红与黑	〔法〕司汤达	张冠尧
幻灭	〔法〕巴尔扎克	傅 雷
莫泊桑中短篇小说选	〔法〕莫泊桑	张英伦
文字生涯	〔法〕让-保尔·萨特	沈志明
局外人 鼠疫	〔法〕加缪	徐和瑾
契诃夫小说选	〔俄〕契诃夫	汝 龙
布宁中短篇小说选	〔俄〕布宁	陈 馥
一个人的遭遇	〔苏联〕肖洛霍夫	草 婴
少年维特的烦恼	〔德〕歌德	杨武能
德国,一个冬天的童话	〔德〕海涅	冯 至
绿衣亨利	〔瑞士〕戈特弗里德·凯勒	田德望
斯特林堡小说戏剧选	〔瑞典〕斯特林堡	李之义
城堡	〔奥地利〕卡夫卡	高年生

第 三 辑

埃斯库罗斯悲剧二种	〔古希腊〕埃斯库罗斯	罗念生
索福克勒斯悲剧二种	〔古希腊〕索福克勒斯	罗念生
欧里庇得斯悲剧二种	〔古希腊〕欧里庇得斯	罗念生
神曲	〔意大利〕但丁	田德望
西班牙流浪汉小说选	〔西班牙〕克维多 等	杨 绛 等
阿拉伯古代诗选	〔阿拉伯〕乌姆鲁勒·盖斯 等	仲跻昆
列王纪选	〔波斯〕菲尔多西	张鸿年
蕾莉与马杰农	〔波斯〕内扎米	卢 永
莎士比亚喜剧五种	〔英〕威廉·莎士比亚	方 平
鲁滨孙飘流记	〔英〕笛福	徐霞村

书　名	作　者	译　者
彭斯诗选	〔英〕彭斯	王佐良
艾凡赫	〔英〕沃尔特·司各特	项星耀
名利场	〔英〕萨克雷	杨　必
人性的枷锁	〔英〕威廉·萨默塞特·毛姆	叶　尊
儿子与情人	〔英〕D. H. 劳伦斯	陈良廷　刘文澜
杰克·伦敦小说选	〔美〕杰克·伦敦	万　紫　等
了不起的盖茨比	〔美〕菲茨杰拉德	姚乃强
木工小史	〔法〕乔治·桑	齐　香
恶之花　巴黎的忧郁	〔法〕波德莱尔	钱春绮
萌芽	〔法〕左拉	黎　柯
前夜　父与子	〔俄〕屠格涅夫	丽　尼　巴　金
卡拉马佐夫兄弟	〔俄〕陀思妥耶夫斯基	耿济之
安娜·卡列宁娜	〔俄〕列夫·托尔斯泰	周　扬　谢素台
茨维塔耶娃诗选	〔俄〕茨维塔耶娃	刘文飞
德国诗选	〔德〕歌德　等	钱春绮
安徒生童话选	〔丹麦〕安徒生	叶君健
外祖母	〔捷〕鲍·聂姆佐娃	吴　琦
好兵帅克历险记	〔捷〕雅·哈谢克	星　灿
我是猫	〔日〕夏目漱石	阎小妹
罗生门	〔日〕芥川龙之介	文洁若

第四辑

一千零一夜		纳　训
培根随笔集	〔英〕培根	曹明伦
拜伦诗选	〔英〕拜伦	查良铮
黑暗的心　吉姆爷	〔英〕约瑟夫·康拉德	黄雨石　熊　蕾
福尔赛世家	〔英〕高尔斯华绥	周煦良

书 名	作 者	译 者
月亮与六便士	〔英〕威廉·萨默塞特·毛姆	谷启楠
萧伯纳戏剧三种	〔爱尔兰〕萧伯纳	潘家洵 等
红字 七个尖角顶的宅第	〔美〕纳撒尼尔·霍桑	胡允桓
汤姆叔叔的小屋	〔美〕斯陀夫人	王家湘
白鲸	〔美〕赫尔曼·梅尔维尔	成 时
马克·吐温中短篇小说选	〔美〕马克·吐温	叶冬心
老人与海	〔美〕欧内斯特·海明威	陈良廷 等
愤怒的葡萄	〔美〕斯坦贝克	胡仲持
蒙田随笔集	〔法〕蒙田	梁宗岱 黄建华
悲惨世界	〔法〕雨果	李 丹 方 于
九三年	〔法〕雨果	郑永慧
梅里美中短篇小说选	〔法〕梅里美	张冠尧
情感教育	〔法〕福楼拜	王文融
茶花女	〔法〕小仲马	王振孙
都德小说选	〔法〕都德	刘 方 陆秉慧
一生	〔法〕莫泊桑	盛澄华
普希金诗选	〔俄〕普希金	高 莽 等
莱蒙托夫诗选	〔俄〕莱蒙托夫	余 振 顾蕴璞
罗亭 贵族之家	〔俄〕屠格涅夫	陆 蠡 丽 尼
日瓦戈医生	〔苏联〕帕斯捷尔纳克	张秉衡
大师和玛格丽特	〔苏联〕布尔加科夫	钱 诚
茨威格中短篇小说选	〔奥地利〕斯·茨威格	张玉书 等
玩偶	〔波兰〕普鲁斯	张振辉
万叶集精选	〔日〕大伴家持	钱稻孙
人间失格	〔日〕太宰治	魏大海

第 五 辑

书 名	作 者	译 者
泪与笑　先知	〔黎巴嫩〕纪伯伦	冰　心　等
华兹华斯 柯尔律治 诗选	〔英〕华兹华斯　柯尔律治	杨德豫
济慈诗选	〔英〕约翰·济慈	屠　岸
汤姆·索亚历险记	〔美〕马克·吐温	张友松
大街	〔美〕辛克莱·路易斯	潘庆舲
田园三部曲	〔法〕乔治·桑	罗　旭　等
金钱	〔法〕左拉	金满成
果戈理小说戏剧选	〔俄〕果戈理	满　涛
奥勃洛莫夫	〔俄〕冈察洛夫	陈　馥
谁在俄罗斯能过好日子	〔俄〕涅克拉索夫	飞　白
亚·奥斯特洛夫斯基戏剧六种	〔俄〕亚·奥斯特洛夫斯基	姜椿芳　等
复活	〔俄〕列夫·托尔斯泰	草　婴
静静的顿河	〔苏联〕肖洛霍夫	金　人
谢甫琴科诗选	〔乌克兰〕谢甫琴科	戈宝权　任溶溶
维廉·麦斯特的学习时代	〔德〕歌德	冯　至　姚可崑
叔本华随笔集	〔德〕叔本华	绿　原
艾菲·布里斯特	〔德〕台奥多尔·冯塔纳	韩世钟
豪普特曼戏剧三种	〔德〕豪普特曼	章鹏高　等
铁皮鼓	〔德〕君特·格拉斯	胡其鼎
加西亚·洛尔卡诗选	〔西班牙〕加西亚·洛尔卡	赵振江
你往何处去	〔波兰〕亨利克·显克维奇	张振辉
显克维奇中短篇小说选	〔波兰〕亨利克·显克维奇	林洪亮
裴多菲诗选	〔匈〕裴多菲	孙　用
轭下	〔保〕伐佐夫	施蛰存

书　名	作　者	译　者
卡勒瓦拉（上下）	〔芬兰〕埃利亚斯·隆洛德	孙　用
破戒	〔日〕岛崎藤村	陈德文
戈拉	〔印度〕泰戈尔	刘寿康